絵のように

明治文学と美術

Maeda Kyōji
前田恭二

白水社

絵のように　明治文学と美術

装幀＝菊地信義

まえがき

文学者たちの書き物には明治この方、とらえがたいような広がり方で、いわばもう一つの美術の歴史が書き込まれている。美術に関心を持つ者からすると、そんな風に見える。

読んでみれば、おのずと美術にまつわる語句が目にとまる。古今東西の美術家やその作品名がまず一つ。作者が想像した、ないしは実在のモデルを使った作中の美術家たちも出てくる。さらに「画中の美人の如く」「絵に見るような風景」といった比喩、はたまた博覧会やパノラマのような視覚文化に関する事項まで含めるなら、あなどりがたい量になる。大半は片言隻句でしかないけれど、それらを拾い集めていくと、少しずつ、美術に対する意識の変遷が浮かび上がってくる。

どういうことか、思いつくところで、見やすい例を挙げてみよう。

明治二十二年発表、幸田露伴の名作『風流仏』は、止利仏師や運慶、ミケランジェロその他に言い及ぶ。本書の第二章で取り上げるように、霊験あらたかな仏像をも美術と見なす世に書かれた芸術家小説だからだが、ヒロインの出自をめぐる因縁話にもう一人、歌川広重の名が見える。もとは京の名妓だった母が貧窮し、朝に夕に借金取りに責め立てられるくだりに、「斯《かう》も世の風に嬲《なぶ》らるゝ者かと俯きて、横眼に交張《まぜば》りの、袋戸に廣重が繪見ながら」と書かれている。

このさりげない「袋戸」の広重は、露伴の目のつけどころではなく、ありがちな室内描写だったらしい。よく似た用例が明治二十九年、博文館の「文芸倶楽部」に見いだされる。上村左川という人の短編『残念』は、まったく残念な結末に終わる怪作だが、ある家の不思議な部屋をめぐり、「元其室《もとそのま》の入口には扉戸《ひらきど》がありまして、其上に重廣とか何とか云ふ昔の浮世畫工《うきよゑかき》の……。」「廣重ですかねー、あの畫工の描いた景《け》色畫《しきゑ》が貼つて有《あ》り升《まし》た。」――そんな会話を、画家と新妻とが交わしている。「袋戸」が「扉戸」というだけで、ほとんど変わりがない。

さらに同じ頃の名高い小説から引けば、翌三十年、国木田独歩の短編『源おぢ』にも「翁の影太く壁に映りて動き、煤けし壁に浮びいづるは錦繪《にしきゑ》なり」とある。広重をその一つとして、浮世絵はそんじょそこらにある、前時代の遺物くらいにしか思われていなかったのである。

とはいえ、絵の見方は世につれて移ろうもので、浮世絵にはやがて芸術的な評価が伴い、価格も騰貴する。「人も立會ひ、抱起《だきおこ》し申す縮緬が、氷でバリ〳〵と音がしまして、古襖《ふるぶすま》から錦繪を剝がすやうで」とは泉鏡花の名編『眉かくしの霊』の一節だが、この比喩さながらに、襖の浮世絵を剝がしてでも換金しようかという時代がやってくる。明治の末頃から高まった浮世絵熱のことはいずれまた第十一章で取り上げるつもりだが、広重については、街道を歩き、写生に徹した大家という見方が定着していく。柳田国男は大正九年の『秋風帖』において、瓦屋根が板葺や茅葺を駆逐してゆくさまを指して、「廣重の五十三次なども もう史料である。此《この》寫實の繪が繪空事かと思はれる程、東海道は別な物に爲《な》つて了《しま》つた」と記している。実のところ、広重がどのくらい街道を歩いたものか、しばしば名所図会のたぐいを転用していたことなども今日では分かっているけれど、「此寫實の繪が」とあるように、柳田は街道の実景をそのまま描いたものと信じて疑っていない。

こんな風に、美術に関する言及を見つけていくのはそれ自体、単純に面白い。文学者たちが残したテキストは膨大だから、あてどなく浜辺を歩き、お気に入りの貝殻を探すようなものだが、集めた後には、色や形で分類して抽斗にしまってみたり、はたまた円くすりへったかけらから、波間に洗われた幾歳月を思ったりすることもできなくはない。広重の例にしても、露伴その他にとどまらず、多くの文学者がその名を記している。それらを拾い出し、使われ方を確かめ、文脈づけていくと、浮世絵の評価や広重の画家イメージの変遷が、思いのほかに生き生きと見えてくる。本書はそんな採集の楽しみに始まり、分類や考察へ歩を進めながら書かれたと言ってよい。

改めて、本書の中味と成り立ちを記しておこう。この本は近代文学のテキストを通して、どのように美術が意識されていたのかを探っている。西洋流の観念に即して形成され、ないしはそれを触媒に鋳直されたのが今日の美術だとするなら、その大枠が形成されたのは明治時代のことと言える。その美術なるものはいかにして文学者の意識に現れ、どういった感情を引き起こしたのだったか。ここでは公的な美術制度が整えられた明治二十年代前半を起点に、山田美妙から石川啄木に至るまで、一章ごとに特定の文学者ないしは何人かの群像を選び、それぞれに美術を強く意識した時期、多少の反発を含めた美術愛好の季節を、評伝風にたどり直している。

具体的な作業の手順を言えば、最初に行ったのは抜き書きである。昭和二十八年から筑摩書房が刊行した「現代日本文学全集」から目に触れるまま、美術方面の語彙を含む文章を書き抜いた。手近にあった中で、最も収録テキストの量が多い全集だったからだが、結果として、この引用集は相当の量になった。少なくとも記憶にとどめて引き出せるレベルを超えたため、次のステップとして、分類を試み、インデックスを作成した。すると片言隻句であれ、相互の関連や文脈を推測できるように思われた。そこで幾つかのテーマを設定し、改めて文献探索を行い、考察を加えたのである。

こうして目次のような十二章が書かれたわけだが、さきほど冒頭では、もう一つの美術の歴史と記しておいた。この本はもとより、通常の美術史のように、制作の営みや作品それ自体を扱うものではない。関心はそれら美術なるものに対する意識に向けられている。意識されたものとしての美術と言い換えてもさしつかえない。例えば露伴が「袋戸に廣重が繪見ながら」と書きつけた時、広重はそのようなものとして露伴に意識されていたことになるだろう。むろん「そのような」としたところを、どう解釈するのかは慎重さを要するにせよ、何らかの意識された広重があったことは疑われない。それが読み手の側に共有可能であればこそ、意味をなす。そして、この意識の持ちようは人によって異なり、また、時とともに変化する。広重の意識のされ方も、愛好者とそうではない人との間には隔たりがあり、作品の流通や公開の度合いなどによっても変わらざるを得ないが、そのように制作行為や作品のかたわらにあって、相互に関連しながら、それらを美術として共有させている当のもの、すなわち意識されたものとしての美術の変遷が、本書に一貫する関心事なのである。

ただし、率直に打ち明けるなら、あらかじめ行き着く先を見通していたわけではない。文学全集を通覧し、抜き書きを行う作業の進み行きに従い、そうと呼ぶしかないもの、つまり意識されたものとしての美術とその変遷を相手取っていた、というのが本当のところである。

文学者たちの書き物を対象とした理由は幾つかあるのだが、何よりテキストの総量が多く、多様な内容を含んでいることが大きい。実にさまざまな形で、彼らは美術に接していた。自ら深く関与した場合もあるけれど、基本的には美術界に属していたわけではない。むしろ日々の生活の中で、古今の作の鑑賞者となり、着々と整備されていく公的な美術制度や西洋からの新潮流といった情報に接していた。一方ではあこがれを、時には気取った何かとして反感を抱かせもするように、一般的な感情のまとわりついた何かとして受け止めてもいただろう。一口に美術と言っても、今日、何気なくそう口にするのと同様に、およそとらえがたいような意識の広がりがあり得たはずで、それをカバーするのにふさわしい量と多様さを、文学者たちの書き物は備えている。率直に言うなら、いわゆる鑑賞史や受容史には収まらない雑多さこそが筆者には面白く、美術に対する意識の実際によく見合っていると も感じられた。書く段になって評伝風のスタイルでまとめたのも、そうした多様さをなるべく損なわず、感情の襞のようなものを織り込んでみたかったからである。

とはいえ他方では、文学者たちは書き物を残さなかった市井の人ではむろんない。美術に対する意識にも、それゆえに独特さがあったことは確かである。彼らは美術を隣の庭のようなものとして眺めることがあった。文学の側からすると、美術は隣接する芸術ジャンルの一つだったのである。それのみならず、これは公平な見方のつもりで言うのだが、少なくとも二つの意味で、美術は規範的な位置を占めていた。一つは公的に承認された芸術ジャンルとして、という意味である。坪内逍遥の『小説神髄』が小説の改良を説き、その芸術としての地位の確立を願ったことはよく知られるが、言うなれば小説の芸術化という大きなプログラムの中で、明治の文学者たちは公認された芸術ジャンルとしての美術を意識することがあった。そして二つ目に、描写論の文脈においても、絵画を参照することが少なくなかった。第五章で再考するように、画俳をアナロジカルに対比しながら、写生論を深めた正岡子規の場合がその好例にあたる。本書の表題『絵のように』とは、つまりは「美術のように」という意味であり、そうした美術の規範的な位置を指している。

念のために言い添えておけば、それは長く続きはしなかった。端的な例として、永井荷風の一文を引用しておこう。大正四年の『日和下駄』にいわく、「私は毎年の秋竹の台に開かれる絵画展覧会を見物して帰る時、いつも出品の絵画よりも、向ケ岡に沈む夕日の色の枯蓮浮ぶ池の水に反映する天然の絵画に対して、思はず杖を留むるのが常である」。秋の上野の展覧会とは、第十二章で取り上げることになる文展、明治四十年に開設された文部省美術展覧会を指していよう。美術の規範性に対する意識はいつしか公的に保護された権威性への倦厭の念に転じさえしたのである。

読み進むうちに、さまざまな文学者たちの意識の持ち方に出会うことだろう。ちょっと気恥かしいほどに純真な思い入れ、野次馬的な好奇心、真摯な批評意識、あるいは解きほぐすのが容易ではないコンプレックスという風に。そして、どうあれ確かなこととして、それらの先には、今日の美術に対する意識が位置している。筆者自身は巻末の略歴にあるように、ある新聞社で美術記事を書いてきたわけだが、そうした自分自身の、また、仕事を通じて触れてきた人々の意識のありように確かにつながっている――そう実感することがしばしばだった。

美術なるものについて、われわれが持ち得た意識を明治の世に問い返すことで、この本は書かれたと言ってもよい。かつてはそうだったのかと愉快になり、今ではどうしてこうなったのかと、ため息をつかされるゆえんに思い至ることもあった。そんな風に、広く美術や文学に興味を持つ方々に楽しんで読んでいただけるように、そしてまたいつの日にか、やはりどうしてこうなのかと思い屈する人があるとしたら、多少なり資するところがあるようにとも願っている。

目次

第一章　温泉のボッティチェルリ

渡辺省亭『蝴蝶』挿絵（明治22年1月2日発行，「国民之友」37号附録　日本近代文学館特別展「草創期のメディアに生きて　山田美妙　没後100年展」図録より）

明治の文学者の中で、山田美妙という人の評判はふるわない。おとなしそうに見えて、内に野心を秘めた、鼻もちならない男と思われていたらしい。

美妙と言えばよく引用される内田魯庵の回想によると、のっぺりした優男で、初めて会った頃は魯庵でさえ舌を巻く、博覧強記の才子だったという。ところが、人気におぼれて努力を怠り、人柄の偏狭さから孤立無援となった。一時の名声を失った後、長きにわたる不遇の後半生を送ったことにはさすがに魯庵も同情的だが、それでも人間性については、何度会っても他人行儀のままで、胸襟を開くことがなかった、「自分では打解けてるツモリだつたかも知れぬが、他には何時でも城府を設けてゐるやうに見えた」と容赦がない。ほかでもない美妙の小説を評して世に出た人で、行き来もあった魯庵の言である。そういう一面があったのには違いない。

しかしながら、性格一つで疎まれたと言えるかどうか、その点で坪内逍遥の証言には傾聴すべきところがある。交際はともかく因縁は浅くなかった逍遥は晩年になって、美妙その人は若旦那風のタイプで、口数も少なく、嫌悪感を持たれるような人物ではなかったと語っている。ただし、「會はずに文章ばかりで知つてゐると、實にキザな、イヤ味の多い、その癖野心の強い、人を甘く見た物のいひ方をするやうな人間にうけとられて、大變な損をしてゐた」。気取りを含んだ文章がずいぶん人物のイメージを落としたというのである。

なるほど美妙の文壇進出は早かったから、会うより先に、まずは活字で知った人の方が多かっただろう。その文章も逍遥の言うようにキザな印象を否めないけれど、一歩先んじて出版メディアの寵児になったこと自体、人物の見え方に作用した面があったかもしれない。同年輩の文学青年は素人的だが親密な交際圏の中に生きていた。尾崎紅葉、石橋思案たちと硯友社を作った頃は美妙もそちらの側にいたのだが、すばやく同人的なサークルを抜け出した。それゆえに野心家と見られたことは容易に想像がつく。実際には誰であれ公的なメディアで書き出すのだから、それが少しばかり早かったことで厭味な奴だと言われたとすれば、いささか気の毒なことではある。

これから取り上げる「裸蝴蝶論争」についても同様に、多少汲むべき事情があった。明治二十二年、美妙の小説『蝴蝶』に添えられた口絵に発したこの論争は、近代文学史上に、また美術史上に名高い反面、これほど非文学的で、愚劣な論争はまたとないと眉をひそめる文学史家もいる。むろん裸の絵がどうのという話だから、愚劣と言えば愚劣なのかもしれないが、しかし、看過し得ないのは当時から今に至るまで、美妙自身が仕掛けた自作自演の論争との見方がささやかれてきたことである。あの美妙ならば、スキャンダルによる売名すらたくらみかねないといった人物イメージも関わってのことのようだが、先回りして言えば、これは邪推に過ぎない。

そもそも見る限り、往々にして裸蝴蝶論争はその始まりを見定めることなく、取りざたされてきたようなのである。そこから美妙の自作自演説がまかり通ることにもなったのであって、その不名誉な誤解を解くところから、論争を振り返ってみるとしよう。

再考・裸蝴蝶論争　見落とされた起点

明治二十二年一月二日発行、「国民之友」の附録に発表された『蝴蝶』は、壇ノ浦の合戦から始まる時代物である。ヒロインである平家の侍女、蝴蝶は海に転落し、流れ着いた浜辺で二郎春風という若武者と出会う。附録の巻頭にはずばりその場面、胸乳も腰もあらわな蝴蝶と二郎春風を差し向かいに描いた渡辺省亭の口絵が掲げられていた。

問題になったのはその口絵である。当時の言い方に従ってヌードでなく裸体画と呼ぶが、ヒロインの裸体画を公然と掲載したことで、喧々囂々の議論が起こった。その始まりは発行十日後、一月十一日付の「読売新聞」寄書欄だったとも言われる。ところが、翌十二日発行の「国民之友」に美妙の反論が載っている。「読売新聞」に対する応答としてはあまりに早い。そこで反論まで用意した上で、意図的に論争を仕掛けたのではないかという疑念を招くことになった。もとは硯友社の仲間だった巌谷小波は当時の作品評に、「美妙斎と云ふ男ハ山氣のある男よ」「美妙が辨解は本文と同じ頃に出來てやありけん」といった噂を引き、自作自演説を匂わせている。

確かに十一日付の「読売新聞」を読み、十二日発行の「国民之友」で反論するというのは離れ業に過ぎる。あらかじめ手を回しておかない限り、ほとんど不可能に近いだろう。勘ぐられたのも無理はなかったが、しかし、これは「読売新聞」寄書欄への反論では決してなかった。

美妙研究の古典、塩田良平著『山田美妙研究』の注に、「国民之友」の徳富蘇峰が美妙に宛てた一月六日付の書簡が翻刻されている。論争の起点はそこに明かされている。

陳《のぶ》れは別紙畫の批評　奥羽日々新聞に出て居候間入貴覧　世間の朦々たる或は此の如き惑疑を有

するものあらん　先生若し筆の序に一寸御解感相成候はゞ弊紙は喜んで之を頂戴仕る可し、明日午後迄御遣ハシ相成候はゞ今回の發兌に間に合ふ可し

口絵に対する批判が「奥羽日日新聞」に出ている、世間には同じような疑念を持つ者もあるだろうから、所感を書いてくれれば喜んで掲載するというのである。蘇峰は明日七日午後までに届けば今度の号に間に合うのだが、とせかしてもいる。ここには「奥羽日日新聞」の批判なるものが出てくるのだが、それが本当に載ったのかどうか、当時の紙面に当たってみると、果たして一月四日付、「新刊雑誌」の項に見いだされる。口絵の批判にあたる部分を引用しよう。

蝴蝶（美妙齋主人）細君（春の屋主人）探偵ユーベル（思軒居士）と云ふ面白き小説を載せたる大附録を出せしが　只其挿入したる美人裸体の圖は殆ど春畫に類し　一家團欒の席にては見るに堪へざるの思ひあり　而して其文を閲すれば　蝴蝶と云へる美人が春風とか云へる意中の情人に會し羞を含める所を畫けるものに似たり　妙齡の貴婦人偶々意中の人に會しながら裸躰にして然も裙褌をさへ穿つことなく男子面前に呆然對立する者あるか　恐らくは之れあらざるべし　左らば此の圖は文章と正反對にて誠に不都合のものと見ゆれど　民友記者は別に何か必要あつて之を掲載せしか

これを踏まえて、十二日発行の「国民之友」に載った美妙の反論を読めば、ただちに自作自演説は払拭される。後ほど述べるように、確かにこの「奥羽日日新聞」への応答なのである。美妙はそれと

は書いていないけれど、蘇峰から「奥羽日日新聞」の記事を示され、反論を書き上げたことはまず間違いない。仙台の新聞からの攻撃によって、裸蝴蝶論争は火ぶたを切ったのである。記事は無署名であり、筆者は見当がつかないが、一月十五日の紙面では再反論を加えてもいる。(1)

それにしても一驚させられるのは、飛び交う言説の速度感である。『蝴蝶』の発表が一月二日、「奥羽日日新聞」が批判したのが四日、それを蘇峰が美妙に伝えたのが六日、そして美妙はたちまち反論を書き上げ、蘇峰は十二日の「国民之友」に載せている。(2)すでに東京─仙台間には鉄道が敷設されていたとはいえ、火花を発するようなスピードではあるまいか。

なおかつ気づかれるのは、それでいながら、両者の論戦が誰にも見て取れるものではなかったことである。「美妙が辨解は本文と同じ頃に出來てやありけん」と噂した人々、その噂を書きとめた小波には、美妙の反論が「奥羽日日新聞」を相手取ったものだとは分からなかった。そこで早手回しに反論に出たものだ、前もって用意しておいたのだろうとの疑惑が生じたのである。管見の限りでは、これまでに「奥羽日日新聞」の批判を取り上げたのはわずかに山本正秀による資料紹介にとどまり、裸蝴蝶論争に関する論考ではほとんど無視されている。実に長きにわたり濡れ衣を着せられたわけだが、もっとも、これは蘇峰と美妙が自ら蒔いた種だったと言えなくもない。

二人の対応は改めて考えてみると、ちょっと奇妙なものに見える。書簡によれば、蘇峰は「奥羽日日新聞」への反論をもって、広く「世間」の疑問を解こうとした。美妙も「奥羽日日新聞」に対する反論なのだとはっきり書かなかった。個別の批判を一般化し、読者公衆に向かって語りかける形を取ったのである。公刊のメディアに載った以上はどうあれ公的な主張であり、公明正大に応答すべしとの態度と受け取れないでもない。こうして迅速に議論を交わせるメディア環境が到来したことで、公共的な言説空間が生まれつつあると彼らは感じていたのかもしれないが、しかし、そこには初歩的な手落ちがあった。それが成り立つには、その言説空間を一望し得ることが前提であって、論争を公的なものにしようとするなら、相手方を議論の壇上に呼び出す必要があった。しかるに口火を切ったのは、仙台の地方紙である。大方の読者が読む圏域には届いていなかった。例えて言うなら、美妙はいきなり一人で壇上にまかり出て、得々と一席語り始めたようなものである。観衆の側はそのふるまいに首をひねり、ひいては欺瞞をうがち見たのである。

公然とふるまったつもりがうがち見るような視線を呼び寄せたという点で、実は裸蝴蝶論争そのものがまさに相似た構図の下にあった。美妙としては、裸体画は美的鑑賞の範疇に加えられるべきものと考えて、公刊のメディアに載せる挙に出たのだが、いきなり対面させられた読者の側は当惑させられた。むろん春画のような絵はあったけれども、あくまで私的な場で見られるべきものだったからである。批判は絵の内容に及んだ。男女差し向かいの構図が問題視され、図像の典拠が美的鑑賞の対象となるヴィーナスなのか、のぞきの対象である塩冶高貞の妻なのかが問われる。すなわち公然と対面すべき「鑑賞」と、ひそかに窺い見る「窃視」という二つの視線が対立軸となっていく。論争としての意義はこのように、公的な空間の成り立ちと関わりながら、近代日本の視線の質を浮かび上がらせたところにある。改めて裸蝴蝶論争を精読してみるゆえんである。

あァ美しい、絵のようで　美妙登場

美妙山田武太郎は、改元直前の慶応四年、神田柳町に生まれた。南部藩士だった父は維新後、島根県警部となった。そのため父親不在で育った美妙だったが、早熟の才を発揮した。その竹馬の友だったのが尾崎紅葉で、二人は競い合って和漢洋の書を耽読した。その紅葉や石橋思案たちとともに、美妙は明治十八年、硯友社を作って「我楽多文庫」を出し始めた。

最初は回覧雑誌だった「我楽多文庫」もやがて公刊に移行する。しかし、美妙はそこを根城に文名を馳せる道を選ばなかった。仲間の中では、一足先に外で書き始めた。明治二十年十一月、「読売新聞」に連載した『武蔵野』が評判になる。この出世作ほか計六編を作品集『夏木立』に収め、二十一年八月、当時の大書肆金港堂から出版した。さらに成美社の「以良都女《いらつめ》」や金港堂の「都の花」といった雑誌の中心となって活躍の場を広げていく。ひきかえ「我楽多文庫」への寄稿は滞りがちとなり、ついに十一月には硯友社幹の名前を誌上から削除されてしまう。しかし、この頃の美妙はさっそうとして、文壇の貴公子とでも呼ぶべき存在だったと思ってよい。

売れっ子ゆえに、小説以外の文章を頼まれることもあった。美術については二十一年九月、巌本善治の「女学雑誌」に『泰西美術小話』という一文を載せている。ちょっとした西洋美術入門といったところだが、美妙は宗教主題を取り上げて、図像学の初歩から説き起こしている。

御覧なさい、うるはしい少年の文殊菩薩は。獅子に騎《の》ツて居ましやう。また御覧なさい、うつくしい普賢菩薩は。象に跨《の》つて居ましやう。或は火焔を負ふ威怒王《ゐぬわう》、或は合掌して居る勢至菩薩。この獅子、この象、この火焔、この合掌。それらが皆符號です、俗に解けば商標です。（中略）西洋の古代美術、重《おも》に言へば、宗教美術もまつたくこの日本のと同じで、さて其符號を覚えてこれは何、これは何と見分けるのが随分勞力のかゝる事です。

「符號」＝図像が定まっていればこそ文殊普賢も見定められる、そこで少しばかり図像学をお教えしましょう——というわけで、十字架の種類に始まり、ランプは信心、オリーブは平和の符号などと説く。啓蒙的な小文で、今では幼稚とも読まれるけれど、妙にくわしいところもある。龍については、「Dante《だんて》 Divine《神靈》 Comedy《ものがたり》 の挿畫などによく出て居ます」とダンテの『神曲』を例に挙げている。本格的な挿絵の入った洋書を眺めていたのだろう。また、「St《しんと》 Margaret《まあかれっと》（タスカニーで生れた信女）の圖などにはマアガレットが羅馬《ロマ》十字架の鎗を持ち、その石突で龍の口を突いて居る躰になッて居ます」というのだが、これは二人の聖女を混同している様子。龍の口を突くのはアンティオキアの聖マーガレットで、トスカーナ地方すなわちコルトナの聖マーガレットではない。勉強熱心ではあるけれど、知識にはムラがあるといったレベルに見える。

入門を書くほどだから、むろん美術には自信があったのだろう。その知識を小説に滑り込ませることもあった。初出は「我楽多文庫」、次いで『夏木立』に収録された一編で、「骨は獨逸　肉は美妙」の角書きのある『花の茨、茨の花』より、以下は叙景の一節である。

> 花は些《すこ》しも吝嗇でなく、芳香《にほひ》の分子を絶えず散らして居ると、散らされた分子は、吹くでもなく吹かぬでも無い風の汽車に乗ッて人の鼻の穴の隧道《とんねる》の中、鼻毛の木立の間を續々と旅行して居る。城の後面《うしろ》にあるのは山の屛風、それに懸かッて居るのは瀧の白布。すべての景色の好さ、實物とは思はれぬほど位置が整ひ、また畫とは見えぬほど眞に迫ッて居る。もし實物ならよほど造化が機嫌の好い時、それを作ッたのでもあらう。もし繪なら、金岡か良《ら》ふあえるが腕に麻痺《しびれ》を切らしてそれを描いたのでもあらう。あア美しい、繪の樣で。あア眞に迫ッて居る、實物の樣で。

芳香の分子が汽車に乗り、鼻孔のトンネルを行き、鼻毛の木立を抜けていく——とは何とも奇抜な比喩で、後年、魯庵が欧化熱の早産児などと呼んだ通りではある。他方で「山の屛風」とは劉禹錫に由来する常套句。古今東西を配合してにぎやかだが、生きた修辞とは思われない。巨勢金岡かラファエロかなどというのもこの頃ありがちな言い方だった。展覧会なるものが日々開かれているはずもなく、美妙にせよ誰にせよ、実感の添わない知識に頼らざるを得ない時代ではあった。

この文章で気づかれるのはもう一つ、「居る」を多用していることだろう。いわゆる言文一致体の試みについては、文末の収め方に諸家それぞれの苦心があった。美妙の場合、最初は「―だ」、明治二十一年の半ばから「―です」に移行したと言われている。「―だ」は卑俗だと攻撃され、幾らか丁寧な言い方に改めたものらしい。この『花の茨、茨の花』にもやはり推敲を加えている。初出の「我楽多文庫」では「旅行して居た」「逼って居た」「あゝ美しかつた」という風だった。ここに掲げた初版、『夏木立』収録の本文では、「旅行して居る」「迫ツて居る」「あア美しい」となっている。どういう意図だったか、思うに、必ずしも丁寧にするというだけの話でもなかったかもしれない。「居た」を「居る」にすると、描写の現前性が強まる。「あア美しい、繪の様で。あア眞に迫ツて居る、實物の様で」という言い方からして、作中の景色を絵画のごとくに提示し、芸術性を持たせるつもりがあったのではないだろうか。

ただ、それを描写によってまっとうするのでなく、活動弁士よろしく「あア美しい」とか「あア眞に迫ツて居る」と嘆声を発し、受け手を納得させようとしたところに限界もあった。小説の見せ場を絵画のように提示しつつ、同意を促す話者の嘆声は『蝴蝶』でも発せられる。

同じ頃の小説から、もう一つだけ引用しておこう。二十一年十二月、金港堂刊の小説『ぬれごろも』初編より、薄幸の美少女、阿露《おつゆ》の描写である。絵入りの百人一首を眺めるその横顔はまことに愛らしく、「あどけなさは檜杓で酌めるほど」というのだが、そこで美妙はこう続ける。

> もし是でその艶《つやゝか》な膚《はだへ》の儘全く裸體《はだか》で花園にでも居るならば天晴活きた「美」の本體、三保松原で歌の種を作ッた人のその雛形、つれない様な、嬉しい様な愛情の矢を射る人のその寫眞かと思はれましやう。

美術通たる美妙は、裸体画にも関心を持っていた。「愛情の矢を射る人」、つまりキューピッドさながらというのだが、実のところ、阿露はまだ七歳かそこらの少女であって、筋の上では一つの愁嘆場でもある。裸体がどうのとは言わずもがなの場面なのである。どういうわけか場違いな修辞を使う癖が美妙にはあって、読者の首をかしげさせたものだが、『蝴蝶』発表直前の美妙は、裸体こそはあっぱれ「美」の本体と書いてしまうほどに、美術と裸体に入れ込んでいた。

美妙、内田魯庵に煽られる

そんな美妙に、本格的な批評を与えたのが、すでに回想談を紹介した魯庵である。この頃は不知庵と言っていたが、魯庵内田貢はやはり改元前の慶応四年、江戸下谷に生まれた。美妙とは同い年であり、文壇進出のきっかけとなったのも、明治二十一年秋、美妙の『夏木立』を評したことだった。鋭く急所を突き、小説家としての精進を説いたその批評は美妙を励まし、執筆意欲を大いに高からしめた。魯庵の登場もまた『蝴蝶』執筆の逸し得ない伏線と言ってよい。

その魯庵の批評『山田美妙大人の小説』は二号にわたり、「女学雑誌」に掲載された。

十月二十日号掲載の前半では、今や刃向かうものもない文壇の若武者に美妙をなぞらえ、自分は陣笠胴服の雑兵に過ぎないとへりくだり、「大人が靈活美妙なる筆はアンジエロー雪舟が畫に於けるも同様」などと持ち上げるのだが、しかし、「胸にわだかまる疑點は凝てもつるゝ勢」とあるように、言わんとするところは手厳しい。世間を侮って書き飛ばしていないか、『夏木立』収録の幾つかは小説の態をなしていないのではないかとただしている。

大人が靈筆は天資なりとも　一夜作りの考案にて秀作の出來べしとも覺ゑず　茄子の一夜漬うましと雖も八百善料理には及ばず　大人が筆は常に活動せるが故に讀者一時は眩惑すれども　仔細に是を玩味すれば鹽辛きものあり　甘すぎたるものあり　勿論無味淡泊なる事輕やき然たるものに比すれば寧ろまさらめども　鹽辛きは田舎者に適すべく　甘すぎたるは下戸連に氣に入るべく決して具眼者料理通の腹を穿つ事能はざるなり

こんな鋭い批判の一方で、十一月三日号の後半ではエミール・ゾラの如きリアリストになって、『ナナ』『愛の一ページ』のような傑作を書けとも求めている。さらに文体論へ話を進め、「―だ」調の卑しさ、あるいは悲哀の場面に滑稽な修辞を挟む癖などを突くのだが、それでいて「大人が美男子なりと賛めらるゝを聞くも喜はず　大人が風流紳士なりと噂さるゝを聞くも樂まず　唯大人は立派なる小説家なりと指摘さるゝを聞かば黄金の釜を掘當しより滿足可仕候」と憎い台詞で締めくくる。切に期待すればこそ忠告に及ぶのだという作家殺しの批評である。

美妙は手もなく魯庵に惚れ込んだ。続く十一月十日号に『懺悔文』を載せた。『夏木立』の幾つかは小説とは言えないのではないかという酷評にも、確かに文体模索の筆ならしに過ぎず、小説ではないと言って下さるのはむしろありがたいと謝辞を述べる。「一夜作り」の指摘には「實に一句もありません」「如何にも是から一夜づくりは謹しみましやう」と反省してみせる。

この『懺悔文』は十一月十七日号へ続き、さすがに文体論では自説を披瀝している。文末の収め方について、美的な要素を犠牲にして「—だ」を用いてきたのは間違いだったと認め、すでに改めていると釈明する。ともあれ魯庵の評については「御評の文面は長く銘して忘れません。帯にも記したいほどです」とひたすら拳拳服膺する態である。


ところで、魯庵によれば、この『山田美妙大人の小説』は、もともと美妙に宛てた私信だったのだという。ただ単に読者として声援を与えたのみで、「公にするつもりもなければ、又、其人々の仲間に入つて自分も将来文学者にならうと云ふ心があつてのわけでは決してない」。それがいきなり「女学雑誌」に載ったので不思議に思った、しかも美妙を褒めた前半のみだったので、悪口を言った後半も載せるように編集部に手紙を書き送った——と魯庵は回想している。

もっとも、これには事実と符合しない点が多い。前半でほめて後半でけなしたというのもその一つだが、そもそも魯庵には明らかに文壇進出の意欲があった。自分で批評文の前半に、「せめては文學界の食客ともなりたし」と書いている。のみならず、公売本「我楽多文庫」八号に載る紅葉の一文も見逃し得ない。それによると、批評文「山田美妙大人に寄す」が石橋思案に送られてきた。「女学雑誌」掲載のものと同一と思われるのだが、紅葉は美妙とともに読み、この号には紙幅がないので、次号で必ず御覧に入れると予告している。按ずるに、美妙宛ての私信などではまったくなく、「我楽多文庫」への掲載を求めての投稿だったのだろう。しかしながら長文でもあって、すぐには掲載されなかった。ちょうどその頃、美妙と紅葉たちは疎遠になりつつあった。それもあってか批評文は美妙が預かり、「女学雑誌」へ渡した――と、そんな経緯だったのではないだろうか。魯庵の方は「我楽多文庫」へ投じたはずが、意外や「女学雑誌」に現れたので奇異に感じたかもしれないが、美妙からすると、その文学志望の意を汲んでの計らいだったはずである。(3)

魯庵の方は先の回想の中で、「山田君と私とは元同じ学校に居たことがあるので、どちらも名前は知らないのであるが、お互ひに顔だけは知つて居た」とも言っている。これは東大予備門のことと思われるのだが、魯庵は顔が分かる程度だったとしても、美妙は魯庵のことを覚えていた。『懺悔文』の末尾に、「以上母親に口返答する児のやうな申分。けれどそれは懐かしい人の御志にほだされ、また御言葉に甘えたのです」と書き添えている。「女学雑誌」へ周旋するにあたり、魯庵を自陣に引き入れる思惑が幾らかあったのかもしれないが、熱のこもった学友の評を素直に喜んでいたように読まれないでもない。時を隔てた魯庵の回想にこもる底意はさておき、美妙は「一夜作り」ではない小説を書こうと発奮した。それがすなわち『蝴蝶』なのだった。

小説の芸術化　『蝴蝶』発表

掲載誌の「国民之友」は明治二十二年、創刊二年になろうとしていた民友社の雑誌である。蘇峰徳富猪一郎は、郷里熊本の大江義塾を畳み、あわただしく上京した直後の二十年二月にこの雑誌を旗揚げし、進歩的な平民主義を唱えて成功を収めていた。

そこで蘇峰は二十二年の初刷り、一月二日発行号において、さらなる飛躍を期した。新方針は二つあった。まずは月二回刊から三回刊への移行、そして小説三編を収載した文芸附録だった。三編とは掲載順に言うと、美妙の『蝴蝶』、春の屋主人坪内逍遥の『細君』、森田思軒の翻訳物『探偵ユーベル』である。逍遥をおさえて、美妙は筆頭に据えられる人気作家だった。

附録の冒頭を飾る口絵も『蝴蝶』の一場面となっている。問題となった口絵だが、その画中から飛び立ったかのような蝶が「附録」の題箋を運び、続いて作者美妙の口上が始まる。


國民の友の附録にするとて御望みが有ったため歴史的小説のみじかい物を書きました。が、實の處これこそ主人が精一杯に作った作で決していつもの甘酒では有りません。匆忙の中の作だの何だのと遁辭をば言ひません、只是が今の主人の實の腕で、善惡に關せず世間の批評をば十分に頂戴します。


「いつもの甘酒では有りません」というのは、魯庵の評を受けての言葉と思ってよい。甘酒は別名「一夜酒」と言う。魯庵から「一夜作りの考案」「茄子の一夜漬うましと雖も八百善料理には及ばず」と言われたのに対して、これは「一夜作り」ではありませんと返したのである。「世間の批評をば十分に頂戴します」という「世間」とは、ほとんど魯庵のことだったかもしれない。

この口上では「脚色は壇浦没落の後日です」と、設定についても一言している。そこで美妙はいわゆる「経房遺書」を引く。安徳帝を供奉して摂津国まで逃げのびたという代物なのだが、「今この小説は脚色をその經房の古文書から抜いて一毛一厘も事實を枉げず、ありの儘に書いた」と強調している。この点については先学の考証があり、土佐亭は「虚言も甚だしい」と難じている。幾つか採用した部分はあるにせよ、そもそも蝴蝶なる官女など経房遺書には出てこない。なぜ「一毛一厘も事實を枉げず」と書いたのか、後考に俟つしかないけれど、あるいは単なるペダントリーだったかもしれない。典拠なるものを振りかざす癖が美妙にはあった。

さて、『蝴蝶』本編は、壇ノ浦の海上に始まる。平家はすでに敗走しつつある。今年十七歳になった美しき宮女、蝴蝶は落ち行く安徳帝の船からはぐれてしまう。さらに雑兵に言い寄られ、それを振り払って別の船へ移ろうとしたとたん、海へ真っ逆さまに落ちる。

第二章は一転、穏やかな磯の場面となる。美妙一流の凝った描写が続く。「夕日の紅を解かして揉砕いて居る波の色、その餘光を味はふといふ有様で反射の綾摸様を浮織にして居る笘屋の板びさし、しかも昨夜過ぎた春雨の足跡をば銀象嵌とも見立てられる蝸牛のぬめりに見せて居ながら、それで尚水際立つて見える工合の美くしさ、餘情は以心傳心です」といった調子である。

そこに蝴蝶が現れる。磯に流れ着き、「黒松の根方に裸躰のまゝ腰を掛けて居る」——。

濡果てた衣物を半ば身に纏つて、四方には人一人も居ぬながら猶何處やら吾と吾身へ對するとでも言ふべき羞を帶びて、風の囁きにも、鳥の羽音にも耳を側てる蝴蝶の姿の奥床しさ、うつくしさ、五尺の黒髪は舐め亂した浪の手柄を見せ顏に同じく浪打つて多情にも朝櫻の肌を掠め、眉は目蓋と共に重く垂れて其處に薄命の怨みを宿して居ます。水と土とをば「自然」が巧に取合はせた一幅の活きた畫の中にまた美術の神髄とも言ふべき曲線でうまく組立てられた裸躰の美人が居るのですものを。あゝ高尚。眞の「美」は即ち眞の「高尚」です。

さて、これからどうしたものかと思案する蝴蝶の前に、ひそかに思いを寄せていた二郎春風なる若武者が姿を現す。二人は連れ添うことになるのだが、この二郎春風たるや、実は平家に忍び入っていた源氏の間諜だった――というわけで、話は悲嘆の幕切れに向かう。

終章は「搔曇る雪氣の空を吹變へて月になり行く須磨の浦風」の一首を置き、「その吹變へる風は寧ろ小笹を噪がせたばかりです」。ちなみに歌は経房遺書系の文書に由来しているという。

そんな一編で印象的なのは、「あゝ高尚」という嘆声とともに、「美術」や「美」が高調子に語られていることである。もっとも、その「美術」というのは今日とは少し違った意味合いだったから、ちょっと注記を加えておいた方がよいだろう。

この頃、「美術」は絵画や彫刻にとどまらず、詩歌、音楽等を含む幅の広い言葉だった。その何よりの実例となるのは、国語辞典編纂にも取り組んだ美妙その人が明治二十五年から二十六年にかけて刊行した『日本大辞書』である。「美術」の項に「詩歌（汎ク）、音樂、繪畫、彫刻、建築ナド一切」と書かれている。あるいは逍遥『小説神髄』。その名高い緒言に「繪画、音樂、詩歌と共に美術の壇頭に煥然たる我物語を見まくほりす」とある通りで、今日で言う「芸術」に近かった。ただし、逍遥の緒言が小説改良を説き、「美術の壇頭」に肩を並べたいと願っているように、小説というジャンルはなお芸術上の地位を確立する途上にあった。すなわち芸術の範疇に加えられるような小説が目指されたのである。小説の近代化とは小説の芸術化を含意していたと言ってよく、その際、すでに「美術の壇頭」にあった絵画を規範とすることは当然、あり得べき選択肢だったはずである。

絵画的な描写を交え、「美術」を振りかざす『蝴蝶』とは、絵画を規範とする芸術化のプログラムに沿った小説にほかならない。引用した第二章の行文は特に念が入っている。磯辺の風光を「一幅の活きた畫」になぞらえ、そこに「美術の神髄とも言ふべき曲線でうまく組立てられた裸躰の美人」を置く。そして感極まったように、「あゝ高尚」と発するのである。

さらに進んで、美術通たる美妙は、この場面をそのまま絵画にすることを目論んだ。附録冒頭の口絵がそれで、描いたのは渡辺省亭という人である。濡れた衣を右手に抱え、左手で胸のあたりを半ば隠して立つ蝴蝶と、落武者として見上げる二郎春風を差し向いに配している。画中の色紙形には作中掉尾の一首、ほかに大きく蝶をあしらっている。絵画的な要素を導入することによって芸術性を高からしめる狙いは一貫している。ただ、問題はそれが裸体画だったことである。

一月四日付の「奥羽日日新聞」に始まって翌二月の半ばまで、あれこれの意見が紙誌を賑わせることになる。便宜のために、あらかじめ主な記事と出来事を一覧にまとめておく。

一月二日　「国民之友」三十七号、『蝴蝶』掲載。
　四日　「奥羽日日新聞」が批判。
　六日　徳富蘇峰、反論文を美妙に依頼。
　七日　「日本人」を発行する政教社の宴会。蘇峰、出席の老人になじられる。
十一日　「読売新聞」寄書欄に批判の投書。

十二日　「国民之友」三十八号、美妙の反論掲載。「読売」に森鷗外が投書。
十三日　「読売」に投書二件。巌谷小波が批判文を作成。
十五日　「奥羽日日新聞」、美妙を再批判。「読売」に投書二件。
十六日　「読売」に鷗外が再び投書。
十七日　「読売」に投書三件。
十八日　「日本人」二十号に小波の寄稿。「読売」は投書四件で、掲載打ち切り。
二十二日　「国民之友」三十九号、依田学海の批評掲載。
二十五日　「我楽多文庫」十五号、尾崎紅葉『蝴蝶殿』掲載。
二十六日　「女学雑誌」百四十六号、「もみぢ」名の批判。
二月二日　「国民之友」四十号で、美妙が再反論。
十五日　「以良都女」二十号、内田魯庵の批評掲載。
三月八日　「文庫」十七号に美妙、紅葉の書簡。

おおまかに言えば、まず「奥羽日日新聞」との応酬があり、自然発生的に「読売」寄書欄で論戦が始まり、硯友社の小波、紅葉とのやり取りが続く。さらに依田学海、そして最後に魯庵という批評家が登場してくる。この順に沿って、論争の要所を見ていくとしよう。

「奥羽日日新聞」の批判　公然性と対面性

論争の起点となる「奥羽日日新聞」一月四日付の記事は冒頭に掲げた通りである。先陣を切った一文だけに、『蝴蝶』口絵のどこが人々を苛立たせたのかがよく分かる。

批判は大きく二点あった。その第一点は「殆ど春畫に類し　一家團欒の席にては見るに堪へざるの思ひあり」。ほとんど春画に類する絵と見なすのだが、それもさることながら、力点は「一家團欒の席」というところにある。裸体画そのものというよりも、ひそかに眺められるべき春画同然の絵を誰もが見るような雑誌へ掲げたこと、つまり公然性を非難したのである。

さらに批判の第二点として、蝴蝶と若武者を差し向かいに描いた構図の問題を突く。「妙齢の貴婦人偶々意中の人に會しながら裸躰にして然も裙褌をさへ穿つことなく男子面前に呆然對立する者あるか」。若い女性が裸のまま、恋人に相対することなど現実にはあり得ないし、なおかつ作中には「羞を含める所」が書かれていて、小説本文に背馳しているとも指摘する。これについては、美妙の本文自体に曖昧さがあった。「吾と吾身へ對するとでも言ふべき羞を帯びて」と言っていながら、他方では「まだ裸躰を人に見られる耻かしさに、何の思慮も無く」とも書いている。ともあれ「奥羽日日新聞」にとどまらず、差し向かいの構図に違和感を持った人は少なくなかったようで、以降の論争でもたびたび槍玉に挙げられることになるだろう。

これら二つの論点はしかも、別々の話ではなかった。公的な雑誌で裸体画に対面させられた「奥羽日日新聞」記者は、口絵の中に、それと同様の対面的な構図を見いだしたのである。あたかも公然性を正当化するかのような構図と言ってもよい。すなわち絵の置かれるべき場所の公然性と構図の対面性が重畳する形で『蝴蝶』口絵が問題化した消息を、その批判は伝えている。

これに対して、美妙はどう答えたか。記事を読んだ蘇峰の依頼に応じて、『蝴蝶』の次号、一月十二日発行号の誌上に載せた『国民之友三拾七号附録の挿画に就て』は、「必ず世の攻撃もあらうとは豫て期した處ですが、果して此頃に至り多少その聲も聞えて來ました」と始まっている。その声とはつまり、前掲の「奥羽日日新聞」の批判にほかならないが、美妙はそれとは名指ししなかった。そもそも批判自体を軽く見たようである。「美人裸躰の圖は春畫に類すといふ事」「挿畫が本文と矛盾して居ると云ふ事」という二点にくくり、ただそれだけの話だと片付けようとした。

「美人裸躰の圖は春畫に類すといふ事」については、裸体表象の芸術性を強調している。西洋美術通たる面目躍如と言うべきか、ミケランジェロやラファエロを担ぎ出しての反論である。

意で迎へれば月も暗《やみ》です、花も嵐です。人界の衣類を脱却した天眞の處に却って爛熳の美はある譯、不道徳を擯斥すればそれと同時に「清淨」「天眞」とも言へます。まして、その不道徳といふ譯は卑劣の目で之を迎へるならいざ知らず、たゞ眞の「美」といふ點に心を注いで察すれば……言はずとも跡は澤山です。アンジヱロやラファヱルが裸躰の像に心血を凝らしたのは何のためです。飜ツて之を希臘に問ふても凡そ人界の有るべき完全の美は裸躰を究めて始めて作出し得た、その譯はそも〱何の故です。曲線の配合の工合、裸躰ほど美の上乗のものは有りません。是を一度《た》び美術館の中へ入れて、その雪のやうに潔白な白玉の肌膚のキユーピッド、獅子を愛した神女の肖像でも見れば曲線の勾配は果たして不道徳の原となるか、どうだか分解りましやう。

ただ話題作りを狙ったのではなく、心底美術に入れ上げていたことはよく分かる。この頃、「裸體で花園にでも居るならば天晴活きた『美』の本體」（『ぬれごろも』）などと書いていた美妙である。しかし、そうした美学が日本には存在しなかったことは一顧だにしていない。

第二点の「挿畫が本文と矛盾して居ると云ふ事」には、「全く無茶苦茶」とあきれたような口吻である。ただ、無茶苦茶という美妙の方も、的外れな空論に終始する。若い女性が男子の前に裸で立つことなどあり得ないというけれど、理にかなわないことは絵画になりませんか、それなら黄石公の逸話も山越の達磨図も、騎士の龍退治も描けないことになるでしょう、現実的ではない題材であれ「意匠」＝デザインがあれば芸術的な絵画なのです――といった調子である。

さらに文学の挿画には、「經國美談の中の畫」のように本文とまったく同じにする場合と、意匠を加える場合と、二通りあると主張している。『経国美談』とは明治十六年出版、古代ギリシャを舞台にした矢野龍渓のベストセラーで、挿画を描いたのは版画や油彩に長じた亀井至一だった。その序文によれば、龍渓は描く服装や器物が古図と異なることを許さず、亀井もまた努力し、一器一物の細部に至るまで、必ず古図に典拠を求めて正確を期したという。それを踏まえて、美妙は本文と一致させる挿画の例に挙げたものと思われる。『蝴蝶』の口絵はそれとは違って、意匠を加えた絵画、すなわち芸術的な絵画だと言わんとしたのである。

このように論点を要約し、一蹴せんとした美妙の反論だが、しかしながら、秘すべき裸体をなぜ公然と、という疑念を十分に受け止めたものとは言いがたい。本来は「言はずとも跡は澤山です」などと澄ましている場合ではなく、芸術である以上は公然と掲げられるべきであり、相対して鑑賞すべきものと主張すべきだった。ところが得々として、現実にない場面も絵になりますとか、口絵には二種類あるのですと言うばかりである。「人を甘く見た物のいひ方」と逍遥が回想したのは、こんな物言いを指してのことだったかもしれない。鎧袖一触どころか、「奥羽日日新聞」をいっそう苛立たせることになり、ただちに再反論を投げつけられた。

「奥羽日日新聞」の再反論は一月十五日付の新刊雑誌欄に掲載された。かつて四日付の記事に言及している山本正秀も、こちらについては触れていない。主な部分を引用しておこう。

今裸体は天眞に相違なしとするも　裸躰の外に美を示すべき手段なしとは云ふべからす　外に幾許もあらば以後は其方に願ひたし　又人物を畫く手段の一として裸躰を畫くことは日本にも行はれしことにて　土佐光起菱川師宣抔《など》の名家に春宵秘戯の圖の往々あるにても知るべし　然れとも日本の習慣として是等の畫圖は深く秘して他人面前に示さゞる事となせり　此の習慣は彼の裸躰の圖を公然衆目の觸るゝ書籍掲額等に描出すの習慣に比して可否何れにあるか言はずして知るべし　且主人は西洋の例を引來つて弁駁されしが是れは主人にも似合ぬ不見識の事なり　東西其風俗習慣を異にする上は殊さらに春畫類似のものを得意然と公衆に示す新習慣を輸入するにも及ぶまじ

論旨としては、再び裸体画の公然性を問うている。いわく、日本にも「春宵秘戯の圖」はあるけれど、深く秘して他人の面前には見せないものである。西洋美術の例を美妙は持ち出すが、東西で風俗習慣は異なるのだから、裸体を公然と示す習慣など輸入するには及ばないとしている。構図の対面性については、さらにボルテージを上げて攻撃を加えた。

尤も奇なるは裸体の美人を畫きしのみならず其腰前には一個の甲冑の武士跪ひて何か拝するものゝ如く畫きしは宛も兩國橋頭にヤレッケ（今はなし　主人は美の粉本を失ひしを嘆するならむ）の掲牌を見るの思ひあらしむ　武士に甲冑を着せたるは惜むことなり　寧そ之も裸躰として天眞爛熳の美を示せしならは主人の所謂美妙の本意に叶ひしならん　主人は御承知ならん　主人が後楯と頼む西洋にても美人裸躰の一件に付ては甲乙兩派の議論あり今に決せざることを

両国橋頭の「ヤレッケ」とはどういうものか、これについては、淡島寒月の『梵雲庵雑話』に回想が見える。今から考えると随分思い切った、乱暴な、猥雑なものですが——と、寒月は前置きするのだが、木戸銭は八文、小屋に入ると「看板の裲襠《しかけ》を着けている女が腰をかけて居る、その傍には三尺ばかりの竹の棒の先きが桃色の絹で包んであるのがある」。そして「ヤレ突け夫れ突け」という風に、「其の棒で突けというのです。乱暴なものだ」。こんな見世物の看板になぞらえるのだから、「奥羽日日新聞」記者は心底不快に思っていたらしい。

それにしても、なかなか手ごわい相手ではある。ルネサンスの巨匠などを後ろ楯に反論する美妙に動ぜず、裸体画の是非については、西洋にも「甲乙兩派の議論あり」と切り返す。ここで言い添えておくと、世の風向きも変わっていた。すでに欧化主義は色褪せ、国粋保存主義が高まっていた。ジャーナリズムの世界では、当時は進歩的だった蘇峰の民友社に対抗して、二十一年四月、三宅雪嶺らの政教社の雑誌「日本人」が旗揚げしていた。美術の方面では、やはり二十一年九月、宮内省に臨時全国宝物取調局が置かれ、古美術保存が本格化していく。西洋は西洋、日本は日本とする「奥羽日日新聞」の主張はこうした日本回帰の風潮にも支えられていただろう。
その結語は「主人に望む所は以來かゝる美は夜深け人定まるの後　主人獨身衾裏に在って其美の美たる所を究められんことを」。一人ひそかに見る分には勝手だが、裸体画を公にして慣れないこちらの眼まで慣れさせられては迷惑だ――裸体画を公然と掲げた美妙は結局のところ、日本では公然性を持ち得ないとする「奥羽日日新聞」を説得できなかったのである。

「読売新聞」寄書欄と鷗外

「奥羽日日新聞」と美妙がやりあっている間にも、『蝴蝶』の反響は広がっていた。文学者の回想から拾えば、十代後半だった田山花袋は「かういふ Virgin Soil が日本の文學にあるのか」と一驚した（『東京の三十年』）。郷里松山の尋常中学にいた高浜虚子も『蝴蝶』『細君』などを読んでいたという（『俳句の五十年』）。そんな読者の中で、口絵に物申したい人々の受け皿となり、いわば勝手に盛り上がったのが「読売新聞」寄書欄である。読売新聞は明治二十年八月に高田早苗を主筆に迎え、坪内逍遥らの助力で文芸色を強めていた。その成功例の一つがまさに美妙の『武蔵野』だった。それもあってか、一癖も二癖もある投書家たちが次々に馳せ参じた。
口火を切ったのは一月十一日付、「刺笑生」名の『書中の裸胡蝶』である。

希臘女神《ぎりしやぢよしん》の白大理石の立像かと思へば其蜂腰ならぬも道理なり　蝶兒の臀《ゐさらひ》の太きは曲線の美術の美妙かは知らねども　之れを美術の濫用とでも評すべき歟《か》

「蜂腰ならぬも道理なり」とはコルセットの西洋婦人を思い描いてのこと。コルセットで締め上げたような蜂腰でないのはギリシャの女神像だと思えば筋が通るが、しかし、蝴蝶の臀部が大きいのは芸術の濫用ではありませんか、と茶化したのである。[4]

そこに勇躍乗り込んできたのがほかでもない、鷗外森林太郎である。もともと鷗外は「読売」投書家の一人だった。宗像和重著『投書家時代の森鷗外』の推定によれば、明治十四年にはたびたび投書に及んでいたが、二十一年九月にドイツ留学から帰国すると、鷗外は投書を再開した。さらに二十二年一月三日付の附録には医学士森林太郎として『小説論』を掲げ、それと同時に弟の三木竹二とともに、翻訳物の戯曲『音調高洋箏一曲《しらべはたかしギタルラのひとふし》』の連載を始めたところだった。

当然ながら「読売」を読んでいた鷗外は、「刺笑生」の投書の直後、すかさず一月十二日付の寄書欄で参戦した。題は『裸で行けや』、筆名は「鷗外漁史」である。

書中の裸蝴蝶（！）……オヤ〳〵瑣吉《さきツ》ツアンかおえいチヤンなら「思ひしことよ、といふ處だ……ダガ西洋で千年も二千年も續いた喧嘩が又た此處等で持上ツては大變だ……武チヤンも武チヤンだ「裸但しミユルテの葉にて例の處は隠れて見えず」とか何とか云ツてコンナ人に安心させれば好いに……洋服を着て店を張つて居ればプロも上品で　女湯に行ツて居りやア奥樣も下品だと思はれりやア仕方が無い　歐米のバレツトなんぞはトリコーを着て居るから高尚だと感服するだらう……何ンにしろコンナ先生には鎌輪《かまわ》ずに裸で行けやポエジー（！）

一気に書き飛ばしたような調子で、少々難しい。『鷗外全集』の月報ではかの石川淳が「瑣吉ツアンかおえいチャンとあるのはなにをさすか不明」としているほどだが、瑣吉は曲亭馬琴、おえいは葛飾応為のことだろう。彼ら北斎に近しい人たちが、またぞろ北斎が春画を描いて案の定、というわけである。後年の『ヰタ・セクスアリス』を自伝的な作物とするなら、鷗外は幼い頃に春画を見せられたこともあった。ともあれ「武チャン」すなわち武太郎こと美妙に同情を寄せている。芸術か猥褻かというのは西洋でも年来の論争があり、今さら埒が明くものでもない。ヴィーナスゆかりのミュルテ＝myrte の葉っぱでアソコは隠れていますとか何とかやり過ごせばいいものを、と惜しんでいる。また、「歐米のバレット」は ballet、「トリコー」は tricot、バレエ用のタイツのこと。この頃、バレエの踊り子は高級娼婦のようなものだったらしいが、それでもタイツさえ履いていれば、物の分からぬ連中は高尚だと感心するだろう。そんなセンセイに構うことはないから、どんどんやれとけしかけたのである。どうやら鷗外、野次馬気分のようである。

ところが、鷗外の投書は一度で終わらなかった。ほかの投書家がこの挑発に食い付き、美妙と一緒くたに茶化す投書が現れた。なかでも十三日付、「K. N 生」なる匿名子の『ドーデモ裸で……』は、鷗外としても捨て置けなかった。美妙をエミール・ゾラに擬えたからである。

> 東京にも Zora が出まして都の花を咲せます、いかにも裸は美妙です　阿非利加《あふりか》のホッテントット邊では美妙で鼻を衝ぎませう　ナル程「美」は Art には無いものと見《み》えます　地獄に居る高師直より武チャンと鷗外さんに宜《よろし》くと申して來ました

ゾラについては、鷗外は「読売」紙上で論評したばかりだった。一月三日付の『小説論』はゾラの

実験小説論を紹介した小論であり、「小説家は果して此の如き事実の範垣内を彷徨して満足すべきや」と問うていた。そこにゾラの名前が出てきたのである。しかも鷗外は「K. N 生」とはすでに一戦交えていた可能性がある。[5] 膺懲せんと腰を浮かせたのも無理はない。十六日、鷗外は自ら二度目の登場に及び、「K. N 生」の投書を『見立てちがひ』と切り捨てた。

> 若し蝴蝶に病があれば自然的（naturalistisch）ではなくつて等級的（classisch《マ》）の症です　蝴蝶は實に美妙の筆で描き出だした一箇のオイフオリオンです　醫生は其運命の或は永からざらんことを痛惜します　東京のヅーラー（Zola なり Zora に非ず）の咲かせた都の花とは KN 君の誤診に依ツて生じたる眼中の花に相違ありません……

筆名は「艮崖医生」、丑寅の千住に住まう医学士こと鷗外は、美学上の見識を見せつける。美妙をゾラとは誤診だろうと一蹴し、Zora としたスペルの誤りも正している。若き鷗外は容赦仮借のない論争家だった。しかも、その炯眼は凡百の投書家の及ぶところではなかった。美妙には「等級的」、すなわち古典主義的傾向が強いと指摘し、さらにはファウストの息子オイフォリオンの墜死を引き合いに、前途を危ぶむ口ぶりである。表向きにはヒロイン蝴蝶のことながら、美妙のたどった運命を思う時、鷗外の見立てはおそろしいほど的中していたと言うべきだろう。

ヴィーナスか塩冶高貞の妻か　鑑賞と窃視

ただ、誤診と言われた「K. N 生」の投書にも、目をとめてしかるべきところがある。ゾラばかりでなく、「高師直より武チヤンと鷗外さんに宜くと申して來ました」と、高師直を持ち出したことである。ご存じ悪名高き北朝方の武将だが、『太平記』の中では塩冶高貞の妻に恋着し、浴後の姿をのぞき見たことになっている。それと同様に、『蝴蝶』口絵はのぞき見趣味に過ぎず、美妙も鷗外もしょせんは高師直のお仲間でしょうと「K. N生」は皮肉ったのである。これは「読売」寄書欄におけるポイントの一つとなる発言と言ってよい。

ほとんど無意味な軽口の応酬に見える「読売」寄書欄だが、『蝴蝶』口絵をどのような絵と見なすか、投書家たちは縦横に連想を広げている。そして、一方の類推は古典的な美を体現するヴィーナスであり、他方は高師直にのぞき見された塩冶高貞の妻なのである。

まず一の矢にあたる「刺笑生」の投書にいわく、「希臘女神の白大理石の立像かと思へば其蜂腰ならぬも道理なり」。ギリシャの女神の大理石像のような古典的なヌードと見えなくもない、と受け止めている。鷗外もまた「ミユルテの葉」と記し、ヴィーナスとの関連を示唆している。なるほど『蝴蝶』口絵の立ち姿はおおむねS字形に収まり、胸元を手で隠すしぐさも古典的なヴィーナス図像を思わせる。背景が海ということもこの連想を補うかもしれない。

ところが「K. N生」は高師直のエピソードの側へ連想をたぐり寄せた。もとより蝴蝶が立つのは海辺であって、塩冶高貞の妻がのぞき見られた浴後の姿ではない。にもかかわらず、塩冶高貞の妻を重ね見たのには、しかるべき理由があった。幕末・明治の画家に菊池容斎という人がいる。その容斎の代表作に、賢人忠臣烈婦の姿を考証し、肖像と略伝を集成した大著『前賢故実』があって、そこには高師直にのぞかれた塩冶高貞の妻の図が含まれている。実のところ、その『前賢故実』の一図と『蝴蝶』口絵とはよく似ているのである。

さらに一言しておくべきは『蝴蝶』口絵を描いた画家、渡辺省亭のことだろう。嘉永四年生まれの省亭は、ほかでもない菊池容斎に師事した人だった。実際、師の描いた図をもとにして「塩谷高貞妻浴後図」という作品を複数残している。そこからすると、今日でもよく言われるように、『前賢故実』を踏まえて『蝴蝶』口絵を描いた可能性はかなり高い。

しかしながら、その反面で見逃せないのは省亭が明治十一年、すなわち一八七八年のパリ万国博覧会に際してフランスに渡った人でもあったことである。『ゴンクールの日記』にはその年の秋、ジャポニザンのフィリップ・ビュルティ邸で省亭が披露した席画の様子が記されている。余談ながら、ポール・ヴァレリーの『舞踊の哲学』の中に「ゴンクール兄弟の『日記』が伝える、ある日本人画家の興味深い話」という一節があるけれど、それも省亭ということになるだろう。ともあれ洋行画家たる省亭はヴィーナスの図像がいかなるものか、よく承知していたはずである。

『蝴蝶』口絵が塩冶高貞の妻を下敷きにしたものか、ヴィーナス像を意識していたのか、省亭の経歴からは定めがたい。もっとも、どちらでも描ける立場にあったことは、省亭が和洋双方の知識が渾然と入り交じる時代の画家だったことを物語っている。そして程度の差はあれ、「読売」寄書欄の投書家たちも同じ時代を共有していただろう。そうであればこそ、ヴィーナスと塩冶高貞の妻と、相異なる連想が『蝴蝶』口絵から引き出されたのである。

『蝴蝶』口絵をヴィーナスのごとく眺めるのか、塩冶高貞の妻を重ね見るのか——「読売」寄書欄の投書家たちが広げた二つの連想を端的に言い換えるとすれば、ヒロイン蝴蝶の裸身がまとうべきは鑑賞の視線か、窃視の視線かということになる。もとよりヴィーナスも水浴し、のぞき見られることがあるにせよ、その裸身は表向きには芸術的な鑑賞の対象である。塩冶高貞の妻の柔肌は厭うべきのぞき見の対象にほかならない。鑑賞の視線と窃視の視線というまなざしの質が、ヴィーナスと塩冶高貞の妻という形をもって問われたと言ってもよい。

これはしかも、「奥羽日日新聞」が問題視した差し向かいの構図とかかわる話だった。芸術であれば公然と対面して差し支えない。窃視とはもとより一方的に窺い見ることであり、定義からして対面性を持ち得ない。つまり差し向かいの鑑賞性を否定し、対蹠点を想定する時、そこに据えられたのが窃視の視線なのである。日本では伝統的に女性の裸が描かれるのは、湯浴みの場面か海女の姿といったところだったが、湯浴みをのぞき見ることは現実に起こり得ることであって、いかに反道徳的であったとしても、まだしも理解できることだった。さらに言えば、むしろ倫理的な問題を捨象できるところに窃視の表象の独特さがあるのだが、その話はまた後に譲ることにしよう。

「読売」寄書欄がどうなったか、いちおう記しておくと、鷗外が登場したのと同じ十二日、「国民之友」に美妙の反論が載ったこともあって、投稿者たちは加熱した。これでは収拾がつかないと見て、十八日付で編集子が「勝負なし」と宣し、『蝴蝶』口絵の投書は打ち止めとなった。

硯友社、参戦す　槍の小波、大将・紅葉

続いて論争に加わったのは硯友社の面々、すなわち巖谷小波、尾崎紅葉である。

相語らって硯友社を興した紅葉たちは、すでに美妙とは疎遠になっていた。硯友社幹の一人だった美妙が「以良都女」「都の花」その他へ拠点を移したことは、硯友社の側には友を捨て、情を忘れた不徳のふるまいと映っていた。それで二十一年秋には美妙を除名したのだが、年改まって発表された

のが『蝴蝶』である。裸体画で一山当てる気かと見えたかもしれない。さりとて気の置けない仲間だったのには違いなく、なお愛憎相半ばする複雑な気分だったようである。

まず飛び出していったのは、漣山人こと小波巌谷季雄である。明治三年生まれ、硯友社では若い方だった小波は医学士になる道を捨て、社中に加わった情熱家でもあった。

その明治二十二年の日記『己丑日録』を閲すると、一月十三日の条に「徳富、美妙　省亭に対する攻撃書を作る」と記されている。これは「国民之友」に美妙の反論が載った翌日で、「読売」寄書欄もにぎわい始めた頃である。もはや高みの見物ではいられないと小波は批判を書いた。投稿先には「国民之友」と対立し、国粋保存主義を奉じる政教社の「日本人」を選んだ。この雑誌に関わった人には杉浦重剛がいて、小波はその称好塾に通っていた。こうして十八日発行の誌上に『徳富猪一郎君と美妙斎主人とソシテ省亭先生とに三言を呈す』が掲載された。

「聊か横鎗を突込まんとす、覺悟めされお三人」といった戯文調で、まずは蘇峰に向かって一突きする。「兎に角不体裁なる婦人の裸躰を美の神髄としてものしたる小説、その不体裁なる裸躰の婦人を無遠慮に畫きたる圖を入れて恬として顧みず、剰すさへ其を以て雑誌の面目と信じ居るとは、そも〳〵御所存の分らぬ處」。当時としては常識的な批判と言えるだろう。

続いて「いでや美妙殿に見参せん」。美妙の「国民之友」での反論をとらえて、「裸躰ほど美の上乗のものは有りません」との断定だけではよく分からない、裸菩薩のありがたみとやらを今少し聞かせよ、と詰め寄った。もっとも、「久し振なる對面に肩臂はって云ひ争はんは元より吾が本意ならねど」と前置きし、美妙が歴史物で乱発した「おじゃる」言葉なども交えながら、硯友社でふざけ合った頃の気分を漂わせている。
その近しさもあってか、この小波の『三言を呈す』には、楽屋へ回り込んだ訳知り風の物言いが目立つ。美妙に濡れ衣を着せることになった例の噂も書きつけられている。

和殿かものしたあの胡蝶、眞とに奇麗に出來ては居るがあれが裸であつたばかりに和殿は四方八面に敵を受けてさぞ困難でおじやらふ、然し和殿も去る者、辨解の砦を築ひて防いではおじやるが……口善惡ない京童は思ふまに〳〵「美妙齋と云ふ男は山氣のある男よ、しかしその山もすつくり當てさぞ本意で有ふ」と云ひ、「美妙が辨解は本文と同じ頃に出來てやありけん」と云ひ、或は「美妙は己が名に因みて一も美二も美と痢病やみが厠へ行きたる樣に、美で人を瞞着し居る」と云ふもありて折角の辨解も味噌の上塗と成りしは近頃氣の毒千万なことよ

「国民之友」での反論がひとしきり、文学青年たちの間で話題となった様子が伝わってくる。そこから「美妙が辨解は本文と同じ頃に出來てやありけん」との噂が生じたわけだが、これは単純に、小波や周囲の仲間が「国民之友」での美妙の反論を読みながら、そのもとになった「奥羽日日新聞」批判を知らなかっただけのことに過ぎない。もとより落ち度は美妙にあって、この反論は「奥羽日日新聞」に対するものだと断っておけばよかったのだが、小波たちとしても、手近に読まれる圏内ばかりでなく、その外側においても批判が書かれ得るとは思っていなかったのだろう。美妙への苦言に流れる身内の気分とも関わるところで、活字メディアの拡大がもたらしつつあった言説空間を、己が身の丈でしかとらえていなかったと言えるかもしれない。

美妙に手加減した分、小波は省亭には手厳しい。「前賢故實の臨寫に心を奪はれて本文と矛盾し作者に辨護をしてもらふなんぞはあんまり働きでもありますまいぜ」――ずばり『前賢故実』と言ったのは小波が最初である。単に図像の類似を指してのことかもしれないが、塩谷高貞の妻という窃視の図像を重ね見た格好で、それのみならず「臨寫」と決めつけている。

小波に続いて登場したのは、硯友社の大将たる尾崎紅葉である。

紅葉尾崎徳太郎は慶応三年生まれ、父は牙彫の名手で幇間となった通人、谷斎である。美妙とは紅葉六歳の頃からの付き合いだった。ともに硯友社を興し、やがて美妙が去った後もしばらくは縁切りという風ではなく、当人たちにしか分からない感情の行き来があったようである。

一月も終わりに近い二十五日発行の「我楽多文庫」十五号に、紅葉は『国民の友第三十七号附録にて　蝴蝶殿』を載せた。ヒロイン蝴蝶に宛てた便りという趣向である。四角四面に論じるより「思ふさまおもちやにする、出來るだけ洒落のめす」（丸岡九華）という硯友社の流儀をもって、旧友美妙を遇したのである。その行文から、幾つか内輪の事情を知ることもできる。

書き出しは「ゆかしの御名は世の人の未だ御姿を拝し參らせぬ間に美妙殿の物語にて愚聞を驚かし候」と始まっている。紅葉は早くから構想を聞かされていたようで、いつ掲載されるのか、今日か明日かと待ち焦がれていたのだという。また、「先《さい》つ頃政教社懇親會の席上にても。御身が養親《やしなひおや》なる徳富氏は御身ゆへにさる翁にいたく詰《なじ》られつるを我親しく見及び候」とある。政教社は「日本人」の発行元だが、確かめてみると一月七日、雑誌の盛運を賀して両国の中村楼で祝宴を開いている。紅葉が指しているのはこの会合のことだろう。そこに「国民之友」の蘇峰も出席し、ある老人から『蝴蝶』

口絵に関して面詰されたらしい。小波が『三言を呈す』を投じたのはその「日本人」だったが、あるいは会場の雰囲気を紅葉から聞き及んでいたのかもしれない。

紅葉もまた『蝴蝶』口絵に対しては、やはり疑義を投げかけた。いわく「美の真髄といへる説に味方候ものながら只いふ可きは女﨟のあるまじき人目を愧ぬ景色にて剰《あまつさ》へ悪《にく》からず思ふ男の前に立はだかり何かは知らず此見候へかしの御姿　そも何事ぞ」。裸体画の芸術性には理解を示しつつも、やはり差し向かいの構図を問題視しているのである。

それでも結びは一首の狂歌、「かくすべき雪の肌を現はしてまことにどうも須磨《すま》ぬうら風」。これはすなわち『蝴蝶』終章に見える「掻曇る雪氣の空を吹變へて月になり行く須磨の浦風」のパロディーである。最後は笑いに転じて、大将らしい器量を感じさせる。

対面せずに　窃視と語りの倫理

ところで小波、紅葉は小説の実作者である。この頃、彼らがどんな小説を書いていたのか、そこは公平の観点からして確かめられてよいだろう。美妙と同様に、二人は絵画的な趣向を小説に使うことがあった。また、美妙を攻撃し得るほどに清く正しい小説を書いていたわけでもない。

小波という人は、実は美術に興味を持っていた。『前賢故実』を持ち出しているのはその一証左だが、もともと独逸学協会学校に学んだ人だから、西洋美術にもそれなりに接していたらしい。明治二十一年を通じて「我楽多文庫」に連載した『五月鯉』の書き出しを引く。

見渡す限り物寂しくて　武藏野の昔時《むかし》を忍ばれる傳通院の裏手の眺め　向ふの本郷臺は靄《もや》に立て

籠められて　其隙から燈光が二ツ三ツ仔細らしく見えて居る塩梅は油繪でよく見る様な景色　此方の植物園の森は　霞の中に半分隠れて頭だけ黒く顯はした處　四條派の墨繪に似て居る

「油繪でよく見る様な景色」「四條派の墨繪に似て居る」という風に、和洋の絵画に景色をなぞらえている。このほかに、色とりどりの雲が浮かぶ夕暮れの空は「油繪の繪具板の様」といった奇抜な比喩があり、「床間には容齊とも思はれる時代畫の軸」といった室内描写も出てくる。これを翌二十二年四月、『初紅葉』と改題して上梓した際には、「女学雑誌」の誌上で絵画に擬えた形容を魯庵に逐一引かれ、こうも似たような文句がちょくちょく出てくるのは「誠にドウモ……」と揶揄された。絵画的な要素による小説の芸術化を、小波もまた意識していたのである。

女性を一幅の絵に見立てることもあった。同じく二十二年の八月刊、初期の代表作にあたる『妹背貝』では、つまらぬ藪医者になるよりは天晴れ名誉の画工になりたいと願う水無雄と恋人の艶子を主人公に据えている。この幼なじみの二人が長じて鎌倉へ海水浴に出かけたところで、浴後の艶子が登場する。後にはお伽の小父さんと呼ばれた小波のこと、いきなり裸体画を掲げるようなふるまいに出たわけではないが、洗い髪に櫛をあしらい、素肌に薩摩絣を着た姿を描写して、「その天眞のまゝを現はした湯上り姿、輕《やはらか》い玉と云はうか、温い雪と云うかの。清洒《さつぱり》とした處は實に墨繪の觀音、胡粉や臙脂を借らないのが、一段と有難く拝まれる」と書いている。しかも、ここには月岡芳年の挿画が入る。その筆になる艶子は婀娜な笑みさえ浮かべるようで、ヴィーナスならぬ「墨繪の觀音」、はたまた『前賢故実』の塩冶高貞妻ならぬ艶子出浴の図といったところである。

さらに見逃せないのは、この『妹背貝』の序章「春　長閑《のどか》さは稚遊《おさなあそ》び」にほかならない。ほほえましい少年少女の世界に、小波はのぞき見の趣向を組み入れている。

品川沖を望む高台で、幼い頃の水無雄と艶子が遊んでいる。景色を描こうかと水無雄は洋紙のスケッチブックを開く。ややあって、筆が進まぬ様子で立ち上がるのだが、何かを見つけたらしく、体をかがめて裏の坂を下りていく。艶子はと言えば、八重桜の下に腰を据えて、「蓮華や菫を膝の上にのせ、袂から木綿糸を出して、花束の製造に餘念もなかった」。はて、水無雄さんはどうしたのだろうと見回すと、五六間先で何やらせっせと描いている。「時々盗むやうにして水無雄の方をフッと見やる、見ると向ふでも此方を盗むやうに、一度ならず二度も三度も」。怪しい素振りのゆえんを艶子は察知し、怒り出す。「いやョ水無雄さん、人の顔なんぞ畫いちやァ」。

何とかごまかそうとした水無雄だが、押し問答の末に、スケッチブックを見せる。「もとより少年の筆、活きて働くと云ふ程ではなくとも、兎に角一圖の畫として、見れば見られる圖」だったが、それを艶子はいきなり引き裂いて捨てる。「いやな水無雄さんだ」と涙ぐむ。少年少女が見つめ合うことさえはばかられたことが知られるけれど、当人に察知されないように窺い見るのだから、これはまぎれもなく、のぞき見というものだろう。『蝴蝶』口絵を非難して窃視の図像に引き寄せた小波はその実、さりげなく自作にのぞきの趣向を使っているのだった。

窃視的という意味では、紅葉の野心作『恋山賤《こひのやまがつ》』も取り上げておくべきだろう。明治二十二年十月に全文発表となった短編だが、きわどさは小波の比ではない。山里に逗留する都の娘がわらび採りに出て、迷子になる。心細さから物音に振り向けば、樹上には斧を持った男の姿。娘は思わず転倒し、気を失っていく。山賤は介抱しながら、その美貌に眺め入る。

この山賤生を人界にうけて以來《このかた》、初めてかゝる女に逢ひたり。東京土産の錦繪といふものを、新田の鈴ッ子が見せしが、世の中にその繪のやうな、美しい女のあるものとは、一向合点なり難く、それこそ繪そら事とのみ承知せしに、此はその繪にましたる姿、あまりの美色に泥《なづ》みて、女が疵に悩む事も忘れ、苦痛の齒がみする顔を……苦しからむとも思ひやらず、つく〴〵とながめて、にやりと笑ひ、頰の色、緻密《こまやか》なる肌理《きめ》、すべて珍らしく、これ一生の思ひ出、又とはあるまじと、爪長く、節くれ立《だ》ち、木脂《きやに》に染し指にて、臆しながら、すべ〳〵とせし頰をついて見、なほ深入して朱唇《くちびる》をひねり、指頭《ゆびさき》につく紅を、嬉しさうに見て——嘗《なめ》て、四邊を見まはす。

意識も朦朧とした娘を山賤は眺め尽くす。見られることなく一方的に見ている点で、これも十分に窃視的と言ってよいだろう。さらには頰をつっき、唇に触れ、指についた紅をなめるという気味の悪さだが、しかし、一気呵成の語りは読む者を釣り込んでしまう。都の娘を前に「東京土産の錦繪」を重ね見て、苦痛にゆがむ顔、きめこまやかな肌、紅を引いた唇を見つめる視線を、読み進むうちに共有させ、同時に、それに続く山賤の行為を目撃させる。ちなみに、このむくつけき男と美女の組み合わせは南蛮人ものの春画を思い出させもするのだが、実際、小説集『初時雨』に収められた際の武内桂舟の挿画はそれに踵を接している。

こうしてみると、不審の念が起こるのは避けがたい。なるほど裸体ではあったが、それを芸術のつもりで掲げた美妙と、のぞき見の趣向を用いた紅葉や小波とではどちらが道徳にもとっていただろうか。少なくとも『蝴蝶』口絵を窃視の図像と見なし、それと似たような趣向を使うからには、自身も高師直のお仲間ではないか――と、そういう問いを差し向けることもできないではない。しかしながら、ここで斟酌すべきは、窃視それ自体と窃視の表象の違いである。小説や絵画におけるのぞき見の趣向と倫理的な問題の関係について、一考してみるとしよう。

のぞき見とはそうと相手に知られずに、一方的に見ることである。作中人物が窃視に及ぶ時、読者はそのまなざしを共有することになるだろう。しかし、倫理上の責任を負うのは読者ではなく、一義的には作中人物である。『妹背貝』の読者は水無雄とともに、花摘みに熱中する愛らしい艶子の姿を目の当たりにすることになる。その窃視の結果、水無雄は艶子の怒りを買い、スケッチの破棄によって罰せられる。紅葉の『恋山賤』で都の娘を見つめ、唇をひねったりした山賤もまた「もしや我せしいたづらを知りて、告口されたらば」と不安に駆られることになる。読者の側はそうした倫理的な侵犯の帰結を含めて、むしろ安んじて一部始終を眺めることができる。

この事情は絵画の場合も変わらない。『前賢故実』を例に取るとしよう。あられもない塩冶高貞の妻の姿が描かれ、なおかつ高師直に窃視されている。なるほど由々しき図ではあるだろう。ただし、倫理的な責めは高師直に帰される。けしからん、卑劣だと言いながら、観者としては塩冶高貞の妻の裸身を見られないではない。その気になれば、思うさま凝視することもできるだろう。すなわちのぞきの趣向は倫理的な問題を償却し、実は視線をまっとうさせるのである。

こうしたのぞきの趣向と対比すると、美妙が糾弾された理由はより明確になる。『蝴蝶』口絵は倫理的な問題を回避する契機を欠いていたのである。読者は肌もあらわな蝴蝶と向き合う。そこで画中の二郎春風が蝴蝶をのぞき見ていたなら、倫理的な責めを負わせることもできるが、この若武者は蝴蝶と差し向かいに描かれている。読者もまた裸体画と対面しており、彼が是なら我も是、彼が非であるなら我も非という風に、抜き差しならない形で是非を問われる仕儀となる。なるほど芸術であるなら、むろん公の雑誌に掲げて構わない。蝴蝶と若武者を差し向かいにした対面性も理にかなっていることになる。そこで美妙は「あゝ高尚」と嘆声を発し、読者にそうでしょうと同意を促した。ところが日本には裸体を芸術と見なす慣習など存在しない、今後もそんな慣習は要らないと否定されてしまえば、まるごと倫理的に許されない営みに反転するしかなかった。

さらにもう少し考察を続けてみよう。のぞきの趣向はまた、小説がどのように読者を迎え入れるのかということに関わっている。窃視者とは身勝手というか、うかつというか、見る者でありながら、当の自分が見られているとは思っていない。自意識を欠いた形で視線を行使すると言ってもよい。実際に作中の窃視者の視線を共有する時、読者もまた自意識を欠いた視線となって、いわば垣根や戸口の外からのぞき見るように小説世界の内側へ入り込むだろう。作者としては、どこで何を見せるのか、読者の視野を操作しつつ、誘い込むように物語るべきであり、逆に謹むべきことは、そこに自ら姿を現すことに違いない。講談師のごとく嘆声や注釈を挿入し、余計な意見を表明することは、しょせん語られているのだと読者の自意識を喚起するからである。別の言い方をすれば、表象の枠内へ超越的に参入していた読者を、表象と同じ地平で対面する立場に引き戻すことになる。

要するに、のぞきの趣向は非対面的な語りの工夫を前提としており、それは読者の側も先刻承知の定型的な物語を脱し、小説を近代化する上では有力なプログラムの一つでもあった。のぞき見はまた盗み見と言うけれど、これを聴覚に置き換えれば盗み聞き、立ち聞きとなる。それらに注目し、明治二十年前後の小説の語りを論じたのは前田愛だった。やましさやうしろめたさを伴うことなどを確認しつつ、坪内逍遥の『妹と背鏡』などにおいて、行為から心理へ、さらに市民社会の裏面へ筆を届かせるために、この種の趣向が駆使されたことを指摘したのだった。

同じ観点から、前田愛は裸蝴蝶論争にも何度か言及している。ここでは遺著となった『文学テクスト入門』を参照するとしよう。いわく、「小説の重要な視点の一つであるのぞきという、いわば内密な視点という問題」が、『蝴蝶』においては「真っ向から対立するかたちで、美、高尚という観念と並列されている。そこのところに、この小説がスキャンダルになった原因が求められるのではないだろうか。そしてまたこれは、制度としての近代文学の登場をカリカチュアのかたちで告げているのではないか」――断っておくと、美妙自身が意図的にのぞき見の趣向を用いたわけではなく、そこは誤解されるべきではないのだが、しかし、のぞき見の趣向に引き寄せて解釈しようとする志向が読者の側にあり、それと正面から対立する形で美妙が「美」や「美術」を押し立てていたことが、彼らを苛立たせたことは事実と言ってよい(6)。すなわち『蝴蝶』をめぐる論争はいかにも愚劣なようで、いかに小説を改良するかという二つの道筋に関わっていたのである。

一方には絵画を規範とする芸術化のプログラムに入れ込んだ美妙がいて、勢い余って裸体も芸術でございと討って出た。小説の語り手としても、嘆声を発しているように、対面的な語り方を採用していた。他方で、小波や紅葉はそこまで絵画的な手法に深入りしていなかった。のぞき見の趣向を取り入れたように、むしろ語りの工夫というプログラムに取り組んでいたのである。

それゆえにか小波や紅葉は、美術愛好そのものを対象化することもできた。

小波の『妹背貝』は画家を夢見る水無雄を主人公としているが、その志望は容易に受け入れられない。画家なる存在は医学士と対置され、社会的には十分な承認を得られていないのである。その設定に仮託したように、周囲の期待に反して小説家たらんとしていた小波は、芸術や芸術家なるものがそのまま世間にまかり通るものかどうか、美妙ほど素朴には信じてはいなかったように見える。

紅葉の方は、裸蝴蝶論争の折には「美の真髄といへる説に味方候ものながら」と一定の理解を見せる風だったが、この騒動それ自体を世態風俗の一つと眺めていたふしがある。二十二年十一月、風俗壊乱のかどで湯上り図その他、絵草紙屋の裸体画が発禁処分になると、すかさず年初の裸蝴蝶論争を蒸し返したような短編『裸美人』を仕立て上げることになるだろう。

美妙、典拠を明かす

「奥羽日日新聞」との応酬を第一幕、「読売」寄書欄を第二幕、そして硯友社からの横槍を第三幕とすれば、第四幕にあたるものとして、ようやく批評家による論評が出てくる。

その一人は依田学海である。天保四年生まれの漢学者で、文壇にも重きをなしていた学海は一月二十二日発行の「国民之友」に、『国民之友二小説評』を掲げた。二小説とは二号前の『蝴蝶』と逍遥の『細君』を指すが、詳注を付すようにして『蝴蝶』を論じている。例えば「箭玉」とあるけれど、いまだ砲弾もない時代に「玉」とはいかに、だとか、壇ノ浦の合戦は旧暦三月二十四日のことであって、海に落ちて裸で海辺に立てば「髪も亂れ身も縮み。浅間しくいとはしき姿ならむ」「そを美術の眞髓などいはんは。ふさはしからずと思へり」といった具合である。

口絵については「奥羽日日新聞」に対する美妙の反論を踏まえて、それでも疑問が残らないではないと説き進める。疑問視するのは、やはり男女差し向かいの構図である。いわく、古代ギリシャでは裸体の絵や彫刻が作られた。その大方は神女などを模していて、なおかつ単独像である。さもなければ他人に気づき、羞縮の態となる。「女子の身にて少しも羞る色なく。他人の面前に。四肢を展布するの理はあるまじきなり」と難じている。

その図像の典拠については、学海もまた『前賢故実』の転用だろうと見なした。塩冶高貞の妻の図は背を向け、思わず衣のはだけたところであり、「男子に對したるの圖」ではない。それを転用したのは「意匠を誤りたらんか」とただした。言わんとするところは先行の批判とほとんど同じだが、年長の学海の評でもあって、美妙は『蝴蝶』口絵の真意を明かすことになる。

二月二日発行の「国民之友」に載る美妙の『蝴蝶及び蝴蝶の図に就き学海先生と漣山人との評』は、主には学海の評に応答し、小波の『三言を呈す』への反論を付け加えている。

ただ裸体は悪いと匿名で騒ぎ立てる連中とは違って、学海先生は図案のみを評された。かたじけない忠告であり、黙せず図案について語りましょうと説明に及んでいる。

蝴蝶の圖案は主人が立てました。決して省亭氏に關係の有る事では有りません。また前賢故實から引いたのでも有りません。似ては居ますが、別物です。まづ趣向を取ッた基を言へば先年の倫敦大博覧會に出て居た少年と少女とが腕を組合ツて居る彫像と、武士が少女に箭を示して居る彫像と、及び昨年の美術雑誌《アーツジョーナル》に出て居る美人二人が花園の中で男子に追迫られて慌てゝ逃げる圖と其他一二の獨逸の美術雑誌に見えた摸寫圖（いづれも裸躰）とを参考し、さて更にアタランタの小説の挿畫から半分、及び例の美人が花園で逃げる圖樣から半分、こも／＼趣向を取合はせて武士を右へ置いたのです。が、由緒がやかましいだけには畫が面白く出來ませんでした。

図案を考えたのは自分だと明言し、さらに『前賢故実』の転用ではないと否定している。これは美妙にとっては譲れないところで、「別物です」と強調している。では、何を参照したのかと言えば、美妙はロンドン万国博覧会の出品作、「The Art Journal」、ドイツの美術雑誌の図版などを並べ立てている。[7] アタランタとは、スウィンバーンの詩『カリュドンのアタランタ』のことか。しかし、それらを配合して、うまく一図にまとめられようとも思われない。典拠の多数をもって圧倒せんとの構えとさえ疑われる。果てには二度まで省亭に草稿を変えてもらったが、不十分なまま世に出てしまったと言い訳してもいる。誰しも鼻白む思いを禁じ得ないだろう。

むしろこの弁明で見逃し得ないのは、差し向かいの構図を選んだ理由と言ってよい。学海が説いた独立像ばかりでなく、裸身の女子と着服の男子が抱き合う絵、キューピッドと少女がともに裸体で接吻する絵などもあるけれど、それが不道徳に見えないのは、「男女の顔の思ひ入れが愛といふ一點に凝ツて居て　而して其他の劣情をば些しも含んで居ぬからです」と強調している。むろん物語を読み進むと、若武者は間諜だったと露見するのだから、蝴蝶と対面した際には愛よりほかに余念もなかったとは無理のある話ではあるけれど、一定の説得力はある。描かれた人物が何事かに没入し、それゆえの充足性を絵画が備えることは十分にあり得る。そのような状態を実現しようと差し向かいの構図を採用したとすれば、美妙の絵画観は正当に評価されてしかるべきだろう。

しかしながら、裸体画の芸術性について助太刀したのは鷗外くらいのもので、一般的な認識の水準からして、美妙の企図が理解される余地はほとんどなかった。よく言われるように、明治初年までは半裸や肌脱ぎは当たり前のことだったが、絵画その他の表象はまた別の話である。彼らの姿は外人向けの写真に記録されることはあっても、そのまま絵画の主題とはなり得なかった。美女の裸体となれば、入浴図や海女のような好色主題か春画が大半であり、公然たる視線の対象ではなかった。はたまた百武兼行や山本芳翠のような初期の洋行画家は裸体画を残し、やがて黒田清輝が移入に挑むことになるものの、それが展覧会という公的な場に掲げられるたびに騒動になったものである。こうして少なからぬ画家が伝統的な文脈を借りることになった。そのあたりを端的に総括してみせた一文を澁澤龍彦が書いている。いわく、「風呂屋の風俗をもふくめて、女人沐浴の図は清長も歌麿も豊国も、さらに幕末の芳幾も好んで描いているが、たぶん、こういう長い伝統があるためであろうか、それは明治以後の日本画においても、それほど異和感なくテーマとして成立し得たのだった」――そのように窃視の視線で迎える態度は、確かに長く続いたのである。

かくも強固な視線の慣習に反して、裸体画の口絵を対面すべき芸術と主張したことはやはり無謀ではあった。前衛的と言えば過褒となるけれど、その種の試みが奇矯と非難され、しばしば低く読み替えられるのが世の習いではある。当時の例としては、一月二十六日発行の「女学雑誌」に載った評が挙げられる。蝴蝶の立ち方、武者との位置に失敗があったと指摘し、例えば蝴蝶が「壇の浦を望で悵《ちよう》然《ねん》たるか」「身を岸頭に曲げ、端なく水に映じて紅潮を催うすか」の姿で、「那岸《あなた》の一端に破船あり武者密かに半身を現はすが如きは極めて面白かりしものを」と惜しんでいる。ひそかに窺い見るのであれば、『前賢故実』と同様に、むしろ許容できたのである。

美妙の『蝴蝶及び蝴蝶の図に就き学海先生と漣山人との評』は、小波の『三言を呈す』についても一言している。裸体を美とする根拠を聞かせよというが、それはコモンセンス、君も独逸学協会学校に学んだのなら「ダンネツケル」の彫刻くらいは知っているでしょうと言い返した。これはドイツ新古典主義の彫刻家 Dannecker のことだが、さらには自ら去った硯友社を持ち出して「餘計な揚足は御人柄を損じて、つまり硯友社の恥辱でしやう」とそれこそ余計なことを言っている。西洋美術を愛好する仲間と思っていた小波の言だけに、なおさら癪にさわったのかもしれない。(8)

美妙は江湖の美術家にも呼びかけている。「裸躰像を奨勵するのは今後の日本美術に大關係のある事で、一鎗入れたる主人も大きに御小言を言はれましたが、しかし今後の處裸躰像には心を凝らして舊來の身像の不條理を改めたいものです」。もはや自分と『蝴蝶』の件はさておき、将来に期待をかけるようだが、それが承認されるまでには幾歳月を経なければならなかった。

一夜漬　魯庵の判定

さて、もう一人登場する批評家は魯庵である。果たして魯庵が何と言うか、美妙はほかの誰の評より心待ちにしていたはずである。もともと「茄子の一夜漬うましと雖も八百善料理には及ばず」と言われたことに美妙は発奮し、「決していつもの甘酒では有りません」「世間の批評をば十分に頂戴します」と『蝴蝶』を掲げたのだった。ところが魯庵の評は一か月立っても現れず、ようやく二月十五日発行の「以良都女」二十号に掲げられた。これは美妙が関係し、十五号からは発行兼編集人を務めていた雑誌だから、美妙自ら批評を依頼したようにも思われる。

「蝴蝶を評せよとお望がありましたが」と始まる魯庵の評はしかし、つれないものだった。

一夜漬――却て風味があるやうです、即席料理――寧ろ庖丁の手際が見へます。が、是は一と口の味です。噛占て見ると一夜漬は矢張り一夜漬、即席料理はどうしても即席料理。太宰の滋味八珍の饗膳と同様には参りません。それを僅に語格の相違を咎め、挿畫の目新しきを毀るは、まだ小説の眞味を知らないのです。思出す、信長の昔咄。解らぬものには鹽辛き田舎料理か相應でせう。かく申す主人も其お仲間。ですが田舎者は田舎者だけに氣の附いたこともあります。

判定は結局、「一夜漬」である。風味や包丁捌きが身上の一夜漬なのに、ささいなことを咎めるのは塩辛い田舎料理を好んだ織田信長と同様に、小説の真味を知らないからだろう。そして自分も田舎者の仲間だと述べている。要するに、一夜漬けには満足できないというのである。「甘酒では有りません」と掲げた美妙には、まさにしょっぱい評価と言わざるを得ない。

いちおう「近頃比類なき傑作」とも言っているのだが、「経房遺書」という誰もが知る偽書を種に使ったとして糾弾し、文章上の瑕疵を指摘する。しまいには自分も忙しく、一夜作りの評となってしまったとして、「主人はなほ文學研究の上、今より十年後（氣の長い咄）には更に細評を加へませう。先は是れにて　御免を願ふ。サラバ……」。

なぜこんなことになったのか。何より大きかったのは小説観の違いだったのだろう。魯庵は『山田美妙大人の小説』で、ゾラのような小説を書けと求めていた。この『蝴蝶』評においても「小説に重んずべきは、自然よりは却て人為を描寫するにあります」と明言している。磯辺の描写こそ巧みだが、そうした自然の描写は「詩人の想像」であって、「小説家の本務ではありません」。文壇進出にあたっては美妙に助けられた魯庵だが、ここでは批評家として筋を通した格好である。もっとも、美妙にゾラのような小説というのは、鷗外いわくの「見立てちがひ」というもので、見当違いの期待から失望に転じ、酷評に至ったと言えるかもしれない(9)。

美妙からすれば、彼こそはとたのみにしただろう魯庵から「一夜漬は矢張り一夜漬」と言われたことは、相当こたえたに違いない。この魯庵の評をもって、裸蝴蝶論争はほぼ終息する。実に魯庵に始まり、魯庵によってとどめを刺された論争と言えなくもない。さらに当時の世相を考え併せれば、もはや裸の絵に取り合おうなどという者が現れなかったとしても不思議はない。大日本帝国憲法が発布されたのは二月十一日、世間は祝賀の声で沸き立っていたのだった。

吹き変える風　幾つかの後日談

「吹變へる風は寧ろ小笹を噪がせたばかりです」――そんな風に終わる『蝴蝶』のごとく、裸蝴蝶論争もさびしく幕を下ろすことになる。魯庵の批評の後は、「我楽多文庫」改め「文庫」誌に美妙と紅葉の書簡が載っているくらいである。

紅葉に宛てて、美妙は「胡蝶に賜はりつる御手紙かれも千百の手荒き中。こればかりやさしかりきと。いといたう打喜び」と書き送った。日付は二月十八日、魯庵に酷評された直後であり、硯友社らしい戯れ歌で迎えた紅葉の心映えが改めて身にしみたのかもしれない。

ただし、返歌を贈るにあたり、「照君のふる事も。思ひ出られ侍りて」の前書を置いた。王照君とは悲運の美女であり、知られるように、後宮の女性たちの似顔絵を皇帝が描かせた際、仔細あって醜女に描かれたことから匈奴へ嫁ぐことになった。ヒロイン蝴蝶の悲運もまた画家のせいだと言わんばかりである。こうなると、美妙の人間性を云々した魯庵に同意せざるを得ない。

紅葉はやはり戯文調で応じたが、美妙を戒めている。「美妙は胡蝶ゆへに名を揚げたり。其恩忘るべからず」として「君ゆへにまる裸とはなりにけり末わするなよ糟糠の妻」と詠み、「かの繪姿は勅によりて寫せしものゝよし。毛延壽が側杖の迷惑。さこそと察入候」と言い添えた。毛延寿とは王昭君を醜く描き、後で首を刎ねられた画家である。すなわち胡蝶を描かせたのは美妙よ、君ではないのか、巻き添えになった省亭こそ迷惑だと思うぞ、ということだろう。

旧友ゆえの諫言が胸に届いたかどうか、ともあれ美妙はその後も意気軒昂だった。「以良都女」誌上では、『蝴蝶』口絵をめぐって「恐ろしい攻撃を受ける犠牲となり、結局裸体を美で無いと言つた説には感服せずに了りました」と振り返り、懲りた風もなく、美術誌「美術園」の創刊号に載った裸体画「アフロシーテ」を指して、絵画としてなっていないなどと寸評を加えている。

さらに美妙は、また別の論争に身を投じることになる。いわゆる言文一致体論争である。もともと美妙の文体は卑俗だと攻撃されていたのだが、裸蝴蝶論争が終息した二十二年三月、金港堂の雑誌「文」を舞台に激しい論戦が巻き起こる。ここで深く立ち入るつもりはないが、批評者の側は伝統的な雅俗観に拠った面があった。その一人である児島献吉は話し言葉は「鄙俗ナルモ可ナリ」、文章は「都雅ナラザルヲ得ズ」、ゆえに「文ヲ變ジテ言ニ近ヅカシムレバ、文ハ品格ヲ卑ウシテ、鄙俗ニ失ス」と論じている。いわば公的な「文」の側に私的な「言」を持ち込んだことが問題視されたわけで、公的な雑誌に秘すべき裸体画を掲げた裸蝴蝶論争ともよく似たところがあった。この方面から裸蝴蝶論争を読み直すこともできるに違いない。

実際、この言文一致体論争も終盤に至った六月、美妙は「優美ヤ卑野ハ意ニ因ル事デス」と言っている。どこかで聞いたような、と思い出す方もあるだろう。裸蝴蝶論争の口火を切った「奥羽日日新聞」の批判に対して、美妙は「意で迎へれば月も暗です、花も嵐です」と反論していた。確かに何事も受け取る側の「意」、心一つには違いないけれど、さりながら、そうした主観的な判断もまた世間一般の価値観をさほど離れて成り立つものではないだろう。そこを美妙は明らかに侮っていた。「意ニ因ル事」という強弁には、それゆえに孤独の影がさすようでもある。

論戦も空しく、美妙に対する世評は下がる一方だった。その一端をうかがわせるのは二十二年十月、絵草紙屋に氾濫する裸体画を憂えた「読売新聞」の記事である。さる人の言として、利益を当て込んだ商売には幾らか酌むべきところがあるにせよ、「嘗て此の裸体畫を作り出し　口を美術に籍りし文學海の權謀家を憎む」と書かれている。ほかでもない美妙のことである。

そして発禁が断行された直後の翌月、同じ「読売」に載ったのが紅葉の『裸美人』だった。

曲線美！　曲線美！　曲線の好配合から成立所《なりたつところ》の、女人の裸體は「美」の神髓である！　あい、あい、左様でございい。我は美術家の某とて、夙に「裸美宗」に歸依するものなり。あはれ、此宗旨の難有《ありがた》い處を、弘めてくれればやと思ふに、世には偽聖人《つくりせいじん》多く、裸美の實相を觀もせで、世教風俗を紊亂すと、一言にいひ消す事こそ心得ね。いでや、奮ツて、俗眼凡慮の迷霧を拂はむ！

こんな「裸美宗」を奉じる美術家は、新妻に向かって、美の実相を見せんがため、丸裸で披露宴に出よと命じる。困った妻はかくなる上は命を絶つと母親に訴え、同じく裸で参列せよと言われた下女と連れ立って夜逃げに及ぶ。その冒頭、引用した美術家の台詞は裸蝴蝶論争での美妙の言い分をほとんどそのまま借りている。少なからぬ読者が美妙のあれかと苦笑したことだろう。美妙にはもとより酷な仕打ちであり、さすがに疎遠になりつつあったことを物語るようだが、紅葉には自分と美妙の関係もまた一興として読者に供するような腹の据え方があった。
こうした趨勢に抗して、擁護に回ったのは鷗外である。翌年八月の「しがらみ草紙」で、ベッドの上でも化粧部屋の中でもなく、岸辺の立ち姿であったにもかかわらず、当時の詰難が文学者に及んだことを冤罪と見なし、「誰か能く其冤枉《えんおう》を憐まざらむや」と記した。かように紅葉と鷗外は違った考え方を持っていたのだが、その話はまた章を改めるとしよう。

湯煙に包まれて　裸体と温泉

晩年の明治三十九年、美妙は「中学世界」誌に回想談を残している。世を去る五年前の記事だが、文学修業や言文一致の試みについて語り、その言文一致体が下品だと攻撃され、まだ解決されていないところに裸蝴蝶論争が巻き起こったと振り返っている。

いや、風俗壊亂である。やれ卑俗の極である、と方々からの大痛棒、殆んどその應接に堪へないのでありました。私は、それでも、『裸體は曲線の美を發揮したものだ。』と云ふ（今日は普通の理論になつて居ますが、其の時分には少くとも耳新しい議論）極端な説を立てゝ、これに對したのですが、攻撃者の耳に此《こ》様《ん》な奇説がどうして這入らばこそ、只風俗壊亂専門で轟々と私に攻寄せて來るのでありました。私に取つては、また彼の言文一致の紛擾が解決されてなく、云はゞ、未決の問題の上に立つて居る最中なので、事實この二度目の攻撃は私に強い打撃を與へましたのです　思へば、無理もないことで、其の時代の智識の水平線から見れば、社會一般の輿論の方が或は眞理であつたかも知れませんでした。

このほかに覆面の野次馬として鷗外が助太刀してくれたことを挙げ、しかし、ついには「彼様《あん》なものを書く位だから、文も矢張下等で、『だ』調なぞ云ふ野卑な言文一致を始めたのだ」との判決を受けた――とするのだが、美妙の語り口は時の流れを感じさせもする。『蝴蝶』の頃の気概とは打って変わって、裸体美の主張を「極端な説」と呼び、「其の時代の智識の水平線から見れば、社會一般の與論の方が或は真理であつたかも知れませんでした」と淡々と認めている。

すでに美妙の文名は二度にわたる醜聞を経て、無残に失墜していた。簡略に述べれば、明治二十七年暮れ、浅草奥山の女性とのもめ事を「萬朝報」に書き立てられた。よせばいいものを、美妙は女性に近づいたのは小説の種にするためだ云々とつまらぬ弁明に及び、この頃、演劇改良運動をめぐって不信感を抱いた逍遥から、糾弾の一文『小説家は実験を名として不義を行ふの権利ありや』を投げつけられた。さらに二十九年一月、弟子にあたる女流作家の田沢稲舟と結婚するも、稲舟は郷里へ帰り、九月に亡くなってしまう。これまた美妙の不徳の致すところと見なされた。

こうした世の非難が一因となり、かつては「優美ヤ卑野ハ意ニ因ル事」と言い放っていた美妙をして、「時代の智識の水平線」とか「社會一般の與論」と言わしめるに至ったのだろう。寂寞の念を禁じ得ないけれど、確かに裸体美の説に関して言えば、その「智識の水平線」なるものは美妙が思っていたよりも、はるかに低かったと思ってよい。

まさに美妙失墜に関係のあった田沢稲舟に『小町湯』という小説がある。発表されたのは二十九年六月の「文芸倶楽部」だが、いささかならず当惑させられる筋立てとなっている。

立身を遂げた父親がいて、息子二人に商業をやれと求める。ところが兄は哲学者、弟は画家になると決めていた。当然ながら不興を買ったが、しかし、弟は知恵者だった。家にいた書生の実家が銭湯であることを思い出す。「これまで勉強した僕の腕で一ツ非常に高尚優美な裸体美人《はだかびじん》をゑがこうと思ッたが　どうも男は婦人の裸体を見る事ができない」というので、頼み込んで番頭になり、番台から女湯を観察した。そこに立派な骨格の「中お婆さん」を見つけ、それをモデルに描いた裸体の天女は「優美といはんか高尚といはんか　骨格體度着色まで實に一點の申分なき筆のあや」と称賛され、上野の美術展覧会で一等賞に輝いた。おまけに二万円で外人に売れた。父親もあっぱれと勘当を解き、「美術の尊き事を知れりとか」——これにてめでたく幕である。

いや、めでたしと片づける話ではない。「汝は幽遠の事を語るべからず、汝の幽遠を語るは寧ろ湯屋の番頭が裸躰を論ずるに如かざればなり」というのは北村透谷『漫罵』の一節だが、画家志望の弟はまさしく風呂屋の番頭となって、裸体美人を描き上げる。女湯をのぞいて芸術という話であって、『蝴蝶』口絵はのぞきの図像ではないと譲らなかった美妙と、つかの間であれ、結婚もした女性の小説がこのありさまである。さすがに鷗外、幸田露伴、斎藤緑雨の合評『三人冗語』では、洋画家とそのモデルを小説の種にするのなら、せめてモデルはどういう場合にどう使うのか、見てこないまでもその道の人に話を聞いてはどうかとあきれられている。

しかし、この稲舟の例にとどまらず、その後も小説には飽かず入浴と裸体が書かれた。文学者たちは陰に陽に絵画を意識していたし、裸体画をめぐる画壇の騒動も気にかけていたようだが、小説に書くとなると、やはり入浴の場面とするのが現実的なやり方だった。なかんずく混浴の習俗が残っていたらしい温泉はその格好の舞台であり続けた。

最も有名なのは、夏目漱石の『草枕』だろう。那古井の湯にヒロイン那美さんが現れる。画工が湯につかっているところに那美さんの方から入ってくるのだから、意図したのぞきとは言えないが、湯煙の中に黒髪を流したその姿を見た画工は「世の中に是程錯雑した配合はない、是程統一のある配合もない。是程自然で、是程柔らかで、是程抵抗の少ない、是程苦にならぬ輪廓は決して見出せぬ」と感じ入る。これは美妙いわくの「曲線の配合」とほとんど変わらない。この画工は当代フランスの裸体画は露骨に過ぎて気韻を欠くと嫌い、「凡てのものを幽玄に化する一種の霊氛《れいふん》」に言い及ぶ。要するに、湯煙に包まれていればこその讃嘆なのである。

温泉と裸体と言えば、有島武郎の『宣言』も忘れがたい。青年二人が心の内を明かす書簡体の長編で、大正四年、「白樺」に連載されたその作中、友情と恋愛をめぐって吐露される出来事の一つがこの種の体験である。青年Aは母と出かけた登別温泉で同宿のほっそりした少女に出会い、かねて思いを寄せる女性を重ね見る。しかも浴場で一緒になる。その体は板仕切りでさえぎられているが、二の腕や黒髪が見え、洗い粉の匂いとともに「僕の脳を爛酔させた」。

その夜寝床に這入つた僕の眼の前には、まざまざとボッチチェリのヴィナスの誕生の畫が出現した。今摘み取られたばかりな薔薇の花を弄びながら、樂しさうに輝き、躍り、微笑むあの小刻みな春の波が、まづ眼に浮ぶ。その波の上に擴がる空虚な、然し充實した大きな空間が、次ぎに思ひ出される。その眞中に描き出された、純粋な希臘風とはいへない優美な一種のポーズ。水の泡か、人か、海妖か、まだ乾き切らない、潤澤な、栗毛の髪を支へかねるやうに首をかしげて、夢からさめ切らない眼を稍々細めに正面を見つめながら、細々と立上つた處女の姿。無限の生と喜びとを生み出すべき處女の姿。行きつまる所まで靈化した豊潤な肉感……。

温泉のボッティチェルリ――。そのかみ美妙が「もし繪なら、金岡か良《ら》ふあえるが」などと言っていたことを思えば、ボッティチェルリとは「智識の水平線」も上がったものだが、舞台は温泉であり、まさに窃視に発した夢想の中にヴィーナスが現れる。『蝴蝶』の口絵を塩冶高貞の妻出浴の図と見なした「社會一般の與論」は、ヴィーナスを温泉に転生させたのである。

ならば、裸体画は公然と鑑賞されてしかるべきという美妙の理想はどうなったのか。ただ空しく消えたわけでもなかったことは、昭和二十九年刊、三島由紀夫の『潮騒』がその証左となるかもしれない。舞台は海神信仰が息づく伊勢の小島、ヒロインの初江は海女である。海女もまた浮世絵以来の好色画題の一つではあるけれど、嵐の中で炎を挟み、たくましい海の青年新治と差し向かいに立つ名場面にその連想はなじまない。三島が作り出そうとしたのは、美妙いわくの「男女の顔の思ひ入れが愛といふ一點に凝ツて居て而して其他の劣情をば些しも含んで居ぬ」という充足の状態と言ってよいだろう。世に美妙ありせば、きっと「あゝ高尚」と嘆息したに違いない。

第二章　美術国霊験記

『風流仏』表紙図案（「新著百種」第５号　日本近代文学館『風流仏　名著復刻全集』より）

山田美妙の『蝴蝶』が文壇をにぎわせていた頃、その埒外にいた大物が一人いる。まだ世に知られなかった露伴幸田成行である。明治二十二年一月を通じて、そもそも東京にいなかった。小説が初めて書肆に売れ、その稿料で旅に出ていたのである。

青年露伴は鬱々として過ごしていた。生まれは慶応三年、ほどなく明治になろうとする頃だが、幕臣幸田家は維新後、次第に衰微した。四子の露伴は電信技手となり、明治十八年に北海道余市へ赴任したものの、二年ほどで東京に舞い戻った。任期は一年残っていたから、要するにドロップアウトである。露伴の心中も、風当たりのほども容易に想像がつく。父の始めた紙屋の店番になり、かたわら図書館に通い、古本屋に出入りした。同じ本の虫として旧知の淡島寒月から西鶴を教えられ、筆写したのはこの頃らしい。西鶴にでものめってみるしかない境遇ではあった。

そんな中で『露団々』という小説を書き上げた。恋あり知略あり、アメリカを舞台にした波乱万丈の長編は破格の大才を知らしめるのに十分だった。実際に金港堂に売れ、その吉報が届けられたのは二十一年大晦日のことだった。「面白く無くて面白く無くて、痼癪が起つて痼癪が起つて、何とも彼とも仕方の無い中の閑を偸むで漸くに綴り成したる露團々は賣れたり」――この時の紀行文『酔興記』の書き出し、「賣れたり」の一語に歓喜の念がこもる。露伴は友人たちと年越しの祝杯を上げ、酔った勢いのまま佐野を目指した。さらに単身、木曾路へ突き進む。やり場のなかったエネルギーが堰を切り、先へ先へと背中を押したかのごとくである。ついには京都、大阪を見物して、東京に帰り着いたのは二十二年一月三十一日のことだった。

その旅は結果として、裸蝴蝶論争とほぼ重なっている。『蝴蝶』口絵に憤って「奥羽日日新聞」が批判を投げつけた一月四日、露伴は前橋近郊にいた。山あいの不動堂や国定忠治が潜んだという岩窟を見物している。「読売新聞」で投書家が騒ぎ出した十一日には馬籠で猪肉を所望した。すると皮ごと焼いたのを出され、ジャリジャリするので閉口したという。何かの出来事に立ち会うことは一つの才能と言われるけれど、逆もまたしかりなのだろう。裸体画云々の喧噪をよそに、東京を去って旅の空にあったことは、露伴の脱俗的な資質を物語っている。

しかし、ただ飄然と歩いていたわけでもなかったらしい。路銀は稿料である。この先も書かねばならぬと思えば、何かしら筆を呵すべきものを探す旅でもあった。事実、後には『酔興記』という紀行を作り、道中の見聞を織り込んだ小説『風流仏』を発表することになる。

本章で取り上げるのはその『風流仏』である。つとに文学史に名高い一作であり、何を今さらというところだが、露伴の足取りを追いかけてみて、気づいたことがある。明治二十二年一月、裸蝴蝶論争こそ素通りした露伴だが、東京を離れていたことによって、その旅は奇しくも日本近代美術史に特筆される出来事と交差し、それがしかも、決定的な作用を物語に及ぼしたように思われる。どういうことか、ひとまず露伴の旅をたどってみるとしよう。

明治二十一年の暮れ、『露団々』の売り込みを助けたのは、まずは淡島寒月ほかの友人たち、そして依田学海だった。『学海日録』より十二月十八日の条を引く。

旧友小林椿岳が養家の一子淡島某来訪。友人壱人を携来り、一巻の小説を示さる。露団々と名づく。余が序を請はれたり。其人いへらく、僕が書は一種の志想をもて作り出したり。これをよみて、心に適はゞ序を賜ふべし、適ひ給はずば、退け給ふとも恨なしといひき。淡島又余(に)井原西鶴が好色壱代男八巻及び曲亭がいと古き小説一巻をかされき。此夜小説をよみみる。げにかの人のいひしに違はず、文章・趣向皆意外に出たり。大かた八文字屋本に奪胎して西洋の事を叙したるものなり。此人必ず洋書を多くよみて、その妙を得たるものにや。多く得がたき才子なり。求めずとも必ず序文を作るべし。

これはなかなかの名場面と言うべきだろう。堂々と「心に適はゞ序を賜ふべし」「退け給ふとも恨なし」と言い放った露伴、ただちに「多く得がたき才子なり」と才能を認めた学海、いずれも面目躍如たるものがある。そして彼ら二人を取り持ったのが寒月だった。学海の記すように、寒月は小林椿岳という人の息子にあたる。まずは椿岳・寒月の父子について一言しておこう。

小林椿岳は画家ではあったが、むしろ奇人として通っていた。この頃は向島の弘福寺に寄寓し、同じ向島に住む学海とも縁があったようだが、さかのぼれば浅草寺淡島堂の堂守となり、門口に泥絵をぶら下げて売ったりしていた。その周囲にはおかしな仲間が集まっていた。浅草寺に居着いたのは十七世貫首の唯我韶舜と古物道楽仲間だったからだというのだが、彼らの中には鵜飼玉川のような好古家たちがいた。寒月の回想によれば、玉川は「古物の生辞引」と呼ばれ、富岡鉄斎や蜷川式胤《にながわのりたね》、柏木政矩あたりとも付き合いがあった。後に彫刻家となる竹内久一も可愛がられた一人だった。(1)やはり仲間だった浮世絵師の歌川芳延は持ち物すべて狸尽くしという人だった。そんな酔狂な面々に囲まれて育ったのが安政六年生まれ、寒月淡島宝受郎ということになる。

寒月と言えば、まずは西鶴本蒐集が話題に上る。父とその仲間たちの感化によるのだろう。最初に買ったのは信州から出て、当時は浅草にあった酒井好古堂の店だったというのだが、西鶴本を集めては露伴をはじめ、尾崎紅葉、内田魯庵らに読ませて、ついには明治文壇に西鶴リバイバルの機運を作り出した。それでいて誇る風もなく、蔵書は後に手放してしまった。その惜しみなさも、好きに徹した好古家の風を物語る。今の引用では学海に『好色一代男』を貸している。年少の寒月が西鶴を貸すというのも妙なものだが、学海のような漢学者は日頃は読まないものだったのかもしれない。それも含めて、やはり寒月という人の面目を窺わせる一挿話ではある。

そんな寒月に伴われて、露伴は学海を訪ねた。言い方を換えれば、椿岳・寒月のような好古家たちの世界に連なるようにして、露伴は世に現れたのである。

露伴と会った十二月十八日夜に『露団々』を読んだ学海は二十一日、序文を書いた。翌二十二日、再びやってきた露伴に渡した。その先、露伴は出版交渉を友人たちに委ねておいたものらしい。彼らは金港堂に持ち込んだ。当時、編集の中心にいたのは山田美妙である。

その美妙に会った魯庵の回想『幸田露伴』によれば、「エライ人が出ましたよ!」と破顔した。

『イヤ、實に面白い作で、眞に奇想天來です。』と美妙も心から喜ぶやうに満面笑ひ頽れて、『近來の大收獲です。學海翁も褒めちぎつて褒め切れないのです。天才てものは何時ドコから現はれて來るか解らんもんで、丸で彗星のやうなもんですナ……』

と美妙は御來迎でも拝んだやうに話した。夫から十日ほど過ぎて學海翁を尋ねると、翁からも同じ話を聴かされたが、エライ男です、エライ男ですと何遍となく繰返した。

「學海翁も褒めちぎつて褒め切れないのです」というから、美妙はすでに露伴の話を聞かされていたらしい。『学海日録』十二月二十四日の条、美妙は『ぬれごろも』初編を届けている。学海が序文を与えた二日後にあたる。おのずと露伴に談及び、じかに学海から『露団々』推薦の弁を聞かされたのだろう。美妙もまた一読感嘆し、「都の花」で掲載することに決した。その朗報が露伴に届けられたのは大晦日、三十一日午後だったということになる。

『酔興記』によれば、名もない一書生の小説が売れるのか、露伴とて自信はなかった。父親からは「汝が筆に成りしものなど如何で世間に出づべきや」と突き放され、さすがに悔しく、何とかならぬかと祈っていたところに、友人二人が原稿料を携えてやってきた。天にも昇る気持ちだったに違いなく、彼らとともに上野で飲み始めた。一献一献また一献、詩吟剣舞で夜は更けて、露伴は電信局時代の先輩を佐野に訪ねようと思いつく。若さゆえの無軌道さと言うべきか、三人は夜道を何と浦和まで歩き、明けて二十二年元旦、汽車で佐野に向かった。

一行は佐野でも散々に飲み、今度は四人連れとなって足利や前橋を遊覧した。一月五日には高崎へ至った。さすがに他の面々は帰ると言い出し、露伴は「猶歸らじ」と横川へ向かった。

その先、露伴は一人で木曾路へ分け入った。八日、洗馬の宿では美しい少女に出会った。

> 奥の方より齢は十四か五なるべし、額のびやかにして鼻筋通り、菩薩眉、菩薩眼したる少女の面は櫻色に美はしきが小さき朱唇を今や動かして何か物言はんとしつゝ出で來りしに出で會ひて、年増は小聲に何をか耳語しつ彼鍋を渡せば、少女は無言にて上品なる顔を我が方に向け星眸一轉して羞を含みつ、直ちに鍋を提げて奥の方へ入りけるが、うしろ姿もすらりとして黒き布子をこそ着たれ襟のあたりは畫になんど見るが如く清げに、黒き地へ赤く飜れ梅やうのものゝ染められたるメリンスの帯まで貴く見えたり

そんな風に見惚れるうちに、草鞋の先を囲炉裏で焦がした——というから、どうやら露伴、珍道中に仕立てているようでもある。今は『酔興記』に従って旅をたどっているけれど、体験と創作の関係について、露伴は一見識を有していた。別のところで「人の旅行日記ほどあてにならぬものなし」と書いている[2]。そこはこの紀行も例外ではあるまい。洗馬の少女も果たして草鞋が焦げるほどの器量だったかどうか。土地の女性を愛でるのは竹枝《ちくし》詞《し》以来の約束事、何しろ『酔興記』と掲げて美人の一人も出てこないでは無粋というものだろう。

十日の条には須原の宿に泊まり、花漬なるものを買ったエピソードが出てくる。

> 花漬とて種々の花を小さく平たき箱の中に排列し、玄冬素雪の今猶枝頭に在つて開けるが如く妍芳の美を保たしめたるを賣りに來る女あり、さても風流なる商賣かなと賞して二箱三箱購ひ求め

ぬ

花漬を買い入れたことは事実と確かめられるのだが、この先の足取りを記しておくと、飛弾高山を経て、十三日に名古屋に着いた。旧知の人を訪ね、今度は十八歳ほどの美しい娘が箏を弾き、歓待された。二十日、大津から京都に入った。京都では丸四日間を過ごし、二十五日に大阪へ向かう。あとはまた大津に戻り、二十九日、四日市から横浜行きの汽船に乗った。

東京に戻った三十一日の夜、露伴は学海宅に向かった。その日の『学海日録』を引く。

夜、人あり、これを先生にとて出してかへりぬ。とりてみれば発句あり。

花やこれ君が常盤の筆のあと

とありて、露伴としるしぬ。ひらきて見れば、木の花漬といふものなり。この箱のうらに、君の御蔭をもて京大坂に遊び、西鶴・其碩・芭蕉の故蹟を訪ひ、木曾路より遥々とこの漬物をもち来りぬとあり。かの露団々の小説を金港堂（に）ゆづりて路費などにせしにや。

学海の序文により稿料を得て、京大阪に遊んだ御礼として、須原で買った花漬を土産にしたのである。東京に帰り着くや真っ先に届けているあたり、青年露伴は義理堅い。

ところで、ここで気になるのは、「君の御蔭をもて京大坂に遊び、西鶴・其碩・芭蕉の故蹟を訪ひ」という言い方である。西鶴その他、先人追慕の旅であったかのごとくだが、しかるに紀行文の『酔興記』は一月後半、京大阪に至るあたりから、簡潔な行文にとどまる。丸四日間滞在した京都については、二日は洛中見物、二日は病を得て宿に呻吟したと記すのみ。大阪では西鶴の墓を誓願寺に訪ね、手ずから一句を記した卒塔婆を立てたはずだが、わずかに「西鶴を誓願寺に吊ひ」としか書いていない。(3)この落差は『酔興記』の性格を確かめさせる。

まさに山あり谷あり、面白おかしい紀行文には違いないが、『酔興記』とはあくまで出立から木曾路までが読みどころなのである。逆に言えば、旅の後半に関しては多くを伝えない。そこについては後ほど立ち戻るとして、続いて半年後に発表される名作『風流仏』の話へ進もう。

変の又変馬鹿不思議　『風流仏』

『風流仏』は明治二十二年九月、吉岡書籍店の「新著百種」五号として出版された。

このシリーズは月一回刊行の読み切り雑誌の形を取ったこと、また、硯友社の面々を起用したところに清新さがあった。第一号は紅葉の『二人比丘尼色懺悔』、饗庭篁村の一作を挟んで、三号は石橋思案『乙女心』と紅葉『風雅娘』、そして四号は巌谷小波『妹背貝』という具合だった。

このうち前月刊行の『妹背貝』については第一章で触れたように、「天晴れ名誉の畫工に成りたい」と願う青年と幼なじみの悲恋物だった。一種の芸術家小説であり、煎じつめれば恋と美術と立身出世の物語と言ってよい。これからたどる『風流仏』もまた恋と美術と立身出世をめぐる芸術家小説には違いなく、明治の青年らしい関心を共有していたことは紛れもないが、しかし、『風流仏』を手に取った者はさぞ驚いたことだろう。品川沖を臨む高台で少年少女が戯れる『妹背貝』とは打って変わって、きわどいギャグを交えた「風流佛縁起」が巻頭に置かれている。

その「風流佛縁起」は、こうして本編を書いたという自序ながら、露伴はいきなり洒落のめしている。「新著百種」を書くと請け合ったはいいが、悲しいかな力は足らず、さりとて大家の真似も厭わしい。まごつくうちに締め切りは迫り、苦しまぎれに仏にすがったとする。

　爰を助て下さらねば貝多羅葉の誓文は當坐の嘘か　よしさらば日本中の伽藍梵刹石油ふりかけ火を放くれんと無法矢鱈の血眼になつて　御賽錢は持合ませぬが妙智力授て玉はりし曉　評判よろしからば白銅貨一つ位は喜捨致すべし　歸命頂禮心得たかと　深川の不動様　雑司ケ谷の鬼子母神　下谷の摩利支天　淺草の觀世音　どなたかなたの差別なく平等に歩を運び　兵隊靴の鋲なくして參詣したが御利益なし

ついに絶体絶命、かくなる上は不忍の弁天様を焼き奉らんとマッチを懐に出かけた――とは不信心の極みというものだが、それでも仏法の威徳が残っていたのか、弁天様は朱唇を開き、オホホと笑って「其野暮らしい顔わいの」と仰せられた。「ア、あり難しと大悟して　即ち其儘變の又變馬鹿不思議なる者をかきぬ」。それがこの『風流仏』だというのである。

　人を食った自序ではあるけれど、しかし、深川の不動、雑司ヶ谷の鬼子母神、下谷の摩利支天、浅草の観音、さらに上野不忍池の弁天というあたり、それぞれの門前のにぎわいを髣髴させるところがある。また、「其野暮らしい顔わいの」は「アノマア猛々しい顔わいの」、歌舞伎『伽羅先代萩《めいぼくせんだいはぎ》』の台詞あたりを思わせないでもない。すなわち幼い頃より慣れ親しみ、寒月あたりともぶらついていただろう盛り場の中から『風流仏』は語り出されるのである。

玄の又玄摩訶不思議　仏師の恋の物語

『風流仏』の主人公は京の青年仏師で、名を珠運という。幼い頃から雪を丸めて達磨を作り、大根を切って鷽《うそ》の姿を写すといった風だったが、七歳で発心、二十一歳の春を迎えて、身命を賭して修業に専念することを嵯峨の釈迦に誓った。

三尊四天王十二童子十六羅漢さては五百羅漢、までを胸中に蔵めて鉈小刀に彫り浮かべる腕前に、運慶も知らぬ人は讃歎すれども鳥佛師知る身の心耻かしく。其道に志す事深きにつけておのが業の足らざるを恨み。爰《ここ》日本美術國に生れながら今の世に飛騨の工匠《たくみ》なしと云はせん事殘念なり、珠運命の有らん限りは及ばぬ力の及ぶ丈ケを盡してせめては我が好の心に滿足さすべく、且は石膏細工の鼻高き唐人めに下目で見られし鬱憤の幾分を晴らすべしと、可愛や一向専念の誓を嵯峨の釋迦に立し男、齢は何歳ぞ二十一の春

これが本編の書き出しである。珠運は見上げた青年として現れる。運慶や止利仏師には及ばないと腕前を恥じ、「今の世に飛騨の工匠なしと云はせん事殘念なり」と思っていた。この飛騨の工匠というのは、左甚五郎と読み換えても差し支えない。両者を混同する訛伝があり、挿画の一葉には日光東照宮の眠り猫が描かれている。それら日本美術国の名工を慕う一方で、「石膏細工の鼻高き唐人めに下目で見られし鬱憤の幾分を晴らすべし」と西洋彫刻への対抗心をのぞかせる。諸家の指摘があるように、ここは明治二十年代の美術界と関わってくるところである。

一編の趣向としては、「嵯峨の釋迦」もまた見逃し得ない。もとより十世紀に入宋僧奝然《ちょうねん》が請来し

た京都・清涼寺の釈迦如来のことである。仏像の起源説話たる優塡王造像譚《うでんおう》にちなみ、釈迦在世中に優塡王が毘首羯摩《びしゆかつま》に命じて作らせた瑞像を中国で模刻した、ないしは模刻と見せて本体を持ち帰ったと伝えられる。つまり生身《しようじん》の釈迦を写し得た霊像であり、それゆえ生けるがごとくの奇瑞を示したとも言われていた。そうした由緒を多少なり露伴は知っていたのだろう。修業一筋の珠雲を讃えて「あはれ毘首羯摩の魂魄も乗り移らでやあるべき」とあり、また、後段に「優鈿大王《うでんだいわう》とか饂飩大王《うどんだいわう》とやらに頼まれて」と出てくる。その嵯峨の釈迦に誓って三年、珠運は酒も飲まず、島原祇園に横目を使うこともなく修業を重ねたのだった。

二十四歳になると、「是までなり」と師匠に認められた。さらに殊勝なことに、「いざや奈良鎌倉日光に昔の工匠が跡訪はん」と思い立った。独り身の気楽さで家財を売り払い、まずは東海道を歩いてみた。神像仏像、欄間の彫り物まで見ながら、鎌倉、東京、そして日光を訪ねた。

そこで「是より最後の樂《たのしみ》は奈良じや」と木曾路に入り、須原の宿で名物の花漬を売る美少女に出会う。すなわち珠運にとって、運命の女となるお辰の登場である。

お辰というのは長州あたりの浪人梅岡某と、「此京にして此妓あり」とうたわれた芸妓室香との間に生まれた。ところが父は幕軍を追って東上したまま行方知れずとなり、五つの時、母の室香も亡くなった。かくて須原で婿に入っていた道楽者の叔父に引き取られ、花漬売りとなっていた。そんな身の上話を宿屋のあるじ吉兵衛に聞かされて、珠運は深く同情する。

もっとも、珠運とお辰は結ばれそうで結ばれない。お辰を売り飛ばそうとする叔父に、珠運は路銀百円を投げ出し、縁を切らせる。さりとて恩に着せるつもりなどない、「一生に一つ珠雲が作意の新佛體を刻まん」との大願を立てたわが身ではないかと思い定めて、旅立つ。すると、熱を発して再び須原に引き取られる。こうして二人は結婚の運びとなる。

ところが意外や、今頃になって便りも途絶えていたお辰の父が子爵となって物語に現れる。功成って七年の欧米滞在を経た後、娘を探し出したのだった。お辰は引き取られる。子爵令嬢と仏師とでは釣り合わないだろう、夫婦約束は諦めてくれと子爵の使いは言い含めようとする。

珠運は煩悶去らず、痩せ細る。見かねた吉兵衛のさりげない奨めもあって、「爰にせめては其面影現《うつゝ》に止めん」と、お辰の住んだあばら家で檜の大きな板を彫り始める。恋しい面影を浮かべては一鑿また一鑿、二十日余りを経て、「花漬賣の時の襤褸《ぼろ》をも著《き》せねば子爵令嬢の錦をも着せず、梅桃櫻菊色々の花綴衣《はなつゞりぎぬ》」をまとわせて、後光までも背負わせた彫像は観音様か天女かというほどのできばえとなった。いったんは満足した珠運だが、その夜、夢に見たお辰の姿にはかなわない。今度は衣に着せた花を一輪また一輪と削り落とす。ついには裸体の像となってしまう。「假相《けそう》の花衣」を払った「實《ぢつ》相美妙《さうみめう》の風流佛」を仰ぎ、削った花を手に珠運は拈華微笑する。

そこで珠運は吉兵衛に呼び出される。彫像も見事にできたようだし、「何《どう》でも詰らぬ戀を商買道具の一刀《ひとかたな》に斬て捨《すて》、横道入らずに奈良へでも西洋へでも行《ゆか》れた方が良い」、これを読めと吉兵衛は新聞を寄越す。何の訳知り顔かと珠運は退け、風流仏を胡粉で塗り上げるのだが、その新聞をふと読んでみれば、子爵令嬢すなわちお辰が近々結婚するとの記事が載っているのではないか。

恋と嫉妬、未練と絶望が交錯する。すると、薄墨色に暮れゆく中に浮かび上がる白い肌の彫像が口をきき始めたのか、お辰の声が聞こえる。一念の恋を凝らした像に魂が入ったか、しかし、それも迷いのもとと鉈を振り上げるが、気高く優しく、情けあふれ、柔かそうな裸身に刃を当てることはできない。珠運は男泣きにドウと打ち臥した、まさにその時――。

ガタリと何かの倒るゝ音して天より出しか地より湧しか、玉の腕《かひな》は温く我頸筋にからまりて、雲の鬢の毛匂やかに頰を摩《なで》るをハツト驚き、急《せわ》しく見れば、有し昔に其儘の。お辰かと珠運も抱しめて額に唇　彫像が動いたのやら、女が來たのやら、問《とは》ば拙く語らば遲し、玄の又玄摩訶不思議

どうなったのか。恋に感応する仏、風流仏が生まれたのである。

終章に至り、一編は明治の霊験譚と化す。生身の霊像たる嵯峨の釈迦に願をかけた御利益というものか、珠運は風流仏の来迎に救い取られ、お辰と手を携えて昇天していく。悪辣な道楽者の叔父と子爵の使いは調伏され、御前立となる。その後も光輪を背に、白雲に乗った仏は貴顕から農夫、北海道から佐渡に至るまで、人と土地に応じて様々な衣をまとって化現した。「是皆一切經にもなき一體の風流佛、珠運が刻みたると同じ者の千差萬別《せんしやまんべつ》の化身」、拝んだ者はみな一代の守本尊となした――とありがたい御利益などを説きながら、『風流仏』は大団円を迎えるのだった。

大文章、大現象　魯庵絶賛す

雄渾な想像力と豊かな学識で織りなした一編は、青年たちを魅了した。「讀終つて暫くは怳然として、珠雲《ママ》と一緒に五色の雲の中に漂うてゐるやうな心地がした。アレほど我を忘れて夢幻に徜徉するやうな心地のしたのは其後に無い」と振り返るのは魯庵である。「世界の大文學に入るべきものだ」とまで言っている。正岡子規の話も文学史に名高い。子規は最初読みづらいと感じたが、味読するう

ちに引き込まれ、裸体像の場面には品下るの感どころか、「非常な高尚な感じに釣り込まれて仕舞ふて、殆ど天上に住んで居るやうな感じを起した」(『天王寺畔の蝸牛廬』)。ついには影響もあらわな小説『月の都』を書き、露伴に見せることになる。それについては第四章でまた触れるけれど、この当時の批評も好意的だった。魯庵と中西梅花の評を取り上げておこう。

魯庵は自分では読まないうちに、美妙や学海から天才露伴現ると聞かされていた。「都の花」に載った『露団々』は確かに面白かった。さらに『風流仏』に至って感服した。刊行翌月、「女学雑誌」十月十九日号に批評を寄せ、「西鶴以來の一現象」「日本文學史中に特筆すべき大文章なり」「絶世の奇作、明治文學の大現象とも申すべし」と、これでもかとばかりに賛辞を重ねた。

そこには魯庵の側の事情もあった。「西鶴以來」というように、すでに魯庵もまた西鶴宗に転じていた。そのことも手伝って、欧化主義の風潮に一矢報いるものと見なしたのである。

> 今の世の中大に偏頗にして西洋主義の益々盛んなるは終に日本從來の文物を盡滅せんとす。畫法を喋々して應擧さへも知らず文學に口沫を飛して芭蕉さへも味はず。唯西洋の格言と人名を並べて美術をも文學をも立派に論じ得らるゝものとなし、油畫を標準にして狩野圓山を罵りポーエムを基礎にして和歌俳徊《(ママ)》を笑ひ、苟くも油畫たりポーエムたれば善惡混仝《こんどう》して賞讃置かず、もし和畫和文たれば一抹して罵倒す。嗚呼、此偏頗なる文學論者多數を占むる今日の文壇は抑《そもそ》も幸と云ふべきや、将《は》た不幸として吊すべきかや。

この憂うべき状況を転回せしめるのが『風流仏』であり、「末法の盡滅を防ぎ有漏路《うろじ》に迷溺する衆生を救ひ西鶴宗に歸依せしめん」、そういう傑作として受け止めたのである。美妙『蝴蝶』に対する冷淡さとは打って変わって歓喜興奮の態、「唯西洋の格言と人名を並べて美術をも文學をも立派に論じ得らるゝものとなし」とは何やら美妙あたりを指すかのようでもある。

もっとも、魯庵が言うように、「偏頗なる文學論者多數を占むる」状況であったかどうか、世の風向きからして疑問なしとはしない。少なくとも美術の方面では、欧化論者は表舞台から退場させられつつあったと言ってよい。東京美術学校が開校したのは明治二十二年二月のことだが、幹事岡倉天心の指導の下、当初のカリキュラムから西洋流の絵画・彫刻はほとんどすべて排除されていた。絵画は日本画、彫刻は木彫、美術工芸は金工と漆工に限られ、教員に迎えられたのは狩野派の橋本雅邦や円山派の川端玉章、あるいは仏師上がりの高村光雲といった人たちだった。実のところ、魯庵の発言こそが時流に乗じたものだったと言うべきだろう。

魯庵は「狩野圓山」と「油畫」を並べているけれど、そうした日本か西洋かという枠組みで『風流仏』という小説をとらえ切れるのかどうか、そこも一考を要するところである。確かに『風流仏』では、日本の仏像と西洋彫刻は対比的に扱われている。珠運は止利仏師や運慶を崇敬し、「石膏細工の鼻高き唐人」に侮られたくないと考える。子爵令嬢となったお辰とは釣り合わないと言われると、そんな風に軽んじられるいわれはないと、僧綱位を得て認められた仏師定朝を挙げ、他方では「西洋にては聲なき詩の色あるを繪と云ひ、景なき繪の魂凝《こり》しを彫像と云ふ程尊む技を為す吾、ミチヱルアンジロにもやはか劣るべき」とミケランジェロを持ち出したりもする。

ただし、絵画について言えば、「狩野圓山」などは作中に出てこない。それら西洋絵画と並称される由緒正しい画派でなく、見いだされるのは浮世絵師である。お辰に思いを寄せる珠運は、自分が仏であったなら、「小説家には其あはれおもしろく書かせ、祐信長春等を呼び生《いか》して美しさ充分に寫させ」などと夢想している。もとより西川祐信、宮川長春のことだが、彼ら美人画に長じた浮世絵師を滑り込ませる露伴の呼吸は気にかけられてよい。伝統的な画派と浮世絵とは同日の談ではなく、ラファエロと祐信といった対比は一般的とは言えない。些細な話ではあるけれど、そこには欧化主義か伝統尊重かという枠組みでは汲み取れない露伴の趣味が現れている。

表紙画の趣向　中西梅花の証言

続いて中西梅花の評だが、大きく論を構えた魯庵に比して、梅花は露伴に近かった。梅花道人、落花漂絮として「読売新聞」に筆を揮った人で、翌二十三年春には浮世絵師の略伝を連載していたりもする。そこで祐信や長春を取り上げているように、露伴とは関心を共有するところがあった。二十二年十月十七日の紙面に載る『風流仏』評は、その成立事情を伝えて得がたいところがある。この評によれば、梅花はあらかじめ表紙画の原案を見せられていた。

其表紙に百万塔並びに鳥佛師の土偶を描き　或は四教儀より法華十如是の語を引て各章に題せしなど　或人は是を稱して白痴《こけ》おどかしなりと批評せしかど　余が申さく　決して然らず　此書に取りて此表紙此題辭はまことに適當なる見出物《みいだしもの》にして　著者が一種の奇癖家たる見識を示して遺憾なし　只惜むらくは畫工無學拙劣にして　良く著者の意を襲《つ》がざりしより土偶も塔も共に二千余年を經過せし法隆寺の遺物とは受取れず　但見る一錢擇取《えりとり》の駄翫具二《ふたつ》個陳列せるが如し　今に

して回想すれば著者が嘗て評者に示せし自筆の圖按の方　反ッて畫工臭からぬ處に雅味ありしと覺えたり　殊に書中の挿繪裸体の彫像の如き　其まづさ加減言語同斷と云ふべし

確かに『風流仏』の表紙には百万塔と鳥頭の像が配されている。前者は法隆寺に多く残る天平時代の遺品であり、後者は法隆寺五重塔の北面、いわゆる塔本塑像群に含まれる侍者像の一つと思ってよい。むろん「二千余年を經過せし」というのは大げさで、鳥頭の像が止利仏師の作というのもだじゃれのようだが、実は蜷川式胤なども「鳥仏師ノ作」と見なしている。ともあれ法隆寺の遺物のつもりで、露伴が自ら下絵を作り、表紙に据えたことを梅花の評は伝えている。

法隆寺とは知られる通り、奈良を代表する古寺である。これまで幾多の『風流仏』論はもっぱら木曾路に向かってきたところがあるけれど、一編における奈良の重みは、むしろ読みの初手ではあるまいか。表紙にとどまらず、本文においても「いざや奈良鎌倉日光に昔の工匠が跡訪はん」「奈良とふ事臆ひ起しては空しく遊び居るべきにあらず」等々、奈良に言い及ぶこと一二にとどまらない。木曾路とはつまり奈良へ向かう途次であって、そこで珠運は行き惑うのである。見落とされがちな奈良の重みに、梅花の評は注意を促している。

表紙の趣向に加えて、梅花は挿画についても言している。『風流仏』には挿画二葉が挟まれる。一つは諸国遍歴の珠運を描いたもので、狛犬と睨めっこという滑稽の図。画中の円窓に左甚五郎の名高い眠り猫が見える一図だが、これには落款があり、松本楓湖の筆と知られる。そしてもう一つは裸体画ということでよく話題に上るもので、終盤、珠運の彫った板からお辰の像が抜け、昇天しようかという一図である。平福穂庵の筆と言われるが、落款はない。これを指して、梅花は「其まづさ加減」

は言語道断と絵師の拙劣さを難じている。言い添えておくと、梅花の評の末尾には、竹の舎主人饗庭篁村が寸言を付し、「只裸体美人の捜繪《さしゑ》俗を驚かして賣らんとする者に似て作者の爲に惜むべし　奇を求むるはいまだ全くの奇にはあらず」と戒めている。

二人の口吻からすると、図案を考え、描かせたのは露伴その人らしく思われる。あるいは露伴が主導したのでなく、仮に版元と相はからって裸体画掲載に及んだのだとしても、お辰の彫像が裸体と化すストーリーを考えたのはやはり露伴にほかならない。では、なぜ裸体を出さなければならなかったのか。しばしば裸蝴蝶論争の延長線上で語られているところだが、どう見ても露伴は美妙のような欧化主義者ではない。裸体は芸術の枠であって云々ということは先刻承知の上で書いているにせよ、それを言い立てる義理などなかっただろう。むしろ美妙の『蝴蝶』とは違った意図がありはしなかったか、そのように考えを進めたい気がしてくる。

『風流仏』における奈良の重み、露伴には不似合いと見える裸体像の意味と、どうやら本題へ入る頃合いに差しかかったようだが、その前に、確かめておくべきことが残っている。すなわち関西の露伴である。明治二十二年一月の旅については『酔興記』を通じて紹介したところだが、その後半、京大阪についてはいま一つ判然としない。その足取りを探っておきたいのである。

紀行を読み直す　木曾から京都へ

明治二十二年一月の旅をたどり直すのは、『風流仏』論の定石と言ってよい。双方の関係については露伴自身の言葉が残っている。明治三十年八月、「新著月刊」誌に載る創作談である。

別に由來と云ふ程のものは何にもないですな。唯冬でした、私は東京をたツて、木曾街道を通ツた、何ですね、自分は其の時分は小説のかき始めの頃だから、小説氣で滿ちて、ぼく〳〵歩いて行きましたよ。木曾の十三驛と云やア中々風情のあるところですがね、其れで須原の驛の花漬と云ふのは名産で、中々風情のあるものですから、彼《あ》れへ花賣女をつかツて見たので、餘《あと》は仮想に過ぎません。詰り旅行をして其所邊《そこら》で見聞して得た材料を、殆ど旅行記をかくやうに、彼作《あれ》に傾注したのですね。外に是れぞと云ツて話すやうな格別なこともない。

旧作を詮索されて、やや億劫そうな口ぶりではある。それでも真実らしく読まれるのは「小説氣で滿ちて、ぼく〳〵歩いて行きました」という言葉だろう。文壇への道筋が開かれ、青年露伴は見るもの聞くもの小説の種にならないかと歩いていたに違いない。実際、「須原の驛の花漬」については、ここでお辰の設定に使ったと認めている。ほかに木曾路については、洗馬で会った美少女からお辰が生まれ、それにぼうっとしたことが珠運の恋になったとも言われてきた。

もっとも、明治二十二年一月の旅について、『酔興記』でもって事足れりとするのは安易に過ぎるだろう。『酔興記』には明らかに創作性があり、なおかつ木曾路の紀行文なのである。それに基づき『風流仏』を読むなら、話は木曾路に終始するしかないけれど、小説本文を眺めてみれば、木曾路以外の旅程が投影された跡は容易に見いだされる。例えば馬籠の宿で珠運が熱を発し、「旅路の心細く二日計り苦《くる》しむ」という場面が出てくる。翻って、露伴は京都で二日間伏せっている。馬籠に転じて使ったのではあるまいか。また、お辰の母は京の名妓であり、そもそも珠運は京の仏師である。そもそも普通に考えて、「小説氣で滿ちて」歩いていた露伴が初めて京大阪に足を踏み入れて、にわかにその気を失うなどということがあり得るだろうか。明治二十二年一月の旅に関して、関西の露伴について探りを入れようというゆえんである。

京都の露伴については、幾つか知り得ることがないではない。『酔興記』はわずかに「二十一日、二十二日は洛中を見物せしが、病を得て二十三、二十四の二日は空しく客舎に呻吟す」と記すのみだが、滞在四日の間、まず確実なのは島原に乗り込んだことである。

島原探訪を伝えているのは学海である。一年ほど後のことだが、散歩の途中で露伴に会い、その自宅に立ち寄った。『学海日録』二十三年一月十七日の条を引く。

午後下谷に散歩し、幸田露伴に風と出逢ひ、その家に至りしばらく閑談してかへれり。(中略)露伴、容貌奇偉にして、画家のものする蝦蟇仙人に似たりとて、これを蝦蟇仙と呼ぶ。胸襟洒落にして奇行多し。去年その著書を書肆の買取りしかば、そを路費として俄に京師に遊びしが、牛の背に跨りて京師の島原に遊びしとて、かの地の人これを奇とせざること無りき。

前年一月の旅に際して、大恩ある学海である。話柄は旅の回想に向かい、露伴は島原探訪を誇ったものらしい。その日付を言えば、『酔興記』に「洛中を見物せし」とある一月二十一日か二十日のどちらかだろう。旅すれば土地の遊郭というのは当時、特別なことではなかった。「読売新聞」に書いた『客舎雑筆』其三によれば、この頃、露伴は自ら「旅天律」なるものを定めており、そこにも「遊廓は徘徊すべし、但ししらふの時に限る」の一項が見える。加えて露伴には、寒月の関西旅行という先例もあった。これより数年前になるが、西鶴『一代男』に入れ上げた寒月は、京阪地方の美人を見めぐる旅を経験していた。その話をおそらく聞かされていたはずだし、すでに自身も西鶴宗の徒となっていた露伴にすれば、世之介もなじみの島原をぜひ見ておきたい気分があったに違いない。それにしても、老子出関よろしく牛に乗って繰り出したというのだから、「かの地の人これを奇とせざること無りき」というのも、むべなるかなと言わざるを得ない。

京都で偶然、露伴を見かけた人もいる。この頃、関西を漫遊していた江見水蔭である。

明治二年生まれの水蔭は杉浦重剛の称好塾に通い、小説家を目指していた。そこで巌谷小波と出会い、硯友社にも顔を出すようになっていた。それがどうして関西にいたのか、一笑を誘う話なので書き添えておこう。明治二十一年暮れ、水蔭は東京美術学校の第一回入学試験に挑戦した。受験を勧めたのは師の杉浦重剛である。「君、いつまで待つても小説學校といふのは出來まい」「美術學校といふのが出來るから、それへ入つて見たら如何かね。小説も、繪畫も親類關係だから」という、何ともアバウトな進路指導だった。この時に受験したのは横山大観、下村観山、西郷孤月といった俊英たちである。水蔭はなすすべもなく戸惑うばかり、花鳥画または人物画を描く実技試験では、団十郎の似顔絵を描いて退散した。年が明けて一月十二日、当然ながら不合格の通知が届いた。そこで心機一転、水蔭は関西旅行を思い立ったのだという。

水蔭の出立は二十二年一月十六日、これは開校直前の東京美術学校が一期生を迎える前日にあたるが、横浜から船で四日市へ向かった。名古屋、近江、京都を経て、いったん大阪にいた母のもとを訪ねてから、徒歩旅行に出発した。「龍田、法隆寺、奈良、月ケ瀬、伊賀の上野を經て、伊勢の津、山田、志摩半島の大部分を巡遊して」、京都に引き返した。その途中、水蔭は京都の停車場で露伴を見かけたのだという。『自己中心　明治文壇史』にそう記されている。

これから再び大阪へ出やうとして、六條停車場に汽車を待つた時に、同じ旅客の中に異装の一人を見出した。それは確か、鐵無地の羽織？　被布？　それに檜木笠を持ち、樺の皮造りの背負籠を提げてゐた。どうも普通の人では無いと思つて、同車して語り合つて見たいと考へてゐる間に、汽車が來て、混亂に紛れて別々に成つて了つた。

後日、帰京した水蔭は露伴宅を訪ね、異装の旅人に再会した。確かにあの時の顔であり、欄間には見覚えのある背負籠が掛けてあった――と水蔭は回想している。さて、二人が停車場ですれ違ったのは何日のことだったか、露伴が京都に入った二十日、ないしは大阪に移動する二十五日のどちらかだろうと思われるが(4)、檜木笠に樺の背負籠と、露伴は山家の人らしい出で立ちで京都を闊歩していたのである。笠については馬籠で買ったものらしい。島原に遊んだ時もおそらく同じ笠を被り、得意然として牛にまたがっていたのではあるまいか。

もっとも、世に名高い島原もこの頃は著しく衰微していたようである。京都の新聞「中外電報」は明治二十二年一月十三日付で、「返り花」として雑報を載せている。

維新前には時めきて本廓《ほんくるわ》との肩書もて威張り散らせし島原も其後は追々衰へ行き　昨年抔は貸座敷十三軒、娼妓十八人、藝妓七人とまでに衰微せしが　本年の現在にて貸座敷二十軒、娼妓二十五人、藝妓も多少殖えたりと云へり　或者の説に昨年の京都府區部會に於て京都の娼妓を島原其

他へ集めんとの事を府知事に建議せんと云ふ説ありしは幾分か之を助けしならんと云へど　如何にや

日本三大遊郭の一つにして、明治初年の東都には新島原なる遊郭が出来たほどだが、その本家の方は、娼妓も僅々二十五人となっていたというから驚かされる。返り花となるかどうかはお上次第というのも寂しい話で、変転止まざる明治の世の趨勢を思わせないではない。西鶴を追慕する気で乗り込んだとしたら、露伴も落胆せざるを得なかっただろう。

読むや読まざるや　ある交差

そんな島原の現況はさておき、明治二十二年一月の関西の地方紙を眺めると、はるかに手厚く報じられていることがある。いわゆる近畿宝物調査の一件である。

どういうものだったか、少し立ち入って説明しておこう。今風に言えば、文化財保護のための調査ということだが、その淵源をたどれば、明治五年の壬申検査にさかのぼる。明治政府は廃仏毀釈の反省から社寺宝物の保存を急ぐことになり、他方では、翌年のウィーン万博の出品物を選定する必要もあり、文部省の町田久成や蜷川式胤らが関西一円を巡った。この種の調査は以後も続けられた。岡倉天心らによる夢殿開扉は世に名高いが、分けても二十一年五月に始まったこの近畿宝物調査はかってない規模の大事業となった。宮内省、内務省、文部省が参画し、宮内省図書頭の九鬼隆一を主班として、天心やフェノロサたちも加わった。九月には宮内省に臨時全国宝物取調局が置かれ、やはり九鬼が委員長となって調査を再開した。巡覧した地域は奈良、京都、大阪、和歌山、滋賀の五府県、検分した宝物総数は四万七千二百五十四点を数えた。その大半は社寺の宝物であり、仏像や仏画、屏風、掛け軸などが古文書、絵画、彫刻、美術工芸の各部に分類された。

その規模の大なることもさることながら、同時期の国家的な美術政策と連動していたことも注目に値する。東京美術学校は二十二年二月に開校し、二十二年五月には帝国博物館が設置される運びとなっていたが、それらの中心は九鬼や天心だった。美術学校の幹事は天心であり、その伝統重視の教育方針については九鬼の後押しがあったと考えられている。博物館の総長は九鬼で、美術部長には天心が就任する。折しも大日本帝国憲法発布を挟む時期、国家として日本の美術なるものを確立しようとする一連の動向と連動し、その基礎を固めるべく進められた一大事業が近畿宝物調査であって、それがまさに二十二年一月、大詰めを迎えていたのである。

当時の新聞は九鬼をはじめ、一行の動静を細かく伝えている。地元の新聞は特に熱心だった。例えば十日付「大阪朝日新聞」は、大阪府下の郡部を巡っていた黒川真頼の人力車が転倒、骨折したことを報じ、念入りに十三日付では全治二三か月という続報を載せている。(5)

一連の報道は、大阪商法会議所における九鬼演説においてピークに達した。ともに登壇するはずだった黒川のけがにより、一月十九日、九鬼は一人で演壇に立った。府会議員、学者、美術家、新聞記者ら四百余人を前に、熱弁は三時間を超えた。九鬼は「歴史の參照　美術の摸範を探求し　國寶を保存して美術の實業を振興する」と所信を語り、長期に及んだ調査の概略を公表した。奈良をはじめとする五府県について、古文書、絵画、彫刻、美術工芸の各項で所蔵寺院と作品名を列挙している。さらに宝物散逸を招いた六つの原因、宝物調査を行う九つの意義を語ってみせた。この長大な演説を掲載すべく、関西の各紙は大々的に紙幅を割いた。

「中外電報」は二十二日付で四ページの附録を発行し、一括で収録した。同じく京都の「日出新聞」は連載の形を取り、やはり二十二日付から載せ始めたが、あまりに長い演説だったから二月一日まで続いた。「大阪朝日新聞」も二十二日付で二ページの附録を出し、それでも収容しきれず、翌二十三日付で残りを収録した。どの新聞も紙面のやりくりに苦労した様子だが、これら三紙が一斉に九鬼演説を報じ始めたのは、すなわち一月二十二日だった。

そして一月二十二日と言えば、その日、京都に滞在していたのが露伴なのである。

どれかの新聞で、露伴は九鬼演説を読んだのではなかったか。もとより気ままな道中には違いないが、しかし、露伴は本の虫である。そろそろ活字に目が行ったとしても不思議はない。翌二十三日と二十四日は具合が悪くなり、宿で呻吟していたとも伝える。外にも出られないとなり、ふと新聞を手に取ってみれば、九鬼演説が載っていた――ということは大いにあり得ることではあるまいか。想像をたくましくすれば、この時、京都で伏せった露伴の脳裏に日本美術国の名匠たらんとする青年仏師の面影が胚胎したのではなかったかとさえ思いたくなる。

いや、実際には読まなかったとしても構わない。肝心なのは、大々的に近畿五府県を巡覧した近畿宝物調査と、まさに文壇に打って出ようとしていた露伴の旅とが関西の地で交差していた事実にほかならない。その同時代性は十分に留意されるべきだろう。

そこで焦点となるのが奈良の地である。壬申検査での正倉院開封、あるいは天心らによる夢殿開扉を挙げるまでもなく、奈良こそは日本の美術なるものの家郷と見なされていた。近畿宝物調査における最重要地域も奈良だった。奈良県の検分宝物数は一万千二百四点、京都府の二万点余には及ばないが、それでも九鬼演説は奈良を筆頭に据えている。そして露伴もまた『風流仏』の表紙にほかでもない奈良を代表する古寺、法隆寺の遺物を掲げていた。

奈良がどういう場所か、露伴としても知らなかったはずはない。その関心のよって来たるところをたぐってみると、一つには寒月周辺の好古家たちに行き着く。彼らの中には、奈良を訪ねた人々がいた。明治五年、蜷川式胤らによる壬申検査の際、鵜飼玉川は奈良にいた(6)。好古家として立ち会ったようで、寒月の聞いたところでは、某寺に伝わる古い箱を開けたとたん、天平時代の古裂が白煙のごとく飛散したという。笑い話では済まない暢気さだが、寒月自身も関西旅行の際、興福寺や東大寺を見物している。露伴は彼らと近いところにいた人であり、奈良の話を聞かされる機会は間違いなくあったと思うべきだろう。実を言えば、『風流仏』の表紙を飾る鳥頭の侍者像も、彼ら好古家たちの間では知られていた可能性が高い。壬申検査の際、この侍者像を含む塔本塑像の写真が撮影されており、蜷川の日録『奈良の筋道』にその写真が貼り込まれている。好古家たちもまた同じ写真を見たことがあったのではないだろうか。

そこで一考すべきは、露伴が奈良に立ち寄らなかったことである。奈良の重みを知っていただろうに、遠路関西の地を踏みながら、奈良には向かわなかった。むろん路銀その他の事情によるものかもしれない。しかしながら、『風流仏』に関しては決して偶然とは言えない。法隆寺の遺物を表紙に掲げ、青年仏師に奈良を目指させておいて、結局は奈良の地を踏ませなかったのである。そこから『風流仏』を読み直すなら、この時、露伴が立っていた場所が見えてくるだろう。

物語の冒頭、珠運はまさに時代の子として現れる。「爰日本美術國に生れながら今の世に飛騨の工匠なしと云はせん事残念なり」「石膏細工の鼻高き唐人めに下目で見られし鬱憤の幾分を晴らすべし」というのが、その修業の動機である。止利仏師や運慶を生んだ日本美術国の伝統の中に生きようと決意し、なおかつ日本の仏師は西洋の彫刻家に劣るものではないと考えている。定朝とミケランジェロを並称したりするのもそれゆえのことだろう。

「いざや奈良鎌倉日光に昔の工匠の跡訪はん」と珠運は旅立ち、京都から東へ向かう。「東海道の名刹古社に神像木佛梁欄間の彫りまで見巡りて鎌倉東京日光も見たり」。言ってみれば単身、社寺宝物調査の旅に出たようなものだが、「是より最後の樂は奈良じや」と珠運は冬の碓氷峠を登っていく。最終目的地はもとより奈良にほかならない。日本美術国の伝統に連なろうとするなら、それが当然の発想だったと言ってよい。

実際にこの頃、奈良に向かった彫刻家に高村光雲がいる。嘉永五年生まれ、もともと仏師修業を積んだ光雲が奈良に行ったのは、明治の世の彫刻家となるための不可欠なステップだった。『幕末維新懐古談』によれば、明治二十二年春、光雲のもとを竹内久一が訪れ、東京美術学校へ迎えたいとの天心の意向を伝えた。なぜ竹内が来たのかというと、一足先に開校前の東京美術学校に採用されていたからである。もともと牙彫師だった竹内は木彫志望に転じ、研究のため、奈良に滞在したことがあった。鵜飼玉川周辺の好古サークルにも連なる人だから、古物趣味の方面からも奈良に興味があって、それで天心と知り合ったらしい。光雲もまた結局、奉職することになるのだが、すると天心は奈良出張を命じた。美術学校採用から一週間後という慌ただしさだった。しかし、光雲自身も奈良に興味がないではなかった。「世人の一たび奈良に遊びたるものは皆一聲に奈良の古物は結構なりとのみ稱し

て　路傍の瓦石までも美術の參考になるか如く語るを聞きては轉《うた》た神飛に堪へざりし」とは帰京後、天心創刊の雑誌「國華」に寄せた文章の書き出しである。

奈良の世評は高く、美術を志すなら飛んでいきたい憧れの地であり、鎌倉なども巌谷小波の『妹背貝』を見ると、「關東の奈良」と書かれている。ちなみに東京美術学校に受からず、失意のまま関西に向かった江見水蔭もまた奈良を訪ねている。露伴を見かけた二十二年春の旅のことだが、徒歩旅行の行程には「龍田、法隆寺、奈良、月ケ瀬」が含まれている。この時の見聞をもとに、水蔭は吉野山を舞台にした小説『旅画師』を書くことになるだろう。

『風流仏』の珠運も奈良を目指して木曾路を急ぐ。仏師上がりの光雲が奈良の地を踏み、彫刻家として歩み出したのと同じ道行だが、しかし、珠運は光雲になり損ねる。

珠運とて恋にのぼせて、たちまち奈良を忘れたわけではない。木曾路でお辰に同情し、路銀百円を投げ打って叔父と縁切りさせるものの、「奈良といふ事臆ひ起しては空しく遊び居るべきにあらず」と先を急ごうとする。そこに宿屋の吉兵衛の周旋で縁談が持ち上がる。露伴は奈良のかたわらに恋を対置する。奈良は美術と同義であって、美術か恋か、それがテーマとして浮上する。果たしてどちらを取るべきか。珠運はけなげに初志を貫こうとする。

我今まで戀と云ふ事爲たる覺なし、勢州四日市にて見たる美人三日眼前《めさき》にちらつきたるが其は額に黒痣《ほくろ》ありてその位置《ところ》に白毫を付なばと考へしなり、東京天王寺にて菊の花片手に墓參りせし艶女、一週間思ひ詰しが是も其指つきを吉祥菓持せ玉ふ鬼子母神に寫してはと工夫せしなり、お辰を愛《めで》しは修業の足しにとにはあらざれど、之を妻に妾に情婦《いろ》になどせんと思ひしにはあらず、強ゐて云はゞ唯何となく愛し勢に乗りて百両は與しのみ、潔白の我心中を忖《はか》る事出來ぬ爺めが要ざる粋立《すいだて》馬鹿々々し、一生に一つ珠運が作意の新佛體を刻まんとする程の願望《のぞみ》ある身の、何として今から妻など持べき

殊勝な青年仏師も美人に見惚れることはあった。ただ、それは懸想したのではなく、仏師修業のためだと自分に言い聞かせる。ここで目を留めるべきは「作意の新佛體」という言い方だろう。一体どういうものか、例えば狩野芳崖の「悲母観音」あたりを思い浮かべてみるとよい。東京美術学校に迎えられる直前、世を去った芳崖の絶筆は、妙義山の奇景に感心し、さらにフェノロサが見せたジョルジオーネの聖母の版画も参考にした新案の図だった。まさしく芳崖作意の新仏体と呼ぶにふさわしい。はたまた彫刻の方面で言えば、竹内久一のシカゴ万博出品作「伎芸天像」などもそれに類するだろう。「一生に一つ珠運が作意の新佛體を刻まん」という大願は、昔ながらの仏師でなく、やはり明治の世の仏師＝彫刻家たらんとしていたことを意味している。

それゆえに珠運は「少許《すこしばかり》の恩を枷《かせ》に御身を娶らんなどする賤しき心は露持たぬ」旨を書き置き、奈良に向かって歩き出す。ところがお辰を忘れることができない。露伴は誰にも見やすいように、美術の聖地たる奈良と恋しいお辰の住まう須原との間で行きつ戻りつさせている。

珠運は立鳥の跡ふりむかず、一里あるいた頃不圖《ふと》思ひ出し、二里あるいた頃珠運様と呼ぶ聲、まさしく其人と後《うしろ》見れば何もなし、三里あるいた頃、もしへと袂取る様子、慥《たしか》にお辰と見れば又人

も居らず、四里あるき、五里六里行き、段々遠くなるに連れて迷ふ事多く、遂には其顔見たくなりて寧《いつそ》帰ろうかと一ト足後へ、ドッコイと一二町進む内、むか〱と其聲聞度《ききたく》なつて身體《からだ》の向を思はずくるりと易《かゆ》る途端道傍の石地蔵を見て奈良よ〱誤つたりと一町たらずあるく向より來る夫婦連の、何事か面白相に語らひ行くに我もお辰と會話《はなし》仕度《したく》なつて心なく一間許り戻りしを愚《おろか》なりと、悟つて半町歩めば我しらず迷《まよひ》に三間もどり、十足あるけば四足戻りて、果《はて》は片足進みて片足戻る程のおかしさ

道端の地蔵も仏像には違いないが、それを見て「奈良よ〱誤つたり」というありさまでは、もはや奈良も美術も風前の灯である。結局は馬籠で熱を出し、須原に連れ戻される。それならば恋が実ったかと言えば、そうではない。子爵の父がお辰を引き取り、二人の仲は引き裂かれる。美術か恋かという命題はそこで終わると言ってよい。思い切られぬ恋は妄執に転化し、さらには美術をも飲み込んでしまう。日本美術国の伝統を背負い、明治の世に「作意の新佛體」を顕わさんとしたはずが、珠運の彫り始めるお辰の像は何とも奇体な代物と化していくのである。

美術から遠く離れて

お辰の像の初案は、彫り始める以前、身の上話を聞かされた夜にさかのぼる。買った花漬を床の間に置き、珠運は横になったが眠れない。閉じたまな裏に浮かんだのは「麗しき幻の花輪の中に愛嬌を湛へたるお辰、氣高き計りか後光朦朧とさして白衣の觀音、古人にも是程の彫《ほり》なしと好《すき》な道に恍惚《うつとり》となる」。すなわち花漬ならぬ花輪に囲まれた白衣観音という構想が胚胎したのである。

お辰がいなくなった後、それを彫ることになる。憔悴する姿を見かねた宿屋の吉兵衛の助言もあって、珠運は「せめては其面影現に止めん」と思い立つ。吉兵衛はお辰のいた家を仕事場に使わせ、さらに材も探してやろうとしたが、丸彫りに適した良木が見当たらず、「厚き檜の大きなる古板」を与えた。お辰の像は今で言うレリーフとして彫り進められる。

二十日余りして、でき上がったのは「花綴衣」なるものをまとった彫像だった。

花漬賣の時の襤褸をも著せねば子爵令嬢の錦をも着せず、梅桃櫻菊色々の花綴衣麗しく引纏せたる全身像　惚《ほれ》た眼からは觀音の化身かとも見れば誰に遠慮なく後光《ごこう》輪まで付て、天女の如く見事に出來上り、吾ながら滿足して眷々《ほれぐ》とながめ暮せし

花漬が花輪に、さらに花綴衣となったわけだが、断っておくと、これは花柄の衣ではない。彫像はびっしり小さな立体の花に覆われている。そんな仏像は寡聞にして知らない。下って昭和五年、橋本平八の名作「花園に遊ぶ天女」が連想されないでもないが、その花は線刻であって、何も立体の花を着せたわけではない。もっとも、少しばかり眼先を転じれば、そうした美人の像は確かに存在したと言えるかもしれない。すなわち菊人形である。

江戸後期から明治に流行した細工見世物の中でも菊人形は命脈長く、今でも見られないではないけれど、かつては様々な草花細工の人形が作られ、浅草や団子坂などで評判になっていた。なかには観音の人形もあった。明治十六年四月の「読売新聞」に次の記事が載る。

淺草奥山の花屋敷に造り設けし人形のうち　魚籃の觀音は白色の花を白衣として大層手際に出來
また是までの造り人形の間へ早咲の牡丹の花壇盆栽等を陳列して縦覽させる由

白い花を白衣にまとい、花壇の中に立つ魚籃観音。ひとまず珠雲が彫り上げた花綴衣の彫像とは端的に言って、こうした草花人形さながらのレリーフなのである。

そこまで彫り上げた夜のこと、今度は珠運の夢にお辰が現れる。目覚めてみると、花綴衣では満足できなくなった。「彫像のお辰夢中の人には遙《はるか》劣りて身を掩ふ數々の花うるさく、何處の唐草の精靈かと嫌になつたる心には惡口も浮み來る」。花綴衣でないとすれば、何を着せるべきか。妙案も思いつかないまま、珠運は全身にまとわせた花を削り落していく。

腕を隱せし花一輪削り二輪削り、自己《おの》が意匠の飾を捨て人の天眞の美を露はさんと勤めたる甲斐ありて、なまじ着せたる花衣脱《ぬが》するだけ面白し　終に肩のあたり頸筋のあたり、梅も櫻も此君の肉付の美しきを蔽ひて誇るべき程の美しさあるべきやと截ち落し切り落し、むつちりとして愛らしき乳首是を隱す菊の花、香も無き癖に小癪なりきと刀急しく是も取つて拂ひ　可笑《おかし》や珠運自ら爲たる業をお辰の仇が爲たる事の様に憎み　今刻み出す裸体も想像の一塊なるを實在《まこと》の様に思へば　愈々《いよく》昨日は愚なり　玉の上に泥繪具彩りしと何が何やら獨り後悔慚愧して、聖書の中へ山水天狗樂書したる兒童《こども》が日曜の朝字消護謨《じけしごむ》に氣をあせる如く、周章狼狽一生懸命刀は手を離れず、手は刀を離さず、必死と成て夢我夢中かくてお辰の像は裸体像となり果てる。「天眞の美」に至ったことをもって芸術的な達成と見なす意見を見かけるが、果たしてそうだろうか。「天眞」とは裸体美を指して、それこそ美妙が口にした言い方だが、それが同時に非難の的となり、果てには紅葉から茶化される始末となったのは第一章で見てきた通りである。ここで露伴が提示しているのは、美の枠であるべき裸体表象が嘲笑の的にもなる二重性と思うべきだろう。珠運は叶わぬ恋に囚われ、お辰の像を彫り始める。その一途さは疑うべくもないが、それがついに裸体像と化したことは、すなわち人前に出せる代物ではなくなったということである。純粋な恋が傍目には愚行でしかなく、渾身の一作が同時に奇妙な代物と化していく二重性、そこを見落とすべきではない。いかに悲恋であれ、傑作を作り上げたのならまだしもよかったのだが、滑稽とも見える迷走の末に裸体像に行き着き、一人で得心してしまっているところに読者としても捨て置けない悲劇性が募るのであって、それこそが当時、若い読者たちを釣り込み、哀れな青年仏師に共感せしめたゆえんだったはずである。

さらに珠運は胡粉を取り寄せ、裸体像を白く塗り上げてしまう。さぞや艶めかしい姿になったことだろう。彫刻を着色することは西洋にもないではないが、少なくとも規範的とは言いにくい。もっとも、再び美術という枠組みを離れてみれば、これまた類似の像を言い当てることができる。幕末・明治の見世物史を彩った生人形《いきにんぎょう》にほかならない。

生人形とは立ち姿から肌の色まで、生けるがごとくの姿で世間を驚かせた人形で、安政年間に江戸へ出て、浅草などの見世物興業で評判を取った松本喜三郎や、三代にわたって活動した安本亀八あたりが名高い。彼らは仏像を手がけることもあった。明治初年の作で、浅草の伝法院に安置されたという松本喜三郎の「谷汲観音」は修復を経て、仏像らしからぬ婀娜な姿を今に伝えている。そして珠運が仕上げた像もまた生けるがごとくの姿だった。お辰の声が聞こえ始める終章近く、暮れ残る部屋に立つ彫像は「白き肌浮出る如く、活々とした姿、朧月夜に眞《まこと》の人を見る様に、呼ばゞ答もなすべきありさま」。妄執が憑依したかと珠運は打ち壊そうとするが、「さても水々として柔かそうな裸身《はだかみ》、斬らば熱血も迸りなん」という姿を見れば鉈を振り下ろすこともできない。そのような彫像を思い描くとすれば、やはり生人形が最も近いだろう。

　思い返せば物語の冒頭で、「爰日本美術國に生れながら今の世に飛騨の工匠なしと云はせん事殘念なり」などと修業に打ち込み、「一生に一つ珠運が作意の新佛體を刻まん」との大願を抱いていた珠運だった。ところが恋か美術か踏み惑い、日本美術の聖地たる奈良にはたどり着かない。さらにお辰の像は草花細工まがいのレリーフ、さらに人前には出せない裸体像と変転し、結局は生人形のような代物になり果てる。彫り進めるほどに、正統的な美術から遠ざかるのである。

　不憫に思った吉兵衛が懇々と言い聞かせる場面がある。「何でも詰らぬ戀を商買道具の一刀に斬て捨、横道入らずに奈良へでも西洋へでも行れた方が良い」。つまり奈良に行って仏像を研究するのもよし、はたまた留学して西洋彫刻を学ぶのもよし、本道に立ち返れと諫めるのである。そのどちらかが明治二十二年、彫刻家としての栄達に至る道筋だったと言ってよい。それとは逆に、つまり珠運はドロップアウトしたのである。それでいて、終盤に向かって露伴の筆は白熱する。圧倒的な密度と速度感によって風流仏の誕生になだれ込む。傍目には悲喜劇でしかない珠運の力業に、満腔の共感が注がれていることは疑いをいれない。

『風流仏』とはどういう小説か、もはや多言は要しないだろう。欧化主義に抗し、日本の伝統の側に立つ一作として絶賛したのは魯庵だが、それが当てはまるのは序盤の設定のみに過ぎない。実際には奈良を迂回し、美術から遠ざかる大いなる逸脱の物語なのである。

明治二十二年一月、関西の地で近畿宝物調査と交差したように、露伴はこの頃、奈良を範として日本国の美術を築き上げようとする大きな時代のうねりの中に生きていた。まさに時代の子として珠運という青年を登場させ、殊勝な志を口走らせもするのだが、しかし、結局はドロップアウトする運命を与えた。その筋立ては露伴自身が世の趨勢に棹さすつもりがなかったことを物語る。むろん奈良にせよ、美術にせよ関心がなかったはずはないが、それが酔狂な好古家たちの世界を超え、国家的な制度の中に組み入れられようとするその刹那、露伴は身を逸らしたのである。

生人形と京人形

もっとも、美術からの逸脱を語って事足れりとするわけにはいかない。身を逸らした結果、露伴はどこに向かったのか。お辰の像が見世物じみた様相を呈するようになることは、まさにその場所を示唆している。見世物興業はしばしば浅草その他の門前で行われ、中にはずいぶん大がかりなものもあった。それを露伴は懐かしんでいたらしい。明治二十三年十一月の『風流魔自序』には、これはおそらく空想の所産ながら、十二段からなる人形見世物の話が出てくる。

息子たちが次々に遊蕩に耽り、下の二人の将来を案じた大商人があらゆる岡場所の入り口に「一々大きなる見世物小屋を立たり」という。中をのぞいてみると、「ヤ美くしいは美しいは、瀬川丁山名山の可愛いところを取りあつめて作つたといふべき今古稀有な美人形、外八文字の道中姿ゆう〳〵たる其うしろには羽二重細工の櫻の立樹のあしらひ、衣裳萬端善盡し美盡し、夫《そ》れに附從ふ禿の人形の足の爪先まで申分なし」。それに浮かされて先を見ていくと、傾城の傍らで煙草をくゆらす色男が現れ、それが勘当され、性病で小用もままならず、やがては骸骨となるという訓戒の見世物。絃歌の響く茶屋の前に出た頃には、その気も失せるという仕掛けである。[7]

幕末・明治初年に生人形の流行を作り出した松本喜三郎はやがて故郷の熊本に帰っていくが、その直前の明治十一年、浅草奥山で「金龍山霊験記」を興業している。露伴も幼い頃に見たのかどうか、ともあれ安本亀八あたりはなお現役だった。やがて生人形は日清戦争の血腥いパノラマに、あるいはマネキン人形などに姿を変えていくことになるが、露伴はまだ華やかだった頃を知り得た世代に属する。その見聞や記憶が『風流仏』にも投影されたと思ってよいだろう。

生人形ばかりでなく、『風流仏』には芝居の挿話も導き入れられている。

本文に出てくるのは、歌舞伎『本朝廿四孝』である。お辰を連れ去られた直後の珠運に、宿屋の吉兵衛は昨晩こんな夢を見たと語って聞かせる。お辰が立派な姫君となり、珠運の絵姿を床に掛けていたというのだが、これは「十種香」の場面になぞらえたもの。武田勝頼の絵姿を前にして、八重垣姫は「魂返す反魂香。名畫の力も有ならば可愛とたつた一言の。お聲が聞たい〳〵」と泣き崩れる。それと同じように、お辰もお前さんを思い焦がれているのではあるまいかと夢語りにほのめかし、珠運に向かって「今の世の勝頼さま、チト御驕りなされ」と吉兵衛は立ち去る。歌舞伎の方では亡くなったはずの勝頼が身をやつして再び現れるから、それも踏まえて、お辰が帰ってこないものでもあるまいと、似姿を彫るように珠運を仕向けたのである。

さらに吉兵衛は檜の厚板を用意し、お辰の姿はレリーフとして彫り進められる。この絵画的なレリーフという設定は「名畫の力も有ならば」という「十種香」の台詞と呼応する。露伴としては、絵から人が抜ける系統の物語を意識していたようである。

歌舞伎と言えば、さらに思い出される演目がある。左甚五郎物の『京人形』である。三世桜田治助の作と伝えるが、名工左甚五郎は吉原の太夫に惚れ込み、人形を彫り上げる。それを前に酒を飲んでいると、箱から人形が出てくる。「ハ、ア、どうぞ太夫に生写しにせうと、一心籠めて彫り上げたれば、魂ひ入って働らくか」。さらに左甚五郎は太夫が落とした鏡を人形の懐に差し入れる。すると太夫の心が宿って、人形が舞い始める。面白いことに幕末になると、この演目は当時流行の生人形と結びついたらしい。万延元年、守田座での『八重九重閏飾雛《やえここのえにどのたてびな》』上演の際、左甚五郎とともに、「生人形細工人　舛本市三郎」が登場したことが歌川国貞の錦絵によって知られる。舛本市三郎はもとより松本喜三郎のもじりである。『京人形』という演目は生人形が体現する再現的なリアリティーの上昇によって、新たな脚光を浴びたものらしい。

『風流仏』の書かれた頃も『京人形』はよく知られていた(8)。例えば紅葉に『風流京人形』の一編がある。筋立てを借りるわけではないが、人形に魂が入り、また抜けるかの演目を踏まえればこそ皮肉なオチが生きてくる。紅葉門弟の小栗風葉『亀甲鶴』にも「左甚五郎とやらが彫つたやうな女人形でも買うて、一生其を見てゐたらば如何だ」とあるが、それらに比べても、美人に焦がれ、生写しに彫り上げる露伴の一作は、はるかに『京人形』的な物語と言ってよい。

のみならず露伴自身、やはり一種の人形譚と思っていたふしがある。『風流仏』の一年後、文壇の内幕を面白おかしく書いた戯文に『硯海水滸伝』があり、紅葉は「紅鷹山人」、硯友社は「硯入社」

という調子だが、そこには露伴ならぬ「呂伴和尚」も登場する。

呂伴遂に硯入社に居候たりしが　紅鷹一日説て曰く　今天下三に分れて見や此花新正雪組と我党なり　和尚嘗つて見や此花に縁ありといへども我党に入ッて第五陣に出馬せよと、呂伴一諾して変人形を作る

第五陣に出馬せよというのは、もとより硯友社の面々が執筆していた「新著百種」の第五号、『風流仏』のことである。それを露伴は「変人形」と書いている。おそらく「恋人形」をもじったものだろう。「風流」は「恋」を意味することがあった。『風流仏』を転じて「恋人形」、さらにひねって「変人形」としたかと思われるのだが、人形が動き出す『京人形』を多少なりとも意識すればこそ、こういう言い方が出てきたように思われる。

肖像が絵から抜けて出るとか、彫像が動き出すというのは普遍的な物語の型と言ってよく、ギリシャ神話のピュグマリオン伝説その他、枚挙にいとまがない。この頃に限っても、明治二十二年九月刊、石川鴻斎の『夜窓鬼談』上巻に清の画幅から美人が抜けて出る一編が見える。ただ、露伴は後年の『粲花主人の画中人』で中国の伝奇小説『画中人』を語り、その作中、画から美人が抜けるのとやや似た場面をかつて自分も書いたことがあり、しかしながら、「其當時此の畫中人を讀んで居つたなら今少し書き方をふんごんで書いたかも知れぬ」と言い添えている。逆に言えば、中国の伝奇小説などは参照しなかったということらしい。『風流仏』の場合、やはりなじみの深い芝居や生人形といったあたりが念頭にあったのではないだろうか。(9)

回帰と救済

こうしてみると、『風流仏』という小説の成り立ち方が見えてくる。明治二十二年の美術動向に意識的に接近しながらも逸脱し、それがそのまま見世物や歌舞伎といった市井の娯楽に親和する構造になっている。ささいなことではあるが、本文中に祐信、長春と浮世絵師が出てくるのも、ここに至れば、同じ志向によるものと理解されることだろう。

そこで思い出されるのは巻頭の「風流佛縁起」にほかならない。小説を書きあぐねて、おろおろと深川の不動尊や浅草の鬼子母神などをめぐり歩く。すると不忍の弁天様が朱唇を開き、「其野暮らしい顔わいの」と語り出す。それと同様に、本編が進むにつれて、生人形や芝居のような盛り場のざわめきがよみがえる。やがてお辰の像が口をきき、珠運を抱き取る。悪ふざけのような「風流佛縁起」は本編の帰結を確かに予告しているのである。

その帰するところとは、端的に言えば、昔ながらの門前のにぎわいということになるだろう。そこでは仏像や人形が口をきき、動き出す。露伴はそうした世界に踏みとどまろうとした。むろんそれが時代錯誤であることも、おそらく肌で感じていただろう。仏像は日本を代表する美術としてまつり上げられ、生人形はほとんど芸術と見なされることもないまま、すたれつつあった。だからこそ露伴は『風流仏』を書いた。時代に与することのできない男を、ほとんど荒唐無稽というしかない前時代的な霊験譚によって救済してみせたのである。言い添えれば、これは近代を通じて国家の保護奨励策が講じられ、表向きには立派なものであり続けた美術なるものに対して、文学者が違和感を抱き、市井の趣味に低徊する態度を選んだ、ごく早い例でもあった。

そんな露伴の心情を誰より共有していたのは、連れ立って浅草その他の門前をぶらつき、『露団々』を学海に売り込む際にも、かたわらにいた寒月その人だった。

実は明治二十二年四月、寒月もまた仏像が動き出す話を残している。露伴より先に京大阪をめぐっていた寒月は、西鶴流の『百美人』を書こうと思いついた。紅葉に見せ、「文庫」二十号に二編が載ったのだが、その一編『おがむだり正真の御姿』のことである。

人出の少ない朝方、花も盛りの上野の山を歩いていると、美人が現れる。

年は十七八の當世風のお姿。（中略）届くほどの花の小枝を二三本折られて片手に持たるゝに。それとくらべられて。花や羞べし。餘りの美しさに。お跡をしたひてゆくに。博物舘に這入らればば。なほ續いて入るに。二階に上らる、を。すこし後れて。史傳部の室にいりしに。お姿なし。まだ下りられぬはづと。そこら見めぐるに。此處古物家の足をとゞめる觀音の尊像あり。思はず。見るに。飾箱のまへに。以前の櫻花。これはと驚き。臺座を拝すに。赤土の跡あり。さては美くしきもことはり。三十二相を備へられた。佛様であつたもの。

表題に言う「正真」とは「生身」のことでもあるだろう。仏像も博物館に収められる世の中に、観音様が生身の仏として化現し、当世美人の姿で花見を楽しんだという笑話である。掌編ではあるけれど、もう一つの『風流仏』と思ってよい。寒月こそはやはり露伴の友なのだった。

高木卓著『人間露伴』の中で、露伴の妹である安藤幸が二人の交友を伝えている。何ということもない挿話であることをお断りした上で、紹介しておこう。

淡島寒月はあつさりしたぢいさんで、色白の長い顔に目が大きかつたが、いかにも善人にみえた。向島に住んでゐて、おきようちゃんといふ九つぐらゐの小さいりかうな娘があり、このおきようちやんがあるとき露伴兄に葡萄の食べくらべをしませうといつて、房から實をちぎらずに食べて露伴を負かしたといふ逸話がある。

露伴が目を白黒させ、寒月が膝を打って興じるさまが目に浮かぶ。この「おきようちゃん」とは後に教育者となり、参議院議員にもなった木内キョウのことである。生まれは明治十七年、それが九つぐらいだったというから、明治二十年代半ばのことだろう。

そして、幸田家の兄妹たちもそれぞれに出世を遂げた。次兄の郡司成忠は海軍軍人として千島探検で名を挙げた。妹の幸田延は西洋留学を経て東京音楽学校の教授となり、安藤幸もまたバイオリニストになった。そして露伴も『風流仏』等の成功によって、執筆に追われるようになる。明治二十二年暮れには「読売新聞」の客員に加わることになるだろう。

見方を変えれば、文学的な成功と引き換えに、露伴は葡萄の食べ比べに興じるような世界から次第に遠ざかったと言えるかもしれない。寒月の方はあれこれの趣味に耽り、飄然と生きた。大正十五年に寒月が世を去った際、露伴は追懐の一文『淡島寒月氏』を草している。学もあり愛嬌もあり、聡明怜悧の人だったが、名利にとらわれず、そこは文学においても変わらなかったとする。

根深く手を染めてゐれば、多數で無いにせよ、必ずや一部二部は此人で無ければ書けないといふやうなものを留めたのに相違無いのに、西鶴ばりの「百美人」だのなんだのといふのを一寸書いた位で終つて仕舞つたのは、それも却つて其一生が幸福で有つた證據で芽出度《めでたい》には相違無いが、少し殘りをしい氣がする。

露伴と寒月と、どちらに文学的才覚があったか、『風流仏』と『百美人』を比べれば言わずもがなだが、人生の得失については、露伴も測りかねる口ぶりではある。

第三章　博覧会の絵

亀井至一「山茶花の局（美人弾琴図）」（株式会社歌舞伎座蔵）

明治の懐旧談はあれこれ新たな風俗が出現し、世間を驚かせ、あきれさせた様子を面白おかしく伝えてくれる。美術に関しても、山本笑月の『明治世相百話』に興味をそそる一話がある。洋画すなわち西洋流の油絵が広く知られるようになったのは、「洋画に驚歎した始め」の項によると、明治二十三年の第三回内国勧業博覧会がそのきっかけだったのだという。

その頃まで洋画はただ西洋の真似だとばかり世間が趣味をもたなかつた。然るに同博覧会に、初めて日本の題材を取扱かつた大作数点が出品され、これは素敵だ、ほん物を見るやうだ。油画はなるほど大したものだと俄かに感心、もつとも半分は俗受け。

笑月は長谷川如是閑の兄にあたる新聞人で、夏目漱石の小説を「東京朝日新聞」で担当したことでも知られていよう。生まれは明治六年というから、第三回内国勧業博覧会の頃はまだ十代だったわけだが、当時の油絵人気がはっきり記憶に残っていたようである。

その第三回内国勧業博覧会とはどんなものだったかと言うと、入場百万人を超えた一大イベントだった。十九世紀を「博覧会の世紀」と呼ぶことがあるけれど、明治政府は外に向けては欧米の万国博覧会に参加し、国内においては全国規模の博覧会、すなわち内国勧業博覧会を開催した。第一回は明治十年、第二回は十四年、そして第三回は二十三年四月から七月にかけて、上野で挙行された。目指すところは勧業＝殖産興業であり、ずいぶん色々なものが出品された。第三回の出品区分を記しておくと、第一部工業、第二部美術、第三部農業・山林・園芸、第四部水産、第五部教育・学芸、第六部鉱業・冶金術、第七部機械となる。ここに堂々と美術が加えられているのは初回以来のことで、政府の美術政策が一つには輸出向けの産業育成を目指していたことによる。

もっとも建前としては殖産興業であれ、見物人の側からすれば単なる娯楽だった。出品物を購入することもできたから、新奇な物産を買い回るショッピングの場でもあった。そうでなければ百万人もの大群衆は集まらなかっただろう。その意味では、目に鮮やかな美術品こそは博覧会の華だったと言ってよい。来場者が「美術品のみを觀覽するの人たらば、折角の大博覽會は只だ是れ一の美術品展覽會に過ぎざらん」と開幕翌日の「国民新聞」は戒めた。戒めなければならないほど、大方の人々は美術品を楽しみにしていた。そこで油絵も注目されたのである。

笑月は「日本の題材を取扱かった大作数点」が「これは素敵だ」「大したものだ」と人々を感心させたと回顧している。その筆頭に掲げるのは、亀井至一「美人弾琴図」という絵である。

幅七八尺の大横額、等身大の文金髷の令嬢が、黒の裾模様の晴装で琴のまへに端坐、バックは牡丹の画の金屏風で、全く純日本式の構図、しかも令嬢は絶世の美人で浮き出たやう。観衆は全く魅せられて、いつもその画の前に黒山の人だかり。あまりの評判に早くも石版画の複製が数種現はれて、市中の絵草紙屋に掲げられ、これらの店頭もまた相当に通行の人足を止めた。

今となっては有名な絵とは言いにくく、現存するのかどうかさえ判然としない(1)。しかしながら、この美人画にまず指を屈する笑月の記憶は信用できる。当時の博覧会評を見れば、場内随一の人気作だったと分かる。例えば「東京日日新聞」は「凡《およ》そ日本に油畫《あぶらゑ》あってより以降《このかた》此れ程の評判なるは（大きく云へば）無き程の油畫とは此れなん」、「郵便報知新聞」は「陳列場中人をして絶叫せしむるの作」「西肥東奥観客の千里を遠とせずして來る　其家に歸りて話頭の博覧會に及ぶあれば必ず口を衝《つい》て出づる者は先づ此美人ならん」という具合。ただし、「東京朝日新聞」の饗庭篁村は「俗人の目につきて評判ことに高き」ものとして、安本亀八の生人形と同列に扱い、「東京新報」の近眼居士・半厘生の合評もまた「一口にいはゞ石版繪デザイン」とけなしている。笑月言うところの「俄かに感心、もつとも半分は俗受け」の代表格だったのである。

作者の亀井至一についてはご記憶かどうか、第一章で触れた矢野龍渓『経国美談』の挿絵を担当した人だが、天保十四年に生まれ、横山松三郎から油彩を学び、明治十年代には特に石版美人画で盛名を馳せていた。後年、織田一磨は低級な美人画家としながらも、「世を舉げて石版全盛時代に至らしめた者」と位置づけている。「美人弾琴図」が「一口にいはゞ石版繪デザイン」と言われたのは、亀井に石版画の印象が強かったことによるのだろう。また、笑月は石版画が出回ったと伝えているけれど、あるいは自ら版を製したものもあったかもしれない。

亀井の「美人弾琴図」に続いて、笑月は原田直次郎の「騎龍観音」を挙げている。

縦八尺、幅五尺ぐらゐの大作、紫雲を分けて全身を現はした老竜の背に、神々しく立てる白衣の観世音、右手に楊柳の枝を携へて水をそそぐ。慈容少しく粋なところがあつて気品は足らぬが、ともかく雄大の構図、大抵あつと驚ろかされて、生きた観音様に出逢つた心地。これも前の弾琴美人に劣らぬ評判、まづこれらが一般の目に触れて洋画の趣味もおひおひ広く行渡つた。

こちらは近代日本の美術史に名高い一作と言ってよい。文学史の方面でもよく言及されるが、それについては、作者の原田直次郎が森鷗外の親友だったことが関わっている。原田は文久三年、維新後は陸軍の要職に就くことになる原田一道の次男に生まれ、高橋由一の画塾に入った。さらに明治十七年からドイツに留学し、二十年まで滞欧した。そのミュンヘンの下宿を、陸軍軍医として留学した鷗外が訪れ、以来、変わらぬ友情を結んだことは鷗外伝を彩る一挿話となっている。

その原田が第三回内国博覧会に出品したのが「騎龍観音」だった。ところが、当時の評は総じて辛かった。例えば「東京新報」等に投じられた楢の舎主人、七色生、塵外逸人、雲萍散士の匿名合評『油画妄評』は、「大畫を描出《かきだ》されし御手際さすがは妙、觀者をして嗚呼と言はせたり」と書き出しながら、その嘆声は「只見慣れざる大幅に驚きし者と知り給へ」と続き、観音の胸は「檜板を見る心地せられて少しも味なく」、龍は「貼形《はりこ》の如くにて生氣なし」との酷評に至っている。後述するように、原田は審査官の地位にあったがゆえに、ことさらに矢面に立たされたという事情があった。さらには追い討ちをかける形で文学博士の外山正一がこの大作をあげつらい、それに鷗外が食ってかかるという出来事が起こる。「日本絵画の未来論争」とか「騎龍観音論争」と呼ばれる論争だが、要するに、芸術論の渦中に置かれた絵なのだった。

笑月はこのほかに、二世五姓田芳柳《ごせだほうりゅう》「鷺沼平九郎図」の話をしているのだが、作者は忘れたと言っている。第三回内国勧業博覧会を代表する油絵としては、やはり亀井至一の「美人弾琴図」と原田直次郎の「騎龍観音」の記憶が鮮明だったのだろう。そして、これらは対照的な見られ方をした二作でもあった。俗っぽい石版美人画を描いていた亀井の出品作は、なるほど美人だと大いに世間を感心させた。帰朝画家たる原田の大作は、日本の油絵とはどうあるべきか、美術に一家言ある面々の議論を呼び寄せた。当時の油絵は一方では俗受けのする新風俗であり、他方では高尚な批評の対象でもあって、そんな両様の油絵観が二作に振り向けられたのだと言ってもよい。

そのあたりに本章では探りを入れようと思うのだが、一つの趣向として、二点にそれぞれ関係した文学者を招き入れることにしよう。尾崎紅葉、そして鷗外の二人である。

実を言うと、紅葉は「美人弾琴図」について軽妙な戯文を書き、評判を取った。鷗外については右に記したように、「騎龍観音」を擁護すべく論争に及んだ。そうした二人の関わり方もまた油絵に向けられた二つのまなざしに即したものであって、それのみならず、ほどなく彼らが書くだろう芸術家小説の大きな懸隔を照らし出すことにもなるだろう。

『博覧会余所見記』と紅葉

第三回内国勧業博覧会に際して、東京の新聞各社は競って多くの記事を掲げている。開幕式の模様など日々の報道は当然のこととして、列品評や案内記にしっかり紙幅を割いた。

「読売新聞」の場合、列品評は出品分野ごとに専門家を起用した。「絵画彫刻美術工業」については、「國華」記者の川崎千虎が執筆した。加えて、独自の企画として目をひくのが『博覧会余所見記《よそみのき》』という連載である。これは当時の文芸路線に沿った探訪記事だった。

『余所見記』を書いたのは、気鋭の文学者たちだった。「読売新聞」は前年暮れ、客員だった坪内逍遥を文学部の主筆に据え、紅葉と幸田露伴を迎え入れていた。これは饗庭篁村が「東京朝日新聞」に移ったことに伴うものだったが、彼ら文学部の面々を博覧会に派遣したのである。事前の社告には「眼に映り耳に觸る出來事は細となく大となく面白をかしく報道仕り　時に或は讀者に對し貴重の腮《あご》を外させ申し候やうの事も」とあり、滑稽の読み物でもあった。

それに続いて執筆陣は、逍遥、紅葉、露伴、中西梅花という告知が載った。ただし四人のうち、露伴は出品者から募った『苦心録』という連載の執筆に回った。一意専心の職人かたぎに対する共感によるものだろう。それとは逆に、『余所見記』のような会場探訪には、露伴はどうも気乗りがしなかったらしい。同時期に連載した『日ぐらし物語』の終章で、博覧会ブームを茶化している。種々様々な博覧会を集めた「博覧會の博覧會」が開かれたというホラ話で、資金は八百万億円、会場は本州全部という壮大さ。恋慕博覧会やら魂魄博覧会などが出品されたが、その一つである髪型その他の「頭の博覧會」については「此の博覧會　餘所見の記を作る人が歎息するを聞きぬ」。皆人珍奇を求めてやまない博覧会の喧噪にはうんざりという風に読まれなくもない。

そんな風に露伴が抜けて、『余所見記』は四月四日、逍遥の序で始まった。しかしながら、逍遥は連日一万人前後もの人出にただ当惑するばかりだった。「晴るゝを俟《ま》ちかねて沸いでし人の雲　何處捕へて何といふべきや」。雑然たる群衆の姿に「爰《ここ》に知る　風俗今思ひ〳〵となりて昔謂ふ禮儀格式は殆ど其影を没せしことを」と嘆息し、別の日には「會へ入るは後にして其處此處と人氣少きところを選りてぶらつき」という始末だった。ほとんど探訪記者の態をなしていない。

続いて登場した梅花も大した働きではなかった。「實に一昨日坪内君が序びらきの中にもほのめかせし如く塵埃《ほこり》の霞　人の雲　何を捕へて是書《か》んと思ふものもなし」。戯文調の書きように多少工夫の跡を見せるが、やはり雑踏を嫌って抜け出してしまう。会場の見聞はごくわずかで、例えば出品物とその産地には密接な関係があり、長崎のごとき俗地は俗物を産し、奈良のような閑雅な土地は日用品に至るまで高尚優美といった程度にとどまっている。

ほとんど企画倒れに終わりかけた中で、しかし、遅れて『余所見記』を書き出した紅葉は、めざましい才覚を発揮した。やはり人混みに揉まれたはずだが、逍遥や梅花のようには厭わなかった。富家らしき一行の娘の雪駄に目をとめ、ビロードの鼻緒を挿《す》げた心意気をすかさず褒める。珈琲店や靴磨きといった新風俗も見逃さない。移動式の公衆便所には顔をしかめながら、それでも利用客は一日二十人などと書き添える。なおかつ長々とは書かず、スケッチ風に短章を連ねて、一つひとつ完結した笑話に仕立てた。『余所見記』は結局のところ、紅葉の独擅場となったのだった。

なぜ紅葉には探訪記者が務まったのか。しょせん雑文と割り切って、あえて俗塵にまみれたように見えるかもしれない。自分でも連載の途中で、「筆を弄し文を賣て衣食するは雅中の大俗なるべし」と書きつけている。いかにも自嘲した物言いのようだが、額面通りに受け取るべきではない。紅葉にはうがった雅俗観があった。高雅下賤は一概に定めがたく、雅中に俗があり、俗中にも雅があるというのが紅葉の考え方だった。それゆえに観衆すなわち俗衆とは決めつけず、俗と見えるところから一興の種を取り出そうとした。こうして紅葉は優れた観察者となり得たのである。むしろ高みから卓論高説を吐いて逃げ出す方が「雅中の大俗」くらいに思っていただろう。

紅葉、画美人ブームに興じる

その紅葉が目をつけたのがほかでもない、亀井至一の「美人弾琴図」だった。『余所見記』を書き始めた四月十二日付で、さっそく短章「油畫の女人《をんな》は脱《ぬけ》じ」の種にした。いわく、絵の前に身じろぎ一つしない男がいる。誰かと見れば、何と硯友社の仲間である江見水蔭だった。

美人彈琴の大油畫の前に、青道心一人石の如くなりて動かず、深く感ずるにや時々首を掉《ふ》る後姿、何處やら見覺えありと、さし寄りて横顔を見れば、江見水蔭なり。物をおツしやれ〳〵とつぶやくを、肩を拍《ウツ》て、和尚什麼是畫裏美形といへば、莞爾として牡丹一日紅。滿城公子醉。實にあの顔の肉つき、傅粉《おしろい》の具合は、宛として其人在《いま》すがごとしと、相好崩れて悦ぶを、なるほど顔に於ては申分なけれど、肩より腰のあたり今一層《ひといき》瘦せてほしやといへば、水蔭不平にて答へず

「牡丹一日紅　滿城公子醉」というのは禅の偈頌。その引用が間抜けた味を漂わせる。顔の肉つきも白粉の具合も、目の当たりにするようだと水蔭は笑み崩れ、もう少し瘦せていてほしいと横から感想を挟めば、不平顔で返事もしない。只事ではない惚れ込みようである。

博覧会から帰っても、水蔭はかの美人画を語ってやまなかった。そこである者が冷やかし、「支那には繪の女夜々ぬけて、男と契りし例《ためし》もあり」——好きの一念が通じて美人が絵から抜けて出ないものでもあるまいと水を向けたところ、水蔭は粘っこい油絵具だけに、「女の力にてはとてもカンヴスを離れまじ、今は思《おもひ》を斷ちし」と真顔で答えたという。

すっかり道化役に仕立てられた格好だが、曲りなりにも東京美術学校を受験してみたほどの水蔭である。美術には興味がないではなかった。『自己中心　明治文壇史』によると、「美人弾琴図」に見惚れていたのは実話なのだという。第三回内国勧業博覧会には何度か足を運び、「亀井至一の美人彈琴の圖が大評判で、俗衆は此前に、常に群を作してゐた。自分もそれの讃美者の一人で、入場毎に其前に立つてゐた」と回想している。それを紅葉は『余所見記』の種にしたのである。

もともと仲間内の戯文は硯友社の得意としたところで、その流儀を紅葉はそっくり新聞に持ち込んだ形である。すでに二十二年秋には裸蝴蝶論争における山田美妙の言い分を借り、それも一笑の種として掌編『裸美人』を書き上げていた紅葉でもあって、こうした内輪の話が読者を引き込む効果については、当然ながらよく理解していただろう。この水蔭の「美人弾琴図」の挿話にしても、水蔭のキャラクターが笑いを誘い、遠慮会釈なく洒落のめす青年文学者たちの交遊を何やらのぞき見るような気分にさせる。言い添えておくなら、紅葉と硯友社の面々が名をなしたのは、この種の楽屋話の効用によるところが大なり小なりあったはずである。

この四月十二日付の『余所見記』にとどまらず、紅葉は十五日付で再び「美人弾琴図」を記事にした。小見出しは「水ゆゑまはる淀の車」、この文句は「わたしや悋気で気がまはる」と続くから、意味するところは悋気、嫉妬である。まずは娘二人が絵の前に立ち止まる。

かの美人彈琴の油畫は、とかく可笑事《をかしき》に祟りて、今日もまた一ッ見たり。此前に足を駐《とゞむ》るは、男子多くて女人は少し。可怪《いぶかし》!二人の娘が立留りて、ひそ〳〵話すを聞けば、繪の事にはあらで、肩の廣きは下司なり、乳の張りたるは見苦し、しかも顔の粉装《つくり》はお國風なり、此女の立姿はさだめて不様なるべしなどゝ、顔に似ぬ事をいひ合ひ、これを譽《ほむ》る舎兄《にいさん》の氣が知れぬと行過ぎぬ。

ひそひそ話を立ち聞きすれば、画美人の品定めである。「肩の廣きは下司なり、乳の張りたるは見苦し」と手厳しい。水蔭のくだりにも「今一層痩せてほしや」という台詞が見え、当時の目にはやや肉感的に過ぎたのかもしれないが、ここで目を留めるべきは「繪の事にはあらで」という言い方だろう。大方の視線は絵画そのものでなく、描かれた美人に向けられていた。画美人にやに下がり、はたまた嫉妬するというのは、リンゴの絵を見てうまそうだというのと似て、俗受けと言えば俗受けには違いない。そうした鑑賞の水準をおそらく承知の上で、憂えるでもなく論評するでもなく、紅葉はただ「繪の事にはあらで」とのみ言って、画美人を見る人々の姿に興じている。

口悪しく去った娘二人に続き、紅葉は若夫婦に目をとめる。繻珍の帯や越後縮、蒔絵の櫛笄などを見たついでに通りかかった様子だったが、夫の方は「美人弾琴図」の前で、水蔭よろしく動かなくなった。細君は顔色を変え、この調子では「日が暮れても頸の骨折れても、この惡性やむ事ではあるまじ」と夫の袖をぐっと引き、「繪に穴が明《あい》たらどうなさる」と慳貪声。それでも「あゝいゝ繪だ」などと嘆息する夫に、「お氣に召したらお求めなさいなとは、近頃御挨拶なり」。

絵の値段は四百三十円だったというから、お買いなさいとは確かにご挨拶ではある。もっとも、話の眼目は嫉妬であって、殿方にとっては、女心を侮るなかれという訓戒にもなる。そこで紅葉は最後に鑑賞の心得を言い添える。「小糠三合入婿の輩《ともがら》はよく心得て、此畫の二三間前より尻褰《しりかゝ》げして帽子を懐中《ふところ》に入、眼を塞ぎて一《ひ》ィ二《ふ》ゥ三《み》ィ、ばた〳〵と驅過《かけぬく》べきもの也」。

二度にわたって「美人弾琴図」を取り上げながら、結局のところ、紅葉は観衆の姿に目をつけて笑話を書いたに過ぎない。絵としてどうか、例えば画題の選択、筆遣いなどの批評は何一つ書いていない。文学者ならば低きに流れず、大所高所から物申すべきという考え方に立つなら、第三回内国勧業博覧会の紅葉はいかにも物足りないが、しかし、そうであれ、「美人弾琴図」に対する世間一般の見方をよく伝えていることも確かだろう。絵画ならぬ画美人に対する興味は、新風俗としての油絵に迫真的な再現性が期待されていたこと、また、「油畫の女人は脱じ」というのは、粘っこい油彩特有の質感が興味の的になっていたことを今に伝える。場内随一の人気作を取り上げたことを含めて、そのまなざしはジャーナリストのそれに近い。それは同時に、世態風俗を観察し、人情をうがつ小説作者として、紅葉が大きな成功を収めることを予告してもいた。

『又饒舌』と『又又饒舌』

第三回内国勧業博覧会での紅葉をジャーナリストと呼ぶなら、鷗外は批評家ないし審美学の論客として振る舞ったと言える。出品作の批評については「国民新聞」が主たる舞台となった。「国民新聞」は明治二十三年二月の創刊である。「国民之友」の余勢を駆り、徳富蘇峰が送り出した新聞だが、創刊二か月後の第三回内国勧業博覧会については、開幕と同時に、「美術品を覽《み》んか、鋤鍬を見んか」と読者に問いかけた。十日後にも産業育成の本旨に沿って奢侈を戒め、出品される工芸品の多くは「虚飾にして實用に遠きもの」でしかなく、これでは勧業どころか「翫弄物の博覽會」ではないかと難じている。その批判はただし、産業育成をおろそかにする風潮に向けられたものであって、「吾人は必しも美術の敵にあらず」とも言い添えている。

実際に他の新聞と同じく、列品評『都の花』を連載している。平民主義の新聞らしく、「唯普通の看客」としての列品評だった。ただし、面白いことに、油絵の批評は専門家に依頼した。すなわち原田直次郎の『又饒舌』と、それを引き継いだ鷗外の連載『又又饒舌』である。

油絵については専門的な批評を求める人々が現れていた。ヨーロッパのサロン評も知られるようになっていた。楢の舎主人ほかの合評『油画妄評』は「東京日日新聞」へ投稿するにあたり、「佛國美術展覽會（サルン）等にてはマキシュムデユーカムの酷評を屢相見受け候」と記し、当初の三人に雲萍散士なる人物を加えて再開した際にも、「此の雲萍生ハ欧洲出來の者にてクリチックを以て自任致し居り」と強調している。西洋式の絵画を西洋式の批評で迎えようとしたのである。その意味で、原田と鷗外を起用した「国民新聞」は見識があったと言ってよい。

ところが、原田の『又饒舌』は四月十一日付に掲載され、どうしたことか、この一回きりで終わってしまう。表題の『又饒舌』は田能村竹田の『山中人饒舌』に由来する。「昔は竹田叟畫を論じて山中人饒舌を著しぬ　是れ我國論畫の權輿《はじめ》なり」。本格的な批評を期して、本邦画論の嚆矢と見なす『山中人饒舌』の題を借りたのである。洋行画家である原田としては当然、彼の地のサロン評も意識していただろう。その気構えとは裏腹に、「余が今の地位は會場に出でゝ一々の繪畫につきてこれを評するに便ならざるものあり」と断り、出品作については何ら批評を加えていない。その末尾には新聞社の告知があり、「同氏の位地已を得ざる事情あるを以て　次號よりは鷗外森林太郎氏代《かはつ》て品評することを諾せられたり」と付記されている。書けないのなら最初から止せばよかったわけで、不可解と言うしかない。いったん応諾した後で横槍が入ったか、自重せざるを得なくなったのか、何らかの

事情があったことを窺わせる。(2)

「余が今の地位」という言い方から察するに、一つには博覧会の審査官だったことが関係していたのだろう。第二部の美術に加え、原田は第一部と第五部についても審査官に任じられていた。審査の合議に加わるべき立場にありながら、私的な見解を新聞紙上に公表するのは、確かに軽率のそしりを招きかねない。なおかつ原田の場合、杞憂とばかりは言えない火種もあった。

審査官のポストをめぐって、油彩画家たちの間には不穏な空気が流れていた。それを伝えているのは、九鬼隆一の演説である。博覧会審査官長に就いた帝国博物館総長の九鬼は、三月三十一日、事務官や審査官を東京美術学校に集めて、審査の厳正化を説諭した。「東京新報」によると、さらに党派的な審査官選抜の要望が寄せられていることも明かし、猟官運動がはなはだしい分野として、ずばり油彩画を挙げている。一方は「久しく海外に留學して泰西諸名家の畫法に薫陶せられ更に實習戰場に經驗せし者」、他方は「本邦に在て夙に門戸を張り理論に慣熟したる者」を登用すべしと主張し、家に押しかけ、匿名文書を送り付ける。その醜態に九鬼いわく、「仄に聞く所によれば彼等油繪者流の中　現時既に黨派の軋轢を生じて殆ど氷炭相容れざるの有様ありと傳ふるものあり」。

彼ら油彩画家たちは明治二十二年、明治美術会という団体を作っていた。五月と六月に原田も参加して発起人相談会が開かれ、十月には上野で第一回展を挙行した。欧化熱は冷め、日本回帰の逆風にさらされる中で大同団結を図ったのだったが、もっとも、その内情は派閥が分立し、「氷炭相容れざるの有様」だったらしい。各派は晴れの場となる第三回内国勧業博覧会に向けて、審査官ポストの争奪戦を演じた。芸術家の団体の非芸術的なることは今なお何ら変わらないが、最初の油彩画団体にしてかくのごとしである。結果を記しておけば、第二部美術の審査官に選ばれた油彩画家は、松岡寿、小山正太郎、加地為也、そして原田の四人だった。このうち松岡と加地、それに原田を加えて、三人が洋行経験者ということになる。国内で門戸を張る中から審査官を出すべきと運動した側には、大いに不満が残ったことだろう。

原田が一度は引き受けた「国民新聞」の連載を取りやめた背景には、この内紛も幾らか関わり合っていたのではないだろうか。いちおう約束を果たす形で一回だけ『又饒舌』を書いたものの、画壇の現況についてのみ言及し、油絵の方は日本的な陋習を捨てて本場の西洋絵画に近づきつつあるが、反面、伝統的な絵画は西洋趣味を帯び、純然たる東洋趣味を損なっているとして、「西洋畫は益《ますます》奨勵すべし　日本畫は須《すべから》く保存すべし」と述べた程度で、筆を擱いてしまった(3)。

こうして原田が降板した後、今度は鷗外が「国民新聞」に登場する。二人は前年秋、明治美術会の展覧会評を連名で発表していた。芸術観を共有する友として後を引き取ったのである。

批評家鷗外の奮闘

鷗外の絵画評『又又饒舌』は、三日後の四月十四日付から始まる。竹田の『山中人饒舌』、原田の『又饒舌』に続いて『又又饒舌』としたわけだが、紅葉の『余所見記』とはまるで違って、脇目も振らずに一つひとつの絵画に向き合い、念入りに批評を加えている。

最初に論じたのは、山本芳翠の二点である。「紅葉《もみぢ》の圖、當初《そのかみ》畫家の落想はいかにおもしろかりけむと推測《おしはか》らる」という風に「落想」から説き起こすあたりは、創造的な空想を重んじる鷗外の芸術観をよく物語る。また、「紅葉の間には緑の草木もあれば自らに補色をなし」として、その「補色」に「コンプレマンテール」(complémentaire)とルビを振る。さすがはヨーロッパ仕込みと読者を感心させたことだろう。画題については、伊藤快彦の「蟹釣の図」を「ジャンル」の趣向、すなわち風俗主題と位置づけ、「この類の畫趣はまだこゝには多く見えぬに先づ祖子の鞭を着けしは面白し　後繼者の出でむこと余等の切に望むところなり」としている。

同時に目をひくのは、盟友原田に対する擁護の姿勢である。原田が出品した「騎龍観音」、そして「毛利敬親肖像」の二点は、開幕直後から辛辣な批判にさらされていた。

原田氏は二面の額を掛けられたれども　全體より評するときは其繪畫は描けりと云ふよりは寧ろ各種の繪具を用ひて一より二、二より三と塗抹したるに過ぎずとや云はん　言を換へて之を言はゞ美術品の價直なく　吾人の嗜好に滿足を與へざるものならん

楢の舎主人ほかの匿名合評『油画妄評』は、このように美術品の価値なしとまでけなした。具体的には「毛利敬親肖像」を指して、「顏色少し赤きに過ぎて拙し　されど飮酒後の容貌を寫しゝにやと覺悟して觀れば難着くまじく思はる」と嫌みを言い、背景の描き方には「餘地（バックグラウンド）は他との調和惡しきに因り雅致無く凡俗に流れたり　若し太筆にて筆跡を顯はし或部分の色は少し赤黒く或部分は靑く曖昧糢糊の中を描かれたらんには實に完全の者と成る可からんに　殘念至極の事なり」との御託宣である。もう一作の「騎龍観音」については、「同意す可からざる點最も多ければ　生等は細に之を評論す可し」と予告している。

この酷評については原田が審査官だったというだけでなく、実のところ、油彩画家の審査官の中では堂々と自作を世に問うた唯一の出品者だったことも斟酌しなければならない。『油画妄評』から引

けば、「先づ審査官諸君の出品より漸次批評を試む可し　併し乍ら審査官中に未だ出品なき人の有ると　近頃畫ける品の少きとは遺憾遣方《やるかた》無し」。審査官の作品は注目の的であり、マクシム・デュカンを気取る『油画妄評』の面々は酷評せんと待ち構えていた。ところが原田以外の三名は出品を見送った。そもそも明治美術会の有力画家は総じて消極的だった。何らか内紛に絡む事情があったのかもしれないが、どうあれ世間の側は、肩すかしを食った格好である。事実、近眼居士、半厘生の『博覧会美術評言』は、明治美術会には将来の希望が持てない、「同會中のきれものたる人々或は審査官の位置に在る人にして未だ其一幅の畫を見ざるが如き　實に我道の為に不熱心の人多きを覺ゆればなり」と難じている。確かに不熱心と言われても仕方がない。そうした油彩画家一般に対する批判を、原田は右代表として背負わされた面があったように見える。

鷗外としては、手をこまねいてはいられなかった。当の原田は『又饒舌』を打ち切って、すでに沈黙してしまった。自分が論駁し、擁護しなければならない。鷗外は初回から「こは此幅に關したる事ならねど」などと脱線しながら、『油画妄評』へ反撃に出ている。

> 東京新報の楢の舎、七色、塵外などいふ人々は原田直二郎氏の肖像を論じて「餘地は他との調和惡しきに因り雅致なく凡俗に流れたり　若し太筆にて筆跡を顯はし云々したらば實に完全のものと成るべからむ」といひしが　彼人々の見る所ぞ却りて凡俗には近かるべき　何となれば肖像にして果して用筆の精を極めたらば裏地《フオン》は目に立たぬだけ調和、宜しきを得たりといふべきものにて　裏地の筆痕を留め、それにて姿を取らむとするなど凡工藏拙の陋策を喜べるは阿堵中の味をしらぬものなればなり

相手の主張を引き入れた上で、鷗外は覆してみせる。知識の広さ、論理性において『油画妄評』の匿名子たちは敵ではなかったと言うべきだろう。

その後も折に触れて原田に言及し、持ち上げたのだが、しかしながら、評価は好転しなかった。四月二十日付の「郵便報知新聞」は、「騎龍観音」という画題それ自体が「既に油畫に適したるものにあらず」と断じた。「東京朝日新聞」の饗庭篁村は四月二十四日付で、「油繪中の壓巻　驚くべきの出來といふべし」と認める一方で、「觀音の体格甚だよき為め　中心力を常に失はじと氣遣ふ綱渡りめきたり」と書きつけた。この綱渡りというのは言い得て妙と思ったか、直後に外山正一が同工の比喩を口にすることになるだろう。すなわち「チヤリネの女が綱渡りをするの畫なるや」という一言を投げつけ、鷗外を憤激させるのだった。

紅葉の戯文、鷗外の一失

ところで横道に入るようだが、『又又饒舌』には、筆が滑ったらしいところがある。ほかでもない「美人弾琴図」をめぐる評である。四月十九日付の回で、鷗外はこの話題作を取り上げた。

その書き出しは「龜井至一氏の美人彈琴の圖、おそろしや江見水蔭とかいへる法師いち早く浮名を流しぬ、この艶筆のために、詳《つまびらか》にいはゞこの艶筆と紅葉山人の艶筆とのために、今さらおもへば饒舌の名は山人に負せたらむこそ穩なりけめ」。すなわち水蔭を登場させた紅葉の戯文を引き合いに出している。さらに「油畫の女人は脱けじ」とは言うけれど、左袖の水仙の模様は浮き上がって見えると評して、「美人の袖模樣は脱けたり〳〵」と軽口を叩いている。軽妙な紅葉の筆に乗せられ、同じ土俵に上がってみせた格好である。
そこまでは洒落の内と言えそうだが、ただし、最後に書き添えた一言はまずかった。

或人いふ　此畫ははや賣れたり、その買主は紅葉山人なりと。若し實《まこと》ならば　硯友社の君たち代る〴〵畫の下に立ちて　これに朶頤《だい》する俗士を筆誅せむとせらるゝも宜《むべ》ならずや　世間、此筆端を避けむと欲するものは「此畫の二三間前より尻蹇《しりかゝけ》して帽子を懐中に入れ　目を塞ぎて一二三、ばた〳〵と驅けぬくべきものなり」

「若し實ならば」とは言うものの、紅葉が「美人弾琴図」を買ったかのごとく、噂のままに書いている。しかし、これについては事実かどうか疑わしい。よほど広い洋間でもなければ掛けられそうもない大作であり、四百三十円という高値だったとも伝える。果たして七月二十日付の「読売新聞」は「博覽會にて評判尤《もッ》とも高かりし龜井至一氏の美人彈琴の油畫」など四点は「此程宮内省にて御買上に相成たりと承りぬ」と報じている。皇室に納められたというのである。紅葉と「美人弾琴図」が結びついたのは戯文が評判になったことの証左だが、買い主だったというのはいい加減な風評だった可能性が高い。それを新聞に書いてしまってはシャレにならない。
この直前まで、鷗外と紅葉その人の関係は必ずしも悪くなかったように見える。鷗外主宰の「しがらみ草紙」は紅葉に寄稿を求め、紅葉もまた執筆する気でいた。四月十一日付、内田魯庵に宛てた書簡の中で、「しがらみ双紙に短篇を請合ひ候は一月なりしに、いろ〳〵と言訳して今月は屹度と約せしなれど、此頃の春暖にて頭痛不絶、幾度か筆はとれど雲もおこらず、龍もはしらず」などとぼやいている。むろん鷗外の主宰誌と承知の上で紅葉は応諾し、呻吟していたのだろう。ところが鷗外は、紅葉の書簡からすれば八日後、「美人弾琴図」を評して紅葉と硯友社をからかい、さらには無責任にも紅葉が買ったという噂を書きつけたことになる。紅葉としても、さすがに気分を害したのではないだろうか。「しがらみ草紙」に短編を書いて渡した形跡はない。

他方で、鷗外が謝ったという話も伝わらないけれど、明治二十九年刊、『又又饒舌』を収録した『月草』を見ると、「美人弾琴図」の評から紅葉に触れた個所はそっくり削除されている。そのため現行の全集本文に含まれず、注記されるのみである。それもあって気づかれにくい話だが、この措置からすれば、後には鷗外も非を認めていたように思われる。

そもそも『又又饒舌』の中で、「美人弾琴図」の評は浮いた書きようではあった。俗受けの絵に乗じた紅葉を半ば愉快に思いつつ、戯文のうまさに対抗心が動いたのだろう。紅葉流の内輪話をパロディーにして、その内幕を冷やかそうとしたわけだが、そこは紅葉と水蔭のごとく、気心が知れていればこその内輪話である。硯友社という根城のあった紅葉と、そのように徒党を組むには鋭利に過ぎた鷗外の違いが図らずも露呈した一件と言えるかもしれない。

もっとも、鷗外にも高みにおいて心を通わす友人はいた。原田こそはその一人であって、『又又饒舌』で擁護に努めたことは記した通りである。そんな鷗外にとって、断じて看過し得ない問題が持ち上がる。「美人弾琴図」評から一週間後、原田の出品作への外山正一の痛罵である。

画題がダメだ　外山正一の演説

原田の「騎龍観音」を外山正一が酷評し、鷗外が反撃した一件については、つとに諸書にくわしいけれど、ひとまず経緯をたどっておくとしよう。外山は嘉永元年生まれ、慶応二年の幕府留学生として英国に渡り、次いで米国で哲学や化学を学んだ。文学の方面では『新体詩抄』の共著者の一人となり、明治二十年の学位令公布に伴い、翌年に初の文学博士の一人となっていた。そして論争の発端となったのは、四月二十七日、明治美術会の第二回大会だった。この日、約五百人とも伝えられる聴衆を前に登壇した外山の講演は、居並ぶ画家たちをまさに面罵するような内容となった。

演題は「日本絵画の未来」。煎じ詰めれば、当面する問題は画題に尽きる、外山自身が言うところの「人事的思想画」を描くべしという提言である。

具体的な例として、外山は第三回内国勧業博覧会の油絵を槍玉に上げた。原田の「騎龍観音」や亀井の「美人弾琴図」などに言及しながら、日本の油絵は技術的には進歩したが、形を描いて思想がないと決めつけている。さらに「古今名人の想像畫は一として眞物に依らざるものなきことを知らずして一意に空像を畫がかんとするは今日の流弊なり」として、龍や雷神、地獄極楽などの絵はそれらが存在すると信じ、感動すればこそ描くべきものであり、逆に言えば、描く側の信や感動がなければ見る者を信じさせ、感動せしめることはできないと主張した。すなわち画家たる者は「情機衝動せられたる時に非らずんば畫くべからず」と戒めたのである。

その情機衝動せられる対象はむろん時勢によって移り変わる。古代の画家は宗教心が強く、神仏を信じればこそ名画を描くことができた。翻って今日、神仏を信じないものは描くことを止めよ、決して見る者を感動させられないのだから――と外山は主張した。

龍を信ぜず觀音を信ぜずして觀音の龍に乘るの畫を畫がかんか　其畫く所は見る人をして觀音の

龍に乗るの畫とは思はしむる能はずして　松明のあかりにてチャリネの女が綱渡りをするの畫なるやと疑はしむるなり　龍の如き鬼の如き　佛の如き神の如き　地獄の如き極樂の如きは今日に在つては既に不適當なる畫題となりたるものなり　今の畫人にして之を畫がかんとする者は必らず失敗せずんばあるべからざるなり

龍と言い、観音と言うのは「騎龍観音」のことを指す。「チャリネの女が綱渡り」はサーカスの綱渡りのこと。これは外山の発言ではあるが、講演三日前の「東京朝日新聞」で、饗庭篁村が「綱渡りめきたり」と評していた。それを踏まえただけかもしれないが、外山はさらに、自ら信じないものを描き、人に信じさせようとするのは「モッケリー」(mockery)の至りだと言っている。意味が分かりにくかったのか、「モツリー」とした新聞もあったが、五月一日付「東京新報」はずばり「阿呆」と改めている。「自ら信ぜざる者を畫いて　人をして之を信ぜしめんとするは阿呆の至りなり」――文脈からして「騎龍観音」を描いた原田を指すことになるだろう。

この先、外山は「人事的思想画」の提言に移り、幾つかの例を挙げている。質素な頼朝の墓、病床の秀吉と家康が対面する場面。あるいは溝にはまった荷車の痩馬と馬方の姿、突如絶命した車夫と茫然とする父など。「錯雑なる思想」を含有・表出した絵画というのだが、どうやら何らかの感動的な場面ということらしい。なおかつ歴史主題と風俗主題が混交し、アカデミックな画題の階梯さえ理解していなかったように見える。今日では「通俗的というも愚か」(神林恒道)などと酷評されているのだが、しかし、馬方や車夫を描けと求めていることは注目に値する。渡航経験のある外山は十九世紀西洋のリアリズムを踏まえ、労働の主題に注目していた可能性が高い。

旧弊な画題に対する批判も、そうしたリアリズムの志向に発していたように思える。意気揚々と外山は説く。諸君は「常に能く百般の人事に注意して觀察を下し　特に肉眼を以て事物《こと》の外形のみを見ることを止めて　心眼を以て其外状の下に存在する思想を發見することを勉めずんばあるべからざるなり」、そして「人事的思想画」に取り組めば、「日本の繪畫は一大改良を加ふるに違ひなしと予輩は信ずるなり」と、このあたりが外山演説の言わんとしたところである。

そもそもの話を言えば、かく言う外山は美術の専門家ではなかった。この頃は廃妾論も主張しており、社会改良論者の一人として画壇に一言したに過ぎないとも言える。それでも直後、演説筆記は新聞各紙に載った。例えば「国民新聞」は四月二十八日付、二十九日付で要旨を載せ、さらには五月一日付から五日付にかけて全文を収録した。それに押しやられたか、鷗外の『又又饒舌』は二日付から六日付まで紙面から消える。連載再開後の七日付と八日付で鷗外は原田の二作を論じているが、すっかり霞んでしまった格好である。外山演説の反響は絶大だった。

面と向かって批判された格好の明治美術会の内部には、やはり動揺が走ったらしい。演説を頼んだ手前もあり、相手は文学博士でもあり、表立っては反論できなかったが、結果、内部に不満がくすぶった。五月三日付「東京新報」はその消息を伝えている。聞くところでは「明治美術會の主務者は此演説を喜ばざるのみならず　大に之を反駁せんと怒りたるものあり」。そんな不満の声に対して、関西における九鬼隆一の演説に続き、外山もまた国家的問題として絵画を論じたのだから、内容の可否はともかく、喜ぶべきじゃないかと某氏が慰めたのだそうだと報じている。

内情を書かれてしまい、明治美術会は体面を繕おうとした。事実に反する報道として、「東京新報」

に訂正を求めた。六日付の紙面に、その書面が掲げられている。主務者が演説を喜ばず、反駁しようと怒った者がいるなどとは「全く無根の事」とするのだが、ただし、「尤も會員と申すも甚だ多數のこと故、中に或は論旨を解せずして愚痴を述ぶるもの有之候《これありそうろう》とも　夫等《それら》は會員中にても有るか無きかの輩にて　有力なる會員は皆満足賛成致居候」と微妙な言い方をしている。不満分子がいたことは事実なのだろう。しかも、「有るか無きかの輩」「有力なる會員」といった物言いは党派性をあらわにして、何とも聞き苦しい。博覧会の審査官選定に向けた騒動と同様に、相変わらず油彩画家たちは一枚岩ではなかったのである。

こうして不満の声を抑え込もうとした明治美術会だったが、その一方で、ひそかに批判を用意していたのが、ほかでもない鷗外である。連載中だった『又又饒舌』は五月十一日付から二週間、「国民新聞」から姿を消す。この間に論旨を練り、執筆に及んだものと思われる。

鷗外、激しく論駁す

その鷗外の反論『外山正一氏の画論を駁す』は、五月二十五日発行「しがらみ草紙」八号に発表された。「論に云く」と相手の主張を引き入れ、逐一覆してみせるのが鷗外流の論法である。第一章で触れたように、山田美妙が論敵を明示せずに反論に出て、長く誤解を招いたことを思えば、鷗外は公的な論争とはどうあるべきか、意識的に実践していたのである。ここではドイツ仕込みの美学用語を頻発し、外山の主張を概念的に整理し直した上で、次々に切り捨てていく。それが実に十二章にわたって続くのだから、苛烈極まる論駁と言うほかはない。

なかでは分かりやすい個所を紹介してみよう。外山は「古今名人の想像畫は一として眞物に依らざるものなきことを知らずして　一意に空像を畫がかんとするは今日の流弊なり」と論じた。実のところ、この「眞物」の語には曖昧さがあった。一方ではラファエロの聖母像にもモデルがあったなどと蘊蓄を披瀝していて、それからすると「眞物」とは現実の対象のように受け取れる。ところが他方では「神靈に觸れたること無き者の畫がきたる神靈は神靈には非らざるなり」と述べており、超越的なヴィジョンそのものを指すようでもある。鷗外はこの矛盾を見逃さなかった。

ラファエロの聖母がモデルに依って描かれたとするなら、「眞物」の聖母に依ったことにはならないと正当にも指摘し、何故にラファエロが「眞物」の聖母を見たことを示して論拠としないのかと反問する。続いて、聖母を描くにあたって、古美術や文献に依り、モデルを求める場合もあることはひとまず認めた上で、ただし、モデルの使用は必須ではないと論を進める。その実例としてドイツ時代の原田の師であるガブリエル・マックスの制作を引き合いに出し、自分も直接見たが、想像画を描くにあたって「模型」すなわちモデルを使うことはなかったと断じる。さらにマクシム・デュカンのサロン評はカバネルを論じて、モデルに拘泥し、何を描いても同じだと嘲笑していると述べ、「想像畫を作るものが、之に近き實物を藉來りて、想なる眞を得むと欲するときは、實に其弊に勝へざることなきにあらざるなり」と畳みかけている。外山の演説がおよそ無意味に思えるまでに論破し、明晰な論理性と学識を見せつける反論なのである。

なぜここまで本腰を入れて論を構えたのか。むろん動機の一つは原田の擁護だっただろう。鷗外からすれば、「チャリネの女が綱渡り」や「モッケリー」は親友に対する手酷い侮辱と映ったに違いない。それに加えて、外山に面罵されながら、「皆満足賛成致居候」などとへつらう明治美術会の卑屈さも我慢がならなかったらしい。反論の末尾にわざわざ「主務者の所謂有るか無きかの輩の愚痴を述べしは無理ならず。其述べたる所は果して愚痴なりや」と書き添えている。

しかし、原田との友情や明治美術会への憤懣もさることながら、「一意に空像を畫がかんとするは今日の流弊なり」という外山の批判は、まさに鷗外自身の芸術観にずばり関わってくる問題でもあった。鷗外にとっては、空想こそが芸術を芸術たらしめる要素であり、空想の価値を低く見積もる外山の演説を断じて見過ごすことはできなかったのである。

すでに明治二十二年一月、ゾラの実験小説を論じた『小説論』でその信念を明かしている。人情を分析し、世態を解剖するのがゾラの方法であり、「ルーゴン・マッカール叢書」はその実践と言えるが、事実を探求する医学者はさておき、小説家はそれでよいのかと問うていた。

小説家は果して此の如き事實の範疇内を彷徨して満足すべきや　若し然りと曰はゞ何の處にか天來の奇想を着け　那の辺にか幻生の妙思を施さんや　分析、解剖の成績は作家の良材なり　之を運轉使用するの活法は獨り覺悟（「イントユイション」）に依て得べきのみ

これが鷗外の小説観であり、芸術観だった。「天來の奇想」「幻生の妙思」といったものを重んじる芸術観は『外山正一氏の画論を駁す』においても変わらない。

外山は「情機衝動せられたる時に非らずんば畫くべからず」として、感動がなければ描くべきではないと戒めた。この感動について、鷗外は自然美や芸術作品に対する感動のように、すでに存在するものを受け止める「感納性」の作用と位置づける。この「感納性」には、まだ存在しないものを創造

する能力がない。創造的な「製作性」に関係するのは空想であり、そしてより深い「インスピラチオン」なのだと鷗外は主張する。「インスピラチオン」については、「所謂奇想の天外より來るものなり」とも説明していて、「天來の奇想」という言い方が『小説論』に見えることを踏まえるなら、この芸術観は画家のみならず、小説家にもあてはまることになるだろう。

勝敗と賞牌

堂々たる鷗外の反論を受けて、今度は外山演説に対する批判が紙誌に相次いだ。「東京新報」は時事評『美術論場に一大戦端を開かんとす』を連載した。双方の主張を整理し、「外山氏の論は論理上心理上審美學上　分明なる破綻を現したりといふべし」との判定である。その上で、「氏は駁論に遭ふて愈よ其眞意を發揮するの機會を獲たるを喜ぶべし」と再反論を求めてもいる。「東京日日新聞」寄書欄では、烱々生なる匿名子が「余竊に博士の爲めに惜む所は　餘り淺薄陳腐の言を陳ぜられてはチと御身分に……」と憫笑している。

鷗外自身は縁外樵夫の筆名で、六月五日付「東京新報」寄書欄に『美術論場の争闘は未だ其勝敗を決せざる乎』を投じた。論争の反響が広がる中で、ここでは三つの布石を打っている。まずは外山に対する挑発である。いわく、「新畫題のそれならで新論題を示し其これに依りて名を後世に傳へられむことを希望せずんばあらざるなり」。論争の場に引きずり出して、二の太刀を浴びせんとの構えである。続いて明治美術会を再度批判する。外山の演説に「満足賛成」というのなら、鷗外とは異なる見解があるのだろう。ならば速やかに公表すべきであって、それができないなら「明治美術會は決して美術會に非ざるべし」。その上で、原田の名誉を守ろうとしている。原田を訪ねたところ、「我術を練磨し我想を發揮して以て自ら樂むのみ　外山博士の罵詈我に於て何かあらむ」として意に介する風もなく、「満足賛成」という明治美術会の弁明についても、「毫も我知る所に非ず」との返答だったという。鷗外としては原田の立場を明確にし、原田と鷗外が徒党を組んで外山と明治美術会と対立する構図となるのを避けたかったようである。

ところが外山は黙したままだった。外山からすると、鷗外は一回り以上若く、その立場は陸軍軍医でしかない。無視したところで問題にはならぬと見切ったようにも見える。堂々の演説を否定され、さすがに腹も立ったに違いないが、圧倒的な学識の差を感知し、沈黙するに如くはないと計算したのかもしれない。明治美術会からも外山と同様に、何ら鷗外に対する反応はなかった。

確かに勝敗は誰の目にも明らかだった。当時の文壇戯評に「森が出て外山の霞色もなし」の一句が見える。鷗外は六月二十五日発行の「しがらみ草紙」九号で一連の議論を総括し、『外山正一氏の画論を再評して諸家の駁説に旁及す』を発表した。それでも相変わらず外山からの応答はなく、一方的に鷗外が攻撃し、ついに論争らしい応酬を見ることもないままに、幕である。まったくの独り相撲であり、鷗外としては凱歌を上げるどころか、憤懣やる方ない気分だったはずである。

論陣を張った目的の一つである原田の擁護についても、同様に成果はなかった。第三回内国勧業博覧会は七月末の閉幕が近づき、賞の審査結果が公表された。原田の二作は「毛利敬親肖像」が三等妙技賞、「騎龍観音」に至っては何と無冠に終わった。ちなみに亀井至一の「美人弾琴図」も褒状にとどまったが、宮内省に買い上げられたことは記した通りである。

この審査結果について、七月十三日付「国民新聞」は次のように伝えている。

○観音の功徳何れの處に在る　博覽會の評判が始まると共に原田直次郎氏の觀音は名高くなりくさすものもありたれども流石は觀音なれば相應に歸依者もありき　斯くて愈よ褒賞授與式となり　各出品人は得意失意の二色に別れたる中に　名高き觀音は如何と云ふに一等より三等までの妙技賞の中には加らず　そんなら褒状の中かと探せども見當らず　是に依て見れば大慈大悲の觀世音の功徳も審査官の心を感ぜしむることは出來ざりしものと見ゆる

実のところ、総じて油絵は振るわなかった。明治美術会で言うと、二等妙技賞は塚原律子「清少納言詣初瀬寺図」のみ。三等妙技賞は原田の「毛利敬親肖像」を含めて三作品、褒状は亀井の「美人弾琴図」など十四作品となる。この限りでは、原田の三等妙技賞は必ずしも悪くない。

とはいえ原田は博覧会の審査官だった。第二部美術の受賞状況を確かめてみると、審査官たちは堂々と上位入賞を果たしている。名誉賞の濤川惣助をはじめ、一等協賛賞の岸光景、一等妙技賞の橋本雅邦、加納夏雄、柴田是真、小川一真などは自ら審査する側でもあった。それからすると、「毛利敬親肖像」の三等妙技賞という原田の評価は明らかに低い。七月二十一日付「国民新聞」が報じる風聞では、油絵については一部の審査官が無責任な批評家の立場を取り、著しく低い点数を付けたために評価の相場が狂ったというのだが、確かなことは分からない。

宴のあと　『うたかたの記』

第三回内国勧業博覧会は七月末をもって終わった。亀井至一「美人弾琴図」や原田直次郎「騎龍観音」のような油絵が話題になったことは事実だが、正当な認知を得たとは言いにくい。

鷗外にとっても、不本意な経験だったに違いない。「又又饒舌」の批評家として出品作を論じ、文学博士の外山正一を向こうに回して、論客としての存在感を見せつけたものの、結局、原田の「騎龍観音」に対する社会的な評価に寄与することはかなわなかった。

世間の評判、賞牌の帰趨がしっかりと美的な価値判断と連動していたなら、批評の営為は当然、何らかの作用を与え得ただろう。もっとも、さほど連動していないのが古今を問わない現実であって、この場合も新風俗に対する好奇の視線と、美学的な価値を判定する批評的な視線とは相交わる状況になかった。賞牌に至っては審査官のお手盛り受賞のごとく、世俗的な立場に左右されてもいた。「天來の奇想」を奉じる鷗外の批評がついに愚かしい現実を動かすには至らなかったのも、必然的な帰結だったかもしれない。その無念さの幾ばくかは鷗外の胸中にわだかまり、直後に芸術家小説『うたかたの記』を発表させるに至ったように思われる。

『舞姫』と並ぶ鷗外初期の名作『うたかたの記』は、八月二十五日発行「しがらみ草紙」十一号に掲載された。内国勧業博覧会が終わって、一月とたたない頃である。

これもひとまず紹介すれば、舞台は曾遊の地ミュンヘンである。獅子の挽く車に立つ女神バヴァリアの像が凱旋門に据えられている。このバヴァリアの首都に名高い美術学校の向かいに、今宵もにぎわうカフェがある。そこに画学生のエキステルと留学画家の巨勢が現れる。

カフェには各国から集まった芸術青年たちに交って、モデル女のマリイがいた。年は十七八、ヴィーナスの彫像をも欺く美貌の少女は「外の雛形娘とちがひて」「裸體の雛形せぬ人」というのだが、巨勢と目が合い、互いに驚いたようだった。そこで巨勢は六年前のミュンヘンで出会ったという、菫売りの少女の思い出を語り出す。「『ファイルヘン、ゲフェルリヒ』（すみれめせ）と、うなだれたる首を擡《もた》げもあへでいひし聲の清さ、今に忘れず」。菫売りに施しを与えた巨勢は、その面影を忘れかねて、「此花賣の娘の姿を無窮に傳へむとおもひたちぬ」。

ただし、菫売りのままに描くつもりはない。巨勢は「ロオレライ」の絵を構想していた。「我空想はかの少女をラインの岸の巖根《いはね》に居らせて、手に一張の琴を把らせ、嗚咽の聲を出させむとおもひ定めにき」。そんな話を聞き、実は六年前の菫売りは私なのだとマリイは打ち明ける。一週間ほど後には、制作中の巨勢のアトリエを訪問し、身の上話をする。父は国王ルートヴィヒ二世に寵愛された画家だった。ところが母に国王が懸想したことから、父母は寂しく亡くなった。その後の零落を語り終えたマリイは唐突に、「共にスタルンベルヒへ往き玉はずや」と巨勢を誘う。今や狂える王はスタルンベルヒ＝シュタルンベルク湖畔の城に遷されているのだった――。

この設定は鷗外がドイツに留学した頃、特に明治十九年の出来事に多くを負っている。その年三月に鷗外はミュンヘンへ移り、原田と出会った。六月にはルートヴィヒ二世の死を知り、二週間後には水死を遂げたシュタルンベルク湖を訪れている。『うたかたの記』は狂王の死の背後にあった秘史の体裁を取っており、物語の種子はドイツ滞在中に芽生えたと思ってよいだろう。

もっとも、今日読まれる形に至ったのは発表時期を大きく遡らないはずである。というのも、この一編には、明治二十二年九月刊行、露伴の『風流仏』と相通じるところがあり、まったく意識せずに書かれたとは考えにくいからである。読み比べれば見やすい話ではある。『風流仏』の珠運は花漬売りのお辰の窮地を救い、恋しいお辰の像を彫り始める。『うたかたの記』の巨勢は菫売りのマリイに出会い、親切に接し、その面影を描こうとする。仏師珠運が留学画家の巨勢に、お辰がマリイとなったかのごとくであり、ほかにもお辰とマリイがともに美しい母と死別し、つらい目に遭う履歴も一致する。近代文学研究の方面で、すでに千葉俊二が指摘した通りである(4)。

しかしながら、仏師珠運の彫像と、留学画家の巨勢が描く絵画は根本的に違ってもいる。お辰さながらの姿に彫り進める珠運に対して、巨勢は菫売りのマリイを描こうとするわけではない。空想を働かせて、ラインの岸に座った「ロオレライ」を描き出そうとするのである。「天來の奇想」こそが芸術を創造するという鷗外の芸術観の現れと言ってよい。それのみならず、空想の絵画は登場人物たちに魔的な力を及ぼす。いわば空想の力が悲劇をもたらすことになる。

マリイは巨勢を連れ、シュタルンベルク湖へ疾駆する。突飛な行動と言わざるを得ないが、次いでマリイは期せずして、舟人を水中に誘う伝説の精霊ロオレライの役割を果たす。マリイの母を思って心を病んだというルートヴィヒ二世は、湖畔に現れた娘の姿に母の幻影を求め、岸辺から湖に歩み入る。マリイもまた気を失って湖水に落ち、水死を遂げる。小説の理路としては、まさに「ロオレライ」の絵こそがマリイを動かし、登場人物の運命を領したと思うべきだろう。

国王の死が世を騒がせる中で、巨勢は行方知れずとなる。幕切れで友人エキステルが見つけ出すのは、再び「ロオレライ」の絵と巨勢の姿である。

もしやと思ひて、巨勢が「アテリエ」に入りて見しに、彼はこの三日が程に相貌變りて、著しく痩せたる如く、「ロオレライ」の圖の下に跪きてぞ居たりける。

空想の所産である「ロオレライ」の絵の恐るべき力を思い知り、描いた巨勢さえも拝跪せざるを得ない。『うたかたの記』とは空想の絵画に殉じる人々の物語なのである。言い添えれば、小説それ自体、空想の力を重んじる芸術観から生み出されている。ルートヴィヒ二世の水死は歴史的な事実には違いない。巨勢の友人エキステルなども実在の人物であり、原田や鷗外の友人だった。つまり現実の材料を借りながら、しかし、現実にはあり得ない空想の物語となっている。

そんな『うたかたの記』を発表させた動機の一つは、やはり第三回内国勧業博覧会の経験なのだろう。「眞物」に依らずに「一意に空像を畫がかんとするは今日の流弊なり」と外山正一は断じ、鷗外はモデルを使う弊を説き、空想や「天來の奇想」が芸術を生み出すのだと反論した。結果としては外山から黙殺され、擁護に努めた原田の「騎龍観音」は無冠に終わったが、それゆえにこそ芸術観の表明として、鷗外は『うたかたの記』を書かずにはいられなかったのに違いない。後に鷗外は外山の使った言葉を逆手に取り、この一編を「空像記」とも呼んでいる(5)。

凡庸な芸術家の肖像　『むき玉子』

さて、『うたかたの記』を発表した頃、鷗外はどこかでばったり尾崎紅葉と会ったらしい。九月二十五日発行「しがらみ草紙」十二号に、紅葉の書簡「鷗外漁史に与ふ」が載っている。

　はからざる所にて御目にかゝり、酔中の放言御ゆるし被下度《くだされたく》、投名状の一句御わらひに供へ申候。
　　われはとて名のるかひなし蓼の花。
　初對面の御挨拶に、
　　近ついてあふけはいよ〳〵高燈籠。

こんな談林はむしづがはしり可申候。

「十日深夜」と記されており、発行月の九月十日かと思われる。「酔中の放言御ゆるし被下度」というから、紅葉は酔って何か言ったようである。あるいは先に記した『又又饒舌』での筆禍とおぼしき一件と関係するのかもしれない。むろんこうして書簡を書き送り、「投名状」と書いているからには和解したはずなのだが、「近ついてあふけはいよ〳〵高燈籠」という一句には、見上げたもんだね風呂屋の煙突というのにも似た皮肉がこもるようである。

ともあれ顔を合わせて、二人の距離は縮まった。少し後のようだが、もう一通、吉岡書籍店に持たせた紅葉の紹介状が知られる。版元の吉岡は「新著百種」に御高作を懇望しているので、十二月初旬までに玉稿を落掌したく、私からもお願い申し上げるという文面である。依頼に応じて、鷗外は『文づかひ』を渡した。翌二十四年一月には露伴の『真言秘密　聖天様』と合わせて、「新著百種」十二号として世に出た。ちなみに表紙と挿画は原田直次郎が描いている。

ただし、この紹介状に、何気ない挨拶のようだが、紅葉は「世帯を持候間　御序のせつは御立寄被下度候」と書き添えている。この「世帯を持候間」という一言は少々気にかかる。それというのは何ともきわどいタイミングで発せられているからである。鷗外は妻の登志子とそりが合わず、この頃、すなわち二十三年十一月末に離婚が成立する。離婚前後とおぼしき鷗外に、これから所帯を持つと伝えた格好である。鷗外としては表情を曇らせたかもしれない。

紅葉と鷗外は互いに一目置きながら、心を許し合うには至らなかった感がある。家庭の明暗については偶然の一事に過ぎないが、出自や立場、何より物の考え方が違っていた。第三回内国勧業博覧会で紅葉が「美人弾琴図」に打ち興じ、鷗外が「騎龍観音」をめぐる論争に入れ込んだ通りである。その懸隔は紅葉の芸術家小説『むき玉子』によっても窺い知ることができる。

『むき玉子』は明治二十四年一月十一日付「読売新聞」で始まった。いったん二月三日で前編が終わり、後編は二月二十六日から三月二十一日まで連載された。

縮めて言えば、裸体画小説ではあるだろう。前編は脱ぐや脱がざるやという話に終始する。裸体の出てくる小説と言えば、その先駆けはやはり明治二十二年一月の山田美妙『蝴蝶』であり、それを一度は揶揄した紅葉が二年後の一月、今度は本腰を入れて裸体画小説を書いたことになる。それゆえに「裸體は毎年一月のこと丶定れり　寒かるべし〳〵」と斎藤緑雨は皮肉っている。

主人公は大久保蘭谿という洋行帰りの画家である。まず「蘭谿」という主人公の名前について一言しておくと、紅葉がゾラに傾倒していたことは知られる通りで、この小説は「ルーゴン・マッカール叢書」中の芸術家小説『制作』を踏まえている。新たな絵画を生み出そうと苦悩する画家と、そのモデルを務めながら市民的な幸福を求める妻を描いた悲劇だが、『制作』の主人公はクロード・ランティエ、それをもじって、紅葉は「蘭谿」としたのである。

ただし、翻案とは呼びにくいような小説だとも言える。そこは事情の異なる日本の話に置き換えた結果でもあり、紅葉はこの蘭谿に同時代の油彩画家のイメージを担わせている。

萬象畫到らざる事なけれど、悉意に適はずとて引裂棄つるほどに、自適の畫といふもの曾てなければ、世にも出ださず識る人も希なれど、大久保蘭谿とて斯道に熱心の畫工あり。二十三歳にして佛蘭西巴里へ渡り、名工二三の門に歴遊して六年間の修業を積み、帰朝後四年に及べど鍛錬の手腕を秘して未だ售《う》らず。

蘭谿は帰朝後四年の長きにわたり、作品を発表していない。某藩家老の息子で食うに困らぬ身というのだが、「鍛錬の手腕を秘して未だ售らず」という言い方で読者が思い浮かべたのは、明治美術会の油彩画家たちだろう。留学画家の帰国は三、四年前から相次いでいた。明治二十年に原田直次郎や山本芳翠、二十一年に松岡寿、二十二年には加地為也と五姓田義松といった具合である。ところが第三回内国勧業博覧会に際して、有力画家の出品は低調だった。例えば松岡や加地は審査官でありながら、出品を見送った。「實に我道の為に不熱心の人多きを覺ゆればなり」と新聞に指弾された通りである。その事情を重ね合わせながら、しかし、紅葉は蘭谿を非難してはいない。いまだ会心の一作には至っていないだけで、「斯道に熱心の畫工」と書いている。

鳴かず飛ばずの師に対して、忠義の弟子である蘭山は訴える。「此方へ入門いたしてはや三年にも餘り、幾百の畫を畫たまひたれど一枚も世に出だしたまはざるは何故ぞ」、さらに「來春は大共進會もありといへば、今より準備して天晴超俗の逸品を仕上げたまへ」と師を励ます。この大共進会に該当する展覧会は見当たらないが、明治十四年の第二回内国勧業博覧会の場合は、翌十五年と十七年に内国絵画共進会が開かれている。紅葉としては第三回博覧会の閉幕後ということで、次なる発表の舞台として絵画共進会を持ち出したものと思われる。

そこで蘭谿も「凝得《こらしえ》むほどの丹精を凝らして見るべし」と図案を考え始める。ところが陳腐な代物か無理な新案しか浮かばない。考えれば考えるほどに影を追って踏み惑うかのようで、夜には眠れぬままに古画帖を開いてみるものの、今度は古人の完璧さにひるみ、翻案する勇気も出ない。

翌日、蘭谿は散歩に出かける。夕暮れの柳陰に若い女の行水する姿を見かけて、「好圖案！」と奮い立つ。何やら『好色一代男』のごとくだが、それを聞かされた弟子の蘭山は「大共進會には出品の畫夥多《おほし》といへども、恐らくは比類あるまじき新圖案」と賛同する。「千に九百九十九の俗眼は之を淫猥なり不潔なりと排斥せむはいふにも及ばず」、しかし自然の美に専念し、かりそめにも人為の曇りを交えるなと師を励ます。蘭谿は気負って描き始めるのだが、次の日に下絵を見直すと、腰つきが気に入らない。手を入れると、さらに酷くなる。描いては消し、消しては描き、目には無念の涙、額には油汗。精根尽きて「蘭谿未熟なり」。ついには画布を切り裂いてしまう。

そんな師の苦境を救うのは弟子の蘭山である。「拙者好き模型をお目に懸くべし」。これならと目をつけていた美人のお喜代をモデルに連れてくるのである。

確かに蘭谿は「斯道に熱心の畫工」には違いないが、これでは作品を発表できなかったのもむべなるかな、およそ芸術家小説の主人公とも思われない凡庸さである。思えば露伴『風流仏』の珠運は不在のお辰を想起し、彫り進める。鷗外『うたかたの記』の巨勢もまた六年前に会った菫売りを思い出し、描こうとする。のみならず空想を飛翔させ、「ロオレライ」の図を構想しさえする。対する蘭谿はまずもって図案を作り出すことができない。行水の女に「好圖案！」と感激しつつも、記憶の中の姿を再現する腕前すら持ち合わせず、モデル抜きには描き得ない。鷗外の言葉を借りるなら、そもそも「天來の奇想」とはほど遠い芸術家なのである。

ところが意外や、一編はハッピーエンドへ向かう。『うたかたの記』では巨勢の描いた空想の絵画がマリイに魔力を揮い、破滅的な結末をもたらすが、『むき玉子』は面白おかしい人情話として進み、凡庸な芸術家たる蘭谿とモデルのお喜代は幸福に結ばれることになる。

むろん裸体画のモデルになるのだから、お喜代は煩悶する。家は貧しく、さりとて肌を見せるのは恥かしい。ゾラの『制作』にもヒロインの逡巡が描かれており、その心理描写に紅葉は興味を持ったのだろう。やがて「時ならぬ雪一團！」と裸を見せて、『むき玉子』前編は幕となる。

後編に入ると、お喜代は不純な視線にさらされているわけではないと次第に理解していく。蘭谿に敬慕の念を持ち、モデルの仕事が済んだ後は奉公を申し出る。ついに完成した絵は三月末、上野の絵画共進会に出品された。「出る衆《ひと》入る衆《ひと》蘭谿が裸美人の事ばかり語合ひて、諸新聞も此評に筆戦毎日の事とて、東京市中はいふに及ばず、日本全國の評判」をさらう。有頂天の蘭谿は毎日朝から展示室に通い、自作に群がる観衆を眺めて悦に入る。むろん彼らの半分以上は絵画のことなど分からず、ただ裸美人に夢中の態である。「巧妙《うまい》といふも無理な所を誉め、拙劣《まづい》といふも無理なる所を貶《くさ》し、揚句はあの裸體《はだか》の女子《をんな》の好容《よさ》！　實物でもし拝まば堪ツたものか、骨も筋もとろ〳〵となりて、えゝ畜生めなどゝ見識らぬ前の人の臀を抓り、驚かされて遁行く眼垂男《めだれをとこ》も数有り」。さらに口先では「鄙猥淫靡近頃言語同《ママ》断、怪しからぬ　心得ぬ　公衆面前白書かゝる物をなどゝ、涎を手繰ながら三日續けて見に來るものあり」。

軽妙に流れる行文で、美人画ならぬ画美人に見惚れる観衆の姿が描かれる。まさに第三回内国勧業博覧会で注目を集めた亀井至一の「美人弾琴図」を取り上げ、紅葉自身が書いた『余所見記』さながらの情景である。あれを裸体画に置き換えてみたら面白かろうという発想なのだろう。だとすれば、現実に取材するジャーナリストの行き方と相似て、紅葉は実際の博覧会の喧騒をモデルにして作中の場面を書いているのであって、お喜代という現実のモデルを使った画家蘭谿と、それを書く作者たる紅葉とは、並行的な関係にあると見なすことができる。

蓼の花と高燈籠

その意味で『むき玉子』という小説には決定的な一事がある。もっぱら裸体画小説として読まれてきたからか、この点に触れない論考を見かけるけれど、物語の先をたどるとしよう。

裸美人が評判を呼ぶ中で、蘭谿のもとへ主君筋にあたる老公がやってくる。「あの畫の女子は見れば見るほど真に逼り、今にも搖ぎ出でなむ氣勢ありて、實物のありて寫生したるやうに、世人噂すれど信にさる事もや」。この御下問に、確かに体格も顔も写生であり、先ほど取り次いだのがモデルにした娘——と蘭谿は答えてしまう。老公はお喜代を妾にほしいと言い出す。しかしながら、すでにお喜代は蘭谿に思いを寄せるようになっていた。それを承知の蘭山の働きなどもあり、物語は大団円を迎える。共進会の裸体画は金牌を射止め、「蘭谿喜代を正室《つま》と定め、明る朝早く手を携へて日光へ夫婦連の初旅」とめでたく終わるのである。

参考にしたはずのゾラ『制作』はむろん悲劇であって、クロード・ランティエは奇妙な女性像を描き、妻の懇願をよそに絵の前で縊死してしまう。それとは似ても似つかない結末なのだが、先に決定的な一事としたのは、蘭谿とお喜代が結ばれるこの最終回の掲載されたのが三月二十一日であり、まさに同じ日に紅葉が結婚していることである。これはどう見ても偶然ではない。蘭谿の妻は喜代、紅葉の妻の名は喜久である。要するに作者の結婚披露を兼ねて、『むき玉子』という小説は幕を下ろすのである。紅葉の結婚は小説の読者にも伝えられた。一週間後の二十八日に石橋思案が「賀紅葉山人新婚」を「読売新聞」に載せ、「菊ともみぢを一つに染めて、千代もかはらぬ戀ごろも」の祝句を添えた。三十一日には巌谷小波も「尾崎紅葉が新婚を羨む」を寄せている。

何ともはや、例によっての楽屋オチである。『余所見記』に水蔭を登場させたように、紅葉お得意の手法であり、今度は自分自身を一興の種に供した格好である。硯友社はもとより、友人知己を苦笑させ、文学青年の世界に興味を持ち始めていた読者の好奇心をかき立てたことだろう。

もっとも、単なる楽屋オチだったなら、硯友社の流儀を伝える逸話にしか過ぎない。思い出されるのは紅葉が早々に結婚を伝えていた人物、鷗外のことである。意外に聞こえるかもしれないが、紅葉の次作と照らし合わせると、やはり強烈に鷗外を意識していたとしか思われない。

『むき玉子』に続いて、紅葉は「読売新聞」に『焼つぎ茶碗』を書いた。明治二十四年五月十五日から六月二十五日にかけて連載され、雑誌再掲時に『袖時雨』と改められたが、三十回にわたって語られるのは理学士合川理輔と、その細君で器量はともかく、これという非もない敏との苦渋に満ちた離婚話である。連載当時、紅葉を訪問した田山花袋は「鷗外漁史を主人公にしたといふので評判であつた」と回想している（『東京の三十年』）。そういう噂が立ったのも無理はない。鷗外は理学士ならぬ医学士、そして、半年前に離縁した妻は登志子なのだから。紅葉は『むき玉子』で自身の結婚をほのめかし、続く『焼つぎ茶碗』で鷗外の離婚をモデルにしたのである。筆致は決して揶揄する風ではなく、ゾラ流の精緻さで離婚に至る心理を書き込んでいるのだが、まさに鷗外の排斥したゾラの手法によって、「鷗外その人をモデルとして描こうとしたのであったとすれば、これほど皮肉な話も他にまずないだろう」とは、つとに岡保生が指摘するところである。

芸術家が同時代のライバルを意識し、相手の出方を読みながら自分の手を打つことはままあることだが、紅葉にとって、鷗外はその種の存在だったのではなかっただろうか。初めて鷗外に会った後の二十三年九月、紅葉は「われはとて名のるかひなし蓼の花」と卑下し、鷗外には「近ついてあふけはいよ〳〵高燈籠」という戯れ句を送りつけた。相容れないものを感じたのだろう。『むき玉子』とは実のところ、鷗外の芸術観とその実践である『うたかたの記』のまったく逆を行く芸術家小説にほかならない。鷗外の奉じる「天來の奇想」どころではない画家を主人公に据え、鷗外が否定したモデルを使い、しかも空想の絵画のもたらす悲劇『うたかたの記』とは対照的に、世俗的な幸福に至らせている。それに続いて鷗外の離婚をモデルにして、あろうことか、「小説家は果して之の如き事實の範垣内を彷徨して満足すべきや」と当の鷗外が否定したゾラ流の心理描写によって、紅葉は『焼つぎ茶碗』を書き上げた。鷗外という「高燈籠」を盤面の向こうに回し、紅葉は一手一手、周到に指し進めていたようにも見えるのである。

そんな紅葉を、鷗外はどう受け止めたのか。そこはよく分からない。むろん才筆を認めていたことは確かだろう。「美人弾琴図」をめぐって似合わぬ戯文を試み、後に抹消したのも、紅葉の名調子に乗せられての失策だった。しかし、『むき玉子』を読み、『焼つぎ茶碗』でモデルに仕立てられるに至って、さすがに紅葉の底意を理解したのではないだろうか。ただし、鷗外の側から妙手を繰り出すことはなかった。『文づかひ』の後、鷗外はしばらく小説の筆を絶ってしまう。見物の側からすると残念なことだが、小説盤上の応酬に至ることはなかった。

芸術と俗受けの間で

第三回内国勧業博覧会に出品された油絵について、山本笑月は「俄かに感心、もっとも半分は俗受け」と回想していた。その余韻が続く中で、紅葉と鷗外はともに芸術家小説を世に問うた。芸術家小説とは往々にして書き手の芸術観の表明という意味を持つけれど、そこに彼らの第三回内国勧業博覧会の経験が関わっていたことは間違いないところだろう。鷗外は「騎龍観音」を擁護できなかった痛憤を『うたかたの記』に託し、いかに現実に敗れようとも、空想の理念を高々と掲げてみせた。それに対して、紅葉は『むき玉子』を書き、「美人弾琴図」に接した時の態度のままに、あえて世俗の側にとどまって一興を掬する自身の姿を肯定してみせたのである。

もっとも、彼らのような人々がどのくらいいたか、そこは心もとないところがある。その意味で最後に一つ、やはり第三回内国勧業博覧会の出てくる小説を紹介しておくとしよう。

徳冨蘆花の『思出の記』は自伝的な要素のある小説で、明治三十三年から翌年にかけて、「国民新聞」に連載された。主人公である九州出身の文科大学生、菊池慎太郎はやがて結婚することになるお敏とその家族と一緒に、博覧会に出かけていく。お敏とは久々の再会だった。十七歳となったその美貌に、慎太郎は「櫻花の精ではあるまいか」と舞い上がった。

お敏は一枚ごとに絵を見ていく。早くも恋に落ちた青年は何か言わなければと焦り、乾いた喉から質問を絞り出す。「油繪お好きですか」。お敏はすらすらと「面白いのですけど何だかわたくしにはよく分かりませんの」。ほとんど無意味な答えだが、慎太郎は涼やかな声に恍惚とする。

続いて亀井至一の「美人弾琴図」の前へやってくる。

彈琴美人の畫の前へ來ると、お敏君は

「まあ奇麗」

と見惚れた。若し此時僕に今程のおちつきと、思ひ切つた事を云ふ面皮があつたなら、「お敏さん、あなたは此様《こん》なものを奇麗と思ふのですか。否《のー》、否《のー》、僕の眼には畫よりも畫を眺むる人が百倍千倍美しく見へるのです」と斯様云つてやる所だつたが、初心の僕は唯仔細《わけ》もなく胸うち騒ゐで、云はうと思つた氣の利いた言《ことば》も出て來ず、少し引下がつて、畫を見る風して見る人を眺めて居た。

今でも展覧会はデートコースになっていたりして、それはそれで結構なことだが、ここでの慎太郎は画美人に見惚れるどころか、そもそも絵を見ていない。原田直次郎の「騎龍観音」についても同様で、「畫については何の感も起らず、唯彼觀音のかはりにお敏君を龍頭に立たしたら猶神々しからふ、と思つた迄である」。一行は会場を出て、上野山下の松源で昼食を取る。

これを思えば紅葉も鷗外も、実に「斯道に熱心」の人々だったのである。

第四章　月と風船

本多錦吉郎「羽衣天女」(明治 23 年
兵庫県立美術館蔵)

ここでちょっと昭和四年発表の小説に寄り道をしてみたい。しばらく明治二十年代の話を続けてきたのだから、いかにも唐突なことと思われそうだが、幻想小説やミステリーの愛読者の方なら、なぜ持ち出そうとするのか、ハハン……と気づかれるかもしれない。その小説というのは、江戸川乱歩の名作『押絵と旅する男』である。作中で、夜汽車に乗り合わせた老人が語り出すのは、明治二十三年に開業した浅草・凌雲閣での奇譚であり、その出来事が起こった日付もはっきり記されている。明治二十八年四月二十七日——すなわち日清講和が成った直後ということになる。

老人が回顧して言うには、兄の様子がおかしくなったのは、その年の春に遠眼鏡を手に入れてからのことだった。毎日フラフラと出かけ、憔悴していく。そんな兄の身を案じ、当時はまだ若かった老人は跡をつけていく。行き先は凌雲閣だった。いわく、「あれは一體どこの魔法使が建てましたものか、實に途方もない、變てこれんな代物でございましたよ。表面は伊太利の技師のバルトンと申すものが設計したことになつてゐましたがね」。十二階とも呼ばれた凌雲閣は、英国人技術者バルトンこととウィリアム・バートンの設計により、二十三年十一月十一日に開業していた。高さは六十メートルほどだったが、当時の人々を驚かせるのには十分で、楼上からの眺望が呼び物となっていた。

開業当初は八階まで昇降できる日本初の電動式エレベーターも人気だったが、これは故障がちで、ほどなく使用中止となっていた。兄を追って、老人は凌雲閣の薄暗い階段を上っていく。一方の壁には「その頃は珍らしかつた、戰爭の油繪」がずっと掛け並べられていた。

まるで狼みたいな、おつそろしい顏をして、吠えながら、突貫してゐる日本兵や、劍つき鐵砲に脇腹をゑぐられ、ふき出す血のりを兩手で押へて、顏や唇を紫色にしてもがいてゐる支那兵や、ちよんぎられた辮髪の頭が、風船玉の樣に空高く飛上つてゐる所や、何とも云へない毒々しい、血みどろの油繪が、窓からの薄白い光線で、テラ〳〵と光つてゐるのでございますよ。

乱歩は明治二十七年十月の生まれ、当時は凌雲閣の様子など知るよしもない幼児だったわけだが、日清戦争の油絵が掲げられたのは事実と思ってよい。二十七年十月二十六日付「読売新聞」は、「斥候兵東端林平氏が敵兵四人と奮闘の圖、第五師團の軍曹大同江に敵舟を奪ふ圖」といった「征清事件大油繪」が陳列されたと伝えている。凌雲閣は関東大震災で半壊して姿を消してしまうまで、折々の客寄せに使ったジオラマや写真を長く飾っていたようだから、日清戦争の油絵も古びながらも掛けられていて、乱歩はそれを見知っていたのかもしれない。

そんな不気味な油絵の脇を上って、頂上に立つと、兄は双眼鏡を目に当て、浅草寺の境内を見つめていた。声をかけると、一度双眼鏡で見た美人が忘れられず、探し続けているのだという。そう語って、兄は熱病患者のごとく再び双眼鏡をのぞき始めた。すると、「突然、花火でも打上げた様に、白つぽい大空の中を、赤や青や紫の無數の玉が、先を爭つて、フワリフワリと昇つて行つたのでございます」。これはまだ珍しかったゴム風船で、地上にいた風船売りがうっかり飛ばしてしまったというのだが、この風船なるものも、もともと凌雲閣には似合いのものだった。

かつては軽気球も風船と呼んでいたが、英国人の風船乗りパーシヴァル・スペンサーが来日し、世間を仰天させたのは、明治二十三年の秋だった。十月十二日、横浜で初飛行を披露し、翌十一月十二日には皇居前で天覧公演に臨んだ。まさに凌雲閣の開業翌日のことである。さらに凌雲閣の側も高く舞い上がる風船ブームに乗じたものらしい。明治二十四年の正月三が日には、「十一階に於て登閣者の餘興として數百の輕氣珠(球)に電話券登閣等を附けて揚げしかば　孰《いづれ》も風のまに〳〵遠く飛行き　實に奇觀と愉快を極めし由」と、一月五日付「読売新聞」は報じている。

もっとも、乱歩の小説内においては、フワリフワリと上がっていく風船は「ちょんぎられた辮髪の頭が、風船玉の様に空高く飛上つてゐる」油絵の描写と呼応している。これは決して恣意的な読み方とは言えない。『押絵と旅する男』とは、生けるがごとくの押絵が象徴するように、絵と現実の閾が失われる物語なのだから。風船の光景を語って、老人は「本當に繪の様で、又何かの前兆の様で、私は何とも云へない怪しい氣持になったものでした」と振り返る。確かに予兆には違いなく、双眼鏡で見た美人は押絵の女であり、恋焦がれた兄はその押絵に入り込んでしまうのだった。

それにしても、乱歩はなぜ凌雲閣という場所を奇譚の舞台に選び、さりげなく風船のダブル・イメージを滑り込ませたのだろうか？　ある種の幻想小説は、時代の視覚文化と呼応しつつ、その本質を露呈させるものだが、『押絵と旅する男』こそは、その典型的な例のように思われる。少なくともこの章で扱おうとしている事柄――明治二十年代には凌雲閣や気球のように「高きもの」が人々を魅了し、それらが喚起する一望視の欲望には絵と現実を取り違える快楽が潜んでいたということを、奇妙な角度から照射しているように思われる。さらには、こうした時代の行く手に日清戦争が位置していたことをも、明治二十八年四月二十七日という日付は指さすかのようなのである。

あらかじめ本章のアウトラインを整理しておこう。端的に言えば、明治二十年代前半から日清戦争までを「高所志向の時代」としてとらえ、その諸相を取り上げようという趣向である。

まずは見やすいところから、高層の建造物が次々に出現したという意味で、確かに「高所志向の時代」ではあった。二十三年八月、「少年園」にこんな雑報が載っている。

近來高きもの流行す、淺草の富士は既に跡なきも、芝に愛宕閣を築き、又淺草に十二階の建築を起せるものありと云ふ。巴里のエッフエル塔を眞似ては如何。

小見出しはずばり「高きもの」。冒頭にいう「淺草の富士」とは、二十年十一月に開業した富士山縦覧所を指している。高さ三十二メートル余りの人造富士で、頂上には望遠鏡があった。もっとも、木造モルタルのハリボテでしかなかったから、暴風雨で破損したりして、当時はすでに取り崩されていた。二番目は五階の楼閣を備えた芝の料理屋、愛宕館のことで、二十二年秋に完成していた。そして、折しもこの頃に建設が進んでいたのが凌雲閣である。「エッフエル塔を眞似ては如何」というほどの代物ではなかったけれど、二十三年秋の開業とともに満都の話題をさらい、翌二十四年の正月三が日には、二万人以上が詰めかけたと伝えられる。

これらの「高きもの」は、一望視の快楽をもたらす装置でもあった。高いところに昇れば、おのずと視界が開けていく。浅草富士なども眺望が呼び物だったが、興味深いことに、それが取り壊された場所に建てられたのはパノラマ館だった。筒状の建物内部に絵をめぐらせたこの娯楽施設は、二十三年五月七日、まずは上野にお目見えし、その半月後、浅草富士の跡地に日本パノラマ館が開業したのである。舶来のアメリカ南北戦争の図を観覧させたのだという。この浅草富士の転生は、見ることへの欲望が双方に通底していたことを示唆する。それはなおかつ絵と現実の取り違えを促すものでもあった。高所は絵のごとくに現実の風景を眺めさせ、パノラマ館は絵を現実のごとくに一望させる。パノラマ館の登場から二か月後の「少年園」には、早くも「大洋の壮観、是れ自然のパノラマなり」という言い方が見える。現実の眺望が、今度はパノラマ＝絵になぞらえられたのである。

ただし、本章で併せて注目してみたいのは、凌雲閣その他の「高きもの」と相重なる時期に、何らかの精神性を希求し、高みを夢想する傾向が併存していたことである。それこそ『竹取物語』の昔から、想像の上では月の高みに思いをはせることもできたわけだが、明治二十年代の絵画や文学に目を向けると、時代に固有の文脈に即して、その種の夢想が高揚していたことが見えてくる。

明治二十三年の第三回内国勧業博覧会の際、本多錦吉郎が出品した油絵「羽衣天女」などがその好例に挙げられる。博覧会の出品作に天女が描かれたのは、後述するように、国土を一望し得る想像上のビュー・ポイントが求められたことによる。文学の方面で言えば、明治二十四年発表、嵯峨の屋おむろの短編『夢現境』が典型的な一作と言ってよい。『竹取物語』を踏まえたこの月宮幻想譚は、現実の否定に根ざした無限への憧憬、すなわちロマン主義の感情に裏打ちされていた。

これらナショナリスティックな国土観やロマン主義の台頭と絡み合った「空想の高所志向」は、それとは対照的に、精神性を欠いた凌雲閣などの「現実の高所志向」と相補的な位置を占め、双方あいまって高揚していったように見える。しかしながら、高みから地上を一望する優位性は、容易に暴力性へ転化する。高所志向の時代はそのまま日清戦争へなだれ込む。なおかつ戦地は遠かったから、大方の日本人はまさに「高みの見物」のまま、高揚感に包まれた。やがて凌雲閣の内部には、日清交戦の油絵が飾られることになるだろう。

こうした「高所志向の時代」を具体的にたどり直すべく、本章では乱歩の小説はイントロダクションにとどめて、まだ若かった二人の文学者、国木田独歩と正岡子規に注目してみたい。

なぜ独歩と子規なのかと言えば、一つの理由は単純に、彼らが「高きもの」の体験を書き残しているからである。独歩は凌雲閣に登ったことがあり、子規は浅草富士の俳句を残している。むろん伝記的な事実としては、どちらも取るに足らない些事でしかないが、ここで注目するゆえんは、そのことに関わっている。彼らは凌雲閣や浅草富士に大した意味があるとは思っていなかった。その通俗性をよく理解しており、むしろ空想の高所志向に傾斜しがちだったのである。

知られるように、もともと二人は歩行の人だった。独歩は通俗的な都会を嫌悪し、近郊散策を愛した。学生時代の子規は近世の文人風の旅を好んだ。実のところ、その反俗性や脱俗性のゆえに、彼らの歩行は空想の高所志向と親和的だったのである。水平的に世俗から距離を取る歩行を、垂直方向に転じたところに、高所への夢想が位置していたと言ってもよい。それゆえに彼らはナショナリズムやロマン主義に動かされ、ともに日清戦争に従軍することになる。その意味では、「高きもの流行す」の時代をその帰結に至るまで、まさに身をもって生きた青年たちなのだった。

前置きが少々長くなったが、現実と空想の高所志向を両脇に置き、彼ら二人の足取りをゆっくりと追いかけていこうというわけである。おそらくは高みから俯瞰した見取り図には至らず、寄り道沢山の話となりそうだが、まずは独歩の『明治廿四年日記』から読み直すとしよう。

独歩と凌雲閣　『明治廿四年日記』

高所志向の時代を考える上で、独歩の『明治廿四年日記』は、おそらく最も興味深いテキストの一つと思われる。凌雲閣に登った記事が含まれ、なおかつ嵯峨の屋おむろの『夢現境』を読んだ可能性も伝えており、つまり現実と空想の高所志向に相渉っているからである。

独歩の経歴を記しておけば、生まれは明治四年、上京したのは明治二十年のことだった。その後、早稲田大学の前身にあたる東京専門学校で学んでいたのだが、明治二十四年には独学への思いを募らせ、いったん山口に帰郷する。『明治廿四年日記』には、転機となったこの年の元日から七月末日まで、意気軒昂たる青春の日々が記される。当時の生活をざっと眺めておこう。

まずは一月四日、麴町区の一番町教会で洗礼を受けた記事が現れる。教会には実にまじめに通っている。文学や政治の会合にもよく顔を出した。一月十八日の青年文学会では徳富蘇峰に近づき、二月十日には家にまで押しかけている。さらに学校改革委員の一人に加わり、ストライキ休校を主導したほか、『帰省』で評判の宮崎湖処子を訪ねたりした後、三月に入ると、友人の大久保余所五郎に帰郷の決心を明かす。三月三十一日には退学し、五月一日、東京を去っていく。

読書の傾向についても、つぶさに知ることができる。愛読誌は蘇峰の「国民之友」だった。毎号のように読んでいる。夜には吉田松陰の『幽室文稿』をひもとくことが多かった。幼少期を過ごした長州の偉人であり、日記でも「松陰先生」と呼んでいる。当時の小説だと鷗外や露伴、黒岩涙香翻案の探偵小説などが見え、そこにシェークスピア、エマーソンといった英米文学が加わる。一月九日の項には「夜　幽室文稿及好色五人女を讀む」とある。尊敬する松陰の文集と西鶴というのが何だかおかしいが、濫読こそは若さの証しというものだろう。

そこに遊興の記述も交じるのが『明治廿四年日記』の面白さである。例えば一月十九日には、水谷真熊ら友人たちと「九段坂の藤本亭に圓朝之落語を聞かんとて出掛けたり」。この頃、三遊亭円朝は凌雲閣ネタの新作を準備していたらしい。凌雲閣から資料を取り寄せたという雑報が一月四日付の「読売新聞」に載る。円朝は開業当初に登覧した一人でもあったが、残念ながら、この日は高座に出なかった。それを知った独歩たちは結局、仲間内で歓談して夜を過ごした。

その凌雲閣に独歩自身が登覧したのは、三月十八日のことだった。すでに退学の決意を固めた時期であり、前日の夜には親友の水谷真熊と「心事を明かし互に忠告する所あり」と真剣に語り合った様子なのだが、明けてこの日の午後は上野や浅草に行き、別人のごとく遊び歩いている。

水曜十八日　午前作文。午後二時頃小川一眞に於て寫眞を撮る。其れより直ちに車を飛ばして上野公園に到る。此の日天氣晴朗春靄空に棚引く。されば浮れ出づる者極めて多し。動物園を一覧す。終に淺草公園に至る。凌雲閣に上る。花やしきに入る。夕飯を淺草の牛店に採る。薄暮淺草を去り再び上野に歸り、鐵道馬車に乗じ神田に歸り、大久保余所五郎氏を訪ひ、歸宅せしは十時過ぎなり。

「動物園を一覧す」「凌雲閣に上る」「花やしきに入る」という風に、当時の遊興スポットをはしごしている。「浮れ出づる者極めて多し」とも記すのだが、かく言う独歩がその最たるものだった。さらに続けて「尤《もつと》も愉快に感ぜし者」「尤も不快に感ぜし者」を列記している（1）。

「尤も不快に感ぜし者」の筆頭には「小川一眞の番頭の奴等の横柄」を挙げている。外出し、さっそく立ち寄った小川一真の写真館で、何かしら嫌なことがあったらしい。

万延元年生まれの小川は、アメリカで乾板製造法などを学んだ後、九鬼隆一らの近畿宝物調査に随行した。その人脈が生きたのか、明治二十三年の第三回内国勧業博覧会では第一部工業と第二部美術の審査官となり、それぞれの部門で一等有功賞及び一等妙技賞をさらった。審査官のお手盛り受賞は珍しくなかったが、八月三日付「読売新聞」によれば、二部門で一等賞とはあんまりだと写真師仲間は憤慨した。それから半年後、小川の写真館を訪ねたのが独歩である。帰郷を前に、東都随一の写真館に出かけたわけだが、しかるに「番頭の奴等の横柄」と「奴等」呼ばわりである。主人の威光をかさに着て、番頭までもが青年独歩を下に見る態度に出たのかもしれない。

凌雲閣についてはそれとは違い、大いに楽しんだようである。「尤も愉快に感ぜし者」の二番目に、「十六七計《ばかり》の小美人の弟を携へしと共に凌雲閣に登りし事」と記している。さらに「其他吾が俗感を引きし者は幾多ある中に、凌雲閣上より望遠鏡にて吉原を見下せし事。實は吾尤も近く吉原を見るは之れが始めてなればなり」と書き添えてもいる。

凌雲閣の中には各種の店があった。二階は玩具と絵草紙類、中途は省いて、八階は美術品、九階は扇面と席上揮毫の書画という具合だった。そんな各階を順々に登っていくこともできたが、独歩の書き方からすると、故障続きで使用中止となってしまう電動式エレベーターが当時はまだ動いていて、弟を連れた十六七歳の美少女と乗り合わせたようにも思われる。

俗地で俗地を見る　特殊の眼光

楼上に立った独歩の目には、どんな眺望が広がったのか。幸いにして「天氣晴朗春靄空に棚引く」好天の一日だった。ちなみに「四方遠く見渡して景色よし　あれは上野　これは隅田川　遠くに高く見ゆる屋根は築地の本願寺なり　我住む銀座はかしこの透《とお》りなるべし」と伝えているのは、この年一月五日、凌雲閣に登った岸田吟香の日記である。そんな風に景色を一つひとつ指さし、吟香は娘たちに教えた。吟香自身にとっては二度目の登覧で、すでに開業三日後に駆けつけていたのだが、その時は夕暮れで景色がよく見えず、のんびり新年に出直したのだった。

しかし、その吟香も娘には指し示さなかった場所があったに違いない。凌雲閣の開業時、「国民新聞」は、警視総監田中光顕が楼上に立ち、門人金朝と登ってきた三遊亭円朝と居合わせたエピソードを伝えている。田中は北を指さし、「併し彼處《あすこ》を見る先生別に眼《がん》ありダローネー」。円朝は笑って答えなかった。北方とは、吉原のことである。凌雲閣は十二階、たかだか十二階でもあった。それだから吉原はよく見えた。二十四年一月二十三日、吉原を焼いた火災の際は登覧者が殺到したとも伝えられる。よく見えると分かっていればこそ、野次馬が詰めかけたのである。

その意味で、凌雲閣は下世話な高所だった。そもそも明治二十年代の「現実の高所志向」は、聖性の感覚や精神性と手を切った世俗性に新しさがあった。江戸の名所には上野の山、愛宕山のような社寺をまつった高所が多く、むろん眺望を楽しむ遊興の場所でもあったけれど、そこに登っていけば、俗界を一望できる程度には俗界から離れることになっていた。ところが陸続と出現した「高きもの」はそうではなかった。浅草富士は近世の富士塚を幾らか装いつつも、実際には電飾付きの展望台でしかなかった。愛宕館の塔も愛宕神社とは縁のない展望塔であり、凌雲閣に至っては、あられもなく「世俗の塔」（前田愛）だった。垂直方向の上昇によって、俗地のただ中に身を置いたまま、俗地を一望することができ、俗地中の俗地である吉原さえ、ばっちり見えたのである。

そして注意すべきは、さりとて吉原に立ち交じるわけではなく、さほど低俗さを意識せずに済んだことだろう。高みから見下ろす時、人は下界の側には属していない。いわば非内属的な視覚を可能にするのが高所であり、それを娯楽として供したのが凌雲閣だった。(2) ちなみに二十四年の夏には、小川一真撮影の「百美人」が凌雲閣に展示された。新橋その他の芸妓百人の写真展で、人気投票も行われた。東都の美人を眺め渡す塔となったわけだが、内国勧業博覧会でお墨付きを得た小川の名声も手伝って、紳士諸兄は安んじて美人に見入ったはずである。(3)

独歩もまた望遠鏡で吉原を見下ろした。少し前には『好色五人女』を読んでいた独歩だが、名高い『一代男』の遠眼鏡のエピソードを知っていたかどうか。ともあれ学校改革に奔走するような青年独歩が吉原を眺め得たのだから、やはり凌雲閣の効用は大きかった。

この時の凌雲閣体験はさらに、独歩に一つの示唆を与えた。上野と浅草に遊んだこの三月十八日の項を結ぶにあたって、次のように書きつけている。

嗚呼此の日や半日を殆んど俗塵紛々の中に費し、殆ど精神までも俗了せられし如くなれども、吾又特色の眼光を以て觀察し得たる物頗る多し。吾思ふ、郊外に歩して自然の美を愛づる亦人生の至樂にして、吾人を益する甚だ大なれども、人煙萬丈の中に出入し密に冷眼を飛ばして觀察するあらば、思はざる點に不思議の味あり、又不思議なる點に思はざるの利益を得る者なり。吾此の日半日を上野淺草の俗塵に消したれども、風俗人情都人の趣味實に意想外なる事を發見したり。

これは興味深い感想と言うべきだろう。「郊外に歩して自然の美を愛づる亦人生の至樂」と近郊散策を持ち出しているのがまず目をひく。独歩は「国民之友」の愛読者だった。民友社の田園趣味にも共鳴していたはずで、実際によく散策に出かけている。その価値観からすると、盛り場で遊び歩いたことは当然、低俗なふるまいでしかない。その後ろめたさもおそらくあって、郊外散策こそは人生の至楽と書きつけたはずなのだが、しかし、上野や浅草を徘徊し、俗塵紛々たる中にも「思はざる點に不思議の味あり、又不思議なる點に思はざるの利益を得る」ということに気づいたのだという。本来ならば厭うべき盛り場であるにもかかわらず、なぜ妙味を発見できたのか。それを可能にしたものを教えてくれるのは、「特色の眼光を以て觀察し得たる物頗る多し」「密に冷眼を飛ばして觀察する」という風に繰り返される「觀察」の一語だと思われる。

つぶさに対象を客体視すること、それが観察であり、具体的には距離を取り、外側から見ることでもあるだろう。独歩は盛り場に身を置いたとしても、精神的に立ち交じらなければ、興趣あるものと眺め得ると考えたのであり、「特色の眼光」とはその精神的な距離を指していよう。そして、これは凌雲閣に登った日の感慨なのだった。世俗の圏域にありながら、世俗を一望させる凌雲閣の体験を応用するようにして、凌雲閣のように垂直的な距離がなかったとしても、精神的に内属しなければよいと思い至ったようなのである。それは確かに一つの発見に違いなかった。後年にはざっくりと都市生活の現実を切り取り、没後には田山花袋をして「純然たる人生の傍觀者」「眞の藝術家的の態度」と感嘆せしめた作品群につながっていく物の見方だったはずだが、当時の独歩はそれを深めるには至らなかった。ほどなく東京を去り、むしろロマン主義的な心情へ深入りしていくことになる。(4)

半月後の四月五日、独歩は水谷真熊らとボート遊びに繰り出した。浅草橋から乗り、墨堤の桜と俗っぽい花見客を眺めながら、千住大橋まで漕ぎ上った。ボートもまた距離を取って岸辺を眺めさせるものだが、途中で振り仰げば、おそらく凌雲閣が見えたことだろう。

気球に乗って

もっとも、凌雲閣とは違って、独歩がすれ違ってしまった高所志向のトピックもある。

独歩は三月三十日、歌舞伎座に出かけた。やはり東都土産のつもりだったのか、初めての歌舞伎観劇だった。『明治廿四年日記』によると、演目は「武勇誉出世影清《ぶゆうのほまれしゅっせかげきよ》」などだったが、その直前まで歌舞伎座で評判になっていたのが、五代目尾上菊五郎の芝居「風船乗評判高閣《ふうせんのりうわさのたかどの》」なのである。「風船」は軽気球、「高閣」は凌雲閣のこと。まさしく凌雲閣の開業と同じ頃、さらなる高みを人々に教えたもう一つのトピック、スペンサーの気球興行について、あらましを紹介しておこう。

スペンサーの初興行は二十三年十月十二日、横浜で挙行された。予定では三千フィートのところを三千五百フィートまで上昇し、パラシュートで降下した。これは有料の見世物で、五十銭から二円を払った観客が約千三百人集まり、竹柵で囲った観覧席の外側にも見物が詰めかけていた。そこにスペンサーは無事帰還し、二日後の「読売新聞」によると、次のように語ったという。

氣壓計《バロメートル》にて驗せしに方《ま》さに三千五百フ井《イ》ートの高きに達し居たりし　此の高處より眼下を瞰《み》れば啻《た》だに此の近郡近村のみならず遠近諸國の風景悉く一眸の裡に集《あつま》り東京城の如きも亦た微かに認め得たるやに思はれしなり　予が之れまで經歴せし處多しと雖ども氣候温和にして風景の佳絶なること我《わが》英國を除かば世界中恐くは日本國に及ぶものなからん

風景佳絶とはリップサービスであるにせよ、これを聞いた観客もまた一千メートルの上空に舞い上がり、はるかな眺望が広がるさまを想像したことだろう。

ただ、気球は単なる見世物でもなかった。実のところ、軍事的にも有用だったのである。ここに「近郡近村」「遠近諸國」とあるように、気球の視界は地上の境界線をはるかに超え、それゆえに砲弾も届かない高みから敵情を視察することが可能だった。実際に日本では西南戦争を契機に、気球の軍事利用が研究され、明治十一年には陸軍士官学校にいた横山松三郎が飛行実験を撮影している。そしてスペンサーもまたスマトラ島北部、アチェ王国と戦っていたオランダ植民地政府軍の敵情視察に協力したことを自ら誇っており、その経歴は当時も報道されていた。

スペンサーは横浜で再演した後、神戸に転じた。十一月十二日には皇居前で天覧公演、さらに二十四日には上野の博物館前で実演した。上野での興行は酉の市と重なり、「上野山内、人の為めに黒みわたれり」（『鶯亭金升日記』）というにぎわいとなった。博物館や東京美術学校の幹部たちも仰ぎ見ていたようである。スペンサーは大阪、長崎等にも足を伸ばした。この間、米国からボールドウィン兄弟が来日し、軽業ありの気球興行でさらに人気を盛り上げた。翌二十四年に入ると、今度は日本人の風船乗りが出現する。しかしながら、大量の水素を要する軽気球はおいそれと手出しできるものではなかった。この年八月十一日付の「読売新聞」によると、スペンサーに刺激されて警官を辞め、気球研究に打ち込んだ鈴木孫十郎なる人物は、日本橋中洲で興行に挑んだものの強風で失敗し、気球は破裂し、黒煙を噴き上げたのだった。

現実の高所志向はともあれ明治二十三年秋、凌雲閣開業と気球興行でピークに達した。年が明けても熱気は冷めやらず、高さという同じカテゴリーの中で溶け合う風でもあった。

そこに登場するのが、菊五郎の「風船乗評判高閣」にほかならない。つとに明治十九年にはチャリネすなわちサーカスの人気を当て込み、「鳴響茶利音曲馬《なりひびくちやりねのきよくば》」で象使いに扮してみせた菊五郎は、スペンサーの二度目の横浜興行に馳せ参じた。ちなみに円朝が凌雲閣物を準備したらしいことは先に触れたが、名優菊五郎も凌雲閣には目配りを怠っていなかったのである。

二十四年一月八日、歌舞伎座で始まったこの芝居は、菊五郎扮するスペンサーの上野興行で幕を開ける。後半は浅草公園の場に移り、同じく菊五郎の演じる三遊亭円朝が登場する。さらに門人金朝の言として、「上る所《とこ》から落ちる所まで、目の下に見える十二階、風船の御見物は凌雲閣に限ります」との台詞も出てくる。気球の高度は一千メートル、凌雲閣は六十メートルだから、「目の下に見える」はずもなかったが、要するにどちらも高いぞという芝居なのだった。菊五郎の目論見通りに「風船乗評判高閣」は大当たりとなり、二月も続演となった。

これを独歩が見ていれば面白いのだが、『明治廿四年日記』によれば、歌舞伎座に行ったのは三月三十日のこと。演目はすでに変わっていた。実のところ、日記に遊興の記述が増えるのは三月以降、帰郷の決意を固めた後と言ってよい。凌雲閣その他の遊覧は三月十八日、歌舞伎座が三月三十日、ボート遊びが四月五日という具合である。東京を去ろうと決心し、ちょっと気楽になっただけのことであり、若き独歩は本来、俗塵を好まない青年だったのである。

月宮幻想とロマン主義

その点では注目すべき、また別種の高所志向に関する記事が、実は『明治廿四年日記』には見いだされる。立ち入って読まないと気づかれないことだが、一月六日の項に「國民之友新年附録等を讀みて半日を暮す」とある。号数で言えば百五号、これは嵯峨の屋おむろの小説『夢現境』が新年附録に載った号なのである。中身はつまり月宮幻想譚、まさに空想の高所志向の高まりを示す一編と言ってよい。まずは筋立てをたどってみよう。

物語は前年、明治二十三年十二月二十一日の夜、上野の清水観音堂に始まる。痩せた男が銀の糸のような月光に照らされている。天涯孤独の身であるらしく、男は「孤影」と書かれている。

そこに冷風一陣、一人の美人が現れる。月光をたたえるような目には愛が輝く。色は艶々として白く、練り絹に薔薇の露を調合したようで、黒髪は于羽玉《うばたま》の光を月に誇って、多情にも背に波を打たせて居る風、凄いほどの美しさ——そんな風に山田美妙ばりの美辞麗句をちりばめるのだが、この美女の正体は「なよ竹の赫奕《かぐや》」、何とかぐや姫なのだった。

あなたの心の氷を溶かしに来たと語るかぐや姫に、孤影は訴える。自分は愛を求めてきたが、世に欺かれ、郊外に逃避した。「嗚呼郊野、郊野の景色程好《よい》ものが有ませうか?」「ある時は高山の巓に立ち、ある時は大海の波を切ツて、其中に樂を求めて居ります」と言うのだが、寂寞たる心には自然の大景さえも救いにならない。だから今すぐ月へお連れ下さいと頼み込む。

「お易い事です」と姫が天を差し招くと、矢のごとく紫雲が下りてくる。二人を乗せた雲は次第に高く舞い上がり、「地球の大氣が盡きて、吸心力が消へるや否や、雲は一飛千萬里、忽ち月界へ着《つき》ました」。地球の大気云々と言うあたり、軽気球も舞い上がる科学の世の幻想譚ではある。月世界に立った孤影は、月の帝に地球の様子を説明する。「人界は月界より大なること、實に千有餘倍」、五大陸があり、数百の国に分かれている。そこに日本がある。「日本とは日の本といふ事で、日は東海我國の海から出て、五洲を照すといふ意味でござる」。言ってみれば無限の高みから俯瞰した世界像である。孤影は「山には富士の名山があッて、海に太平洋の渺茫を扣《ひか》へ」云々と地理的概説を語りながら、「東洋第一の國」「亞細亞最強の國」と日本を誇ってみせる。

さらに帝の機嫌を伺おうと、孤影は弓で雁を射る。すると世界を下に見る態度が罰せられたか、にわかに雁は一丈ほどの大きさとなって、「自ら善とするものに善はない」と一喝、孤影を谷間に投げ落とす。東京湾を望む芝原で目覚めた孤影は「扨《さて》は今のは夢であつたか」。蒸気船や漁船が行き交う曙の海には目もくれず、神に救いを求めるその姿を描き出して幻想譚は終わる。

凌雲閣はもとより、気球でさえ届かない月の高みへ想像力をはばたかせた小説だが、しかし、作者の嵯峨の屋おむろの人物像を素描すれば、単なる思いつきでもなかったと知られる。

おむろは文久三年生まれ、没落士族の子として辛酸を嘗め、春のやおぼろこと坪内逍遥の書生となった。二葉亭四迷にも兄事し、ロシア文学に明るかった。さらに笹淵友一『浪漫主義文学の誕生』や吉田精一『浪漫主義の研究』がともに一章を割いているように、ロマン主義の先駆と呼び得る存在だった。はたまたキリスト教やユニテリアン派に近づくような一面もあって、二十三年一月から三月にかけて「国民之友」に発表した評論『宇宙主義』では、真理は宇宙の万物に遍在するとして、国粋保存主義と西洋主義を超えた宇宙主義こそが日本を発展させると主張している。

そうした精神遍歴は『夢現境』という小説にも、如実に投影されている。例えば冒頭の月下凄惨の景については、二十三年十月の「国民之友」に自ら載せたロシア文学の翻訳『月夜のクレームリ岡』を連想させる。その風景美への傾斜もさることながら、現実嫌悪と無限への憧憬が相照らす物語の進み行きはそれ自体、十分にロマン主義的と評してよいだろう。

そして本書の関心事からして見逃せないのは、おむろが郊外の賛美者から月宮幻想譚へと進んだこと、そして、作中の孤影氏にその精神遍歴を語らせていることである。

おむろの出世作は明治二十二年、「都の花」に書いた『初恋』だった。美しい過去として淡い恋を回想した短編であり、舞台となる利根川沿いの農村風景の描写には際立った清新さがあった。他方でこの頃、田園趣味を鼓吹していたのは、徳富蘇峰率いる民友社だった。二十三年六月には宮崎湖処子の『帰省』を出版し、青年たちを魅了することになる。おむろは民友社に接近し、『帰省』出版と相前後する一時期には禄を食む立場にさえあった。

そこから月宮幻想譚とは突飛な展開のようだが、載ったのはやはり「国民之友」であり、そこには理路があったと思うべきだろう。もともと田園賛美は堕落せる都会人士への批判に根ざし、反俗的な性質を備えていた。それを先鋭化すれば、孤影氏が「ある時は高山の巓に立ち、ある時は大海の波を切ッて」と語るようなロマン主義的境地に向かうことになる。さらに現世一切を否定するような厭世観に囚われてしまえば、地表を去って月にでも赴くしかあるまい。孤影氏が明かす精神遍歴とはおむろ自身のそれなのである。すなわち当時の田園賛美のうちには、月世界へ逢着するような空想の高所志向の萌芽が含まれており、おむろは必然的に「国民之友」に近づき、少なくとも彼にとっては、あり得べき物語として『夢現境』を書いたのだった。

そして二十四年一月六日、『夢現境』の載る「国民之友」新年附録を読んだのがほかでもない独歩なのである。どう思ったのか、一般に『明治廿四年日記』は読書の感想を記しておらず、この小説については題名さえ書かれていないが、実を言うと、批評文を投稿した可能性がある。

二月十三日、十四日付「国民新聞」に『新年附録の諸作』という一文が載っている。前半はそっくり『夢現境』評にあてられ、バイロンの詩と比較した上で、かぐや姫と月の宮殿は「人界の美人楼閣と何の相違する處ぞ」、それら美人や宮殿によって、厭人家たる孤影の懊悩が払拭されるのはいかがなものかと批判している。その筆者は「砧斧生」、笹淵友一は前掲書において、独歩その人と注記している。なるほど本名の哲夫に由来し、明治二十五年頃から使った「鐵斧生」「鐵斧子」等を想起させて、妥当な推定とも思われるのだが、他方で「砧斧生」ではテップとは音通せず、チンプになってしまうから、なお即断しかねるところもある。

いずれにせよ、少なくとも独歩には『夢現境』をよく読んでみるだけの理由があった。すでに記したように、民友社に共鳴する青年の一人であり、なおかつ「郊外に歩して自然の美を愛づる亦人生の至樂にして、吾人を益する甚だ大」と考えるような近郊散策の徒でもあったからである。「嗚呼郊野、郊野の景色程好ものが有ませうか?」と思いながらも現世に絶望し、月宮行を切望する孤影氏の心情は、青年独歩には決して無縁とは思われなかったはずである。

「ある時は高山の巓に立ち、ある時は大海の波を切ツて、其中に樂を求めて居ります」とは孤影氏の述懐だが、独歩はむしろ山口に帰郷した後、その種の境地に傾いたように見える。

弟の収二らを伴った散策は、しばしば山頂へ向かった。「城山ニ登る、眺望佳絶、近郊遠野、水嶌雲山、雙眸にあり」とは、『明治廿四年日記』六月十一日の項。二十二日には「高叫山に登り高叫絶呼す、蓋夕陽西に燃へ晩霞東に起り美景言ふ可からさりしを以てなり、然れども近頃、心頭不平の事多く高論放談、胸間の鬱塞をやるの友なし　故に讀書、散歩皆な樂しからず」。ちなみに「高叫山」とあるが、実際は「高塔山」なのだという。この頃、独歩が耽読したのは、バイロンの『マンフレッド』だった。田園賛美からロマン主義に近づき、山巓で絶叫していたのである。

言い添えておくと、二十六年秋、大分佐伯の鶴谷学館で教え始めた独歩は『竹取物語』を読み、かぐや姫の帰天の場面にむせび泣いた。月の美しさと別離の情が胸に迫ったのだという。十一月三十日には『欺かざるの記』で嘆息している。「竹取物語のかぐや姫を思ふ時は身も魂も飛んで天邊に月に向ふてあくがるゝ也。ア、愛の神よ。吾を此寂漠無情の窮囚より救ひ給へ」――かの『夢現境』の孤影氏の心情と、これは寸分たがわない。あまりの似通いように、驚きというのか当惑というのか、何やら奇妙な印象さえ抱かせるのだが、かくも深々とロマン主義的心情にとらわれた独歩は、翌二十七年の日清開戦に際して、従軍記者を志願することになるだろう。

子規と浅草富士

このあたりでもう一人の主人公、正岡子規にご登場願うとしよう。独歩に比べると四歳ほど年長であり、東京に出てきたのも明治十六年と早かった。好奇心も旺盛だったから、その書き物の中には僅々二年で姿を消した富士山縦覧所が出てくる。

第一高等中学予科から本科に進む明治二十一年夏、子規は向島の長命寺境内に仮寓し、親友の三並良、藤野古白とともに三か月ほど、文学と勉学に励んだ。名物の桜餅を食べ、ボートから花火を眺めたりもしたが、そこで生まれた『七草集』に次の二句が見える。

浅草公園木製富士山
富士といふ名に仰き見つつくり山
木製冨士電氣燈
絶えずしも稲妻うつる水涼し

前後に吾妻橋、牛島神社、花屋敷などの句があるから、向島から浅草へ散策し、富士山縦覧所を眺めたように思われる。「絶えずしも」の句は、公園の池水に映った電飾を詠んだのだろう。同じ時の歌のようだが、「木もて作りし浅草の富士の山のいたゝきに電氣燈となんいふものをともしつらねけれは」の前書で、電燈を稲妻に見立てた一首「はれなからてる稲妻は月のいろといつれまさると光あらそふ」も残している。浅草富士が電燈四基を据え、宵闇を照らしたのはこの年七月下旬から九月末までのこと。それを目にした貴重な記録の一つに数えられるかもしれない。

凌雲閣については明治二十四年、句合せのような対句を試みている。「左　自動鐵道」「右　凌雲閣」として、凌雲閣の方は「うてなは雲、人馬は豆。五百の青樓には知らぬ時雨のあし宙を飛んで　足もとにゆる入相の鐘は上野か淺草」。五百の青楼はむろん吉原のことで、『明治廿四年日記』の独歩と同様に、子規もまた凌雲閣から吉原を眺めたことがあったらしい。

さらに、二十三年の秋頃から構想を温めたとされる小説『月の都』にも、「僕凌雲閣から飛び下りるから十萬圓くれるか」「十萬圓は高い　十圓に負かるまいか」といった青年たちの会話が出てくるが、これはさしたる意味もない軽口でしかない。『月の都』とはまず謡曲の羽衣伝説、そして幸田露伴の『風流仏』を触媒として書かれた悲恋物であって、現実ならぬ空想の高所志向にむしろ関わっている。この一編にたどり着く青年子規の軌跡へ話を進めていくとしよう。

謡曲とナショナリズム

子規がなぜ羽衣伝説に注目したのかと言えば、きっかけは謡曲だった。

松山にいた頃は奉納能を見た程度だったが、上京した明治十六年の秋から一年ほど、子規は藤野漸の家に寄寓した。藤野古白の父で、子規には叔父にあたる人だが、宝生流をよくしたという。その謡を聞き、子規は趣味を解するようになる。二十三年の春には一緒に芝の紅葉館へ行き、『松風』と狂言『釣狐』を楽しんだ。その体験を踏まえて、子規は『能楽』という一文を書き、能楽は過去の遺物でなく、「見る人をして塵埃を離れ　氣格を高尚ならしむるの徳あり」と称賛している。かくも高尚な謡曲に対する関心は、空高く天女が舞い上がる羽衣伝説へ向かった。

第一高等中学の卒業試験を終えたこの年の夏、子規は松山に帰省する途中で、三保の松原に立ち寄った。紀行文『しゃくられの記』によると、七月一日朝、三並良らと新橋から汽車に乗った。小雨が降り出し、富士は見えなかった。正午頃に下車したのは江尻である。なぜかと言えば、少々疲れた頃合いでもあったが、「名に聞こえたる羽衣の松を尋ねばや」と考えていたからだった。

そこで『しゃくられの記』は謡曲風に変わる。子規はシテ、女将がツレとなる。

して「我このたび關東より下向したるは。聞及ひたる羽衣の松を見んため也　その松はいづこに

あるぞ　つれ「さん候　こゝより二里許りへだてゝ。海濱に立てる松を羽衣の松とこそ申候へ
して「けふは雨のいやましに降り候へば。此處に一泊すべし。さやう心得候へ

謡曲『羽衣』を踏まえた戯文である。得意の趣向だったらしく、子規は延々と続けている。次の日は御穂神社で、羽衣の片袖なるものを拝観した。「黒き毛の如きもの」がわずかに伝わるのみだったが、それでもありがたやと神社を後にした。「君が代は。天の羽衣まれに来て」の詞章をもじって、「君が代は。あめにケットーまれにきて」、雨中に毛布をまとう帰路となった。

若い頃の子規は旅を好んだ。藩学本流を汲む教育を受け、名所旧跡を訪ねては詩文を作り、紀行をものする近世文人の風に憧れていた。この時も『しゃくられの記』を書いたわけだが、三保の松原のくだりは謡曲を知らなければ、何のことだか分からないほどに凝っている。例えば「山嶺島嶼孤雲の外にみち〳〵て」「南無奇妙絶景色。本に泰西に無し」とあるのは、それぞれ「笙笛琴箜篌孤雲の外に満ち満ちて」「南無帰命月天子本地大勢至」のパロディーである。ただし、地口尽くしの中に、叙景を織り込んでいることは注意されてよい。もともと謡曲「羽衣」には、国土を寿ぐ詞章が含まれている。「君が代は。天の羽衣まれに来て」、つまり泰平の世には天女がまれに現れて、「御願円満国土成就。七宝充満の宝を降らし。国土にこれを。ほどこし給ふ」という謡曲なのである。子規は直接「国土」とは言わないものの、「南無奇妙絶景色。本に泰西に無し」と世界に冠たる絶景をしっかり讃えている。本来の祝意を踏まえた上で、ひねっているようなのである。

ところで同じ頃、やはり謡曲『羽衣』にちなむ油絵を描いた画家がいる。その絵というのは第三回

内国勧業博覧会に出品された「羽衣天女」で、描いたのは本多錦吉郎という人だった。

嘉永三年、広島藩士の家に生まれた本多は「団団珍聞」で諷刺画を描いたりした後、明治二十二年、明治美術会の創立に参加した。その秋の第一回展では、出品作の一つ「麗日《うららか》」が皇后行啓の際に買い上げられた。没後の顕彰誌によれば、これは採桑の図であり、青山御所内の養蚕所に掲げられたのだという。また、陸軍の図画教官を長く務めた人でもあり、明治十六年から二十年近く、最初は士官学校、次いで幼年学校で教鞭を執った。西洋画法はその再現性を期待され、地形図の作成や兵器の設計などに役立つと考えられていたのである。

その本多が第三回内国博覧会を期して出品した大作が「羽衣天女」だった。絵柄としては、西洋の天使よろしく大きな羽のついた天女を描いている。三日月にも似た弓なりの姿を見せながら、天衣を翻して舞い上がる。その足下には三保の松原が広がり、富士が霞んで見える。

当時の評を拾っておけば、「東京日日新聞」の「博覧会案内記」は、「全体の位置を上半に取りて三保の浦から松原の景色　愛鷹山や富士の高根を幽かにボルドアイスビユーにしたる意匠先づ好し」として、鳥瞰図法＝bird eyes view に注目している。この評者はただし、羽には納得がいかなかったようで、「羽サテ遺憾」。他方で、会場の様子を伝えているのは「東京朝日新聞」の饗庭篁村である。「ヤア空中の布晒しだといふ聲に跡へ戻りて見れバ布晒しにあらず　本田《ママ》錦吉郎氏の羽衣なり」。作者もがっくりきそうな記事ではある。どうも理解されにくかったようだが、しかし、画題そのものは実によく考えられていたように思われる。

同じ顕彰誌を見ると、本多は能楽好きだったことが知られる。もともと士族の出だから、素養があって不思議はなく、実際に明治美術会の後進、石川欽一郎は宝生会演能の入場券を譲られたと回顧している。そこで改めて絵に向き合えば、「羽衣天女」は謡曲の詞章を踏まえて鑑賞されるべき絵ではなかったかと思われる。「天の羽衣。浦風にたなびきたなびく」「愛鷹山や富士の高嶺。かすかになりて天つみ空の。霞にまぎれて失せにけり」といった詞章とぴったり符合する。実際、「東京日日新聞」の「博覧会案内記」は、それを踏まえての評と読まれる。そうした心得のある観客なら、「御願円満国土成就。七宝充満の宝を降らし。国土にこれを。ほどこし給ふ」を思い出し、国土を寿ぐ含意を読み取ったかもしれない。「七宝充満の宝を降らし」の天女とは、まことに全国の産品を集めた内国勧業博覧会にふさわしい好画題なのだった。(5)

実を言うと、三保の松原へ行く直前に、子規はこの「羽衣天女」を見ていた可能性が高い。少なくとも第三回内国勧業博覧会に行ったことは事実である。博覧会が開幕した明治二十三年四月一日の日録『四月一日』が初期文集『筆まかせ』に収められている。

それによると、子規はこの日、新海非風とともに二度、上野に出かけている。まずは午前中、一足先に開幕していた日本美術協会の美術展覧会を鑑賞した。名家秘蔵の古画古器物を並べた展覧会だった。子規はいったん寄宿舎に引き上げたが、昼食後、非風に誘われて内国勧業博覧会に出直した。博覧会の美術部門も鑑賞し、「小川一眞氏出品の大寫眞は實ニ立派なるもの也　日本畫は一二枚可なりのものを見た」と記している。ところが残念なことに、続きは逸失している。翻刻によれば「中闕」を挟み、参考出品の西洋美術や機械館の記述となっている。

さて、失われた空白部には何が書かれていたのか。話の流れからすると、油絵の出品作に対する感想だったのではないだろうか。子規が油絵の価値を認めるのはまだ先の話だが、亀井至一の「美人弾琴図」や原田直次郎「騎龍観音」が巻き起こしたセンセーションを考えるなら、何らかの感想が書かれていた可能性はないでもないだろう。そして例えば森鷗外の『又又饒舌』が四月十七日付で論評を加えているように、本多の「羽衣天女」は話題作の一つであって、なおかつ謡曲に開眼しつつあった子規こそは「羽衣天女」の趣向を理解し得る観客の一人ではあった。(6)

想像をたくましくするなら、博覧会を訪ねた子規は空高く舞い上がる本多の天女に感心し、三保の松原行きを思い立ったのではなかったか——むろんこれはちょっとした推理ゲームのようなもので、油絵については黙殺し去った可能性も認められねばならない。結局のところ、何らかのミッシング・ピースが出てこない限りは分からない話に属するわけだが、いずれにせよ明治二十三年四月に本多の「羽衣天女」が発表され、直後の七月に子規が三保の松原へ行ったことは動かない。

高所志向の文脈で言えば、スペンサーの風船乗りが評判になるのはこの年秋のことである。それよりも先に、謡曲の羽衣天女は空に舞い上がっていた。すなわち本多は天女の視点から俯瞰された国土を描き、子規は詞章をもじって「南無奇妙絶景色。本に泰西に無し」と書きつけた。国土観の捉え直しと結びついた高所志向が力を得て、子規を高揚させていたのである。

夢想の行方　『月の都』

三保の松原見物と帰省を経て、明治二十三年秋、子規は帝国大学文科大学へ進学したが、同じ頃にはもう一つ、空想の高所志向をかき立てる特別な出来事があった。

幸田露伴の『風流仏』との出会いである。子規は刊行一年ほどを経て、本郷の夜店でこの名作を買った。晩年の回想『天王寺畔の蝸牛盧』によれば、矢野龍渓の『経国美談』や坪内逍遥『当世書生気質』には感心しつつも、紅葉ら同年輩の書き物は軽蔑していた。幾らか嫉妬も働き、「新著百種」一号の紅葉『二人比丘尼色懺悔』が出た時も、こんなものなら自分でも書けると思ったのみだったが、ただ、同じく「新著百種」の『風流仏』は文章が難しいと友人が説き、読んでいるのを聞いてもよく分からなかったことが気になっていた。確かに最初は取り付きにくく、しかし、再読するうちに西鶴調の文章に敬服した。「非常に高尚な感じに釣り込まれて仕舞ふて、殆ど天上に住んで居るやうな感じを起した」というのだが、この感想は内田魯庵のそれと相通じる。魯庵もまた「讀終つて暫くは恍然として、珠雲《ママ》と一緒に五色の雲の中に漂うてゐるやうな心地がした」と回想していた。

彼らの高揚感はやはり大団円の場面に由来するのだろう。風流仏に救われた仏師珠運はお辰と手を携えて白雲に乗り、全国津々浦々の見る人ごとに千差万別の姿で化現する。この結末では「風寒き北海道にては、鰊の鱗怪しく光るどんざ布子、浪さやぐ佐渡には、色も定かならぬさき織を着て漁師共の眼にあらはれ玉ひける」という風に、北海道や佐渡といった辺地が眺め渡される。これは当時の国土観の反映と言ってよい。それに加えて、第二章で説いたように、主人公の珠運は新時代の彫刻家になりそこね、絶望した末に天上的な救済に至るのだから、ロマン主義的な物語であることは疑いをいれない。すなわち『風流仏』は空想の高所志向を共有していたのであり、羽衣伝説にひかれていた子規のような青年が空に舞う心地になったのも当然のことではあった。

『風流仏』は「小説の尤も高尚なるもの」、露伴は「天下第一の小説家」と思い定めた子規は、やがて「一生のうちにたゞ一つ風流佛のやうな小説を作りたい」と熱望するようになった。

翌二十四年六月から七月の帰省の旅では、木曾路を歩いた。露伴と珠運の旅を追体験しようとしたのだろう。これはちなみに独歩が帰郷し、バイロンを読みふけっては山頂で絶叫していたのと同じ頃である。暮れになると、子規は借家に籠って『月の都』執筆に打ち込んだ。

『月の都』は一度はお蔵入りとなり、ようやく明治二十七年、自身が編集責任者に起用された「小日本」紙上で日の目を見ることになる。謡曲『羽衣』を使ったのは一工夫とはいえ、文体から結構まで露伴に倣い、粒々辛苦が滲み出すような一編なのだが、ごく簡単に紹介しておこう。

主人公の高木直人は、画師にも描かれぬ美人の水口浪子に会う。二人は相思相愛のはずが結ばれない。浪子に縁談が持ち上がり、直人は悩む。ひそかに思いを寄せていた浪子は恋文を送るが、意外や直人の返信はただ一言、「いやです」。どうしたことかと直人の侘び住まいを訪ねると、すでに姿はなく、「月の都へ旅立ち候」との筆の跡、と前半は終わる。言うまでもなく「いやです」とは本心ではなく、直人は浪子のためにと身をひいたのである。

続く後半、旅に出た直人は無風という法師に出会い、白風と名付けられる。しかしながら、恋か悟りか、煩悶は去らない。そんな直人のもとにあろうことか、浪子が遺書を残して亡くなったとの報せが届く。クライマックスは直人の物狂いとなり、謡曲『羽衣』の詞章を交えて、一場は風雨と稲妻に包まれる。それが静まった後、三保の松原で富士を眺めるのは師僧の無風法師である。錫杖を立てて樹下に憩い、妙なる匂いに見上げれば、「松が枝にいぶかしや紫雲に天人の模様ある古代の小袖」。足下の白波にはゆらゆらと寄せる破れ笠、そこにかすかに読まれる文字は「月の都へ歸り候」――。逆巻く怒濤にのまれたか、帰天を果たしたか、海と空のあわいに幽玄の感を漂わせんとの結びは、『羽衣』と『風流仏』に発した空想の高所志向の帰結点にほかならない。

ところが、この乾坤一擲の作は思うような評価を得られなかった。子規は二十五年二月下旬、批評を乞うべく露伴その人に会いに行った。誰より露伴に認められたかったのだろう。かつて露伴が依田学海を訪ね、文壇進出の糸口をつかんだように、出版に結び付けたい思惑も幾らかあったはずだが、結果は無残なものだった。少なくとも子規はそう受け止めた。三月一日に露伴を再訪したものの、一方的に露伴が語り、子規は唯々諾々と聞くのみだった。露伴とは同じ慶応三年生まれだったが、子規はまだ無名の文学青年にしか過ぎなかった。この日の夜、高浜虚子と河東碧梧桐に宛てて、子規は「拙著ハまづ。世に出る事。なかるべし」と書き送った。それに続けて「以上ノ一行覺えず俳句の調をなす　呵々」とおどけているのが何とも切ない。

飛翔か歩行か

文壇雄飛の夢を断たれた子規は、同じ二十五年六月には学年試験に落第した。それもあって、暮れには陸羯南《くがかつなん》の日本新聞社に入った。まずは新聞「日本」の編集に携わり、二十七年二月には姉妹紙「小日本」の創刊に伴って編集責任者に抜擢された。その創刊号から十三回にわたり、子規は自ら『月の都』を連載することになる。なおも自作に未練があったのか、あるいは誰か有力作家に小説を頼もうにも手づるがなかったのか、実際には両方だったかもしれない。もっとも「小日本」は極めて短命だった。七月十五日、あっけなく廃刊となってしまった。

挫折続きのこの頃だが、しかし、子規には意義のある時期だった。「小日本」の挿絵を介して、中村不折と知り合ったのはその一つで、西洋画法の意義を認めた子規は写生開眼へ向かう。それと同時に、近郊散策によく出かけるようになる。勤め人となり、学生時代のように脱俗的な旅を気取る暇もなくなったわけだが、この時期の近郊散策を通じて、子規の歩行は変質を遂げていく。

明治二十七年七月二十二日の新聞「日本」に、子規は『上野紀行』を載せた。「小日本」を成功させる夢が潰えた頃、上野を歩いた近郊散策文である。

「俗塵十丈の中に埋れて塵埃を呼吸せんことの苦しく　魂許りは處々方々とさまよひありけど　貧乏暇なき身の上こそつらけれ」。虚ろな心中を映し出すような書き出しに続き、前書のような短章と俳句が連ねられる。そこに凌雲閣の句が見える。「彼方に見ゆるは淺草の森、五重の塔高くそれよりも猶高きは」の前書で「雲の峰凌雲閣に並びけり」。雲の峰と言い凌雲閣と言い、高さ比べのようではあるけれど、むしろ高揚感を抜きに、水平に眺め渡したように読まれなくもない。

子規はさらに『地図的観念と絵画的観念』という評論を書き、八月六日、八日の「日本」に掲載した。これは直感的な洞察に優れる子規の面目躍如たる一文と言ってよい。端的に言えば、地図的観念は上昇と俯瞰、絵画的観念は歩行と水平視がもたらす視覚表象のことである。

執筆のきっかけは内藤鳴雪との俳句談義だった。それぞれに異なる評を下すことはあるが、互いの批評基準は理解しているつもりだった。ところが与謝蕪村の句「春の水山なき國を流れけり」だけは違った。鳴雪は蕪村発句の上乗と断定する。子規の評価は一二等下になる。「山なき國」は抽象的な語法に過ぎず、直接に光景を想像させないからである。前年から評価が割れていたが、ある夜、一時間の議論を通じて、そもそも批評基準が違うのだと子規は納得するに至った。「鳴雪翁は地圖的觀念を以て此句を視、余は繪畫的觀念を以て之を視るなり」と言うのである。

一言にして之を蔽へば地圖的觀念は萬物を下に見、繪畫的觀念は萬物を横に見るなり。吾人が實際界に於て普通に見る所の景色は是れ繪畫的にして　山々相疊み樹々相重なり　一山は一山より遠く一樹は一樹より深く　空間に遠近あり色彩に濃淡あり　前者大に後者小に　近き者現はれ遠き者隱るゝを免れず。地圖的觀念は之に反して　恰《あたか》も風船に乗り虚空高く颺《あが》りて下界を一望の裡《うち》に見下すが如き者なるを以て　繪畫的の如く遠近濃淡等は一切之れ無く　茫々千萬里の間一山一水だも我眼を逃るゝ者あらざるなり

要するに視点次第で、二つの視覚表象が生まれると子規は考えた。ふだん人は水平視で景色を見ている。水平に見ればこそ、遠近・濃淡のある絵画的イメージが得られる。それに対して、高いところから俯瞰すれば、面的な地図的イメージになる。同じ「箱根八里」という言葉でも、そこから生じる絵画的心象は石を敷いた小道が山間をめぐり、老樹の間に入っていくといったものであり、地図的心象は一部分の景色にとどまらず、芦ノ湖に映る逆さ富士から三島の宿まで、幾多の景色を一望に収めるものとなる。蕪村句「春の水山なき國を流れけり」をめぐる対立はつまり、地図的観念に優れる鳴雪が日本中の「山なき國」「春の水」を想像できたのに対して、自分がその光景を一望の下に見ることができなかったことから生じた——と子規は結論づけている。

なるほど絵画と地図とは、世界をとらえる視覚表象として対比可能なカテゴリーではある。それを子規は「地圖的觀念は萬物を下に見、繪畫的觀念は萬物を横に見るなり」とずばり視角の違いに収斂させる。そのアイデアは明らかに同時代の視覚体験に根ざしている。絵画的観念について、子規は空間には遠近があり、手前は大きく、後ろは小さく見えると強調する。不折との絵画談義を通じて、遠近表現を意識していたのだろう。地図的観念については、主観的な想像にとどまるがゆえに「茫然漠

然　恰も徳川時代の地圖的道中圖を見るの感あるべしと思はるゝなり」と批判しているのだが、これもやはり西洋的な遠近表現の側に立った批判と言ってよい。

さらにこの引用部の中で、地図的観念を「恰も風船に乗り虚空高く颺りて下界を一望の裡に見下すが如き」と記していることも目をひく。風船とはむろん気球のこと。子規は自分も地図的観念を持ち合わせせないではないとした上で、しかしながら、「其度合は我身を風船に載せたる程の高さに置くには非ず　僅かに其近邊の山上に在りて下瞰する位に止まるなり」と断っている。

はるかな高みに立つ一望視から、子規は距離を取っている。羽衣伝説と『風流仏』に惹かれた青年子規は苦い挫折を経て、歩行と水平視の側に自らを位置付けているのである。

戦地に行きたしと思えど

子規としては、この『地図的観念と絵画的観念』は問題提起的な一文だと思っていた。論を結ぶにあたって、鳴雪のように地図的心象を思い描く人がいるかどうかを知りたい、「請ふ報道の労を吝《おし》む莫《なか》れ」と書き添えている。いちおう反響はあって、十二日には投稿が見える。絵画的イメージを重視する子規に対し、絵画的、地図的ということに軽重はなく、「風船に乗りて瞰下ろすの景物は美の材料とならぬ筈なし」としている。しかし、子規が応答した形跡はない。

実のところ、そんな悠長な議論を交わしていられる時勢ではなくなっていた。豊島沖開戦が勃発したのは明治二十七年七月二十五日、『上野紀行』が掲載された三日後のことだった。八月一日には宣戦の詔勅が発せられる。『地図的観念と絵画的観念』は六、八日付、まさに日清開戦の直後に発表されたことになる。確かに子規は歩行と水平視による視覚表象に惹かれつつあったようだが、そこに戦争が始まったのである。国家主義的な熱情に、子規は激しく揺さぶられることになる。

ひとまずは淡々と、近郊散策を続けていたようにも見える。八月四日付の『そゞろありき』の書き出しは「さわがしき世の中に草の庵一つ静かに住みなして曉の夢ひやゝかに覺むれば」、紅旗征戎吾ガ事ニ非ズとでも言わんばかりである。八月十三日には鳴雪や不折とともに、王子、飛鳥山に出かけた。茶店では鳴雪と俳句論議を交わし、月下の祠で休んだ折には不折が絵画論を語った。二十八日付けの紙面に載る『王子紀行』の一句は「一行に繪かきもまじる月夜かな」。俳句と絵画、そして写生への理解を深める子規の姿が窺われるのみである。

ところが九月十八日になると一転、子規は「進軍歌」「凱歌」各五句を発表する。戦局報道がひしめく紙面に一段と大きな活字で組まれている。

進軍歌五首

長き夜の大同江を捗りけり
万人の額あつむる月見かな
進め〳〵角一聲月上りけり
野に山に進むや月の三万騎
それ丸や十六夜の闇を飛び度る

凱歌五首

敵死して案山子の笠の血しほ哉

凱歌一曲馬嘶いて秋高し
月千里馬上に小手をかざしけり
秋風の韓山敵の影もなし
砲やんで月朧し山の上

日本は平壌を包囲し、九月十六日未明に陥落させた。子規は相次ぐ勝利の報に興奮を抑えられなくなったのだろう。「野に山に進むや月の三万騎」「秋風の韓山敵の影もなし」のように大景を詠んでいる。「山なき國」では抽象的なイメージしか結ばないと言ったのは子規自身だが、それに倣えば、これらの句もまた抽象的と言わざるを得ない。計十句に月五句が含まれることも目をひく。季節は秋だが、それにしても五句は多い。ロマン主義的な風景美への傾斜はまぎれもない。

十七日の黄海海戦での勝利が報じられると、二十四日、今度は「海戦」十句を載せた。「帆柱や秋高く日の旗ひるがへる」「秋あれて血の波さわく巌かな」といった調子である。ここでも一句は月を詠んで、「船沈みてあら波月を砕くかな」。一か月ほど前の『王子紀行』の「一行に繪かきもまじる月夜かな」とはほど遠く、まさに「月朧し」の感がある。

ここには近郊散策の子規とは似ても似つかぬ子規がいる。むろんどちらも子規であり、誰より子規自身がわが身の分裂に苦しんでいた。後年の『獺祭書屋俳句帖抄上巻』の序で、子規はこの年の秋から冬の日々を回想している。手帳一冊、鉛筆一本を携えて近郊を日々歩き、写生の妙を味わうことには愉快さを感じないではなかったが、「鬱勃たる不平は常に自分の胸中に蟠《わだかま》つて居て實は煩悶の極にあつた」という。ある好天の朝、例のごとくぶらぶらと出かけた。三河島を抜けると、人気のない淋しいところへ出た。「道端の草の上にころりと仰向になつて何となく空をながめて居た」。秋の日に照らされていると、稲のいなごが膝や胸の上に飛んでくる。遠くで午砲が鳴る。はっと出社の時刻だと気づき、新聞社へ急ぐ。すると日清戦争の報が入ってくる。

「日清戰爭は次第に佳境に入つて時々愉快なる報知を傳へる。胸中の不平は愈々鬱勃として來て旅順が落ちた威海衞が破れたなど〻聞く度に何時も胸の中は火の様になる」。国家の命運を決する一大事に際会し、高揚感は募るばかりではあったが、時々刻々と伝えられる戦況に胸を高鳴らせるほどに、それを国内で聞くばかりのわが身はいかにも無力に感じられた。心中ひそかに塗炭の苦しみさえ感じながら、子規は根岸近郊をうろついていたのである。

子規の歩行はここに至って、明らかに変質している。かつて好んだのは文人風の旅であり、脱俗的な歩行だった。それゆえに空想の高所志向へ引き寄せられたのだったが、しかし、明治二十七年、子規の歩行は不全感に覆われている。一方には戦局報道に高揚し、戦地に飛んでいきたい子規がいて、そちらの側からすれば、汲々と新聞社に勤める子規は思うにまかせぬ現実の側にいた。合間に出かける近郊散策もまた同様であり、まったく現実に縛せられた歩行と化していた。

しかしながら、この引き裂かれた体験にこそ、子規の写生を一段深いものにする契機が含まれていたと言うべきだろう。精神的には日清戦争に高揚する自己が傍らにいたことで、現実的には日本の片隅に身を置く自己を客観視する状態に、期せずして子規は置かれていた。所在なく路肩に寝転がり、体の上を跳ねるいなごを眺める視線は後年、仰臥を余儀なくされた『病牀六尺』のそれを思い出させるが、その類似は決して偶然ではないだろう。現実への内属を前提としつつ、その体験を精神的な距離を取って眺める態度こそが写生を可能にするのである。ここではロマン主義的な熱情が子規の心を沸き立たせ、現実の子規との距離を作り出していたとも言える。

子規の写生とはこのように戦地に赴くことのできない不全感のただ中で、こう言ってよければ、裏返しの戦争文学として始まったのだった。

艦上と陸上　独歩の戦争

子規が煩悶していた頃、大分佐伯にいた独歩は果敢な行動力を発揮した。教師を辞め、宣戦の詔勅が発せられた八月一日、佐伯を発った。東京に着いたのは九月六日のことで、十二日には蘇峰と面会し、国民新聞社へ入社と決まった。独歩は従軍記者となり、十月十七日、佐世保から最初の原稿を送り、大同江へ船出する。かくて名高い『愛弟通信』が書き出されることになる。

愛弟とは独歩の実弟で、長く行動をともにしてきた収二のことである。独歩は収二を「愛弟」と呼び、語りかける手法を採用した。しかし、なぜ「愛弟」だったのか。

十月二十一日の通信「波濤」に、その理由が綴られている。夜更けの玄界灘の月を見る時、早朝の煙る海面に望む陸地に心躍らせ、はたまた沖合から仮根拠地の奇異な風景に驚いて、「鉛筆を採て實寫を試み、終に能はずして止むの際、懐ふは唯だ吾が一弟なりき」。なぜなら自分と弟の趣味は同じであり、見たいものや聞きたいものは弟もまた欲するところだからである。さらに戦地に向かう高揚感の中で、新聞の読者たちも「郷國の同胞」と感じられた。そこで冷静な観察者・報告者にとどまらず、弟に与える手紙の形で通信を記すことにしたのだという。弟に語りかけることで、同胞たる新聞の読者と見聞や感情を共有しようとしたのである。独歩は読者に向けて、「諸君も亦た諸君の弟若しくは兄よりの書状を讀むの心を以て讀まれんことを希《ねが》ふ」と求めてもいる。

新聞の読者と体験を共有する上で、本来は絵画を援用できればとも独歩は考えていた。十一月六日から七日に及ぶ艦隊の作戦行動を伝える「大連灣進撃」の項では、地図を添え、残念ながら絵には描けなかったと惜しんでいる。「凡て地圖を以て説明する程、殺風景なるものはなし。風景を殺すとは實に此事なり。去りとて美術家ならねば、畫を以てすることも出來ず。止むを得ず左に大連灣の圖を描き、其の眞光景に至りては、御身の想像にまかす」。無味乾燥な地図でなく、実際の光景を絵画で見せたかったというのだが、地図と絵画とを比較している点で、同じ頃に書かれた子規の『地図的観念と絵画的観念』を連想させないでもない。

ただ、従軍とは言うものの、独歩は戦争と地続きの場所にいたわけではない。軍艦千代田に搭乗しており、戦闘の様子を話に聞くことはあっても、視野は艦上からの光景に限られていた。子規いわくの水平視による絵画、俯瞰視による地図の区分で言えば、確かに水平視には違いないが、光景に内属的では決してなく、例えて言えば、墨水上のボートから河岸を眺めるのにも近かった。

十月二十四日の金州上陸を報じた記事で、独歩は艦上から中国大陸を遠望する。

愛弟、試みに自から、千代田艦上に立てりと假定せられよ。君等が面前の支那大陸を如何に想像するか。恐らくは御身の想像にのぼらざるべし。只だ見る、蜿々として丘陵起伏したる一大廣野、其の天際を、連亙せる遠山の淡墨色を以てかぎられ、海岸一帯悉く斷崖を成し、兩端遠く走りて微茫のうちに没す。若し望遠鏡を採て之れを望めば、家らしき者丘上に立つ。林樹數株、處々に(かく記しつゝある時、旗艦盛に軍樂を奏するをきく)點在せり。

この記述について、パノラマ館の視覚との共通性を指摘するのは、木下直之著『美術という見世物』である。「千代田艦上に立てりと假定せられよ」というのは「読者をパノラマ館の観覧台へと案内するようなもの」というのである。これは卓見というべきだろう。確かに指差すように対岸を描写する筆の運びはパノラマ館の一望視を思わせる。あるいは凌雲閣に登って、「あれは上野　これは隅田川遠くに高く見ゆる屋根は築地の本願寺」と娘たちに教えた岸田吟香の姿にも似ていよう。艦上からの眺めとは、つまりは高みの見物に等しかったのである。

むろん独歩としても、そんな自分が傍観者的な存在であることに気づいてもいた。特に従軍当初は穏やかに航行するばかりだった。十月二十三日午後、鏡のごとき海面を眺めて、「嗚呼戰爭何處にかある、支那征伐何處にかある、武人の世界、只だ見る詩人の天地と化し去りぬ」と書きつけた。これは海軍の泰然自若を語ることでもあったのだが、「吾は戰爭を氣樂なるものと思ひぬ。そは余の如きは、傍觀者に過ぎざればなるべし」と認めている。

それゆえにロマン主義的な風景に陶酔することもできた。広島から佐世保に向かう船に乗り込んだ十月十五日夜のこと、独歩は「此時の光景極めて異狀。曇りたる大空、朧ろなる月光は、更らに慘たる趣きを添へたり」と書いている。その後も『愛弟通信』には月下の光景が頻出する。

象徴的なのは、大連湾に向かっていた十一月六日の体験だろう。独歩は破船を遠望した。日本の圧勝に終わった黄海海戦の際、座礁した清国北洋艦隊の「広甲」だった。いわく「哀むべし廣甲、其の檣《ほばしら》は折れ、其の舷板は破れ、其の龍骨は曝され、その船體は傾きたるまゝ、高く空中に捧げらる。殘月怒濤の夜の光景も思ひやられたり」。

広甲を見たのは日中であって夜ではない。ところが月下の光景が思いやられるという。それこそは詩や絵画の好題目だからである。実際に黄海海戦の直後、子規は想像で「船沈みてあら波月を砕くかな」と詠んでいた。海上の独歩と机上の子規がともに月下の破船に思いをはせたことは奇妙な一致のようだが、それほどに独歩は戦闘から隔てられていたとも言えるだろう。ただし、ロマン主義的な凄愴美を重ね見る一方で、現実の破船にはやはり哀れさを感じないでもなかった。「凡て戰爭は寥落を持來たす。寥落は見て心持よきものに非ず」と率直な感想をもらしている。

そんな独歩の『愛弟通信』に十一月二十五日、決定的な裂け目が生じる。それまでも何度か上陸していた独歩だったが、旅順を陥れた直後、饅頭山砲台の海岸近くで戦死者を初めて見た。髭を蓄え、一見して偉丈夫なるかなと思わしめる清国兵が天を仰ぎ、両足を突き伸ばし、一方の手を直角に曲げ、他方は体側に、半ば目を開いたまま絶命していた。独歩は「正視し、熟視し、而して憐然として四顧したり」。天地は惨憺たる色に変わった。

『戰《いくさ》』といふ文字、此の怪しげなる、恐ろしげなる、生臭き文字、人間を詛《のろ》ふ魔物の如き文字、千歳萬國の歴史を蛇の如く横斷し、蛇の如く動く文字、此の不思議なる文字は、今の今まで吾に在りて只一個聞きなれ、言ひ慣れ、讀み慣れたる死文字に過ぎざりしが、此の死體を見るに及びて、忽然として生ける、意味ある文字となり、一種口に言ひ難き秘密を吾に私語《ささや》きはじめぬ。然り、吾れ實に此の如く感じたり　從來素讀したる軍記、歴史、小說、詩歌さへも、此の慘たる荒野に仆《たお》るゝ戰死者を見るに及びて、始めて更らに活ける想像を吾に與へ、更らに眞實なる消息を吾に傳へ、更らに眞面目なる謎を吾に解きたるやの感あり。詩の如く讀み、繪の如く想ひたる源

氏平氏の戰も、人間の眞面目なる事實なりしを感じぬ、斯くの如く申せば、餘りに仰山の樣なれども、吾れ實にしか感じたり

戦争が現実として現れたのである。艦上にいた間は、戦争とは抽象的な死文字にしか過ぎず、陸地をパノラマのごとく遠望し、破船に月下の景を想像するばかりだった。「詩の如く讀み、繪の如く想ひたる源氏平氏の戰も」といみじくも記すように、独歩もまさに詩のごとく、絵のごとくに従軍記を書いてきたのだった。ところが死体を正視するに及んで、イメージはにわかに現実に変わった。「吾實に此の如く感じたり」「吾れ實にしか感じたり」と独歩は繰り返す。現実の重みを、確かに受け止めたのである。その体験をもたらしたのは歩行だった。清国兵士の死体が横たわるのと同じ地面を歩くことで、艦上からは触れ得なかった現実に遭遇したのである。

かつては反俗的な近郊散策の徒だった独歩だが、その歩行はここに至って、死体と対面した衝撃とともに現実的なものに転換したと言うべきだろう。

この後も従軍記は書き継がれていく。にわかに態度を変えたようには見えない。大連湾の水雷布設部で郡司成忠、つまり露伴の兄に会ったことや、艦上の忘年会での歓語大笑を報じている。明けて明治二十八年二月、威海衛攻略戦で北洋艦隊を壊滅させた後は、「一個破船の光景だに畫家詩人をして『悲惨』の題目たらしむるに、見よ靖遠は」等とその惨状を描写している。

ただし、「愛弟」という高揚した呼びかけは影を潜め、通常の従軍記に近づいていく。二十八年三月五日には呉港に帰還し、五か月近くに及んだ従軍は終わる。東京に戻り、四月からは「国民之友」

の編集部に迎えられるのだが、やはり従軍体験は独歩にとって重かったと言ってよい。少なくとも従軍前と後とで、彼の歩行は変化を遂げたのである。

明治三十一年の「国民之友」発表、名高い『武蔵野』の書き出しを引いておこう。

「武蔵野の俤《おもかげ》は今纔《わずか》に入間郡に殘れり」と自分は文政年間に出來た地圖で見た事がある。そして其地圖に入間郡「小手指原久米川は古戰場なり　太平記元弘三年五月十一日源平小手指原にて戰ふ事一日か内に三十餘度　日暮れは平家三里退て久米川に陣を取る　明れは源氏久米川の陣へ押寄ると載せたるは此邊なるべし」と書込んであるのを讀んだ事がある。自分は武藏野の跡の纔に殘て居る處とは定めて此古戰場あたりではあるまいかと思て、一度行て見る積で居て未だ行かないが實際は今も矢張其通りであらうかと危ぶんで居る。

散策記を始めるにあたり、古戦場の話を持ち出している。その上で独歩は言う。「畫や歌で計《ばか》り想像して居る武藏野を其俤ばかりでも見たいものとは自分ばかりの願ではあるまい」。ここに『愛弟通信』の残響を聞き取るのは、必ずしも不当なことではあるまい。清国兵士の死体を見た瞬間、「詩の如く讀み、繪の如く想ひたる源氏平氏の戰も、人間の眞面目なる事實なりしを感じぬ」と独歩は記していた。源平合戦が現実には戦争だったのと同様に、絵画や和歌で想像される武蔵野の面影を、現実のものとして見たいと告げ、独歩は歩き始めるのである。いかに閑雅な田園賛美に見えようとも、また、ツルゲーネフやワーズワースが引用されようとも、『武蔵野』の歩行とは現実を体験する方法なのである。その歩行の先、終盤では「大都會の生活の名殘と田舍の生活の餘波」が緩やかに渦を巻く郊外の実相が書きとめられていくだろう。

いくさのあとの崩れ家　子規の戦争

さて、独歩が死体を目撃した頃、子規はなお国内にいた。九月には勇ましい戦争句を発表したものの、相変わらず憔悴感を抱え込み、近郊散策を繰り返していた。

天長節の十一月三日には新橋から汽車に乗り、少し遠出した。紀行『閒遊半日』によれば、田舎の天長節の様子、それと戦争の世評を知ろうと思ったのである。

乗り込んで車中の会話を聞いていると、「狂氣して大道に劍を抜きたる兵士の談に及べり　此兵士は戰爭の恐ろしさに狂へるなりと」。これをきっかけに砲煙弾雨のごとく、ひとしきり戦争の話が飛び交った。「斯の模様では支那も最《も》う到底かなひますまい　旅順口さへ取れば大丈夫です　觀音崎を取つたやうなものですから、願はくは戰爭は大三十日《おおみそか》限りと日限を定めて元日のお雑煮は北京で喰べる事にしたいものですねエ」。そんな話で戦争談義は終わった。

子規は川崎で下車した。川崎大師の堂宇がそびえ、梨を売る家が見えてきた。「貧村の國旗もあはれにいさまし」。多摩川を渡り、やはり日章旗を掲げた村を抜けると、稲刈りの人々がいた。彼らが忙しく、勇ましげなのは、「天長節の故にもあらず　頻りに海陸軍捷報の到るが爲めにもあらず」。彼らの胸中には天長節も日清戦争もなく、ただあるのは「只連日の雨霽《は》れて今日の好天氣に刈入れを爲すの一事のみ」。戦勝報道に沸き立つ都会の人々と、無心に稲を刈る田舎の人々の間を横切りながら、子規はどちらにも身を置きかねているように見える。

ところが翌二十八年春、不意に子規の従軍が決することになる。三月六日に広島に到り、従軍願の書類を大本営に提出した。子規にとっては鬱屈を吹き飛ばす痛快事だった。結核の不安を抱えながらの一大決心でもあった。とはいえ、これは独歩が呉港に帰り着いた翌日にあたる。すでに実質的な戦闘は終わっていたと言ってよい。そこから子規の方は出かけようというのだから、何とも間の悪いことだった。三月二十日、下関で講和会議が始まる。ちなみに四月一日には第四回内国勧業博覧会が京都で始まり、世間の関心は戦争から遠ざかっていく。

宇品港を発ったのは四月十日のことで、再び故国の春に逢えるかどうか、「行かば我れ筆の花散る處まで」の決意で乗船した。従軍記者としては金州を拠点に、旅順や大連湾もめぐり、『陣中日記』などを書き送った。それらは博覧会評に交じって掲載されたが、早くも四月下旬には待遇の悪さに憤り、帰国を申し出る。この間、第二軍兵站軍医部長の森鷗外と面会し、文学談義を交わす愉快な数日を過ごしたこともあったけれど[7]、五月十七日には帰国途上の船上で喀血し、死線をさまよった。それが長きにわたる病臥の発端となったことは知られる通りである。

僅々一か月余り、ほとんど得るところのなかった従軍としか言いようがない。この間の俳句についても評価は高くないようだが、幾つか『寒山落木』から引用しておこう。

大國の山皆低きかすみ哉（大聯灣）
戰ひのあとに少き燕哉（金州）
蛙はや日本の歌を詠みにけり（金州にて二句より）
梨咲くやいくさのあとの崩れ家（金州二句より）

なき人のむくろを隠せ春の草（金州城外）

「大國の」は独歩も見たパノラマ的な眺望であり、「蛙はや」の一句を見れば、素朴な戦勝気分はまぎれもない。ほかに柳といった風物に大陸的詩趣を見て取る風なのだが、総じて静かさを漂わせている。ほとんど戦争は終わっていたのだから、当然の話ではある。しかし、開戦当初の興奮を堪え切れずに詠んだ空想の句「船沈みてあら波月を砕くかな」のように、廃墟趣味に浸り切ることは少なくともなかった。歩いただけのことはあったかもしれない。

高みの見物　懸賞俳句の戦争

もっとも、実際に戦地を踏んだ独歩や子規は例外的な人々だったことも事実である。明治二十年代前半に「高きもの」に沸き立っていた世間は一体、どのように戦争を受け止めたのか。

明治二十八年一月のことだが、「読売新聞」が懸賞俳句の募集を始めている。選者は二人で、一人は法曹界の名士でもあった竹冷角田真平、もう一人は十千万堂こと尾崎紅葉だった。紅葉は硯友社の面々と紫吟社を作り、この年十月には竹冷らと秋声会を結成することになる。子規の日本派もさることながら、当時の俳壇にあっては竹冷、紅葉たちの一派も存在感を示していた。

彼ら二人を選者とする俳句募集は前年にも行われたが、二十八年の特色は新題を課し、軍事を加えたことだった。一月七日付の社告は、「其の新題の如きは俳道日衰の舊套を脱し、一家の識見を以て創定せるものにて、別に秋冬亂題を取りて盛に軍事を談ぜむとす」としている。

募集の新題は続く十一日付の社告で発表された。列挙すれば、順に「風船　春亂題」「公園　夏亂題」「海戰　秋亂題」「野營　冬亂題」。締め切りは二月十日。威海衛攻略が大詰めを迎えていた頃であり、誰の目にも勝敗の帰趨は明らかだった。開巻披露は三月十八日に始まり、四月十一日まで竹冷、紅葉選の四題を連載し、二十五日と二十六日にそれぞれ竹冷、紅葉選の秀逸・感吟等の発表と続くのだが、それらの句を見ていくと、何ともはやの感を禁じ得ない。明治二十年代の高所志向の諸相がここに流れ込み、空疎極まる凱歌をあげる風なのである。

まずは風船の句を引いてみよう。

風船や霞千丈二重橋
風船や天津乙女の手毬つく
眼つゞきや風船雲雀《ひばり》ひるの月
風船を見上げて低し春の富士
邦畿千里春見おろして輕氣球

一句目の「二重橋」はスペンサーの天覧公演を想起させ、二句目「天津乙女」は羽衣伝説を軽妙にもじる。三句目は気球から雲雀、月と視線を高みへ運ぶ。そこから見下ろせば、富士山さえも低い。五句目「邦畿千里」は詩経「邦畿千里、惟れ民の止まる所」を踏まえた句である。

日清戦争のさ中とあって、さらに視野は国外へ広がっていく。

風船や敵の都を春の空

風船に北京見下ろす日永かな
のどかさや風船揚がる占領地

風船が一風俗にとどまらず、軍事上の偵察に供されていたことは既述の通りである。すでに北京が視野に入っているが、占領地はのどかさに包まれている。戦勝気分はまぎれもない。
海戦の入選句では月の句が目につく。竹冷選七十八句の二十三句、紅葉選三十七句のうち十三句が月を詠んでいる。海戦の題で秋季というので、多くの投稿者が前年九月の黄海海戦を連想し、月と破船を取り合わせた類想句が山と寄せられたのだろう。

敵艦の沈みし頃や月の澄む
打すへた船のありけり秋の月
名月や沈んだ儘のいくさ船

月下の戦闘のイメージも交じる。黄海海戦はほとんど日中の戦闘だったのだが、月下凄愴の景の方が句には向いていたのである。それほどにロマン主義的なイメージは浸透していた。

夜戰や右舷左舷に廻す月
煙り晴て凱歌起りぬ月の海
定遠は沈みましたか虫の聲

逃《に》げて行《ゆく》船見苦しき月夜かな
戦捷の海原廣し秋の月

三句目「定遠」は黄海海戦で敗走した清の巨艦。その際、瀕死の水兵が自らの命よりも「まだ沈まずや定遠は」と気遣った美談が報じられ、そこから佐佐木信綱作詞の軍歌「勇敢なる水兵」が作られた。最終的に定遠は二十八年二月の威海衛攻略で沈没する。それが「読売」紙上に報じられたのは二月十日、懸賞俳句の締め切り日だったのだが、しかし、どうあれ投稿者の中では、すでに海は静まっていた。五句目「戦捷の海原廣し秋の月」はそれを如実に物語る。

一方では占領地に上がる気球を想像し、他方では月下凄惨の海戦を思い浮かべる。現実の高所志向と空想の高所志向が相携えて高揚した明治二十三年頃の高揚感のままに人々は戦争を迎え、それをそのまま俳句に託しているのである。

独歩や子規も実のところ、最初は似たような気分だったのに違いない。しかしながら、旅順の海辺で戦死者を目撃した独歩は、自身が報じた戦争が現実ではなく、単なるイメージに過ぎなかったことに打ちのめされた。子規の場合、従軍そのものはさしたる意味を持たなかったが、むしろそれに先立ち、文壇にも大陸にも雄飛できない不全感の中で、現実の側で生きる体験を記述する写生の方法を深めていくことになる。だが、彼らのような契機を持たなかった大半の人々にとって、戦争はやはり高みから眺められたイメージでしかなかった。

そこで思い出されるのは、冒頭で触れた江戸川乱歩の『押絵と旅する男』である。こうして一望視の快楽に酔い、現実を絵のように眺めた「高所志向の時代」をたどり直してみれば、引き合いに出した理由はもはや、多言を要さないだろう。現実と絵を取り違える倒錯を、乱歩は自らの夢想へ引き入れ、現実の人間が絵の中へ入り込む奇譚によって照らし返した——という風に読まれる。時代の視覚文化と深く切り結んだ、まさに特異な傑作と呼ぶに値しよう。

第五章　日本の写生

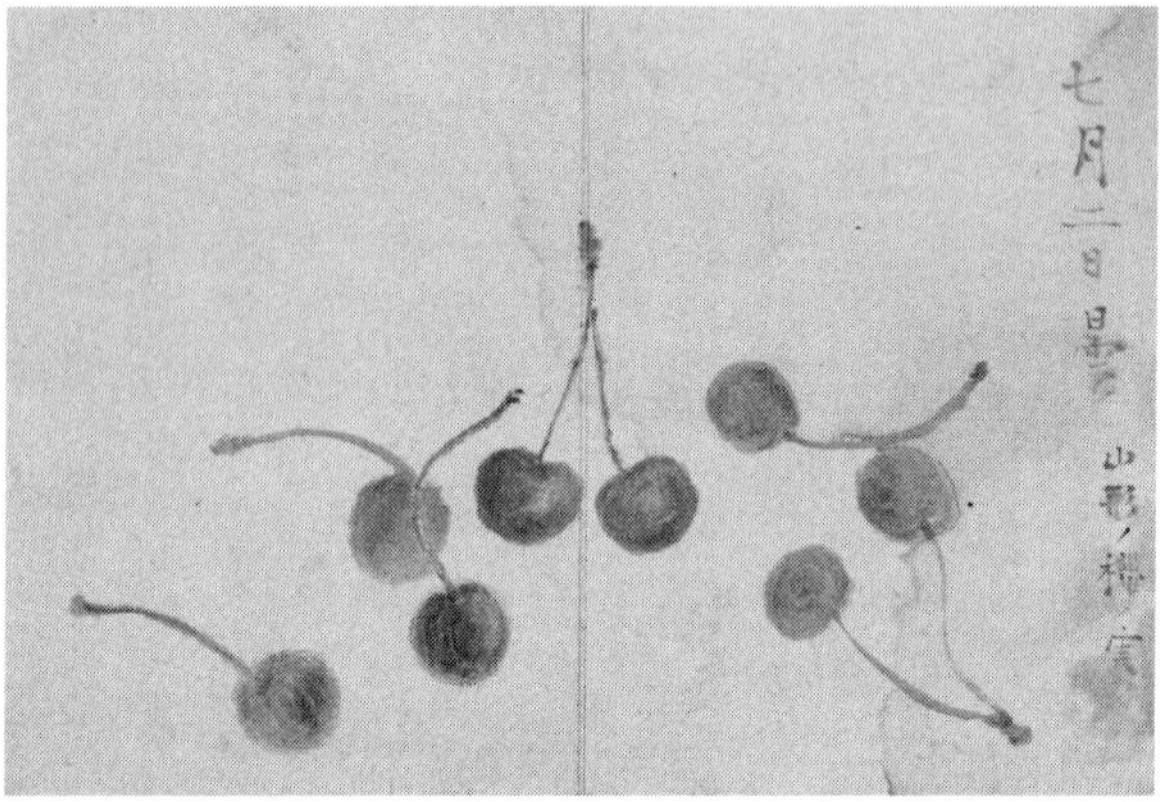

正岡子規「菓物帖　7月2日　曇　山形ノ櫻ノ実」
(明治35年　国立国会図書館蔵)

正岡子規の柿の句について、ある時、なるほどそうかと思ったことが一つある。

柿くへば鐘が鳴るなり法隆寺

「法隆寺の茶店に憩ひて」の前書が付く。初出は明治二十八年十一月八日付の「海南新聞」、そこでの上五は「柿喰へば」、前書は「茶店に憩ひて」である。

ひとまず一句の生まれるまでを振り返っておくと、子規はこの年五月十七日、日清戦争から引き揚げる船で、大量に血を吐いた。生死の際をさまよった後、八月二十日には何とか須磨保養院を出て、松山へ向かう。松山中学にはすでに四月、親友の夏目漱石が赴任していた。子規は漱石の下宿に居つき、漱石や俳句グループ「松風会」の会員らと句会に打ち込んだ。その句稿は地元の「海南新聞」に掲げられた。さらに十月十九日には上京の途に就き、ついでに四日間ほど奈良に立ち寄ったのだが、この奈良行で得たのが「柿くへば」の一句である。

季節は秋であり、奈良には柿が実っていた。奈良と柿という配合を子規は面白いと思った。「柿などゝいふものは從來詩人にも歌よみにも見離されてをるもので、殊に奈良に柿を配合するといふ様な事は思ひもよらなかつた事である」とは、後年の随筆『くだもの』の一節である。

もっとも、句想が生まれたのは、実際には法隆寺ではなかった。奈良の宿でのある夜、子規は御所柿を所望した。出京後は久しく食べていなかった柿だったから、恋しかった。御所柿を山と持ってきた下女は十六七歳、色の白い美少女である。そのむいてくれた柿を食べていると、鐘が鳴った。下女は「オヤ初夜が鳴る」と言い、なおも柿をむいている。初夜とは戌の刻、午後八時頃。聞けば東大寺の大釣鐘で、子規はそこで初めて宿が東大寺の真下だと気づいたのだという。この回想の通りだとすれば当然、「鐘が鳴るなり東大寺」とすべきところである。

それを法隆寺としたのは、おそらくは子規の季感による。この頃書き継いでいた『俳諧大要』で、奈良は秋と世人はいうが、春夏秋冬それぞれに適した奈良があると説いている。例えば「春日社、廻廊の燈籠、若草山、南大門、興福寺、衣掛柳、二月堂等」は春に適し、「古都の感、古佛の感、七大寺の零落したる處、町の淋しき處、鹿の聲等」は秋に合う。これに従えば、子規が投宿した東大寺近辺は春季に適する。この年四月にはちなみに、帝国奈良博物館も開館したばかりだった。そして柿は言うまでもなく、秋季である。取り合わせるなら「古都の感、古佛の感、七大寺の零落したる處」の方が望ましい。斑鳩の里にあり、当時は鄙びていた法隆寺はそれによく当てはまる。子規の季感からすると、法隆寺がしっくり来たということだろう。

この名句にはのみならず、下敷きがあった。松山では漱石らと句会を開き、「海南新聞」に句稿が載ったことは記した通りだが、明治二十八年九月六日付、掲載十二句中の漱石の一句は「鐘つけば銀杏ちるなり建長寺」。並べてみるまでもなく、子規の名句によく似ている。

これに注目したのは俳人の坪内稔典である。『柿喰ふ子規の俳句作法』の中で、「奈良で好物の柿を食べた子規は、奈良と柿を取り合わせた詩歌が過去にないことに気づいた。それであの句を作ったのだが、そのとき、子規の頭のどこかに二カ月前に見た漱石の俳句があったのだろう。つまり、無意識のうちに漱石の句が媒介になり、子規の句が生まれたと思われる」と指摘している。確かに二か月前の親友の一句を覚えていなかったはずはなく、着想に作用したのに違いない。

その上で、坪内は二人の句を比べて、「柿くへば」の名句たるゆえんへ説き進む。漱石の句に言う「鐘つけば銀杏ちる」は古刹の風景として事実に近く、意外さや飛躍がない。それに対して子規の句では、柿を食うという日常的な行為が、鐘が鳴るという思いがけないところへずらされ、そこにおかしみが生まれると言うのである。子規の句が持つずらしの効果を突いて、得心の行く句解ではあるけれど、正直に言えば、幾らか物足りなさを覚えないではない。果たして「柿くへば」と「鐘が鳴るなり」はつながらないか。そこで、最初に言った思いつきである。

一句の妙味は要するに、ナルにあるのではないだろうか。柿が「生る」、鐘が「鳴る」という風に。柿が生れば、柿を食う。柿を食うてみれば、柿でなく鐘が鳴った。そういう地口のおかしみ、軽みを利かせた一句ではないのかなと思うのである。

「柿くへば」とは、何やら因果関係があるかのような言い方である。坪内氏も「風吹けば桶屋がもうかるのようだし、柿と鐘のかたちが似ていたりすることなどもおかしい」としている。確かに明治三十年、歌僧の天田愚庵から「釣鐘」という名の柿を贈られた子規は「つりかねの蒂《ヘタ》のところが澁かりき」と詠んだが、その際の前書は「釣鐘といふ柿の名もをかしく聞捨《ききすて》かたくて」である。しかしながら、形が相似る以上に、柿と鐘がつながるのは生る＝鳴るの音通ではあるまいか。しかもナルナリと強調してもいる。そのように解すればこそ「柿くへば」はより生きてくる。

こんな話はどこかに誰かが書いていそうな気もするけれど、手近な本には見当たらない。あるいは逆に、そんな駄洒落みたいな句解があるものか、と思う向きもあるかもしれない。それについては『寒山落木』巻四で、「柿くへば鐘が鳴るなり法隆寺」に続く一句を記しておこう。「垣ごしに澁柿垂るゝ隣かな」、これが垣＝柿の地口であることをよも疑う人はないだろう。子規自身、『獺祭書屋俳句帖抄上巻』の序文で奈良の旅を懐かしみ、「秋の末に二三日奈良めぐりをして矢鱈《やたら》に駄句を吐いたのは自分に取つては非常に嬉しかつた」と記している。むろん「柿くへば」は駄句かと言われれば躊躇もするが、子規の気分が浮き立っていたことは間違いない。

もう一つ言い添える。柿とは子規にとって「なりもの」だった。先の随筆『くだもの』に書いている。「くだもの類を東京では水菓子といふ。余の國などでは、なりものともいふてをる」と。だから柿が生らずに鐘が鳴ったと読んでみたいところなのだが、ただ、そうとも言い切れない材料もある。例えば同郷である河東碧梧桐は、どうも生る＝鳴るの地口に反応したふしがない。『獺祭書屋俳句帖抄上巻』を評して、なぜ「柿食ふて居れば鐘鳴る法隆寺」としなかったのかと首をかしげている。「柿くへば」の措辞が気になったのだろう。子規もまた『病牀六尺』で「尤《もつとも》の説である。併しかうなると稍句法が弱くなるかと思ふ」とまじめに答えている。そういうこともあるので言い募るつもりはない。これは実のところ、話のマクラなのである。

「柿くへば」の句解を通して言いたかったのは、誰もが知るこの名句が「写生」からはまったく遠いということである。明治二十八年十月と言えば、いちおう写生に開眼した後と言ってよい。ところが主眼は奈良と柿、基本的には昔ながらの配合である。また、体験したままであれば東大寺とすべきところを、おそらく季感の都合で法隆寺に改めている。さらに句法の上では、漱石の「鐘つけば銀杏ちるなり建長寺」を踏まえてもいる。むろん写生による俳句改良の大業を軽んじるつもりもないが、写生の一点張りで子規の広さをとらえ切れるものでもないだろう。

似たようなことが、実は美術の趣味についても言える。写生開眼に至った契機としては、西洋画法との出会いがしきりに強調されてきた。しかし、初期から晩年に至る文業を眺め渡すなら、日本の美術に関する言及の方がはるかに多い。子規は画譜、書画会といった近世的な環境で育ち、晩年、その目を慰めたのもやはり画譜や絵手本だった。そうした趣味の下地がまずは理解されてしかるべきだろう。明治二十七年には新聞「小日本」を通じて画家の中村不折と知り合い、西洋画法に眼を開くことになるけれど、さりながら、そちらに鞍替えしたわけでは決してない。子規はむしろ再現的な描写という点で引けを取らない相同物を、日本美術の中に見いだそうとした。言うなれば「日本の写生」を探し求めたのであって、子規という人の美術観の面白さはそこにある。

大きくとらえれば、これは近代日本における経験の一つの型だったかもしれない。西洋美術という対蹠点に接近し、旋回するようにして自国の美術に立ち返る。この種の経験を少なからぬ人々が繰り返したのだったが、これは単なる回帰と見えて、そうではない。再び出会う日本美術はかつてのそれではない。例えば「仏像」が「彫刻」と見なされるようになったように、見方はすでに更新されている。このブーメランのような経験こそが近代日本の美術観を形成したのではなかったか。子規の美術愛好もまた円環状、正確には螺旋状の軌道を示し、そこに西洋絵画との出会いも位置している。そのあたりを、本章では慌てず急がずたどり直してみるつもりである。そのうちに「柿くへば」の子規にとって、果物の絵が持ち得た意味も見えてくることだろう。

気分は文人　子規と少年たち

『吾幼時の美感』での回想によると、子規は幼い頃、絵を習いたかったが習えなかった。

十二三の頃友に畫を習ふ者あり、羨ましくて母に請ひたれど、畫など習はずもありなんとて許されず。其友の來る毎に畫をかゝせて僅に慰めたり。

子規の母、八重の回想『子規居士幼時』を見れば、この友は後に陸軍大佐となった森知之と知られる。その森から明治十一年、葛飾北斎の絵手本を子規は借り、模写を残している。現存する最初の絵となるようだが、もともと北斎のそれは初心者向けの略画集である。森が絵を習ったと言っても、うらやむほどのことではなかったかもしれない。
次いで森を含めた友人たちと、少年子規は書画会を楽しむようになる。

余は幼時郷里に在る頃　太田　竹村　三並　安長の四子と交最も多し　人も余も稱して五友となす　詩會　書畫會を共にし　終には共に五友雜誌なる者を發兌するに至れり

こちらは『筆まかせ』第一編、「五友の離散」での回想より。五友というのは、太田正躬、竹村鍛、三並良、森（安長）知之、そして子規のこと。第二編の「手習の時代」でも「余は十五六の時も　竹村、太田、松島、白方、森諸氏と共に書畫會とて毎月一度各次《（ママ）》の家に集會したることありき」と振り返っている。主な顔ぶれはやはり五友と呼び合った面々である。
どうして書画会を作ったものか、その経緯については、従兄弟違いでもあった三並良の一文にくわしい。その『子規の少年時代』によれば、五友に感化を与えたのは儒者の河東静渓だった。静渓の三男が竹村鍛、五男が碧梧桐である。静渓の勧めで子規らは詩会を作った。書画会も組織し、詩会と同様にやっていたと三並は伝えている。

會する者は大體五人だつたが、その他にも、二三人はあつたかも知れない。子規は最も熱心であり、達者でもあつた。此の頃は竹田、潮山、五岳と云つたやうな人の白紙摺の畫譜が我々子供の小使錢にも買へる位安價であつた。そんなものや觀山先生の藏書中から、手本を持ち出して、四君子とか山水畫等を自己流に習つて居た。

「觀山先生」とは子規の祖父で、やはり儒者だった大原観山のこと。竹田は田能村竹田、潮山という画家についてはよく分からない。また、五岳といえば池大雅門の福原五岳もいるが、話の流れからすると、竹田を敬慕した豊後の平野五岳のことだろう。ともあれ南画家の画譜が安く買えたものらしい。それらに倣って、梅蘭竹菊や山水画などを描き始めたのである。
書画会なるものの隆盛は十八世紀にさかのぼる。高名な画家を招き、即興の席画を求め、筆墨の技を楽しむ。酒食も入り、なかなかにぎやかな催しだった。十代半ばの子規たちの場合、内輪の真似事のようなことだったにせよ、ともあれ文人気分で詩書画を楽しんだのだった。

そんな風に山水画を描いているうちに、彼らは「何時もこんな幽静な地に住いたいものだ」と語って、景色のいい山中へ行くことにした。明治十四年夏、行き先は松山から南に入った久万高原町の山寺で、四国霊場の一つでもある海岸山岩屋寺だった。五友のうち森を除く面々に、久万出身の梅木という少年が案内役に加わった。子規は後に寝たきりになるまであちこちに旅行し、紀行文を書いたが、旅と言えるほどの旅の始まりはこの久万山中の岩屋行だった。

余は生れてより身體弱く外出は一切嫌ひにて　只部屋の内にのみ閉ぢこもり詩語粋金などにかぢりつく方なりしが　好奇心といふことは強く　遠く遊びて未だ知らざるの山水を見るは未だ知らざるの書物を讀むが如く面白く思ひしかば　明治十四年十五の歳　三並　太田　竹村三氏に岩屋行を勸められし時は遊志勃然として禁じ難く　とても其足では年上の人に従ふことむつかしければと止め給ひし母上の言葉も聽きいれず　草鞋がけいさましく出立せり　生地よりは十里許りも隔たりし久萬山岩屋抔《など》見物して面白かりしも　一泊して歸りには足勞れて一歩も進まず　路傍に倒るゝこと屢《しばしば》なりき

これは下って明治二十二年、水戸への旅をつづった『水戸紀行』での子規自身の回想である。八年ほど前の岩屋行を懐かしんでいる。この時は他の三人より二つ下だったこともあって、二日目にはお荷物となった。もともと性格は強情だが、子規は身体強健ではなかった。三並良によれば、日が暮れる頃にはまったく歩けなくなり、人力車に乗せられて帰ったのだという。それでも岩屋行こそが子規の旅の始まりであり、それは確かに詩書画の集いに発していた。

画譜・絵手本で絵を学ぶ。同好の士で集まって描く。描けば旅もしたくなる。引用した『水戸紀行』の一節に、「未だ知らざるの山水を見るは未だ知らざるの書物を讀むが如く」とあるが、これを遠く遡行するなら、董其昌の「万巻の書を読み、万里の道を行く」に行き着くだろう。むろん近世日本において広がった、言ってみれば誰でも参入できるような文人趣味だったはずだが、そこに子規は属して育った。その経験は後年まで子規の中に生き続けたようである。例えば明治三十三年一月、浅井忠の渡仏を祝して子規庵で催された送別会などは、「ホトトギス」に載った浅井の絵を見ると、あたかも近世日本の書画会のように見える。

博覧会と歴史画の頃

そんな風に近世的な気分が息づいていた松山にも、新時代の風は吹きこんでいた。

明治十一年四月、松山城で物産博覧会が開幕した。子規も見に行った。翌年に『博覧会記』を書き、『自笑文草』という作文集に収めている。博覧会とは「開明ニ赴ムクノ證拠ナリ、蛮風ヲ脱洗スルノ徴ナリ、嗚呼此挙朝廷ノ厚意ト文明ノ然ラシムル所乎矣」などと讃えているのだが、その会場で人目をひいた珍奇な物品を列挙している。

> 蝦夷人ノ木像、葡萄ノ油画、虎豹ノ皮、皇国旧貴女ノ服、正宗ノ刀剣、某ノ琵琶、某ノ甲冑、某ノ書画等アリト雖トモ、金ノ鯱、千鳥ノ香炉ヲ其最トス

このうち「金ノ鯱」と言えば名古屋城のシャチホコが思い出されるが、まさにそれが松山の博覧会

で展示されたのである。維新後、尾張徳川家から宮内省に差し出された金シャチは、まずは明治五年の湯島聖堂博覧会、さらに一体は海を渡って翌年のウィーン万国博覧会に出品された。さらに一対それぞれに各地を巡業し、名古屋に返還される直前に松山にやってきたのだった。大きな金シャチを少年子規が見上げていたかと思うと、ほほえましい。その「金ノ鯱」と並ぶ目玉は、同じく尾張徳川家伝来の「千鳥ノ香炉」だったという。

そしてもう一つ、気になるのが「葡萄ノ油画」である。どんな絵だったか定かではないが、写実的な静物画ではあっただろう。ちなみに明治九年、工部美術学校の教師として招聘されたヴィンチェンツォ・ラグーザが携えてきた油絵にも「果実図」があるけれど、同様に海外から舶載された油彩画だったとすれば、子規が初めて見た西洋絵画だったかもしれない。

さらに長じて明治十六年に上京すると、子規は好奇心の赴くままに、様々な展覧会に出かけたらしい。例えば自筆歌稿『竹の里歌』の明治十八年の項に、次のような二首が見える。

繪畫共進會

唐大和昔も今もおしなへて一時に見るもゝのうつしゑ

正成正行をさとす畫に

あたにやは若木の花をちらさしと言の葉匂ふ櫻井の里

いずれも抹消歌だが、唐大和、昔も今もというから、絵画共進会には和漢の古画や新作絵画が出品されていたらしい。続く「正成正行をさとす畫」も同じ絵画共進会で見た絵なのかどうか、ともあれ青葉茂れる桜井の――とうたわれた楠木父子の別れの図なのだろう。

翌十九年の項にも、「児島高徳櫻にかける畫に」の前書で「かりそめに人になとひそ眞心を花にとふともふみにとふとも」の一首が、また、「常盤御前雪中に立つの畫に」として「なやむまでふりぞまされる白雪に常盤の松も今やくたけん」の抹消歌が見える。南朝の武将、児島高徳は隠岐配流の後醍醐天皇を奪還しようとして果たせず、忠義の情を桜に刻んだ。当時の子規は歴史主題の絵画に共感している。博覧会がそうであるのと同様に、歴史画はナショナル・アイデンティティと結びついて興隆しつつあった。子規もまた国粋保存の機運に浴していたのである。

もっとも、そのかたわらには西洋絵画への対抗心が働いていた。そこをよく伝えるのは、東大予備門の課題で作った『読本朝画人伝　即題』である。日本の古画を称揚した漢文だが、それだけではない。消極的な言い方ながら、むしろ再現性においては西洋絵画が優れることを認めているところに、この文章の面白さがある。大意を言えば、ヨーロッパの絵画は緻密巧麗で迫真性を誇るものの、古雅は絶無であり、日本絵画は真を写すことでは及ばないが、古雅においては勝っている。しかるに今日の日本絵画は和に非ず洋に非ず、それゆえ真を写す技も古雅も得られない――といった内容である。むろん独創的な意見とは言えないにせよ、雅俗の枠組みと再現性という二つの物差しで和洋の絵画をとらえ、真に迫る技術を西洋絵画の特長と考えていることは注目に値する。逆に言うなら、描写の再現性という問題は日本の絵を称揚しようとする時に引っかかる、いわば棘のようなものとして意識されており、後々まで子規の美的判断を左右することになる。

探幽の葡萄、北斎の西瓜

『筆まかせ』第一編、明治二十二年の項に『探幽の失敗』という一文がある。

先日上野美術館に開きし美術展覧會に行きしに日本古來名家の畫幅多く　稀には支那有名の畫家のも交りたり　其人のあらましをいへば蕪村、文晁、北斎、一蝶、啓書記、應擧、元信、趙子昂、徴明、宗丹、容齋、探幽、兆殿司、等なり　其中に唐紙半切程の掛け物に僧日觀の筆なる葡萄の墨畫あり　二三枚の葉と二房の實とを數筆にて書く　風致楚々たり　其傍に同じ大さの紙に同じ形　同じ筆法の葡萄あり　誰やと見れば探幽が前の畫を摸せしもの也　其相似たること　かくもよく似たるやと思ふ許りなれども　熟視すれば探幽の筆勢は僧某に及ばざること遠し

日観は宋末元初の画僧で、子規によれば、その葡萄図の脇には狩野探幽の模写があった。よくも相似るものだと思ったが、じっくり見ると、探幽の筆勢は日観のそれに遠く及ばない。子規は理由を考えてみる。まず日観は葡萄に長じ、探幽は不得意な南宗画を描こうとした。そしてそれとは別に、「創造と模倣との違ひにもあるならんか」、自分が勝手に描くのなら筆先も伸びようが、人の模倣では筆先も神を失うに至るべきかと書きつけている(1)。ありがちだった「狩野円山」といった言い方とは違い、目と頭を働かせたこの感想は子規の率直さをよく伝えている。

この時にがっかりしたせいも多少あるのかどうか、探幽以降、幕府諸藩の御用絵師として保守化した狩野派については、後年になっても批判を繰り返している。明治三十一年、『再び歌よみに与ふる書』では定家の歌を否定し、それと並べて「定家を狩野派の畫師に比すれば探幽と善く相似たるかと

存候。定家に傑作無く探幽にも傑作無し」「兩家とも門閥を生じたる後は歌も畫も全く腐敗致候」と手厳しい。三十四年の『墨汁一滴』でも、古人は実地を写そうとして趣向にも画法にも工夫をしたけれど、「土佐派狩野派などいふ流派盛になりゆき　古の畫を學び　師の筆を模するに至りて復《また》畫に新趣味といふ事なくなりたりと覺ゆ」とやはり門閥の弊を指弾している。

翌二十三年四月一日には、日本美術協会の第三回美術展覧会を見に行った。そのことが記されるのは『筆まかせ』第三編、「四月一日」の項である。この日、一般公開が始まった第三回内国勧業博覧会を訪ねたことは第四章で触れたところだが、それに先立ち、朝から出かけたのが日本美術協会の展覧会だった。子規としては、内国勧業博覧会以上に期待していたのである。

もっとも、美術の趣味は幾らか変わったように見える。前年の『探幽の失敗』に列挙した画家を振り返るなら、祥啓、狩野元信、小栗宗丹、明兆と、室町期の水墨画家が四人を数える。さらに日観、趙子昂、文徴明という中国の画家たち。それに対して今度は「光琳、應擧、初代豐國、國貞、元信、抱一」等を挙げている。室町水墨画は元信のみで、あとは江戸時代、主に十八世紀から十九世紀の画家たちである。いわゆる漢画への関心が薄らいだようでもある。

なかでも強く惹かれ、絵の前で考え込んだらしいのが葛飾北斎の西瓜図だった。

> 北齋の畫きし西瓜を半切せし上に白紙を張り　赤色の紙にしみたる處は如何にも眞に迫り　西洋畫も三舎をさけんと思はれたり、思ふに此趣向ハ西洋畫より得しにはあらざるか、北齋はいまだ西洋畫を見るに及ばざりしか。

北斎の西瓜図としては御物の一幅がよく知られるが、ともあれ真に迫った北斎の描写力に、子規としてはすっかり感心した。(2) 西洋絵画も敵ではないとさえ思ったのだが、その瞬間、疑念が射し込んだのである。この趣向は西洋絵画に由来するのではないのか。それとも北斎は西洋絵画を見ることなく、これほどまでに迫真的な絵を描き得たのだろうか？

答えを言ってしまえば、北斎はオランダ人の注文で風俗画を描いたことがあった。透視図法や油彩技法についても、北斎なりに理解していたことは今では周知の事に属しよう。西洋絵画に接していたことは間違いない。ただし、それを子規が鋭く嗅ぎ取ったというよりは、むしろ西洋絵画に対するコンプレックスを物語る反応ではなかっただろうか。すでに課題作文『読本朝画人伝』で、西洋絵画は緻密巧麗で迫真性に勝ると認めていたが、日本贔屓の子規には、これは口惜しいことだった。だからこそ日本の絵でありながら、迫真性を持つ北斎の西瓜図に注目したのだろう。にもかかわらず真に日本固有の達成と言えるのかどうか、ただちに自問せざるを得なかった。それほどまでに西洋絵画の再現性という棘が心中深くに入り込んでいたのである。再現性の点で西洋絵画が優れることなど、もともと中村不折に出会う前から分かり切ったことだった。ただ、その再現性というハードルは子規にとっては、あくまでも日本の絵として超えられるべきものだったのである。

さらに一つ言い添えておくと、この北斎の西瓜図、日観と探幽の葡萄図、さらに遡って松山城で見た「葡萄ノ油画」という風に、思えば奇妙なほどに、子規は果物の絵に目をとめている。もとよりこれは多分に果物好き、平たく言えば、食い気に関係していたのかもしれない。漱石などは『三四郎』の中で、「子規は果物が大変好きだつた。且つ いくらでも食へる男だつた」と広田先生に言わせているけれど、果物の絵の意味については、また後ほど考えてみるとしよう。

鵙の嘴　旅と書画

青年子規の美術趣味を伝えるものとしては、このほかに紀行文も挙げられる。学期の合間や帰省の機会を生かして、子規は旅行に出た。汽車も走る明治の世に、脱俗的な徒歩の旅を好んだのだが、紀行文には旅先で目にした絵が幾つか記されている。

明治二十二年四月には、寄宿舎の友人と水戸に行った。我は野暮次、彼は多駄八、そんな風に膝栗毛を気取った『水戸紀行』によれば、徳川斉昭の肖像を弘道館で拝した。「其風采の高尚なるに尊敬の心を起しぬ」。偕楽園の好文亭には水戸藩諸名家の額、襖、掛物があった。

二十三年夏の紀行『しゃくられの記』については、三保の松原に立ち寄ったことをやはり第四章で紹介しておいたが、その後、大阪では親友の大谷是空を訪ねた。一泊して目覚めてみると、壁に沢庵和尚着賛の遊女の絵があった。是空の『浪花雑記』によると、郷里津山の骨董屋で買ったものだという。子規も面白く思ったようで、賛を手控えている。さらに是空とともに、大阪博物場の美術館へ行き、話題になっていた応挙の幽霊図を見た。名のみ高いのが応挙の幽霊図で、世にそれと称する絵は多い。子規の感想は「思ふた程にはあらざる様見うけたり」とそっけない。

二十四年春、房総旅行の宿では山東京山の額と抱一の掛け軸を見た。やはり朝になり、起きてみてから気づいたというのだが、子規は抱一の軸が欲しくなった。回り燈籠の絵で、「燈籠も鵙《いすか》のはしとかわりけり」の自賛があったという。抱一こそは画俳両道の先達と思ったかどうか、後年の『病牀六尺』では画は「濃艶愛すべし」、句は「拙劣見るに堪へず」とけなしているけれど、この軸はいたく気に入ったものらしい。売ってくれないかと頼んでみた。ところが残念ながら、宿の主人がいなかった。鶡の嘴は上下が食い違う。子規には鶡の嘴に終わった絵なのだった。

この時の房総旅行では俳句も作った。『かくれみの句集』を残しているが、その中に「我影や廣重流の道中畫」が見える。これは三月二十七日、千葉で撮った写真に題した句で、そこには菅笠脚絆姿の子規が写っている。すでに前年の秋頃、子規は『風流仏』を読んでおり、檜笠で木曾路を歩いた露伴に憧れていた。二十四年の夏には、露伴に倣って木曾旅行に出かけた。名高い木曾の桟橋では苔とサツキの麗しさに感心し、『かけはしの記』では「狩野派にやあらん　土佐畫にやあらん」などと月並みなことを言っている。須原の宿ではやはり露伴よろしく花漬も買った旅だったのだが、その終りは慌ただしかった。停車場前の茶店で休んでいると、汽車が来たというので、早く早くと茶店の女が子規の草鞋や笠を抱えて駆け出した。子規も走った。「宛然として一幅の鳥羽繪、此旅竟《つひ》に膝栗毛の極意を以て終れり」と紀行は結ばれている。

旅を楽しみ、道中出会った絵を書きとめる姿は屈託がない。日本聶屓の子規らしく、古画に興味を示してもいるのだが、日観・探幽の葡萄図に創造と摸倣を問い、北斎の西瓜図に迫真性のゆえんを尋ねたような鋭さは感じられない。もとより道中のことであり、二十三年の半ばからは小説熱のただ中にあったから、美術の趣味は深まらなかったとも言えそうだが、考えてみれば、露伴の『風流仏』は芸術家小説であって、しかるに子規の『月の都』はそうではない。この頃は美術なるものが自分に切実な意味を持つとは意識していなかったのだろう。西洋画法や油絵についてはなおさらだったが、そんな子規を変えたのは知られる通り、中村不折にほかならない。

いわば不折以前の子規を伝えるものとしては、次のような俳句が挙げられる。

油画の彩色多きあつさ哉

立つくす寫生の繪師や夏木立

『寒山落木』二十六年夏の部より引いた。油絵にも興味はあり、身辺には「寫生の繪師」も現れている。その人にあたるのかどうか、すでに同郷の画家、下村為山とは交際を深めていた。後には南画で知られるようになるが、本多錦吉郎と小山正太郎に油彩を学んだ人である。そのため「ホトトギス」に書いた『画』での回想によると、二人はさかんに日本画洋画の優劣を論じあったが、子規は譲らなかった。何しろ「彩色多きあつさ哉」である。油絵は暑苦しいと決め込んでいた。

それが明治三十二年、『本郷まで』の一首になると、別人のごとくである。(3)

色厚く繪の具塗りたる油畫の空氣ある繪を我は喜ぶ

子規と不折が出会ったのは明治二十七年春のことだった。この年の紀元節、二月十一日を期して創刊した「小日本」の編集責任者として、子規は挿絵画家を探していた。『墨汁一滴』や『画』での回想によると、この時、浅井忠が紹介したのが子規より一つ年長で、小山正太郎と浅井に師事した不折だった。面会の際、不折は四五枚の下絵を見せた。その一枚には水戸の弘道館が描かれていた。これがよかったのだろう。子規からすれば五年前、実際に『水戸紀行』の旅で見てきた土地である。「筆力勁健にして凡ならざる所あり」と画力を認め、不折を採用した。さっそく弘道館の絵を三月七日付の「小日本」に掲げ、「古書千巻文質彬々として梅の花」「聖像や月の白梅這ひ上る」の二句を添えた。聖像とあるのは、かつて弘道館で拝した徳川斉昭の肖像を指しているのだろう。

かくて不折と相知って、子規は狭量な日本贔屓を脱していくわけだが、丁寧に言い直すなら、それは画俳の類比、アナロジーを駆使した伝統的な雅俗観の乗り越えを意味していた。

子規の回想は、何より雅俗の別が焦点だったことを伝えている。「小日本」の挿画には満足していたが、不折が西洋画法の徒であることは気に入らず、会うたびに子規は議論を吹っ掛けた。意見はことごとく異なった。富士や松をほめると、不折は俗だという。達磨は雅だろうと言うと、やはり俗だという。日本の甲冑は芸術的だろうというと、西洋の甲冑の方が芸術的だという。よく考えてみると、富士や松の俳句は俗になりやすい。達磨の句も嫌味が出る。素人が富士の句をうれしがるのと、富士の絵を喜ぶのは同じだと気がついた。「君の説く所を以て今迄自分の専攻したる俳句の上に比較して其一致を見るに及んでいよ〳〵悟る所多く」、要するに、絵画の雅俗を俳句のそれになぞらえてみることで、富士や松を描く日本の絵は月並みだと得心したのである。

この雅俗観の更新こそが、西洋画法に向き合うことを可能にしたのである。もともと子規は課題作文『読本朝画人伝』の中で、西洋絵画は緻密巧麗で迫真性を誇るものの、古雅がまるでないと見なしていた。再現性は認めながらも、雅致がないから評価しなかったのである。これは一種の通念に過ぎなかったが、それゆえに容易には変えられなかった。下村為山と議論した際も、為山は和洋両方の画法によって人の横顔を描き分け、日本画の不自然さを説いたのだが、それでも子規は「形似は繪の巧拙に拘らぬ」と突っぱねた。形似とは再現性のことで、これも再現性よりも雅俗を重んじる旧来型の反駁だったと言える。ところが俳句分類の作業を通じて、俳句については確たる批評軸を持ち、高雅な句材がしばしば俗に落ちることがすでに分かっていた。それと絵画を照らし合わせることで、子規は旧来の雅俗観を疑い、乗り越えた。こうした類比を助けたのは東洋的な詩書画一体の観念だったかもしれないが、その結果として、かねて理解していた西洋画法の再現性を素直に受け入れることができた――これが西洋画法開眼に至る道筋だったと思われる。

さらに子規は類比を逆に働かせて、得られた認識を俳句や散文に取り入れていく。その成果は例えば明治二十八年、『俳諧大要』の一節に見て取れる。名勝旧跡は「歴史的の聯想あるが爲めに俳句をものするには尤も宜し」とした上で、次のように言い添えている。(4)

名勝舊跡の外にして普通尋常の景色に無數の美を含み居る事を忘るべからず　名勝舊跡は其數少く人多く之を識るが故に陳腐なり易し　普通尋常の場處は無數にして變化も多く且つ陳腐ならず故に名勝舊跡を目的地として途々天然の美を探るべし

普通尋常の景色にも無数の美が含まれると明確に認めている。すでに子規は『上野紀行』のような近郊散策文を書き始めていた。現実的な事情として、書生時代のように気ままな旅ができなくなったからだが、そこに美学的な根拠を与える認識だったに違いない。富士や松、名勝旧跡であれば雅になるというものではなく、普通尋常の景色であれ、描写、記述の対象となり得る。雅俗は対象に帰属しないとの認識と言ってもよい。そこから写生の道が開けていく。子規の言う写生はいわゆる写実、リアリズムではなく、実物や実景を前にした描写や記述を指していたが、子規と仲間たちは、戸外に出ては普通尋常の景色に俳句の種を見つけ、さらに体験をリアルタイム的に書き継ぐ写生文に着手するだろう。不折を含めて、明治の洋画家たちは「道路山水」と呼ばれる路傍のスケッチを描いたが、それに倣うかのように子規たちは戸外に向かい、さらには描写や記述の態度においても、対象の雅俗を問わない西洋画法の再現性を取り込んでいくことになる。

俳句に照らして絵画の雅俗をとらえ直し、逆に西洋画法の雅俗にとらわれない態度を俳句へたぐり寄せる。この類比的な思考の往還はやがて画俳同一説にまで至る。「以上主として繪畫に就きて論じたれども俳句に於けるも同じ事なり」とは、評論『明治二十九年の俳句界』の一節である。

それに伴い、絵の見方それ自体も大きく変わる。『墨汁一滴』にいわく、不折に出会って「半年を経過したる後は稍畫を觀るの眼を具へたり」。また、『画』によれば、十か月ほど後には理解が確かになり、「始めて日本畫の短所と西洋畫の長所とを知る事が出來た。とう〳〵爲山君や不折君に降参した」。おおむね二十七年秋から二十八年初めの頃ということになるだろう。

とはいえ、西洋画法の崇拝者に豹変したわけではない。日本画一辺倒でもなければ油画排斥でもなく、双方を見渡せるようになったのである。そのように『俳諧大要』でも言っている。「日本畫許り見たらん人の俄かに西洋畫の一二枚を見たらんには餘り其懸隔せるに驚きて暫らくは巧拙を判定する能はざるべし　西洋畫許り見たらん人の日本畫を見たるも亦同じ」。

そもそも不折自身、日本画排斥論者では決してなかった。子規は明治二十七年秋、不折とともに日本美術協会の美術展覧会を見に行った。御物の部には雪舟筆と伝える屏風があった。素人目にはつまらない絵に見えたが、不折は「詳《つまびらか》に此畫の結構布置を説き　これだけの畫に統一ありて少しも抜目無き處さすがに日本一の腕前なり」と讃嘆してやまなかった。子規は「此時始めて畫の結構布置といふ事に就きて悟る所あり」、うれしくてたまらなかったという。布置とは構図のこと。つまり様々な鑑賞のポイントを、不折は具体的に教えたのである。

明治二十八年秋の奈良行、これは「柿くへば」の一句を得た旅だが、西大寺を訪ねた子規は墨画の二曲屏風に気づいた。落款はなく、趣向も平凡と見えたが、「其結構布置善く整ひ　崖樹と遠山との組合せの具合など凡筆にあらず」。誰の筆かとたずねると、小僧は狩野元信筆と伝わっていると答えた。さもこそあれ、「余の眼識は誤らざりけり」と子規は自慢に思った。

この種の目利きが当たっていたかどうかはさておき、絵を見ることに自信が出てきたことは間違いない。それまでの子規は旅先で絵を見ても、立ち入った評価はできずにいた。不折と出会う前、明治二十六年夏の東北旅行では松島に遊び、観瀾亭の障壁画を見たが、『はて知らずの記』に「襖板戸の繪は皆狩野山樂の筆とかや。踈鬆《そそう》にしてしかも濃厚の處あり。狩野家中の一派にやあらん」と記している。興味を持ったには違いないが、「狩野家中の一派にやあらん」とは曖昧で素人っぽい。それが二年後の奈良では、無落款の屏風の真価を見抜いたと誇っている。こうなると楽しくならないはずがない。絵を見るのにも熱が入り、知識も増えていったことだろう。

「小日本」の廃刊後、子規は「日本」の編集に復帰したが、不折も同じ「日本」で描けるように斡旋した。画力とともに、有益な対話に感謝もしていたのだろう。それでも雪舟筆という御物、伝元信筆の屏風という風に、やはり依然として日本美術に目が向かいがちな子規ではあった。

ところで、「小日本」と不折の話をしたついでに、子規の周辺にいたにもかかわらず、子規との交渉がさほど語られない人物に触れておくとしよう。北斎研究で名高い飯島虚心である。

子規が編集責任者を務め、不折を起用した新聞はむろん「小日本」だが、その紙面に明治二十七年四月一日から七月十五日の廃刊に至るまで、無名逸人稿『東錦歌川列伝』という連載が載っている。この「無名逸人」とは虚心その人である。どういう事情で連載に至ったのか、さしあたり知るところはないが、編集責任者である子規が連載を読まなかったはずはなく、直接会ってさえいたかもしれない。浮世絵に関して、情報源になり得た人物と思うべきだろう。

そして浮世絵と言えば、思い出されるのは北斎の西瓜図である。明治二十三年の展覧会で、子規はその迫真性に驚き、西洋画法との関連を気にかけていた。虚心の労作『葛飾北斎伝』には、オランダ人から絵を依頼された事跡も記されているのだが、上梓されたのは明治二十六年のこと。すなわち「小日本」での連載時には世に出ていたのである。一読するか、あるいは虚心に一言尋ねてみれば、年来の疑問は解けただろう。さて、果たして子規は読んだだろうか。

写生の十九世紀

明治三十一年十二月、「ホトトギス」に載せた『写生、写実』は、写生という方法に確信を深めた頃の美術観を伝えている。前半は写生という観点からとらえた日本絵画史、言うなれば写生の美術史である。後半は写生理解の深浅を、当世の文壇画壇に問うている。

○寫生と繪畫　日本の繪畫界にて寫生といふ事のやかましくなつたのは百年許り前の事で、これはいくらか西洋畫の影響を受けたものと見える。繪師が今更に寫生〳〵と騒ぎ出したのは可笑しい譯で、元來繪を畫くのに寫生より外に書き様のあつた筈は無いのであるが、それは我邦の繪が昔から一種奇妙な發達をして、ひどく實物を離れてしまふた爲に、いはゞ大もとに返つて來たのであらう。

このように写生の美術史は書き始められる。実は気になる点があるのだが、その説くところをひとまず紹介しておこう。子規はまず「元來繪を畫くのに寫生より外に書き様のあつた筈は無い」と断言する。絵画の基本は写生である。ところが、その写生という本来的な行き方を、旧套な雅俗観が阻害し、ねじ曲げてきた――これが写生史観の大枠となっている。

子規は言う。巨勢金岡の昔や住吉派や土佐派の起こった頃の絵画は写生だった。ただ、幼稚な写生に過ぎず、後世の人は幼稚さを雅致と取り違えた。室町時代には中国の画風が入ってきた。狩野派などは和漢折衷だが、神韻縹渺、余韻嫋々といった雅の趣味が日本人を感化した。今でも神韻派の人は多いが、水墨画は現実の色をなくしてしまうから、そもそも実物を離れている。しかも形似を俗と貶めて、鯰だか鯉だかシャチだか分からないものをありがたがっている。

むろん人間、雅ばかりで趣味が満たされるものではない。土佐派やその変種が出てきたが、これは俗な浮世絵と化し、高尚さは皆無となった。他方では尾形光琳が現れ、「一種の寫生畫即ち没骨畫」を始めた。ここで没骨《もっこつ》を写生とするのは、「山にも水にも木にも、太い線で畫いたやうな輪廓は無い」という論法によるのだが、その光琳を人々は認めないと子規は惜しむ。好きだという少数派も単なる好古家でしかない。そういう人は「今の油畫は俗で困るが流石に司馬江漢のは面白い」などと、真っ黒な絵を誉める手合いだなどと言っている。もっとも、光琳には草木しか描けないという不完全さがあった。続いて応挙、呉春の一派が輪郭的な写生をはやらせた。部分的には松葉、桜花などを没骨風に描くこともあったが、鯉などになると、目に見える以上に鱗を一々描いてしまい、結局は理屈的な写生に終わった。「そこで油畫が這入つて來ていよ〱寫生が完全に出來るやうになつた」。要約すれば、そんな風に子規は説いている。

さて、ここで気になってくるのが先に引用した書き出しである。「寫生といふ事のやかましくなつたのは百年許り前の事で、これはいくらか西洋畫の影響を受けたものと見える」。この一文が書かれたのは明治三十一年、西暦で言えば一八九八年のことだから、百年ばかり前と言えば十八世紀末葉ということになる。これは何を指しているのか、ちょっと分かりにくい。

西洋画法が普及したのは、明治以降というのが一般的な認識というものだろう。後段の「油畫が這入つて來ていよ〱寫生が完全に出來るやうになつた」というのは、やはり油彩画教育が始まった明治初年以降を指しているはずだが、子規はそれ以前を指さして、すでに西洋画の影響が及び、写生が意識されるようになったと見なしている。そのように、仮に維新前に西洋画法の影響を探るとするなら、今度はむしろ十八世紀後半が一つの目安となるだろう。応挙が写生を唱え、江漢のような洋風画家が現れた頃だが、しかし、それでは百年以上前の話になってしまう。実際、彼らに対する子規の評価は芳しくない。応挙や呉春の一派は「終に理屈的寫生に落ちてしまふた」とけなし、江漢についても「眞黒な畫」としか言っていない。

素直に「百年許り前の事」という言い方を受け取るなら、彼らに続く時代、つまり十九世紀の絵画を写生の観点から評価していたことになる。実のところ、十九世紀に描かれた一幅の絵を、確かに子規は認めていた。ほかでもない、北斎の「西瓜図」である。明治二十三年の時点では「此趣向ハ西洋畫より得しにはあらざるか、北齋はいまだ西洋畫を見るに及ばざりしか」と思案していたが、それについては、この『写生、写実』の頃には解決済みだったと思われる。明治二十九年に邦訳が出版された本に、ウィリアム・アンダーソンの『日本美術全書　沿革門』がある。アンダーソンは北斎がオランダ人のために描いた事跡に言及し、海外の書籍や絵画と接点があったことも確実視しているのだが、子規はこれを出版直後に読み、『松蘿玉液』で論評している。しかも北斎の項について、「本邦人と稍々異なるも猶極端なる北齋崇拝者には雷同せざるが如し」と付言している。アンダーソン著の北斎の項を読んだことは間違いなく、なおかつ「本邦人とやや異なるも」という言い方からすると、国内の北斎評価をも承知していたのだろう。あるいは飯島虚心の『葛飾北斎伝』をすでに読み、それを指しているのかもしれない(5)。ともあれ北斎の絵が高度な再現性を備え、そこに西洋画法が及んでいたことを、この頃の子規は理解していたはずである。

最晩年の『病牀六尺』でのことだが、広重についても似た感想を残している。主に後期の諸作を念頭に、広重は遠近法を心得ており、それを「實際に畫の上に現はしたことが廣重の如く極端なるものは外にない」「或は西洋畫を見て發明したのでもあらうか」と評している。

どうやら子規は写生の観点から見て、十九世紀の絵画はある程度進歩していると考えていて、それで「寫生といふ事のやかましくなつたのは百年許り前の事」という言い方になったらしい。明治三十四年、すなわち一九〇一年の年頭には「二十世紀の年玉」として、寒川鼠骨から地球儀を贈られているが、それが逆に象徴するように、子規が生きてきたのはまさに十九世紀である。北斎、広重たちは同じ世紀の画家にほかならず、今日の歴史感覚から思い描く以上に近しい存在だったはずである。『写生、写実』においては彼らに言及がなく、巨勢金岡から応挙、呉春に至る画家が語られているけれど、そのことはわれらの世紀である十九世紀を現在として、写生の美術史を説いていることを示唆している。西洋画法の影響も受けながら、絵画の本道である写生が徐々に浮上し、油絵が入ってきたことで完全な写生が可能になった。そして子規自身も不折との出会いを通じて、写生に開眼した――そのように自身も属する百年のプログラムが暗黙の前提なのである。

今日からすると、これは一般的な見方とは言えないし、子規の主観の働いた写生史観と思うべきだろう。ただし、「写生の十九世紀」を考えた文学者は子規一人ではなかった。子規とは違った道筋ながら、やはり写生なるものに関心を寄せた島崎藤村である。大正二年に渡仏した藤村は、故国に宛てた便りに「もしわが國における十九世紀研究ともいふべきものを書いて呉れる人があつたら、いかに自分はそれを讀むのを樂むだらう」と書きつけたことがあったのだという。そのことを大正末年の随筆集『春を待ちつつ』で回顧して、次のように吐露している。

もしさういふ研究を書いて呉れる人があるなら、寫生に關したことも讀みたい。文學の上に寫生の唱へられたのは明治になつてからのことのやうであるが、それは洋畫の方法から刺戟された寫生論の組織立てられたまでであつて、寫生そのものは私達の根深い傳統の一つと言つてもいゝほど、かなり古くからあつたことを讀みたい。應擧をめぐつて流れて來た四條派の畫風を擧げるまでもなく、繪畫以外の小説にも戲曲にも俳句にも前世紀のはじめの藝術の多くが寫生の方法を取入れてゐることを讀みたい。

藤村は続けて、「好かれ悪しかれ私達は父をよく知らねばならない」と書きつけている。明治維新には輝かしい一面があったが、他方では徳川時代の文化を蹂躙し、明治初年には粗末な文学美術しか持ち得なかったのではないか、そして写生についても同様に、維新以前、十九世紀の営みが等閑視されてはいないのかと藤村は疑う。父祖の生きた時代が公正に顧みられるように、維新前と以後とで分断された紐帯の回復を願っているわけだが、この藤村の一文をいわば補助線として、「寫生といふ事のやかましくなつたのは百年許り前の事」という言い方を読み直すなら、やはり子規の中にも維新以後を称揚する歴史観への違和感が幾らか働いていたかもしれない。

『写生、写実』に戻るとしよう。その後半で、子規は当世の文壇画壇に鉾先を転じる。文壇の悪例の一つに挙げるのは尾崎紅葉の『むき玉子』である。明治二十四年の小説だが、目の前にいない美人を描いていた。しかも徹夜で描いたとあったと思うが、夜では水墨画でさえ描きにくいだろう。こんなことでは写生のことなど分かっていまい――と突き放している。

日本画家に対しては精神性を言う前に、写生を基礎にせよと説いた。この頃の画壇では、岡倉天心が東京美術学校を追われ、門下が日本美術院を創立するという出来事があった。子規はその天心一派、美術院の歴史画に注文を付ける。「土瓶の寫生が出來ん人に、大きな歴史畫が書けるとは到底思へない」。顔が青いから屈原だというのでは、符牒のようなもので情けない。これは美術院の第一回展に出品された横山大観の「屈原」を指すのだろう。若い頃には楠木父子別離の図に一首を捧げ、歴史画を礼賛していた子規だが、すっかり宗旨は変わっている。何も力まずとも「鳥一羽、花一枝畫いても寫生がうまく出來れば其畫に精神が出來る」、日本画の先生方には「簡單な寫生、即ち土瓶の寫生や花一輪の寫生から始めては何うですと言ひたいのである」と強調している。

このほかに「帝国文学」にも噛みついている。発端は三十一年十月六日付の新聞「日本」に不折が描いたあけびの絵だった。月見を詠んだ子規百句の挿画で、一枝に五果が下がる。それを「帝国文学」は雑報で取り上げ、植物学的にはありえないとして、「淺浮なる想像を以て描きたる作品の例」に挙げた。これには子規も頭に来たようで、「實際あの畫の通りの者があつて、不折がそれを寫生したのは知つて居る」と証言し、想像に頼ったとすれば五果に描くわけがない、「帝国文学」記者は、写生を知らないいか、絵というものを知らぬのではあるまいかと切り返している。

実を言えば、「帝国文学」の記事はむしろ写生を勧める内容だった。不折のあけびも、写生とは受け取れなかったから批判したに過ぎない。「現實の者を畫かむとせば、よろしく寫生を以て主とすべきなり」として、中国の山水から生まれた定型的な筆法を応用するのはやめよ、青年日本画家は「少くとも帝國の全部位は周遊し盡し多くの自然と人物とに近接」せよとも求めているのだが、その点について、子規は微妙な物言いをしている。いわく、「寫生と周遊とは一致する事もある、せぬ事もある。極端にいはゞ寫生は終身一室に立て籠つて居ても出來ぬ事は無い」。

書生時代にはさかんに旅に出かけ、不折と出会った後には「普通尋常の景色に無數の美を含み居る事を忘るべからず」と力説してもいた子規だったが、すでに病状は悪化し、近郊散策すらままならなくなっていた。「寫生は終身一室に立て籠つて居ても出來ぬ事は無い」という一言は、写生に対する確信を物語ると同時に、『病牀六尺』の世界を予告してもいる。

枕頭の友　画譜と名所絵

晩年に新聞「日本」に書き継いだ『墨汁一滴』『病牀六尺』、そして『仰臥漫録』には絵の話題が頻出し、大いなる慰藉となったことが伝わってくる。
病床にあって、絵画への通路となったのは画譜や絵手本だった。『病牀六尺』によると、明治三十五年五月八日、本屋から取り寄せた中から月樵「不形画藪」、酒井抱一「鶯邨画譜」、松村景文「景文花鳥画譜」、上田公長「公長略画」などを選び、取り置いた。それら枕元の絵を眺めて、子規は感想を書き継いだ。病苦の耐えがたさから、六月二十一日の項では、うめくように「如何に面白い畫本でも毎日毎日同じ物を繰返して見たのでは十日もたゝぬうちに最早陳腐になつて再び苦痛をまぎらかす種にもならない」と書きつける。しかし、飽きたと言いながら、七月四日の項では河村文鳳の「文鳳画譜」や「文鳳麁画」、月樵「不形画藪」などを眺め直している。

それら病床で言及した絵をジャンル別に見ると、街道物や名所絵がまず目をひく。『墨汁一滴』では、十返舎一九の名所巡覧記『金草鞋《かねのわらじ》』の絵を眺めて、「作者の知らぬ處を善き程に書きなしたる者なれば實際を寫し出さぬは勿論、驚くべき誤も多かるが如し」と指摘する。例に挙げるのは四国八十八か所の札所「岩屋山海岸寺」の図である。断崖の上に伽藍が聳え、かたわらに海を描いているが、「其實此寺は海濱より十里餘も隔りたる山の奥の奥にあるなり」。ほかでもない少年時代、苦労して歩いていった久万山中の寺だから、あえて一言したくなったのだろう。

広重の東海道物も、少なくとも二種持っていた。『病牀六尺』で思いつくままに鳥の話をする中で、「廣重の東海道續繪といふのを見た所が其中に何處にも一羽も鳥が畫いてない。それから同人の五十三驛《つぎ》の一枚畫を見た所が原驛の所に鶴が二羽田に下りて居り袋井驛の所に道ばたの制札の上に雀が一羽とまつて居つた」と書いている。「東海道續繪」は村田屋市五郎版のいわゆる「人物東海道」、「五十三駅の一枚畫」は保永堂版「東海道五十三次」と思われる。もっとも、広重については、『仰臥漫

録』に「浮世繪ノ俗分子多シ」と辛い寸評も書きつけている。(6)

その広重と相並べて「景色畫の二大家」と呼んだのは河村文鳳である。十九世紀京都の画家で、岸駒に師事したと伝えられる人だが、京の名所を描いたその「帝都雅景一覧」に感心し、『病牀六尺』の中で、応挙や呉春一派も実景を描いたものの、彼らは写生を徹底しなかった、しかるに文鳳が「一々に寫生した處は日本では極めて珍らしいことゝいふてよからう」と称賛を惜しまない。ほかにも渡辺南岳とともに描いた「手競画譜」を取り上げている。これは上田秋成の街道歌に絵をつけたもので、子規旧蔵本は歌を欠くようだが、「文鳳の畫は人物少くとも必ず多少の意匠あり、且つ其形容の眞に逼《せま》るを見る」として、南岳とは同日の談ではないとしている。

こうした画譜のたぐいと名所絵というのは、病身ゆえの余儀ない選択ではあっただろう。外にも出られず、展覧会など見に行けないのだから、画譜でも眺めるしかなかった。名所絵についても、これはもともと臥遊の友であって、仰臥の身にはふさわしかった。

それは同時に、一つの回帰だったと言えなくもない。幼い頃、絵を習えなかった子規は北斎の絵手本を写し、南画家たちの画譜に倣って四君子や山水を描き始めた。子規の絵画遍歴は画譜と絵手本に始まり、画譜と絵手本に終わったようにも見える。同様に名所の絵についても、「金草鞋」を手に取れば、やはり少年時代、懸命に歩いて登った「岩屋山海岸寺」の一図に目が留まるのだった。もっとも、気の弱りからノスタルジーに傾いたとばかりは言えない。『病牀六尺』の世界は明らかに子規が閲した人生のフィルターを経てもいる。幾つもの画譜を枕頭に置きつつ、しかしながら、かつて手習いをした南画家たち、例えば田能村竹田への言及は見当たらない。

端的に言ってしまえば、晩年に関心を向けたのは「写生の十九世紀」の画家たちなのである。大別すれば、まずは応挙や呉春らに続く世代、言い換えれば写生を取り入れた師風を継いだ人々が挙げられる。月樵、景文、公長は呉春の門人、南岳は応挙の高弟、文鳳は岸駒に師事した人である。さらに没骨の描法ゆえに写生的と見なしていた光琳と抱一、あるいは西洋画法を知っていた北斎、遠近感を強調した広重という風に、光琳を除けばいずれも十九世紀に活動し、子規からすると、写生という観点から評価し得る画家たちだった。西洋画法という対蹠点に接近し、その再現性に拮抗し得る日本の絵を求めた大きなカーブは晩年に至って、これら十九世紀の画家たちへ、そして景観表象としては胸中の山水ではなく、実景に由来する名所絵へ行き着いたのである。

なぜ、草花図巻か

もう一つ愛好したジャンルはほかでもない、草花や果物の絵だった。明治三十五年八月二十日、子規の病床に渡辺南岳の「草花画巻」が届けられた。今は「四季草花図巻」として東京藝術大学の所蔵となっているが、子規は『病牀六尺』で「渡邊のお嬢さん」と呼んだ。「余の心をして恍惚となる迄にするには充分であつた」などと浮き立った戯文を作り、譲ってほしいと懇願した。周囲はもらったかのように体裁をつくろい、子規が亡くなるまで手元にとどめられたという。

そして思い出されるのは、やはり「菓物帖」「草花帖」である。病牀の子規は自ら絵を描くようになっていた。明治三十二年夏、不折から絵の具をもらい、その年秋、机の秋海棠を描き、次いで柿を左手に握って写生した。絵画熱は死の間際にただならない昂ぶりを見せ、三十五年六月二十七日から八月六日まで「菓物帖」を、八月一日から二十日まで「草花帖」を描いたのだった。

そこにも病身ゆえの制約と懐旧的な気分という事情があったようである。眼前にあったのは瓶に挿した花か果物か、せいぜい庭の草花でしかなかった。これもまた余儀ない選択には違いないが、それは幼い頃からの嗜好だったのだと子規は言っている。『病牀六尺』から引用する。

> 余は幼き時より畫を好みしかど、人物畫よりも寧ろ花鳥を好み、複雑なる畫よりも寧ろ簡單なる畫を好めり。今に至つて尚ほその傾向を變ぜず。其故に畫帖を見てもお姫様一人書きたるよりは椿一輪書きたるかた興深く、張飛の蛇矛を携へたらんよりは柳に鶯のとまりたらんかた快く感ぜらる。

むろん真実には違いないにせよ、これは同時に、晩年の趣味に照らして意味を持った記憶でもあるのだろう。人生のフィルターによって濾過された記憶という点では、明治三十一年十二月の『吾幼時の美感』はいっそう印象深い。絵を習えなかった幼い自分にとって、「ひとり造化は富める者に私せず」、庭に咲き誇る草花に救われたと回想している[7]。

> 花は我が世界にして草花は我が命なり。幼き時より今に至る迄野邊の草花に伴ひたる一種の快感は時として吾を神ならしめんとする事あり。殊に怪しきは我が故郷の昔の庭園を思ひ出だす時、先づ我が眼に浮ぶ者は、爛熳たる櫻にもあらず、妖冶たる芍藥にもあらず、溜壺に近き一うねの豌豆と、蠶豆の花咲く景色なり。

あれこれの花の思い出は、何でもない豆の花咲く光景に行き着く。桜や芍薬のような、いわば花鳥画に描かれるような花よりも卑近な豆の花を懐かしむこの回想は、子規の写生観が深まり、すでに土瓶一つ、花一輪さえ絵になると考えていた時期に書かれている。

実のところ、最晩年に描いた絵は、伝統的な花鳥画の枠組みには収まらない。「菓物帖」は南瓜や茄子といった野菜の図を含み、ジャンルとしては蔬果図に近い。「草花帖」に描かれるのも多くはありふれた草花で、中には「庭前の土クレヲ取リ寫生ス」といった図まである。

ここで注釈を加えておくと、蔬果図というのは花鳥図とは別物であり、はっきり言えば、周縁的なジャンルに過ぎなかった。例えば北宋末の宮廷コレクション目録『宣和画譜』は「花鳥門」とは別に「蔬果門」を置き、そこに「草蟲図」を組み入れている。花鳥図のような格式を持たない、その他の自然を描いた絵を押し込めたようなジャンルだったのである。その周縁性のゆえに、趣味性を重んじる文人たちの描くところともなり、はたまた博物学的な視線とも結びついた。日本においては十八世紀、長崎から流入した中国絵画や博物図譜に刺激され、花鳥画から草花図まで隔てなく広がる形で動植物のモチーフは多様化し、描写の再現性も引き上げられていた。子規が惚れ込んだ南岳の画巻も、そうした時代を通過して描かれた「四季草花図巻」なのだった。

少し時計の針を先に進めることになるが、こうした絵画ジャンルにおける草花の周縁性に注目した文学者に永井荷風がいる。大正四年刊、『日和下駄』に次のような一節が見える。

一ツ一ツに見来れば雑草にもなか〳〵に捨てがたき可憐なる風情があるではないか。然しそれ等の雑草は三十一文字の歌にも咏《うた》はれず、宗達光琳の絵にも描かれなかつた。独り江戸平民の文学なる俳諧と狂歌あつて始めて雑草が文学の上に取扱はれるやうになつた。私は喜多川歌麿の描いた絵本蟲撰を愛して止まざる理由は、この浮世絵師が南宗の画家も四条派の画家も決して描いた事のない極めて卑俗な草花と昆蟲とを写生してゐるが為めである。

荷風は漢学の素養を備えながら意識的に身を逸らし、浮世絵に下降した人だった。ここでは宗達や光琳、南画家、応挙や呉春あたりも拾い上げることのなかった「極めて卑俗な草花と昆蟲」を歌麿が写生した事跡に言及し、浮世絵をたたえている(8)。

むろん荷風のような意識家とは違い、子規の場合、低徊のつもりなどなかっただろう。草花が好きだから草花を描き、果物が好きだから果物の絵も好きだった。そういう子供じみた素朴さがあったように思えるのだが、これは草花や果物の絵だから成り立つ話でもあっただろう。もともと子規は雅俗の別をわきまえていたし、強く拘束されてもいた。山水画や花鳥画、あるいは歴史主題の絵画には伝統的な雅趣を求めざるを得なかったはずであり、その枠組みにとらわれずに済む周縁的な蔬果図や草花図であればこそ、素直に見入ることができたのではなかったか。

明治十一年、松山城で見た「葡萄ノ油画」に始まり、日観・探幽の葡萄の墨画、北斎の西瓜図のように、たびたび果物の絵に引き寄せられた。しかも探幽の葡萄に摸倣の弊を感じ取り、北斎の描いた西瓜の迫真性に瞠目したように、その都度、自由な思考を働かせることができた。そして最晩年、子規は自ら描くジャンルとして蔬果図や草花図に向かった。これも必然的な帰結だった感がある。旧来の雅俗観を乗り越えた子規にとって、それらの周縁性は好ましいものだったはずであり、一定の再現性を備え得る写生向きのジャンルでもあった。そうした条件と素直な愛情が幸福に結び合い、『菓物帖』『草花帖』が描かれたのである。

絵画の恩寵　絵手本の少女たち

後に写生を論じて「生」のところに力点を置いたのは斎藤茂吉だが、それでなくとも『菓物帖』と『草花帖』は、どうしても子規の人生を抜きには見ることが難しい。絵の巧拙については、むやみに持ち上げるつもりもないけれど、その純粋に見る、懸命に描く営みがまさに惨憺たる病苦の中で果されたことを思うと、やはり胸に迫るものを禁じ得ない。

子規自身の人生においても、自ら描くという営みには、幼時に絵を習えなかった寂しさを埋め合わせる意味があっただろう。そんな子規の病床に、絵を描く子供がやってくる。

『墨汁一滴』によると、隣家の少女が描いた中国風の城門の絵に子規は感心した。鳥や猫、少女も描いてある。その無邪気さに子規は目を細める。「棟の上に鳥が一羽居る處は實に妙で、最《もつとも》高い處に鳥が囀って居て最低い處に猫が寐て居る意匠抔は古今の名畫といふても善い」。興に乗り、朱筆で日の丸の旗を城楼に立て、猫の首に赤い鈴を付け、小鳥の羽にも朱を入れた。「さて此合作の畫を遠ざけて見ると墨と朱と善く調和して居る。うれしくてたまらぬ」。

おそらく同じ女の子なのだろう、今度は『病牀六尺』に姉とともに現れる。死の一か月前にあたる三十五年八月二十三日の項によると、朝顔を写生していると、隣家の姉妹が遊びながら、時々画帖をのぞき込む。そのうちに、少女たちも絵を描き始めた。

二人の子は予が寫生した果物帖を廣げてそれを手本にして畫いて居る樣子である。林檎にしませう、これがいゝでせう抔といふのは七ツになる兒で、いえそれは六づか敷くて畫けませぬ、櫻んぼにしませうといふのは十になる兒である。それから、この色が出ないとか繪の具が足りないとか頻りに騒いで居たが、遂に其結果を予の前に持ち出した。見ると七ツの兒の櫻んぼの畫はチヤンと出來て居る。十になる方のを見ると、是れも櫻んぼが更に確かに寫されて居る。原圖よりは却つて手際よく出來て居るので予は驚いた。やがてこれにも飽いたと見えて朝顔の畫の出來上るのも待たずに皆歸つてしまふた。

手本にしているのは、何と自分の『菓物帖』である。姉妹が帰った後、子規はしばらく朝顔の写生を続けた。その胸中は静かな喜びに浸されていたに違いない。

第六章　イノセント・アイズ

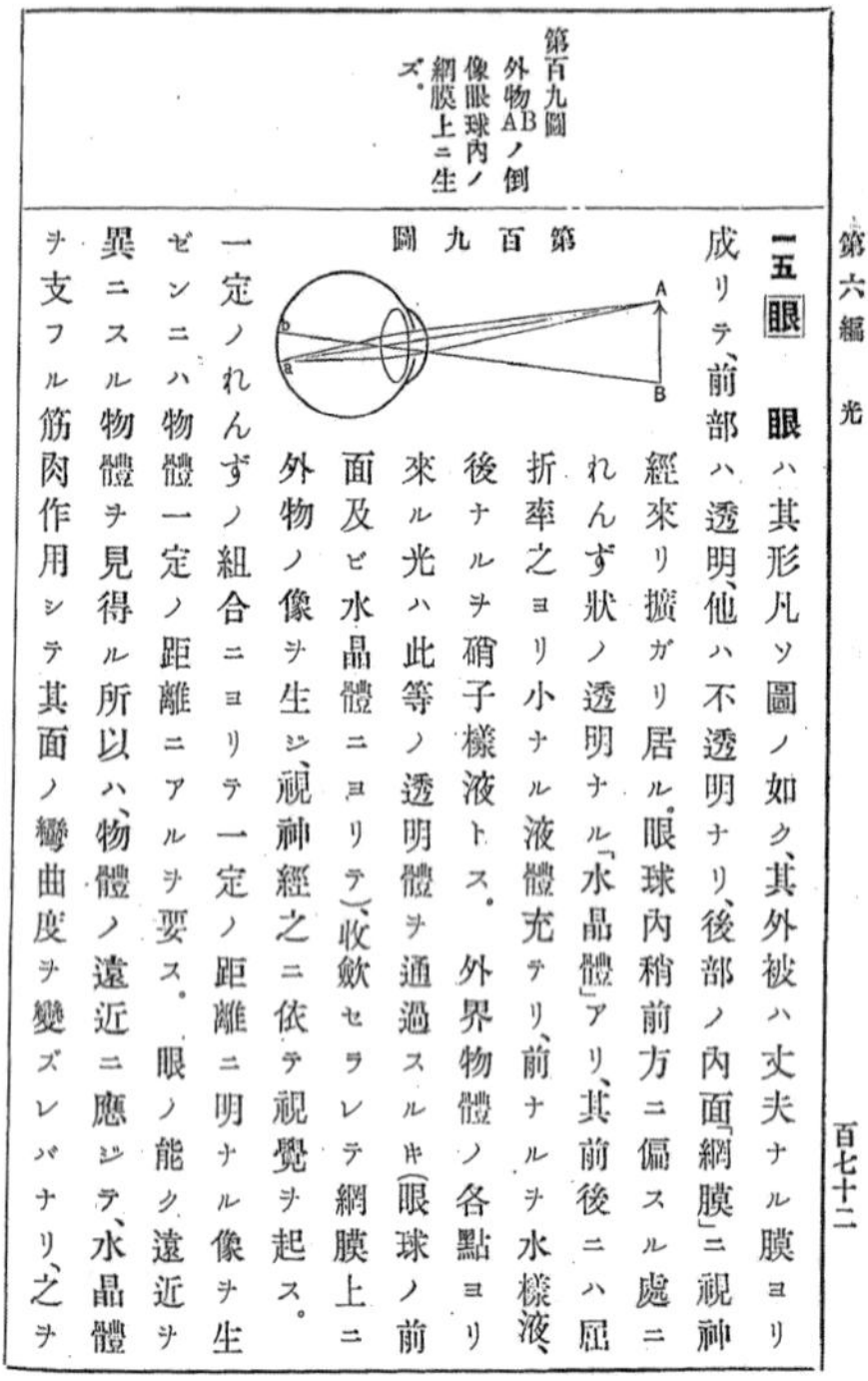

第六編　光

百七十二

第百九圖　外物ABノ倒像眼球内ノ網膜上ニ生ズ。

第百九圖

一五　眼　眼ハ其形凡ソ圖ノ如ク、其外被ハ丈夫ナル膜ヨリ成リテ、前部ハ透明、他ハ不透明ナリ、後部ノ内面「網膜」ニ視神經來リ擴ガリ居ル。眼球内稍前方ニ偏スル處ニれんず狀ノ透明ナル「水晶體」アリ、其前後ニハ屈折率之ヨリ小ナル液體充テリ、前ナルヲ水樣液、後ナルヲ硝子樣液トス。外界物體ノ各點ヨリ來ル光ハ此等ノ透明體ヲ通過スル時（眼球ノ前面及ビ水晶體ニヨリテ）、收斂セラレテ網膜上ニ外物ノ像ヲ生ジ、視神經之ニ依テ視覺ヲ起ス。

一定ノれんずノ組合ニヨリテ一定ノ距離ニ明ナル像ヲ生ゼンニハ物體一定ノ距離ニアルヲ要ス。眼ノ能ク遠近ヲ異ニスル物體ヲ見得ル所以ハ、物體ノ遠近ニ應ジテ、水晶體ヲ支フル筋肉作用シテ其面ノ彎曲度ヲ變ズレバナリ、之ヲ

田丸卓郎編『物理学教科書：普通教育』（172ページ　明治35年刊　国立国会図書館蔵）

本章もまた柿の話から始めてみるのだが、子規が好んだからか、門人たちも柿という果物には幾らか特別な感情を持っていたように見える。例えば、高浜虚子の『柿二つ』。大正四年発表のこの小説は子規と自分を柿に見立てる風である。その虚子とは相容れなかった人だが、松根東洋城は同じ年に俳誌「渋柿」を興している。さらに五年ほどすると、その巻頭に寺田寅彦が短い文章を寄せ始めるのだが、それらを一本にしたのが、長く読み継がれてきた『柿の種』ということになる。『柿の種』には何をもって夏目漱石の「お弟子」と呼ぶのかという、やたらと〝門下〟を広げて潜り込む風を嫌悪したらしい一文が含まれているから、寅彦を子規門下のごとく言うのはよろしくないのかもしれないが、少なくとも子規の膝下に参じた人ではあった。

さて、その寅彦の書き物にはちょっと不思議なところがある。それらが何のジャンルに属するのか、改めて考えてみると、はっきりとは言いにくいのである。

いま言った『柿の種』にしても、どんなジャンルの文章なのだろうか。随筆とは何ぞやという難しい話はさておいて、さしあたり身辺雑記に類する随筆集とは言えるだろう。もっとも、社会や人生への鋭い警句がしばしば発せられているから、その点では箴言集のようでもある。ならば寅彦自身はどう考えていたのかと自序を見てみると、「短い即興的漫筆」と記した上で、しかし、先の方では東洋城や小宮豊隆に読ませるつもりで書いたのであって、「言わば書信集か、あるいは日記の断片のようなものに過ぎない」とも言っていて、何とも要領を得ない。

ジャンルの分かりにくさは、五巻からなる岩波文庫版『寺田寅彦随筆集』にも見て取れる。第一巻の巻頭は『団栗』、二編目は『龍舌蘭』だが、これらは随筆として発表された文章ではない。初出の「ホトトギス」を閲すると、小説として掲げられている。それでいて随筆集に収まって不都合なのかと言えば、特に違和感もない。『団栗』は最初の妻だった夏子をしのぶ名編で、『龍舌蘭』もまた回想譚だが、寅彦には『亮の追憶』『夏目漱石先生の追憶』といった回想的な随筆が幾つもあって、それらと目に映じるような回想の鮮やかさにおいて、むしろ通い合っている。

この幾らか奇妙なありようは実のところ、寅彦が文章を発表し始めた頃にさかのぼる。つまり明治三十年代初め、「ホトトギス」の課題文章欄に載った投稿のことである。決して多いとは言えないそれらの文章を、改めて岩波書店の新版『寺田寅彦全集』で探そうとすると、ささやかな不便を感じることになるだろう。計七編のうち三編は随筆編の第一巻に収録され、四編は俳諧論ほかの第十二巻に見いだされる。同じ雑誌の、同じ欄への投稿だと思えばおかしなことには違いないが、これは全集の作り方のせいとも言えない。寅彦の投稿がそうであるように、そもそも「ホトトギス」の課題文章欄そのものがジャンル分けなどできない文章を集めていたのだった。

本章で取り上げてみるのは、「ホトトギス」における散文の実験と、そこでの寅彦の位置にほかならない。寅彦には漱石門下の印象が強く、「ホトトギス」では端役としか見えないかもしれないが、改めて読み直してみると、その投稿には一貫した特色があり、病床の子規が体得しつつあった物の見方と本質的なところで関わり合っている。子規がやり残した散文の試みを、少なくともある部分においては、最も端正な形に磨き上げたのが寅彦だったのかもしれず、極言するなら、やがて寅彦が書き継いでいく散文こそは「ホトトギス」の実験が残した最も美しい果実だったのではないかとさえ思えるのだが、しかしまあ、のっけから持ち上げてみても無闇な話としか思われまい。前置きはこのあたりで切り上げて、若き寅彦の投稿群を紹介することにしよう。

寺田寅彦と初期「ホトトギス」

寅彦は『明治三十二年頃』という一文で、しみじみと投稿時代を懐かしんでいる。いわく、「あの頃の『ホトトギス』はあの頃の自分にとっては実にこの上もなく面白い雑誌であった」。表紙の図案がきれいで目新しく、俳味があった。中村不折や浅井忠、和田英作の挿画や裏絵がまた個性的で、新鮮な活気のあるものだった――。「ホトトギス」の画家としては、和田英作よりもむしろ下村為山を加えたいところだが、寅彦としては、明治三十五年一月号に載った『愚劣日記』、フランスから浅井と和田が寄稿したグレー村滞在記が印象深かったのだろう。

その上で「ホトトギス」の日記募集、次いで課題文章欄を回想している。

短文の方は例えば「赤」とか「旅」とかいう題を出して、それにちなんだ十行か二十行くらいの文章を書かせるのであった。何という題であったか忘れたが、自分が九歳の頃東海道を人力車で西下したときに、自分の乗っていた車の車夫が檜笠を冠っていて、その影が地上に印しながら走って行くのを椎茸のようだと感じたと見えてその車夫を椎茸と命名したという話を書いた。子規がその後時々自分に「あの椎茸のようなのはもっとないかね」と云ったことを思い出す。あの頃の短文のようなものなども、後に『ホトトギス』の専売になった「写生文」と称するものの胚芽の一つとして見ることも出来はしないかという気がする。少なくも自分だけの場合について考えると、ずっと後に『ホトトギス』に書いた小品文などは、この頃の日記や短文の延長に過ぎないと思われる。

何という題であったか忘れたが——と言っているのは三十三年九月号、「車」の課題に応募した一文のことだが、まずは「ホトトギス」の課題文章欄なるものから説明していこう。

明治三十一年秋、松山から東京へ発行所を移した「ホトトギス」は漢字一字の題を掲げて、子規とその周辺、さらに公募の文章を載せ始めた。散文を取り込むことで、雑誌の間口を広げようとしたのである。もっとも、俳句においては「写生」を標榜した「ホトトギス」も、散文のスタイルについてはまだ手探りの状態にあって、とりあえず漢字一字の題を課してみたように見える。

最初は「雲」、次は「山」といった具合。告知では、それら山なら山の「觀念、聯想」「形容、記事」を御投寄ありたし、と呼びかけている。このうち「聯想」と言っているのは、子規が心理学からヒントを得て、創作に生かそうとした考え方だったようだが、題を設けた募集それ自体は、詩歌における題詠とあまり変わらない(1)。なおかつ散文には定型も約束事もないから、結果として、何でもありの連想ゲームのようなものと化し、あれこれ雑多な短文がこの課題文章欄にひしめくことになった。そこに寅彦も投稿したのである。都合七編が載っている。

最初の掲載は三十二年五月、課題「赤」に寄せた三編である。どういうわけで投稿に及んだのかというと、当時の寅彦は熊本の第五高等学校に学んでいた。その英語教師は夏目漱石だった。寅彦は漱石を慕い、『夏目漱石先生の追憶』によると、前年夏には俳句に親しむようになった。それで漱石を介して子規に句を送り、次いで課題文章欄へ投稿したのである。漱石は「赤」の三編が載った号を読み、五月十九日、子規に手紙を書いた。「寅彦といふは理科生なれど頗る俊勝の才子にて中々悟り早き少年に候　本年卒業上京の上は定めて御高説を承りに貴庵にまかり出る事と存候　よろしく御指導可被下候《くださるべくそうろう》」。すなわち子規への紹介状であり、東京帝大理科大学へ進学を決めた寅彦は九月五日、根岸の子規庵を訪問した。この初対面を経て、さらに投稿を続けたのだった。

　七編の内容は長短もまちまちで、三十三年三月号の課題「神」で採用された一編などは「God を逆さにすればDogだ」というワン・センテンスでしかない。しかしながら、一連の投稿には共通する関心を認めることができる。最初の「赤」三編の一つを掲げてみよう。

蒲團を引つかぶつて固く目を閉ぢると何も見えぬ。しばらくすると眞赤な血の様な色の何とも知れぬものが暗黒の中に現れる。猶見て居るとこれが次第に大きくなつて突然ぐる〴〵と廻り出す。それは〳〵名状し難い速さで廻つて居るかと思ふと急に花火の開いた様にパッと散亂して其又一つ〳〵の片が廻轉しながら縦横に飛び違ふ。血の色は益々濃くなつて再び眞黒になつたと思ふと又パッと明るくなつて赤いものが廻りはじめる。こんな事を繰り返して居る内に眠の神様は御出でになる。屹度《きつと》此血のやうな花火のやうなものが眠の神の先驅のやうな者であらう。

筆名は「牛頓」、ニュートンをもじったのだという。結びこそ「眠の神」などと俳味に転じる風だが、いかにささやかであれ、これは視覚に関する実験にほかならない。しかも蒲団の中で固く目を閉じているのだから、この視覚は外界に対応物を持たない。生理現象としての視覚を記述しているのである。こうした視覚への並々ならぬ興味とともに、寅彦は「ホトトギス」に姿を見せる。

三十二年十一月号、課題「祭」の投稿には映像的な感覚が息づいている。帰省中の先祖祭をつづる中には「榊の影が大きく壁にうつって茄子や葡萄が美しくかゝやいた」といった描写があり、「床の眞中に鏡が薄く《（ママ）》くらがりの中に淋しく光つて居た」としめくくられる。

そして最も面白く読まれるのは子規が気に入り、「あの椎茸のようなのはもっとないかね」とたずねたという課題「車」の一編だろう。内容は幼少期の話である。陸軍省会計官だった父の利正が非職となり、一家で郷里の高知に帰ることになった。ただ、父を除き船が苦手だった。そこで「いっそ人力で五十三次も面白からう」と東海道を下った。伝記に即して言えば投稿の十四年前、明治十九年の秋のことで、寅彦は数え九歳だった。幼い目に映じた車夫の影が描写される。

仕合せに晴天が續いて毎日よく照りつける秋の日の未だ中々暑かつたであらう。斜に來る光が此饅頭笠をかぶつた車夫の影法師を乾き切つた地面の白い上へうつして、其れが左右へゆれながら飛んで行くのが譯もなく小供心に面白かつたと見える。自分は此車夫に椎茸と云ふ名をつけた。それは影法師の形がいくらか似て居ると思つたからである。街道に沿ふた松並木の影の中を此椎茸がニヨキ〳〵と飛んで行くのがドンナに可笑しかつたらう。朝は此椎茸が恐しく長くて露にしめつた道傍の草の上を大蛇の様にうねつて行く。どうかすると此影が小川へ飛び込んで見えなくなつ《（ママ）》と思ふと、不意に向の岸の野菊の中から頭を出す。出すかと思ふと一飛に土堤を飛越て又芒の上をチラリ〳〵して行く。なほ面白いのは日が高くなるにつれて椎茸が次第に縮んで をしまいにはもう椎茸とも何とも分らぬものになつて 石ころ道の上を飛び〳〵轉がつて行く。

車は西に向いて走っている。だから日が西に傾くと、車夫の影法師が脚の上にくる。キャッキャと大騒ぎになる。仔細あって、中途で椎茸はクビになったが、「其後任の爺さんがドーモ椎茸でなかつたので坊チヤン一通の不平でない。これには流石の両親も持て餘したと云ふ」。字数にして一千字ほど、たわいないようだが、影の描写の清新さはまぎれもない。

一編の主眼は慣習的な視覚にとらわれない子供の目である。理科大学生の寅彦はそこに一興を覚えたのだろう。さらにはこの思い出自体も「夢の様な取り止めも付かぬ切々が、かすかな記憶の糸につながれて、廻り燈籠の様に出て來るばかりで」と記されている。回り燈籠になぞらえられた回想の中で、変幻してやまない影法師――まさに光学的な関心に貫かれた文章なのである。

幻灯と視覚生理学　寅彦の実験

寅彦の回想的な文章を読み直すと、そうした関心の素地は幾つか見いだされる。

一つは幻灯である。今風に言えばスライド・プロジェクターのようなものだが、古くはスクリーンの後ろから映像を投影していた。手前にいる観客には装置が見えないから、より幻惑的な印象が強かった。むろん江戸時代にも写し絵のような娯楽はあったけれど、石井研堂の『明治事物起源』によると、明治のそれは精度が異なっていた。「教育其他の實用」に供した点も新しく、最初は文部省が輸入し、次いで鶴淵初蔵と中島待乳《まつち》に国産品を作らせて、各地の師範学校へ頒与したのだという。明治十六年、この事業が経費不足から中止になると、鶴淵初蔵は自ら教育幻灯会の興行を始めた。そのうちに通俗的な内容も加えながら、地方へ普及していったらしい。

そんな幻灯を寅彦が見たのは、小学校の頃だった。『映画時代』や『亮の追憶』によると、高知の劇場で公開されたのを見に行った。色のついた幻灯は、それまでの箸と手ぬぐいの人形の影法師とはかけ離れていた。驚異の念に憑かれた高知の子供たちは驚くべき殊勝さで、幻灯を自作しようと試みた。まず甥の亮が挑戦した。「墨と赤及び緑のインキで好い加減な絵」をガラス板に描き、背後から石油ランプの光を当て、三寸四方ほどの紙のスクリーンに投影しようと試みた。紙の周囲は風呂敷やボール紙で塞いだ。手前へ光が漏れないようにするためである。涙ぐましい努力ではあったが、それでも次第にガラス板を増やし、近所の子供を集めて上映するまでになった。

寅彦自身も土蔵の二階の窓を閉め切り、虫眼鏡のレンズを使って、大きな映像を作りだそうと苦心したことがあった。とはいえ初歩的な光学知識もなく、レンズも粗悪だったために、鮮明な映像を作り出すことはできなかった。結局、二十三年の第三回内国勧業博覧会の際、父の利正が本式の幻燈機を買って持ち帰ってくる。かくて寅彦少年の宿願は果たされるのだが、『映画時代』の回想では「妙なことには、この遂げられた希望の満足に関する記憶の濃度の方が、彼《か》の失敗した試みに伴うた強烈なる法悦の記憶に比べて却って稀薄である」と言い添えている。

よき師に恵まれたことも大きかった。その一人は後に『蓑田先生』で回想される高知県立尋常中学の英語教師、蓑田長正である。明治二十八年頃のこと、寅彦が下宿に行くと、蓑田は海外の雑誌を見せながら世界の出来事について語った。はたまた「パリのサロンの写真帳をひろげて、アムプレショニズムやポアンティリズムの講釈を聞かされた」。その襖には画布のまま、黒田清輝が描いたという小さな油絵がピンでとめられていたという。フランスから黒田が帰ってきたのは二十六年七月のことだが、黒田と蓑田先生は同郷で、旧知の間柄なのだった。[2]

念のために強調しておくと、蓑田は英語教師だったわけだが、寅彦の記憶の中では絵画とも結びついている。もともと寅彦は絵が好きだった。親戚の別役家に、従兄にして伯父になった儁という人がいた。幻灯を作った亮の父親だが、その描いた月下梅花の図が安岡章太郎著『鏡川』の装丁に使われているように、春田と号して悠然と書画に生きていた。この叔父が絵絹に山水や花鳥を描くのを、幼い寅彦はそばで見ていた。やがて自ら水彩画、次いで油絵を描くようになるのだが、そんな寅彦に西洋最新の情報を伝えたのが蓑田先生だったのである。しかも「アムプレッショニズムやポアンティリズムの講釈」というところが面白い。印象主義や点描主義というからには、筆触分割について語ったのだろう。原色の並置によって明度の高い色彩を感知させるこの手法は知られる通り、視覚理論の展開に根ざしていた。そうした側面についても、あるいは説いて聞かせたのではなかったか。

寅彦は明治二十九年、熊本の第五高等学校に進学していく。五高の教師と言えば、まずは漱石ということになるけれど、もう一人、寅彦を物理学へ導いた恩師として、田丸卓郎の存在を逸するわけにはいかない。後年にはローマ字論者として知られた人だが、もともと物理学を志望しながら、父の期待に沿って工科に進み、造船学を学び始めた寅彦を、田丸は理科へ導き、さらに物理学教室の備品だったバイオリンを弾いてみせ、寅彦がバイオリンを弾くようになるきっかけを与えもした。こうした感化の中には、ここでの文脈からして注目すべき点がある。田丸が教えた物理学は今日のそれとは幾らか違っており、視覚や光学に関わる内容が含まれていた可能性が高い。

明治三十五年に上梓された田丸の『物理学教科書』は、その傍証となるだろう。寅彦に教えた時期よりもやや遅れるけれど、第一編「総説」に始まる十編のうち、第六編は「光」、要するに光学である。レンズの概説もあれば、顕微鏡や望遠鏡、「幻燈、其他類似ノ投影器械」に関する図解などもある。そして第六編「光」の最終パートは「眼」にほかならない。眼球の略図を掲げながら、「外界物體ノ各點ヨリ來ル光」が透明体を通過し、水晶体によって収斂させられることで「網膜上ニ外物ノ像を生ジ、視神經之ニ依テ視覺ヲ起ス」——と視覚のメカニズムが略述される。

さらには老眼や遠視近視、なぜ遠近や奥行きを認識できるのかといった説明もある。その中で見逃せないのは、錯視や残像の項である。「光強キ赤色ノ某ノ形ヲ暫ク視詰メテ後、眼ヲ白壁等ニ轉ズレバ其所ニ前ト同形ノ緑色ノモノヲ見ル」。この残像現象については、網膜上で赤色の像を結んだ部分は赤に対する感覚が鈍っているために、壁の白色の中の赤を弱く感じるためである、との説明がなされている。むろん外界に対応物を持たない生理的な視覚であって、今日では生理学や心理学で扱う事柄かもしれないが、当時の物理学は視覚や認知の問題まで扱ったものらしい。寅彦に対しても、田丸はやはり光学や視覚現象を教えたと思うべきだろう。

そこで思い出されるのは五高時代の投稿、課題文章「赤」である。蒲団をかぶって生理的な視覚の観察と記述を試みた一文は、田丸の教育抜きには書かれなかったに違いない。田丸こそは視覚の神秘へ寅彦を導いた人であり、寅彦はこの方面に興味を持ち続けることになる。

見たまま聞いたまま　虚子の実践

むろん「ホトトギス」の中で、こうした寅彦の文章は目立っていたとは言えない。課題文章欄は明治三十一年十一月から二年近く続き、雑多な文章を載せたが、寅彦の投稿は七編にとどまる。また、視覚への関心のありようも、この時期に虚子たちが推進しようとした散文、すなわち写生文と呼ばれるものの初期の形からすると、まったく異質だったように見える。

「ホトトギス」の発行所を東京に移すにあたり、編集発行人を任されたのは虚子だった。後に回顧するところでは、その時、虚子は何か一つ散文を書いてみたいと考えた。しかも、それまでの西鶴調ではなく、写生を試みることにした。「寫生といふことについてまだ確《しっか》りした纏つた考があつたのではありませんが、兎に角手帳と鉛筆とを持つて出掛けて、見た事や聞いた事を書き止めようといふ考が頭に起つたのでありました」(『文章入門』)。すでに俳句における近郊散策で実践していた「手帳と鉛筆」の方法を、そのまま散文に応用したのだった。

その成果である『浅草寺のくさ〴〵』は、最初の東京発行号、明治三十一年十月十日発行号から連載された。大方は旧態依然の戯文だが、初回「仲見世」の「紅梅焼あれば白梅焼あり、豆腐御料理あれば宇治の里御茶漬一人前五錢あり」は看板の文句を引き写した風にも読まれる。翌十一月号の「奥山」では「先祖源水がまはした獨樂は、明け六ツから暮れ六ツ迄まはつて居た　されば之を源水一流ひぐらしの獨樂と申しまする」と大道芸の口上を書きとめている。断っておくと、見たものばかりでなく、このように耳に聞いたものも写生の対象になる。前田愛の『近代読者の成立』が朗誦の慣習を説いたように、「ホトトギス」の面々も互いの文章を朗誦していたとすれば、「先祖源水がまはした獨樂は」と虚子は節回しを付けて読み上げたのかもしれず、病床の子規は自分も歩き回った浅草奥山のにぎわいを懐かしみ、心を慰めたことだろう。

机上の空想を去り、実地に歩きながら見聞を書きとめる虚子の試みは、三十二年二月号の『半日あるき』になると、かなりこなれてくる。「午前十一時客が去つたから例の一冊の手帳と鉛筆とを携へて我家を出た」。上野から浅草へ、さらに墨田堤を歩きつつ、虚子は俳句を織り交ぜる。ところが、まるでいい句が出てこない。百花園では梅の写生を試みて、「暖き梅の日面や二三輪」「暖き日面の梅や二三輪」などと詠んでみたが、どうも「梅の日面」が気に入らない。

ふと氣附いて見るとこれは陳腐極る趣向であつて殆ど同様の句が誰れかに有つたかとも疑はれるから更に

二三輪梅の古木を愛すかな

として見るとこの下十二字は一度自分が用ゐたことさへ有つたやうに覺えて數日前空想で産み出した梅十句の方が作り易かつたのも情けなく、少し氣を轉じる積りで霜に荒れた畑の土のほろ〳〵と乾てゐるのを見て

梅咲いて土ほろ〳〵乾きけり

とやつて見るとこれもどうせ碌な句ではないけれど前の句よりはすこし新たらしい所があるのでこれで無理に滿足してもう梅の寫生はやめにした。

ぼやき芸のようなおかしみが漂い出す。形としては、五年ほど前から子規が書いていた近郊散策文と変わらないが、内実は名句ができませんでしたという実況中継なのである。

もともと「手帳と鉛筆」という方法は見聞きしたものを書きとめるのだから、リアルタイムの記述に近づくことになる。それをもっともらしい文章に構成することを放棄し、虚子は時間軸に沿って書

き続けている。それゆえに読む側も、立ち止まっては俳句をひねり、ああ駄目だと歩き出す虚子の姿を思い浮かべることができる。写生文について、亀井秀雄の『明治文学史』は「場面に内在化した語り手に身体性を与え、語り手にとってのいまとここを明らかにすることによって、語り手が歩く時間の経過に伴って空間のパースペクティヴが変わってゆく様子を伝える、そういう方法を実験してみせた」と位置づけている。第四章で少し触れたことを強調するなら、この時この場所に内属する体験を、精神的には距離を保って記述する方法とも言えよう[3]。

三十二年四月号の『一日』では、すっぱり文飾を切り詰めている。「午後四時　四方太と落花の上野を歩く」「午後四時二十分　獨り動物園に入る。金網の中に在る白鷺は松の梢に乏しき竹きれを集めて巣を作りつゝあつた」といった調子で、時間軸に沿った簡潔な記述となる。

ほとんど日記のごとくだが、こうした虚子の実践がいわゆる写生文の本流を形成していく。特質を挙げれば、見たまま聞いたままの記述、時系列に即したリアルタイム性、近世的な文体や文飾の否定等となる。それらは裏を返せば、「ホトトギス」がなおも伝統的な雅俗観を意識していたことを意味している。第五章でたどったように、子規は明治二十七年頃、旧来の雅俗の枠組みから離脱していたが、同様に雅文的な要素の否定として、此上の方向性が導き出されたとも言える。その最も忠実な実践者が虚子であって、その散文こそが写生文に具体的な形を与えていったのである。

他方では、課題文章欄がそうだったように、初期「ホトトギス」の誌面には、多様な散文が混在していた。実際には虚子も例外ではなく、三十二年三月号の『三つのもの』では、自室にあった「古びたる鼓と、古びたる油畫と、古びたる一冊の希臘語の詩巻」からロマンチックな空想や回想を引き出している。むろん課題文章欄にも参加していた。しかし、写生の理念に即し、見たまま聞いたままの散文に見通しが得られるにつれて、課題文章欄は雑多で、不徹底なものに見えたことだろう。題詠さながらの連想ゲームだから、机上の空想に過ぎない面もあった。ちなみに実地の体験として、寒川鼠骨が獄中体験を書き始めたことも大きかった。「日本」紙上で第二次山県内閣を攻撃したかどで投獄された鼠骨は三十三年五月号の『新囚人』以降、獄中体験をつづって注目された。

三十三年九月号、寅彦の投稿を含む「車」の回を最後に、課題文章欄は打ち切られた。発行四周年に合わせた誌面刷新の一策だった。代わりに始まったのは日記の募集である。(4)告知によれば「某日より某日迄の日記若《も》くは一日の記事にして諸君が見聞し或は自ら行ひたる趣味ある事實の寫生を募るもの也」。初回の翌十月号には、香取秀真の『鋳物日記』を筆頭に、『草花日記』『田家日記』『商業日記』などの十編が並ぶ。いずれも九月十日から十六日の日記である。

「牛頓」こと寅彦も、そこに『窮理日記』を投じている。九月十一日、ぶら下がっていたカボチャがいつの間にか垂れ落ちていた。りんごの落下に注目したわれらが祖先、ニュートンの偉大さについて考えていると、井戸の屋根でカラスが「アホー」と鳴いた――そんな風に俳味を利かせた物理学徒の日記といったところだが、九月十六日の条ではやはり寅彦らしい関心を示している。

十六日　涼しいさえ〳〵した朝だ。まだ光の弱い太陽を見詰めたが金の鴉も黒點も見えない。坩堝の底に熔けた白金の様な色をしてそして蜻蜓の眼の様にクル〳〵と廻る様に見える。眩しくなつて眼を庭の草へ移すと大きな黄色の班點《ママ》がいくつも見える。色がさま〳〵に變りながら眼の向ふ方へ動いて行く。

太陽と残像現象の観察であり、またしても生理的な視覚の記述である。むろん寅彦の体験には違いなく、その限りでは「見聞し或は自ら行ひたる趣味ある事實の寫生」の規定を外れているとも決めつけにくいが、外界に対応物を持たない残像現象の記述はやはり特異と言わざるを得ない。深いところでは、虚子流の実践に反していたことも確かだろう。必ずしも外界と視覚像が対応しないとなれば、そもそも記述すべき「見聞」の事実性が揺らぎかねないからである。

この時は絵画の募集も始まったが、初回の「秋のはじめ」で一等に入ったのは寅彦だった。それも「軒端の廻燈籠と梧桐《あおぎり》に天の河を配した裏絵」という具合。十二月号でも「冬木立の逆様《さかさま》に映った水面の絵」で一等になり、「あまり凝り過ぎてると碧梧桐が云ったよ」と、子規から注意されたという(『明治三十二年頃』)。回り燈籠に水影と、どこまでも寅彦は寅彦なのだった。

ともあれ日記に始まり、リアルタイムでの見聞を書く散文の募集は四年にわたり続くだろう。それを通じて、「ホトトギス」は写生理念の普及を図ったわけだが、もっとも、この路線に徹する以前の初期散文については、まだ確かめておくべきことが残っている。すなわち子規の散文である。「ホトトギス」の中心にいた子規その人は、虚子と相携えるようにしてリアルタイム的な記述を推進していながら、その「見聞」は実のところ、安定した記述の対象とは限らなかった。むしろ寅彦の投稿と呼応するかのように、子規は視覚それ自体にも関心を向けていた。

仰臥のヴィジオネール　子規の散文

虚子が『浅草寺のくさぐ〵』を載せ始めた明治三十一年十月号に、虚子のようには出かけられない子規は『小園の記』を掲げた。「小園は余が天地にして草花は余が唯一の詩料となりぬ」。略図まで添え、根岸の庭の小史や草花の様子を細かくつづっている。前年の春、森鷗外から数袋の種を贈られたが、百日草のほかは生えてこなかった。ところがこの夏になって、葉鶏頭が芽吹いた。子規は庭を眺めながら、一つひとつの植物が喚起する思い出を書きとめていく。

その途中には幻想さえも入り交じる。垣根の黄色い蝶を見ていると、我が魂もさまよい出る。花を尋ね、香を探り、杉垣を越えて隣の庭をめぐり、風に高く吹かれる。身熱を感じて蒲団を引きかぶると、夢にもあらず幻にもあらず、今度は広大な原野に幾百の蝶が群れ遊んでいる。「蝶と見しは皆小さき神の子なり」。天上の音楽に神の子らは舞い踊る。我も遅れてはならじと茨葎を躍り越えたかと思うと、野川に落ちた――そこで夢から覚めると、「寝汗したゝかに襦袢を濡して熱は三十九度に上りけん」。同じく「ホトトギス」東遷最初の号に掲載されながら、夢と現実が入り交じるこの『小園の記』と、見たままを標榜し、実直な記述を試みる虚子の『浅草寺のくさぐさ』とは到底同日の談とは思われない。むしろ近いのは半年余りして、寅彦が最初に投じた課題作文『赤』の一編の方と言うべきだろう。生理的な視覚を記述した寅彦の投稿は、蒲団を引きかぶる身ぶりにおいて共通し、幻覚を現実に引き戻す呼吸も似通っている。前後関係からすると、熊本時代の寅彦は「ホトトギス」の既刊分を読み、『小園の記』に惹かれていたのかもしれない。

続いて子規は「病ひのつのらばつのれ」と外出に及び、翌十一月号に『車上所見』を載せた。もともと見聞を書きとめる方法は、子規が試みていた近郊写生文に始まるのだから、子規こそが本家だったのに違いないのだが、すでに自由に歩き回ることはできなかった。ただ人力車の車上に運ばれる眼と化して、子規は簡潔に筆を進める。「一時過ぎて車は來つ。車夫に負はれて乘る。成るべく靜かに挽かせて鶯横町を出づるに垣に咲ける紫の小き□（一字脱落）の名も知らぬが先づ目につく」。そんな風に始まるのだが、しかし、三河島のあたりにさしかかると、この文章も回想へ分け入っていく。

三河島は日清従軍を熱望しつつも果たせず、近郊散策に甘んじていた頃に、「一冊の手帳と一本の鉛筆」を携えて、「眼に映るあらゆるものを捕へて十七字に捏ねあげん」とした写生開眼の故地にほかならない。草に寝転び、袖や背中に構わず入り込むイナゴをも「我に馴れたるはさすがにいとほしくて、得去りもやらず」「うつら〳〵と吾に返りては、驚きて都に返り務めに就く」という風に、子規は過ぎ去りし日々を思い出し、「はた何者か吾に代りてかしこに寐ねたらんか」と眼をこらしたりもする。散文で写生を試みる子規は、かつて俳句において写生を始めた当時の自分を回想し、眼前の景色にオーバーラップさせているのである。

病をおして出かけた紀行文はほかにも幾つかあるけれど、もはや小康の折に出かけるのがやっとのことで、見聞を書きとめようにも見聞の幅そのものが狭かった。ある時は夢想へ、またある時は回想へ横滑りする散文は、やむを得ざる仰臥の現実と無縁ではなかっただろう。

明治三十三年一月号の『ラムプの影』では、幻覚めいた体験が主題となっている。

> 病の牀に仰向に寐てつまらなさに天井を睨んで居ると天井板の木目が人の顔に見える。それは一つある節穴が人の眼のやうに見えてそのぐるりの木目が不思議に顔の輪廓を形づくつて居る。其顔が始終目についいて氣になつていけないので、今度は右向きに横に寐ると、襖にある雲形の模様が天狗の顔に見える。いかにもうるさいと思ふて其顔を心で打ち消して見ると、襖の下の隅にあ

る水か何かのしみが又横顔の輪廓を成して居る。

ガラス障子越しに上野の森を眺めると、今度は森のすきまの空が逆さまの横顔に見える。「箇様に暗裏の鬼神を畫き空中の樓閣を造るは平常の事であるが」と子規は言うのだが、発熱の中で投稿句を整理していると、今度はランプの火影の中に顔が出てきた。

「ガラス障子の向ふに、我枕元にあるランプの火の影が寫つて居る」。ガラスに映った火影を見つめていると、涙が出る。火影が二つになる。ガラスの疵のせいなのか、不規則につながって見えたりもする。「全くの無心で此大きな火の影を見て居ると其火の中に俄に人の顔が現れた」。

最初は「西洋の畫に善くある、眼の丸い、くる〳〵した子供の顔であつた」。それが八つか九つくらいの女の子の顔、鬼の顔、猿の顔、さらに西洋の昔の学者か豪傑の顔になる。不意に丸髷の女が現れたかと思うと、すさまじい三宝荒神に変わる。さらにはキリスト、面頰を付けた武者、肺病患者、般若の面などになり、そのうちにまたキリストの顔が出てきた。

これではいかぬと思ふて、少く頭を後へ引くと、視線が變つたと共にガラスの疵の具合も變つたので、火の影は細長い鍵の様な者になつた。今度は屹度風變りの顔が見えるだらうと見て居たけれど火の形が變なためか一向何も現れぬ。やゝ暫くすると何やら少し出て來た。段々明らかになつて來ると仰向に寐た人の横顔らしい。いよ〳〵さうときまつた。眼は靜かに塞いで居る。顔は何となく沈んで居て些の活氣も無い。たしかにこれは死人の顔であらう。見せ物はこれでおやめにした。

発熱のせいか薬の作用なのか、幻視は一時にとどまらなかった。ほとんど錯乱に瀕するかのようだが、顔の変幻を観察し、記述する子規の意識は冴えている。「見せ物はこれでおやめにした」というから、死人の顔に暗然とするまでは幻灯でも眺める気分だったらしい。確かに子規は熱にうなされ、幻覚に翻弄されているのだが、それを別の次元から観察し、記述する子規がいる。

こうした状態を、子規は三十四年二月号の『死後』で定式化している。

死を感ずるには二様の感じ様がある。一は主観的の感じで、一は客観的の感じである。そんな言葉ではよくわかるまいが、死を主観的に感ずるといふのは、自分が今死ぬる様に感じるので、甚だ恐ろしい感じである。動氣が躍つて精神が不安を感じて非常に煩悶するのである。これは病人が病氣に故障がある毎によく起こすやつでこれ位不愉快なものは無い。客観的に自己の死を感じるといふのは變な言葉であるが、自己の形体が死んでも自己の考は生き殘つてゐて、其考が自己の形体の死を客觀的に見てをるのである。

この「二様の感じ様」を子規は行き来していた。前年の秋にも遠からず自分は死ぬという思いが脳裏を去らずに苦悶したことがあった。ところが、「どういふはづみであつたか、此主觀的の感じがフイと客觀的の感じに變つてしまつた」。小さな早桶に入れられ、三つ四つ墓が並ぶ村はずれの空き地に埋められる。手頃の石が一つ据えられて、和尚がしばし回向してくれる。葬られた自分もあまり窮屈な感じはしない。「斯ういふ風に考へて來たので今迄の煩悶は痕もなく消えてしまふてすが〳〵しいえゝ心持になつてしまふた」。

驚くべき精神の状態ではある。おそらく読者諸賢の間には、すでに柄谷行人の議論を思い出した方もあることだろう。名高い『ヒューモアとしての唯物論』はこの『死後』を引用し、子規の客観的という言葉は、自分が自分自身を高みから見る「自己の二重化」を意味すると述べている。さらに漱石の評論『写生文』やフロイトのヒューモア論を引き合いに出す。いずれは同じ漱石の評論を取り上げるつもりなので、つまりは似たような結論に至るのかもしれないが、あまり話を急ぐのもちょっと惜しいような気がする。ここでは虚子や寅彦を含めて、初期「ホトトギス」で試みられた観察と記述の方法を、もっぱら視覚論の方向からとらえ直してみるとしよう。

透過と反射　ガラス障子の部屋

明治三十五年九月発行の「ホトトギス」に、『九月十四日の朝』が載っている。署名は「病牀に於て　子規」。亡くなる五日前に口述した、生前最後の散文である。「朝蚊帳の中で目が覚めた。尚半ば夢中であつたがおい〳〵といふて人を起した」。すでに両脚は膨れ上がり、無理に手で動かそうとすると、かつてない激痛が走る状態に陥っていた。ところが、この日の朝は安穏な気持ちだった。それを不思議に思い、看病で泊まり込んでいた虚子に筆記させたのである。

顔はすこし南向きになつたまゝちつとも動かれぬ姿勢になつて居るのであるが、其儘にガラス障子の外を静かに眺めた。時は六時を過ぎた位であるが、ぼんやりと曇つた空は少しの風も無い甚だ静かな景色である。窓の前に一間半の高さにかけた竹の棚には葭簀が三枚許り載せてあつて、其東側から登りかけて居る糸瓜は十本程のやつが皆瘠せてしまうて、まだ棚の上迄は得取りつかずに居る。花も二三輪しか咲いてゐない。正面には女郎花が一番高く咲いて、鶏頭は其よりも少し低く五六本散らばつて居る。秋海棠は尚衰へずに其梢を見せて居る。余は病氣になつて以來今朝程安らかな頭を持て靜かに此庭を眺めた事は無い。嗽ひをする。虚子と話をする。南向ふの家には尋常二年生位な聲で本の復習を始めたやうである。

末期の眼とも言うべきか、子規の眼は明澄極まりない。庭のあれこれが正確かつ即時的に書き継がれている点において、これは「ホトトギス」の散文が到達した一境地に違いない。

そこで曇りなき観察を可能にした条件を考えるなら、まず一つにガラス障子が挙げられる。光を透過し、部屋の外に広がる庭を枠付け、なおかつ子規と庭を隔ててもいる。庭は子規と同じ時空にありながら、いわば一枚の写真のようなイメージとして現れており、子規は純粋な観察者として、それをなぞるように記述している――ここで「観察者」というのは、しばらくの間、視覚文化論の名著であるジョナサン・クレーリーの『観察者の系譜』を参照しながら書き進めようとしているからだが、それで行くと、ガラス障子のある子規の部屋は、一個の暗箱、カメラ・オブスクラにほとんど等しい。ピンホールカメラの原理によって、その内部に外界がイメージとして投影され、西欧近代の画家たちがそれをなぞって素描を行ったのがカメラ・オブスクラである。この光学機器こそは外界と同時に存在し、そこから独立した観察者に外界の正確なイメージを提供する装置であり、外界と私の関係を体現する認識論的なモデルでもあったとクレーリーは説いている。その枠組みを援用して、庭を外界、子規を観察者と見なすなら、外界をイメージとして眺めさせるガラス障子のある子規の部屋は一個のカメラ・オブスクラに相当すると言えるだろう。

さらにはカメラ・オブスクラと眼球の伝統的な類比に従って、この部屋を眼球になぞらえることもできる。ガラス障子は水晶体、庭のイメージを受け止める子規は網膜という風に。この種の視覚モデルでは、見る私はありのままに外界を映し出すスクリーンにほとんど等しい。

やがて子規の耳には、教科書を朗誦する子供の声が聞こえてくる。すでに記したように、耳に聞いたことも写生の対象になり得るわけだが、ともあれ初期「ホトトギス」の散文は一つに、同じ時空にあり、なおかつ截然と私から分離された外界を観察・記述する方向を目指していた。「手帳と鉛筆」を携えて浅草寺の雑踏に立ちまじり、見たこと聞いたことをリアルタイムで手控えた虚子の試みはその出発点に位置している。それはすなわち移動式の暗箱、分けてもその投影面になることだった。そして『三月十四日の朝』における庭と子規、ガラス障子のある部屋の関係は、この行き方の純粋なモデルと見なし得る。彼らの到達した一境地と呼ぶゆえんである。

付言するなら、こうした考え方は光学装置的な視覚観を前提としており、言うなればそのマシニズムのゆえに、誰にでも均質な観察・記述を可能にするはずである。虚子が日記募集を通じて写生文の普及に向かったのは、方法としての普遍性が前提にあったことを意味している。

ただし、これは一境地であるにせよ、実のところは事柄の半分でしかない。初期「ホトトギス」の面白さは、こうした行き方と並行して、それを相対化する散文がまったく同時に書かれていたところにある。先回りして言えば、カメラ・オブスクラが外界と私の関係を定式化するというのは古典的な視覚モデルの域を出ない。眼球は光学装置ではあり得ず、どうあれ身体に帰属する器官でしかないからである。そのことをまさに身をもって知っていたのは子規その人だった。
もう一度、明治三十三年一月号の『ラムプの影』を読み直してみるとしよう。子規はどのように火影を見ていたのか。ここでもガラス障子が重要な役割を果たしている。

熱と草臥とで少しぼんやりとなつて、見るとも無く目を張つて見て居ると、ガラス障子の向ふに、我枕元にあるランプの火の影が寫つて居る。もつともガラスとランプの距離は一間餘りあるので火の影は搖れて稍大きく見える。それを只見つめて居ると涙が出て來る。すると灯が二つに見える。けれどもガラスの疵の加減であるか、其二つの灯が離れて居ないで不規則に接續して見える。

次いでランプの火影は顔のイメージと化し、奇怪な変幻を繰り返すわけだが、この子規の部屋はカメラ・オブスクラのモデルでは説明できない。なぜならガラス障子は外界への開口部ではもはやないからである。『三月十四日の朝』では光を透過し、外界をイメージとして眺めさせたガラス障子は、ここでは部屋の内側にある炎を反映している。庭のあるべきあたりに浮かぶそれはつまり反映像にしか過ぎず、外界と私という関係が存在しない以上、カメラ・オブスクラのモデルはそもそも当てはまらない。この部屋を眼球になぞらえるとすれば、さしずめ閉じられた眼となるだろう。
むろん閉じられた眼というのは部屋についての比喩であって、現実の子規は眼を開き、炎の反映を凝視している。しかも、ガラスには疵があり、なおかつ子規の眼には涙が溢れ、潤んでもいた。ガラス障子に映る炎は正確な反映像ではなく、子規の眼も忠実なスクリーンではなかったのである。炎の反映像は揺らぎつつ滲み、キリストや面頬の武士などへ変幻する。それらはいかに奇怪であれ、子規にとっては既知のもの、もともと脳裏にあったイメージに違いない。不安定な視覚像にいわば記憶を光源とするイメージが重なり合うことで、幻視が生じたことになる。

この種の幻視体験は、眼が不透明な身体に帰属し、見る私がいわば生けるスクリーンであることを否応なく知らしめたことだろう。視覚像は必ずしも外界とは対応せず、身体の干渉を被る。記憶の中のイメージが現れることもある。夢想や回想もそれに似た作用と言ってよく、その場合、見ることの現在に過去が混交することにもなる。こうした見ることの生理を子規は理解し、それのみならず、どこかで面白がっていたふしもある。だとすれば、先に引いた『三月十四日の朝』は、生ける私が不意に曇りなきスクリーンと化した驚きに発して、その状態を記述した一文だったように思えてくる。むろん身体性の脱落こそは死の予兆だったかもしれないのだが――。

ここで一度、まとめておこう。「ホトトギス」の写生文とは、一義的には虚子の『浅草寺のくさぐさ』を最初期の例として、現実のただ中に身を置き、観察・記述することを意味していた。それは装置的なスクリーンになることに相当する。外界と私の敷居は保たれ、おのずと精神的な距離も生じていただろう。しかしながら、おそらくは病者という条件によって、子規は見ることがこの身体に帰属すること、すなわち私が生けるスクリーンであることを受け入れていた。その場合、観察は不正確さを免れず、夢想や回想、幻覚が入り交じることもある。庭の記述が蝶の舞う夢想に横滑りする『小園の記』、三河島の草叢に日清開戦時の自分を重ね見る『車上所見』、そして幻視の記録にほかならない『ランプの影』といった散文は、外界からのイメージと記憶に発したイメージとが分け隔てなく到来する私が前提となっている。生けるスクリーンとしての子規のありようは、装置的なスクリーンとして見聞きしたままに記述する態度を大きく包含するものでもあった。

そして生けるスクリーンとしての私ともう一人、その体験を観察・記述する私がいなければ、一連の散文は書かれ得なかった。かの『死後』の場合、不自由な身体に縛られた子規を、もう一人の子規が突き放して眺めていたわけだが、それと並行して（あるいは先んじて）錯誤や内的イメージの干渉を許す身体的な視覚と、観察・記述する私の二重化が果たされていた。そのような消息を、子規の散文は伝えている。それとは逆に見聞きしたままを強調する場合、私というスクリーンは可能な限り透明でなければならず、自己の二重化という意識は持ちにくかったはずである。

このように子規の散文は、確かに写生文を豊かにする契機を宿していた。もっとも、そのことに気づいた者は少なかったようである。「ホトトギス」の写生文はもっぱら虚子の実践に即して、見聞きしたままの方向に向かうことになる。ほとんど例外的に、生けるスクリーンとしての私に特別な関心を示し、その点で病める子規の友たり得たのは誰あろう、若き寅彦にほかならない。最も分かりやすい例は課題文章「赤」の一編だろう。『小園の記』で蒲団を引き被り、夢想を記述した子規の身ぶりを反復するかのように、寅彦は生理的な視覚を観察していた。病者として子規が生けるスクリーンとしての私に気づいたとすれば、寅彦は物理学徒として近づいたのだった。

子規としても、そんな寅彦に目をかけていた。すでに引用した寅彦の回想によれば、時折、課題文章「車」を指して「あの椎茸のようなのはもっとないかね」と言っていたという。どういうつもりだったのか、理由を推測するなら、一つには車夫の影が椎茸に見えたというところに、ストレートに反応したのではないかと思われる。何かが別のものに見えるということに、明らかに子規は興味を持っていた。火影が奇怪な顔に変幻する『ランプの影』がそうであるように。

さらには、なぜ別のものに見えるのか、子規の関心はそのあたりにまで届きつつあったかもしれない。三たび『ラムプの影』を読んでみるなら、子規は「熱と草臥とで少しぼんやりとなつて、見ると も無く目を張つて見て居る」と記し、その先でも「全くの無心で此大きな火の影を見て居ると其火の中に俄に人の顔が現れた」と言っている。放心なり無心なりの状態で、いわば意識の統御を免れた無垢なスクリーンに眼を立ち返らせることが、対象が別のものとして見える前提条件なのである。理論的に整理することはなかったとしても、そこを子規は直感的に理解していた可能性が高い。そして寅彦の課題文章「車」こそは、まさに無垢な眼の生きた一文、イノセント・アイズの所産だったと言ってよい。第一に回想という形式は、いとも自然な形でスクリーンとしての私と、それを観察・記述する私という関係を担保するだろう。変幻する影が眼に映じるのは少年の寅彦、記述しているのは理科大学生の寅彦であって、両者は過去と現在に割り振られ、おのずから分離されるからである。なおかつ前者はその少年性によって、無垢なスクリーンとしての性質を与えられている。実に鮮やかな解答というにふさわしく、こういう文章がもっとないのかと子規が尋ねたのも無理はない。子規は自身の関心を共有し得る若き友として、寅彦を遇していたのではなかっただろうか。

そんな心の通い合いを、やはり寅彦の側も感じていたようである。「ホトトギス」の頃を回想した『明治三十二年頃』『高浜さんと私』の双方で、寅彦はまったく同じ話を持ち出している。おそらく余人には一笑の種でしかなかったはずだが、それというのは柿を握った手を描いた子規の絵を見て、虚子が「馬の肛門かと思った」というおかしなエピソードである。

そのいきさつについては、子規も自ら三十三年三月号の課題文章「画」に書いている。子規は柿を左手に握り、親指と人差し指の間から見えているところを写生した。そこに虚子が現れた。苦心の写生を見せると、何だか分からない様子だった。「手に柿を握って居るのだ」と説明すると、虚子は「それで分ったが、さつきから馬の肛門のやうだと思ふて見て居たのだ」と言った。何ともとぼけた会話の後、寅彦の回想によれば、子規はその虚子の言葉を絵に書き添えておいたらしい。それを見て寅彦が笑ったところ、子規は「本当にそう思ったのだから面白いのだ」と弁護したのだという。子規と言えば、こんな些細なエピソードが寅彦には思い出された。その理由については、長々と説くには及ばないだろう。眼の不思議を楽しむ子規という人が印象深く刻まれていたのである。

手と柿が虚子には馬の肛門に見えたことに打ち興じ、車夫の影を椎茸と見た寅彦の短文を愛した子規を、寅彦は長く忘れなかった。虚子や他の門弟たちを差し置いて、我こそはなどと言うつもりはなかったはずだが、子規との間に確かな紐帯を感じていたに違いない。

虚子、転回を図る

子規の没後、「ホトトギス」の散文はいわば自縄自縛に陥ったように見える。見聞きしたままの路線を徹底しようとして、結果的には幅や深さを失った感を否めない。

三十五年暮れの子規追悼号に坂本四方太は「写生文の事」を書き、「いよ〳〵子規子がなくなられた今日となつては吾々は羅針盤を失うた船の如きものである」「獨り文章を書いて見ても最早褒めて呉れる人も小言をいうて呉れる人もない。嗚呼吾々は何を目當てに進んだら善からうか」と途方に暮れている。かつては子規の判断に従えばよく、その書くものが規範となっていたが、かくなる上は自分たちで写生文の基礎を据え直すしかなかった。

「寫生は我黨の旗旆也。俳句に於ても文章に於ても」。こんな風に始まる広告を、虚子は三十六年五月号に掲げた。「ホトトギス」の散文集第三弾を準備しているという内容だが、一種の声明文のようにも読まれる。既刊の『寒玉集』一篇、二篇の売れ行きは冴えなかったが、「兎も角も我黨の蓆旗をひるがへして見せるわけ也」。この第三弾は九月、『写生文集』の題で刊行された。

鼠骨も同じ三十六年五月、『写生文　作法及其文例』を上梓した。写生文の意義、作法、種類を説いた上で、写生文の文例六編を収録する。鼠骨の単著には違いないが、文例は三十三年以降の「ホトトギス」から採られている。当時の写生文のあり方を、鼠骨は宣揚してみせる。

天然であらうが、人事であらうが、すべて吾人の身邊を圍繞してゐるもの、又は吾人の眼前に現出して來るものを、實地其の儘に寫し出す叙事文である。即ち言葉の飾りとか作者の空想理想などは悉く捨てゝしまつて唯實際にありし次第を其の儘に寫し出す文章であつて、言はゞ彼の活動寫眞のやうに、秒時々々の空間の出來事をば時間的に連續させたやうなもので、詳しく云ふと、或る景色なり人事なり、自分の見又は聞いて面白いと感じた事柄を、直ちに文章に直す場合に、形容とか誇張などを成るべく省略してしまつて、實際に見た儘、聞いた儘を書くのが寫生文である。

「實地其の儘」の強調をはじめとして、時系列に即したリアルタイム的な記述、修辞の省略などを要点に、「手帳と鉛筆」に発した虚子流の方法に明快な定義を与えている。新味のある説明として「活動寫眞のやうに」というあたりも目をひくが、この比喩に従うなら、自身を外界のスクリーンとして設定し、それが映画のように読者に眺められることを期待していたことになる。それゆえ逆に、書き手の内部からの投影は否定の対象にしかならない。実際に、回想的な文章を鼠骨は切り捨てている。「時によると長々しい回顧を書き立てる人がある。斯かる回顧は其當人には頗る面白からうが、他人には少しも面白くないものだ」。主観を交えることにも消極的であり、あくまで「自分の現在見聞する所の客觀に附隨した所の主觀であつて、唯だ其の客觀を面白くする場合にのみ限られてゐる」と断っている。この考え方で行くと、回想や感慨へしばしば入り込む子規の散文は説明がつかなかったはずだが、そこは名手ならではの例外とでも考えていたのだろうか。

「ホトトギス」の誌上では写生文の募集が続いていた。ただし、課題については「五分間記事」「長さ一町の間を寫生せよ」といった工夫が加えられている。対象とする時間や空間を限定することで、観察と記述の精度を引き上げる試みのようにも受け取れるが、ただの日記では単調さを免れず、バリエーションでも付けないことには読むに耐えなかったのも事実だった。

『写生文の由来とその意義』で虚子が総括するところによれば、写生文が多少面白いと言われるようになった頃には、早くも材料に窮してきたのだという。「鉛筆と手帳とを以て寫生に行く先きは、お宮とか、縁日とか、動物園とか、植物園とか、觀世物とか、その他街中の見易い所」に限られていた。みだりに他人の家に入り込むわけにもいかず、変化が出なくなる。投稿にしても「他人の窺ひ得ざる所」を書いてくる分には面白いが、そうでなければどうにもつまらない。他人の知り得ない境遇を書いた代表格とは、虚子はそうとは書いていないが、筆禍事件で入獄した鼠骨その人だろう。面白い文章が書けるからと言って、誰もが牢屋に入るわけにはいかない。

外に向かっては写生文の旗印を掲げていたものの、見たまま聞いたままを徹底する路線は先行きが見え始めていた。主唱者の虚子自身、行き詰まりを感じていたらしい。

明治三十七年八月二十七日付、橋口貢に宛てた漱石のはがきは、ちょっと奇妙な虚子の頼み事を伝えている。「先日高浜虚子に遇ふ　十月からほとゝぎすの号をかへる　其時同紙の上部四分一許の処へ廻り燈籠の様な影法師の行列を入れたい　僕にかいてくれといふ」。漱石は前年、三十六年一月に英国から帰国し、虚子とも親交を深めていた。水彩画に凝ってもいて、このはがきにも松の絵を添えているのだが、さすがに公刊の「ホトトギス」に描く気にはならなかった。自分は駄目だからと断り、橋口貢が描いたラクダの絵を見せた。すると虚子は感服したと見えて、貢に頼んでみてくれと言っている、一つ描いてやってくれないかというはがきである。

橋口貢は寅彦と同じく、熊本・第五高等学校での教え子だった人である。弟は橋口五葉で、当時は東京美術学校に学んでいた。そこで貢は、弟の五葉に描かせるのはどうかと推薦したらしい。漱石から貢、さらに五葉へお鉢が回った格好である。虚子が固執していたこともあり、結局、五葉は何とか描いたようで、十月二日付のはがきで漱石は貢に感謝し、虚子に送ったと伝えている。果たして十月号を見ると、「走馬燈圖案　はしぐち」が載っている。それにしても、ずいぶんとこだわった通り、この「廻り燈籠」の図案は虚子には特別の意味があったようである。

誌面には、図案と呼応する記事が幾つか載っている。募集文章「戰争に関する寫生文」五編の筆頭は「幻燈會」。当時は日露戦争のさなかで、伊予の虚堂という人が「征露幻燈會」の様子を書いている。「余の足もとの婆さん、今度のは動きませんなアと失望歎息の聲を洩らす」というから、地方にも映画が普及し、幻灯は時代遅れになっていたらしい。さらに「募集俳句其一」の題はまさに「走馬燈」。内藤鳴雪選で八十句余を掲げる。映像的なものへの傾斜はまぎれもない。漱石に図案を頼んだ経緯からして、虚子その人の意向が強く働いた誌面だったはずである。

　自身の文章でも、虚子は新たな方向性を探っている。この三十七年十月号では「片々文学」の題のもと、『花車売』『野分』『泥棒〳〵』という短い三編を集めている。続く十一月号でも「片々文学」として『鏡』『屁』『血』の三編。さらに三十八年一月号——これは『吾輩は猫である』の連載が始まった号なのだが、虚子は題を「非片々文学」と改めて、『影法師』『茶漬』の二編を載せている。なぜ「片々文学」で「非片々文学」なのか、さっぱり分からない。計八編の内容も乱調気味というしかない。『屁』などはまさに屁のような代物で、寝付かれない夜に、十発屁を放ってみようと思いつき、苦労するうちに熟睡したというくだらなさ。その雑多さはしかしながら、漢字一字の題が含まれることもあり、かつての課題文章欄を思い出させる。

　計八編の一つ『影法師』は三十七年十月、京都方面に遊んだ際の紀行文のようだが、ほとんど闇と影の記述で埋め尽くされている。「疏水の屋根舟が三井寺の下を離れると程なく逢坂山のトンネルに這入る」。見れば、闇に何かが揺らめいている。「其は艫にある提灯の火影が搖れながらトンネルの壁に映つて居るのである。さうして其薄暗い火影の中に或形を認める。提灯の頻りにゆれる時には崩れてしまう。稍其火影の沈まる時にはぼんやりと其形を成す。頭は小さいが肩以下がだん〳〵下ぶくれになつて水際では殆ど二間餘りの幅をして居る」。これは提灯を背負った船頭の影法師なのだが、執拗に揺らめく影を記述する文章は、先例を「ホトトギス」に求めるとするなら、子規の『ランプの影』や寅彦の課題文章「車」に行き着くことになるだろう。

　これらの文章は端的に言って、等しく子規生前への回帰を志向している。虚子らしからぬ「片々文学」や「非片々文学」のでたらめさも、四年前に打ち切った課題文章欄を懐かしみ、その無責任な調子であえて書いてみたのだとすれば、納得がいく。影法師の図案に執着し、自ら『影法師』の一編を書いたことは、初期「ホトトギス」に流れていた光学的な関心に目を向け、虚子なりに生かそうとしたことを示唆している。(5) 言い添えておけば、絵の募集の初回に回り燈籠の絵を投じ、一等をさらったのも寅彦なのだったが、推測するに、虚子は見たまま聞いたままの写生文に倦んでしまい、ある時、「ホトトギス」のバックナンバーを読み直したのではなかったか。それで取り逃してしまったものがあることに気づき、いったん舵を切ろうとしたように見える。

この後しばらく、虚子は幻想味の勝った散文を試みている。三十八年三月号の『石棺』は、武田信玄の水中墓伝説のある諏訪湖へ行った紀行文である。ところが暗い湖面に一艘の船を認めるあたりから、闇と光の描写に入り込む。やがて「夢の浮き繪」のごとく武者の幻影が現れ、ついには石棺が沈められるのを幻視するに至るのだから、当時の写生文理解をまったく逸脱している。

三十八年十一月号の『蠟燭』は、深夜に蠟燭で暇をつぶした話。ランプと蠟燭が作る影法師を観察し、笠をかぶった船頭や犬の影絵遊びを試みる。子規の『ラムプの影』を反復するような光学的な記述が連続する。さらに虚子は鏡を持ち出す。一つ、二つと蠟燭の回りに立て始める。

次に三つの鏡で蠟燭を圍ふやうにして見る。角度が旨く取れると今度は殆ど同じ大きさをした蠟燭の柱が圓形を形づくつて三十餘りも見える。大殿堂とか大食堂とかゞ灯し連ねたやうな感じがする。蠟燭の炎々と燃えて居るのが天井を焦して晝を欺く程明るいのかと想像される。其蠟燭の火柱の下には花の如き貴女の群れ紳士の群れが手を組み足を揃へて歩み出るのかともあやまたれる。果ては嚠喨たる音樂が聞こえて愈々これから舞踏が始まるらしく見える。これは何かの口繪で見た天長節の夜會らしい。

そこで鏡は倒れ、一本の蠟燭に戻る。闇が四方から押し寄せる――。そんな風に、蠟燭の観察から夢想へ移行し、再び現実へ着地する呼吸はスムーズだが、『ラムプの影』によく似るだけに、むしろ違いが際立つことも否めない。虚子は蠟燭を立て、鏡を操作する。その作為性を超えて、意想外のイメージの訪れに翻弄される瞬間はついに訪れない。夢想や回想、幻視が投影されるような生けるスクリーンへの気づきを、虚子の散文は欠いている。子規に比べれば、はるかに虚子は健康であり、ついに視覚の身体性を意識する契機を持たなかったのではなかったか。

もっとも、この時期の試みが虚子の文業を豊かにしたことも確かだろう。一度は立ち止まり、軌道修整を図ろうとしたことは、一つの事情として、「ホトトギス」において漱石の存在感が急速に大きくなっていたことが背景にあったに違いない。子規と似て、小説を書きたいと願いながらも果たせずにいた虚子としては、『猫』や『坊っちゃん』などに刺激され、おそらくは焦燥感に駆られたはずである。写生文の延長線上に小説は書かれ得るのか、はたまた小説を書く上で写生文の実践はどう生かされるべきか、そういった関心の中で、写生文をとらえ直そうとしたように見える。事実、やがて書かれる小説にその試みが生きたことは、明治四十一年、「国民新聞」に発表された本格的な小説の第一作『俳諧師』がよく物語っている。トンネルの場面を引用してみよう。

穴の中に這入ると轟然たる響が耳を聾するばかりである。車中の人は皆寝て居る。三藏は今獨り醒めて居る。俄に心細い。自分と反對のガラス窓に朧氣に自分の顔が映つてゐる。自分の形の左上部に赤いものが映つてゐる。これはラムプの影だ。其赤い色は馬鹿に氣持の惡い陰氣な色だ。おまけにそれがちら〳〵と動く。其動く度に自分の影法師もピリピリと震へるやうに動く。汽車が穴を出る。すさまじい音をしてガラス窓が一時に鳴る。又穴に這入る。陰に籠つた地獄の響が聞える。

これは映像的な描写に徹した川端康成の名作『雪国』の出だし、汽車の窓に女の顔と窓外の火が二重映しになる名高い場面を先取りしているようにも読まれ得る。子規の『ラムプの影』などに学び、光学的な描写を自家の懐に加えようとした努力の賜物と言うべきだろう。

寅彦の帰還

ところでこの間、寅彦はどうしていたのか。実を言うと、寅彦にはつらい出来事があった。妻の夏子を亡くしたのである。夏子を娶ったのは、第五高等学校在学中の明治三十年のことだった。早婚の二人にとって、しかし、幸福な日々は短かった。三年後に夏子は喀血し、三十五年十一月、長女を残して没した。九月には子規が世を去り、その二か月後のことだった。寅彦自身も肺尖カタルを患っていた。一時は高知で療養生活を強いられ、文章を書くどころではなかった。

そんな寅彦にとって、大きな支えになったのは漱石だった。三十六年一月、この恩師の帰国を寅彦は新橋駅に出迎えた。漱石が千駄木に落ち着くと、三日にあげずに遊びに行った。そこには「ホトトギス」の面々も出入りしていた。この年五月十九日、寅彦の日記は漱石を囲む集まりのくつろいだ雰囲気を伝えている。「夜夏目先生を訪ふ。虚子、四方太二氏来る。御土産なりとて団子持参す。文科学生某も来る　能楽の話、故子規子の話、不折の話、文章の話、等 water color など見る。苺の御馳走あり」。子規門下の朗読合評会「山会」が漱石邸で行われるようになると、やはり顔を出すようになる。その「山会」で『猫』が朗読され、「ホトトギス」に掲載されるに至ったことは知られる通りだが、寅彦としても、何かしら書いてみたい気分になったらしい。

その作品『団栗』は明治三十八年四月、「ホトトギス」の通算百号に載った。巻頭は『猫』の連載三回目、漱石はほかに『幻影の盾』を発表した号である。

「もう何年前になるか一寸思出せぬが日は覚えて居る。暮もおし詰つた廿六日の晩。妻は下女を連れて下谷摩利支天の縁日へ出掛けた」と始まる。妻とは亡くなった夏子である。縁日から帰ってきた妻は喀血する。伝記的に言えば、三十三年暮れのことになる。

年が明けた二月の風のない日、小康を保っていた妻を伴って、語り手は植物園へ出かける。温室で気分が悪くなった妻は先に出て、ベンチで休んでいる。植物園の出口に歩く途中、妻は「オヤ。團栗がまあ」と夢中になって拾い始めた。「團栗の商賣でも始めるのかい」と言っても、笑いながら「だつて拾ふのが面白いぢやありませんか」と、夫のハンカチを借りてまで拾いやめない。

そんな描写の後、「此團栗ずきの妻も今は故人となつて」と、この妻がすでに世にないことが告げられる。不意に時制は現在へ移り、目の前には忘れ形見のみつ坊がいる。まさに同じ植物園で団栗を拾っている。「こんな些細な事に迄。遺傳と云ふものがあるものだか、そこは知る事が出來ぬが。みつ坊は非常に面白がつた」。五つ六つ拾うと、父のところに飛んでくる。帽子の中に広げたハンカチに団栗を投げ込むたびに頬を赤らめ、うれしそうな、溶けそうな顔をする。

争はれぬ母の面影が此無邪氣な顔の何處かの隅からチラリとのぞいて。うすれかゝつた昔の記憶を呼び返す「おとうさん。大きい團栗ね。こいも〳〵〳〵〳〵みんな大きい團栗ね」と小い泥だらけの指先で帽子の中に累々とした團栗の頭を一つ一つ突つつく。「大きい團栗。ちいちやい團栗。みいんな利口な團栗さん」と出たらめの唱歌のようなものを歌つて飛び〳〵しながら又拾い始める。余は其罪のない横顔をじつと見入つて。亡妻のあらゆる短所と長所。團栗のすきな事も折鶴の上手な事も。なんにも遺傳して差支へはないが。始めと終りの悲惨であつた母の運命だけは。此兒に繰り返させ度くないものだと。しみ〴〵そう思つたのである。

かつて無心に光学現象を観察した寅彦は、人生の悲しみを知る書き手に変わっている。実際には引用した現在の体験、つまりあどけないみつ坊の姿が亡き妻を思い出させたことから書かれたのだろう。その山場に至る説明として、妻の発病に始まる過去の経緯が前半に置かれているのである。この構成によって「此團栗ずきの妻も今は故人となつて」と時制が切り替わると、出掛ける前に髪を巻き直し、泣き伏し、力なくベンチにもたれ、帰り際には喜々として団栗を拾った妻の姿はすべて残像に変わり、眼前にあるみつ坊の姿にオーバーラップすることになる。

「こんな些細な事に迄。遺傳と云ふものがあるものだか」と遺伝を気にかけるのは、それを援用したゾラ流の小説が書かれるほどに遺伝学が人口に膾炙していたことによる。そのことには次章で少し触れるつもりだが、この寅彦の名編ではささいな話でしかない。団栗を拾うみつ坊の姿に、同じ植物園で団栗を拾った亡き妻の姿が不意に二重映しになった感慨こそが主題であって、遺伝学が説くように、人生までも重なり合わぬように願ったのに過ぎない。

過去の経験はイメージとしてよみがえる。ふとしたはずみに、私というスクリーンへ投影されると言ってもよい。過去を叙事的に記すかのようで、それを残像に転じて描き切っている点で、寅彦の復帰作は「ホトトギス」はもとより、当時の散文としても驚くべき水準に達している。

『団栗』の二号後、三十八年六月号に載る『龍舌蘭』はさらに明示的に、イメージとしての記憶を扱っている。まさに梅雨時の掲載なのだが、「一日じめ〳〵と、人の心を腐らせた霧雨もやんだようで」と書き出される。宵闇の重く湿った空に、どこかから汽笛が聞こえる。さっきまで「青葉茂れる櫻井の」と繰り返していた隣のオルガンがやむ。勝手の方で婆さんが「初雷様だ。あすはお天氣だあよ」と独り言を言う。遠雷が轟いている。

地の底、空の果から聞えて來る樣な重々しい響が腹にこたへて、晝間讀んだ悲慘な小說や隣の「青葉しげれる櫻井の」やらが、今更に胸をかき亂す。こんな時には何時もするように、机の上に肱を突いて、頭をおさへて、何もない壁を見詰めて、あつた昔、ない先きの夢幻の影を追ふ。何だか思出さうとしても、思出せぬ事があつてうつとりして居ると、雷の音が今度は稍近く聞えてふつと思い出すと共に、ありく目の前に浮んだのは、雨に濡れ色の龍舌蘭の一と鉢である。

以下はつまり、何もない壁に映し出された残像としての回想である。十四五年前、姉の一人が嫁いだ先での初節句の祝いへ、母と二人で出かけた。親類縁者は言うに及ばず、町から芸者を二人呼ぶほどの盛大さだった。幼い頃の語り手は雰囲気になじめず、早々に奥へ引きこもってしまう。八犬伝や三国志を取り出し、読みふける。そこは女性が着替える衣装部屋なのだった。

犬塚信乃と亡き浜路の霊とが語らう回を読み、影のような幽霊の絵を見ていると、するすると背後の唐紙が開き、女性が入ってくる。子供心には、画中の幽霊がそのまま現実の女になったように感じられたかもしれない。この芸者は膝が触れ合うほどに近く座り、「オ、いやだ。御化け」と絵をのぞきこむ。やがて誰かが「清香さん」と呼ぶ声がすると、黙って部屋を出て行った。

その清香は翌日、今度はイメージとして現れる。少年は一人で縁側に立っている。池には静かに鰭を動かす鯉がいる。龍舌蘭の葉は濡れ色に光っている。「中二階の池に臨んだ丸窓には、昨夜の清香の淋しい顔が見える」。窓越しに、すなわちイメージとして幼い眼に映じただろう清香は、「こめかみに貼った頭痛膏にかゝる後れ毛を撫でつけながら、自分の方を向いたが輕くうなづいて、片頰で笑つた」。清香はイメージと現実を往還する女として語られている。

その夜、母親は家に帰り、少年は取り残される。先に寝かしてもらったが、気分は不安定で、心細さがつのる。目が冴えて眠れない。少年はイメージの世界へ落ち込んでいく。

天井に吊した金銀色の縄珠玉に寫つた小さい自分の寝姿を見て居ると、妙に氣が遠くなる樣で、からだが段々落ちて行く樣ななんとも知れず心細い。母上はもううちへ歸りついて奥の佛壇の前で何かして居られるかと思ふと譯もなく悲しくなる。姉さんのうちが賑かなのに比へて我家の淋しさが身にしむ。いろんな事を考へて夜着の頸をかんで居ると、涙が眼じりから、こめかみを傳ふて枕にしみ入る。座敷では「夜の雨」を唄ふのが聞える。池の龍舌蘭が眼に浮ぶと、清香の顔が見えて片頬で笑ふ。

不安な心に、昼間に見た龍舌蘭や清香の幻影がよみがえる。涙に濡れた眼というスクリーンに、投影されると言ってもよい。それら記憶の一切はさらに、語り手が見つめる「何もない壁」に浮かび上がった残像にほかならない。さりげなく入れ子の仕組みまで用いて、記憶とイメージを関連づけ、重層化し、変奏する一編なのである。イメージとして記憶を書き切ること、まさにこの一事が寅彦の関心事だったのだろう。その夜、凄まじい雷が轟き、翌朝はすっきり晴れ上がる。少年は公園へ駆け出していく。回想に耽っていた語り手もまた「龍舌蘭は今はない。雷はやんだ。あすは天氣らしい」と書き付けて、美しい一編を締めくくっている。

子供の眼　回想の光学

イメージとしての記憶を扱った『団栗』『龍舌蘭』の二編には、ほかにも共通しているところがある。すなわち子供が重要な役割を担っていることである。

「ホトトギス」の散文には、子供が出てくるものが意外に多い。『団栗』と同じ号に見える河東碧梧桐の『げんげ花』や、『龍舌蘭』の三か月後に載った少年水彩画家の哀話である野村伝四の『垣隣』のように。両者はともに少年の純真さを強調している。

寅彦の二編もまた純粋な子供を登場させているわけだが、しかしながら、扱い方はまったく異なっている。『団栗』のみつ坊は無心のしぐさによって、亡き母を思い出させる。その姿に、まさに母の姿が二重映しになる。『龍舌蘭』の少年は回想の中にあって、淋しい夜に、龍舌蘭や清香のイメージを眼裏に浮かべ、それらがひいては「何もない壁」を見つめる語り手の眼に映じる。寅彦の子供たちはその純真さによって、大人である語り手に回想を促し、過去の出来事をイメージに変換する。イノセントな眼の持ち主であり、イメージとしての記憶を媒介する無垢なスクリーンなのである。

そこで思い出されるのはほかでもない、寅彦の課題文章「車」だろう。少年時代の回想というのみならず、この明治三十三年の投稿と五年後の『龍舌蘭』を比べてみれば、驚くべきことに、双方の構造が同一であることに気づかされる。課題作文「車」において、回想はそれ自体、「夢の様な取り止めも付かぬ切々が、かすかな記憶の糸につながれて、廻り燈籠の様に出て来るばかりで」と語られている。そのようにイメージとして扱われる記憶の中に、子供の眼が位置し、無垢な視覚によって、車夫の影は椎茸のそれに変容する。『龍舌蘭』においても、回想は「何もない壁」に現れたイメージであり、そこに孤独な少年が現れる。その眼に龍舌蘭のイメージが浮かび、無垢なスクリーンである彼が媒介する形で、現在の書き手の眼によみがえる。むろん文章の技巧などは異なっているにせよ、寅彦は課題作文「車」と寸分たがわぬ構えでもって、『龍舌蘭』を書いたと言ってよい。

思えば投稿を開始した頃から、寅彦は光学や視覚に特別な関心を寄せていた。不意に回想や想像がイメージとして訪れ、投影される生けるスクリーンとしての私という認識を、晩年の子規と共有してもいた。子規没後の「ホトトギス」は見聞きしたまま、外界が私に投影されるままに観察し、記述する路線を純化し、単調さに陥ったわけだが、『団栗』『龍舌蘭』の二編によって、寅彦はまさに見失われていた可能性を携えて、「ホトトギス」に帰還を果たしたのである。

その回想の書法はしかも、周辺の若い書き手を触発していったようである。三十九年五月の「ホトトギス」に載った鈴木三重吉のデビュー作『千鳥』は、読むからに寅彦の作品、特に『龍舌蘭』の影響下に書かれたことをうかがわせる。文学史の方面では、かねて明治四十年前後から回想的な文章が増加することが指摘されているようだが、子規―寅彦のラインで受け継がれた書法は、明治三十二年から三十五年頃の「ホトトギス」を母胎として、独自の一系譜を作り出している。その多様に広がっていくスペクトルの中には、あるいは映像性に富む回想を、匙という凹面鏡に映し出すかのような中勘助の『銀の匙』さえ位置しているかもしれない。(6)

写生文とは何か　漱石の再定義

そして「ホトトギス」の散文の展開からしても、寅彦の帰還は絶妙のタイミングだったと言ってよいだろう。それというのは、『団栗』と『龍舌蘭』が発表された明治三十八年頃、彼らの間では、写生文を含めた散文のとらえ直しが始まっていたからである。

冒頭でも一言したことだが、寅彦の二編は目次に「小説」と位置づけられている。実はこの扱い自体、一般的なことではない。「ホトトギス」の目次に散文のジャンルが付記されるのは、三十三年六月の臨時増刊号あたりにとどまっていた。それが通巻百号にあたる三十八年四月号では、『団栗』をはじめ、野村伝四『月給日』、虚子『ほねほり』、碧梧桐『げんげ花』の四編に「小説」の注記がある。二号後の『龍舌蘭』もまた小説扱いである。事情はよく分からないが、ジャンル性への関心が高まっていたと思ってよいだろう。一つには漱石の執筆活動が本格化し、旧来の写生文の枠を超える散文が現れてきた状況があり、他方では、写実を標榜する自然主義系統の小説の台頭もあって、「ホトトギス」の人々は何が写生文で、何が小説であるのか、写生をめぐる散文ジャンルの問題を考えざるを得なくなっていたように見える。

明治三十九年六月号に、坂本四方太は『写生文に就て』を掲げた。「寫生文始まつて以來こゝに十年、十年は十年丈けの變化があつた」として、改めて定義を試みている。

四方太は言う。実地の写生に重きを置くことから、何となく写生文と言ってきたのであって、あまり名前に拘泥してはいけない。「大きく言へば寫生文を繫ぎ合して戯曲も出來よう。小説も出來よう。一部分寫生で一部分空想の記事文も有らう。鍛錬した腕ならば古い記憶を呼び起して眼前の寫生の如き文章をも成すであらう。廣い意味で言へば總べて是れ寫生文である」。

ここで「古い記憶を呼び起して眼前の寫生の如き」と四方太が呼ぶ文章には、確実に寅彦の『団栗』や『龍舌蘭』が含まれるだろう。あるいは一つ前の号に載った三重吉の『千鳥』でもよいのだが、「十年は十年丈けの變化」を経て、イメージとしての記憶を扱ったこれらの散文を無視できなくなったのである。それでもなお四方太は、実地写生から成る文章を純正写生文、そうではないが写生的な文章を応用写生文と呼び、何とか区別を維持しようとしているのだが、見聞きしたままに徹しようとした従来の態度からすると、これは軌道修整には違いない。

面白いことに四方太は、写生文と子供の関係についても、意見を加えている。続く三十九年七月号に掲げた『文章談』の中で、「若し學問したものが寫生文に志すならば先づ現在の學問ある我を忘れて小供に返らねばならぬ」と書いている。系統的に整えられた精神作用が写生文には最も害になるからだという。現代の科学教育が頭にしみ込み、説明的な文章に陥ることを戒めて、四方太は「只だ小供のやうな心になれといふのである。學問を離れて家族團欒の時の心持に歸れといふのである。父母兄弟に對する時と同じ心で總てのものを觀察し、感じた儘を父母兄弟に語る通りに筆にせよといふのである」と力説している。

改めて写生文について語ろうとしたのは虚子もまた同じで、「国民新聞」に連載していた『俳諧一口噺』で、明治三十九年十月には写生文の成り立ちや特質を論じている。

虚子はまず、写生文の起源は明治三十一年頃だと述べる。虚子自身、『浅草寺のくさ〴〵』を書いた頃だが、あくまで唱導者は子規だったと強調している。さらに俳句と写生文に対する子規の態度を比較して、その俳句は識見ほどには多様ではなかったが、写生文については、議論ほど形の変化しないものではなかったと指摘する。初期散文の読み直しを通じて、やはり子規の散文の多様な広がりを理解していたのだろう。「若し居士にして今數年の餘命があつたら、今日などは寫生文界にも亦縱横の奔馬を容れて高い處で鞭を取つて居るであらう」と惜しんでいる。

もっとも、虚子は無際限な拡張は許容しなかった。写生文とは「目に見耳に聞くものを其名の如く寫生するのが目的である」という原則論を崩していない。むろんその範疇に収まらない散文を意識しないではなかったようで、「寫生文にも主觀派と客觀派とがある」と述べるのだが、それでも文学全体の中で言えば、写生文はやはり客観派に収まるかもしれず、熱情をもって書かれた主観派の写生文といえども「景色を寫す必要上主觀を按排するに過ぎぬ」と断じるのだった。

主観、客観という枠組みは長く虚子の発想を規定し続けることになるが、こんな風に説く時、果たして虚子は子規の一文『死後』を思い出すことがあっただろうか。主観、客観という言葉で子規が言わんとしていたのは、主観に翻弄される私自身を、客観的に捉え直す自己の二重化だった。ところが虚子の場合、主観と客観はあくまで二項対立的な概念にとどまっている。

こうした議論を、じれったいような気分で読んだらしいのが漱石である。年が明けて、四十年一月十二日付の「読売新聞」に、決定的な評論『写生文』を寄せた。「寫生文の特色に就てはまだ誰も明瞭に説破したものが居らん」「虚子、四方太の諸君は折々此點に向つて肯綮《かうけい》に中《あた》る議論をされる様であるが、余の見る所では矢張り物足らぬ心地がする」として自説を開陳している。

漱石が「物足らぬ心地がする」と感じた点の一つは、四方太が「小供のやうな心になれ」と説いたことだった。はっきり言えば、全然違うと思ったらしい。写生文と他の文章との違いは「作者の心的状態」にあると漱石は強調した上で、それはすなわち「大人《たいじん》が小供を視るの態度である。兩親が兒童に對するの態度である」と言い切っている。誰もそう思っていないだろうが、写生文の心的状態を解剖すれば、そこに帰着してしまうとも述べる。どういうことか。子供はよく泣く。親と子供が同じ平面に立ち、同じ程度の感情に支配されるとなれば、子供が泣くたびに親も泣かなければならない。そんな親はいないだろう。もとより親は子供に対して無慈悲ではない。同情はするにせよ、駄菓子を落とした子供と一緒に大声で泣くような同情は持たない。それと同じことで、「寫生文家は泣かずして他の泣くを叙するもの」であって、なおかつ「傍から見て氣の毒の念に堪えぬ裏に微笑を包む同情」とともに描写するのだと漱石は主張する。

これを言い換えれば、「寫すわれと、寫さるゝ彼との間に一致する所と同時に離れて居る局部があると云ふ意味になる」。大人は子供を理解する。しかし、まったく子供になりすますわけにはいかない。子供の喜怒哀楽を写すには客観的でなければならないが、「こゝに客觀的と云ふは我を寫すにあらず彼を寫すといふ態度を意味するのである」。そして漱石は「寫生文家は自己の心的行動を叙する際にも矢張り同一の筆法を用ゐる」と明言するのである。この客観性に関する議論は、虚子に対して差し向けられているのだろう。写生文の客観性とは、写す私が、写されるものを彼として扱う態度を指していて、同じ態度が私の心理を記述する場合にも適用されるというのである。これは写す私と写される私の二重化のことだが、その意味において、漱石は夢想や幻視、回想を記述する子規や寅彦の散文を取り込む形で、鮮やかに写生文を再定義していると言ってよい。

　さらに漱石の『写生文』には大切なことが記されている。

> 彼等は何事をも寫すを憚からぬ。只拘泥せざるを特色とする、人事百端、遭逢纏綿の限りなき波瀾は、悉く喜怒哀樂の種で、其喜怒哀樂は必竟するに拘泥するに足らぬものであると云ふ様な筆致が彼等の人生に齎し來る福音である。

　この一節が最もよく当てはまるのは、子規の場合だろう。惨憺たる病苦に苛まれながら、そうした自己を「我を寫すにあらず彼を寫すといふ態度」で観察し、書いたのが子規だった。まさに自分が死ぬということを客観的に捉え直し、「今迄の煩悶は痕もなく消えてしまふてすが〳〵しいえゝ心持になつてしまふた」という『死後』の状態こそは、漱石の言う福音を証し立てている。

　寅彦の『団栗』もまた思い出されてよい。妻を失った後、その面影を無垢な子供のしぐさに重ね見た時、悲傷の念が伴わなかったはずはないが、しかし、亡き妻の記憶がイメージとして到来したことを、寅彦は淡々とつづった。そのように書くことが慰藉であったに違いない。

　寅彦は明治四十二年に留学するまで、「ホトトギス」へ幾つかの文章を発表した。そこにも『森の絵』や『枯菊の影』のような美しい回想の文章が含まれている。

その後も回想的な随想は書き継がれていくことになるが、子規に関する些事を記した『子規の追憶』の中に、「ほとんど腐朽に瀕した肉体を抱えてあれだけの戦闘と事業を遂行した巨人のヴァイタルフォースの竈から迸る火花の一片二片」という言葉がある。その火花を浴びることで、漱石の言う写生文の心的状態を受け継いだのが寅彦だったと言ってよい。

最後に再び「ホトトギス」を回想した『明治三十二年頃』を引用しておこう。

あの頃の短文のようなものなども、後に『ホトトギス』の専売になった「写生文」と称するものの胚芽の一つとして見ることも出来はしないかという気がする。少なくも自分だけの場合について考えると、ずっと後に『ホトトギス』に書いた小品文などは、この頃の日記や短文の延長に過ぎないと思われる。

「あの頃の短文」とは「車」その他、明治三十年代初期の課題文章のことを指す。以降の書き物はその延長線上にあると寅彦は明言する。のみならず、写生文の「胚芽の一つとして見ることも出来はしないか」と言い添えている。控えめな物言いながら、寅彦の文章はしばしば彼自身にとっては明晰な認識に支えられている。この発言もその例に漏れないようである。

第七章　白馬に乗って

黒田清輝「朝妝」(焼失　明治 26 年　「アトリエ」第 1 巻 10 号口絵より　東京文化財研究所提供)

明治三十五年刊、小杉天外の『はやり唄』という小説に気になる台詞が出てくる。

「然《さ》うか、君が見たいと云ふなら行つても可いが、併《しか》し詰らんぞ、油繪だからな……。四五枚は西洋の繪もあるが、跡は大概常雄様《さん》の描いた奴で……、それも、面白い山水か何かなら可いが、菜畑だとか、野中の一本道だとか、でなきや、作男の笑つた顔だ……、僕なんかは更に感服しない物《もん》だ。」

詰らんぞ、油絵だからな——とは、ミもフタもない物言いではある。後の時代には「抽象絵画だからなア」とか「現代美術だからなア」などと言われて、よく分からない何かとして美術が突き放される始まりが、日本では「油繪だからな」だったということか。

思い返せば明治二十三年、第三回内国勧業博覧会で油絵が評判になったのも事実だが、とはいえ、物珍しさが先に立ち、身近に親しむべき対象になったわけではなかった。徳冨蘆花の『思出の記』にあった、博覧会の回想シーンはその一例と言うべきだろう。若き日の蘆花と幾らか重なる語り手が「油繪お好きですか」と尋ねると、彼が思いを寄せるお敏はあっさりと、「面白いのですけど何だかわたくしにはよく分かりませんの」と答えていた。

　それから十二年を経て、今度は「詰らんぞ」である。しかも『はやり唄』の人物は世慣れぬ美少女ではない。宇都宮近郊の素封家、円城寺家の禮之助という青年である。浅黒く肥えた大男で、「一目見て餘り頭脳《あたま》の鋭く働き想《さう》で無い容貌をして居る」などとひどい書かれ方だが、東京に出て勉学を積み、本来なら工学士になっているはずだった。今は肋膜炎で休学し、一年ほど郷里に帰っているところだという。だとすれば堅物ではあったとしても、無知蒙昧ではないだろう。それが感心しないと言い切るのだから、油絵の普及もいまだしの感をぬぐえない。

　ただ、明治二十三年の「よく分かりませんの」と、明治三十五年の「詰らんぞ」とでは、無理解の方向が幾らか違っている。禮之助という青年は「菜畑だとか、野中の一本道だとか、でなきや、作男の笑つた顔」にうんざりしている。「面白い山水か何か」ならばいいけれど、農村に生まれ育った者にとって、それらはありふれた現実そのものでしかなかった。「詰らんぞ」は油絵それ自体もさることながら、田舎を描いて得意顔の洋画家に向けられてもいるだろう。

　その洋画家という人々の内実も、この十二年の間にすっかり変化を遂げていた。何と言っても黒田清輝とその一派の台頭が大きかった。明治二十六年にパリから帰国した黒田は、白馬会を率いて世代交替を推し進めた。それまでの油彩画家は旧派と見なされ、黒田たちが新派と呼ばれた。黒田はしかも、際立ったキャラクターの持ち主だった。華族の身でありながら、裸体画問題で世間を騒がせ、ボヘミアン風の芸術家イメージを日本に植え付けた人物でもあった。

　実のところ、『はやり唄』とは、その黒田と因縁浅からぬ小説と言ってよい。今では読者もあまり多くはないだろう天外という作家は、画壇の趨勢を強く意識していたようで、明治三十年代半ばの作品群に、世代交替の進行や新世代の青年洋画家を書き込んでいる。そこで天外の経歴をたどり直してみると、実際に黒田とかなり近い位置にいたことが判明する。そもそも『はやり唄』の中で「詰らんぞ」と言われる油絵を描いたのは、まさに黒田さながらの洋画家なのである。

どういうわけで天外は黒田に関心を持ったのか。先回りして言うなら、ポイントの一つは裸体画ということになる。美を奉じて裸体画を移入し、正面から既成の道徳を踏み越えていく黒田の登場は、時代の変化を告げる社会的な事件であり、芸術と道徳の問題に思い悩む文学者にとっては、刮目に値する文化的な事件でもあった。なおかつ自然主義文学が力を得ていく頃であり、自然を書くという描写論の文脈からしても、黒田とその一派は気にかかる存在だった。それら幾つかの関心の層が混然となり、羨望や対抗心を巻き込みながら、天外に流れ込んでいるように見える。

そこで本章では、まずは『はやり唄』を読み直し、続いて明治二十年代の後半にさかのぼり、目覚ましい勢いで洋画壇を刷新していく黒田と、パッとしない新進作家でしかなかった天外の歩みを確かめてみる。二人がどこで、どのように交差したのかを探索する作業は、黒田という美術家が時代に持ち得た、相当に強烈なインパクトを浮かび上がらせることになるだろう。

よろめき小説『はやり唄』

その『はやり唄』という小説だが、冒頭に掲げた場面で「詰らんぞ」と禮之助が話しかけた相手とは、医学士の石丸達《いたる》という青年である。東京で勉強していた頃の友人だという石丸は、栃木に親戚がいた関係で、禮之助の家へ立ち寄ったらしい。すると別家の奥様、雪江の加減が何やらよくないというので、逗留中の石丸に診てもらおうかという話になる。

この雪江が一編の主人公で、夫は常雄という洋画家である。診療に行けば、その常雄の作品を見てくることもできる。ただし、油絵だから詰らんぞ——と禮之助は言い添えたのである。

農村の景色や作男の顔ばかり描かれてもなアという禮之助に、石丸医学士は「併し、材料は何様《どん》な物を採っても、巧くさへ描けりゃ美術だらうから。」と穏やかに答える。「然う云ふものか、」と禮之助は目を見開きつつも、「君は、元から彼様《あん》な物が好きだッたなア、君が見たら、或は、何處《どッ》か美《い》い處《とこ》が有るかも知れんよ。併し、僕には解らん。」と容易には納得しない。

ともあれ禮之助と石丸は連れ立って、雪江のいる別家に出かけていく。『はやり唄』とは縮めて言えば、ヒロインの雪江がこの医学士石丸によろめく物語なのである。

改めてストーリーをたどっていこう。宇都宮近郊の名家である円城寺家は、大円城寺と呼ばれる本家と、小円城寺と呼ばれる別家に分かれていた。呼び名こそ小円城寺だが、雪江と常雄の別家は「數代前から國中に響いた豪家で、何萬と云ふ數へ盡せぬ金が有つて、眺めて目の届かない程の廣い地面が有つて、大名の様だと云はるゝ贅澤な生活《くらし》をして來た」。ところが明治に入ると家運は衰え、貸し倒れや製糸会社の失敗などが相次いだ。さらに悪いことには、淫蕩な一族だと陰口をたたかれてもいた。「婆様」は還暦を過ぎて三人の男妾を置き、女の狒狒などと嘲られていた。「先の奥様」は作男までつまみ食いをした挙句、間男に孕まされて身投げをしたという。

その身投げをした奥様の娘、すなわち「今の奥様」が雪江である。年頃は二十二三、「艶のある白い活々《いきく》とした顔で、何處か明放《あけツぱな》しの、更に餘念の無い様な冴えた黒目勝の眼、何時も笑ってる様な可愛い口で、細面ながら頰の邊むツちりと肉付いて居る」というから、何やらスキのありそうな美人だが、男爵家の三男で、洋行までした洋画家の常雄を婿に迎えて仲睦まじい。そんな雪江の妹は竹代と言って、こちらは東京の高等女学校を出て、学者になるべく独身を通す気でいる。代々の悪縁もこの姉妹の代をもって途切れるだろうと思われたのだが、そうはいかなかった。

さる洋画会の春期展で、常雄の美人画が金牌に輝く。美術雑誌にも載ったが、それが宇都宮の芸者に似ているという噂が立つ。雪江は平静を装い、「美術家が妾を抱へるなんて、もう、世間一般の例と云つても可い位ぢやありませんか……、モデルが無きや繪が描けないし、モデルにするには美人で無きや面白く無からうし、それ、自然と何ぢやありませんか、妾でも置いて、其れをモデルにすると云ふ様な事になるぢやありませんか……」。物分かりのよいことを言ったものだが、地元の新聞は裸体画のモデルだった芸者と深い仲になった云々と書き立てていた。

雪江はある夜、その芸者の写真を携えて、常雄の画室へ入り込む。掲げた手燭に浮かび上がるのはキャンバス、画稿、石膏の半身像など。壁には十五六枚の絵画が掛かっている。常雄が西洋から買ってきたもの、本邦の先輩の作もあるけれど、多くは常雄の作品である。中でも立派な額縁に収められているのは三尺に四尺ほどの裸体画だった。「満幅悉く春草の柔《やはらか》に茂つてる野原の上に、散髪《ちらしがみ》の美しい女が、何處に布片《きれ》一つ着けず、全くの裸躰となツて、翔行《かけゆ》く鳥でも招ぐ様な手して、大空を視上げて居る」。芸者の写真と見比べた雪江はすさまじい行動に出る。

其の眼は次第に鋭く輝《ひか》つて、見る見る顔の色は燃える様になツて、動氣が烈しくなツたか、呼吸までも苦し氣にする……、と思ふまに、きよろ〳〵と四邊《あたり》を見廻し、何を索《もと》めるのか不意に彼方に据ゑてある卓子《ていぶる》の前に駈寄り、荒々《あら〳〵》しく其邊を掻廻したが、其物の探當らぬのか、又片隅の繪具箱など置いた棚の前に行くや否や、大きなナイフの、柄に白い繪具の染着《しみつ》いてるものを取上げて、また裸躰畫の前に駈戻つて、物をも云はず顔を目掛けて斬付けた。布はぱり〳〵と快い音して、美人の身躰《からだ》は眞中から二つに裂けた。

雪江はさらに斬り付ける。キャンバスはずたずたになる。激昂した末に、雪江は振り上げたナイフを握ったまま、仰向けに昏倒してしまう。そこで医学士石丸が呼ばれるのである。

姉を案じる竹代は切り裂かれた裸体画を物置に隠し、盗難に遭ったことにした。雪江とも口裏をあわせた。ところが、描いた常雄の方は裸体画を何とか取り戻したいと考えた。地元の警察署長に相談し、刑事を呼ぶ。「彼様《あん》な者の裸躰畫《はだかゑ》なんぞ」。雪江は泣きじゃくり、すべて分かっているのだと常雄に告げる。夫婦仲は当然、冷え込んでいく。むろんたちまちよろめいたわけではなく、あれこれの出来事が続くのだが、ついに意外な人物が背中を押してしまう。

心労のせいか、今度は妹の竹代が高熱を出した。石丸も顔を見せた。常雄は写生に出かけて帰ってこない。夕方、雪江が看病していると、竹代はいきなり「だツて、惚れたんだから詮方《しかた》が無いわね。」と叫び出した。高声で「最《も》う、石丸様が馬へ乗つて此村へ來《い》らした時、彼の時から惚れてるんですよ、本當、姉様《ねえさん》が然う云ひましたもの、美男子だツて、私も然う思つてよ……、だツて、些《ちッ》とも耻《はぢ》る事は無いわ、奇麗な物は誰にも奇麗に見えるんだから……。」。しょせんうわごとでしかないが、心の底では姉を勘繰っていて、それが高熱で口からほとばしったものらしい。抑え込んだはずの感情が噴き出すのは作中、雪江が絵を切り裂いた末に昏倒してしまう場面と似通っている。自分では抑制できないものを内側に抱える女性というイメージを、天外は要所で強調している。

夫との不和に妹の病気。悶々とする雪江は翌日、庭の籐椅子に体を休めていた。ワインが運ばれてくる。「日光が射して、コップの中は血を盛つた様である」。それを飲んでいるところに、石丸がやってきた。この医学士も竹代のうわごとを聞いていたのである。「雪江様、私も、疾《とう》から貴女を懐《おも》つて居ます」と言い寄る。人目を避け、温室へ駆け込んだ雪江だが、温かさでアルコールが回る。「身躰中の血が急に駈廻《かけめぐ》る様に感じた」。石丸が近づいてくる。

さて、何があったのか。作中ではにわかに蝶が舞ったりするばかりなのだが、やがて常雄は実家に復籍した。その頃から、おかしな歌がはやり出した。「温室《むろ》で蒸されて　下紐切れて　狂ふ仇花　親の種」。石丸は東京に帰った。続いて雪江も村人の目にとまらなくなった。あさましい噂が、歌とともに広がったのである——と記して、小説『はやり唄』は幕となる。

想界の自然を写す　小杉天外の小説観

美貌の人妻が代々の因果にのまれる物語は、明治三十年代半ばの主要な一作に挙げられる。天外は当時、ゾラに傾倒していた。血のイメージを繰り返すあたりも、ゾラ風に遺伝の要素を強調しようとしたのだろう。「ルーゴン・マッカール叢書」風の長編連作という意欲もあったようで、この頃、互いに連関する「写実小説」を次々に発表しているのだが、その多くに自序を掲げ、天外は創作観を表明している。この『はやり唄』も例外ではない(1)。

自然は自然である、善でも無い、悪でも無い、美でも無い、醜でも無い、たゞ或時代の、或國の、或人が自然の一角を捉へて、勝手に善悪美醜の名を付けるのだ。

小説また想界の自然である、善悪美醜の孰《いずれ》に對しても、叙す可し、或は叙す可からずと羈絆せらるゝ理屈は無い、たゞ讀者をして、讀者の官能が自然界の現象に感觸するが如く、作中の現象を明瞭に空想し得せしむればそれで澤山なのだ。
讀者の感動すると否とは詩人の關する所で無い、詩人は、唯その空想したる物を在のまゝに寫す可きのみである、畫家、肖像を描くに方り、君の鼻高きに過ぐと云つて顏に鉋を掛けたら何が出來やうぞ、
詩人また其の空想を描寫するに臨んでは、其の間に一毫の私をも加へてはならぬのだ。

よろめき小説にしては立派な序文だが、要約すれば、作者の空想した世界、すなわち「想界の自然」がそのまま読者の空想裡に映し出されることを、天外としては期待している。残念ながら「想界の自然」がどのように構成されるのか、現実なり社会と小説世界との関係については説明がなく、その点では不十分の感を免れないが、作者の空想は善悪美醜を超えた一種の自然であり、それゆえに主観的な判断など加えず、ありのままに書けばいいと主張するのである。
天外が意識していたのは、むろん一つには自然主義なのだろう。今日の自然主義理解とは隔たりがあるにせよ、「自然は自然である」と強調している。また、この頃は描写に主観を交えることの是非が議論されていたから、それを念頭に置き、「一毫の私をも加へてはならぬ」と力んだようにも見える。そして本書の趣旨からして興味をひかれるのは、「畫家、肖像を描くに方り、君の鼻高きに過ぐと云つて顏に鉋を掛けたら何が出來やうぞ」という風に、画家の態度を引き合いに出していることである。なるほど絵画になぞらえてみると、天外の創作観は分かりやすい。画家は善悪美醜の判断を交

えず、ありのままに自然を描く。その絵画を見れば、自然に接するのと似た感興が得られる。この場合、描写を行う者はほとんど透明なスクリーンと等しくなるわけだが、それと同じ態度によって、小説家は「想界の自然」を書けばよく、そうすれば読者の方も明瞭に思い浮かべることができる――そう天外は考えていたように読まれるのである。[2]

　この行き方は当然、反道徳的な傾向を帯びる場合もある。人生、社会の醜悪な面をも空想した通りに書くことになるからである。『はやり唄』の結末は姦通に至っている。姦通罪のあった時代だから、幾つか出た批評を見ても、アレルギー反応は強かった。刊行翌月、「帝国文学」の評は「兎もすれば不道徳極れる姦通ものを寫して、小説の神髄此所にありとせる作者が理想の程も、またおぼつかなき物ならずや」と皮肉った。「明星」の評は「糞桶的詩材」と難じた。そうした批判を天外も見越して、道徳的・審美的判断に縛られない態度を強調したとも受け取れよう。

　他方で「帝国文学」や「明星」の評は、心理描写が不十分であり、登場人物の行動が唐突に感じられることも指摘している。実際に天外は、人物の内面を説明することを避けており、もっぱら会話と行動によって小説を組み立てている。幾らか入りにくさを感じさせるほどだが、読者の眼に映じるように読まれるべく、小説内の出来事を目の当たりにさせる書き方を選んだのだろう。絵画的な描写に向かっているとも言えるわけだが、そこを鋭く言い当てた人もいた。一月二十日付「太平洋」の合評の中で、田山花袋は「丸で畫家が畫を描くやうに只々外面のみを描いて、讀者をしてその内部を想像せしめやうと爲し居る」として、「今少し主観的描法を用ゐたなら、深く人性を解剖する事も出來たであらう」と注文を付けている。

　もっとも、絵画を参照するようでいて、『はやり唄』の筋からすれば、必ずしも洋画家を尊敬する風でもない。「詰らんぞ、油繪だからな」という台詞が物語る通りである。アンビバレントな態度のように思われるのだが、その理由はまた最後に考えてみるとしよう。

華族・洋行・裸体画　黒田清輝と洋画家像

このような道徳的な問題、そして絵画に対する天外の関心とも絡んで、『はやり唄』には改めて紹介すべき登場人物がいる。雪江の夫である洋画家、円城寺常雄である。

その経歴は「梅園と云ふ男爵の三男とかで、洋行までした優《えら》い人」であり、「油繪が名人であるとの評判」だった。栃木の名家である円城寺家に迎えられ、田舎暮らしをしているのだが、葉巻をくゆらせ、庭の芝生に竹の寝台を出して新聞を読んだりする。その場面から風貌を引けば、「三十前後の年輩、肥滿と云ふ側で無けれど肉置豐《しゝおきゆたか》に、肌は艶やかに、樹影《こかげ》の映つた顔の色は透通る迄に蒼白く、唇は紅でも點《さ》したかと思はるゝ様で、鼻下には濃からぬ八字髭を生《はや》し、切長の目に度の弱い黄金縁の近眼鏡を懸けてゐる」。田舎の人々には尊く、ゆかしく見える人物だった。

どんな絵を描いていたのかというと、レパートリーの一つはまず、禮之助いわくの「菜畑だとか、野中の一本道だとか、でなきや、作男の笑つた顔」、すなわち農村風景である。天気のよい日には弁当を持って写生に出かけていた。他方で、洋画団体の春季展に出品し、金牌を獲った作品は「萩を押分《おしわけ》て前に進まんとする美人の圖」だった。これは宇都宮の芸者に似ているという噂が立った絵だが、常雄は美人画も得意にしていたのである。さらには、その美人画が裸体画ということもあった。雪江の嫉妬を招き、ずたずたに切り裂かれてしまったのは、春草の野で散らし髪の女が一片の衣だに着けず、鳥でも招くような手付きで空を仰ぎ見る裸体画なのだった。

裸体画は当時も公認されていたわけではなく、もとより反道徳的だった。のみならず、萩の美人図と春草の裸体画は、二点とも常雄の品行を疑わしめる絵でもあった。地元の新聞には、芸者がきれいなので裸体画のモデルにしようと呼んだものの、どうしても裸にならず、そこで常雄もとうとう、といった雑報が載ったことになっている。

華族の出身で、洋行経験があり、裸体画を描く洋画家――こうしたプロフィールに誰よりよく当てはまる人物と言えば、近代洋画の大立者、黒田清輝ということになるだろう。

慶応二年、島津藩に生まれた黒田は、維新の功臣である黒田清綱の養子に入った。清綱は明治二十年に子爵に叙せられることになる。そこで黒田自身も華族になったわけだが、すでに明治十七年にはフランスに留学していた。当初の目的は法学研究だったものの、画家志望に転じ、外光派のラファエル・コランに師事した。九年に及ぶ留学を切り上げ、二十六年に持ち帰ってきたのは、明確な思想と構成を備えたアカデミックな構想画と外光派の画風、そして本格的な裸体画だった。黒田は帰朝後、裸体画絡みの話題を次から次へと振りまいた。まずは滞仏作の裸体画「朝妝」を二十七年の明治美術会展、次いで翌年の第四回内国勧業博覧会に出品して裸体画論争を引き起こす。三十年の第二回白馬会展に出した「智・感・情」は三年後、一九〇〇年のパリ万国博覧会で銀賞を獲得し、さらに明治三十四年には、白馬会展出品作の下半分が布で覆われる「腰巻事件」を引き起こすことになる。黒田こそはいわばミスター裸体画なのだった。

むろん作中の常雄は農村風景も描いている。これは広く洋画家が好んだ画題であり、即座に黒田と結びつけることはできないが、黒田は自然主義に共感していた。アカデミスムの移入を図る一方で、ミレーを敬愛していたし、滞仏終盤を過ごしたパリ近郊の小村グレー＝シュル＝ロワンには、同好の芸術家コロニーが形成されていた。黒田が率いた白馬会も、明治三十年代半ばまでは農村の景色や風俗を描くことが多かった。三十一年の第三回白馬会展に際し、「万朝報」は鎌倉方面や上野の風景に加えて、「人物は馬士《まご》、樵夫、漁夫、漁童、村翁、鄙女、然《しか》して其貴顯縉紳に及びたるは極めて希《まれ》なり、是れ田舎風俗畫報にあらずや」と揶揄している（滕六『東台の秋色』）。

その「万朝報」と言えば、明治二十七年、山田美妙と芸妓の関係を暴き、文名失墜のきっかけを作った新聞だが、三十一年には「蓄妾の実例」という一大キャンペーンを繰り広げている。計六十八回、実に五百例を糾弾した中で、第五十回、四百十二例目に黒田その人が登場する。「子爵黒田清綱嗣子」である黒田は「誰れも知る裸体畫の大熱心家」であり、そのモデルを求める口実で柳橋に通い、芸者の妹を落籍させ、囲っていると書かれている。黒田に関するこの種の噂は割合広く語られていたようである。後の照子夫人をモデルにした名画「湖畔」を三十年の第二回白馬会展に出品した際にも、新聞「日本」の批評に「湖邊の美人の如き脱俗の山水に俗氣の化物じみたる權妻風の女を配合しては客觀でも實際でも一寸とも感心出來ざる也」と書かれている[3]。

もとより黒田その人が『はやり唄』のモデルだと言うつもりはない。宇都宮方面に婿入りした事実はないし、円城寺常雄とはあくまで天外が作り出した「想界の自然」の住人に違いないのだが、しかし、黒田と共通するところの多い人物設定であることも確かだろう。付言しておけば、常雄の描いた「萩を押分て前に進まんとする美人の圖」は、やはり三十年の第二回白馬会展に黒田が出品した「秋草」そのままと言ってよい。果たして天外はどういうつもりで、いかにも黒田を思わせる洋画家を登場させたのか。続いて天外という人物の履歴をたどるとしよう。

天外小杉為蔵は世に出るまで、苦労した人だった。生まれは慶応元年で、紅葉や露伴よりも二つ上だったが、郷里の秋田で政治活動に関わったりして出遅れた。斎藤緑雨を頼って何とか文壇への足がかりをつかんだものの、不遇感は拭えなかった。昭和九年、「国語と国文学」の明治大正文学特集のインタビューでも、自分は「文壇の中心からは始終はづれてゐた」「何か新しい動きが文壇に起って来る様な時にはいつでも、その流れに乗切れないで了つてゐる」とぼやいている。

そんな天外にも知人だけは増えていた。同じ談話には正岡子規の名前が出てくる。一頃は根岸に住んだ縁でよく会っていたという。ただ、「その頃私も俳句をやつてゐたので外を歩き乍らでもよく聯句を求められて、どうも仲々うまくは付かないので閉口したりしましたが、あの人は政治談を頻りにするので文學の事は私とは餘り話しませんでした」。日清戦争に鬱情を募らせ、従軍に及んだ子規のこと、確かに政治談議を吹っ掛けたのだろう。天外の方も政治社会に関心が強く、初期には諷刺小説に力を入れていた。しかし、交際の始まりはおそらく明治二十七年にさかのぼり、以降数年間に及んだ可能性が高い。文学や美術の話をしなかったとも思われない。(4)

それを裏付けるのは、二十七年六月、子規が編集責任者だった「小日本」に天外が書いた『どろ〱姫』である。連載十四回を数える短編は、タイトル通りに悪趣味で、肌に粟を生じせしめる怪作だが、形の上では芸術家小説と言えなくもない。そこには写生の説も出てくる。

語り手は筆野という青年画家で、それなのに、美人は見るのも嫌だという変わり者。幼くして画才を発揮し、念願の美術学校の入学試験に及第する。なおかつ師匠を敬って精進したものの、師だけを手本にしては、師を超える名人にはなれないし、古画を学ぶのは誰でもやっていることだからと、周囲から勧められていた「自然の美を學ぶ事」に取り組んだ。

寸暇だに有れば雨が降らうが風が吹かうが晝夜の別無く戸外《そと》を逍遙《ある》き、途《みち》歩む人、空飛ぶ鳥、汽車の煙の風に解け、消え逝く様のいろ〳〵や、葉生の麥に小波《さゞなみ》打て、汐汲と見る百姓が、肥汲む桶の汚れ模様、共にピーピーの果なれば、美術に縁の無いでもないと、何でも彼でも目に入る森羅萬象これぞ吾師と感嘆したりける

つまらない地口はともかく、取り組んだのは確かに写生には違いない。折しも子規が中村不折と出会い、写生論議を交わしていた明治二十七年の連載である。彼らから話を聞き、主人公が近郊散策に出かけ、写生に励む場面を組み入れたのではなかっただろうか。

さて、明治十九年春の夕暮れ、日暮里へ写生に出た青年筆野は口のきけない女性を助ける。それが青雲伯爵の女中だったことから、伯爵令嬢の艶子を知る。「姿の美麗《あでやか》さ肌の艶々しさ、土から出來る米喰うて生育《そだ》つた人間とは思はれず、所有《あらゆる》名畫も此の生きたる者に蹴推《けおさ》れて、色を失なひたる如し、成程美は自然に限る」という美人だった。そんな艶子の姿を思い出し、我を忘れて描いたものの、再び見れば何とも不格好で、絵をけとばして破いてしまったりする。紅葉『むき玉子』さながらの場面だが、そんなエピソードなどを挟んで、めでたく筆野は艶子と結婚する。

ところが立派に式を挙げた後、異変が起こる。高輪の別邸で二人きりになると、艶子が真っ青になり、ぶるぶる震え出した。医者を呼ぼうとすると、女中たちは何やら瓶に入った臭気漂う黒い水を飲

ませた。ようやく落ち着いた艶子が打ち明けるには、生来どぶの臭いが好ましく、嗅ぎたい、舐めたいという思いから病み伏した。実際に鉄漿《おはぐろ》どぶを飲み干すと平癒した。それからは朝に一匙、夕に一匙、汲み立ての鉄漿どぶを飲むようになった。飲めば容色もいや増す。飲まなければ卒倒する。日暮里で助けた女中も、吉原までどぶ水を汲みに来たところだったらしい。

例えようのない美しい顔で見つめられると、筆野としても五体がとろけるよう。ところが蛆がわく鉄漿どぶが身体に入っていると思うと、肌に粟を生じてすくみ上がる。しばらくは我慢したものの、夜陰にまぎれて逃げ出してしまう。かくて女性と見れば、どぶの同類と観念し、目を閉じるようになった——というわけで、ミソジニー、すなわち女性嫌悪もあらわな小説なのだった。

見た目は美人、その実はというのは、むろんありがちな物語ではある。ただ、強調しておくと、『どろ〳〵姫』の艶子は内心如夜叉というわけではない。奇癖を恥じらい、はらはらと落涙する。それでも身体の方がどぶ水を求めてしまうのである。どぶ水というのは東京の水衛生が深刻だったことを思わせる設定だが、人間の理性や意思ではどうにもならないという意味で、この身体は言うなれば自然に属している。七年余り後、天外は『はやり唄』でも嫉妬の末の昏倒や高熱下での妄言を要所で使うことになるが、ここにはすでに自然としての女性の身体への関心が現れている。

その意味で、この怪作と比べてもよい短編を残しているのは、ちょっと意外な文学者、泉鏡花にほかならない。翌二十八年六月発表の『外科室』では美貌の伯爵夫人が手術を控えながらも、麻酔を拒む。麻酔をかけられると、うわごとを口走り、内心の秘密を吐露してしまうかもしれないからだという。その秘密とは潔癖症で知られた鏡花のこと、どぶ水愛飲の奇癖などでなく、執刀する医学士への純愛なのだが、手術台に載せられ、意識の統御を失わせる麻酔を控えている点で、伯爵夫人は自然のままの体と心をさらけ出す寸前にあると言えるだろう。

ちなみに伯爵夫人の恋の相手は医師、一編の語り手は画家ということになっている。医師については、『はやり唄』の石丸がそうであるように、診察や手術を通じて、常人には許されない形で女性の身体に関与するイメージを持たれていたようである。そして画家にもやはり同様の見方が伴いつゝあった。『外科室』の書き出しには「實は好奇心の故に、然れども予は予が畫師たるを利器として、兎も角も口實を設けつゝ」、手術を見せてもらうことにしたとある。動機は不純な好奇心だが、画家としての研究を口実にしたのである。東京美術学校はすでに明治二十四年、森鷗外を嘱託教師に迎え、美術解剖学の講座を開設していた。人体研究の必要から画家が解剖学を学ぶこと、また裸体画を描くことから女性の身体にアプローチし得ることを、鏡花は承知していたのだろう。

そこで再び『どろ〳〵姫』の話に戻ると、主人公の筆野が通った美術学校もその東京美術学校らしく思われる。寝言まで言って羨んだ制服という一節があり、古代の文官に倣った例の制服を連想させるのだが、怪事の発端は明治十九年の春と書かれている。まだ東京美術学校は開校していない。そもそも作中の筆野が描いているのは、ほとんど旧態依然の絵でしかない。郷里では県令の前で「司馬温公甕を砕くところを一筆になぐりつけて」賞与をもらう。美術学校に進んだ後も「金鯉波間に躍るところ」「曾て先生に褒められた事のある一枚の山櫻」といった調子である。

いずれ『はやり唄』で黒田ばりの洋画家を登場させる天外も、明治二十七年に『どろ〳〵姫』を書いた頃は洋画家どころか、美術そのものに疎かった感を否めない。

「新派」の時代

そして天外が『どろ〳〵姫』を発表した明治二十七年、黒田清輝の躍進が始まる。前年七月に帰国を果たした黒田は、十月開幕の第六回明治美術会展において、フランスで描いた裸体画「朝妝」などを発表した。留学仲間の久米桂一郎とともに、天真道場という画塾も開設した。次いで十一月から翌二十八年二月にかけて、画家として日清戦争へ従軍することになる。

黒田の存在がさらに大きくクローズアップされたのは二十八年四月、京都で開幕した第四回内国勧業博覧会の時だった。再び「朝妝」を公開し、裸体画論争を巻き起こしたのである。この「朝妝」問題は、いわゆる本朝裸体画史においては山田美妙の裸蝴蝶論争に続き、必ずと言ってよいほど取り上げられる一件ではあるけれど、黒田とはいかなる人物として思い描かれたのか、また洋画家のイメージをどう変えたのかを確かめておく意味で、若干の点に触れておくとしよう。

残念ながら今は現存しない「朝妝」は、鏡に向かう女性を描いている。女性は背中向きだが、鏡には前面も映り込んでいる。『蝴蝶』の挿絵はいちおう歴史画であり、図像的にはヴィーナス風に見えなくもなかった。それとは違って、「朝妝」は当世風俗画である。さらに連想を働かせるなら、悪名高きゾラの『ナナ』が浮かび上がるかもしれない。この名作には、己が裸身を鏡に映してナナが見惚れる場面があり、また、熊の毛皮という小道具が共通している。「朝妝」では黒々とした熊の毛皮が女性の足下に敷かれ、熊の頭部まで描かれる。そして『ナナ』にも熊の毛皮が登場し、終幕では毛皮の上で、下着姿のナナが熊の真似をする。もとより西洋では女性と毛皮はよくある配合で、ナナの邸宅にあったのは白熊の毛皮だったようだが、それが示唆するような女性の獣性を、黒田の「朝妝」も幾らか匂わせる風であり、その意味でも挑発的な裸体画なのだった。

博覧会では出品鑑査の段階で議論を呼び、公開後は紙誌に非難が相次いだ。裸蝴蝶論争の時に比べれば、寛容な論調もあったし、すでに前年の明治美術会展に出品済みだったから、公開の是非そのものは問いにくいケースでもあった。「大阪朝日新聞」には、真善美の関係から説き起こす一文が載ったが、しかし、この高尚な批評も結局のところ、美の名を借りて偽と悪を許容するのはけしからん、排除せよとの主張に至っている（六月八日、九日付、無署名『美術弁妄』）。そもそも世間の見方が百八十度変わるはずもなく、「大阪毎日新聞」の博覧会評判記は四月六日付の回で、湯上り美人と呼び、喧々囂々の観衆の口を借りて、「若し此んなものを新聞か何かに出した日にや風俗壊亂の廉を以て忽ち發行停止と云ふお灸を頂戴するに相違ない」と言わせている。実際に「お灸」の可能性は皆無ではなかった。「東京朝日新聞」には、審査総長の九鬼隆一が小倉警視に宛てて、「公務上允當に彼れを排斥すべき理由を見出し得ず」と消極的な肯定論を説いた書簡が載っている。(5)

ところが黒田はさほどの動揺も見せず、意気軒昂だった。出品の可否が問われていた開幕前の三月二十八日、留学仲間だった久米と合田清に宛てて、「オレの裸體畫で議論が大層やかましく爲り餘程面白い　警官などが來て觀ると云騷ぎよ」と書き送っている。

いよ〳〵拒絶と來ればオレは直《ただち》に辭職して仕舞ふ迄だ　どう考へても裸體畫を春畫と見做す理屈が何處に有る　世界普通のエステチックは勿論日本の美術の将來に取つても裸體畫の惡いと云事は決してない　惡いどころか必要なのだ　大に奨勵す可きだ　始終骨無し人形計《ばかり》かいて居ていつ迄も美術國だと云つて居られるか　つまり此畫を攻撃する者の説と云のは只見慣れないから變だ畫も何も分らぬ百姓共が見て何と思ふだらうかなどと云のだ　馬鹿の話さ

美術は分からない連中に見せるためのものではないと断言し、「道理上オレが勝だよ　兎も角オレはあの畫と進退を共にする覺悟だ」と結んでいる。読みどころは西洋式の美学を奉じて譲らない強烈な自負、それと子爵令息とも思われない物言いだが、強気に出られたのはその立場があればこその話ではなかっただろうか。「進退を共にする」というのは、博覧会審査官の話である。黒田は第二部「美術及美術工芸」の審査官の一人に任じられており、出品拒否となれば辞めてやると啖呵を切ったのである。しかし、その審査官登用の事情については、華族の身分がまったく作用しなかったとは思いにくい。当時の黒田は帰国から間もなく、まだ三十歳にも満たなかった。むろん滞仏九年の実績も考慮されたはずだが、洋行経験のある洋画家ならばほかにもいた。

出品鑑査の結果を言ってしまえば、果たして出品は認められた。裸体画の公然性を、絵画それ自体というより、公的な立場を盾に実現してしまったようにも見える。それどころか、「朝妝」は妙技二等賞に輝いた。たかが二等と思ってはいけない。油絵について見ると、この時、名誉賞や妙技一等賞を得た者はいなかったから、事実上の最高賞だった。妙技二等賞には五人が名を連ねた。松岡寿、浅井忠、黒田、久米、そして和田英作である。このうち和田は師事していた原田直次郎の病状悪化に伴い、黒田と久米が指導する天真道場に移っていた。油絵の妙技三等賞はその原田と、やはり天真道場組の岡田三郎助だった。岡田は明治二年、旧佐賀藩士の三男に生まれた。当初は曾山幸彦の画塾に学んだが、同郷の久米との縁から、やはり天真道場に加わっていた。それまで洋画壇を担ってきた松岡や浅井、原田らと伍して、黒田と友人門下が躍進を遂げたのである。

この「朝妝」問題は、黒田の存在を広く知らしめることになった。華族令息なのに、裸体画を描くという人物イメージが形成されたと言ってもよい。三年後、「万報朝」が「子爵黒田清綱嗣子」にして「誰れも知る裸体畫の大熱心家」と書いている通りである。今風にキャラが立つ、立たないで言えば、これは相当にキャラが立っている。もともと裸体画には高尚な芸術にして、風俗壊乱ともなり得るところがあり、いわば一枚のコインのように両面を割り切ることができないところに面白さがあるわけだが、そのきわどい両義性も人物のイメージに重なり合っていただろう。

付け加えておくと、黒田はボヘミアン的な芸術家像を持ち帰ってきた一人でもあった。後年の記事ではあるけれど、明治四十一年秋から翌年にかけて、「読売新聞」に鳥瞰生なる人物が『当代画家論』を連載している。これは石井柏亭の執筆とその自伝に明かされている画家月旦なのだが、黒田については、「自然の新しい觀方寫し方、近代藝術の自由思想」とともに、「超俗的な奔放な畫家氣質《かたぎ》」を輸入したと位置付けている。鳥瞰生こと柏亭は、黒田とともに遊び歩いた「悪戯仲間」として、久米と美学者の岩村透についても言及している。彼らもまた名家の子弟だった。久米は佐賀藩の出で、岩倉使節団に加わって『米欧回覧実記』を撰した久米邦武の長男である。岩村は明治三年の生まれで、土佐藩士だった父高俊は二十九年、男爵に叙せられている。すなわち洋行できるような階層の子弟が自由放縦な十九世紀的芸術家像をもたらしたのである。

こうして洋画家には、美と道徳の交点に立つイメージが加わることになった。もとより洋画家は西洋流の芸術観を学び、実践する存在ではあるけれど、しかし、それによって旧来の道徳観に挑戦し、なおかつ勝利を収めた者は黒田以前にはいなかった。問題になったのは何しろ裸体画だったから俗耳に入りやすかったし、美と道徳の関係となれば知識層にも論じがいのあるテーマだった。黒田が美と道徳の交点に自ら身を置き、洋画家一般のイメージを変えたことは、世間の目には外光派といった画風以上に、はるかに大きな転換だったのではなかっただろうか。

「朝妝」問題以降も黒田は大胆な行動を繰り返し、寄せる非難をものともせず、美術界の中枢へ駒を進めていく。明治二十九年五月、黒田は東京美術学校の西洋画担当の嘱託に任じられた。絵画と言えば日本画一科だったのが日本画、西洋画の二科となり、九月には授業が始まった。美術教育の本丸に入り込んだわけだが、これは先行世代が望んで果たせなかったことだった。

同じ年の五月頃には、白馬会の結成へ動いた。明治美術会とは袂を分かち、十月、上野で第一回展を挙行する。「白馬」とはりりしい印象を与えるが、実は濁酒の通称「シロウマ」に由来する命名だった。白馬会は濁酒屋での相談から生まれた。「惟るに白馬はシロウマである。シロウマは濁酒である。それ濁酒たるや高等なるものではなくて、極めて平民的の物」とは黒田自身の昔語りである（『白馬会経営譚』）。こんなネーミング一つにも黒田らしい両義性が潜んでいる。

明治二十年代が終わる頃、明治初年から営々と油絵を描いてきた画家たちは「旧派」呼ばわりとなり、黒田一派は「新派」として画壇の主流を占めるに至るが、その躍進は文壇にも波紋を広げていった。文学者たちの側も美と道徳、そして世代交替への関心を共有していたからである。

何度か口を挟んだ人に、例えば高山樗牛がいる。「朝妝」問題に関連して、二十八年八月の「太陽」に『美術と道徳』を書き、「美術は道徳に衝突せざる範圍内に於て其自由と獨立とを有すべきなり」と論じた。後には『美的生活を論ず』で物議を醸す人とも思われないが、当時は画壇、文壇における道徳観念の薄弱さを指弾していた。二十九年三月の「太陽」の『文学と美術と』では、文学の新傾向と黒田一派の台頭を結びつけ、一刀両断にしてみせた。いわく、「世に所謂南派と稱せらるゝ新しき流派が、從來の繪畫界に及ぼしたる影響は、所謂觀念派と名くる新しき小説家が、文學社會に於ける勢力と、いかばかり似たるべきかを思へ」。観念派とは鏡花や川上眉山あたりを指している。それら文学と美術の新勢力を「一種異様の改革派」と一括してみせたわけだが、当の樗牛もまた批評壇の「新派」だったように見えなくもない。「太陽」文学欄の記者となるや、明治二十年代の批評を牽引してきた森鷗外へ論争を挑んだ若者が樗牛なのだから。

その鷗外はたやすく若い世代に屈するような人ではなかったが、画壇における黒田一派の勢いには進んで発言している。「旧派」「新派」という呼び方に注文を付けたのである。鷗外は「北派」「南派」と呼ぶ方がよいと主張した。これは根岸の浅井忠のように既成画家が東京の北に多く、それに対して黒田が平河町にいたりしたことに由来する呼称であるらしい。無意味と言えば無意味だが、価値判断を伴う新旧の呼称よりはましだと鷗外は考えていた。いわく、「陳舊斬新の意を帶ぶるを嫌ふ」(『我国洋画の流派に就きて』)。一方にはドイツ留学以来の盟友で、当時は病に苦しんでいた原田への同情があり、他方にはただ新しいからと黒田たちを持て囃す傾向を戒める意図があったのだろう。むろん鷗外はヨーロッパの新潮流を理解し、彼らがそれを持ち帰った意義は理解していた。ゾラが執筆した一八六六年のサロン評を引用し、そのあたりを解説してもいるのだが、いともやすやすと黒田たちが世に受け入れられたことで、ヨーロッパにおける美術史的な蓄積が学び取られないことを危惧したのである。その鷗外自身は明治三十二年六月、軍医として九州小倉への転勤を命じられ、にわかに身を用なき者と拗ねたかのごとく、頑迷固陋な「旧派」としてふるまうことになるのだが、その話は次章に譲るとしよう。

鷗外だけでなく、子規も新旧の呼称を用いず、黒田一派を「紫派」と呼んだ。子規は中村不折や浅井忠と親しかった。人脈からするとむしろ「旧派」寄りだったのだが、俳句の方面では「ホトトギス」派を洋画新派になぞらえて、いわば俳諧新派を標榜することになるだろう(6)。

ではこの間、天外はどうしていたのか。多少の注目を集めていたのは事実だが、運気はむしろ下り坂だった。明治二十八年には紅葉から目をかけられ、「読売新聞」に『改良若殿』『蝶ちゃん』を連載したが、肺を病み、この年十一月には入院するはめになった。

このうち『蝶ちゃん』は不幸な少女蝶ちゃんが蝶になり、不幸な最期を遂げるお話である。残酷童話といった趣だが、ささやかながら、美術に対する関心を伝える短編でもある。蝶ちゃんは広い野原の一軒家に住んでいる。一緒に暮らしているのは父親で、もとは画家だったらしい。仏壇の前には蝶ちゃんの母の裸体画が貼られている。その母親は死んだわけではなく、御館に住み、きれいな服をどっさり持っている。父親は、裸体画の母が本物の母親で、御館にいるのは「母ちゃんに似た鬼だよ」と言い含めている。裸体画を見ながら、蝶ちゃんは無邪気に聞く。「何故裸体《はだか》でも、此《この》母ちゃんは寒くないの」。父親いわく、「この母ちゃんは、繪に畫いた母ちゃんだから寒くないのよ」。なぜ寒くないのかというと、「美の神と云ふ神様が附いてござるから」。

これを実話に置き換えれば、青年画家が裸体画を描き、子供も生まれたが、モデルの美人は妾か何かに迎えられ、父親は落ちぶれて絵筆も捨てた——といったところか。連載は第四回内国勧業博覧会直後の九月であり、「朝妝」問題に釣られて裸体画を持ち出したのかもしれないが、たわいない話なのでよく分からない。そもそも健康問題から不本意に終わった作であるらしい。

親分肌の紅葉はこまやかに面倒を見たようで、十二月刊行、門下の小説集『五調子』にも天外の未完の作『卒都婆記』を加えている。その紅葉の跋によれば、天外は「苦吟累日、病重りて机上に血を喀《は》き、死に到るまで放たじと握りし筆さへ零《こぼ》れて、痩影力無く、今は枕に横りつ」と人を介して伝えてきたという。天外は転地療養を経て、故郷の秋田県六郷町に帰ることになる。

翌二十九年四月には「文芸倶楽部」に『当世議士伝』を発表してもいる。しかし、これまた何とも間の悪いことに、これは樋口一葉の『たけくらべ』が一括掲載された号なのだった。一葉不朽の名作は鷗外、露伴、緑雨による「めさまし草」の評判記で絶賛された。それに引き換え、天外の作は「取り出でゝ難ずべきにもあらざるべし。たゞ如何に短篇にせよ、興味無きに過ぎたりといふは、萬人の認むるところなるべし」等とあしらわれている。病身にこたえたことだろう。

さらに不運は続いた。八月三十一日、帰郷していた秋田県六郷町を、今度は陸羽地震が直撃したのである。名高い明治三陸地震に続く震災だが、九年後の回想談「明治廿九年の僕」(明治三十八年一月、「新小説」)によれば、老父と抱き合ったまま庭へ投げ出された。二人で転がりながら軒下を逃れたところで家が潰れた。目の前で土蔵も崩れてしまった。

「あの年は僕の、厄年だツたねえ」と述懐する通りの御難続きだが、そんな天外の身に、不思議なことが起こった。死地を脱してみると、なぜか病気が治ってしまったのだという。幾ら薬を飲んでも効かなかったのに、咳も痰も止まった。医者に診てもらうと、何ともないと言う。「何だか新しい生命を受けたやうな氣がしましたよ。廿九年はそんな年で、無論厄年だつたが、あれから無理な勉強が出來る僕と變つたのですから、一生忘れられぬ年です」。

実のところ、明治三十年代初頭にも挫折を味わい、「写実小説」を標榜して文壇主流に躍り出るのは三十年代半ばのことになるのだが、ここで郷里である秋田県六郷町の震災に触れたついでに、同じ六郷から出た、注目すべき人物の話をしておくとしよう。

すでに一度引いた昭和九年の回想談だが、天外は「新寫實を御工風なさるに就いて一番影響をお受けになつたのは何でしたか」と聞かれ、絵画通の知人の話をしている。「さうですねえ、私が感じたのは繪ですね。知人に西洋畫を澤山もつてゐる人が居たりして、誰のをといふこともなしにいろ〳〵見たのですが、まあ、英吉利の人のものが主でした。やはりロセッチなどの頃のものでしたらうか、當時の影響では一番繪に強く感じました」。西洋画と言っても、色刷りの図版か何かだったはずだが、さて、それを多数持っており、天外に見せた知人とは誰だったのか。

その可能性がある一人として、森英一著『明治三十年代文学の研究』は、小西正太郎という青年画家に注目している。洋画の先駆者小山正太郎とまぎらわしいのだが、別人である。小山ならぬ小西は明治九年、秋田県六郷に生まれた。大地主の惣領息子だったが、体が弱く、父親が書画蒐集の趣味を有していたこともあって、明治二十八年、東京美術学校に進学した。上京にあたっては同郷の天外を頼り、一時は共同の自炊生活を過ごしたこともあったという(7)。

当時の東京美術学校は予備課程一年を経て、本科に進む。翌二十九年には黒田が西洋画嘱託として起用され、その秋から絵画科は西洋画、日本画の二科体制に移行することになる。いったん小西は日本画科に進んだものの、ほどなく黒田に近づいたらしい。黒田の日記を閲すると、裸体モデルのデッサンに励んだ三十年二月十七日の項に、「小西某」が来訪したとある。同じ三十年には西洋画科に移り、三十一年の第三回白馬会展、三十二年の第四回展へ出品している。

天外に西洋画の図版を見せた人物なのかどうか、いずれにせよ天外の周辺には、小西という青年画家がいて、黒田に接近しつつあった。そして小西が黒田の指導を仰ぐことになった三十年、天外自身も「新著月刊」という雑誌を通じて、黒田と関わりを持つことになる。

天馬と白馬 「新著月刊」とその挫折

「新著月刊」は特色ある編集方針を掲げ、文学史では話題に上ることの多い雑誌である。もっとも、ひどく短命でもあって、明治三十年四月に創刊され、三十一年五月、あえなく十五号をもって終刊となった。その際に大きな痛手となったのは、口絵に裸体画を載せたことだった。

どういう雑誌だったのか、アウトラインを紹介しておくと、編集所は丁酉文社と言い、これは後藤宙外と天外、伊原青々園、水谷不倒、島村抱月の結社で、五人の共同編集とうたっていた。編集人は宙外が引き受けた。発行所は東華堂、柴田資郎という人の書肆だった。このうち編集する側の顔ぶれには「早稲田文学」系の青年が多い。もう一つのつながりは秋田人脈だった。宙外と天外、さらに大正十五年の宙外の回想『「新著月刊」発行と其の環境』によれば、発行人の柴田も秋田県人であり、そのスポンサーもやはり宙外の従弟にあたる資産家だったという。

明治三十年を一つの節目と受け止め、世代意識を強く押し出したのも大きな特色だった。丁酉文社というのは、この年の干支に由来する。小説については、宙外、天外ら編集同人に加えて、鏡花や小栗風葉あたりも執筆したから、小説新派の雑誌だったと言えるかもしれない。他方では二葉亭四迷、紅葉、露伴、鷗外らの「作家苦心談」を連載したことでも知られ、今では『風流仏』や『うたかたの記』等の貴重な資料となっているけれど、第十号の『「新著月刊」の過去及び将来』によれば、この聞き書きの試みは「出身の先後と、名聲の奈何とを以て、作の眞價値を定むるの累をなすの弊」を一掃し、公平に明治二十年代の文学を総括せんとの意図に発していた。ほかに新体詩欄では薄田泣菫が注目を浴び、鏑木清方が初めて小説挿絵に筆を染めた雑誌でもあった。

そんな「新著月刊」が裸体画掲載を開始したのは、明治三十年八月の第五号だった。もともと新作口絵に力を入れており、創刊号には梶田半古らの絵といった風だったのだが、第四号に「夏期大附録豫告」を掲げ、西洋絵画の写真版を載せると宣伝している。「泰西名家の筆に成れる古今の妙畫を一々寫眞版にしたるもの十數葉、居ながら彼土美術の精粹を賞翫するを得しむると共に、尚逐號連載し行きて、泰西美術史の一半を之れによりて窺はしめんとす」。なかなか意気軒昂だが、その内実は西洋美術史云々と吹聴できるレベルではまったくなかった。第五号ではジェラール「アモールとプシュケー」の輪郭をなぞったような図版と、作者名もない「浴後の美人」「蜂腰之図」といった具合。以降もハルスやムリーリョの絵とあやしげな裸体画を取り交ぜる。新作口絵も同様に、富岡永洗の煽情的な美人画が目立つようになる。

そして三十年十一月の第九号に、第四回内国勧業博覧会で物議を醸した黒田「朝妝」の図版が登場する。続く十号には黒田の師であるラファエル・コランの「ダフニスとクロエ」、さらに翌三十一年三月、終刊間際の号にもコランの代表作「花月（フロレアル）」を見ることができる。

当然ながら、裸体画掲載はきわどい行為だった。特に黒田の「朝妝」を載せたことは、司法当局には看過できない事案と映ったらしい。掲載からほどなく、十二月三日付「東京日日新聞」に摘発をにおわせる記事が出た。さらに十日付の「読売新聞」は「繪畫展覧場に於ける裸体畫を始め外國の裸体畫を寫眞石版に附して出版する冊子あり」として、当局の間には裸体画それ自体は展覧会で公開されており、それを出版したからと言って発禁にするのはどうなのか、また、不統一が生じるくらいならば「此際斷然總ての裸体畫を禁止せんとの議も起り居れり」と報じている。

子規からは十一日付で、「裸體畫掲載ハ善ケレド、裸體畫ノミ多ク掲載セラル、ハ如何」という手紙が来た。「新著月刊」は第九号から詩、歌、俳句、川柳、俗謡の懸賞募集を始めており、子規は俳句の選者だったが、初回きりで降板してしまった。募集二回目の選者は十千万堂こと紅葉が引き受けている。ちなみにこの懸賞募集で、天外は川柳部門の選者を務めた。ところが先の大正十五年の宙外の回想によれば、秋田の田舎生まれの天外が川柳選者というので紅葉が諷刺の句を投じ、侮辱されたと天外が憤慨し、両者絶縁となる一件があったという。

そうこうするうちに、資金難から廃刊を余儀なくされた。そこに追い討ちをかけるように、「朝妝」の載った号以降の計六冊が風俗壊乱に問われ、編集人の宙外と発行人の柴田が公訴される。ちなみに当の「朝妝」を描いた黒田には累が及ぶこともなく、わずかに弁護の立場から法廷に立つ話が出た程度だった。結局、宙外と柴田は無罪になり、検察側の控訴も棄却されるのだが、五月二十五日に初公判が開かれた直後、あわただしく最終号を出版し、「新著月刊」の命運は尽きた。

その問題の裸体画について、編集人だった宙外の『「新著月刊」発行と其の環境』には聞き捨てならない一言が見える。黒田清輝がフランスから持ち帰ったものだったと言うのである。また、宙外らの関知しないところで、発行人の柴田資郎が勝手に載せたのだと主張している。

明治三十一年の二月頃からと思ひますが、從來の口繪は廣業、永洗、半古其他の名家に巻頭の小説の或場面を描いて貰ひ、極彩色の木版刷にしてゐたのを、急に網版の裸體畫に換へてしまつた。この裸體畫は佛蘭西から新らたに歸朝された黒田清輝畫伯の携へ歸られたもので、彼地では有數な近代の名畫であつたさうです。これは編輯の局に當つた丁酉文社々員の知つた事ではなく、全く出版元の柴田君が經濟上の都合と好奇心をそゝつて賣らうといふ商略に外ならぬのであつた。

この回想の際は「新著月刊」が宙外の手元にはなかったといい、三十一年の二月頃というのは記憶違いである。正しくは三十年八月だが、ほかにも一考を要する談話ではある。まず裸体画を提供したのが黒田だったという点だが、これは「朝妝」や師たるコランの裸体画が載っている以上、それすら一切知らなかったとは考えにくいのではないか。ハルスあたりの作品もルーヴル美術館のコレクションであり、黒田がフランスから持ち帰った図版だった可能性はある。むろん俗悪な裸体画も含まれており、すべて提供したのかどうかは判断しかねるけれど、宙外が明言しているように、何らかの形で黒田が関与したというのはあり得ることに思われる。

それどころか、裸体画公認に向けて、「新著月刊」と黒田は共闘していたふしがある。両者の動向を重ね合わせると、「朝妝」やコランの作品が載ったのは絶妙のタイミングだからである。

三十年十月から十二月にかけて、第二回白馬会展が開催された。そこに黒田は「智・感・情」を出品している。西洋女性を描いた「朝妝」とは異なり、日本女性の裸体画三幅対である。右側に智＝理想、中央に感＝印象、左に情＝写実を配し、当時の記事によれば、画家の理想派、印象派、写実派の三派を表そうとする構想だったともいう。なおかつ一九〇〇年のパリ万博への出品を想定した作品でもあったのだが、この裸体画がまさに白馬会展に展示されている最中に、「新著月刊」第九号に「朝妝」、第十号にはコランの図版が掲載されたことになる。再び裸体画を世に問う動きを見せた黒田と連携し、援護するかのような誌面展開なのである。

それが問題化すると、今度は黒田が反応を見せている。三十年十二月十二日付「時事新報」掲載の「黒田清輝氏の裸美人談」で、芸術か猥褻か分からないからと言って、「一般に裸體畫を禁ずるが如き妄挙に出づることあらば　是れ日本政府が無能無識を世界に表白するものなり」と語っている。これは摘発の動きが新聞に出始めた直後の発言である。雑誌掲載の是非に発し、展示を含めて裸体画は一切禁止にせよとの当局の説に対して、ただちに牽制に出たわけだが、当然ながら、裸体画を載せた雑誌の一つ「新著月刊」の擁護になる発言でもあるだろう。翌三十一年二月の「太陽」の訪問記でも、黒田は「無學を披露し耻を曝すやうなもの」と繰り返している。

こうしてみると、「新著月刊」と黒田の立場は近かったように思えてくる。実のところ、裸体画掲載は雑誌の方針に反するものではなく、むしろ合致していたとさえ言ってよい。そもそも「新著月刊」とは終始一貫、芸術と道徳を問題にした雑誌だったからである。

創刊号の時文欄『発刊の辞』からして、すでに旗幟鮮明と言ってよい。その一節にいわく、「望むらくは政治道徳の絆を切つて、空を行く天馬が鞍坪に世の成る様を觀ぜんか」。道徳の絆を断ち切って、空を翔ける天馬たらんとしていたのである。この時文欄には『警視庁の詩眼』という文章も載っている。書き出しからして挑発的で、「近くは西鶴物絶版、裸躰畫禁止等、文學美術が爲政者の見解と相衝突して意外の禍に罹る、無慘といふも愚かなり」。当局は厚生利用を基準とするが、文学芸術が出世間的なものだとするなら、根本的に矛盾をきたす。両者の立場はどこまで調和し、調和しないのか。それを第一義に「警視廳の詩眼」なるものを観察するとして、帝室・皇族関係、私人の誹謗、治安妨害、そして残忍・卑猥の風俗壊乱の例を論じている。

第六号の時文欄『批評家の左眼右眼』でも、美と道徳を問うている。「今の小説批評家は左眼右眼に二様の観法を有す、右はすなはち道徳眼なり、左はすなはち審美眼なり」。なおかつ多くの批評家が道徳眼で美的価値を判断していると批判し、「世の公平なる批評家は、せめて美を美として而して後に悪を悪とせよ。悪なるが故に醜なりといふの妄斷を抛てよ」と呼びかける。「予輩は世の輕斷者流に倣うて、漫然審美は道徳に伏すべしといふものならず」といった一言も含まれているが、これは『美術と道徳』で道徳の優先を説いた高山樗牛にあてはまる。

このように道徳的判断を捨象し、芸術の自律性を主張する誌面に、裸体画が載ったのである。非難の声にも、第十号の時文欄『「新著月刊」の過去及び将来』は堂々と抗弁している。

> 裸躰畫を載せては、美術界の喧囂を釀し、譏詆吾人の身邊に蝟集せりきと雖も、現時の如き東西の文物、潮の如く來往して、世界的融合の點に到らざれば止まざらんとするの今日、繪畫界にのみ鎖國主義の行はるべきにあらず、裸躰畫の美術上に於ける眞價値を講究して徐ろに取捨を決するは焦眉の急なれば、先づ天下に題目を與へて、須く學者、技術家の歸趨を見るの要ありと信じ、吾人が凡俗の嘲罵を意に介せず、進んで試石金（原文ママ）となつて、碎くるの覺悟をなせるは此の故なりき。是れ決して徒事とは謂ふべからず。

ここで言う砕ける覚悟を地で行って、雑誌自体が砕け散ってしまったわけだが、思えば『警視庁の詩眼』などと挑発した挙句に、どしどし裸体画を載せたのだから、目を付けられたのも当然のことだった。それでもなお、摘発後の終刊号に『裸体画の弁』を掲げている。裸体画の価値、道徳との関係など論拠を並べた上で、「吾人は美術的裸體畫の公行を是認す」と言い切っている。

かくも一貫した時文欄の主張を閲するなら、発行人の柴田が勝手に載せたとする宙外の言い分には無理がある。例えば島村抱月が後年も道徳からの自律を唱え続けたように、五人の編集同人の間に意見の違いがあり、宙外には危ぶむところがあったのかもしれないが、少なくとも「丁酉文社々員の知つた事ではなく」というのは、実際の誌面と明らかに背馳している。道徳からの解放を求める雑誌の主張に即して、積極的に裸体画を載せたとしか思われない(8)。

そこで再び『発刊の辞』を引けば、「望むらくは政治道徳の絆を切つて、空を行く天馬が鞍坪に世の成る様を觀ぜんか」——このように「天馬」と書きつける時、あるいは黒田の存在が脳裏に描かれていたということはなかっただろうか。雑誌の創刊は三十年四月、折しも第一回白馬会展の半年後にあたる。編集同人たちは明治三十年という転換点に立ち、道徳の制約を振り切り、文壇の新派たらんとしていた。その一歩先を走っていたのは黒田の率いる白馬会にほかならない。ところが、白馬ならぬ天馬たらんとした雑誌は結局、廃刊に公訴の憂き目に遭った。白馬に乗り損ねたか、シロウマすなわち濁酒に悪酔いしたか、いかにも後味の悪い雑誌の終焉ではあった。

そして、編集同人の一人だったのが天外である。果たしてこの幕切れをどう思ったか。終刊号では戯文調の『廃刊之祝辞』を載せるのみである。雑誌が法外に売れるので、発行人が編集料を百倍にしたいと言い出した。ところが丁酉文社の面々は従来から使いきれずに困っていた。ならば雑誌などやめてしまうがよいというので、談は廃刊に定まったとふざけている。どうやら編集料に不満があったらしい。他方で裸体画については何も言っていないが、しかし、結核から再起し、旗揚げに参じた雑誌である。発表した小説も計四編、やはり痛恨事ではなかっただろうか。

ただし、この頃の天外には決定的な出会いがあった。三十一年、本郷の古本屋で『ナナ』の英訳本を手に入れたのである。昭和九年の回想によれば、「何かいゝ據りどころになるものがないかと思ひあぐんでゐた頃なので、これだ〳〵とでもいふ氣持で」、ゾラに飛びついた。

そして本章の関心事からすると、天外の三十年代初頭は、洋画家なるものに近づいた時期でもあった。一時は共同生活もした同郷の美術学校生、小西正太郎が黒田を師と仰ぎ、西洋画科に転じたのは三十年、まさに「新著月刊」が出ていた頃にあたる。小西や天外が何らかの形で裸体画掲載に関わったのかどうか、材料もなく詮索すべきことではないが、天外としては、小西から西洋画科の様子や裸体デッサンの話を聞いたりしたのではなかろうか。そして「朝妝」その他の図版掲載をめぐるトラブルを通じて、黒田という洋画家を強く意識したことは間違いないだろう。

パリ万博と文士保護

時計の針を少し進めよう。「新著月刊」の廃刊から二年後の三十三年五月、黒田は再びフランスに旅立った。名目は洋画教授法の研究だったが、西暦で言えば一九〇〇年、折しもパリ万国博覧会が開催されていた。そこに黒田は「智・感・情」を出品し、銀賞を獲得した。「朝妝」での国内的な勝利に続き、国際的な評価を勝ち取ったのである。

このパリ万博は日本の美術政策の一転換点でもあった。海外の美術事情を念頭に、新たな美術保護策が議論され始めたのである。この年二月には国立美術館の設置、美術家の海外派遣などを骨子とする建議案が衆議院に提出されている。美術家の側も六月、政府への保護策提言をにらんだ美術同志会を結成し、この年暮れに、やはり保護奨励に関する請願を行った。さらに言うと、ヨーロッパの地では日本版サロンの開設案が持ち上がっていた。美術事情の視察で渡欧した文部官僚の正木直彦たちに対し、オーストリア公使をしていた牧野伸顕は、パリのサロンのような展覧会を文部省が主催すべきだと説いた。このアイデアはやがて文展開設に結実することになる。

他方で文学の方面では、この明治三十三年という年には、奇妙な議論が文壇を賑わせるということがあった。高尚な芸術論ではない。テーマは「文士保護問題」である。

その背景には、沈滞せる文壇との認識があった。きっかけの一つは雑誌の廃刊だった。「新著月刊」だけでなく、「国民之友」や第一次「早稲田文学」も姿を消していた。また、海外の情報が身近になるにつれて、本邦の文学的水準が問い直されてもいたらしい。そこで「文士保護」という論題がにわかに浮上したのである。この年五月二十四日付「読売新聞」によると、文部省専門学務局長だった上田万年は、文壇改良のためには社会が文士を優遇すべきであり、「公の集會ある毎に必ず文士を度外視せず　天長節の夜會の如き先づ小説家を招待して其席に列せしむるを要す」と提唱した。上田はこの談話で、ドレフュス事件におけるゾラの活動を引き合いに出してもいる。

斎藤緑雨は「新小説」六月二十五日発行号での聞き書きで、文壇の沈滞は「社會が小説家を保護せぬのが一番重《おも》なものだと思ふ」として、国家の保護奨励策を求めた。手始めに帝室による競争製作をやっていただけないか、「皇后陛下の御名の下に、やつて戴ければ、此の上もない事」などとして、延々と私案を語っている。出品者は有名作家の露伴、紅葉、四迷、柳浪、新進の天外、宙外にあと二人ほど。選考委員は五人で、鷗外に逍遥、末松謙澄あたりが合議制で審査をしたらよかろう、表彰の仕方は金牌、銀牌、銅牌を賜るくらいでいいが、願わくば「優等の受賞者には拝謁を仰付けらるゝと云ふ所まで進めたい」――何とも先走った話と言うしかないが、これは美術の保護奨励策を横目に思いついたことだった。

繪畫だとか、彫刻だとか云ふ物は、俗衆の眼に能くは解らぬながらも、兎も角見た所に善惡が解るものだから、斯う云ふ種類の物には、保護の法も奨勵の法も疾《と》うから立つて居るけれども、文學の方には全然《まるで》闕《かま》つて呉れない。

美術の保護奨励は明治初期以来の国策であり、もともと手厚かった。緑雨が帝室にすがっているのは、当時は宮内省が博物館や帝室技芸員制度を所管していたからだろう。それに引き換え、文学に関する国家的な奨励策は存在しないも同然だった。等しく日本の芸術文化に携わっていながら、なぜ文学者はかくも報いられないのか、そういった不満がくすぶっていたのである。

上田や緑雨の発言に、文壇は盛り上がった。特に「太平洋」は七月を通じて、江見水蔭の「文士保護」、次いで西村酔夢による連続訪問記「文士保護問題」を掲げている。後者には露伴、紅葉、緑雨、魯庵、柳浪、小波、水蔭が登場する。文士保護なら発禁基準を何とかしたいという露伴、保護はいいが干渉は困るという紅葉、断固不要とする魯庵と小波――といった具合。変わったところでは、局外閑人こと飯島虚心が「太陽」八月号に投書している。いわく、「文士保護などいふ聲が聞える丈け明治文壇は衰微し堕落したのである」。精神的な保護でなく、物質的な保護が欲しいなら商売替えをするしかない、今日から筆を投げ捨てて、そろばんの勉強でもするがよい、と。

ただ、保護を受けないのならどうして食っていくのかということになる。文士保護問題と並行する形で、そこに話を進めたのは宙外だった。五月にはいち早く『大作と田園生活』を発表し、今の日本では原稿料も安く、粗製乱造に陥ることになるから、「現時の文士は自ら保護し　自ら作する最好方便は何ぞと云ふの問題を解かざるべからず」と論じた。宙外は上流階級や富裕層の支援などはなから期待できないと割り切り、作家自ら可能な「文士保護」を考えたのである。そこで提唱したのが「田園生活」だった。生活費の安い農村に退き、腰を据えて大作に専念せよ、と宙外は呼びかけた。十一月には「新小説」に『田園の詩材』を発表し、田舎暮らしの意義を具体的に説いた。向こう三軒両隣もよく分からない都会とは違い、田舎では代々同じ場所に住み、互いの経歴や内情、性質をよく知っているから、詩材として最も重要な「事相の脈略と性格の系統」の全体をとらえることができると主張した。具体的には農民の生活、あるいは新文明が古い思想と風俗を破壊する様子、そして自然美を挙げている。秋田の出で、地方をよく知る宙外らしい発想ではあるだろう。

この文士保護問題は天外にとっても、無縁な話ではなかったはずである。口火を切った一人は文壇進出を助けてくれた恩人の緑雨であり、田園文学論を展開したのは同郷の宙外である。分けても宙外の言う「事相の脈略と性格の系統」はゾラ風の考え方であり、すでに当時の天外がゾラに傾倒していたこと、また、宙外と天外が親しかったことを踏まえれば、二人で相語らったことでもあったのかもしれない。しかし、天外は文士保護問題には口を挟まず、むしろ創作において、一連の議論に応答したように見える。明治三十三年は、ついに天外が不遇期を脱し、代表作の一つ『初すがた』を発表した年にほかならない。そこから始まる一連の作品群の中に、天外は美術家をめぐるサブストーリーを組み入れている。美と道徳の問題や芸術家の世代交代、保護される芸術家とそうではない芸術家の明暗といった要素を、自身の作品世界に注ぎ込んだのである。

『初すがた』　老絵師は酒浸り

天外の文名を高からしめた『初すがた』は明治三十三年八月、春陽堂から刊行された。一読するにゾラの『ナナ』、そして一葉の『たけくらべ』が思い出されて、何やら名作二編を掛け合わせたような印象を与えないでもないが、なかなか見せ場の多い小説ではある。

書き出しは「節《とき》は十月十三日、午後の四時と云ふ刻」、場所は本郷の春木座である。その入口には「茨木縣水害慈善演藝會」という看板が立っている。明治何年とは書かれていないが、春木座が焼失し、明治二十四年末に再建された後、二十年代後半の話だろうと思われる。

場内のざわめきのうちに、主な登場人物が姿を見せる。身なりのよい三十前後の女客は玉枝と言って、高級官僚の娘なのだという。その玉枝をじろじろ見て、「好色爺奴《すけべいぢゞいめ》！」と嫌われるごま塩頭の男は通称「鬼岡」、高利貸の斧岡である。二人連れの若紳士もやはり玉枝に目をとめ、双眼鏡で品定めしている。一人は瀧山で「晝は銀行の役員で、夜は色男」。もう一人の笠田は、背広姿だが羽織ゴロ、たちの悪い新聞記者であるらしい。ところが、当の玉枝は二階席にいる青年を見つめている。これは龍太郎といって、かつて玉枝の父に奉公していた女性に育てられ、十六七に育っていた。ほかにも百人ほどの職工が詰めかけている。彼らの目当ては同じ工場に勤めた後、花柳界に入ったお俊こと小しゅんである。この一編のヒロインはまさに初舞台を踏もうとしている。

清元を語り出した小しゅんは美貌と芸で観客を魅了する。この場面は高級娼婦がヴィーナスを演じる『ナナ』とそっくりだが、もっとも、色気をふりまき、近寄る男たちを破滅させるナナとは違って、お俊はまことに純情で、工場で知り合った龍太郎に思いを寄せていた。

お俊の争奪戦が始まる。高利貸の斧岡は親子ほども年齢が違うのに、結婚しようとする。瀧山も座敷に呼ぶ。そんな様子を玉枝は龍太郎に吹き込み、仲を裂こうとする。翻弄されるお俊と龍太郎は偶然再会を果たしたものの、売春と疑われ、警察沙汰になる。それを記事にならないようもみ消した笠田が恩に着せ、酔わせた末にお俊を次の間に連れ込んでしまう。

結局、お俊は斧岡との縁談を承諾する。龍太郎は工場を辞め、伯父にあたる駒込の禅寺に引き取られる。得度式の日、本堂の障子をそっと開け、お俊は剃髪した恋人を見つめる。雨のように涙が流れ落ちる。手をかけた障子がかたかた鳴り始める。その夕方、湯島の斧岡家に「人目を驚かす程な立派な嫁入があッた」――かの美登利と信如を思い出させる幕切れとなる。

何とも同情を禁じえないお俊の境遇だが、花柳界に入ったのも、斧岡に嫁ぐことになったのも、もとはと言えば育った家の事情による。父親は桐澤素雲と言って、円山派の絵師だった。一時は絵かき仲間に全盛を羨まれ、柳橋で評判の芸者を妻にしたのだが、素行が修まらないというので美術学校の嘱託教師をクビになり、借金もかさみ、揮毫依頼も減ってしまった。その悪評から「心がぐれ出して益《ますま》す放蕩の度を高め、筆を執らずに日夜酒にばかり浸つて、世間を罵つて居ると云ふ有様なので、其の果は只だ神經ばかり亢奮して、些細な事にも感激する樣になり、仕舞には、繪一枚仕上げるのも中々魂《こん》の續かぬ樣な身躰になッた」という落ちぶれようである。

それでも気位だけは高く、ぞんざいに扱われると怒り出す。食うに困って、お俊と妹のお菊を女工にしたが、工場の監督役がお俊に言い寄ったので、辞めさせた。そこで今度はかつて連れ歩いた落語家の勧めに従い、花柳界に入れた。お俊はかくて小しゅんとなったのである。

もっとも終盤、実の父母ではないことが明かされる。それもあって、お俊は年寄った斧岡の後妻に入る決心を固めるのだが、素雲はなおも「今に阿父様《おとッさん》が仕事する様になればな、再舊《またもと》の様に、何不自由なく暮されるんぢや、然《さ》うなりや、お前にも立派な婿を取つて遣るんだ、其《そん》様な事を云はんで久《しばら》く辛抱して居れ。解つたか」といった調子である。

この盛名を忘れられない父親こそがお俊の苦労の種にほかならない。しかし、どうして画家の父でなければならなかったのか。理由は続編の『恋と恋』で明らかになる。

『恋と恋』　徳義を忘れる新派画家

『恋と恋』は翌三十四年六月の刊行で、版元は同じく春陽堂である。自序にいわく、「初姿を世に出したのは纔《わずか》に一年前のことであるが、我が空想界の暦日は此の間に七年を經過して、篇中の人々は爰《ここ》に描出した如き人に成つて、爰に描出した如き心に成つて、終にかゝる事を仕出來《しでか》して仕舞つたのである」。要するに、前作『初すがた』の七年後の物語ということになる。なおかつ作中には「明治三十三年十一月廿七日」という日付が見える。そこに至る七年の間に、あれこれ現実の社会は変化を閲してきたわけだが、天外にとって、印象的だった出来事の一つは美術界の世代交替だったらしい。続編『恋と恋』は冒頭、白馬会展の会場で幕を開ける。

開会から一か月余り、翌日に終わろうとする白馬会展は、例年なら客も少なくなる頃なのに、下足番も面食らうほどの入場者を集めている。なぜかと言えば、帝国ホテルに滞在する「巴里《パリス》サロンの會員だとか云ふ、ミレー某《なにがし》」が一枚の油絵を激賞し、その批評が一週間前の諸紙に掲載されたからだった。かくて大評判となった油絵は「時雨の後」と言って、「種々《いろく》の秋草の亂れてる花園に、日影のほツかりと射してる處を描いた一枚の寫生畫」だった。

「彼《あ》の、芭蕉の葉に乘つてる落葉は如何《どう》です、今にも滑落ちる樣ぢやありませんか?」

「落葉も然《さ》うだが、第一、全躰の色が面白いですな。私は、繪の方はから素人だから、如何云つたものか、一寸《ちよツと》、評するに辭《ことば》に窮すると云ふ譯だが、彼の……、明るい樣な、輕い樣な、何處《どツ》か此う、穩かな、暖《あツた》かな感《かんじ》を起させる處がありますな……、色には違ひないが、左樣さ、何と云ひませうか……。」

最初の問いかけは制服姿の美術学校生。何やら要領を得ない感想を語っているのは館野という人物である。この男、実は『初すがた』の冒頭、春木座の客席にも顔を出していた。お俊を手籠めにする新聞記者笠野の知り合いで、その頃は三面記事のかたわら、小説を書き始めていた。七年後は「から素人」と言いつつ、新聞社で美術評を書いている。どうやら無定見な批評家であるらしく、白馬会についても浅薄と批判してきたものの、ミレー某が絶賛したこの「時雨の後」となると、「是迄隨分新派の油繪は見ましたが、此樣《こん》なに感心したのは初めてゞす」などと持ち上げている。

ならば「時雨の後」を描いた画家は誰かと言えば、桐沢龍太郎と明かされる。ほかでもない『初すがた』で得度した龍太郎であり、『恋と恋』では意外や青年画家として現れる。このあまりに唐突な成り行きを説明するなら、龍太郎は玉枝に付きまとわれ、寺を放逐された。それを伝え聞いたのが高利貸斧岡の令夫人となったお俊である。その世話により、いずれはお俊の妹であるお菊と結婚する約束で、龍太郎は桐澤家の養子に入ったのである。素雲ら父母は期待をかけ、美術学校に通わせた。最初は日本画科の撰科生になり、次いで洋画科の友人宇佐見から油絵の優秀さを聞かされた。「宜しく俗眼に媚びて其の床の間に懸けらるゝをのみ是希《これねが》ふが如きむさき根性を棄てゝ、假《たと》へ一人の顧客なくとも、又假へカンバスの前に繪筆を握つたまゝ餓死するとも、自然の理に合する我が油繪を研究す可きのみ」と説かれ、「終《つひ》に一年と經たぬに洋畫科に轉ずることゝなツた」。さらに昨年夏には優秀な成績で全科を卒業し、この白馬会展で大評判を取ったのだった。

白馬会展の会場には、斧岡も姿を見せる。先妻との娘、君代を連れている。年は十六七、桃色のベルベットの服に薔薇を飾った麦藁帽、色の白さは西洋人かと思われるほどで、龍太郎の絵に集まった観衆の中でも水際立った美人だった。館野や美術学校生らは色めき立つ。

君代は龍太郎の絵がすべて売約済みで、買えなかったことを残念がる。

「何處が美《い》いか解らん」と斧岡は言いながら、「其れぢや、家へ呼んで描かせるさ。」

「だツて、家《うち》へなんか來たことは無いんですもの……。何故、彼《あ》の人ばかし來ないんでせうねえ、祖母《おばア》さんでも叔母さんでも、一寸《ちよい》〳〵來る癖に。」

君代からすると、父の後妻がお俊であり、その実家が桐澤家である。そうした縁がありながら、桐澤家の養子である龍太郎は斧岡家には顔を出さない。『初すがた』の読者にとっては、一時は恋仲だったお俊の嫁ぎ先に足が向かないというのも当然過ぎる話だが、そんなこととはつゆ知らない君代としては納得がいかない。つまりは龍太郎が気になっているのである。

上野の山で突然、楽隊が合奏を始める。「パノラマですよ、黄海の戰爭の。」と君代。「見やうか？」と聞く斧岡に、「はア。だけども詰りませんよ？」とそっけない。

不意に君代が尋ねる。「世の中で一番高尚な職業は、美術家ですツて、然うですか？」

もはやパノラマ館は時代遅れになりつつある。それをよく描いていたのも洋画家だったが、同じ洋画家でも新派に属する龍太郎は、若く美しい君代の憧れの的となっている。

その龍太郎は鵠沼の雑木林にいた。湘南地方は白馬会の洋画家たちが好んだ土地である。そこで洋画転向を促した宇佐見と写生に励んでいる。ちなみに肌は浅黒く、「襟の間からは汚れたカラが見え、帽子は色の褪めた鍔の弛むだのを冠つて、久しく剃刀に會はぬ顔は、山國の地圖見たやうに髭が蔓《はびこ》つてゐる」。すっかりボヘミアン的な風貌に変わっている。

雑木林を歩きながら、宇佐見と龍太郎は女性観を語り合う。宇佐見は以前、郷里の許嫁との縁談を破棄しようとした。その際、相談を受けた龍太郎は「色情の爲めに義理を忘るゝ者は禽獣に等しい」と非難したらしい。玉枝との悶着で寺を追われた苦い経験もあって、「僕はもう、一生女のモデルは使はんと思ふ、彼様《あん》な物を描いちや繪筆が垢《けが》れる、僕はもう女は描かん。」とまで言っている。ところが当の龍太郎もこれまた「義理を忘るゝ者」となり果てるのだった。

桐澤家の養子に入った際、龍太郎はお俊の妹、お菊と結婚する取り決めだったわけだが、そのお菊は姉のような美人ではなかった。斧岡令嬢の君代に絵を教え始めた龍太郎はやがて恋仲となる。お菊との縁談は進まない。老絵師の父素雲はますます酒浸りとなる。お菊は思い詰める。一人で土手を行きつ戻りつしていたところを自殺未遂と間違えられて、新聞沙汰になる。かくなる上は縁談は延ばせないと姉のお俊は詰め寄ったのだが、龍太郎は苦しげに告げるのである。

「實は、意《こゝろ》に無い結婚を爲ちや良心に愧《はぢ》ますから……。」

跡継ぎと見込んだ龍太郎に裏切られ、今度は素雲があらぬことを口走るようになる。

「宮内省から呼びに來たら大變だ……。」と叫び出す。お俊を斧岡家に匿ったのが露見したとか何とか、妄想に囚われている。「此の箱に入つてるのは雪舟の筆だな、」と斧岡家の軸を掛けさせて、その山水画に首をかしげる。「拙《まづ》いなア、是で帝室の保護を受けてるんだ……、何だい此の松は、全然古畫の摸倣だ、はゝゝゝ。」――宮内省だ帝室だと繰り返しながら、『初すがた』の頃から酒浸りだった円山派の老絵師はこの続編に至って、あわれ発狂してしまうのだった。

もっとも、縁談が進まなかった理由はお俊の側にもあった。妹を思って押し殺してはいたが、龍太郎への恋を断ち切れていなかったのである。それを吐露したとたん、今度は斧岡家の医学書生である佐藤にこの秘密をつかまれる。そこで『恋と恋』は終わる。

ちなみに第三弾となる『にせ紫』もあって、三十七年から「東京二六新聞」に連載された後、三十八年に春陽堂から刊行された。お俊は佐藤のなぐさみものとなり、またしても不幸のどん底に沈んでいるのだが、それに先立つ明治三十五年、天外が発表したのが『はやり唄』である。舞台は宇都宮近郊の農村である。文士保護問題の際、宙外が掲げた『田園の詩材』論を想起させる設定と言ってよいが、さりながら、『初すがた』から続くお俊の物語と無縁というわけでもない。『にせ紫』には円城寺竹代という女性が登場する。ほかでもない『はやり唄』でうわごとを言い、姉を姦通に走らせた竹代のことである。その頃は学者になるべく独身を通すと言っていたが、『にせ紫』の中ではクリスチャンとなり、お俊の嫁いだ斧岡家で家庭教師をしているのだった。

道徳・世代交替・保護奨励

明治三十年代初頭にゾラに出会った天外は、「ルーゴン・マッカール叢書」のごとく因果の糸を絡ませながら、幾つかの人生を語り継ぎ、明治二十年代後半から当世に至る社会の移り変わりを書こうとした。そこには見てきたように、三人の画家が登場する。『初すがた』『恋と恋』の桐澤素雲、『恋と恋』の桐澤龍太郎、『はやり唄』の円城寺常雄――彼ら三人のプロフィールを抜き出してみるなら、天外自身の見聞や体験が投影されていることが如実に浮かび上がる。

『初すがた』の桐澤素雲は円山派の絵師である。落ちぶれながら、プライドだけは高い。『恋と恋』では発狂し、山水画を見ながら「是で帝室の保護を受けてるんだ」と嘲笑する。これは宮内省所管の制度、帝室技芸員を指しているのだろう。帝国博物館総長の監督下で年金を支給され、腕を磨き、後進を育成する名誉の役職だが、素雲が執着するのも当然ではあった。というのも明治二十三年の創設時は計十人、画家では五人が選ばれ、そこには素雲と同じ円山派出身の森寛斎が名を連ねている。二十九年の新任技芸員にも、やはり円山派の流れを汲む川端玉章が加わっていた。

素雲のような絵師がすべて凋落したのかと言えば、そうではなかった。事によれば、自分も帝室の保護を受けていたのではなかったか。そんな妄執が素雲を狂わせたとも言える。『恋と恋』の刊行は文士保護問題が盛り上がった翌年のことであり、天外もまた芸術家の保護、正確に言えば保護されなかった影の部分を注視し、老絵師の末路を書いたのである。

そんな素雲と明暗のコントラストをなすのは、桐澤龍太郎である。『初すがた』で僧籍に入ったはずが、『恋と恋』では白馬会の青年画家となっている。相当に無理のある転身には違いないが、天外としては、新時代の青年像を描くのにふさわしいと考えたのだろう。『恋と恋』の刊行は明治三十四年、二十世紀の始まった一九〇一年だから、体面に拘泥する十九世紀的な人間像を素雲に、芸術を奉じて徳義を軽んじる二十世紀的な人間像を龍太郎に担わせたと言えるかもしれない。

その龍太郎は日本画科に進みながら、「一年と經たぬに洋畫科に轉ずることゝなツた」という。これも興味をひく経歴ではある。天外と同郷の画家、小西正太郎のそれと等しいからである。小西は東京美術学校予備過程から日本画科に進み、一年後の三十年には西洋画科に転じた。なおかつ白馬会に加わっている。この経歴の符合を踏まえれば、白馬会や黒田周辺の事情を知る上で、やはり小西の存在は大きかったと思うべきだろう。実際に『恋と恋』には湘南地方での写生、ボヘミアン的な風貌という風に、いかにも新世代の洋画家らしい細部が書き込まれている。

こうした関心の先に、黒田を髣髴させる『はやり唄』の円城寺常雄が位置することになる。『恋と恋』で小西正太郎を思わせる白馬会の青年画家を登場させたのに続き、天外は白馬会の領袖、ずばり黒田のような洋画家に向かったのである。

華族令息の身分、洋行経験、そして裸体画といった要素については繰り返さないが、もう一つだけ印象的な場面を紹介しておこう。妾をモデルにしたらしい裸体画を雪江が切り裂き、妹の竹代が盗まれたことにした後、円城寺の家に刑事がやってくる。

二三日前、豫《かね》て懇意にして居る――毎年缺かさずに年賀に遣つて來るのと、此の地方へ巡廻に來る度毎御馳走になツて行く位の懇意であるが――其の懇意にして居る宇都宮警察署長の鷲田へ、我が不在中に起つた彼の油繪盗難の一條を、公然と届出しはせぬが、自分に取りては金に換へ難き大切《だいじ》の品である故、再び我が手に戻る樣御盡力が願ひ度《た》し、と依頼の状を出したのである。而《す》ると、此の状持參の某と云ふは、當警察部内に敏腕の稱ある刑事巡査である故、萬事は此の者へ御相談下され度しと云ふ意味の紹介状を携へて、今しも一人の男が客間に通て待つて居る華族出身で、地元の名士である常雄には、警察署長も年始を欠かさない。そのコネを使って、常雄は内々に裸体画を取り戻してくれと頼んだのである。公に陳列すれば物議を醸し、出版物に載せれば風俗壊乱に問われることもあった裸体画である。大胆不敵と言おうか、それだけ手厚く守られていることを強調するエピソードと思うべきだろう。『はやり唄』の刊行直前、三十四年秋の第六回白馬会展では、これまた名高い「腰巻事件」も起こっている。もっとも、執筆のタイミングからすると、やはり「新著月刊」の裸体画問題で宙外らが公訴され、問題の裸体画を描いた黒田の方は不問に付された経験が反映しているのではないだろうか。(9)

黒田と白馬会の動向に、天外が並々ならぬ関心を寄せていたことはもはや明らかだろう。芸術と道徳、世代交替、保護奨励その他、時代の変化を物語るのに好適な題材と目をつけ、かなりストレートに作品に投げ込んだ風だが、ただし、それら社会的な側面だけでは実は十分に読み解いたことにはならない。天外としては、自然を書くという創作上の関心からも、黒田と白馬会を意識していたように見えるからである。そちらの方向についても踏み込んでみなければならない。

自然を書く　描く　天外と白馬会

天外が白馬会展を見たのは、果たしていつのことだろうか。第一回展は明治二十九年十月七日から十一月三十日の開催である。これは療養中の郷里で陸羽地震に遭って間もない頃だから、見に行けたかどうか、微妙なところである。むしろ三十年秋、十月二十七日から十二月五日にかけて開催された第二回展が最初だった可能性が高いように思われる。「新著月刊」の誌上に「朝妝」の図版が載ったのはその会期中のことであり、すでに小西正太郎は黒田に師事していた。さらに傍証として、黒田が出品した「秋草」と、『はやり唄』に見える常雄の作品「萩を押分て前に進まんとする美人の圖」が符合することも挙げられるかもしれない。この第二回展を見に行ったとすれば、黒田の「智・感・情」や「湖畔」を見たことも意味する。続く三十一年秋の第三回展、三十二年秋の第四回展には小西も出品しているから、回を重ねて足を運んでみたかもしれない。

　ちなみに、新派の油絵を早々に見たらしい文学者に島崎藤村がいる。自伝的長編『春』の終盤に、「上野で見た洋畫の展覧會」の光景が出てくる。黒田が出品した明治美術会展なのかどうか、「始めて陳列された印象派風の明るい畫」があり、休憩室には「福富、菅、市川などの連中が集まって、いづれも駝鳥の羽毛の輕い帽子を冠って、露西亜巻の煙草を燻しながら、新畫の批評や美術上の話をして居る」。モデルは上田敏その他の「文学界」周辺の若者たちであり、脚色はあるにせよ、彼らの関心を示唆する一挿話ではあるだろう。そんな風に初期の白馬会展には芸術青年たちが集まり、あれこれ語り合っていたはずだが、「新畫の批評や美術上の話」とのみ記す藤村と異なって、天外は『恋と恋』の冒頭に絵画談義を据え、自然を描く意味を甲論乙駁させている。

　龍太郎の出品作「時雨の後」をほめた後、新聞記者の館野は一抹の疑問を口にする。「彼位《あれぐらゐ》の手腕《うで》が有つて、何故彼様《あん》な、無意味な畫題を擇《と》つたもんでせう」。時雨に乱れた花園を描いただけでは「藝術とは云はれ無いでせう」と本音をもらす。話に付き合っている学生は「はア、其れぢや、描くと云ふ外に何か意味が無いぢや……?」と問い返す。館野は意味、目的などと言い方を変えながら、「畫題なんか何《ど》うでも可い。何うでも可いが、つまり、如何なる理想を見《あら》はさんとして此の繪を作つたか、と云ふ點です」と不満の理由を絞り込む。さらに会話は続く。

「大分、お話が難かしく成つて來ましたが、其れでは、自然を描いた外に、何か、理想と云ふ様な物が表はれて無いぢや可《い》かんですか？」

「無論でせう、自然なら貴方《あなた》、何も藝術家を煩はさんでも、我々の目前に幾らも轉がツてまさア。藝術家の天職は蓋し其様な物ぢや無い、人間が究めんとして究むる事の出來ない、手の達《とゞ》かない、大宇宙の理想と云ふ物がありませう、其理想をです、其の理想の美妙なる處を捉へて、説明して遣らなけりや藝術の尊い處が無いぢやありませんか……。ま、何處か其邊《そこら》へ掛けてお話しませう、大分足が草臥《くたびれ》ました。」


芸術は自然そのものを描くのか、自然の姿を借りて理想を表明するのか。議論のテーマは明確だろう。そこに今度は龍太郎の友人である宇佐見が割り込み、「館野君の理想と云ふものはね、其様な難《むッ》解《か》しい物ぢや無いんだよ」とまぜかえしている。ちなみに龍太郎の作品を絶讃し、場内の話題作に押し上げたのは「巴里サロンの會員だとか云ふ、ミレー某」。ジャン＝フランソワ・ミレーは一八七五年に没して泉下の人だったが、自然主義の巨匠として名前を借りたものか。

ミレーはともかくとして、これは当時あり得た議論でもあった。確かに自然そのままの絵画を批判し、理想を欠くとする見方があったからである。小倉に下り、露悪的なまでに旧派然としてふるまった鷗外はその一人だった。どの画家、どの作品という発言ではないけれど、明治三十三年七月発表の随筆『潦休録』の中で、「上る坂に下る坂、田の畔《くろ》の一本道といふやうなところをつかまへて、こゝでも光線空氣をかく手際は見せられるとりきんだり」といった行き方について、完全な芸術を目指そうとしない消極的な態度だと批判している。

また、黒田の裸体画「智・感・情」について、理想の欠如を指弾したのは田岡嶺雲である。三十年十二月十四日付「万朝報」の展覧会評にいわく、写真に比較して、絵画が優れるゆえんは「實際を理想化したればなり」。しかるに「白馬會の裸體畫の如きは寫生のみ　實際の複寫のみ」、なぜ黒田は写生を美化する意匠を加えなかったのかと難じている。この三幅対は智＝理想、感＝印象、情＝写実の三要素を提示し、作品の構成からすれば、理想と写実を両脇に従え、印象に統合するかのようにも見えるのだが、黒田の美学的立場を嶺雲が汲み取ったふしはない。裸体モデルの忠実な写生という一点を突き、理想化が足らないと批判したのである、そのロジックは『恋と恋』の美術談義において、理想なるものを振りかざす館野のそれとほとんど変わらない。

こうした当時の評言を踏まえて『恋と恋』の冒頭を読み直してみるなら、天外の立場は誰の目にも明らかだろう。第一に白馬会を自然主義の圏内に、少なくとも自然主義的な傾向を持つグループとして捉えている。なおかつ『恋と恋』では明らかに、自然をそのままに描く白馬会の若者たちを時代の風に乗る存在と位置づけ、理想を持ち出す館野については的外れな批評家として描いている。そして自然そのままを描く若者に肩入れする天外は、改めて強調するまでもなく、自然主義に傾斜する文学者なのだった。天外は要するに、白馬会に自分と同じ志向を見て取っているのである。自然か理想かを問う会話とは、絵画論に仮託した創作態度の表明と思ってよい。

この『恋と恋』に続き、刊行されたのが『はやり唄』である。その序文で、天外は自然をありのままに書く態度を堂々と表明してみせる。「想界の自然」は善悪美醜の判断を超えるのだから、「詩人は、唯その空想したる物を在のまゝに寫す可きのみ」であり、「畫家、肖像を描くに方り、君の鼻高きに過ぐと云つて顔に鉋を掛けたら何が出來やうぞ」と言い添えている。ここでの肖像画家はありのままを描く画家の謂いだが、天外にとって、自然を描く者として映っていたのは黒田と白馬会にほかならない。天外が『ナナ』の英訳本を手に入れたのは明治三十一年だったが、ゾラとともに、黒田と白馬会から刺激を受けながら、自然を描く態度に向かったと考えるべきだろう。

だとすれば、『恋と恋』『はやり唄』の二作は、黒田や白馬会と二重の水準で関わり合っていることになる。『恋と恋』では白馬会の新進画家として龍太郎を、『はやり唄』ではその領袖たる黒田を連想させる常雄を登場させ、それのみならず自然そのままを描く絵画を規範として、「想界の自然」に住まう彼らを書き切ろうとしたのがこれらの小説なのである。

一方では時代を体現する種類の人々として、他方では描写の態度において意識するという二重性はそれ自体、天外のアンビバレントな感情を物語っているはずだが、作中の洋画家たちがおよそ尊敬すべき人間に見えないことは、かくして不可解なこととは言えない。龍太郎は婚約を覆し、徳義を捨てる。常雄は裸体画によって雪江を嫉妬させ、昏倒させる。自然のままの身体を描くことで自然としての身体を惹起した格好だが、道徳的には問題含みには違いない彼らを、天外は彼なりの自然主義の実践として、善悪美醜を問わず、ただ想像した通りに書いたのだった。

ここに至れば、本章の冒頭に引いた『はやり唄』の一言――「詰らんぞ、油繪だからな」についても、かなり正確に発せられた文脈を理解することができる。

発言の主は、宇都宮近郊で育った禮之助であり、彼が批判を差し向けているのは「菜畑だとか、野中の一本道だとか、でなきや、作男の笑つた顔」といった常雄の作品である。それらは農村そのままの絵に過ぎず、禮之助には面白さが分からない。
禮之助の役どころはさしあたり、『恋と恋』の館野と似ている。日和見的なこの批評家は「自然なら貴方、何も藝術家を煩はさんでも、我々の目前に幾らも轉がツてまさア」と言っていた。無理解な世間を体現し、自然を描く絵画の新しさを際立たせる配役と言ってよい。禮之助が「一目見て餘り頭《あた》腦《ま》の鋭く働き想で無い容貌をして居る」などと形容されているのも、やはり自然を描くことを理解しない凡庸な人物と位置づけられているからだろう。

ただし、美術評を書いている館野とは違って、禮之助は美術界には関わっていない。館野のごとく理想主義を持ち出すでもなく、地方に生まれ育った者としての、ごく常識的な意見を語っているに過ぎない。それゆえに「詰らんぞ、油絵だからな」にはまた別のニュアンスが生じてもいる。

見ようによっては、禮之助の感想はその凡庸さのゆえに、田舎に暮らして田舎に溶け込まない常雄のエリート主義を照らし出しているとも受け取れる。その批判は必然的に、同じく華族にして裸体画を描く画家である黒田にも届くことになる。実際に黒田自身、エリート主義的な芸術観の持ち主だった。「朝妝」問題の際に、「畫も何も分らぬ百姓共が見て何と思ふだらうかなどと云のだ　馬鹿の話さ」と裸体画批判を切り捨てていた通りである。それに対して天外の不遇期は長く、同じく自然のままの描写を目指していたとはいえ、まったくエリートなどではなかった。ちなみに禮之助は肋膜炎で休学し、一年ほど郷里に戻っているところだが、この設定は肺を病み、帰郷した明治二十九年の天外を思い出させないでもない。何とも凡庸で常識的だが、世間から遊離した美術を切り捨てる「詰らんぞ」の一言は、黒田と天外の相容れない一点を示唆するようでもある。

その意味では、いかにも平凡な禮之助が発する「詰らんぞ」は、常識的な読者の感覚に沿った一言とも読まれ得るだろう。天外は『はやり唄』の序文で、作者の「想界の自然」がそのまま読者の空想裡に映し出されるようにしたいと述べていた。この願望はどうすれば充足されるのか。一口に読者と言っても、知識には多寡があり、物事の感じ方も異なるのだから、あらゆる読者に同じ作品世界が共有されるはずもないが、それでもあえて共有できるようにするなら、特殊な読み巧者ではなく、一般的な知識や感性を持った読者を想定せざるを得ない。長く売れなかった苦労もおそらくあって、天外はそのような広範な読者に向けて小説を書こうとしていた。つまり読者との関わり方という意味で、天外は反エリート主義的な立場にあったと言ってよい。ただ、広範な読者層を意識する態度は、当然のことながら、読者への迎合に頽落する危うさもはらんでいた。

正しい洋画家たち　家庭小説

そろそろ本章も筆を擱くべき頃合いだが、黒田と白馬会の台頭が変化させた洋画家イメージは天外一人にとどまらず、実は広範な文学者に及んだと言ってよい。そこで最後に〝付けたり〟として、明治三十年代後半の小説に出てくる洋画家像に一瞥を加えておくとしよう。

芸術と道徳という観点からすると、当時の文壇では道徳的に正しい家庭小説が流行し、他方では道徳に囚われず、やがて自然主義文学に収斂する小説が書かれていた。ところが面白いことに、その双方に洋画家たちは姿を見せる。思えばこれは当然のことで、美と道徳の交点に位置する洋画家イメージが広がっていたからである。家庭小説の書き手はその洋画家を道徳の側へ馴致しようと試み、例えば島崎藤村のような作家は逆に、道徳からの逸脱を誘発する者として扱っている。

まず家庭小説とはどういうものか、その点では、菊池幽芳の一文が分かりやすい。バーサ・クレイを翻案し、明治三十六年に「大阪毎日新聞」で連載した『乳姉妹』のはしがきで、幽芳は少々通俗で気取らず、趣味のある上品なもの、一家団欒の中で顔を赤らめ合うこともなく、「家庭の和樂に資し、趣味を助長し得るやうなものを作つて見たい」との抱負を語っている。これは乳母の娘が華族令嬢になりすます物語で、作中には黒田の盟友、久米桂一郎と同じ名字を持つ「久米画伯」が登場したりもするのだが、ここでの文脈に即して、美術家が登場する幽芳の作を挙げるなら、明治三十五年八月、「文芸倶楽部」掲載の短編『その画題』の方がよいだろう。

主人公はずばり新派の洋画家である。利根川沿いの村で育った永島梅吉は、隣村の別荘に住む洋画の大家、大河内修画伯に画才を認められ、美術学校で学び、フランスに留学する。梅吉には幼なじみの許嫁、お絹がいたが、洋行から帰ってみると、田舎者ゆえに嫌になってしまった。師の令嬢文子との縁談が進み始める。狂乱したお絹は川に身を投げる。これを救ったのは、何と大河内画伯だった。あまりと言えばあまりの偶然から、梅吉の不徳義が明るみに出る。「愛のない結婚は罪惡です」と口走る梅吉に、文子は「お絹さんに対する貴君《あなた》のお約束は神聖です」と突き放し、「どこまでも男らしく、罪をお償ひ遊ばせ」と気高く宣告する。

それから半年後、白馬会展で梅吉の絵が評判になる。「圖様は嬋妍《せんけん》たる美人が男を拒絶して居る處で、さして趣向の珍らしいといふ畫ではなかつたが、女に拒絶されて絶望をした男の顔が、實に眞に迫つて、布に聲あるかと思はれるばかり、今にも呻き出しさうな、不思議の出來」。梅吉は文子との別れを絵画化し、お絹と結婚したのだった。許嫁を捨て、令嬢に走るのは『恋と恋』の龍太郎と同じだが、幽芳は梅吉の悪行を挫き、正道に立ち戻らせるのである。

続いて中村春雨『蜜月』を見てみよう。後に演劇方面で名をなす春雨中村吉蔵は、家庭小説の嚆矢とされる幽芳の『己が罪』に続く新聞小説の懸賞募集で世に出た。三十五年の春からは宙外と「新小説」を編集していたが、『蜜月』はその三十八年一月号の掲載作である。

白馬会に出品する洋画家、高橋騮太郎と妻の光子は、湘南は鎌倉の由比が浜に西洋風の新居を構えている。二階の画室からは朝夕に変わる海の色や波の戯れ、雲の変化が見える。室内には風景画や裸体美人の油絵、はたまた等身大で新郎新婦を描いた油絵が飾られている。二人は仲睦まじく、新妻を待たせないように、騮太郎は富士と夕雲のスケッチを早めに切り上げたりもする。

そこに裸体画が波風を立たせる。騮太郎は「春の上野の白馬會へ出して一番、腕を試さう」と光子の反対を押し切り、漁師娘のお波をモデルに雇う。どんな娘かと言うと、「十六七の、澁を引いたやうな、潮照《しほてり》のした皮膚《はだえ》、眼は黒漆をさしたやうで、鼻は稍々扁《ひらた》く、唇は大きいが、顔色躰勢《かほつきものごし》見るから活々して、いかにも海の底の廣さと、深さとを肺一ぱい呼吸して大なる自然の乳房に充分哺《はぐく》まれて來たやうな、モデルには持《もつ》て來いの蜑女乙女《あまをとめ》」。潮臭い田舎娘には違いないが、自然を体現する女性と言えなくもない。そこに騮太郎は惚れ込んだということだろうか。

それにしても、画室で取らせるポーズと言えば、「海松《みる》の様なつゞれの衣《きぬ》脱ぎ捨て、親譲の百四十八の骨組逞しく、肉附緊《しま》つて、曲線美を描ける肩先圓く、腕なだらかに、赤銅色《あかがねいろ》の赤裸身《はだかみ》には紅い褌《ゆもじ》一つ、片手に浮桶を抱へて、力足踏み、今にも龍住む千尋の海底に跳り入らんとする姿勢を作つてゐる」。これでは海女物の石版裸体画と変わらない。どうにも作者の見識を疑わざるを得ないが、この裸体画が妻の光子を動揺させる。『はやり唄』と似て、嫉妬に駆られて青い絵の具を塗り付ける場面もある。もっとも、騮太郎には漁師の娘をどうにかするつもりもなく、結局は元のさやに収まって幕となる。裸体画を描くものの、騮太郎は道徳的な洋画家なのである。

幽芳、春雨はともに道徳的に危うい存在として洋画家を扱っている。『その画題』の梅吉は洋行でいい気になり、許嫁を捨てようとする。『蜜月』の騮太郎は裸体画を描き、妻を動揺させる。しかし、そうと見せつつ、梅吉は罰せられて許嫁と結婚し、騮太郎はやっぱり愛妻家だったという風に、洋画家を道徳の側へ回収するのが家庭小説の書き手たちなのである。

誘惑する洋画家たち　藤村・荷風・天外

彼ら家庭小説の書き手たちが反道徳的な要素をほのめかしながら、道徳的な人間像を提示しようとしたとするなら、それとは対照的に、見た目には道徳的な人間像の裏面をえぐり、反道徳的な要素を強調しようとする文学者もいた。例えば、自然主義文学の主流を歩むことになる島崎藤村、あるいは当時はゾライズムに傾斜していた永井荷風のことだが、二人は相次いで教養のある独身女性が破滅する小説を書き、そこに誘惑者としての洋画家を登場させている。

藤村のそれは明治三十六年六月、「太陽」に発表された『老嬢』である。独身を貫こうとした女性教師が胸の悪くなるほど悲惨な末路をたどる話だが、主人公の老嬢——と言っても、まだ三十歳の瓜生夏子は冒頭、夏の信州田沢温泉で年下の洋画家三上が現れるのを待っている。

「美術家といふものは妙に女の心を引きつけるもので」と書かれているのだが、待ち人である三上は「升屋の浴衣に兵兒帯《へこおび》を巻付けて、風采《なりふり》にかまはぬやうな壯年《わかもの》」、見ようによってはボヘミアン風の格好で現れる。二人は草に座って、芸術談義を始める。「この男は直《すぐ》に畫のことを言出すのが癖でもあるが、知らず〳〵夢中になつて、種々《いろ〳〵》な手附をして見せた。流石に畫筆を握るだけあつて、指が柔嫩《しなやか》に、爪も美しく、いかにも美術家の手らしいところがある」。

二人の会話には、現実的なところもある。三上は肖像描きの仕事に愚痴をこぼしている。今まさに描いているのは「俄大盡《にはかだいじん》」の肖像画なのだという。その大地主は「畫家」でなく「畫師屋《ゑかきや》さん」と呼び、正直に描こうとすれば、もう少し奇麗に、色を白くと注文を付ける。糊口をしのぐためとはいえ、ああ、画家なんかになるものじゃないと三上は嘆き、「吾儕《われ〳〵》は美しい夢を見乍《なが》ら、其實《そのじつ》、卑しい生涯を送る人間なんでせう」などときざなことを言う。それに対して、夏子は写真だって修整を施すものでしょうとたしなめる。「寫眞屋が御客様の顏を正直に撮つて、これは貴方の御顏で御《ご》座《ざい》ます、と差出したら、御客様は何と言ひませう。無論です、斯《こん》な顏ぢやないと突返すのは。ですから寫眞屋は奇麗に御客様の顏を粧《つく》る。粧るといふは何でせう——阿諛《おべつか》ぢや有ませんか。愚《おろか》な世間の人、よもやそれを自惚《うぬぼれ》の寫眞とは思ひますまい」。こんな風に夏子に言わせる作者藤村は、肖像画であれ写真であれ、忠実な再現手法だとは思っていない。肖像画を描写の規範とした天外に比べて、美術や写真の裏面を注視していたと言えるかもしれない。

もっとも、訳知りの講釈をする夏子は、三上に身を委ねられない。すでに「美しくて節操《みさほ》の無い多くの男」や「恥かしいほどの情人が殘酷な夫に變る多くの例」を見てきたからである。その気にさせつつも、三上の手を払いのける。寂しそうに笑い、「世の中には隨分閑暇《ひま》な方があつて、自分で自分の胸にいろ〳〵な空想を畫いて、他《ひと》も斯うだと定《き》めて居らつしやる方がある。私や、そんな氣樂ぢやないんですよ」。むろんこれは強がりで、三上と別れた夏子は泣き伏す。

やがて夏子は私生児を生み、その子もたちまち死んでしまい、ついには路頭で男の袖を引く姿となり果てる。『老嬢』とは要するに、旧時代の道徳に反して結婚を拒み、自分の意志で生きようとする女性が多分にその女性性のゆえに、破滅する物語と言ってよい。藤村は「女の身躰《からだ》といふものは、男の方と違つて、思ふやうにならないことがあるんですから」と夏子に言わせてみたり、女性の身体性を強調してもいる。洋画家三上はそれをくすぐり、誘惑する存在ではあるのだが、もっとも、あっさり袖にされるように、ただ単に道徳的に頼りない脇役の域を出ていない。

明治三十五年九月刊、荷風の『地獄の花』もほとんど同様に、高学歴の女性に悲惨な運命を与える小説だが、その回想の一断片に、やっぱり洋画家が顔をのぞかせる。

東京女学校を卒業し、人を魅了する美人でもある常濱園子は、家庭教師として資産家の黒淵家に迎えられる。悪行で蓄財したといい、「地獄」と言われる黒淵家だが、そこで園子は二十歳の頃、二人の求婚者をはねつけたことを思い出す。一人は「大方其の容貌に打込んだ爲かも知れぬ、立派な工學士」、もう一人は「美しい女の様な顔をした新派の青年畫家であつた」。結婚して家庭にくすぶるのは残念な気がして拒絶したのだが、家庭教師として単調な日々を過ごしていると、「學士と畫家の二人から結婚を申込まれた時の事」が胸中に広がるのだった。その時は「何となく大きな勝利を握ったやうな、云ふに云はれない得意な愉快な感じ」がしたけれど、結婚しておいたのと、現在の自分とではどちらが幸福だったか、などと埒もない空想に耽るのだった。

かつての求婚者二人のうち、新派の洋画家は「女の様の顔」をしていた。そこはしなやかな指と美しい爪をした『老嬢』の三上と共通する。どのみち拒絶されるのだから、色男も形無しだが、結婚してしまえば「其身を家政に燻らして了ふ」のみと、園子は見透かしている。その点では洋画家の先を行くほどに新時代の女性だったわけだが、結局のところ、園子もまた風雨荒れ狂う小田原の地で結婚を求める女学校校長の水澤に凌辱されてしまうのだった。

そして誘惑者としての洋画家と言えば、再び天外の小説、そして明治の大ベストセラーの一つである『魔風恋風』を取り上げないわけにはいかない。『初すがた』以降、着々と地歩を固めた天外は三十六年二月から九月にかけて、「読売新聞」にこの代表作を連載した。長く看板作家であり続けた紅葉は『金色夜叉』で人気をさらいながら、完結させることなく退社した。その後釜に、天外が抜擢されたのである。連載の予告文には「明《あきら》かに寫實主義の本領を發揮して、世間非寫實主義者に向つて一大鐵槌を下し、併せて其反省を求むる所あらんとす」と力み返った抱負が紹介される。もっとも、この告知は「而して主人公は誰ぞ。曰く女學生」と結ばれ、好奇心を煽る風でもある。幸いにして『魔風恋風』は読者を熱狂させ、新聞が再版となったほどだった。

そのヒロインの女学生、萩原初野は勉学に励み、身持ちも堅い。冒頭ではさっそうと自転車で登場するが、いきなり事故を起こす。実家の支援もなく、入院費用などで窮してしまう。

そこに付け込もうとするのが、裕福な青年洋画家の殿井恭一である。細い指で花札を切りながら登場するその姿は「二十四五の年輩、少し顔は小さいが、色白で、髭を剃つた跡が蒼蒼として、頭髪はコスメチックで奇麗に分けて居る」。何とも厭味な風貌ではある。

殿井の家は黒板塀に冠木門、二階の八畳間には「たゞ四五枚の油繪、孰《いづれ》も目羞《まぼし》い程燦爛《ひか〳〵》する額縁に塡められてある」。ランプの下には「菓子皿、茶道具の種種《いろ〳〵》、就中《わけ》て目に着くは和洋數十種の繪畫雑誌」。そこに招かれた初野は「殿井様《とのゐさん》は美術家だもの、此様《こん》な優《えら》い技倆《うで》を有つた畫工だもの、出世間の藝術家だもの」と信じようとするのだが、殿井の方は下心しか持ち合わせていない。絵の具の匂う勉強室に初野を招き入れ、一週間ほど小金井に行って描いたという「細長い寫生畫」を見せる。画中の家や木立、田舎道を説明しながら、「貴女は獨身主義ですか」と口説き始める。初野が席を立とうとすると、「ま、一寸待つて下さい」と袂をつかむ。がたがた震えながら、初野は「御戯談《ごじやうだん》なすツちや可けません」と次の間に逃げ込む。殿井は追いかける――この時は難を逃れたのだが、それでも殿井は姦計をめぐらせ、搦め手から迫り続ける。

　ここでも学問をした女性に洋画家が言い寄る構図である。もっとも、殿井の場合は、執拗かつ悪辣であり、洋画家というよりも、単なる悪漢と言った方が早い。そして初野はと言えば、常套的パターンに従って悲惨な運命をたどるわけだが、しかしながら、『老嬢』の夏子、『地獄の花』の園子の場合とは、決定的な違いがある。帝大生の夏本東吾への恋と、その許嫁の子爵令嬢芳江との友情の間で板挟みになったまま、初野は病死してしまう。不徳義に陥るようで、陥らない。その意味で『魔風恋風』はかなりの程度、家庭小説に近いと言ってよい。

　「家庭小説の名にかくれて角帽と海老茶の情事を神聖づくめて叙したのは、丁度警視廳が裸體畫へ腰巻をさした樣なものである」とは、白柳秀湖の文壇評である。これは三十七年十一月二十七日付「週刊平民新聞」に載った『吾人の見たる現時の文壇』の一節で、社会の矛盾に敏感な青年だった秀湖は家庭小説をけなし、ここでは天外に一定の評価を与えている。確かにこの頃、家庭小説と天外とは対比的に捉えられることがあったのだが、しかし、むしろ『魔風恋風』にこそ、この秀湖の警句は当てはまらないでもない。ポスト紅葉の新聞小説という大舞台を与えられた天外は、それゆえにか道徳的な一線を意識し、読者迎合的なロマンスに傾いている。(10) それとともに、作中の洋画家も美と道徳をめぐる緊張感を失い、分かりやすい悪役にとどまったのである。

第八章　古き世へ　骨董の西

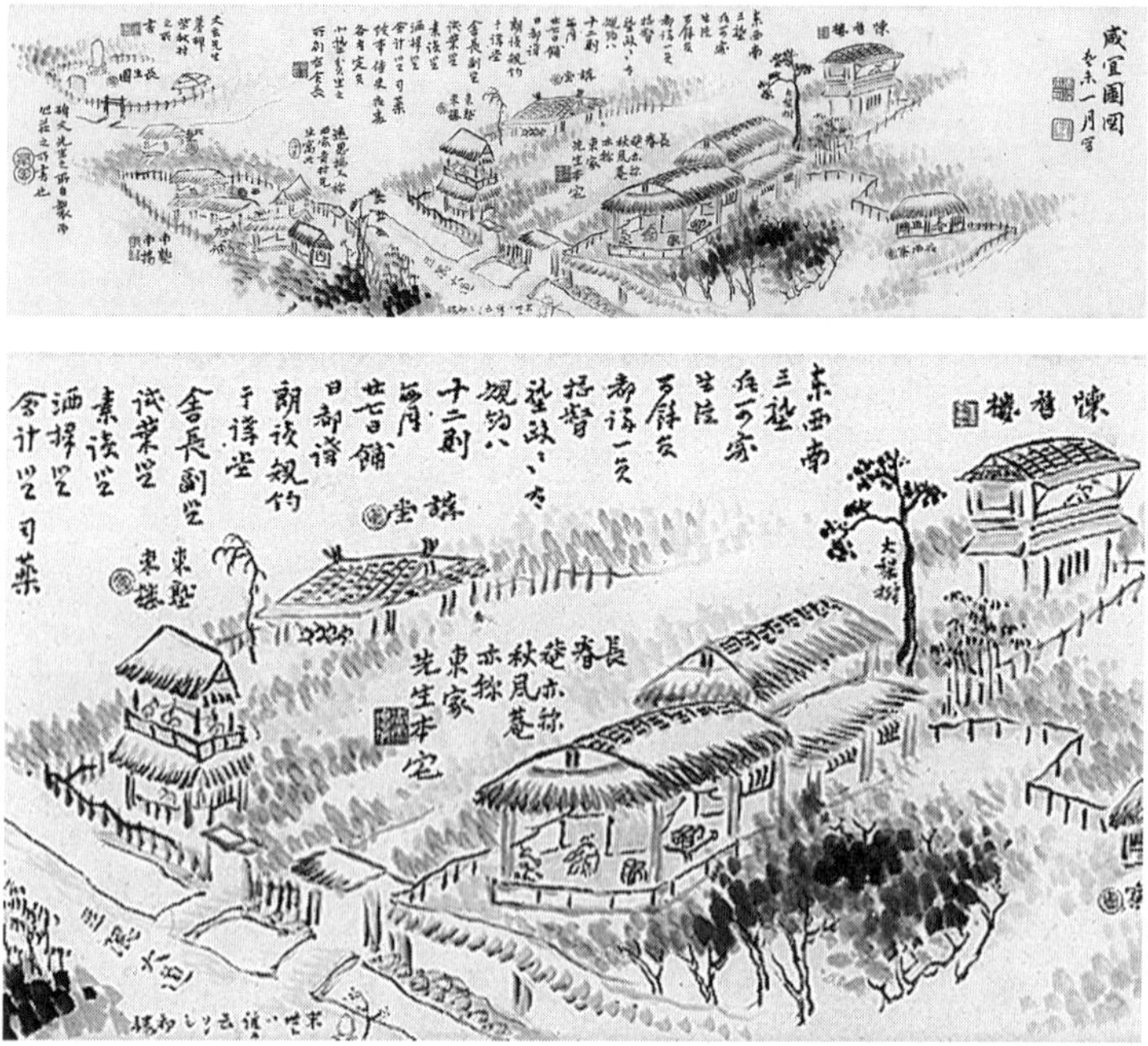

小栗憲一「咸宜園絵図」(明治 16 年　佐伯市・善教寺蔵　上全体図，下部分図拡大)

故郷追慕の情をかき立てた明治のロングセラーに、宮崎湖処子の『帰省』がある。福岡の三奈木村に生まれた湖処子は、出京後に父を失い、ようやく一周忌に帰郷を果たした。その体験を小説にして、明治二十三年に民友社から出した。それが『帰省』なのだが、その本文につき、ふと気づかれる些事を言えば、故郷の三奈木は「筑前咸宜《みなぎ》」と書かれている。

一般に行われていた表記であるのかどうか、咸宜の宜については、当地の古社に美奈宜神社があるという。水分社と伝えることから、前田愛は『明治二三年の桃源郷《ユートピア》』の中で、美奈宜のミ＝水に注目し、水にまつわる一編の地誌的想像力を読み解いているけれど、本文においては三奈木でも美奈宜でもなく、「咸宜」である。月並みな連想と承知で言えば、県境をまたぎ、やはり豊後日田の咸宜園《かんぎえん》を思い出させずにはいない。広瀬淡窓が開いた私塾咸宜園は多数の門下を育て、遠方の文人墨客も来遊した近世文化の故地だった。徳冨蘆花の『思出の記』は、幼い頃に熊本で通った私塾をしのび、淡窓の『桂林荘雑詠』の引用に及ぶ。「休言《いふことをやめよ》 他郷多苦辛《たきやうくしんおほしと》 同胞有友《どうばうともあり》 自相親《おのづからあひしたしむ》」——学友相親しむこの桂林荘がやがて大きく育ったのが咸宜園である。ただ、蘆花は教育の近代化に伴い、「實に此家塾なるもの今は殆んど過去の物になつてしまつた」と言い添えている。

そのような九州の文化的記憶と、湖処子の育った三奈木の村も無縁ではなかった。維新までは福岡藩重臣、三奈木黒田家の領地だった。北方には名峰古処山があり、その山麓の秋月藩は原古処・采蘋の詩人父娘を出していた。同じ山に号を求めたのが湖処子である。農家の三男だった湖処子も丁丑義塾という三奈木の私塾に学んだことがあった。『半生の懺悔　故郷篇』によれば、士族の子弟が豊後森の城下から先生を連れてきて開塾したというのだが、しかし、咸宜ならぬ三奈木の私塾は短命だった。高潔であるべき先生が塾を出て、多情と噂される女の家に下宿したことから、湖処子の中学時代に瓦解した。折しも士族は没落し、ある者は養蚕に転じ、他は刀を鎌に持ち替えていた。『帰省』にいわく、「今は全く農家の村となれり」。明治二十二年夏に帰郷した頃には、民友社流の田園賛美の対象にはなり得ても、学問などは無用の村となっていたらしい。

それでも『帰省』には、過ぎし世の文雅の残影を見ようとする場面がある。作中の語り手は分家の主人に招かれ、三年前に仕立てたという屛風に揮毫を求められる。

都會に於て文字は今美術の名を失ひたるも、文明の世に詩の村落に漂留するが如く、此家の主人も亦古來の寶、自家讀めざる文字を以て、屛風に得んことを好みしなり

「都會に於て文字は今美術の名を失ひ」とは、書が美術の枠組みから弾き出されつつあったことを指している。簡略に言えば、東アジアの中心的な視覚芸術は「書画」だった。ところが、明治期の芸術ジャンルの再編により、「絵画」が浮上し、書は分離された。明治二十二年に開校した東京美術学校に書の学科は置かれず、翌二十三年の第三回内国勧業博覧会になると、書は版画や写真と同じ区分に押し込められてしまう。屛風に揮毫を求められた『帰省』の語り手は、そんな中央の趨勢を思い併

せて、鄙びた家郷に書を好む風が残っていたことに感慨を催す。むろん分家の主人は田夫には違いなかったが、それゆえに印象深く、例えて言えば、古碑を認めるのにも似たロマン主義的な気分を誘ったことだろう。ややあって語り手は詩を製し、屛風に大書するのだった。

都市から地方へ移動することは、このように時をまたぎ越す体験となる。今ほどには国土が均質化せず、もっぱら都市が一国の近代化を担った時代には、なおさらそうだっただろう。

さて、この『帰省』から九年ほどして、九州に赴いた人に森鷗外がいる。明治三十二年六月、小倉の陸軍第十二師団軍医部長に補せられ、二年九か月を当地で過ごすことになる。本章で取り上げようとするのは、この間に書き継がれた『小倉日記』にほかならない。

『小倉日記』には知られる通り、採取した碑文や披見した書画が録されている。おびただしい量に及ぶこともある。エリート軍医の自負からして、小倉赴任は都落ちだった。そこで鷗外は九州の歴史地誌の探索に邁進した。鷗外には学問癖があったが、官事はそれを満たさず、その官途にもつまずいたことから、生来の学問癖もあらわに、古風な考証家たらんとしたように見える。

そこには強いて過去の側へ向き直ろうとする、意固地な気分があったことはまず疑われないところだが、しかしながら、これは一つの僥倖だったと言えなくもない。偶然のことながら、小倉赴任は世紀転換期と重なっていた。明治二十年代の終わりに新派旧派の世代論が高まり、続いて十九世紀が終わり、新たな世紀が始まろうとする頃、鷗外は九州に下った。慌ただしく現在を過去に送り込み、いわば生き埋めにしてきたのが近代の日本だったとすれば、そこから結果的に逸脱し、西僻の地に揺曳する文雅の記憶へ遡行したのである。簡潔な記事の続く『小倉日記』だが、幾らか丁寧に読み込んでみると、かたくなに過去に埋没しようとするうちに、過去と出会い直し、次第に心の落ち着きを取り戻していく軌跡が見えてくる。その途中には滋賀で客死した父の墓参を挟む。父祖の生きた過去と和解し、自身の生きる現在との紐帯を結び直したと言ってもよい。

その意味では一種の帰郷の記と呼べなくもないような、少なくとも明治の世が持ち得たユニークな成熟の記録として、以下、『小倉日記』を読み直そうと思うのである。

驕れる富人、怒れる軍人　九州の鷗外

鷗外が新橋駅を発ったのは、明治三十二年六月十六日の夕刻だった。

陸軍第十二師団軍医部長への転勤は、果たして左遷だったのかどうか、少なくとも軍医の階級から見るなら、通常の人事ではなかったようである。鷗外は赴任に際して一等軍医正から軍医監に昇進したが、山下政三著『鷗外森林太郎と脚気紛争』によれば、当の第十二師団を含めて、日清戦争後の新設六師団の軍医部長は一等及び二等軍医正で占められ、軍医監は鷗外ただ一人だった。そして鷗外自身が左遷と受け止めた事実はどうあれ動かない。弟の森潤三郎著『鷗外森林太郎』が伝えるところでは、ここで東京を離れると、東京美術学校の講義など多方面に迷惑が及ぶからと、軍を辞す覚悟さえ固めた。親友の賀古《かこ》鶴所《つると》や家族の説得で何とか思いとどまったのだという。

実のところ、長男の森於菟《おと》著『父親としての森鷗外』の回想に従えば、新橋の駅頭にはドイツ時代に相識った第十一師団長の乃木希典がいたらしい。しかし、『小倉日記』に言及はない。なおさら暗く沈んだ出立のように読まれる。二日後、道中の述懐は「師團軍醫部長たるは終に舞子驛長たることの優れるに若かず」。ほとんどやけになっている。

小倉に着いたのは六月十九日のことで、その日のうちに第十二師団長の井上光、第十二旅団長の仲木之植といった将官たちへ挨拶を済ませた。二十一日には、師団参謀長の山根武亮が鷗外を訪ねてきた。ドイツ留学以来の友人だったから、ビールを飲んで歓談した。ちなみに、ミュンヘン時代に鷗外が取り組んだ研究テーマの一つは「ビールの利尿作用」だった。

鷗外を取り巻く彼らについて一言すると、陸軍将官には書画に趣味のある者がいて、山根武亮などもその一人だった。ビールの二日後、六月二十三日の項に「山根を訪ひて高嶋北海の画を看る」と記される。それからほどなく、鷗外はまたもや北海の絵と出くわした。九月三日、仲木之植の家を訪ねると、「少将居る所の室に扁額あり。北海畫く所の松嶋の圖なり。布局頗る人意の表に出づ」。おそらくは真景図、それというのは旅と写生に基づく山水画の一種だが、なおかつ意表を突くようなとらえ方で松島を描いた扁額だったようである。

山根と仲木がともに北海の絵を持っていたのは偶然のようだが、おそらくそうではない。二人は長州の出身であり、北海は同郷の人である。高島北海は嘉永三年、長州藩医の家に生まれた。藩校明倫館では乃木希典と同窓だったという。明治十七年から二十一年まで、農商務省からヨーロッパに派遣され、エミール・ガレその他のナンシー派の装飾芸術家と交流したことは名高いが、師事したのは周防徳山の南画家大庭学僊であり、その娘婿にもなっている。すなわち南画をよくした人であり、明治二十六年刊行の『欧洲山水奇勝』なども真景図の伝統に即している。陸軍では長州閥が重きをなし、その中で書画の趣味ある者は北海の絵を珍重していたのだろう。山根、仲木はこの後も『小倉日記』に登場し、鷗外に古書画のたぐいを見せることになる。

続いて土地の好古家が日記に現れる。第十二師団に迎えられた鷗外は七月上旬、九州北部を一巡した。三日は佐賀で徴兵検査に立ち会い、さらに久留米や福岡の歩兵連隊及び衛戍病院を視察したが、七日午後、鷗外は福岡衛戍病院長の三浦得一郎とともに、江藤正澄という人を訪ねている。

地方には一風変わった傑物がいるものだが、江藤もそうだった。天保生まれの秋月藩士で、維新後は神官になった。なおかつ当地の好古家サークルの中心人物でもあった。福岡で古書古物店を開き、膨大な蒐集品を生かして、鎮西博物館なるものを太宰府に作ろうと奔走したこともあったという。これは実現に至らず、明治二十九年、多数の古書古物を伊勢神宮に奉納したようだが、鷗外が訪ねた頃も、相変わらず古物に埋もれて生きていた。店の裏には小屋があり、「其木材瓦石は皆これを古城址古社寺に獲たるものなり。爐畔に石棺を布き、四壁の棚には石鏃雷斧土器土偶の類を安んず」。何やら淡島寒月の回想に見える浅草周辺の好古家を髣髴させるが、ともあれ、これが九州の歴史文化に関わる人物に鷗外が接触した最初の記事と言ってよい。

他方で七月九日、鷗外はひどく不快な目にあった。汽車で直方に出て、徴兵検査が行われる福丸へ人力車を雇おうとしたのだが、病気だ何だと言って誰も動かない。何とかつかまえた一人も途中で車を停め、さぼり出した。これでは賃金を与えるわけにはいかないと鷗外は言い渡し、そこから先は雨中を二里ほど、あぜ道を歩いた。後から聞いた話では、地元の坑業家が車代をはずむため、行程通りに運賃を支払う官吏を嫌うのだという。鷗外の怒りは炭坑成金に向かった。

二か月後の九月十一日、鷗外は「福岡日日新聞」の猪俣為次の来訪を受けた。妹の喜美子が嫁いだ小金井良精と同じ越後の出身で、その兄権三郎とも面識がある人だった。猪俣としては発刊六千号を目前に控えていたこともあり、寄稿を懇請したらしい。数日して、鷗外は『我をして九州の富人たらしめば』を書いた。九月二十六日、六千号記念の紙面を飾った一文は、まさに直方で遭遇した車夫の横柄から書き出されている。彼らを増長させた炭坑成金を相手取り、「富に處する法」を説いたのである。名高い随想だが、本章に関連する二三の点に触れておく。

まず一つは「茗醼《めいえん》」の語である。鷗外は富の使い道を数え上げる。豪邸を構えるもよし、上等な服や車馬、ハバナの煙草やボルドーの葡萄酒も悪くない。和洋中の料理人を雇い、かわるがわる食べてみようか。それらに続いて、鷗外は筥崎八幡宮で開かれた往時の茶会に言い及ぶ。「深院に簾幕を垂れて名香を聞くべきか、さらずば筥崎の松の木間《このま》に茗醼を開きて、豊太閤の全盛に倣ふべきか」。茗醼とは茶の湯の会を指す。まだ煎茶熱も続いていたから、各地で大寄せの煎茶会も開かれ、同じく茗醼と呼ばれていた。ともあれ茶会というものを、鷗外は奢侈と見なしている。

そして二つ目に、それら奢侈と対比させて、自身の学問癖を披瀝している。幾多の奢侈も慣れてしまえば効果はなく、過ぎれば体を傷めるとして、自分ならば芸術と学問を取ると鷗外は記す。炭坑成金に向かって四角四面の物言いではあるけれど、芸術と学問を涵養すべし、九州ということでは「藝術には主として南北宗の源委を顧慮し、學問には主として九州の歴史地誌を追尋すべし」と提言してもいる。さらにここが鷗外らしいのだが、芸術か学問かと言えば、学問を選ぶと言い切っている。なぜなら「學者文人に交はるは、鑑賞家といふものに交らんより心安く、書估とものいふは、骨董商と語らんより忍び易かりぬべきこと」。確かに『小倉日記』を見ても、骨董店の記事はなかなか出てこない。実際には小倉に四軒ほどあり、母の峰子に宛てた書簡によれば、十月頃には火鉢を買おうとのぞいてみたはずだが、それについては日記に記述がない。

ちなみに福岡で会った江藤正澄は神官でもあったが、勤務地の小倉でも篠崎八幡宮の神官、川江直種を訪ねている。『豊前地誌のあらまし』なる小著の知られる人だが、九月十日の項に、「豊前國の故跡を知ること最も詳なる人なりといふ。共に語りて日暮に及びて反る」。これは「福岡日日新聞」の来訪を受ける前日にあたる。歴史地誌の考究を思い立ち、人脈を探り始める中で、『我をして九州の富人たらしめば』を書いたことになる。形の上では九州の富人に向けた一文には違いないが、その実は九州の軍人が自らなすべきことを宣した一文なのだった。

『小倉日記』には歴史地誌の記事が増えていく。九月下旬から十月初旬の分を拾い出すと、まず九月二十三日、『豊後国志』入手の約束を取りつけている。豊後岡藩の藩医唐橋君山の下で、田能村竹田らが編纂に加わった地誌である。この日はさらに「客ありて僧即非の事蹟を談ず」。即非如一は隠元門下の来日黄檗僧で、小倉に福聚寺を開き、長崎の崇福寺で没した。鷗外はやがて『即非年譜』を編み、三十五年元旦の「福岡日日新聞」に掲げることになるだろう。

九月二十五日には定期巡閲に出発する。この間は古碑旧跡を訪ねた記事が大半を占める。福岡では江藤正澄にまた会ったほか、貝原益軒の墓や、三年前に子孫が立てた碑を拝した。福岡藩儒だった益軒については本草学の方面から関心を持っていたのかもしれないが、他方で益軒には『筑前国続風土記』の著作があり、福岡藩士青柳種信の『筑前国続風土記拾遺』とともに、鷗外は入手したいと思っていた。それを知って尽力したのは江藤正澄だった。善本を探し、五人で分担書写を行った上で、明治三十三年三月までに鷗外に手渡したようである（『心頭語　十四』）。

続いて熊本に移動し、二十八日には公務を終えた後、当地の人が持つ「大石良雄等自殺の圖巻」等を見た。さらに国学者の井沢蟠龍や加藤清正の墓もめぐった。ただ、藩校時習館の二代教授、藪孤山の墓は探し当てられず、蚊に刺されたりするうちに日が暮れた。その夜は夜で、二人の来客と歓談した。客の一人は落合東郭だった。東郭は熊本生まれの詩人で、宮内省に出仕した後、明治三十一年に帰郷していた。それまで留守宅に住んでいたのは熊本第五高等学校にいた夏目漱石だが、他方で、在京時の東郭は「しがらみ草紙」に詩を寄せており、鷗外にも旧知の人だった。そこで東郭には、時習館初代教授の秋山玉山の墓所についてたずねている。もう一人の客は熊本第六師団の軍医下瀬謙太郎で、こちらは豊後の人だった。豊後日出《ひじ》藩の藩儒で、蘭学史に名を残す帆足万里の話になり、その子孫は郷里で医師になっていると教えられた。

二十九日には久留米へ向かい、その日のうちに久留米絣の祖という井上伝の碑を見学し、三十日に高山彦九郎の墓を拝した。今ではさほど知られない人となったが、彦九郎は維新後、勤王家として崇敬を集めていた。軍医界の重鎮で、鷗外の上司にあたる石黒忠悳も、明治七年、佐賀の乱で当地を訪れた際に墓参している。その回想録『懐旧九十年』によると、当時は墓所も荒れていたようだが、鷗外は案内の碑文まで手控え、「案ずるに墓石は初め故墓を削りて作りしならん」「今の墓の在るところは恐らくは舊に殊なるならん」と考証を加えている。さらに十月一日には、彦九郎が身を寄せ、自刃した森家を訪ねた。最期を看取った儒医森嘉善の孫という当主は「高山彦九郎一件公儀取遣控」や書画などを見せた。また、この森家は筑後国一の宮のある高良山の参道脇にあったから、当然のごとく鷗外は高良山にも登った。石燈籠の年記を確かめ、半ば山を下りたところでは石斧を拾っている。もはや軍医だか郷土史家だか分からないのめりようである。

十月二日は太宰府に行き、翌三日には天満宮、観世音寺をめぐった。菅公配流の地であり、鷗外としても、小倉滞在が長くなった頃には、母の峰子に「謫せられ居るを苦にせず屈せぬは、忠義なる菅公が君を怨まぬと同じく、名譽なりと思はゞ思はるべく候」と書き送っている。これは家事を苦にする喜美子の話を聞いたことから、自尊心を保って事に処す法を説いた一節だが、日記では胸中をのぞかせない。都府楼、すなわち大宰府政庁址では黙々と礎石の寸法などを計測している。

碑文採取は続いて小倉でも始まる。十一月三日、延命寺で宮本武蔵の碑を見た。この時、同行したのは、後年の短編『二人の友』のF君こと福間博である。三週間前、鷗外の学識を慕って押しかけた青年で、ドイツ語の実力を認められていた。鷗外はこの後も延命寺に通った。三十三年五月の三度目は、山根武亮の昇進を祝う園遊会がこの寺で開かれたことによるのだが、その際も、鷗外は碑文の筆写にいそしんだ。ようやく写し終わり、「此に來ること二度にして、未だ寫し完うせず。是日業を卒ることを得たり」と記している。

『我をして九州の富人たらしめば』を機に、生来の学問癖が堰を切った感がある。ただ、それにしても、過剰さの印象は免れない。小倉転勤の屈辱感はなお癒えておらず、それを歴史地誌の探索で紛らわそうとした面があったのに違いない。それを如実に物語るのは『我をして』が載った九月二十六日付「福岡日日新聞」を見た際の反応だろう。寄稿には後注があり、「我文學界の第一流に斑して、聲名文壇に嘖々たる鷗外漁史は、今や職に第十二師團軍醫部長として豊前小倉に在り、森林太郎氏は斯の人也」と書かれていた。鷗外は一読、不思議に感じたという。はっきり言えば、「鷗外漁史」が癇にさわったものらしい。往時の筆名は文学活動を想起させ、それがために現今の不遇に陥ったのではないかとの憤懣に火をつけたのだった。

ギザギザハートの恨み節

小倉時代の鷗外は筆硯を廃したわけではなく、中央との交渉を断ったわけでもない。事実、美術方面の記事は『小倉日記』にちらほら出てくる。着任半年の間に、大村西崖と編んだ『審美綱領』や岩村透、久米桂一郎の名前が見える。彼らとは東京美術学校を介した、公的かつ学術的な交際だったから、軍医の本務ではないにせよ、はばかるところは少なかったのだろう[1]。それに比して、同時代の文学の記事は少ない。すでに文壇の驍将と呼ばれた明治二十年代は過ぎ去っていた。高山樗牛ごときが幅をきかせる様子は疎ましく、賀古鶴所に宛てて、樗牛や井上哲次郎が文壇をかき回すことで「國民ノ趣味ガ下ルノハ嘆ズベキ事ニ候」と書き送っている（三十三年二月二十一日付）。のみならず本務との兼ね合いから、鷗外自身、ひどく鬱屈した感情を抱え込んでもいた。

それを「福岡日日新聞」は「聲名文壇に嘖々たる鷗外漁史」と蒸し返した。歳末が近づくと、今度は明年初刷りにと寄稿を求めてきた。しかも「敢て注文するではないが、今の文壇の評を書いて呉れたなら、最も嬉しからう」とのことだった。鷗外は十二月十七日、『鷗外漁史とは誰ぞ』を書き上げた。厭味と毒舌で練り上げた一文であり、新聞社としても当惑したかもしれない。

その冒頭は『我をして九州の富人たらしめば』の掲載時に「鷗外漁史」のレッテルを貼られたことへの疑義である。いわく、その署名を用いたことは久しくない、「これを聞けば、殆ど別人の名を聞くが如く、しかもその別人は同世の人のやうではなくて、却つて隔世の人のやうである」。確かに短い間、「作に露伴紅葉四迷篁村緑雨美妙等があつて、評に逍遥鷗外がある」と言われ、世間はそれら才子の中に数えるようになっていた。自分は軍医であるのに虚名が広がり、作と評さえ曖昧に小説家ということになったが、「何故に予は小説家であるか」。鷗外は怒りを爆発させる。小説は僅々四編、いずれも短編に過ぎない。費やした時間は通算一週間に足らないだろう。そう書きながら感情が昂ぶったか、言うべからざる不満さえぶちまけている。

予が醫學を以て相交はる人は、他《あれ》は小説家だから與《とも》に醫學を談ずるには足らないと云ひ、予が官職を以て相對する人は、他は小説家だから重事を托するには足らないと云つて、暗々裡に我進歩を礙《さまた》げ、我成功を挫いたことは幾何といふことを知らない。予は實に副《かな》はざる名聲を博して幸福とするものではない。予は一片誠實の心を以て學問に從事し、官事に鞅掌して居ながら、その好意と惡意とを問はず、人の我眞面目を認めて呉れないのを見るごとに、獨り自ら悲むことを禁ずることを得なかつたのである。

小説家という虚名のせいで、足を引っ張られたというのである。小倉左遷もそれが一因と言わんばかりだが、これは外に向かって発言すべきことではあるまい。それに続く文壇評はほとんど八つ当りである。新文学士たちは幾筋もの矢を放った。「鷗外漁史はこゝに死んだ」。しかし、鷗外漁史とは虚名であり、子供が弄ぶ土人形が壊れたのと同じである。さらに今は西僻の地にあって、文壇事情はよく知らないと言いながら、後藤宙外や島村抱月、泉鏡花らの作には「殆ど一の完璧をも見ない」、新文学士に至っては「一の局部の妙をだに認めたことが無い」、果てには「今の文壇は露伴等の時代に比すれば、末流時代の文壇だといふのだ」と罵倒している。ことさらに旧世代の側に回り込み、後進たちに呪詛を投げつける態度は、数年前には黒田清輝たちを「新派」とは呼ばず、安易な世代論を戒めた人とは思われない。それほど心中深く傷ついていたのだろう。

それに加えて、十二月二十六日には原田直次郎が没した。訃音が届いたのは二十九日で、その日の記事にいわく、「雨窓の燈下黯然たること久し」。病臥のまま旧派と見なされ、再起を果たせなかったこの友のために、大晦日には『原田直次郎』という追悼文を書いた。こちらは翌年一月十一日から十四日にかけて「東京日日新聞」に掲載されることになるのだが、その紙面を見て、またしても鷗外は気分を害することになる。その話は後ほど触れることにしよう。

このように新年の淑気などかけらもない『鷗外漁史とは誰ぞ』だったが、「福岡日日新聞」は明治三十三年の初刷りに掲げた。当然ながら陸軍、文壇の双方に波紋を広げることになった。

一月五日、山根武亮が鷗外宅にやってきた。小倉着任早々にビールで迎えた師団参謀長だが、この時は浮世絵二幅を携えていた。「豐後國より購ひ返る所のものなり」。一幅は門の脇に立つ元禄風の美人を左に配し、老僧と幼女を右に描いた無款の絹本。もう一つは遊女を描いた摺物だったらしく、山東京伝の款記と狂歌九首があった。鷗外は全首を『小倉日記』に写している。艶っぽい浮世絵を自慢する山根と、考証家然として手控える鷗外とは何やら面白い図ではあるけれど、一考すべきは山根の来意だろう。正月早々の来訪は、想像するに、新聞で『鷗外漁史とは誰ぞ』を読んだからではなかったか。周囲が「暗々裡に我進歩を礙げ、我成功を挫いたことは幾何といふことを知らない」とは、陸軍の将官には気分のいい発言ではない。ドイツ時代以来の友人としては、捨て置けないひがみようとも映っただろう。そこでまあ意固地になるなよ、俺だって浮世絵なんぞを買っているぞ、と粋人風になだめようとしたように見えなくもない。

山根は一月三十日にも来訪した。「肥前名護屋城址の図」を鷗外に譲っている。二月一日には、今度は少将の仲木之植が招飲し、大槻文彦から贈られたという高野長英の書簡を見せた。こういうものに君は関心があるんじゃないか、と気遣っていた風である。

さらに二月五日、『鷗外漁史とは誰ぞ』に直接応答した二つの記事が新聞に現れる。その一つは「読売新聞」に載った島村抱月の『鷗外漁史の末流論』である。「恐らく鷗外は未だ亡ぶまい、それと共に、末流文壇とは、我等が漁史の口から聞くを欲せぬ一言である」「我等が最も畏敬すべき一人、最も愼重摯實なる先輩者の一人と信ずる漁史其の人の口から之れを聞くに至ツては、むしろ心外」と当惑している。抱月は「新著月刊」の編集同人だった。その連載には明治二十年代作家の聞き書き「作家苦心談」があり、第八号では鷗外を訪ねてもいた。「我等とても、紅葉露伴が既往の明治文壇に於ける功績と長所とハ之れを認めてゐれバこそ、平生之れに對する十分の敬意をバ失はぬのである」と強調しているように、先行世代には正当に対してきたつもりだった。それをいきなり「末流」呼ばわりではたまらない。抱月は今の文壇は紅露時代の続きでも末流でもない、新潮流の中で筆を競うべきであって、本末大小は後に定まることだろうと反論している。

もう一つの記事は「中央新聞」掲載の「石黒男と鷗外漁史」である。軍医界の重鎮にして、鷗外の上司だった男爵石黒忠悳が談話を発したのである。明治十五年、鷗外が軍医本部庶務課に配属された時、石黒は軍医本部軍医監だった。ドイツ留学中の二十年には、来訪した石黒を出迎え、ともにカールスルーエでの赤十字国際会議に参加した。「傷病者救助という条項をヨーロッパ以外の地域にも適応すべきか」との議案が出た際には、鮮やかに石黒の主張を代弁した。実際には帰国からほどなく、日本医学会開催をめぐって確執が生じたことが知られ、鷗外は陰では軽蔑していたらしいが、それでも鷗外が小倉に赴任した後の三十二年八月、石黒は「赤間關に往くことの頻ならんことを恐る」と書き送っている。下関の遊郭で遊び過ぎぬようにと一言したのである。鷗外は「東京出發後　勇猛精進罷在候」、下関の巡検は朝に行き、夕には帰る慣例を守っていますと返事した。少なくとも表向きに

は、気の置けない上官部下の間柄が保たれていたようである。(2)

この二月五日の談話でも、石黒は鷗外の優秀さを強調している。帰朝後には、確かに文学活動への批判があり、「或る時は森が文學界に手の出しやうが大きいから本當の醫學界また職務が御留守になるだらう　意見を加へたらよからう」との助言もあったが、退けたと明かしている。

乃公《おれ》は其の時「森は他の意見を用ひる男では無く又他に意見をされる男では無い　醫學界の仕事と職務とは立派に充分に行つて居て其の間々に好きな文學界の事をするのだ　本務本職を缺かずに行《や》つて其の間に好きな事をするのは何をやつても意見を加へるに及ばず當人も夫れを止めるに及ばぬ　乃公が本務をセッ〳〵と行つて其の間に好きの茶の會をしたり書畫を見たりするのも同じだ　若し夫れを止めよと言つたら内外科に名ある軍醫が本職の間に診察を乞はれて是れを診るのも止めなければならぬ無い」と斯う言つて斥けた

さらに石黒は擁護の弁を重ねて、「本學本務の餘手で文學界をかきまはして文壇の驍将といはれたのは傑《えら》いものだ」「士君子たるもの本務をさへ完うすれば　慰としては文學なれ植物なれ何なれ學界に心を寄せる事は歐洲學者には皆ある事だ　一寸《ちつと》も恠しむ事は無い」とも語っている。談話は誰より鷗外その人に向けられている。文学活動のせいで小倉にいるのではないぞ、というメッセージにほかならない。むろん同時に、陸軍の軍医たちには本務と趣味の規律を改めて説き、世間に対しては陸軍医務局は決して陰湿狭量ではないと伝える意図もあっただろう。

ただ、些事にこだわるようだが、「好きの茶の會をしたり書畫を見たり」という風に、鷗外の文学を茶の湯になぞらえているところは気にかかる。石黒は茶の湯を嗜んだ。というよりも况翁《きょうおう》石黒忠悳は近代茶道史に逸することのできない一人であり、その世間周知の趣味を自ら持ち出したわけだが、思うに茶の湯を間に挟んで、彼らには埋めがたい距離があったかもしれない。

渋々の茶　鷗外茶話

ここで石黒忠悳の経歴を記しておこう。もとはと言えば越後の家だが、石黒は代官手代の父が勤めた福島に生まれ、江戸へ出て、下谷の蘭方医に学んだ。維新後は陸軍軍医制度の創設に尽くし、明治二十三年から七年間にわたって陸軍省医務局長を務めた。三十年に休職に入ったものの、その存在感にはなお揺るぎないものがあった。明治三十二年、年間の来客総数は三千五十一人、来簡は三千八百八十六通——と鳥谷部春汀著『明治人物小観』が伝えている。

他方で趣味の方面については、『懐旧九十年』に幾つかの逸話が見える。下谷の蘭方医の向かいには市井に生きた大詩人、大沼枕山が住んでいた。石黒は折々に訪問し、詩文を見せた。「貴君の詩はまだ拙者が斧を加えるまでに達していない」と直してもらえなかったというが、西洋式の医学を修めるかたわらで、詩文の勉強を怠らなかったのである。そこは鷗外も同じだった。幼い頃には津和野藩儒だった親戚の米原綱善や藩校養老館に学び、上京後は、依田学海や佐藤応渠の指導を受けた。カールスルーエでの赤十字国際会議では相携えて面目を施した二人だが、鷗外の『独逸日記』を見ると、文人風に「石君」「石氏」と名を修している。詩文の趣味を共有すればこその呼び方だろう。日本に帰国する際は同船となり、漢詩を贈り合っている。

言い添えておくと、当時の軍人にとって、詩文はやはり教養の一つだった。例えば石黒の後任医務局長だった石阪惟寛は、岡山藩医石阪空洞の養子に入った人で、詩文と歌を嗜んだこの養父が明治三十二年に没すると、『空洞遺稿』を編んだ。一本が小倉の鷗外にも届けられたが、そこには三島中洲の題詩があった。中洲は漢学塾二松学舎を興し、漱石を教えた人でもあった。

ほかにも『小倉日記』には、大庭大尉という人物が出てくる。三十三年六月二十三日、佐佐木信綱から亡父弘綱の十年祭に歌を請われた鷗外は一首を詠み、大庭に書かせた。すると大庭は「今の書をもて聞ゆるものには、予心服する所のもの少し」と言い放った。二十六日の項には「大庭語りて曰はく。嘗大坂に在りて、詩を菊池三溪翁に學ぶ」とある。三溪は『キタ・セクスアリス』に名前が見え、幼年の鷗外が好んだらしい詩人だが、実際に三十日、大庭は三溪から贈られた文稿『訳準綺語』を示した。師団の名簿によれば、これは歩兵第十四連隊副官の大庭景一を指すはずだが、なおかつ勤皇家を助けた長州人、大庭景明の長男にあたる人と思われる。その長弟は軍歌「桜花」で知られる大庭景陽、次弟はほかでもない大庭柯公である。あるところで柯公は、維新後の父や兄を回想しながら、「當時の軍人は、孰れも詩や書を能くしたもので」と書いている。(3)

少々詩文の話に逸れたが、同じ趣味でも石黒が有名だったのはむろん茶の湯だった。

文人趣味と結びついて流行した煎茶に比べると、茶の湯には和臭があり、古物道楽に傾くきらいもある。石黒の場合、最初は衛生上の関心から茶に近づいたようだが、明治十六年に『好求録　茶器鑑定秘伝抄』を出版している。遠州流の茶人、赤塚宗輯の茶陶鑑定法をまとめた小著で、「陶器ヲ見ル法」から説き起こし、国内諸窯の概説に及ぶ。その序文によれば、宗輯に出会った石黒はその見識にすっかり敬服した。宗輯は小堀宗中に茶式と陶器鑑定法を学んだ人で、それらを伝える者は少なくなったと嘆いていた。それを聞いた石黒は、仲間とともに宗輯を囲む会を作り、聞き書きをまとめたのだという。さらにこの序文では、自らの古物趣味を明かしている。いわく、官事は怱忙、平常の学問は人に遅れぬように休まず精励しなければならないが、「頗ル好古ノ癖アリ古物ヲ観ント欲スレハ或ハ百里ヲ遠シトセス」。相当に入れ込んでいたようである。

それに対して鷗外はと言うと、茶の湯と煎茶とを問わず、深入りしたようには見えない。

もともと茶は父の趣味だった。鷗外の父静泰は、津和野藩代々の藩医森家の入り婿で、維新後は東京千住で診療所を開いていた。若き鷗外は代診を務めたこともあったらしい。当時の回想とおぼしき短編『カズイスチカ』に、父の趣味は盆栽と煎茶だったと記されている。「中年の頃、石州流の茶をしてゐたのが、晩年に國を去つて東京に出た頃から碾茶《ひきちゃ》を止めて、煎茶を飲むことにした」。午前と午後の休みには北向きの三畳間で煎茶を飲む。鷗外の分身である花房医学士が千住に帰ってくると、まずは同じ部屋で煎茶を飲まされた。愛用していたのは「蝦蟇出といふ朱泥の急須」、そこから滴った茶を舐める。「甘みは微かで、苦みの勝つた此茶をも、花房は翁の微笑と共に味はつて、それを埋合せにしてゐた」――渋々ながら煎茶に付き合っていた青年鷗外の作り笑いが目に浮かぶ。

東京大学医学部を出た鷗外は、東京陸軍病院を経て、軍医本部庶務課に出仕した。そこで石黒が直接の上司になったわけだが、その茶の趣味を知った鷗外は、父の書画の一つを贈ろうとしたこともあった。小金井喜美子の『鷗外の思い出』によれば、書画に執着のなかった静泰だが、奥原晴湖の南画や、鷗外に詩を教えた佐藤応渠の半切などが家にあった。ある時のこと、鷗外は「流芳」と書かれた小幅を眺めていた。貫名海屋の書だという。「これは茶掛によかろうと思うが」と鷗外。「お兄様も、お茶をお始めになりますの」と聞く喜美子に、「いや、石黒氏がお茶をなさると聞いたから、あげようかと思って」。この言い方からすると、自分で茶をやる気などなかったようである。一声、「いただいて行きますよ」と静泰から譲り受け、しばらく後、喜美子を伴って牛込の石黒邸を訪問した。もっとも、海屋の書がどうなったのか、その日はなぜか話に出なかった。

続いて明治十七年、鷗外はドイツに渡る。最初の留学先はライプチヒ大学だったが、そこで茶の成分分析を試みている。『独逸日記』十八年一月七日の項に、「日本茶の分析に着手す」。兵食研究に関係する実験のようだが、しかし、この衛生学上の研究に発して、石黒のように茶の湯に興じることはなかった。それどころか、帰国後には、思わせぶりな漢詩を残している。

掲載は明治二十四年五月、雑誌「衛生療病志」で、題は「茶碗」である。

嘯庵は老師を試し
経敬は天子を諫む
茶盞一砕の中
千歳双美を伝ふ

藤川正數著『森鷗外と漢詩』から書き下しを引いた。起句の嘯庵は長州の儒医、永富独嘯庵のことで、その逸話を踏まえる。師の山脇東洋の秘蔵する茶碗を割ったのだが、東洋は泰然自若、その雅量に独嘯庵は感服した。承句は後西天皇秘蔵の井戸茶碗を勧修寺入道が割り、「天皇の調度とすべきものではない」といさめた話に基づいている。その双方が原注として付されてもいるのだが、藤川によれば、「諫言を敢てした勇気とそれを聴いた雅量とを双美とする」漢詩である。これを公然と医学雑誌に掲げたのは、相当に大胆なことに思える。陸軍軍医のトップは石黒であり、その茶道熱は周知のことである。石黒に対する諫言を正当化したものと取られかねない。実際、鷗外にはそのつもりがあったのではないだろうか。「衛生療病志」(4)は前年秋、鷗外自ら創刊した個人雑誌であって、その遠慮会釈のない医学界批判の舞台でもあった。

それに加えて興味をひくのは、茶の湯を介して主従の関係を問い直す発想が、この漢詩に終わらなかったことだろう。鷗外は後年の小説でも、茶道と忠義というモチーフを取り上げている。大正元年、乃木希典の殉死直後に書かれた『興津弥五右衛門の遺書』である。長崎に安南船が着いた時のこと、九州の茶人大名の細川三斎から茶事に用いる珍品を、と興津は命じられる。長崎に向かうと、幸いに伽羅の大木があった。競り合いで値が釣り上がる中で、相役の武士は「香木は無用の翫物」、四畳半の炉にくべる木切れに主君が大金を投じるなら、臣下は諫めるべきと主張する。「主命なれば、身命に懸けても果さでは相成らず」と信じる興津は、その場でこの相役を討ち果たした。争いの種は香木であり、もとをたどれば茶事である。いかに主命が理不尽であろうとも従うべきという、その理不尽さの象徴が茶の湯と言ってもよい。典拠に即して書かれた小説ではあるけれど、鷗外自身の心に適えばこそ小説にしたのには違いない。

そして漢詩「茶碗」と『興津弥五右衛門の遺書』の間に、鷗外の小倉時代は位置している。まさに小倉からの第一声と言ってよい『我をして九州の富人たらしめば』の一節を再び引いてみれば、茶の湯のイメージがほぼ一貫することは明らかだろう。酒色の逸楽と並べて、鷗外は「深院に簾幕を垂れて名香を聞くべきか、さらずば筥崎の松の木間に茗醼を開きて、豊太閤の全盛に傚ふべきか」と書いていた。豊太閤のように権勢を極めた者が往々にしてたしなむもの、忠ならんと欲するさえ容易ならざる営みと思っていたのではなかったか。そこには鷗外自身の学問癖とは相容れない、老権力者たる石黒の人物イメージも幾分かは絡み合っていたかもしれない。

　茶にまつわる小倉時代の逸話としてもう一つ、亡き友の追悼文『原田直次郎』の顚末も付け加えておこう。明治三十二年の暮れ、「雨窓の燈下黯然たること久し」の思いで書いた一文は年が明けて「東京日日新聞」に掲げられた。ところが題は「甌外茗話　原田直次郎氏」となっていた。甌外茗話の「甌」は甕や土器、「茗」は茶のことである。筆者はいちおう匿名で「隠流投」だが、「隠流とは誰《た》そ、今や九州に宦遊中なる醫學博士中の文豪、知る人ぞ知らん」の注記まであった。

　甌外ならぬ鷗外は三十三年二月五日、賀古鶴所に宛てて、せっかくの匿名を明かした上に、「甌外茶話とは何事ぞや」と書き送った。土瓶の外にこぼれた茶の話という意味ではないか。「いかにもばからしく存申候」。鷗外の憮然たる表情を思うと、不謹慎ながら苦笑を誘われもする。

　そして同じ二月五日、「中央新聞」に載ったのがほかでもない、石黒忠悳の談話なのだった。紙面はすぐに小倉へ送り届けられたようだが、鷗外の文学について、石黒は「好きの茶の會をしたり書畫を見たりするのも同じだ」と自分の茶の湯道楽と同列に語っていた。さて、鷗外はどう思ったか。文学とは忘れ去りたいような手すさびだったとしても、ドイツ三部作などは原田の記憶とも結びついている。茶の湯と同じではないのだが――と思ったのではなかろうか。ただし、やれやれと嘆息しつつも、石黒が談話を発したことには、多少の満足を覚えないでもなかっただろう。そのほかに山根武亮、仲木之植のような師団幹部の気遣いもあった。吐露した不満が確かに受け止められたことは、傷ついたプライドを慰める一助になったものと思われる。

世紀の終わり　墓参と再会

『鷗外漁史とは誰ぞ』の波紋をたどるうちに明治三十三年に入り込んでしまったが、この年は西暦一九〇〇年、十九世紀最後の年でもあった。自身が生きてきた世紀が去りゆくことには、鷗外にも多少の感慨があったに違いない。前年暮れの原田直次郎の訃音に続き、一月二十八日には離縁した前妻赤松登志子が没した。二月四日、賀古鶴所から手紙が届き、新聞から切り抜いた告喪文が同封されていた。「嗚呼是れ我が舊妻なり。於菟の母なり。赤松登志子は、眉目妍好ならずと雖、色白く丈高き女子なりき。和漢文を讀むことを解し、その漢籍の如きは、未見の白文を誦すること流るゝ如くなりき。同棲一年の後、故ありて離別す」。さすがに哀切の念が募ったようである。

もっとも、相も変わらず歴史地誌の考究は続けている。この時期で一つ目をひくのは関西の大儒、藤沢南岳とその息子のエピソードである。南岳と会ったのは二月十五日のことだった。佐賀北方村の病院に赴いた鷗外は、たまたま南岳が当地に来ていると知り、面会を求めた。日記に「白頭清癯《せいく》、風《ふう》丰《ぼう》瀟灑」とあり、好感を抱いたようである。南岳は太宰府に住む隻手の文人、吉嗣拝山《よしつぐはいざん》を訪ねるというので、翌日は停車場まで送った。ところが四月五日になって、鷗外は思いがけない縁者の存在を知らされた。第十二師団小倉衛戍病院に三崎驎之助という三等軍医がいたのだが、それが南岳の息子だというのである。息子の上官にあたる鷗外と会いながら、南岳は何も言わなかったらしい。鷗外は三日後、下関要塞砲兵連隊に赴任する三崎を停車場まで見送った。

ここで言い添えておくと、『小倉日記』には儒者文人の裔のエピソードが少なくない。既述の分で言えば、日出藩儒帆足万里の子孫の話があり、高山彦九郎を看取った久留米の儒医森嘉善の孫とも会っている。拾い出せばまだあるけれど、鷗外としては、出自からしておのずと気にかかる事柄だったのだろう。鷗外自身、津和野藩医の裔だったのだから。

そして明治三十三年春の特筆すべき出来事としては、初の上京がある。軍医部長会議のためだったが、この旅は気分転換のよい機会となった。何より大きかったのは、道中で祖父の墓参を果たしたことである。さらに、久しぶりの東京では陸軍医務局の重鎮幹部と会い、友人と旧交を温めた。ここでは祖父の墓参と、幸田露伴との再会について見ておくとしよう。

明治三十三年三月一日、鷗外は小倉を発ち、上京の途に就いた。ところが翌二日、大阪から草津を経て近江土山の常明寺へ向かう。鷗外の祖父は森白仙と言い、津和野藩医として藩主亀井茲監《これみ》と江戸に上り、帰国途中の土山宿で客死していた。その直後の文久二年に生まれたのが鷗外だが、会うことのなかった祖父の墓所を、上京のついでに訪ねようと思いついたのである。

土山の常明寺に着いた鷗外は過去帳を閲した。すると「他所人過去帳」に「萬延二年辛酉十一月七日卒義禪玄忠信士」とあり、傍注に「石州津和野家中森白仙。中町井筒屋金左衛門にて病死」等と書かれていた。確かに祖父に間違いない。さらに墓碑の有無をたずねた。住職の言うには、門前から一町ほど、田圃がなくなり、河岸に下りる手前に古い墓所があり、墓碑は境内に移したものの、なお無縁の古い墓碑が二三残っているとのことだった。ただちに鷗外は足を運んだ。

佇《い》いて覓《もと》むるに、幸にして荊棘の間に存ず。表には題して森白仙源綱淨墓と曰ふ。右に文久元辛酉歳十一月七日卒、左に石州津和野醫官嗣子森靜泰立石と彫りたり。碑の四邊荒蕪最も甚しく、處々に人骨の暴露せるを見る。又竹竿を植《た》てゝ、上に髑髏を懸くるものあり。碑の猶存ずるは、實に望外の喜なり。

祖父白仙の墓、父の静泰が建てた墓を見つけたのである。鷗外は寺に戻って、墓碑を境内に移してほしいと掛け合い、金を用立てた。この「望外の喜」は九州で先人の墓所を訪れ、碑文採集に努めたこととも無縁ではなかっただろう。儒者文人の事蹟を探索すれば、子孫の話が気にかかる。墓所を歩けば、貝原益軒、高山彦九郎といった有名の人の他にもおびただしい墓碑があり、手厚くはまつられざるものも目に入ったに違いない。そのうちに客死した祖父の墓がどうなっているのか、確かめずにはいられなくなったのではなかったか。翌三日、常明寺を再訪すると、果たして墓碑は本堂左辺に移されていた。それを見届けて、鷗外は東京に向かった。

千駄木の観潮楼には四日に着いた。翌五日は陸軍省に行った後、上官重鎮に挨拶回りをした。その一人は石黒だったが、翌六日には観潮楼に石黒がやってきた。二度にわたる面会ではおそらく鷗外を慰撫する会話が交わされたはずだが、内容は『小倉日記』には書かれていない。

むろん久しぶりの東京だから、多くの旧知と会った。医学界の人が多数を占めるが、美術界では滝精一、岩村透、大村西崖、白井雨山、長原孝太郎の名が見える。彼らは東京美術学校の教員で、小倉赴任に伴って鷗外が辞職した後、瀧は美学講座を、岩村は西洋美術史を受け持っていた。文学者としては幸田露伴、斎藤緑雨など。このうち露伴とは二度会っている。小倉時代を通じて、例外的に交際が続いた文学者の一人が露伴である。十一日には歌舞伎座に行き、ともに「曾我、阿波鳴門及河内山」を見た。翌十二日には賀古鶴所を交え、浅草の鰻屋で酌み交わした。

露伴と何を話したのか、やはり『小倉日記』に記述はない。ただ、歌舞伎見物ということで想像をたくましくするなら、一月に完結した露伴の『椀久物語』が話題に上ったのではないだろうか。筋を言えば、京焼の名工仁清とおぼしき清兵衛と陶器商の久兵衛が色絵の焼き物に挑み、久兵衛が肥前の人から秘法を聞き出すものの、計略の末に――といった話である。露伴としては典拠を探して書いたようだが、もっとも、西鶴が浮世草紙に書き、歌舞伎の所作事にもなった椀久物の一種には違いなく、露伴お得意の名匠物と片付けられかねないところがあった。その意味で、露伴と鷗外は文壇的な立場は近く、言い換えれば、旧派としての意地を共有してもいた。東京での面会を経てほどなく、二人はそれぞれに時勢に処す文章を発表することになる。

鷗外が書いたのは『潦休録』である。明治三十三年、つまり一九〇〇年七月の「歌舞伎」誌の掲載とあって、世紀の転換から説き起こす。鷗外は十九世紀後半を「藝術破壊の時代」と呼び、時代遅れと言われようとも、自分は洋画旧派と呼ばれた原田直次郎の死を惜しみ、露伴のような人物の奮起を望むと言い切る。そして『椀久物語』に触れ、「縦令《たとひ》詭謀を中心にした、胸にあげ底のある椀久を書かれたのを見ても、決して古めかしいとはいはない」。いかにも文壇旧派に開き直るかのようだが、しかし、真意は少し違っている。「どの時代、どの國の古い作をでも充分に研究して、その上ですなほに積極に新しい藝術を産み出すことゝしたらどうだらうか」。これは同時代への提言と言ってよく、旧派として過去の側を向きながら、新たな芸術の創造を志向してもいる。

露伴は「新小説」三十三年七月号に『太郎坊』を載せた。酒を飲んでいた主人は手を滑らせて、愛用していた菫文様の猪口を割ってしまう。永楽了全の作だという。その猪口、太郎坊の由来を妻に語り出す。二十年前、相愛の娘がいた。その父から太郎坊、次郎坊という大小の猪口を譲り受けた。次郎坊はふとしたことで壊した。仔細あって娘とも別れた。往時を知るのは太郎坊のみだったが、それも砕けた。別れの理由を聞く細君に主人は答えず、吹っ切れたように言う。「昔時《むかし》を繰返して新しく言葉を費したつて何にならうか、ハ、、、、笑つて仕舞ふに越したことは無い」。これまた『椀久物語』と同じく焼き物の小説だが、露伴なりに時の推移を意識していたのだろう。焼き物が割れ、それとともに過去に別れを告げる一編なのだった。

「海きら〳〵帆は紫に霞けり」――東京を後にした鷗外は三月二十六日、瀬戸内海を眺めて一句を詠んだ。色調は洋画新派のごとくだが、初めて小倉に下った際には、同じあたりで「師團軍醫部長たるは終に舞子驛長たることの優れるに若かず」とすっかり腐り切っていたのだから、変われば変わるものではある。小倉赴任の屈辱感は少しずつ払拭されつつあった。

儒者文人のアルカディア　豊後日田

三十三年五月には皇太子成婚の慶事があり、鷗外は再び上京し、式に参列した。往路の五月七日には、乃木希典と再会している。同じ汽車に乗り込んできた乃木は「阿波國々寺址の柱礎は、其形小なりと雖、彼筑前太宰府址のものに似たり」と語ったという。大宰府政庁址の礎石は鷗外も測ってみたことがあったが、乃木も訪ねたことがあり、丸亀の第十一師団長となってから、阿波国分寺の礎石と比べたものらしい。好古趣味においても話の合う人ではあった。

それに続いて、『小倉日記』は大きなクライマックスを迎える。六月一日から一週間に及んだ大分行である。目的は徴兵視察であり、むろん公務の出張だったが、古碑旧蹟を楽しみにしていたことは間違いない。歴史地誌の探索を思い立った前年九月、まず鷗外が入手しようとしたのは『豊後国志』

だった。実際に豊後日田では広瀬淡窓の一族に会い、その案内で咸宜園の跡をめぐった。日田滞在二日間の記事は異例の長さに及び、二段組みの全集で三ページを超える。この喜ばしい日田滞在の前置きとして、まずは淡窓と咸宜園について触れておこう。

　広瀬淡窓は天領日田の御用商人の家に生まれた。幼時には俳人でもあった伯父の広瀬月化に育てられ、博多の亀井南冥・昭陽に学んだ。福岡藩の儒医南冥は永富独嘯庵の門下にあたり、淡窓を紹介したのも独嘯庵の甥の藤左仲だった。ただし、当時の南冥は藩校甘棠館を追われて蟄居中だったから、長男昭陽の私塾に入門した。日田に戻った淡窓は桂林荘、次いで咸宜園を開き、多くの塾生を育てることになる。門下には高野長英や大村益次郎、長三洲、帆足杏雨、平野五岳らが名を連ねる。淡窓の才を慕って、頼山陽、田能村竹田なども日田に来遊した。その淡窓の末弟・養子だったのが広瀬旭荘で、咸宜園の二代目塾主を務めた。詩才は淡窓を上回るとも評される。同じく養子に入った青邨が三代目、旭荘の子の林外が四代目を継ぎ、咸宜園は明治三十年まで続いていた。

　明治の青年たちは淡窓・旭荘を敬い、その詩を愛誦していた。淡窓の「桂林荘雑詠」が徳富蘆花の『思出の記』に見えることは記した通りだが、正岡子規は旭荘を好んだ。旭荘の『梅墩詩鈔』は愛読書の一つであり、加藤国安著『漢詩人子規』によれば、明治二十二年から二十四年頃、和漢の漢詩を抜き書きした『随録詩集』では、旭荘詩六十二首を採っているという。

　それとは対照的に、九州の出でありながら、淡窓を軽んじた人に福沢諭吉がいる。豊前中津藩で育った福沢は少年時代、白石照山という人の漢学塾に通った。『福翁自伝』によれば、照山は南冥・昭陽の亀門学を信奉し、他方で「廣瀬淡窓などのことは彼奴《あいつ》は發句師、俳諧師で詩の題さへ出來ない書くことになると漢文が書けぬ　何でもない奴だと云て居られました」。淡窓は同じ亀門が生んだ大物であるはずだが、相容れなかったらしい。そもそも照山はあまり詩を教えなかったという。その師風を受け継いだのか、福沢は文人趣味を持とうとしなかった。

漢籍についてはずいぶん読んだと誇っている福沢だが、「父も兄も文人で　殊に兄は書も善くし畫も出來、篆刻も出來る程の多藝な人に　其弟は此通りな無藝無能、書畫は扨置《さてお》き骨董も美術品も一切無頓着」とは同じく『福翁自伝』の一節である。実際に兄が没した後、本格的に蘭学を学ぼうと志した福沢は借財を清算すべく、家蔵の書画骨董を売り払った。「目ぼしい物を申せば頼山陽の半切の掛物を金二分に賣り、大雅堂の柳下人物の掛物を二両二分、徂徠の書、東涯の書もあつたが誠に値がない」。軸物だけでなく、刀も漢籍も売った。わずかに手元に残したのは伊藤東涯の書き入れがある易経集註だったが、これは蔵書目録に「天下稀有の書なり　子孫謹《つゝしん》で福澤の家に藏《をさ》む可《べ》し」と、父の遺言のごとくに書かれていたので、さすがに手放せなかっただけだった。[5]

ちなみに、似たような幕末の体験を書き残しているのは石黒忠悳である。『懐旧九十年』によれば、西洋の医学書を買うために亡父の書画五幅を手放した。親不孝のようだが、「必要欠くべからざる書物を買うため」決心したといい、入手した医書は父の霊前に供え、その遺品と心得て精読した。書画を売ったのは同じだが、ずいぶん心根は異なっている。さらに思いがけないことには、下って昭和五年、その折に手放した英一蝶の福禄寿が石黒に届けられる慶事があった。事情を聞かされていた実業家の西脇済三郎が探し当て、長寿の賀に贈ったのである。「実に父に会うたような悦びで、深く西脇君に感謝した次第です」と石黒は銘記している。西脇済三郎は新潟小千谷の名家に生まれ、若い頃に同郷にあたる石黒邸に預けられたことがあった。ちなみに言えば、同じ西脇一族から出た『Ambarvalia』の西脇順三郎を後見した人物でもあったが、どうも話が横道に入ったようである。明治になって、淡窓や咸宜園がどう見られていたのかということだった。

大勢としては、旧時代の遺物のようなものではあっただろう。福沢が割り切り、石黒が泣く泣く書画を手放したのと似て、近代化と引き換えに忘れられる運命にあったのかもしれない。さりながら、近世の藩校私塾に学んだ人々はなお存命だったし、幕末生まれの世代は彼らの教育を介して、近世的な教養を受け継いでいた。むろん鷗外もその一人であり、書画はともかく、若い頃から親しんだ詩文には淡窓のものがあり、実のところ、その詩に向学の志を確かめたこともあった。そもそも淡窓が没したのは安政三年で、鷗外が生まれたのは文久二年、僅々六年後である。今から思う以上に近しく感じられる人でもあっただろう。(6)

そこで大分行の話だが、初日の六月一日は旧暦の端午の節句だった。「二階から見えたのはあの幟かな」の一句とともに、小倉を出発した。まずは宇佐八幡宮に詣でて、参道で灯籠の年記などを確かめた。宿は日出だから、日出藩儒だった帆足万里の墓を拝したかったが、果たせなかった。二日は大分市街を散策し、大友家の累世英士の墓などを見学した。そして四日、大分市から西へ向かい、平川というところで一泊して、五日に日田に入っている。

鷗外は日田初日の五日、さっそく広瀬三右衛門の家を訪ねた。淡窓の弟である先代三右衛門の裔にあたるこの人物は、息子の寅太郎をして墓所へ案内させた。「域内墓十二碑一あり」。淡窓、旭荘、青邨、林外、それぞれの妻や幼く死んだ子の墓誌を鷗外は採録した。淡窓の家は東西に分かれており、墓所から遠くない東家が咸宜園跡だった。西北隅の蔵は書庫で、九代塾主の諫山萩村が管理していたというが、その萩村も「今已に亡し」。閉塾は明治三十年、三年前のことだった。

三右衛門宅に戻った鷗外は続いて、屛風に貼り交ぜられた書画を眺め、おもだったものを手控えている。田能村竹田、貫名海屋等、錚々たる名前は淡窓や旭荘らの交友圏を物語る。ほかに高山彦九郎の書幅もあった。一日で漢詩百首を作ったという幼い淡窓の学才を愛でた和歌「大和には聞くもめづらし玉をつらね一日にもゝのから歌の聲」が書かれていた。三右衛門の家を辞した後は平野五岳の墓参に出かけた。五岳は咸宜園に学び、竹田を慕って南画で知られた。ちなみに夜は鵜飼を見物し、鮎の背越しを食べてみたが、これは骨が煩わしく、口に合わなかったらしい。

翌六日は徴兵検査の視察に臨み、夕方、寅太郎に迎えられて東家へ。月化の句碑「末世とは何で言うたぞ初櫻」を見た後、三右衛門の家に戻った。すると、三右衛門とその友は煎茶を供し、書画を披露してみせた。煎茶で書画を楽しむ席、すなわち茗讌席でもてなしたのである。

以前には「筥崎の松の木間に茗醼を開きて、豊太閤の全盛に傚ふべきか」と奢侈の一つに数えていた鷗外だが、ここでは細かく書画を手控えている。最初は狩野探幽の山水小幅で、上部に紙を継ぎ、竹田の賛が加えられていた。落款は姓の田能村と名の孝憲を修した「田憲」。その竹田や弟子高橋草坪の山水図、谷文晁、頼山陽、貫名海屋、日根対山らの絵も展観された。三右衛門は淡窓・旭荘とその父三郎右衛門の肖像も見せた。旭荘の肖像は咸宜園に学んだ画家西島青浦が描き、同じく咸宜園から出て、維新の志士とも交わった長三洲の題辞があった。さらに喜ばしいことに、広瀬家では淡窓・旭荘の姪がなお存命だった。耳が遠く、ともに語らうわけにはいかなかったが、「年八十餘にして猶健に、多く昔年の事を記す」。鷗外もうなずき、耳を傾けたことだろう。

広瀬家の歓待は夜に及び、寅太郎から日田第一という割烹へ招かれた。二妓と酌み、古謡を歌わせた。鷗外はその歌詞を書きとめている。「吹上のほらほ、觀音さまのおほらほ、やんれ、あらたな佛、一夜のほらほ、籠れば、やんれ、さまに逢ふ」——いい気分で聴き入ったようで、「歌詞古樸、催馬樂を聞くが如し」と言い添えている。芸妓の歌を催馬楽になぞらえるというこのアバウトな感想は鷗外には少々似合わず、厳格な歴史感覚のたがも緩んだかの印象がある。無理もないだろう。目の前にいるのは広瀬寅太郎、淡窓・旭窓の係累にほかならない。過去と現在が緩やかに混じり合う感覚に身を委ね、鷗外は心からくつろいだのではなかっただろうか。

端的に言ってしまえば、「遅れる」意識に、小倉時代の鷗外は苛まれていた。左遷はすなわち官途に遅れることにほかならない。文壇では旧派の側に追いやられていた。少なくとも鷗外自身はそう思っていたし、明治三十三年、旧世紀が終わって新世紀が始まろうとする一九〇〇年をあろうことか、西僻の地で迎えざるを得なかった。歴史地誌の探索はむろん学問癖を満たす営みではあったが、遅れた者として、過去に身を埋めるような屈折した心情が働いていたはずである。

むろん体系的な史料収集なり歴史記述を目指していたようには見えない。西洋流の歴史学をよく知るはずの鷗外だが、もっぱら続けたことは公務で赴いた先で碑を拝し、寓目した書画を手控えることだった。機会に応じた史料採取と若干の考証にとどまっていることは否めない。しかしながら、それらもまた歴史の断片には違いない。むしろ目の前に存するものとして、書かれた歴史以上に生々しい形で、過去に生きた人々の事蹟に触れさせたのではなかったか。『小倉日記』はその体験こそが失意の鷗外を支えたことを示唆している。日記を読むことは畢竟固有名詞を読むことに等しいが、かくも過去の人名が頻出する日記も珍しい。なおかつ碑文や書画、子孫の存在によって、現在と結びつけられている。過去の人名と碑文等の羅列は、過去から現在へ流れる時間の広がりを体現し、それと鷗外の日常とで織りなされるようにして、『小倉日記』というテキストは成り立っているのである。進歩の風に煽られ、過去に取り残されることが「遅れる」ことだとすれば、過去から現在に続く時間の中に生きる感覚を確かめることは、心中の苦しみの種を除くことになったはずである。

豊後行の最終日である六月七日、鷗外は人力車で山を越え、耶馬渓に遊んだ。「此水は即ち山國川にして、山陽記中耶馬溪に作るものなり」。知られるように、この景勝を名付けたのは頼山陽だが、長男於菟の見るところでは、少なくとも山陽の書は鷗外の好みではなかったという。「すゞかせや吸殻はたく岩の窓」などの三句をひねって、鷗外は小倉に帰った。

書画にまつわるエトセトラ

上機嫌で過ごしたこの大分行は、明治三十三年六月、小倉在勤一年の節目にあたっていた。そこで言い添えておくべきことが一つある。実は出発直前、鷗外は東京の第一師団軍医部長への異動が近いと伝えられていたのである。『小倉日記』五月三十日の項に記されている。「落合泰藏書を寄せていはく。君の第一師團に轉ずること、應に近きに在るべしと」。落合は医務局中枢の課長職にあった人だから、根も葉もない話ではなかったのだろう。鷗外としても東京に帰れそうだ、ここらで九州の歴史地誌探索も終わりだろうと内心思いながら、大分行を満喫したのである。

小倉の部隊ではこの頃、人事異動が続いていた。第十二師団参謀長の山根武亮は佐世保要塞司令官に栄転することになった。五月五日に小倉延命寺で園遊会を開き、二十五日に出立した。歩兵第十二旅団長の仲木之植は、体調不良を抱えて退職し、四月二十九日に徳山へ去った。後任の旅団長は竹内正策という人だった。やはり書画の趣味があり、達磨の絵を描くこともあった。

大分から帰ってきた頃も、鷗外は異動できるものと思っていた。六月十三日、大村西崖に「中腰之

姿に御坐候　歸らば又御一處に著述も出來可申かと樂居候事に候」と書き送っている。ところが意気阻喪させる情報が届いたらしい。七月三日、賀古鶴所宛て書簡にいわく、「母上小生の歸京を待居し故中止となり氣の毒に存候」。十二日には人事が明らかになった。第一師団軍医部長に昇進したのは、異動を示唆した落合泰蔵その人だった。その日の日記に、鷗外は「新聞紙落合の第一師團の地位を占むるを傳ふ。是に至りて、予の歸東の途絶えたり」と書きつけた。中腰になって正式な辞令を待っていた鷗外は、また悄然と腰を据え直さなければならなかった。

小倉で二度目の夏を過ごした鷗外は九月十八日、福岡に出張した。一年前の同じ頃には歴史地誌探索を思い立ち、その限りでは潑剌としていたが、今度は沈鬱さに覆われた出張となった。福岡に着くと、徳山にいるはずの仲木之植が当地の病院にいた。背中に腫瘍ができており、鷗外は見舞いに行った。ほどなく仲木は世を去る。十九日には福岡衛戍病院に行った。一年前の病院長は江藤正澄を紹介したらしい三浦得一郎だったが、その三浦も丸亀衛戍病院へ転任していた。

二十日には、亀井南冥・昭陽の墓を拝した。町医者だった南冥は福岡藩主に抱えられ、藩校甘棠館を任されたものの、後半生は暗転した。筆頭藩儒らの策謀で藩校を追われ、その建物と家を火事で失った。さらには狂疾を発し、失火だか焼身だか分からない形で死んだ。例によって鷗外は墓所の様子を記しているのだが、珍しいことに、一部の墓誌は略している。結びは「一木標ありて、女子の名を題す。木材甚だ古からずして、早く既に腐朽す。故に其文を讀むこと能はず」。日田で広瀬家の墓所を訪ねた際の高揚感とはほど遠く、暗く沈み込んでいる。

仮定の話をするのも詮ないことだが、この時、在勤一年で帰京となっていれば、『小倉日記』は大分行をハイライトとして、見事な大団円を迎えていたことになる。もっとも、現実には小倉時代は明治三十五年三月まで、まだ一年半続く。実を言えば、歴史地誌の探索に関して言わんとしたことはすでに書いた通りであり、浮いては沈む心情をまた綿々とたどっていくのもはばかられる。あとは書画骨董との距離感を中心に、幾つかの点を摘記するにとどめたい。

その一つは、明治三十三年十月、にわかに書画の記事が集中することである。しかも、意外なことには、「九州の富人」たちのコレクションを鑑賞している。まず十月五日、鷗外は直方の貝島家を訪ねた。当主の貝島太助が炭坑王と呼ばれた通り、部屋の調度からして豪勢だった。床の間には岡本豊彦の虎の大幅と古銅の香炉。扁額は伊藤博文、井上馨、杉孫七郎。宋紫石の花鳥屏風もあった。七日の項には「家多く畫幅を藏す。多くは藤田傳三郎の家より出づと云ふ。其二三を展看す」。鷗外は逐一書き記す。狩野養朴（常信）の三幅対、一蝶の雨宿図と渡船図双幅、応挙の牡丹孔雀図大横物、呉春の四季図四幅、芦雪の鴉と菊図など、二三にとどまらない。(7)

続いて十三日には、行橋の豪商である柏木勘八郎の家に赴き、貝島家を上回る量の画幅を書きとめている。掛け軸は二十件を超す。応挙、呉春とその門下が目立つあたりは貝島家と同様だが、柏木家の場合、豊後ゆかりの南画も所持していた。竹田、草坪がそれぞれ二幅、さらに竹田画・海屋序の画巻があり、「菜菓爭奇」と題されていた。帰り際には、息子の柏木次郎熊から『蕩々園華甲茗讌図録』を贈られた。これは半年前の明治三十三年三月、柏木家が主催した大煎茶会の図録である。これについては成田山書道美術館編『近代文人のいとなみ』に西嶋慎一執筆の紹介があり、実に全国百十一所蔵家の書画三百九十七点が展観された。当主の柏木勘八郎はこのうち八十一点を出し、さらに行橋四家、田川九家も書画を持ち寄る盛大さだったという。

『小倉日記』に大量の書画が録されるのは、豊後日田以来のことになる。その際は広瀬家の側が茗讌席を設け、鷗外をもてなしたのだったが、今度はどうしたことか、鷗外の側から九州の富人の門を叩いたように見える。むろん車夫を増長させた驕りについては、三十四年二月、『心頭語』の最終回でも批判を加えているから、富の威圧に屈したはずはない。何らか別の事情を考えるべきだろう。そこで日記の少し先を見ると、皇太子の小倉行啓という出来事が目にとまる。十月二十日には十二師団を訪れているのだが、その前日の十九日午前、鷗外は師団の会議室に宮本武蔵の遺墨や雪舟の達磨図といった書画器什を並べている。どうやら行啓用の書画什器を選び、飾り付けを指示する、今風に言えばキュレイターのような働きをしていたらしい。小倉行啓が定まったのは十月十五日だったというが、あるいは内々の連絡がすでにあり、皇太子を迎えるのにふさわしい名品を所持していないか、念のために確かめておこうと、貝島、柏木両家を訪ねたのかもしれない。

だとするなら一連の行動は公務の域を出なかったことになるけれど、後年の鷗外が帝室博物館総長を務めることを思えば、目をひく一事ではある。また、彼ら九州の富人のコレクションも、人となりも、それなりに興味深いものではあったらしい。皇太子行啓を乗り切った後の二十四日、鷗外は大村西崖に宛てて、両家の書画を見て「追々天狗ト可相成心地イタシ候」と書き送った。十一月一日付賀古鶴所宛ての書簡では、貝島太助を「目に一丁字なき男なりといふに末松大臣に電氣をかけて筋肉をしまらせた如き風骨にて立派なるやつに候」と評し、一目置いている。

小倉時代には、やはり鷗外を慕って集まった人々も少なくなかったが、その中には書画の趣味ある者もいた。ドイツ語の英才福間博とともに、後に『二人の友』で回想される安国寺さん、すなわち小倉安国寺の住持玉水俊虠もその一人である。俊虠は古刹再建を願い、明治三十三年十一月二十三日、鷗外に勧進文の删定を請うた。それを機縁に、鷗外がドイツ哲学を訳読し、俊虠が唯識論を講じる交際に深まったことは知られる通りだが、書画についいては、翌三十四年六月二十日の項に「釋俊虠浮世又兵衛の作と稱する画巻を持ち來りて示す」とある。又兵衛と九州は無縁のようだが、福岡県宮若市の若宮八幡宮には又兵衛真筆とされる新古今三十六歌仙図も伝わるから、ひょっとしたら何か寺社方面の人脈から取り寄せた、多少筋のよい絵巻だったかもしれない。さらに三日後の二十三日には、「兆殿司の阿羅漢は眉間蹙まり居るを例とす」云々と鷗外に語ったという。総じて俊虠は屈託のない人柄であり、それゆえに書画の講釈も耳にさわらなかったようである。

そんな風に小倉在任が長くなるにつれて、書画骨董に接する態度も幾らか和らいだように見えなくもない。明治三十四年十一月三日には、骨董商の記事が出てくる。天長節のこの日、第十二旅団長の竹内正策とともに、骨董商の浜野亀太郎を訪ねている(8)。探幽その他の狩野派や海屋の山水、長春、豊国の浮世絵美人といった二十点近い書画を見た。その中には、即非如一の書が二幅あった。翌年元旦に発表する「即非年譜」を完成させるのは十二月十七日のことで、資料収集も大詰めを迎えていたはずだから、骨董店もまあ捨てたものではないかと思ったかもしれない。

この骨董商訪問の直前にはまた別の事情として、慶事の予感があった。鷗外は十一月一日、再婚に関する手紙を母の峰子に書き送っている。相手は大審院判事の娘、荒木しげである。鷗外は会ってみれば気質も知れようと、母に面会を託した。しげには自身と同様に、離婚歴があった。その理由についても一言している。「芝居好云々の由　或は役者買をなしたるにはあらざるかと存候　顔付は随分やり兼ねぬやう見受候」。これは写真を見ての推量である。それまでの縁談には「日本にて妻をめとるは富籤のやうなもの」などと煮え切らない風だったが、ここでは役者買いの不品行さえ疑いながらも、話を進めようとしている。要するに、タイプの顔だったのだろう。(9)

明治三十四年十二月二十九日、鷗外は東京へ向かった。大晦日に荒木家を訪ね、明けて三十五年一月四日、しげを娶った。十八歳下のこの若妻を連れて小倉に帰ったが、内心の懸念とは裏腹に、新婚生活は順調だった。二月八日付の書簡で、賀古鶴所に「好イ年ヲシテ少々美術品ラシキ妻ヲ相迎へ大ニ心配候處　萬事存外都合宜シク御安心被下度候」と伝えている。

鼻柱の帰還

しげと結婚した後も歴史地誌の探索は続き、三十五年一月三十日には小倉の足立山妙見宮に参詣している。「燈籠石標等の年號を検するに、大抵文化文政中の物なり」などと例の調子だが、鷗外はこの年元旦、「福岡日日新聞」「門司新報」にそれぞれ考証の文章を寄せていた。一つは『即非年譜』、そしてもう一つが『和気清麻呂と足立山と』である。当地の温泉に浴して、配流の和気清麻呂の足が平癒したとの伝承をたどった一文だが、小倉には十分な書籍がなく、鷗外としてはなお不徹底の感を持っていたらしい。さらに資料を閲した上で、一年後、「門司新報」に続考『再び和気ノ清麻呂と足立山との事に就きて』を寄稿している。二月二十三日には、即非開山の福聚寺に遊んだ。山門の扁額など即非の書を見た後、茶店に憩い、梅を眺めて帰った。

そして、ようやく帰東の時が訪れる。三月十四日付で、鷗外は東京の第一師団軍医部長へ補せられた。十五日に電報が届き、十八日に辞令を受け取った。その翌十九日、鷗外はしげを伴って、太宰府に出かけている。「祠に抵る」とあるから、天満宮に詣でたのだろう。内心では鷗外も、配流の身と思っていたようだから、東京に戻れる喜びを菅公に報告したのかもしれない。

その夜は太宰府に一泊し、歓待された。当地の文人吉嗣拝山も姿を見せた。高山彦九郎の書も展観され、例によって、鷗外は全文を書き記している。思い返せば九州の歴史地誌探索を思い立った明治三十二年秋には、久留米で彦九郎の墓を拝し、最期を看取った森家の裔に会っていた。その後も彦九郎に関する記事が出てくることを思えば、その書との対面は、まことに『小倉日記』の最後を飾るのにふさわしいエピソードのようにも読まれるのだが、実はこの時、鷗外が漏らしたらしい一言を伝える小説が知られている。鷗外ならぬしげの書いた短編『波瀾』である。

鷗外と結婚し、小倉で新婚生活を始めた頃を回想し、小説にした一編だが、鷗外をモデルとする大野と新妻の富子は太宰府に詣でた際、当地の名士に招かれ、泊まることになる。そこで大野は床の掛け物に目を止め、こんなことを言う。「おや、これは珍だ。高山彦九郎の文章だ。まづい文章で馬鹿らしい事を書いたもんだ。可笑しいから一寸寫して置かう。紙をおくれ」。大野は富子の鼻紙をもらい、長々しい文章を書き写した……。初出は七年後、四十二年十二月の「スバル」。むろん事実そのままではなかったかもしれないが、これに類するような不遜なことを鷗外が口走り、しげとしても一驚したからこそ、記憶にとどめたのではなかったか。

師団の将官や玉水俊虠のような地元の人々に送られ、明治三十五年三月二十六日、鷗外は小倉を発った。森潤三郎著『鷗外森林太郎』は、小倉時代を経て「圭角が取れ膽が練れて來たのは、母の大に喜ぶ處であつた」と記す。もっとも、しげの伝える太宰府の姿も一半の真実ではあっただろう。ここは微苦笑とともに、鼻柱の強い自信家の帰還を祝福しておくとしよう。

第九章　時にはぐれて　骨董の不安

夏目漱石「秋景山水図」（大正４年　神奈川近代文学館蔵）

鷗外の『小倉日記』に続き、夏目漱石とその周辺の話を書いておくとしよう。

わずかな期間のことながら、漱石は鷗外と相重なって九州にいたことがある。その九州の印象については、『野分』の一節がよく引用される。教師をしていた道也先生の回想にいわく、「九州を中断して其北部から工業を除けば九州は白紙となる。炭鉱の烟りを浴びて、黒い呼吸《いき》をせぬ者は人間の資格はない」。そして、人間の資格なき学者や文士、教師のごとき者に「存在を許すのは実業家の御慈悲である」。この口ぶりは鷗外の『我をして九州の富人たらしめば』と多少似てもいるが、しかし、そこから鷗外が例えば江藤正澄に会い、帰京の時には吉嗣拝山から祝福されたのとは違って、漱石の方は九州の人と風土に深く分け入ろうとしたようには見えない。

立場を考えてみれば、交際の範囲が幾らか狭かったとしても、まあ不思議はない。陸軍幹部にして文名赫耀たる鷗外に対して、九州での漱石は高校の英語教師であって、文学者としてはまだ世に現れていない。加えて、出自の違いもあっただろう。端的に言えば、「九州は白紙」だなどとは鷗外は思いもしなかったに違いない。九州が白紙であるなら、石見もまた白紙に等しいことになる。鷗外からすれば、鄙には鄙の歴史があり、尊重されてしかるべきだった。それに対して、江戸に生まれて東京に育った漱石には、その種の感覚は持ちにくかったかもしれない。

むろん美術全般について漱石の造詣は深く、熊本時代にその一斑を見ることもできる。後年の小説には該博な知識に基づき、多数の書画骨董がちりばめられることになるだろう。もっとも、よく読み直してみれば、そこにはしばしば「骨董を理解しない人物」が書き込まれている。むしろ出てこない小説の方が少ないくらいで、執拗とさえ言えなくもない。この人物類型は、石原千秋著『漱石の記号学』が養子に出された幼少期と関係づけて説いたように、やがて「家」にまつわる葛藤と結びつくことになる。書画骨董は父の趣味であり、息子たちはそれを継承していない。なおかつ書画骨董は売買の対象として扱われ、まがい物への不安や幻滅が語られる。漱石における書画骨董のモチーフは結局のところ、過去との連続でなく、断絶を象徴するように思われる。

並々ならぬ知識を蓄え、書画骨董に慰藉を求めながら、漱石という近代人はついに父祖の時間に安寧を見出せなかったのではないか——そのあたりを順々に見ていくとしよう。

九州の漱石

漱石は松山の尋常中学校から転じて、明治二十九年四月、熊本の第五高等学校に赴任した。それから熊本時代は四年三か月に及ぶ。鷗外との関係を見ておけば、その小倉赴任は明治三十二年六月のことで、漱石の方は翌三十三年七月に熊本を去って英国に留学するから、九州時代はその間、都合一年と少し重なっている。残念ながら対面した形跡は見当たらないのだが、それでも互いの足跡をたどってみるなら、文豪二人がともに立ち寄った場所は幾つも拾い出すことができる。

明治二十九年秋、漱石は新妻の鏡子を伴い、九州北部をめぐった。道中では俳句を作り、子規に送った。その前書によって、歩いた場所が分かる。博多公園、筥崎八幡、香椎宮、太宰府天神、観世音寺など。都府楼では「鳴立つや礎残る事五十」と詠んでいる。それから三年後の三十二年十月、鷗外も近辺を視察した。都府楼ではやはり礎石に目をとめるのだが、鷗外は考証癖に動かされた。指で礎石の直径を、歩幅で礎石間の距離を計測したりしている。

この定期巡閲の際、鷗外は併せて久留米の歴史探索を試みている。高山彦九郎の墓所などを拝した後、高良山では石燈籠の年記を確かめたのだが、その高良山には漱石も登ったことがあった。明治三十年春のことで、「石磴や曇る肥前の春の山」と石段を句にしている。帰路は古道具屋に立ち寄り、井上士朗と松木淡々の軸を買い求めた。俳画の小軸のようだが、これは病臥の子規を慰めるためで、「双方とも真偽判然せず」「御笑草にまで御覧に入候」と書き添えて送り届けた。九州の歴史地誌を修めんとした鷗外に対して、漱石は気ままに旅を楽しむ風である。

大分行を比べると、さらに違いは際立つ。三十三年六月、広瀬淡窓ゆかりの日田訪問は『小倉日記』のハイライトにほかならない。その豊後に漱石が向かったのは三十二年元旦のことで、熊本から小倉などを経て、二日に宇佐八幡宮で初詣を済ませた。さらに耶馬渓に遊び、日田に着くと、「日田にて五岳を憶ひ」の前書で「詩僧死して只凩の里なりき」と詠んだ。平野五岳は咸宜園に学んだ人で、二十六年に没していた。咸宜園も三十年に途絶していたから、確かに「只凩の里なりき」ではあっただろう。幼年の漱石は三島中洲の二松学舎に通い、『思い出す事など』によれば、「聖堂の図書館へ通って、徂徠の蘐園十筆を無暗に写し取った」こともあった。そうした素養が五岳の句にはうかがわれないでもないのだが、さりとて鷗外ほどの感慨を見せるわけでもない。

そもそも日田は吹雪だった。「吹きまくる雪の下なり日田の町」の一句がある。のみならず、馬に蹴られたのだという。「峠を下る時馬に蹴られて雪の中に倒れければ」の前書で、「漸くに又起きあがる吹雪かな」。俳味を利かせた創作ではなかったなら、相当に痛かったことだろう。それにしても、馬に蹴られては儒者文人たちの故地も台無しではある。

すでに何句か引用したように、熊本時代の漱石はさかんに俳句を作った。古書画を扱った句もあるけれど、以下に抜き出してみるように、九州ならではの句材はさほど目立たない。

ある画師の扇子捨てたる流かな
古りけりな道風の額秋の風（観世音寺）
夏書する黄檗の僧名は即非
文与可や筍を食ひ竹を画く
光琳の屛風に咲くや福寿草
仏画く殿司の窓や梅の花
抱一は発句も読んで梅の花
佶倔な梅を画くや謝春星

一句目の「画師」は池大雅のことだろう。大雅には若い頃、売れ残った扇を瀬田の橋から投げ捨てた故事が知られる。このほかに墨竹の文同、謝春星すなわち蕪村と、文人画系統の人々をよく詠んでいる。南画趣味の表れと言えなくもないが、残念ながら、豊後南画の田能村竹田その他ではない。九州と縁が深いのは観世音寺と即非如一くらいのもので、即非の名は『草枕』にも出てくるけれど、他方では明兆、光琳、抱一あたりを交えて、例えて言えば、日本美術協会の展覧会目録でも見るかのよう。どうも名のあるところで俳句をこしらえた域を出ていない。

日々を過ごした第五高等学校では、漢詩の趣味を深めたようである。明治二十九年秋には教務係の庭に霊芝が生えたことから、詩を頼まれた。断り切れずに五絶五首を作ってみたものの、漱石はどうも自信が持てなかった。「此が拙の詩でげすと人に贈る訳にも相成兼るといふ次第」と、子規を介して本田種竹の添削を求めた。もともと俳句にとどまらず、藩学本流の教育を受けた子規の方が詩文には強く、この頃には種竹との交際も始まっていた。それゆえに漱石は一目置き、むしろ構えることなく、詩文を相語らうことができたのだろう。この時の子規宛て書簡では、蔵書印を作ったとも自慢している。地元の寺へ参禅に来た伊底居士なる人物へ篆刻を頼んだのだという。翌三十年には長尾雨三が五高に着任し、やはり詩の添削を仰いでいる[1]。

五高には親友の菅虎雄もいた。久留米出身の菅は、漱石の人生に深く関わった人である。原武哲著『喪章を着けた千円札の漱石―伝記と考証―』にくわしいが、若き漱石を鎌倉の禅寺に紹介し、松山の教職を斡旋し、書については指南役だった。明治二十八年に赴任した五高では、ドイツ語と論理学を担当していた。松山から五校に漱石を招いた後に胸を病み、三十年には非職となったが、三十六年五月には清の招聘に応じ、教師として南京に赴いた。そこでも菅は書法の研鑽を積み、漱石に紙や筆を送ってよこした。当時の漱石は英国留学を終えて帰国していたが、菅に宛てた手紙は書の話を交えて、その学識を慕い、甘える風でさえあったことを伝えている。三十七年七月十八日付、菅宛ての書簡にいわく、「君から貰つた紙へ君から貰つた筆を以て君から授かつた法を実行してかくと斯《こん》様なものが出来る　才子は違つたもので一時間許り稽古するとすぐ此位になる　うまいものでせう　ほめてくれないと進歩しない」。

この種の文人趣味は一般に書画骨董と結びつくものだし、俳句をひねり、詩文に励んだのも余裕があればこそだが、さりながら、地方に流れる緩やかな時間に身を浸していたとは言えない。子規や菅といった交友圏から外に出て、九州ならではの文雅の遺風に敬意を発したふしはなく、鷗外のように九州の歴史に入り込み、過去との紐帯を結び直す体験は持たなかったように見える。おそらく漱石自身、悠長な地方にはなじめない性分を自覚していたのに違いない。

やがて書かれる地方を舞台とした初期の小説二編『坊ちゃん』と『草枕』においては、地方を骨董趣味の残る土地として描くことになるだろう。もとより遅れた田舎という通念に沿った設定であり、その旧套さを際立たせるように、漱石は「骨董を理解しない人物」を配している。最も分かりやすいのは『坊っちゃん』の「おれ」だが、ただ、先回りして言っておくなら、彼を第一号とする「骨董を理解しない人物」は続く小説において、次第に重い意味を担うことになる。

無趣味な若者たち　『坊っちゃん』『草枕』

明治三十九年四月発表、『坊っちゃん』は地方に辟易し、骨董に辟易する小説である。

松山に赴任した坊っちゃんはいきなり骨董責めに遭っている。何しろ下宿の主人が「骨董を売買するいか銀」という人物で、「手前は書画骨董がすきで、とう〳〵こんな商買を内々で始める様になりました」と語り、「ちと道楽に御始めなすつては如何です」と誘いをかける。

印材を手始めに、売り物も持ってくる。「華山とか何とか云ふ男の花鳥の掛物」を見せ、崋山にも渡辺崋山と横山崋山がいると講釈をひとくさり。さらには端渓の硯を突き付け、「御安くして三十円にして置きませう」。この男は馬鹿に相違ないと坊っちゃんはあきれ果てる。

九州に転勤するうらなり君の送別会では、もったいぶった座敷の趣味をこき下ろす。会場は松山一の料亭で、大広間には伊万里の大壺が鎮座している。坊っちゃんは「あの瀬戸物はどこで出来るんだ」と聞き、「瀬戸物ぢやありません、伊万里です」と言われる。床の間に掛けられた大きな軸を眺めて、「おれの顔位な大きさな字が二十八字かいてある。どうも下手なものだ」。そこで漢学の先生に「なぜあんなまづいものを例々と懸けて置くんです」とたずねて、有名な貫名海屋の書と説かれる。若き鷗外が石黒忠悳に贈ろうとしたのも海屋の軸だったけれど、坊っちゃんはまるで意に介さない。「海屋だか何だか、おれは今だに下手だと思つて居る」。

かように坊っちゃんは書画骨董とは縁がない。江戸っ子を自認するこの青年は田舎を嫌い、古臭い田舎の趣味をも嫌っている。そもそも新時代の若者として、その種の素養を欠いていたのかもしれないが、しかし、そんな坊っちゃんにさほど幸福な人生は与えられない。地方になじめず、骨董を軽んじた坊っちゃんは東京に舞い戻り、街鉄の技手として生きることになる。


明治三十九年九月発表の『草枕』は全編これ美術談義と言うべき小説である。

骨董に辟易する『坊っちゃん』からすると、一変したかのようだが、必ずしもそうとは言えないだろう。無理解を書こうとするなら、作者の側には知識が要る。崋山には二人あって……と、いか銀に語らせている通りであり、『坊っちゃん』はむしろ、通ぶったいか銀の講釈を笑い飛ばせるような読者に向けて書かれてもいた。そうした教養が『草枕』には惜しみなく注ぎ込まれたのである。作中の書画骨董を逐一拾い出しては切りもないので、興味を惹かれる点のみ摘記してみる。

舞台は熊本時代の漱石が逗留し、明治三十一年の元旦を迎えた小天温泉がモデルとされるが、語り手の画工が訪れる那古井の宿は、言うなれば茶禅趣味にいぶされた骨董郷である。

画工が泊まった部屋にはまず「竹影払階塵不動《ちくえいかいをはらってちりうごかず》」の扁額がある。落款は大徹と読まれる。そこから画工は黄檗の書へ連想を広げる。「余は書に於ては皆無鑑識のない男だが、平生から、黄檗の高泉和尚の筆致を愛して居る。隠元も即非も木庵も夫々に面白味はあるが、高泉の字が一番蒼勁でしかも雅馴である」。到底「鑑識のない男」の感想とも思われないが、その床には若冲の鶴図が掛かっている。「若冲の図は大抵精緻な彩色ものが多いが、此鶴は世間に気兼なしの一筆がきで、一本足ですらりと立った上に、卵形《たまごなり》の胴がふわっと乗《の》かってゐる」。若冲と親しかったのは相国寺僧の大典で、大徹はそれと相似ているけれど、当時の若冲伝には、萬福寺の伯珣和尚に帰依したことが記されている。黄檗の書にちなんで若冲を持ち出したのに相違なく、その呼吸は俳句における配合に近い。その巧みさによって、読む側は禅的世界へ導かれていく。

禅に続いて、茶の世界が現れる。ちょっと面白いのは、抹茶をけなして煎茶を賞していることである。那美さんが青磁の皿で羊羹を運んでくる。その皿を画工がほめると、那美は「父が骨董が大好きですから、大部色々なものがあります」と茶席に招く。画工は「世間に茶人程勿体振った風流人はない」「あんな煩瑣な規則のうちに雅味があるなら、麻布の聯隊のなかは雅味で鼻がつかへるだろう」とうんざりするのだが、同時に「あぶくを飲んで」とも言っていて、どうも抹茶の席と早合点したらしい。供されたのは煎茶だった。すると、画工は讃辞を連ねている。「濃く甘く、湯加減に出た、重い露を、舌の先へ一しづく宛落して味って見るのは閑人適意の韻事である」「玉露に至っては濃かなる事、淡水の境を脱して、顎を疲らす程の硬さを知らず。結構な飲料である」。

同じ茶とはいえ、抹茶と煎茶とでは文化的な背景が違っていて、黄檗禅を出した話の流れからすると、ここは煎茶を喫するしかないのだが、それにしても、画工の抹茶嫌いははなはだしい。「あれは商人とか町人とか、丸で趣味の教育のない連中が、どうするのが風流か見当が付かぬ所から、器械的に利休以後の規則を鵜呑みにして、是で大方風流なんだらう、と却って真の風流人を馬鹿にする為めの芸である」とまで罵倒している。漱石自身、好まなかったのかもしれない。

その煎茶席の亭主は那美の老父である。紫檀の机に花毯、室礼は中国趣味が濃い。茶器は朱泥の急須に木米の茶碗、そして軸は荻生徂徠の大幅だが、客の一人は扁額「竹影払階塵不動」を書いた大徹であり、この和尚が頼山陽を嫌うので、徂徠に掛け替えておいたと老父は笑う。そこから書法談義が始まる。大徹は「若い時に高泉の字を、少し稽古した」と明かす。続いて老父は緞子の袋から硯を取り出す。端渓で鴝鵒眼《くよくがん》が九つ、松皮の蓋は山陽手製だという。その蓋については「少し俗ですな」とけなした画工だったが、硯の肌合いには感心した。「成程結構です。観て心持がいゝ許りぢやありません。かうして触つても愉快です」と素直にほめている。

ただし、ここにはもう一人の客がいる。久一と言って、年は二十四五、那美の従弟である。画工が端渓の硯を手渡したところ、横から老父は「久一に、そんなものが解るかい」とからかう。青年は「分りやしません」と投げやりに言い放つ。硯を前に置き、また取り上げて画工に返す。茶と禅と骨董趣味に満たされた空間にあって、彼だけはまったく趣味を理解しない。『坊っちゃん』と同様に、漱石はあえて骨董の分からない青年を登場させている。

この久一青年は、実は日露戦争に召集されてもいた。大陸に行くのなら、わしにも一つ硯をと大徹が頼もうとすると、「へゝゝ。硯を見付けないうちに、死んで仕舞さうです」と力なく笑う。出征すれば、端渓の硯どころではない。満州の野に鮮血を迸らすことさえあるだろう。にわかに「趣味の中国」に「現実の中国」が対置される。出世間的な那古井の宿に現実の地平が出現し、画工をして粛然とさせる。「此夢の様な詩の様な春の里に、啼くは鳥、落つるは花、湧くは温泉《いでゆ》のみと思ひ詰めて居たのは間違である。現実世界は山を越え、海を越えて、平家の後裔のみ住み古るしたる孤村に迄逼《せま》る」。そもそも久一の隣に座る自分は骨董談義にふける老人たちとむしろ似て、「夢みる事より外に、何等の価値を、人生に認め得ざる一画工」ではないかと考えざるを得ない。

漱石作品の中でも、確かに『草枕』は骨董趣味の濃い小説には違いない。「竹影払階塵不動」の扁額をいわば一編のエンブレムとして、この作品世界では、すべては現実＝塵を動かすことのないイメージ＝竹影へ送り込まれていく。そして画工は自ら絵画論を語ってみせ、一切をイメージとして眺め渡しながら、浮世離れしたこの骨董郷の深部に分け入っていくのだが、そこに久一は破れ目を作り出し、にわかにイメージと現実という対概念を浮上させる。むろん坊っちゃんも同じく骨董を理解しない青年ではあったけれど、そのいとも無邪気なふるまいに比して、久一青年の役割は格段に重い。骨董を理解しないことの意味は確実に深められている。

父の骨董　『虞美人草』以降

続いて東京朝日新聞に入った漱石は、幾多の名作群を書き継いでいく。入社第一作として、明治四十年六月から十月に連載した『虞美人草』にも、多数の書画骨董の名辞が投じられている。例えば菊池容斎の軸、古薩摩の香炉、金地に筍の襖など。それらに加えて、「大抵のものは絵画《にしきゑ》のなかに生ひ立つて、四条派の淡彩から、雲谷流の墨画に老いて、遂に棺桶の果敢《はか》なきに親しむ」といった警句も読まれる。この種の絢爛たるペダントリーは『草枕』と相通じるところだが、『虞美人草』の場合は新聞小説ということで、読者サービスのつもりもあったらしい。絢爛趣味はやがて、虞美人草を描き、死せる藤尾の枕元に逆さに立てられた酒井抱一の銀屏風に至るわけだが、それについては第十章に譲ることにして、ここでは「骨董を理解しない人物」の話をするとしよう。

京都に始まる冒頭で、青年二人が嵯峨野を遊覧している。甲野さんは天龍寺で、「夢窓国師や大燈国師になるから、こんな所を逍遥する価値があるんだ」などと語る。ところが夢窓疎石開山と伝えるこの名刹に、宗近君はまるで感服していない。煙草に火をつけ、マッチの燃えさしを蓮池に捨てる。甲野さんが「夢窓国師はそんな悪戯はしなかった」とたしなめると、宗近君は「それ丈《だけ》、おれより下等なんだ。ちつと宗近国師の真似をするが好い」と言い放つ。

二人は天龍寺から停車場へ向かう。途中、京女が話題に上る。「女もあれ程に飾ると、飾りまけがして人間の分子が少なくなる」と甲野さんが言い、その人間の分子に話が及んだところで、甲野さんは道端の売店で抹茶茶碗を見始める。宗近君は通りかかった女を見ろと、茶碗の一つを取り上げた甲野さんの袖を引く。茶碗は土間に落ち、粉々になる。それでも宗近君は「おい、壊れたか。壊れたつて、そんなものは構はん」と悪びれない。「全体茶人の持つてる道具程気に食はないものはない。みんな、ひねくれてゐる。天下の茶器をあつめて悉《ことごと》く敲き壊してやりたい気がする。何なら序《ついで》だからもう一つ二つ茶碗を壊して行かうぢやないか」。この威勢のよさからして、宗近君は坊っちゃん型の人物のようだが、それとは別に、彼の設定には注目すべき点がある。

宗近君の父親は、絵に描いたような骨董好きなのである。甲野さんが訪ねると、その家は型通りに松を植え、玄関には「呑気な白襖に舞楽の面程な草体を、大雅堂流の筆勢で、無残に書き散らして」、座敷との仕切りとしている。さらに座敷に上がると、床には「常信の雲龍の図」、青磁の香炉を据えた卓は「茶を紫に、紫を黒に渡る、胡麻濃やかな紫檀である」。

また別の日には「蜆子《けんす》和尚を一筆に描いた軸」を床に掛け、青銅の古瓶を据えていたりする。見た目も「印部焼の布袋の置物」のようだというこの父親は、謡の会に行けば、古道具屋にも出かける人物である。金継ぎのある染付の煙草盆をそこで掘り出し、「今朝から祥瑞《しょんずい》だ、祥瑞だと騒いだ結果、灰を入れ、火を入れ、しきりに烟草を吸って居る」。父は自信満々で、息子の宗近君にたずねる。「どうだ祥瑞は」。答えはそっけない。「何だか酒甕の様ですね」。

宗近君は多少話を合わせるものの、深入りする気はない。禅にも茶にも敬意を払わない彼は「骨董を理解しない人物」の一人であり、同時に、父親の趣味を理解しない息子なのである。骨董はペダントリーにとどまらず、父子の懸隔を示唆するモチーフとなっている。

漱石の小説ではこれ以降、骨董は父の趣味であり続けるだろう。この種の骨董を楽しむ父親像はむろん漱石の独創などでなく、常套的な設定だったと言ってよい。『虞美人草』の連載中に発表され、文学史上に名高い小説にも、それを使った例がある。すなわち田山花袋の『蒲団』である。

『蒲団』の初出は明治四十年九月の「新小説」、主人公である竹中時雄は地理書の編集を手伝うかたわら、作家として「美文的小説を書いて、多少世間に聞えて居った」。それで弟子入りを求めた横山芳子を下宿させ、やがて恋情を抱く。ところが芳子は同志社の学生と恋仲になる。結局、岡山の実家に芳子は引き取られ、その蒲団に時雄は顔を埋めて泣く――こうした筋書きについては知られる通りだが、改めて整理してみれば、この間、時雄は二つの立場を揺れ動いている。

芳子を預かる以上は家長に代わって、彼女を監督すべき立場にある。それでいながら、恋人として結ばれたいとも欲している。それゆえに芳子の心を奪った学生には、激しい嫉妬心を燃やす。やがて恋人たりえないことが明白になると、今度は二人を引き裂くべく、そして、体面の上では家長代行の務めを果たすべく、若い二人の関係を芳子の実家へ伝えるのである。

岡山から父親が上京し、芳子を連れて帰る日がやって来ると、時雄の気分は軽くなる。これで芳子に会えなくなるかと思うとわびしいが、「其戀せる女を競走者の手から父親の手に移したことは尠《すくな》くとも愉快であつた」。そこで時雄は芳子の父と骨董談義を楽しむ。

時雄は父親と寧ろ快活に種々《いろく》なる物語に耽つた。父親は田舎の紳士によく見るやうな書畫道樂、雪舟、應擧、容齋の繪畫、山陽、竹山、海屋、茶山の書を愛し、其名幅を無數に藏して居た。話は自づからそれに移つた。平凡なる書畫物語はこの一室に一時榮《は》えた。(2)

芳子への恋が叶わぬものとなった時雄は、自ら進んで旧套な田舎紳士たる父の趣味の側に回り込んでいる。この小説をめぐる毀誉褒貶は、おおむね私小説に対するそれと重なり合うようだが、後藤明生著『小説—いかに読み、いかに書くか—』はそうした解釈とは一線を画し、新旧世代の分離断絶をとらえた小説と見なし、それが三角関係の上に仕組まれていると読み解いている。幾らか肉付けして言い直すなら、新旧世代の分離断絶は、娘と父、自由恋愛と「家」、都市と田舎といった複数の対に及んでおり、それらのうち後者の系列を象徴するモチーフが書画骨董なのである。

これを踏まえて言えば、漱石作品の書画骨董は、田舎の趣味(『坊っちゃん』)から父の趣味(『虞美人草』)へ移行したと見なせよう。さらに『それから』『門』になると、父子の関係は深刻さを帯び、それを書画骨董が際立たせることになる。骨董は常に父の趣味なのだが、『蒲団』の時雄とは違って、漱石作品の息子たちはついに骨董談義にふけることがない。

明治四十二年連載の『それから』の長井代助は三十歳にして、親がかりで暮らしている。父親は幼名を誠之進といい、幕末明治初年の戦役に加わった後、官界と実業界とで成功していた。その子供のうち、兄の誠吾は父の「誠」の一字を受け継ぎ、その関連の会社に入っている。ところが、弟の代助は独立自活する風がない。父親は代助に対して、恩人と縁続きの資産家令嬢と結婚せよと求める。その会食の場面で、父は書画骨董の話を持ち出そうとする。

卓上の談話は重《おも》に平凡な世間話であつた。始《はじめ》のうちは、それさへ余り興味が乗らない様に見えた。父は斯う云ふ場合には、よく自分の好きな書画骨董の話を持ち出すのを常としてゐた。さうして気が向けば、いくらでも、蔵から出して来て、客の前に陳《なら》べたものである。父の御蔭で、代助は多少斯道《このみち》に好悪を有《も》てる様になつてゐた。兄も同様の原因から、画家の名前位は心得てゐた。たゞし、此方は掛物の前に立つて、はあ仇英だね、はあ応挙だねと云ふ丈であつた。面白い顔もしないから、面白い様にも見えなかつた。それから真偽の鑑定の為に、虫眼鏡などを振り舞はさない所は、誠吾も代助も同じ事であつた。

父の感化を受けながら、息子たちに熱意はない。兄は「はあ仇英だね、はあ応挙だね」と無意味な相槌を打つばかり。高等遊民である代助には幾らか鑑賞力があったようだが、やはり消極的な態度にとどまっている。父の側からすると、なおさら歯がゆい息子だったかもしれない。

翌四十三年の『門』では、父は没し、書画骨董はその遺産となっている。主人公の宗助は長男なのだが、廃嫡されかけたことがあった。父が死んだ時は地方にいたため、叔父に家屋敷の処分を任せてしまった。道具類も大方手放し、掛物五六幅と骨董品十二三点は叔父に保管を頼んだものの、これまた書画骨董の道に明るいとかいう叔父の知人に巻き上げられた。こうして宗助には抱一の落款のある屛風だけが残された。月に秋草の二曲屛風で、鈴木其一の俳賛があった[3]。

父は正月になると、屹度此屛風を薄暗い蔵の中から出して、玄関の仕切りに立てて、其前へ紫檀の角な名刺入を置いて、年賀を受けたものである。其時は目出度《めでたい》からと云ふので、客間の床には必ず虎の双幅を懸けた。これは岸駒ぢやない岸岱だと父が宗助に云つて聞かせた事があるのを、宗助はいまだに記憶してゐた。此虎の画には墨が着いてゐた。虎が舌を出して谷の水を呑んでゐる鼻柱が少し汚されたのを、父は苛く気にして、宗助を見る度に、御前此所へ墨を塗つた事を覚えてゐるか、是は御前の小さい時分の悪戯だぞと云つて、可笑しい様な恨めしい様な一種の表情をした。

その虎の幅を含めて、父の書画はすでにない。唯一の形見である抱一の屛風は絵柄もさびしく、宗助夫妻の座敷には場塞がりでもあった。妻の御米は珍重する人の気がしれないという様子で、一度だけ「是でも可い絵なんでせうかね」と尋ねた。宗助は抱一の話をしたけれど、しかし、「それは自分が昔し父から聞いた覚のある、朧気な記憶を好加減に繰り返すに過ぎなかつた。実際の画の価値や、又抱一に就ての詳しい歴史などに至ると宗助にも其実甚《はなは》だ覚束《おぼつか》なかつたのである」。書画骨董を失った宗助は実のところ、趣味それ自体を受け継いでいない。

結局、抱一の屛風も道具屋に売り払う。最初は六円、売り渋るうちに三十五円になった。その道具屋から買ったのは、偶然にも大家の坂井だった。八十円だったという。それを知った宗助は、本当に自分が売った屛風なのか確かめようと、見せてほしいと申し出る。事情を知らない坂井は蔵から出させて、抱一について語り出す。「さすが御大名丈あつて、好い絵の具を惜気もなく使ふのが此画家の特色だから、色が如何にも美事であると云ふ様な、宗助には耳新らしいけれども、普通一般に知れ渡つた事も大分交つてゐた」。さらに其一の句や書体を云々した。坂井は旗本の家柄で、少なくとも宗助よりも書画に心得のある人物だった。宗助は己を恥じ、口数も少なく聞いているしかなかった。ついに意を決して、売った顚末を打ち明けた宗助は、「ぢや貴方は別に書画が好きで、見に入らしつた訳でもないんですね」と坂井から笑われるのだった。

さもしい骨董商、わびしい模造品

こうした「家」の観点から漱石作品を読み解いた本に、すでに書名を掲げておいたけれど、石原千秋著『漱石の記号学』がある。「次男坊の記号学」「長男の記号学」の二章を立て、家督相続における双方の役割を説いている。次男以下は家督を相続すべき長男のスペアーに過ぎず、万一に備えて「家」に留め置かれるが、長男への相続が実現すれば、独立自活を強いられる。ところが、漱石作品の長男は十全な相続をなし得ない。しばしば叔父に遺産を奪われ、なおかつ骨董趣味といった「家」の慣習＝ハビトゥスとしての文人趣味すら継承していない。「漱石文学の文法では、長男が文人趣味を持たないことに記号論的な価値がある」というのである。

これは明快な指摘であって、骨董趣味を持たない息子たちにも二つのタイプがあることを理解させる。まず一つは次男以下の弟たち。『それから』の代助は書画骨董を相続する立場にない。その方面の趣味については多少受け継いでいるが、名前が象徴するように代理＝スペアーなのだから、深入りする筋合いがない。もう一方は家督相続に失敗した長男たちである。『門』の宗助の場合、書画骨董もその趣味も継承できなかった。かくして結局、息子たちは誰一人として父の骨董を継承しないことになり、挙げて「骨董を理解しない人物」として登場するのである。

それに加えて言い添えておくと、多分に「家」の問題に起因する彼らの無理解が同時に、時代の推移、変転の中に位置づけられていることも確かだろう。漱石は書画骨董の売買、模造品の横行といった近代生活の諸相に目配りしている。その例を幾つか挙げてみよう。

骨董商については、『坊っちゃん』のいか銀がその一人だが、『門』の道具屋もいい加減な人物でしかなかった。抱一の屏風を三十五円で買い、八十円で坂井に売りつけたこの道具屋を、坂井はよく知っていた。父親の代から贔屓にし、坂井自身も幼なじみだった。その言によれば、「眼も利かない癖に、只慾ばりたがってね、まことに取扱ひ悪《にく》い代物です」。抱一の屏風が売れたのに味を占め、「自身に分りもしない書画類」をしきりに持ち込み、「大坂出来の高麗焼」を大事に飾ったりした上に、「華山の偽物」を押し付けようとしたので、坂井は叱り付けたという。

模造品の話も出てくる。『野分』の道也先生の家には「周囲《まわり》一尺余の朱泥まがひの鉢」があり、棕櫚竹が植えてある。その友人で、厭世家の高柳君がミルクホールで雑誌を読む場面では「丸テーブルの上には安い京焼の花活に、浅ましく水仙を突きさして、葉の先が黄ばんでゐる」。

あるいは『虞美人草』。秀才の小野さんは、東京に越してきた恩師の孤堂先生に頼まれ、ランプの台を買ってくる。「紫檀かい」と尋ねる恩師に、「模擬《まがひ》でせう」と答える。この紫檀まがいのランプの台は、恩師を偽り、娘との婚約を反古にしようとする小野さんの背信をほのめかす小道具のようでもあるが、その孤堂先生の新居がまた、何とも言えないわびしさを漂わせる。秘蔵の軸は柴田義董の筆になり、絵柄は「唐代の衣冠に、蹣跚《まんさん》の履を危うく踏んで、だらしなく腕に巻きつけた長い袖を、童子の肩に凭した酔態」――すなわち酔李白の図のようだが、しかし、それが掛けられた床の間は「一間を申訳の為めに濃い藍の砂壁に塗り立てた」代物でしかない。

崖下に逼塞する『門』の宗助の家はいっそうさびしい。

坐敷とは云ひながら客を通すから左様《さう》名づける迄で、実は書斎とか居間とか云ふ方が穏当である。北側に床があるので、申訳の為に変な軸を掛けて、其前に朱泥の色をした拙な花活が飾つてある。欄間には額も何もない。唯真鍮の折釘丈が二本光つてゐる。

家伝の書画骨董を失った宗助には、掛けるべき扁額がない。折れ釘だけが冷たく輝き、形ばかりの床の間に朱泥の模造品が入り込む。書画骨董は旧時代の遺物ではあるだろう。しかし、その手の趣味が形骸化したモダンライフはひどく寒々しい。索漠たる幻滅の感覚は、漱石自身のそれでもあっただろう。漱石は実のところ、かなり理想化された書画の記憶を持っていた。

小さな孤影　『思い出す事など』

明治四十三年六月、『門』の連載を終える頃、漱石は胃病の悪化にさいなまれた。一か月半ほど入院し、次いで出かけた静養先の修善寺で大量に吐血した。いわゆる修善寺の大患である。ほとんど死に瀕した後、十月から書き始めたのが随筆『思い出す事など』だった。大病の経過を記し、静穏を求める病臥の胸中を綴るのだが、そこに書画にまつわる幼少期の回想が出てくる。

小供のとき家に五六十幅の画があつた。ある時は床の間の前で、ある時は蔵の中で、又ある時は虫干の折に、余は交る〴〵それを見た。さうして懸物の前に独り蹲踞《うづく》まつて、黙然と時を過すのを楽《たのしみ》とした。

一番面白く思ったのは「彩色を使った南画」だった。いわゆる青緑山水は、南画の中では仙郷その他、古代憧憬と結びついている場合が多い。残念ながら、その種の南画が家には少なかったというのだが、率直に言って、これはあまりにもさびしい回想ではないだろうか。床の前や蔵の中、あるいは虫干しの際には家蔵の幅を楽しんだと言いながら、ここには家族がいない。小説においては俗物めいて描かれもする骨董好きの父の姿はなく、黙然とうずくまる小さな孤影だけがある。

実際に「鑑識上の修養を積む機会を有たなかつた」とも漱石は述懐する。早くに養子に出され、曲折を経て夏目家に復籍した生い立ちとも関わるはずだが、少なくとも漱石にとって、書画骨董は父譲りの趣味ではなく、自分一個の慰藉だった。修養の機会を逸したがゆえに、逆に「名前によつて画を論ずるの譏りも犯さずに済んだ」というのだが、何やら強がりめいてもいる。

漱石はさらに二十四五年前のことを思い出す。「青くて丸い山を向ふに控えた、又的皪《てきれき》と春に照る梅を庭に植へた、又柴門の真前《まんまえ》を流れる小河を、垣に沿ふて緩く繞らした」画中の家を眺めながら、こんなところに生涯に一度でも住んでみたいと言った。すると、岩手出身の友人が「君こんな所に住むと、どの位不便なものだか知つてゐるか」と気の毒そうに言った。若き漱石は「余の風流心に泥を塗つた友人の実際的なのを悪《にく》んだ」。むろん自分自身もこの友人のごとく実際的に生きざるを得なかったが、その後も「南画に似た心持は時々夢を襲つた。ことに病気になつて仰向に寐てからは、絶えず美くしい雲と空が胸に描かれた」――。思えば『虞美人草』の中で、「雲谷流の墨画に老いて、遂に棺桶の果敢なきに親しむ」などと書いていたのは漱石自身であり、気の弱りから南画やそこに描かれた仙郷にひかれていき、そこから一連の記憶が再構成されたふしもないではないが、漱石の胸底には南画をその一つとして、あくまで純粋で、何人の容喙をも許さない書画骨董への憧憬が伏流し、折々に間歇泉のごとくせり上がっていたらしい。

そこから「骨董を理解しない人物」が生まれた、とも言えるのではないだろうか。書画骨董への思いは純粋で、田舎じみた骨董趣味とは相容れるものではなかった。『坊っちゃん』で繰り返される軽侮が物語る通りである。骨董趣味は続いて父の趣味になる。「鑑識上の修養を積む機会を有たなかった」と思っていた漱石からすると、趣味の継承が果たされないことこそが自身に切実な話であり、仮に平穏裡に継承し得る人物がいたとしても、関心の外だったに違いない。また、純化された憧憬の念を持っていたからこそ、売買や模造品のさもしさ、そして家督相続を含めて、書画骨董が現実の平面に引き下ろされる事象には敏感に反応せざるを得なかったように見える。

実のところ、博識を誇るかのようなペダントリーも、そうした書画骨董にまつわる不安に根ざしていたのかもしれない。『坊っちゃん』のいか銀は二人の崋山の別を説き、『門』の父は「岸駒ぢやない岸岱だ」と教えたというのだが、これらのエピソードはペダントリーでありながら、裏面にはペダントリーの無意味さが貼り付いている風でもある。おそらく一方には「鑑識上の修養を積む機会を有たなかつた」がゆえに知識欲に衝き動かされる漱石がいて、同時に「名前によつて画を論ずるの譏りも犯さずに済んだ」と開き直りたい漱石もいて、その葛藤がトリビアルな蘊蓄を披瀝しながら、そのまま滑稽味へ転じるエピソードを書かせたのではなかったか。むろん生い立ちがすべてを説明するはずもないけれど、少なくとも、自分一個の慰藉として理想化された書画骨董のイメージが漱石の作品に見え隠れしているのは間違いのないところだろう。

修善寺の大患以後も、漱石作品における書画骨董のイメージはさほど変わらない。

大正元年から翌二年にかけて連載された『行人』は、兄弟の趣味が語られる点で『それから』に近い。ここでも父は骨董趣味の人である。謡を楽しむ社交家でもあり、謡仲間の二人が来訪した時は、彼らの「薄く禿げ掛つた頭が後に掛つてゐる探幽の三幅対と能く調和した」。

その父の薫陶によって、兄の一郎は鑑賞力を持っていた。家族で旅行した和歌の浦では、宿の大広間にあった「妙にべろ〳〵した葉の竹」が描かれた六曲屛風を眺める。弟の二郎は「此屛風の画について、何かまた批評を加へるに違ひない」と思うのだが、兄は過敏な神経を持て余し、常軌を逸しつつあった。そのうちには妻の貞操を試すべく、ともに一夜を過ごしてほしいと弟に頼む。結果、何もなかったと聞かされると、「此馬鹿野郎」と怒鳴る。「お前はお父さんの子だけあつて、世渡りは己《おれ》より旨いかも知れないが、士人の交はりは出来ない男だ」。ほとんど狂人寸前の態であり、これではのんびり謡や書画を楽しむ禿頭の趣味人にはなれそうもない。

いたたまれなくなった二郎は家を出る。その下宿に父親が訪ねてくる。「好い室《へや》だね」と息子にお世辞を言い、三尺の床の掛け軸を見る。父自身が「是なら持つて行つても好い」と投げ出した半切の禅画で、棒一本に賛を着けた「絵とも字とも片のつかない詰らないもの」だった。父はこれでも茶掛けになると言って、「大徳寺がどうの、黄檗がどうのと、自分には丸で興味のない事を説明して聞かせた」。二郎は二郎で、はなから書画骨董に興味を持っていない。

さらに父親は二郎を誘い、上野の表慶館へ行く。皇太子当時の大正天皇の御成婚を祝って明治四十一年に完成した今の東京国立博物館表慶館だが、当然ながら、話はかみ合わない。父親は利休の手紙をぽつぽつ読み、王羲之「喪乱帖」に感心する。もっとも、書聖の御物でさえ二郎にはつまらなく見えた。ずらりと十幅掛け並べられた応挙の軸は京都・金剛寺の「波濤図」を思わせる絵柄で、なおかつ襖を改装したものだった。父は「剝がして懸物にしたのだね」と引き手の痕を指し示す。絵の雄大さには二郎も感心したが、それもつかの間、焼き物には退屈してしまう。

二階から下りた時、父は玉《ぎよく》だの高麗焼だのゝ講釈をした。柿右衛門と云ふ名前も聞かされた。一番下らないのはのんかうの茶碗であつた。疲れた二人は遂に表慶館を出た。

父親は家に寄りつかない二郎を引っ張り出そうと、下宿を訪れる。何とか話のつぎ穂を見つけようと、『それから』の父とも似て、書画の話をしてみるのだが、二郎は誘いに乗ってこない。同道させた上野の博物館でも、この息子は煮え切らない態度に終始している。

大正三年連載、『こころ』の先生は『門』の宗助と同じタイプ、すなわち叔父に家伝の骨董を奪われた人である。その遺書の中に、継承し得なかった父の骨董が語られている。

父は先祖から譲られた遺産を大事に守って行く篤実一方の男でした。楽《たのし》みには、茶だの花だのを遣りました。それから詩集などを読む事も好きでした。書画骨董といった風のものにも、多くの趣味を有《も》ってゐる様子でした。家は田舎にありましたけれども、二里ばかり隔った市、――其市には叔父が住んでゐたのです、――其市から時々道具屋が懸物だの、香炉だのを持って、わざ〳〵父に見せに来ました。父は一口にいふと、まあマンオフミーンズとでも評したら好いのでせう、比較的上品な嗜好を有った田舎紳士だったのです。

ところが先生が二十歳にならないうちに、父母は亡くなった。先生が上京すると、事業家の叔父が遺産を使い込んだ。父が集めた道具類も「叔父のために滅茶々々にされてしまった」。先生は残っていた中から面白そうな四五幅を行李の底に入れて、故郷を去った。

東京では、日清戦争か何かで夫を亡くしたという未亡人の家に下宿した。行李の書画をさっそく床に掛けて楽しむつもりだったが、八畳間に入って、気勢をそがれた。床には花が活けられ、その脇に琴が立てられていたからだという。「私は詩や書や煎茶を嗜なむ父の傍で育ったので、唐《から》めいた趣味を小供のうちから有ってゐました。その為でもありませうか、斯ういふ艶めかしい装飾を何時の間にか軽蔑する癖が付いてゐたのです」。

先生は父の「唐めいた趣味」に感化されたと語る。書画骨董それ自体は失ったが、趣味だけは受け継いだと信じていたのである。ところが、それがかえって邪魔をして、行李の四五幅さえ掛けて楽しむことができない。死別したのは二十歳前だから、そもそも大人同士として趣味を語り合う機会などなかったかもしれない。そのつらさから、先生は「私」に財産の多寡を訊ね、「君の御父さんが達者なうちに、貰うものはちやんと貰つて置くやうにしたら何《ど》うですか」「此間云つた通り、御父さんの生きてるうちに、相当の財産を分けて貰つて御置きなさい」と繰り返し勧める。そうするうちに、「私」の父は刻々と死に近づいていく。そこに先生の遺書が届き、先生と友人「K」の悲劇が明かされる。そして、その「K」もまた早くに勘当された人だった。先生と「K」はともに、父祖の時間からはぐれてしまった人々と見なすこともできるだろう。

まさに父を失おうとしている「私」が直面するのは、それでいながら友情や愛に生きられず、ついには死へ傾斜する人々の運命である。漱石はさらに、明治天皇の崩御と乃木希典の殉死のエピソードを重ね合わせる。「懸物の前に独り蹲踞まって、黙然と時を過すのを楽とした」少年は明治の終わりを経て、過去に安寧を求め得ない世の行く末を凝視していたのである。

骨董と民藝　志賀の和解

ところで大正三年夏、終盤に差し掛かったこの『こころ』の連載を気にかけ、憔悴していたと思われる青年がいる。漱石の依頼によって、『こころ』の次の連載小説を担当するはずだった志賀直哉である。志賀は『暗夜行路』の原型とされる『時任謙作』に取り組み、五十回分ほど漱石に渡したようだが、大正三年七月、どうしても書けないと辞退した。自分を認めてくれた漱石に迷惑をかけた負い目もあってか、しばらく志賀は沈黙することになる。

その書けなかった小説『時任謙作』とは、まさに父との不和がテーマだった。志賀家は相馬中村藩の重臣だった家柄で、祖父の直道は「万朝報」が書き立てた相馬事件に巻き込まれ、他方で足尾銅山の開発を進めた人だった。その足尾における鉱毒事件の視察を図ったことから、青年時代の志賀は父の直温と衝突した。さらに志賀家の女中と結婚しようとして、許されなかった。多年にわたる父との葛藤は創作意欲を昂ぶらせたが、書くことが現実に及ぼす作用もはばかられ、結局、執筆は進まないという悪循環に陥っていた。それで『時任謙作』も頓挫したものらしい。

もっとも、志賀には和解の時が訪れる。大正六年発表、自身の体験に即した中編『和解』に読まれる通りである。主人公は父子の不和を小説に書こうとするが、「自分の仕事の上で父に私怨を晴すような事はしたくない」との思いが執筆を妨げていた。実際には私怨を持つ自分とともに、「心から父に同情してゐる自分が一緒に住んでゐた」。主人公は幼い長女を失っていたが、次いで二女が生まれる。実母の命日に面会を果たした彼と父は、互いに「お父さんと私との今の關係を此儘續けて行く事は無意味だと思ふんです」「實は俺も段々年は取つて來るし、貴様とこれ迄のやうな關係を續けて行く事は實に苦しかつたのだ」と吐露し、一緒に泣き出す。その和解には、幼子の死と生を経て、息子の側にも父たる自覚が生じつつあったことも関わっていただろう。

対面の翌日、主人公の住む我孫子へ父がやってくる。駅に出迎えてしばらくは多少窮屈な感じが続いたが、家に着くと、二女を抱いた妻が出てきた。父はその赤子を見ていた。

其日は自分には一日氣持のよい日だつた。窮屈さは直ぐ去つた。陶器の事、繪の事などが主な話題だつた。自分は自分の持つてゐる僅かな古い陶器や、古い布類《きれるゐ》などを出して來て父に見せた。父は近頃買つた軸物の話などをした。吾々は少しも退屈しなかつた。

我孫子は志賀自身を含めて、いわゆる芸術家村になっていた。そこには柳宗悦もいたから、ここに出てくる陶器や布は民藝調のそれだったかもしれない。対する父の軸物は、おそらく昔ながらの書画骨董に類するものだろう。だとすれば、民藝と骨董とが父子の和解を演出したことになる。

揮毫は六朝、応挙は若冲　芥川の誤解

同じく大正六年の話だが、文人趣味というか、それまがいというのか、この年に第一短編集『羅生門』を発表した芥川龍之介の、書にまつわるエピソードが知られている。

日本橋に新築された西洋料理店「鴻の巣」において、六月二十七日、『羅生門』の出版記念会が開催された。発起人の一人だった佐藤春夫によると、その席上、店の主人が画帳を持ち出し、芥川に記念の揮毫を求めた。モーニング姿だったらしい芥川は「本是山中人」の五字を、「六朝まがひの餘り上手でない字で書いた」。そこには谷崎潤一郎もいたらしい。第二次「新思潮」の仲間だった後藤末雄に「どうだね、序に書いては」とけしかけて、悪戯小僧のように笑っていた。(4)

この「六朝まがひ」の書は常々、周囲をあきれさせていたらしい。友人の久米正雄は『芥川龍之介氏の印象』の中で「眞實《まったく》、彼は衒學を輕蔑してゐるやうな事を云つてゐるが、實はペダントリイがしたくてしたくて堪らないのである」として、その書の話を書いている。

全く芥川の玉に疵は、この病膏肓に入つた衒學と、漢詩を作つて詩箋へ書いて人に見せる事と、僕が夏目先生に叱られたそれよりももつとヒドイ擬《まが》ひ六朝の文字を臆面もなく書く事とである。

世の中には『羅生門』の表紙扉字等を悉く彼自身の手蹟だと思つてゐる人もあるらしいが、どうしてどうして大間違ひ、あれは僕らの獨逸語の先生、芥川の字の先生で、天下に名ある白雲居士、菅虎雄先生が書いて下すつたものである。夢々欺かれてはならない。

つまり題字の「羅生門」と、扉の「君看雙眼色　不語似無愁」、これらはともに菅虎雄が書いたのだという。すでに紹介したように、菅は漱石の親友で、禅にも書にも明るかった人である。その文人趣味に惹かれ、芥川は記念すべき第一作品集に揮毫を求めたのである。

もともと芥川からすると、菅は第一高等学校のドイツ語教師だった。その授業を受けたこともあったようで、卒業後には鎌倉に住む菅を訪ねている。大正二年十一月、友人の井川恭に宛てた書簡は、菅の書斎が文人趣味に染め抜かれていたことを伝える。戸口には「斑竹へ白く字をうかせた聯」、中に入ると「四方の壁にも殆隙間なく幅がかけてあつた　悉支那人の書でそれが又悉何と考へてもよめさうもない字ばかりである」。紫檀の机の上には法帖と唐本がうずたかく積まれ、違い棚には古銅の置物と古めかしい陶器という風に、すべてが蒼古の色を帯びていた。

窓の脇に置かれた黒い板は何かと聞くと、菅は「道風ぢや」。さらに、三か月ほど前に没した中林梧竹の話が出た。梧竹は肥前小城藩の出身で、同じく九州出身でもあった菅としては、何としても書の教えを乞いたい人だった。三四度居留守を使われ、ようやく会うことができたが、梧竹は白ひげを撫して「わしは書法なんと云ふものはしりませんて」と取り合わなかった。もっとも、菅が中国で書法を修めたことを後に知ると、梧竹の方から会いたがった。結局、梧竹は世を去り、ついに書について語り合うことは叶わなかった——そんな思い出を、菅は芥川に語ったという。

芥川は「こんな話をきいてゐる中に非常に面白くなつた」。やがて大正五年十二月から翌六年九月にかけて鎌倉に住んだ頃には、頻繁に菅のもとに通うことになる。

もっとも、漱石でさえ兄事した菅の文人趣味を、若い芥川がどれほど理解できたかというと、心もとないものがある。そもそも中林梧竹の話だが、全集の翻刻によれば、芥川は書簡に「柖竹」と書いている。しかも一度ではない。繰り返し「柖竹」「柖竹」である。ゴチクとロチクを聞き間違えたのか、あるいは明治の三筆と称された梧竹を知らなかったのかともあやしまれる。

ほかでもない『羅生門』の扉の「君看雙眼色　不語似無愁」、これは『禅林句集』を出典としているが、芥川自身はうろ覚えだったようである。『羅生門』の刊行直前になって、一高同期の松岡譲に手紙を書いている。「菅先生には前にきいてみたが覚えてゐられなかつた　その文句をもし君が知つてるなら書いてよこしてくれ　それを見せたら思ひ出されるだらう　至急たのむ」。按ずるに、かつて芥川たちが菅から教わった詩句であり、アレを書いてくださいと頼んだものの、菅の方はどの詩句のことを言っているのだか分からなかった。しかも芥川はその場で諳んじることができず、それであわてて松岡に助けを求めたのではないだろうか。

頭脳鋭敏には違いない芥川だが、この手の話はほかにもある。大正九年発表、ルナール風の『動物園』では、あれこれの美術作品を引き合いに出している。その一編「鴛鴦」は「胡粉の雪の積つた柳、銀泥の黒く焼けた水、その上に浮んでゐる極彩色のお前たち夫婦――お前たちの画工は伊藤若冲だ」というのだが、これも初出では若冲でなく、「圓山應擧」と誤っている。

むろん師の漱石にもうっかりミスはあった。『門』の中で「我に三等の弟子あり」に始まる遺偈を引き、大燈国師の遺誡と書いたところ、読者から夢窓国師だろうと指摘された。漱石は菅に手紙を書き、「どっちだか御教示を乞ふ」と質問した。さらに併せて、「又何に出てゐるか其辺も序に御教へ被下相成るべくは出所の書物を一見致度候」と出典を照会している。ということは、何かの本から引き写したのではなく、記憶をもとに書いたのだろう。同じ間違いとはいえ、芥川は『禅林句集』の五言二句すら思い出せなかった。到底、同日の談とは思われないが、むろん現代人の大半が漱石よりも芥川の方の仲間であることも確かなことには違いない。

友人たちのあきれ顔をよそに、「六朝まがひ」の字を書いた出版記念会の直後、芥川は『私と創作』という短い文章を書いている。十一月に刊行される第二作品集『煙草と悪魔』の序文代わりに掲げられることになる一文だが、その書き出しに「骨董」の語が見える。

> 材料は、従来よく古いものからとつた。そのために、僕を、としよりの骨董いぢりのやうに、いかものばかり探して歩く人間だと思つてゐる人がある。が、さうではない。僕は、子供の時にうけた旧弊な教育のおかげで、昔からあまり、現代に関係のない本をよんでゐた。今でも、読んでゐる。材料はその中から目《め》つかるので何も材料をさがす為にばかりよむのではない。(勿論さがす為によんでも、悪いとは思はないが。)

「としよりの骨董いぢり」を侮るかのようだが、よく読めば、そうではない。古めかしい題材を用いてきたのは、「子供の時にうけた旧弊な教育」の結果であって、わざわざ探し回ったのではないと言っている。要するにペダントリーではなく、身に着いた趣味だと強調したかったのである。文人趣味についても同様の自意識を持っていたはずだが、さすがに漱石や菅と話してみれば、しょせん新時代の青年でしかないことを痛感せざるを得なかっただろう。そこを突かれて、文人まがいと言われかねないことへの不安を、芥川は心中ひそかに抱え込んでいたのではなかろうか。

淡窓・旭窓・夢窓　混濁した夢

大正十二年発表の短編『子供の病気』は冒頭、奇妙な夢の話から始まっている。

夏目先生は書の幅を見ると、獨り語のやうに「旭窓だね」と云つた。落欵は成程旭窓外史だつた。自分は先生にかう云つた。「旭窓は淡窓の孫でせう。淡窓の子は何と云ひましたかしら？」先生は即座に「夢窓だらう」と答へた。
――すると急に目がさめた。蚊帳の中には次の間にともした電燈の光がさしこんでゐた。妻は二つになる男の子のおむつを取り換へてゐるらしかつた。子供は勿論泣きつづけてゐた。

何とも当惑を禁じ得ない書き出しである。豊後日田の広瀬家について再び注記を加えれば、「旭窓」は旭荘であり、淡窓からすると、弟ないしは養子にあたる。いずれにせよ孫ではない。それに広瀬家に夢窓という人はいない。どうやら淡窓、旭荘と夢窓国師とが混濁した形で結びついたように思われる。むろん夢の中ならそういうこともあってよいのだが、問題はむしろその先である。不可解にも、芥川はこう書き添えている。「淡窓は廣瀬淡窓の氣だつた。しかし旭窓だの夢窓だのと云ふのは全然架空の人物らしかつた」――いや、確かに「旭窓」ならば架空の人物だが、旭荘はむろん実在の詩人である。にわかに信じがたいことだが、ひょっとしたら中林梧竹の件と同様に、旭荘についても何となくキョクソウの音を聞き覚えていただけだったのかもしれない。

短編の内容は表題の通り、二男多加志の病気である。その洗腸を手伝ったり、泣き声に神経をすりへらせたりする。ただし、志賀の長女とは違って、命を落とすことはなかった。乳を吸い、寝入るようになる。「なあに、只のお腹下《はらくだ》しなんですよ。あしたはきつと熱が下《お》りますよ」。そう義母が言い、熱を冷まそうとしてか、ふうふう多加志の頭を吹く場面で終わる。

それにしても、冒頭の夢の不可解さ、そして「一游亭に」という献辞が掲げられていることは気にかかる。一游亭とは親友だった画家、小穴隆一のことだが、なにゆえに彼にこの短編を献呈したのかと言えば、さしあたり病気になったのが多加志であり、小穴隆一の「隆」から名付けた子供だったからだと思われる。ここでむやみに精神分析めいた考察を加えるつもりもないが、そもそも芥川は友人の名前から一文字を取り、息子を命名した人だった。漱石『それから』の中で、父親が自ら「誠」の一字を代助の兄に与えたことを思い出すなら、父親たらんとする意志が欠けていたか、ひどく希薄だったように見える。やがて自殺を遂げる芥川は子供たちに、死後は「小穴隆一を父と思へ。従つて小穴の教訓に従ふべし」と言い残すことになるだろう。

長女の死や二女の誕生を経て、志賀は父と和解した。骨董談義さえ楽しんだらしい。芥川は多加志を失うことはなかったが、父として腹を据えた風もなく、意識の底に漂うのは、淡窓・夢窓・旭窓というでたらめな系譜でしかない。小倉時代の鷗外が墓所を訪ね、その裔に会うこともできた広瀬家の家譜は断片と化し、夢の中へまぎれていったのである。

第十章　元禄模様太平記

三越呉服店（広告）「むらさきしらべ」（原画・
岡田三郎助　明治 42 年　印刷博物館蔵）

漱石没後の回想談の一つに、芥川龍之介の『夏目先生』がある。

膝下に出入りするようになった漱石晩年のエピソードを、とりとめもなく語っている。例えば初対面の折に、なぜ人はバンザイと言いにくいのかという話になって意見が合わず、気まずいムードになったことだとか、あるいは「ロダンを山師だと云ひ、モオパスサンを巾着切りみたいな奴だと言ってゐた」といった断章がきれぎれに続く中に、ぽつりと一行だけの項がある。

島崎柳塢の話。

これでは何を話したものか分からない。ただ、芥川のような青年たちを相手に、漱石は柳塢との奇縁を語ったものらしい。どういう事情だったのか、少し説明してみよう。

島崎柳塢は慶応元年の生まれで、通称を友輔と言った。父は酔山という儒者だった。もとは太田南畝の弟の裔と伝える家で、酔山も狂歌をよくしたが、その酔山の漢学塾に、漱石はまだ塩原金之助だった十歳前後の頃に通ったことがあった。それで息子の友輔とも仲良くなったらしい。漱石最初期の作文『正成論』は友輔らの回覧雑誌に載り、二歳上の友輔が評点を付している。

その後、二人はまるで別々の人生を歩んだ。友輔は長じて日本画家の柳塢になった。若い頃には信州で巌谷一六の書画会に出たこともあったが、明治十八年には大蔵省印刷局に出仕し、二十年代半ばまで勤めた。上司は石井鼎湖だった。日本画については松本楓湖に師事し、次いで川端玉章門の新鋭として、美人画で知られるようになった。二十八年の青年絵画共進会では一等褒状を得ている。

翻って漱石の方は、それと同じ二十八年に松山の中学校へ赴任し、熊本時代を含めて、しばらく地方にいた。柳塢は三十三年、玉章門の仲間と无声会《むせいかい》という絵画団体を結成するのだが、その年秋に、漱石は英国へ旅立ってしまう。そんな風だから、漱石としては友輔がどうなったのか、そもそも日本画家の柳塢になったことさえ、定かには知らずにいたらしい。

ただ、柳塢の絵については、そんな漱石も見たことがあった。実は言及さえしている——と言って差し支えないと思うのだが、その根拠となるのは、明治四十四年五月三日、四日付「東京朝日新聞」に載る一文、展覧会評『生きた絵と死んだ絵』である。署名は「愚石」だが、漱石その人の筆になる可能性が高く、現行の岩波版『漱石全集』は参考資料として採録している。このうち後半では无声会の展覧会を評しており、そこに「江亭、柳塘、香涯の画は筆に変化があつて面白いが少しく在来の形式を脱し切れぬ処《ところ》に遺憾があつた」という一文が見える。江亭は福井江亭、香涯は渡辺香涯のことだが、さて、問題は「柳塘」である。確かに初出の新聞紙上でも「柳塘」であり、全集の総索引はこれを浅井柳塘という文人画家にあてている。しかし、无声会で江亭たちと並び称されていたのは、島崎柳塢にほかならない。本来は「江亭、柳塢、香涯」であって、初出時の誤植と解すべきだろう。柳塢の絵を漱石が見たことがあると言うゆえんである。もっとも、総じて无声会に好意を示す展覧会評でありながら、その中にあって、柳塢たちには「在来の形式を脱し切れぬ処に遺憾があつた」とそっけない。やはり幼なじみの友輔と気づいていたようには見えない。
二人の人生が再び交わったのは、下って漱石の最晩年、大正四年暮れのことだった。きっかけは漱石の旧友森円月に勧められ、柳塢が手紙を書いたことである。その回想『逝ける文豪の追憶』によれば、文名高い漱石とは塩原金之助のことだと噂には聞きながら、「昔の友達であれば逢つても見たい、けれど世間には出世をした人の處へ貧乏人の幼友達などが尋ねて行くと兎角にうるさがるものなどが多いから」と遠慮していた。だが試しに手紙を書いてみたまえと森から背中を押され、自ら友輔であることを告げた。それを読んだ漱石はその年の十二月二日、返事を書いた。

実は私も貴方の友輔さんで居らつしやるか否かに就て半信半疑で居りました　加賀美五郎七といふ人が柳塢さんは友さんの事だと教へては呉れましたが夫《それ》でもまだ果してどうかと疑つてゐたのです　今回はからず御手紙を頂きまして昔の夢を思ひ出すやうな心持が致します

漱石は通常木曜を面会日にしていること、また、自分も折があったら参上したい旨を書き添えている。文面はなお打ちとけない風を漂わせるが、「昔の夢を思ひ出すやうな心持」とは偽らざる感慨だったに違いない。何しろ幼なじみが知らない間に画家になっていて、ひょっこり手紙を寄こしたのである。実際に十二月十六日には柳塢が漱石を訪問し、互いに「昔の童顔が失せない」「幼顔が殘って居ります」と言い、歓談したという。さらに翌年一月二十日には、漱石の方から柳塢の家へ来て、また親しく語り合った。かくて交際が復した頃、漱石山房に参じるようになったのが芥川である。漱石は半ば驚き、半ば懐かしみながら、柳塢について語って聞かせ、それを芥川が「島崎柳塢の話」と書き残した――と、そういう事情だったものと思われる。

さて、漱石と柳塢の話から書き始めてみたのは、あるテーマに沿って資料を眺めているうちに、二人の名前がこもごもに出てきて、面白く思ったことによる。それというのは、ちょっと意外に聞こえるかもしれないが、三井呉服店、後の三越呉服店が仕掛けた元禄模様の流行である。

すでに幾つか優れた本もある明治のトピックだが、「デパートメント・ストア宣言」を掲げ、新風俗の発信拠点たらんとした三越呉服店は、元禄と銘打つ着物の柄を時世粧に押し上げた。なおかつ元禄文化を顕彰し、商業上の成功にとどまらない趣味の流行までも演出した。その企図の始まりに貢献したのが実は柳塢なのである。そして漱石は小説の中で、元禄模様を使っている。これは二人がまったく没交渉だった時期のことだが、彼らがともに元禄模様に関わり合いを持ったのは、それだけ多くの文化人を巻き込む出来事だったことを意味していよう。

そんな風に柳塢や漱石を含めて、多士済々の人々が手を貸し、また関心を寄せた中で、しかし、最も中心的な役割を果たしたのは、それまでにはいなかったタイプの文化人だったと言ってよい。洋画家の岡田三郎助をはじめとして、一九〇〇年のパリ万国博覧会の頃にヨーロッパにいた帰朝者たちである。彼らの態度は、過去を偏愛する好古家たちとも、過去と現在の紐帯を結び直した小倉時代の森鷗外とも違っていた。過去の様式を歴史から遊離させ、現代生活に持ち込むことによって、いわば甘美なアナクロニスムへ人々を誘い込んだのである。

本章では元禄模様の流行がどのように作り出され、時代の趣味を塗り替えたのかを眺め渡してみるつもりだが、そこを順々に見て行くとすれば、年代記のスタイルに如くはない。よって本章ではアナクロニスムの台頭を、クロニクルの趣向でたどってみることにしよう。

明治二十八年　改良の夢

明治二十八年八月、高橋義雄が三井呉服店理事に。ほどなく柳塢らを意匠係に迎える。

元禄模様のクロニクルとなれば、まずは高橋義雄について語らなければならない。福沢諭吉門下の実業家であり、後年には茶人箒庵としても名をなしたこの人物が三井呉服店に乗り込んだ時、元禄模様をはやらせるプロジェクトは動き出したのである。

高橋は文久元年、水戸に生まれた。少年時代には茨城県の呉服荒物店で丁稚奉公したこともあったという。やがて「時事新報」の記者になり、退社後に洋行へ出た。まずは米国フィラデルフィアで百貨店の組織を研究し、次いでヨーロッパに渡った。この滞欧時代について触れておくべきは、リバプールの日本美術収集家ジェームズ・ロード・ボウズに会ったことだろう。そのコレクションを見たことから、高橋は大の美術愛好家になった(1)。さらにフランスに渡り、一八八九年のパリ万国博覧会を見学したが、これは「芸術の日本」のサミュエル・ビングなども出品した万博である。ジャポニスム華やかなりしヨーロッパを、高橋は体験したのだった。

帰国後は伯爵井上馨の知遇を得て、明治二十四年に三井銀行に入った。二年余り大阪支店長を務めた後、福沢の甥で三井財閥の近代化に取り組んだ中上川彦次郎らによって、二十八年八月、三井呉服店へ送り込まれた。折しも日清戦争直後、好景気に沸く頃のことだった。

三井呉服店で高橋が着手した一つは、染織意匠の改良だった。旧弊な模様を踏襲し、季節も年齢も構わなかったのを改めようと考えたのだという。回顧録『箒のあと』から引用する。

今日諸事新規を競ふの時勢に當り、斯かる流行後れの型式は、早速打破せざる可らずと思ひ、私は染織物模様改善の爲め、新に意匠部と云へる一局を設け、住吉派の老畫家片山貫道、又當時の新進畫家福井江亭、島崎柳塢、高橋玉淵等を傭ひ入れ、新規に様々の裾模様、長襦袢模様等の見本を作り、或は客の好みに應じて、即座に新圖案を作成する事と爲した。

新意匠の考案と研究のため、高橋が雇った画家の一人がすなわち柳塢なのである。片山貫道は住吉派で、ほかの三人は円山派の流れを汲む川端玉章の門人だった。円山派の画家は応挙以来、美人画を描くことがあった。他方で橋本雅邦の一門も力を持ってはいたが、狩野派系の彼らでは呉服店の仕事には不向きだったろうから、玉章門の若手というのは目のつけどころではあった。
次いで籾山邦季という人物が新たに加わり、明治三十年には意匠係長に就いた。能書だったと伝えられる。同じ年には片山貫道と高橋玉淵が意匠係を去った。このあたりのことは、三井文庫所蔵の職員名簿を調査した向後恵里子の論考『三井呉服店における高橋義雄と意匠係』にくわしいが、以降は籾山のもと、柳塢と江亭が実務の中心となったらしい。二人は三十一年頃に一年程度、京都へ派遣された。染物屋で働き、友禅染を学んだのだという。そのかたわら江亭は高橋義雄に随行し、東北地方の機業の現況を視察した。そして柳塢については、絵看板を描いたことが知られる。
この絵看板を発案したのも高橋で、西洋式の広告を導入しようとする一策だった。三十一年に入社した日比翁助らとともに、新橋芸者からモデルを選んだ。絵柄としては、奥様と芸者を等身大に描いた看板だったのだが、モデルはどちらも芸者だった。この頃、美人と言えば、芸者のことであり、ことさらに着飾って人前に出るのは、芸者のすることだったと思ってよい。柳塢の回想によれば、奥様は照近江屋お鯉、芸者は伊東屋小ふみがモデルだった。この絵看板は明治三十二年以降、新橋その他の停車場に掲げられたと伝えられる。ちなみに、これを新橋の駅頭で見た人に医学者の三島通良がいて、画中の美人に驚き、「此美人は肺病の標本である」と言い出した。柳塢が会いに行くと、三島は幕末にはやった繊弱頽廃的な美人像はよろしくない、豊満活発な婦人像が描かれた慶長元和から元禄の頃のように、衛生学的に健全な美人を描けと熱っぽく説いたという。

そして肝心かなめの染織意匠の改良においても、高橋は手を打った。自ら広く古画を渉猟し、描かれた模様を縮写させ、意匠を蓄えたのである。再び『箒のあと』の回想である。

新規の模様を立案せしむると同時に、遍ねく古畫を渉獵して、優秀なる衣服模様を蒐集し、上は古土佐、住吉より、又平、宗達、光琳に及び、下は師宣、春章、歌麿、雪鼎、榮之に至るまで、凡そ圖様の面白き者は、風俗繪巻、小袖屛風或は秘書の末までも、悉皆傳寫して、模様集帖を作つて置いた

この頃すでに、高橋は古美術愛好の徒となっていた。リバプールでボウズのコレクションに触発された後、外遊の間は美術館と劇場に通い詰めたという。そこに数寄の趣味が加わっていく。初めて茶室に参じたのは明治二十五年暮れのことで、鈍翁益田孝の弟、克徳の席だった。翌年から二十八年夏

まで三井銀行大阪支店長だった頃には骨董買いの味を知り、やがては大師会、天狗会、和敬会といった数寄者の会合に顔を出すようになる。ちょっと皮肉なこととも言えるが、こうした会に集まった近代の数寄者には、高橋がそうだったように、福沢諭吉の門下生が少なくない。福沢自身は書画骨董には無頓着であって、その実学重視の姿勢こそが幾多の実業家を育てたわけだが、富めるに至った彼らはやっぱり書画骨董に手を出した格好である。加えて三井系の実業家には素謡をたしなむ者も多かったようで、高橋は能楽にも趣味を広げていく。

大和絵から琳派、浮世絵、果ては春画に至るまで、描かれた着物の模様を配下の画家たちに縮写させた高橋だったが、それが趣味と実益を兼ねていただろうことは想像に難くない。

明治三十二年　初衣、花衣

明治三十二年一月、三井呉服店案内「花衣」が刊行される。高橋義雄『摸様の説』、尾崎紅葉・中山白峰の合作『むさう裏』などを掲載し、柳塢も口絵を描く。

柳塢たちが取り組んだ意匠の改良については、その成果の一端を明治三十二年の年頭に出た三井呉服店案内の冊子「花衣」に見ることができる。

その発刊の辞は「越後屋が絹裂く音や衣がへ」と其角の句を引き、「其越後屋も當今は三井呉服店と改まりて」という風に、元禄頃の栄華を由緒に持ち出している。

由緒ということで言うと、冊子は着物の見本帖を兼ねていて、そこでも古美術や工芸に典拠を求めたことを強調している。「光琳風の早蕨」をあしらった縮緬の振袖もあれば、桃山百双より狩野山楽の屛風を「畫工に命じて縮寫」させた宇治橋模様の帯地、はたまた「御物、及津輕侯の蔦の細道、料紙硯箱」の図に拠った繻珍の帯地といった具合。かくも由緒正しい美術工芸品に由来する模様であるぞ、という箔付けのようでもある。それらのほかに、「本店意匠家が工風を凝らし、京都支店の染工場にて、數度の經驗を重ねて、染上げたるもの」という友禅縮緬長襦袢なども見える。これは柳塢たちが京都の職人とわたり合って仕上げたものだったかもしれない。

着物の図版の後には読み物が続くが、その冒頭は高橋の論説『摸様の説』である。装飾美術の意義を強調し、歴史を概説している。ジャポニスム盛期に洋行した高橋は、海外においては日本の意匠がもてはやされていることを知っていた。うかうかしていると、「自國の摸様を彼れに學ふが如き奇談なきにしも非ざる可し」と装飾美術の振興を求めている。他方で、趣味の古美術研究も深まっていたようで、興味をひく評言も見いだされる。江戸時代の項から、一に「浮世畫者流」、二に「宗達光琳の徒」、三に「應擧呉春の一派」を挙げたところを書き抜いておこう。

浮世畫者流――元祿以降社會の華奢風流を寫し　男女の衣服紋様髪飾等其時代の精粋を摘《つま》み　之れに其意匠を加へて描出したるが故に後世の參考として裨益する所極めて多く　斯道の大恩人として感謝せざるを得ざるなり

宗達光琳の徒――其奇想妙案は物形を描くに寫生を離れて所謂摸様の生面を開き　然《し》かも雅致風韻に富むは即ち其特色

應擧呉春の一派――本來寫生を専はらにし所謂摸樣画に縁遠きものなれども彼の染織刺繡の本場

たる京都に於て旗幟を樹《た》て　景文蘆雪源琦等を始め門流多くは京阪間に廣がりしを以て其畫風の摸様として甚だ妙ならざるにも拘はらず　今日に至る迄京都の摸様下畫は多く四條畫流の手に成りて實際の働きは按外廣大なりしが如し

筆頭に「浮世畫者流」を掲げ、高い評価を与えている。次いで「宗達光琳の徒」は、写生を離れた装飾性を特色とする。それとは逆に「應擧呉春の一派」は写生画派であり、門流は関西に広がって京都の染織界には力を持っているものの、本来は装飾とは縁遠いと述べている。柳塢と江亭はこの流れを汲む画家であって、彼らに対する高橋の見方も同様だったかもしれない。

これと並んで目をひく読み物は、尾崎紅葉・中山白峰合作の小説『むさう裏』である。高橋や日比からすると、紅葉は誰より文名を借りたい作家だったに違いない。当代一の人気作家は、元禄文化を体現する西鶴復興の立役者であり、しかも着物の柄に通じていた。巌谷小波によれば、「晩年はその袴に、結城紬を註文して三越の店員を感心させた事もあつた。これもあり来りの仙台平なぞでは、虫が治まらなかつた為めであらう」（「紅葉と衣食住」）。タイトルの「むさう」とは無双羽織のことだが、紅葉は前年二月、『続金色夜叉』の中に無双羽織を登場させ、なおかつ「黒縮緬の羽織の夢想裏に光琳風の春の野を色入に染めて」と光琳風の意匠にしてもいた。

その『むさう裏』とはどういう小説なのか、簡潔に言ってしまえば、人は見た目によらぬものという虚々実々の滑稽譚である。金満紳士の夫人になりすましたのが新橋芸者で、また別のところで連れていた美人が赤坂芸者かと見えて、本当の細君だった――という話なのだが、やたらに細かく着物の柄が書き込まれてもいる。「紺の斜綾《はすあや》の吾妻コオトの前を抜《ひら》き居れば、樺色紋羽二重の京極絞の帯揚を銜《ふく》める白茶地七絲《しっちん》に金絲入の螺鈿模様の帯は四邊《あたり》を拂ひて氣爽《けざやか》に、襦袢の半襟は」といった調子である。表題の無双羽織についても「粋人社會の専有」などと誌上の見本帖に紹介が見え、小説それ自体がそのまま三井呉服店に資するように書かれている。

ただし、何やら皮肉っぽいところもないではない。紳士の細君は「あの恰好だから無事な者ぢやないね」と言われ、赤坂あたりの芸者かと勘ぐられる。玄人紛いに装った素人、また、そんな若い女房を連れた手合いへの揶揄が読み取られないでもない。その細君の名は千代子という。そして高橋義雄の妻も千代子と言った。実業界入りに際して身を固めたのは明治二十四年のことで、千代子は十二歳下だった。茶の湯や能楽、英会話にまで通じた多趣味の才女で、後には鼓を打つ姿で描かれ、それが三越呉服店のポスターにまでなるのだが、『むさう裏』の頃はまだ二十代だった。千代子の名前は偶然の一致などでなく、紅葉らしい楽屋オチだったのではないだろうか。

ちなみに掲載に際しては、柳塢も一役買っている。「花衣」の巻頭は『むさう裏』の挿絵を兼ねた口絵が飾るが、艶筆を揮ったのは柳塢である。作中の紳士と新橋芸者を描いている。

この種の冊子は半年後の「夏衣」、三十三年の「春模様」と「夏模様」、三十四年一月の「氷面鏡」と続いていく。そこには元禄模様、光琳模様といった言い方も現れる。この間、紅葉は鏡花の『月下園』を連名で与え、「氷面鏡」では読み物一切の差配を引き受けたらしい。題辞を書き、藤井紫明との『黒紬』を載せ、角田竹冷や門下たちと俳句を寄せている。何か思うところがあったのかどうか、書き継いでいた『金色夜叉』の筆が進まず、やがては読売新聞退社を余儀なくされる時分だが、それにしても三十六年十月に世を去るまで、紅葉は不思議なほどに協力を惜しまなかった。

明治三十三年〜三十四年　写実か装飾か

柳塢、玉章門の仲間たちと「无声会」を結成し、明治三十三年三月に展覧会を開く。九月、漱石はロンドンへ出発。三井呉服店は「春模様」「夏模様」を発刊。明治三十四年一月、紅葉の肩入れした三井呉服店の冊子「氷面鏡」。同年、柳塢は三井呉服店を去る。

高橋―日比ラインの下で裾模様の改良に従事していた柳塢だが、明治三十三年に入ると、ちょっと気になる行動に出ている。同僚の福井江亭や同じ玉章門の若手とともに、无声会を旗揚げするのである。翌三十四年には、江亭とともに三井呉服店を辞めてしまう。柳塢にはそれなりに大きな決断だったはずだが、何やら時代の風に煽られた印象を否めない。率直な印象を言えば、迷走としか思われないのだが、とりあえず无声会とはどんな団体だったかを説明しておこう。

まず創立会員は柳塢と江亭、それに結城素明、渡辺香涯、平福百穂、大森敬堂の六人だった。世代について見ると、柳塢と江亭は慶応元年、ほかの四人は明治七年から十年の生まれだから、年長の二人と後輩たちの間には、ほぼ十歳の差があった。ちなみに遅れて石井柏亭が会員に加わっている。柏亭は明治十五年生まれ、柳塢とは父の鼎湖が大蔵省印刷局時代の上司という縁があったが、柏亭としては、素明の絵にひかれての参加だったようである。

制作上の理念としては、「自然主義を綱領とす」と打ち出した。何を思って自然主義の看板を掲げたのか、明治三十三年と言えば、小杉天外がゾライズムに傾倒した頃だが、その前に踏まえるべきは、彼らが川端玉章に師事し、写生を重んじた円山応挙の系譜に属していたことだろう。明治三十年前後には、西洋絵画の写実性に触発されながら、近世日本における写生を再評価しようとする気運があった。正岡子規などもそうした考え方を持っていた一人だったわけだが、无声会の面々も旧来の写生を見直すことで、日本画の新生面を開こうとした面があったものと思われる。

同時に、画壇状況がかなり揺れていたことも見逃せない。それというのは、長らく美術行政を指導した岡倉天心が下野した一件である。明治三十一年三月、天心は東京美術学校を追われ、天心を慕う橋本雅邦、横山大観、下村観山といった画家たちは日本美術院を創立した。この時、美術学校の教員だった玉章はどうしたかと言うと、職にとどまった。天心一派とは競合関係となったわけで、玉章の弟子たち、つまり无声会という団体はそこに組み込まれてもいた。後年、日本美術院と対比させる形で无声会を位置づけているのは、柏亭の『日本絵画三代志』である。

> 日本美術院の理想主義に対してこれは自然主義を標榜したものである。美術院が大作力作を奨勵する時これは肩の張らぬ小品を主張した。彼が歴史上の、又は道釋の人物を畫く時此は平凡な現代生活に取材した。彼が濃彩に對して此は淡彩と云ふ風にすべてが對蹠的である。

こうしてみると、画風としては、応挙以来の写生を自然主義ということでとらえ直し、画壇的には日本美術院と対峙しながら、軽淡な筆致で風景や人物その他を描き、当世風俗にも画題を広げようとしていた――そんな風に无声会の大枠を見ておくことができるだろう。

第一回展は三十三年三月五日から二十二日まで、上野で開かれた。この年から三十五年まで、春と秋に展覧会を開いている。結城素明の回顧『島崎柳塢君の思ひ出』によれば、費用は当初、大半を柳塢と江亭がまかなっていた。三十五年秋には前橋で展覧会を催したが、これも「織物屋と關係があるところから」出た話だったというから、三井呉服店組の人脈によるものだったのだろう。若い柏亭は、地方の紳士が席画をありがたがるのに倦み、「明星」に寄せた当時の日記に「一面に於て席畫は幇間的也」と書いている。『柏亭自伝』によれば、その席画のために酒井道一なども前橋に呼んでいたのだが、道一が酔って暴れたため、素明が投げ飛ばす一幕があったという。

そんな无声会の活動に期待を寄せる人たちもいた。三十三年三月の第一回展の際には、「読売新聞」に三日連続の展覧会評が載った。署名は「牛門生」、これは綱島梁川の筆になると考えてよい。ほとんど同じ文章が明治三十八年刊行の『梁川文集』に入っている。

この年九月から十月にかけて開催された第二回展のカタログには、美学者の大村西崖が序文を寄せている。西崖には、十分に无声会に肩入れする理由があった。一つには天心と因縁浅からぬ人物だったことがある。東京美術学校の一期生から助教授になった西崖は天心と衝突して辞職し、天心が去った直後に復職していた。なおかつ主義主張の上で、当時は自然主義の信奉者だった。

この序文でも、自然主義のほかに歩むべき「白道」はないと断じている。日本の絵画は六法の名を空しく掲げるのみであり、象形賦彩については「彼の寫實の精微を極めたる他山の石を藉りて、これを磨くにあらざれば、技巧なほ能く萬象を描破し難し」。西洋的なリアリズムを取り入れた日本画の改良を、西崖としては无声会に期待していたのである。

これを言い換えれば、改良を要するほどに遅れているということにもなるが、ならば具体的に、どこがまずいと思っていたのかと言えば、その一つは装飾性だった。明治三十一年、西崖が発表した評論に『芸品（光琳）』がある。三つの筆名を使い分けた評判記風の光琳論で、光琳には大きな邪魔物があったとして、「邪魔物とは何ぞといふに、装飾的思想これなり」と言い切っている。装飾性のゆえに西洋人には称賛されるが、自然に即した純粋美術としては認められないとして、「つまり光琳の繪はひらたくいへば、模様なんだ」「所謂圖案家先生に珍重がらるゝところから見ても、全く形式一點張といふのが想像されるであらう」とまでけなしている。

この西崖の主張とまったく反対の見地に立つのは、ほかでもない、翌年の「花衣」に高橋義雄が載せた『摸様の説』である。高橋もまた写生と装飾を対立的に捉えながら、「宗達光琳の徒」については「寫生を離れて所謂摸様の生面」を開いたと位置づけていた。洋行体験を通じて、高橋は装飾美術の可能性に注目していたのである。対する西崖の方は、純粋美術を装飾美術よりも上に置く美学に即して、西洋式のリアリズムによって日本の絵画を改良すべきと考えていた。当然の理屈として、光琳についても評価は逆になる。高橋が称賛する装飾性のゆえに西崖は貶め、さらには何とか写生的な傾向を探そうとさえ試みている。すなわち花卉図について、「よくその物の自然の形状を捉へ得て、其以前畫家の寫し得なかつた草木の風情を寫し出して居る」と持ち上げるのである。

むろん高橋と西崖が直接論争を交わしたわけではないが、これを敷衍して、西洋の側が求める地域的な特質＝装飾性を押し出すのか、西洋的なスタンダード＝写実性を学習していくのかという風に言い直してみれば、近代日本に繰り返し現れる対立と言えなくもなく、この行き方の違いが琳派評価の分かれ目ということにもなる。ともあれ本題に立ち戻ると、装飾と写実と、その双方に関わっていたのが无声会なのだった。柳塢と江亭は高橋に雇われ、呉服店で装飾の仕事に携わり、彼らこそが会の運営を支えてもいたのだが、にもかかわらず自然主義の旗印を掲げ、西崖のような人の支援を受けていた。装飾と写実とを対立的に捉える美術観からして、无声会はまさに決定的な矛盾を抱えていたのであって、そのことは早晩明らかにならざるを得なかった。

三十四年秋、第四回展のカタログに載る国府犀東の序文は何とも手厳しい。漢詩に長じ、詞藻豊かな論客として鳴らした犀東は、「全く理想を無視し、友禪染の模樣、蒔繪の下繪、若くは陶磁器の上繪の如きを筆にし、得々として自然派と稱し、應擧以來の、淺膚なる寫實を以て甘んずる如きは、未だ美學の何たるを知らざる、不明の致す所也」と断じている。友禅染の模様みたいなものを描いて、自然派を称するとは愚かしいというのだから、年長二人に対する当てつけとしか読まれない。

そして无声会の若手はと言えば、さらなるリアリズム路線へ突き進んでいた。三十五年一月、八甲田山中において雪中行軍遭難事件が起こると、結城素明と平福百穂、大森敬堂の三人は現地に入り、四月の第五回展に八甲田山の実況図を参考出品した。このうち百穂の画風について、柏亭の『画人東西』は、无声会出品作と雑誌「新生」に寄せた口絵をたどりながら、やはり三十五年頃から「頻りに現世的人事に興味をもつやうになつた」と指摘している。

柳塢と江亭が三井呉服店を去ったのはおおむねその頃、明治三十四年のことだった。二十八年の入社以来、足かけ七年に及んだ裾模様改良の仕事は終わったのである。写実と装飾をめぐる矛盾を指弾されつつあったことは間違いなく、必然的な成り行きのようにも思えるが、もっとも、事情は今一つ判然としない。江亭の場合は翌三十五年、名古屋で教職に就いている。「美術と工藝とは一致す可きもの」との信念に従って、羽二重や七宝の図案改良、常滑焼の復興などに打ち込んだ（『美術と工芸の一致』）。写実か装飾かと問われる中で、装飾の側へ踏み込んだのである。

柳塢の方は画家として一本立ちした格好だが、評判はパッとしない。もともと美人画を得意とした人であり、无声会展の出品作には水汲みの美人、湯上りの裸体美人などが見える。八甲田山に急行するような後進たちの姿勢に引き比べれば、どうしても軽薄に見えただろう。むろん写実味を加えた風景画なども描いているのだが、そうなると艶めきは曇ってしまう。美人画家たる柳塢にとって、自然主義に近づく意味があったのか、迷走気味の印象を免れないゆえんである。

年長だったことも災いして、旧世代と見られがちだったし、矢面に立たされることもあった。甚だしいのは三十六年春の第七回展の際、「新声」が載せた寸評である。いわく、「島崎柳塢の風景畫なんかを、最も好い場所に陳列して、觀者の嘲りを招いて居るのは、大きに情ない次第だ。自然主義を唱導する青年美術家が、此人の繪を同席に列べて、之が無聲會員の作だ、などゝ言ふに至つては、百日の説法を屁一つで失ふやうになるまいか」。

この第七回展以降、无声会の活動は停滞していく。玉章門のつながりがあり、天心一派とは別の旗幟を立てるべき画壇的要請があったにせよ、江亭は工芸図案に打ち込み、百穂のような若手はリアリズムへのめっていたのだから、やはり求心力を保つことは困難だっただろう。

その後の柳塢は四十年の東京勧業博覧会で二等賞、さらに文部省美術展覧会でも第一回、二回と続けて三等賞に入っている。美人画の大家として認められていたには違いないが、どこか旧套なイメージを払拭し得なかったようである。ふと思い出したかのように、无声会は明治四十三年、四十四年、四十五年の春に半折画その他の展覧会を開くことになるのだが、このうち四十四年春の无声会展を論じたのが、すでに冒頭で紹介した漱石の展覧会評である。柳塢、江亭らについては「在来の形式を脱し切れぬ処に遺憾があつた」と書かれているが、これは当時、彼らに向けられた一般的な評言でもあった。大正二年、第十三回展を最後に、无声会は自然消滅の態となるだろう。

一九〇〇年　パリ、アナクロニスムの都

一九〇〇年（明治三十三年）十一月、パリ在留の日本人たちが親睦団体「パンテオン会」を結成する。一九〇一年五月、「パンテオン会雑誌」発刊。

ならば、柳塢と江亭が去った後、三井呉服店はどうなったのか。そこを語ろうとすると、いささか唐突な話の向きにはなるけれど、いったん一九〇〇年前後のヨーロッパへと目を転じなければならない。柳塢と江亭に代わって三井呉服店に関わり、元禄模様の流行を演出することになる面々、すなわち岡田三郎助や久保田米斎たちはその頃、パリにいたからである。

岡田は明治二年、佐賀に生まれた。第七章で名前を出しておいたように、黒田清輝とその仲間が躍進した二十八年の第四回内国勧業博覧会で妙技三等賞に輝き、白馬会の創立に加わった。フランスへ渡航したのは三十年五月のことで、出発直前には関西で腸チフスに罹り、本復しないままに旅立ったようだが、ラファエル・コランに師事し、留学は四年余りに及ぶことになる。

米斎は久保田米僊の長男で、明治七年に生まれた。いちおう日本画家と言えるのだが、少年時代には米国カリフォルニアで過ごし、原田直次郎の画塾で油絵を学んだこともあった。その頃の同門には和田英作がいた。加えて文章も達者で、後半生は舞台美術の仕事で知られた才人だが、三十二年十二月に横浜を出帆し、フランスへ向かった。パリには岡田に加え、同じ頃にベルリンから移ってきた和田もいた。米斎は彼ら白馬会の留学生たちと共同でアトリエを借りたこともあった。

彼らの洋行は明治三十三年を挟む時期であり、西暦に言い換えれば、一九〇〇年の洋行者ということになる。一九〇〇年のパリ万国博覧会に作品を出し、「智・感・情」で銀賞を獲得したのは黒田だったが、当時のパリには万博目的の渡航者も集まり、異邦ならではの親交を結んでいた。一九〇〇年十一月には「パンテオン会」なる日本人会を結成し、「パンテオン会雑誌」という回覧雑誌三冊を残している。近年、その共同研究が行われ、浩瀚な報告書『パリ1900年・日本人留学生の交遊』がまとめられているのだが、パリの日本人たちが共有し、やがて岡田や米斎が日本にもたらすだろう独特の感覚に触れようとするなら、まずはこの回覧雑誌にあたるべきだろう。

「パンテオン会雑誌」三冊の発行・編集日は三十四年五月、同年九月、三十六年三月。西暦で言えば一九〇一年と一九〇三年である。多彩な人々が詩文や絵を寄せている。意外なことに黒田や岡田、和田のような白馬会の画家たちと、やはり滞仏中だった旧派の浅井忠たちが親しく交際していたことが分かる。彼らはあだ名を付け合っていた。黒田清輝は肥っているから張り子の達磨を意味する「ドッコイ」、岡田は粛然と卓に就く姿がキリストに似るから「ヤソ」、最年長で侠客然とした浅井は「親方」、中村不折については、田舎のスリのような目つきだから「イナズリ」という具合。この頃、日本では白馬会は勢いを増し、存在意義を問われた明治美術会は三十五年、太平洋画会として出直すことになるのだが、そんな画壇の枠組みなどなかったかのごとくである。おそらく同胞組織としてのパンテオン会、そして回覧雑誌のような場が親交のプラットフォームになったのだろう。回覧雑誌は、初期硯友社や子規幼年のそれのごとく、小さなコミュニティーに見合ったメディアであり、それ自体がコミュニティーの親密さを強める性格を備えていた。

実際にも、気を許した間柄らしい戯画・戯文が過半を占める。例えば第一号には黒田の「うれしや節替唄」が載る。「春はうれしや駒に任せてアカシヤ通り　夏はセイヌの風清し　秋はエリゼに木の葉ちる　冬オペラの二人連れ」というたわいのなさ。筆記したのは米斎である。

その米斎はあちこちで才気煥発たるところを見せている。伊勢物語のパロディー「えせものかたり」を第一号に寄せ、留学仲間を昔男に擬している。興味をそそるのは「そゞろあるきのついで不図骨董舗にて得たる反古ありけり」と典拠があるかのように装い、その反古を「いつの世何人のすさびともしれねど光悦様の筆のはこびも拙からす」と本阿弥光悦の書風としていること。古くは寛永頃にさかのぼるという近世の伊勢パロディーをよく知っていたのかもしれない。

第二号の「俳諧　無絃琴」では和田英作と付け合いに興じている。

編物したる女うつくし　　夜潮
夜毎珈琲のテラスに見受くる白羽の帽を何処にや脱しけむ
やさしや破窓に靴下つくれる　そも誰が為にか
夕立や軒のアフキシユの斜なる　　紫桐

夜潮こと米斎の嘱目らしき句に、紫桐こと和田がさっと雨を降らせ、ポスターも斜めに破屋の風情へ転じるといった呼吸である。ちなみにこの「俳諧　無絃琴」の序で、米斎は「晋子雨乞の句なんど説くは吾曹が事に非す」と其角に言い及んでいる。もとより三囲神社での名吟「夕立や田をみめぐりの神ならば」のことだが、父の米僊は露伴たちの根岸党に連なる人であり、米斎はその近世趣味を受け継いでいた。しかも三囲神社は三井家の崇敬厚く、「花衣」発刊の辞での其角句の引用を思い併せるなら、後に三井呉服店の期待に応え得る資質を窺わせるようでもある。
俳句については、同じく第二号の「巴会句集」も目をひく。「巴会」は米斎や和田、浅井忠たちがパリで開いていた句会で、これは巌谷小波が加わった三十四年八月の句会稿。小波はベルリン大学附属東洋語学校の招聘に応じ、三十三年九月に渡航し、半年後には当地の日本人と「白人会」という句会を始めていた。白人は伯林＝ベルリンの「伯」を二つに分けたのみで、参集した外交官や留学生たちが素人だったからではない――とは小波の『洋行土産』での説明だが、事実、小波自身は素人どころか、紅葉、竹冷の秋声会の有力者だった。そんな小波がパリを訪問したのを囲み、巴会が催されたのである。(2) 海外詠らしい句を幾つか抜いておく。

月天心牧師落葉をふみかへる　杢助（浅井忠）
明月や女の声にハイネが詩　世音（久保田米斎）
エッフエルの塔朦朧として月黄色　不折（中村不折）
妹か答渋りぬ葡萄口にふくミつゝ　小波（巌谷小波）
ジヨゼフイヌが戯れにしぼる葡萄哉　紫桐（和田英作）

むろん「パンテオン会雑誌」には高等的な詩文もないではなく、和田はアール・ヌーヴォー風の水彩を描き、岡田は三美神の表紙画を手がけ、米斎はエッチングを試みてもいる。そのあたりはパリにいるのだから当然の話として、考えどころはやはり誌上に揺曳する近世趣味の方だろう。さしあたりの説明を言うなら、回覧雑誌や句会は小さなコミュニティーに即した文芸の場であり、そのコミュニティーとは例えて言えば、小さな日本にほかならない。日本人だけの親密な空間に身を置くことは、精神安定剤のような慰謝をもたらし、近世趣味への回帰を促した——ということになるだろう。しかし、なおかつ注意すべきことは、西洋文化と対峙し、敗北感や屈折を伴うたぐいの回帰では、どうやらなかったことである。米斎と和田の付け合い、あるいは句会稿の中にあたかも自然にヨーロッパでの嘱目が入り込んでいるように、「パンテオン会雑誌」にはヨーロッパでの体験と近世趣味とが背馳することなく溶け合い、いかにも駘蕩の気分を漂わせている。

実のところ、彼らはコミュニティーの内側ばかりでなく、外側においても強烈な劣等感を持たずに済んだ稀有な世代だったのではないだろうか。一九〇〇年とはアール・ヌーヴォーの絶頂期であり、その源泉の一つはジャポニスムにほかならない。浮世絵や光琳風の意匠は装飾美術の文脈で高く評価されていた。当時のパリは日本人にとっては、ヨーロッパの新たなモードと近世的な文化とが緩やかに対流するような特異な場だった。それこそはアナクロニスムと呼ぶにふさわしく、「パンテオン会雑誌」はその是認されたアナクロニスムの気分を伝えているのである。

そこに身を置いた人々はもちろん、装飾芸術を軽んじることもなかった。ヨーロッパの新傾向を持ち帰る使命感もあれば、装飾美術であれば、近世以来の伝統がアドバンテージになり得るという認識もあっただろう。浅井忠は三十五年夏に帰国すると、長くはなかった余生を京都で過ごし、装飾美術の振興や光琳顕彰に尽くす。和田や岡田はやがて帝国劇場に壁画を描き、米斎は舞台美術に深入りするだろう。(3) このうち元禄模様の流行に一役買ったのは岡田と米斎だが、一九〇〇年、アナクロニスムの都を謳歌した彼らであってみれば、まったく当然の成り行きでもあった。元禄模様の流行とはまさに甘美な時代錯誤へ人々を誘い込むことだったのだから。

むろんヨーロッパにいた日本人がすべて同類だったというわけではない。一九〇〇年前後の留学生の一人には、かの夏目漱石がいた。漱石もまた倫敦俳句会に加わり、俳句を介した日本人同士のコミュニティーに連なっていたけれど、ジャポニスムの風に煽られて得々とすることは少なかったようである。往路の一九〇〇年十月の日記を見ると、パリ万国博覧会を見に行き、「日本ノ陶器西陣織尤モ異彩ヲ放ツ」と認める一方で、美術館に立ち寄った二十五日には、率直に手厳しい寸評を書きつけている。「美術館ヲ覧ル　宏大ニテ覧尽《ミツク》［サ］セレズ　日本ノハ尤モマヅシ」。黒田清輝の銀賞が話題になったパリ万博で、漱石はむしろ彼我の落差を直視している。

それもあってのことか、漱石の留学生活は愉快なものとはならなかった。

漱石が倫敦《ロンドン》の場末の下宿屋にくすぶつて居ると、下宿屋の髪《（ママ）》さんが、お前トンネルといふ字を知つてるか、だの、ストロー（藁）といふ字の意味を知つてるか、などゝ問はれるのでさすがの文學士も返答に困るさうだ。此頃伯林《ベルリン》の灌佛會に滔々として獨逸語で演説した文學士なんかにくらべると倫敦の日本人は餘ほど不景氣と見える。

正岡子規の『墨汁一滴』、明治三十四年五月二十三日の項である。病臥の子規を慰めようと、漱石はユーモアを交えて愚痴を書き送り、子規は冷やかすように、励ますように、「倫敦の日本人は餘ほど不景氣と見える」とつづった(4)。注記しておくと、この中に「伯林の灌佛會に滔々として獨逸語で演説した文學士」とあるのは嘲風姉崎正治のことである。

嘲風は明治三十三年四月、宗教学研究のために渡独した。キールでサンスクリットと文献学を学び、翌三十四年にはベルリンに移った。そして四月八日には灌仏会を挙行し、ドイツ語で意義を説いたとされる。この灌仏会に賛同し、大いに盛り上げたのは小波だった。会の次第を紅葉に書き送り、その書簡は「読売新聞」に掲載された。(5) 子規はそれを読んだものと思われるが、嘲風もまた元禄模様の流行に際して発言を残した一人である。それは激越な批判の形を取るだろう。

明治三十五～三十六年　帰朝者たち

明治三十五年一月、岡田三郎助が帰国。十月、久保田米斎と巌谷小波が同じ船で帰国。明治三十六年一月、漱石帰国。五月頃、米斎、三井呉服店へ入社。八月、企業文化誌「時好」創刊される。十月、紅葉死去。

パリの留学生たちは順次、帰国の途に就いた。岡田三郎助が長きにわたる滞仏を切り上げたのは三十四年十一月のことである。ロンドンを経由し、三十五年一月に帰国した。浅井忠もロンドンに立ち寄って三十五年八月に、和田英作はイタリアを旅行し、三十六年七月に帰り着いた。

久保田米斎は三十五年秋、帰国の途についた。ロンドン経由で船に乗り込んだのだが、先に乗船していた客に巌谷小波がいた。途中、シンガポールからは岡倉天心が加わるのだが、小波と米斎は意気投合し、歌仙を巻き、船内回覧紙「仮名雅話《かながわ》新聞」まで編集した。神戸に到着したのは十月三十日のことだった。そして小波の紹介によって、米斎は三井呉服店に引き入れられることになる。

三井呉服店はこの頃、月刊宣伝誌「時好」の創刊準備を進めていた。『日比翁の思ひで』という本に寄せた小波の回想によると、三井呉服店は「時好」担当者の人選を、まずは博文館の大橋新太郎へ依頼した。その大橋は小波に相談を持ちかけた。小波は「歐羅巴から同船して歸った久保田米齋君を推薦し、その話がまとまった」。小波は米斎を伴って、一番町の高橋義雄邸へ赴いたが、そこには日比翁助も来ていて、高橋は「萬事は日比君が心得て居るのだから、此人とよく打合せて」と告げたのだという。このやり取りがいつ頃のことだったかというと、実は紅葉の書簡に関連のくだりが見いだされ、米斎の起用は明治三十六年五月頃に固まったことが判明する。

三十六年五月三十一日、紅葉は日比翁助に対して「いよ〳〵月刊雑誌御発行の運びに相成候との御事大慶——米斎子の事小波子より一寸伝聞いたし至極適当の人柄御撰び」と書き送っている。文面から察するに、日比はすでに紅葉に対して、「時好」への協力を仰いでいたらしい。次いで発刊が本決まりになったと報告し、紅葉が返信したのがこの書簡なのだろう。そこで目をひくのは、「米斎子の事小波子より一寸伝聞いたし」という一言である。米斎の起用について、小波はきちんと紅葉の耳に入れておいたのである。明治三十二年の「花衣」から四年、依然として三井呉服店の文化人ネットワークの中心にいたのは、紅葉その人だったようである。

もっとも、紅葉の病は重かった。この年三月に入院した際、胃癌と告げられていた。同じ日比宛ての書簡の中で、「それに就けてもこの病気くちをしく〳〵存候」と嘆いている。それでも翌日の六月一日には日本画家の寺崎広業に自ら手紙を書き、「三井呉服店にて高手の一揮を労し度趣に付、同店支配人日比翁助氏参上可致候へば、何卒御対面の上」と面会を周旋している。

ほどなく「時好」は世に出た。米斎の依頼により、八月の創刊号に紅葉は一句を寄せた。藤花と着物とであでやかに、「ふち浪や女棹さす袖長し」。ほかに小波も寄稿した。九月発行の二号には久保田米僊の「光琳の趣向」が載る。米斎自身もやがて執筆するようになるだろう。

創刊から二か月後、紅葉は世を去った。明治三十六年十月三十日、享年三十五。偶然のことながら、これは小波と米斎が帰朝を果たした一年後の、ちょうど同じ日のことだった。

明治三十七年　洋画家、元禄を描く

明治三十七年　岡田三郎助、「元禄の面影」を描き始める。十月、三井呉服店は光琳遺作展覧会を開催。さらに十二月、三越呉服店へ改組。

続いて岡田三郎助の話である。明治三十五年一月に帰国した岡田は、秋の第七回白馬会展で、滞欧作を世に問うた。翌三十六年春には白馬会の後輩である中沢弘光と京都に遊び、秋の第八回白馬会展に向けて制作に取り組んだ。その一点「舞子」は鼓の調緒を締める姿を描く。

そんな岡田に、三井呉服店は絵の依頼を持ち込んだ。岡田の制作談を引用する。

　アチラに居る時分から、淺井と話して居たのです、元祿を描いて見たいと。歸つてから描かうと思つて居ると、丁度三井から（和田英作君）と僕とに何か一ツづゝといふ頼みで、和田と相談をして僕は元祿がよからうといふ。そこで籤引きにしたら不思議に元祿があたつた。

「日本美術」明治三十八年九月号に載る訪問談話である。かねてパリにいる頃から岡田は元禄をモチーフにしたいと思い、そんな話を浅井忠と交わしていた。すると帰国後、三井呉服店の依頼が舞い込み、構想実現の機会を得たのである。三井からは、和田英作と岡田に一点ずつという話だったが、くじ引きの結果、岡田が元禄を描くことになった。この依頼の時期については「昨年の春でした」と言い添えているから、明治三十七年春だったことになる。

制作にあたっては、朝吹英二から時代物の衣装を借りた。朝吹もまた福沢門の実業家で、三井呉服店の重役にもなった人である。背景の幕は「三井の元祿模様です、光琳を變化したもの丶應用でしやう」。それら道具類の手配については、久保田米斎が骨を折った。

こうして描かれたのは「元禄の面影」という美人画だった。この作品には、少なくとも三つのバージョンが存在したと思われる。一つは半身像の作品で、続いて全身像が描かれた。また、全身像については エチュードと完成作があったらしい。このうち最も早く世に出たのは半身像のバージョンで、明治三十七年秋の第九回白馬会展に出品された。この時の白馬会展には、同じく三井呉服店から声をかけられた和田英作の「あるかなきかのとげ」という絵も並んだ。関東大震災で焼失したようだが、こちらは西鶴『好色五人女』のお七と吉三郎を描いた大作だった。

もともと「元祿を描いて見たい」と考えていたのは岡田三郎助には違いない。しかし、三十七年春に絵を依頼したのは三井呉服店、衣装や道具を貸したのも三井呉服店である。丸抱えとさえ見えなくもない。これは事実、元禄模様の流行を期した仕掛けの一つにほかならなかった。

三十七年春と言えば、日露戦争が始まった頃である。しかるに高橋義雄は大胆不敵にも、景気がよくなれば衣服も派手になると言われることから、戦後の好況期こそが商機とにらんでいた。実は日清戦争後にも「伊達模様」なるものをはやらせようとしたことがあった。これについては「時節が未だ到來せずして、反響が甚だ微弱であつた」といい、しばらくは地道に意匠を研究していたのだが、日露開戦に至って、高橋はいずれ日本の大勝利で戦争は終わり、必ずや好景気の波が来ると踏み、戦後に元禄ブームの照準を合わせた。「今度こそ三井呉服店が大に奮發し、明治好みの新案を以て、衣服模様流行の魁と爲り、一世を風靡して見やうと思ひ立つた」というのである。

まずは蓄えた模様帖から図案を選び、十数種の衣装を作らせた。それを新橋の名妓に着せ、自ら作った「元禄花見踊」なる曲を踊らせた。元禄ダンシング・チームといったところだが、その中から一人名前を挙げておくと、清香という芸妓がいた。後藤象二郎の息子で、放埓を極めた伯爵後藤猛太郎の寵妾にして、新派の二枚目伊井蓉峰の妻に譲られたことで知られる女性だが、少し下って明治四十年の春にも、元禄風の艶姿で三越呉服店のポスターに登場することになるだろう。

他方で、新柄の売り出しに文化の香りをまとわせるべく、三十七年十月の新柄陳列会に併せて、光琳遺作展覧会を開催した。これは光琳風裾模様の顕彰募集と連動したイベントで、百貨店による美術催事の嚆矢と言われる。なぜ光琳なのかと言えば、以前に「光琳風の早蕨」を配した振袖などを売り出していたように、三井呉服店からすれば、元禄の栄華を担い、その装飾性が西洋でも評価されていた存在であり、高橋以下の幹部がそうしたイメージをよく理解していたからだろう。当時は旅順攻略戦の帰趨も定かではなかったが、それでも多数の観客が詰めかけたという。

岡田への制作依頼は明らかに、これら一連の仕掛けの中に位置していた。道具類を提供したのは米斎だったが、米斎その人が留学仲間の岡田と和田を推薦したか、少なくとも話を取り次いだのではなかっただろうか。三十七年暮れ、三井呉服店は三越呉服店へ改組され、翌年初めには主要紙に「デパートメント・ストア宣言」を掲げる。そして元禄模様の流行に火が点くことになる。

明治三十八年　モードの勝利

明治三十八年　本格的な元禄模様の流行が到来する。五月、姉崎嘲風は『元禄風流行の兆』で批判。七月、元禄研究会が発足。

元禄模様の流行は高橋義雄の思惑よりも幾らか先行し、早くも戦時下に盛り上がり、明治三十八年九月の終戦後、戦勝気分に乗って一気に広がった。「彼の三十七八年戦役の頃からボツ〳〵流行り出した元祿摸様は、役後益々世人の注意を惹いて、一も元祿二も元祿と云ふ風に、何が何でも元祿でなくては終局《おさまり》が着かぬやうになつた」とは、しばらく後の四十一年六月二十五日、二十六日付の「読売新聞」に意匠部主任の籾山邦季が寄せた回想談である。

岡田の「元禄の面影」も半身像に続き、三十八年秋までに全身像のバージョンが完成した。九月二十三日から十月二十八日まで開催された第十回白馬会展に「エチュード（元禄の面影）」が出品されている。そしてもう一点、全身像の完成作も存在した。それがどうなったのかというと、新橋停車場に掲げられた。再び「日本美術」三十八年九月号の談話によれば、「アノ繪ですか、なんでも今は新橋にあるさうです、停車場に。どこに掲げてあるか行つても見ませんから……」。その話を聞いた訪問記者はさっそく新橋駅へ見に行った。果たして後注にいわく、「出札場の上に見えました、高く、高く」――完成作は三越呉服店の絵看板になったのである。

絵看板と言えば、明治三十二年、島崎柳塢が描いたものが新橋停車場に飾られたことが思い出される。爾来六年の間に三井呉服店は三越呉服店となり、描いた画家も玉章門の日本画家から、白馬会の洋行画家へ代わったのである。多少の感慨を誘うことではあるけれど、元禄模様の画家としては、残念ながら柳塢でなく、やはり岡田の方がふさわしかったと言わざるを得ない。

三井呉服店に着任した当初、高橋義雄は裾模様の改良を目指していた。その限りでは、柳塢たちは適任だったかもしれない。応挙以来の画系に属し、无声会においては近世流の写生を時代に合わせて改良しようと考えるような画家だったからである。改良とは過去から現在へ続く直線的な時間軸に沿った進歩主義的な営みにほかならない。しかも无声会の場合、大村西崖がそう考えていたように、日本画の改良とは西洋流のリアリズムの学習とおおむねイコールでもあった。

しかしながら、高橋が本来実現すべきは「改良」ではなく、元禄模様の「流行」だった。言い換えれば、過ぎし世の栄華を体現する元禄模様の価値をそっくり現代において肯定し、最新モードとして認知させることだった。必要だったのは過去を否定し、乗り越える歴史感覚ではなく、艶麗華美な元禄時代のイメージを歴史的な時間軸から浮上させ、新しいモードと進んで取り違えるような感覚、つまりアナクロニスムの感覚だったのである。もちろん旧来の文化への劣等意識をもたらす西洋コンプレックスの欠如も必須のファクターだっただろう。もともと日本の美術工芸が持てはやされたジャポニスム盛期を知る高橋はそれらの感覚を理解していたはずだが、そこに登場したのが一九〇〇年の洋行者たちであり、特に大きな貢献を果たしたのが岡田三郎助なのだった。白馬会の俊英にして、パリにあって元禄調の絵を描きたいと夢見るようなアナクロニスムの徒たる岡田こそは、元禄模様の流行に立ち会い、新しさの一塩を加えるには打ってつけの人物だったと言うべきだろう。

言い添えておくと、アナクロニスムの語を使ってきた理由はもう一つある。日露戦争後、元禄模様が流行した頃の世相を語るキーワードだったからである。漱石の『三四郎』から名高い場面を引用すれば、古い寺の脇にペンキ塗りの西洋館が建設されるのを指して、「時代錯誤《アナクロニズム》だ。日本の物質界も精神界も此通りだ」と広田先生が嘆いた通りである。元禄模様の流行はこの手の新旧混淆、和洋折衷の極みだった。何しろ西洋流にデパートメント・ストア宣言を掲げながら、元禄と銘打つ柄を流行させようというのである。アナクロニズムの世相に棹さし、甘美な魅惑へ転化し得たことがこの流行現象の本質であり、まさしくアナクロニズムの勝利を告げる出来事なのだった。

文化人の反応に目を転じると、実は真っ向から批判した人もいた。その人物とは、岡田や米斎と同様に、一九〇〇年の洋行者だった姉崎嘲風である。嘲風は自ら創刊した「時代思潮」の三十八年五月号に『元禄風流行の兆』を掲げた。憤然激昂の態で、何と元禄風の撲滅を唱えている。

この尚武の世に「元祿風の流行を見んとは」と嘲風は驚きあきれ、嗜好服装においては古今東西の趣味が入り混じって統一を欠き、「街上百鬼晝行の想ひあらしむ」とあげつらう。例えば「縉紳の邸宅は必ず和と洋との二様を並べ、光琳の屛風に飾られたる室の床の間には美術院派の朦朧畫あり、古茶器と寫眞ブックと相幷び、外面ゴシックの家屋の内には、ヌボー式の家具を具ふるが如き」、はた また「婦人の服装が和洋の蕪雜なる混淆に成り、頭には清淡の束髪簪をさしながら、衣服は濃厚の縞柄を着するが如き」等々。これらはすべて「混沌と蕪雜と不統一と無趣味との自白にあらざるはなし」、つまりアナクロニズムの現れと言ってよいのだが、このアナクロニズムそれ自体については意外なことに、嘲風はまずは寛容に受け止めてみせる。しょせん過渡的な状態であって、いずれは渾然帰一、適当な好尚に落ち着くだろうと言うのである。

ところが元禄風がはやり始めたことについては、「斷乎として反抗の聲を擧げ、撲滅の策を講ぜざるを得ず」と鼻息を荒らげている。なぜ元禄風だけは許せないのか。嘲風の時代観によれば、元禄時代とは「肉慾を天國とする者の理想たるべし、その日その日の快樂を追ひてその他を知らざる者の樂地たるべし」。そもそも風俗趣味は精神傾向を代表し、かつその傾向を助長するものであって、時代精神それ自体が元禄風に傾いているとするなら、決して小事とは言えないと主張するのである。かくて批判はこの流行の発信源たる三井＝三越呉服店に向けられる。

確的《たしか》に元祿風の流行と稱すべき者は、去秋三井呉服店が某畫工に囑して元祿風俗を畫かしめ、今春再び四五の歌妓に同樣の風俗をなさしめしといふに過ぎず。然れども三井呉服店なる者は今や殆ど衣服に關する趣好流行の中央源頭なり、その風が漸次他の方面に及ぶべきは明かなり。啻《ただ》に此のみにあらず、今や婦人の服裝は混沌の中に新趣味を望みつゝある時、世の通人には尚元祿的「意氣」「粹」「通」の理想の殘存せるあり、加ふるに功名心の社會、無理想の社會は將に元祿風を歡迎せんとし、而して小説、戯曲、音曲の趣味は尚元祿的肉慾の傳播者となり、多くの小説家は明治式春水たらんとし、青年社會はその魔風に煽動せられつゝある時勢は今日の状態なり。

三井呉服店の委嘱で元禄風俗を描いた画工というのは誰あろう、三十七年秋の白馬会展に「元禄の面影」の半身バージョンを出した岡田三郎助にほかならない。「四五の歌妓に同様の風俗をなさしめし」とは、高橋義雄が新橋芸者の清香らを選抜した「元禄花見踊」のことだろう。さらには小杉天外の『魔風恋風』や川上眉山の『青春怨』を挙げ、「紅葉一派が似而非寫實の旗幟を飜してより、末流は滔々相率ひて所謂るニキビ文學の害毒を横流せむとす」と攻撃する。この文学者に対する批判については少々的外れのように思えるが、今や「元禄的風尚の悪魔が容易に跋扈するの時ならずや」との時代認識に立ち、嘲風は元禄撲滅すべしと呼号したのである。

もとより嘲風は一九〇〇年のヨーロッパを経験した留学生であり、ベルリンの花祭では、仏教の伝統行事を挙行し、解説してみせたのだが、世紀転換期のドイツ社会の観察を通じて、近代文明批判に傾いていた。ドイツ統一は政治的な排外主義を養い、工業化は道徳的な頽廃を引き起こしたと、すっかり失望して帰国したのである。実のところ、元禄撲滅論も似たような頽廃を嗅ぎ取っての文明批判の意味合いが強かったのだが、ただし、嘲風は例外的な存在でもあった。

総じて言うなら、物申したい気分になった論客たちを、三越呉服店はうまく取り込んだように見える。明治三十八年七月に発足した「元禄研究会」はその好例である。旧幕時代の回顧と顕彰に取り組むようになっていた戸川残花を発起人に、初回の会合には、伯爵大隈重信をはじめ、五十人以上が集まった。当時の「読売新聞」によると、東京美術学校長の正木直彦が元禄期の美術を、玩具研究家の清水晴風が当時の人形談を語った。会場には護国寺から桂昌院の産着その他が出品され、清水晴風は蒐集品の元禄人形や風俗絵巻を披露した。そこには同時に、三越呉服店が所蔵する時代衣装が並び、意匠係の籾山邦季が元禄模様流行の起源について、三越の宣伝めいた話を語ったと伝えられる。そこから想像するに、やはり三越絡みの会合だったようである。

さすがに元禄を持ち上げるばかりでもなく、福地桜痴が批判し、鳥居龍蔵が反論する一幕もありはした。翌年一月に世を去ることになる桜痴の批判は、元禄とは「ぐにや〳〵武士」を生じた時代ではなかったかとの時代観に発していた。刀剣は細く、風流めいたものが出てきた。霊廟建築も同様で、茶道はただ華奢風流に走り、蒔絵なども繊巧に過ぎると桜痴は指摘した。文学や学問には見るべきものがあるにせよ、「武士道廢れ、寛闊なる俠客風廢れ、豪壮雄偉なる美術工藝の風廢れ、刀劔諸道具の類に至れるまで、全然織巧の風に傾き去れり」と論じたのである。

対する鳥居龍蔵は知られる通り、台湾や千島列島でフィールドワークをしていた人である。自分にとっては「専門以外」の話と断りつつも、人類学者の立場からすると、鎌倉時代と元禄時代こそは、外来文化の影響を受けずして日本民族の文化が発達を遂げた時期であり、独立した文化の開花した時代として研究するに値すると主張している。

鳥居は反論のついでに、「寄る年波に聊か老耄されしには非ざるか」と桜痴を揶揄さえした。ところが、一座はなごやかな笑いに包まれたという。茶話会風の催しだったのである。そもそも二人は対立するかのようで、主張のおおもとを考えてみるなら、いずれも日本固有の文化を称揚する立場にあった。桜痴はその本質を武士道に見ればこそ元禄文化を批判し、鳥居は他国の影響がなかった点を評価しただけに過ぎない。そもそも三越呉服店の側からすれば、文化人が元禄を話題にしてくれさえすればよかったはずであり、甲論乙駁はむしろ望むところだったかもしれない。

第二回の研究会は十一月に開かれた。出席者には日比翁助や久保田米斎の名前が見える。米僊もやってきた。その縁なのか、幸堂得知のような人もいれば、帰国直後の島村抱月も馳せ参じた。画家では鏑木清方や水野年方らに加えて、島崎柳塢が出席している。柳塢は翌三十九年二月の第三回にも顔を出していて、三井呉服店を去った後も、関係は途切れていなかったように見える。

三十九年六月には伯爵大隈重信邸で、元禄研究会と抱月らの文芸協会との聯合研究会なるものが開かれた。河東節などが上演され、受付から会場までの廊下には、三越の元禄模様が懸け並べられていた。陳列品の一つには大隈伯所蔵の「光琳筆花卉金屏一雙」もあったという。ちなみに、岡田は明治四十二年には、大隈夫人の肖像画を制作し、十月開幕の第三回文展に出品しているが、その背景には光琳の「孔雀立葵図」あたりによく似た立葵が描かれている。

ここまで盛り上がった元禄ブームのさなかにも珍しく、ほとんど無縁で過ごした大物もいた。日露開戦に伴い、第一師団軍医部長から第二軍軍医部長に任じられた森鷗外である。明治三十七年三月から三十九年一月まで外地にいたから、元禄どころではなかったはずだが、実は当時の書簡に「三越」が出てくる。ちょっと面白い話なので、順を追って紹介してみるとしよう。

ほかの将兵たちと同様に、鷗外にとっても、戦地の楽しみは家族との文通だった。結婚して三年余の妻しげは、自分や幼かった長女茉莉の写真を何度か送った。三十八年五月頃には一つの趣向というのか、小倉時代の婚礼衣装を着て撮り直した。その花嫁姿は大いに鷗外を喜ばせたのだが、しかし、受け取ってからしばらくして、鷗外はしげに奇妙な頼み事をしている。七月八日付の手紙にいわく、「あの花よめさんの寫眞のきものねえ。あれを袿《カケ》から小袖、帯、持《モチ》ものまで地質《ヂシツ》はなに、染色《ソメイロ》は何、何のぬひもやうといふやうにわかるだけくはしくかいてよこしておくれ。假名《カナ》ばかりでかいてよろしいのだから。出來ないなんていふのではないよ。きつとだよ」。

「きつとだよ」とまで念を押され、しげは返事をしたようだが、不思議に思ったことだろう。なぜわざわざ婚礼衣装の生地や模様を知りたがるのか。その理由は八月初めと推定される小金井喜美子宛ての手紙で判明する。その冒頭の一文は「何をか絢爛の筆といふ」。

先回りして言ってしまえば、与謝野晶子の歌を皮肉ろうとしたのである。負けず嫌いの鷗外は、漱石を読めば腕がうずき、自己暴露の文学が台頭すれば『ヰタ・セクスアリス』を書いてみるという風に、世評の高いものに出会うと、むらむらと対抗心が沸く性分だった。そしてこの頃、一世を風靡していたのが晶子の歌である。絢爛と言われ、崇拝者が現れたことに、鷗外は鼻白んでいたらしい。そこにしげから届いたのが花嫁姿の写真だった。机に立てて眺めているうちに、これでもって絢爛調を諷してみようと悪戯心が働き出した。典雅華麗な着物を詠んだ晶子の歌を取り上げて、こんなものは織地や柄を三十一文字に並べただけに過ぎないのではないのかと、しげの新婚衣裳から似たような歌を仕立ててやろうと思いついたのである。

鷗外は喜美子に対して、まずは晶子の三首を絢爛調の例に挙げている。

浅黄地に扇ながしの都染九尺のしごき袖よりも長き　（『みだれ髪』）
うへ二枚なか着はだへ着舞扇はさめる襟の五ついろの襟　（『恋衣』）
髪に挿せばかくやくと射る夏の日や王者の花のこがねひぐるま　（『恋衣』）

確かに古来、こんな歌はなかったとひとまず鷗外は認める。「下宿屋ずまひの書生さん達は呉服の名や染色の名はあまり知るまい、知らないから出來ないだらう」。鷗外もまた着物については明るくなかった。浅葱とは正確にどの色か。扇流しは見当がつくが、都染は何のことかわからない。しげの花嫁姿を思い返しても、「何だか大さう赤いところや白いところの錯雜してゐる又處々の光つてゐるなりをしてゐた」としか言えないが、しかし、「娘ッ子やおかみさんに問へば皆朝飯前に解答の出來る問題なのだ」。そこで婚礼衣裳についてしげに質問し、次の三首をでっち上げた。

緋綾子《ヒリンズ》に金絲銀絲のさうもやう五十四帖《テフ》も流轉《ルテン》のすがた
函迫《ハコセコ》や紅白にほふ羽二重の襟にはさめる錆茶金襴《サビチヤキンラン》
前ざしのこがねか櫛の瑇瑁《タイマイ》か否《あら》ず映ゆるは黒髪のつや

得意然として鷗外は書きつける。「晶子さんには甚だ失禮だがどうも身びいきの拙者の目には御名吟と大差はないやうだ」。さらにいわく、「果して然らば三井大丸乃至三越のかきつけも亦絢爛の筆にあらざるか」――というところで「三越」が出てくるのである。(6)

呉服屋の宣伝文句と変わらないという意地の悪さだが、晶子が肯定した女性性の中に、美しい着物にひかれる気持ちも入っているとするなら、あながち無意味な皮肉とも言い切れない。歌の上のことであれ、晶子の歌が着飾った姿を誇示するかのようだったことも、因習的な女性イメージを踏み越えていたかもしれない。ともあれ女性の歌としては新しく、絢爛調は揶揄の対象になりがちだった。三十八年には、田能村秋皐という人が「読売新聞」で「へなぶり」なる狂歌欄を始めていたのだが、二月二十四日付の初回は「戀ごろも猥りな歌を難ずればアラよくツてよとそら嘯きぬ」「戀ごろも菫のをしはもてあそび式部三人牛店《ぎうや》をいづる」の二首なのだった。

明治四十年　元禄模様の女たち

四十年三月、東京勧業博覧会が開幕。岡田三郎助は高橋義雄夫人の肖像画を発表。三越呉服店の美人画ポスターも話題となる。六月、漱石、『虞美人草』を連載（十月まで）。九月、時事新報の美人写真コンテスト始まる。

流行は明治四十年頃まで続いた。得意然として「戦後膨脹の漸く沈縮し來つた、四十年頃まで繼續したのは、明治時代風俗史中に、特筆大書すべき一事項だらう」と自負するのは、高橋義雄の『箒のあと』である。その高橋自身は、明治三十九年に三越呉服店を去り、三井鉱山専任となっていた。念願の流行創出が実現したのを見届けての転進である。同時に文化事業の方面では、帝国劇場設立に向けて動き出した。外国からの賓客にも恥じない大劇場をという構想だったが、推進したのは福沢門下の実業家たちだった。高橋はその中心となって議論をまとめ、明治四十年二月には帝国劇場株式会社が発足する。高橋は創立趣意書を執筆したが、三井鉱山の内規に従って役員には入らず、和田英作らと並んで芸術顧問にとどまった。取締役には腹心の日比翁助が加わった。

岡田三郎助は明治三十九年暮れ、小山内薫の妹八千代と結婚した。薫の回想によれば、兄妹に目をかけていた鷗外の母、峰子の周旋だった。文筆で知られた八千代は「明星」でデビューし、この年春には『門の草』を刊行していた。その挿画は久保田米斎が描いている。

才媛を娶り、身辺に華やぎを加えた岡田は、まさに元禄模様の記念碑とも言うべき肖像画を明治四十年三月開幕の東京勧業博覧会へ出品した。高橋義雄の妻、千代子の肖像画である。

当時は「紫調べ」とも「某婦人の肖像」とも呼ばれた作品だが、これについては、岡田の制作談が四十年四月の「趣味」の附録「博覧会出品画談」に載っている。依頼を受け、描き出したのは三十九年春のことだったという。「風俗は元祿風で髪は立兵庫」「衣服《きもの》は紋綾、御簾と葵の不規則な散らし模

様で　御簾は匹田鹿子で現し　葵は縫取りです、そして地色は緋の目がさめるやうな派手な元祿風の衣裳です」。この着物は高橋が手に入れ、まとわせたのだという。さらに岡田は鼓を打っているところを写生した。諸芸に通じた千代子だったが、能には特に熱心だった。そして背景は「金屛風に光琳風の畫で撫子と流れの極彩色です」。元禄ブームの記念碑と呼ぶゆえんである。

言い添えると、この「博覧会出品画談」には隣り合わせて、島崎柳塢の制作談が見える。出品作は「美音」、名流の男女十人余りが時世粧に飾って音楽の会を楽しむ場面を描いた大作で、画中には「泥引で忠度の波に光琳風の松」を描いた屛風を立て廻した。上流社会、音楽、さらに光琳風の屛風というところまで岡田の肖像画と共通し、柳塢もまた当時の流行を強く意識していたことを物語るようである。ただ、この絵については、「読売新聞」の投書欄「博覧会郵便」で、かんばしくない応酬が交わされたことが知られる。ある者が「非常に面白い着想だと思つた」と讃辞を投じたところ、すぐに反論が寄せられた。するとほめた方は「日本畫中の第一傑作と云つた譯ではない」と引き下がり、批判した投書家は、かさにかかって、「世評の一般を言へば　曰く親族會議圖　曰く病人の臨終圖」と罵倒を投げつけた。柳塢には気の毒な成り行きではあった。

公式の評価の面でも、結局、脚光を浴びたのは岡田の方だった。七月の褒賞授与式で、高橋夫人の肖像画は一等賞に輝いた。実を言うと、岡田は審査員の一人だった。以前からありがちだったお手盛り受賞にほかならず、それが問題化したのはこの博覧会の時でもあったのだが、柳塢のために言い添えておくと、いちおう「美音」も二等賞に入っている。

ちなみに、この年の秋の第一回文部省美術展覧会に、岡田は高橋義雄の肖像を出品している。高橋としては、十年余に及んだ呉服店時代をまっとうした自祝の意味をこめて、夫妻そろいで依頼していたのかもしれない。しかしながら、はるかに有名になったのは千代子の肖像画だった。

明治四十二年春、千代子の肖像画は三越呉服店のポスターに使われることになる。これは素人玄人の別から言うと、画期的な出来事だった。それまでファッションリーダーのような役割を担っていたのは玄人、すなわち芸者だったからである。美人画のモデルにも芸者が多かったし、素人が流行模様で着飾って人前に出れば、玄人と間違えられかねなかった。紅葉・白峰の『むさう裏』に見える「あの恰好だから無事な者ぢやないね」の一言は、そうした事情を伝えている。

実のところ、東京勧業博覧会の頃も玄人モデルの時代は続いていたし、そちらの側で人目をひいた女性像もあった。明治四十年春、「東京に来りて博覧会を見ざる人ありや　博覧会を見て三越を訪わざる人ありや」のキャッチコピーで名高い三越呉服店のポスターである。コピーを考えたのは石井研堂の弟で、博文館から三越呉服店へ引き抜かれていた浜田四郎だった。その浜田の『百貨店一夕話』によれば、髷も着物、市内の浴場などで大人気となった元禄風の美人は、新橋芸者の清香だったという。高橋義雄が「元禄花見踊」に抜擢した芸者の一人にほかならない。花見踊とポスターと、両方で元禄模様のアイコンになったのだから、清香こそは流行の立役者に数えられてよいだろう。

要するに、明治四十年春には、高橋千代子の肖像画と清香のポスターと、元禄模様で装った二つの女性像が話題になっていたのである。もっとも、千代子の肖像画がほどなくポスターに転用されたことが証明するように、素人玄人の領分は幾らか流動化し、素人が着飾った姿を人に見せ、はたまた絵のモデルになってもおかしくない時代となりつつあった。加えてこの頃、そこに棹さす美人写真コンテストが動き出していたのだが、その話は次項に回すとしよう。

さて、ここまで元禄模様の流行が盛り上がれば、街中でも元禄模様が眺められたはずであり、それを取り上げようという文学者も現れてくる。その一人がほかでもない夏目漱石だった。

最初は妙な流行もあるものだという程度に傍観していたらしい。『吾輩は猫である』の中に「元禄」が出てくる。「ホトトギス」三十九年四月号掲載の回である。

坊やは是でも元禄を着て居るのである。元禄とは何の事だとだん〳〵聞いて見ると、中形の模様なら何でも元禄ださうだ。一体だれに教はつて来たものか分らない。「坊やちやん、元禄が濡れるから御よしなさい、ね」と姉が洒落れた事を云ふ。其癖此姉はつい此間迄元禄と双六とを間違へて居た物識りである。

「中形の模様なら何でも元禄ださうだ」とは皮肉っぽい。ちなみに、元禄と双六のだじゃれは二度にわたり、創作メモに記されている。どうやら漱石、気に入っていたようである。

次いで「ホトトギス」四十年一月号掲載の『野分』に、着物の意匠に関する会話が見える。日比谷公園の場面で、中野君と高柳君は女性に目をとめる。「あの着物の色さ」「あれは、かう云ふ透明な秋の日に照らして見ないと引き立たないんだ」と語るのは中野君である。裕福な家に生まれた中野君とは「友禅の模様はわかる、金屛の冴えも解せる」、そういう人物なのである。

その応接間は西洋式だが、アナクロニスムの世相を映し出している。アール・ヌーヴォー式の書棚もあれば、暖炉の前には二枚折の小屛風が立ててある。そして壁に見えるのは、「京の舞子が友禅の振袖に鼓を調べてゐる」額だという。この絵柄は岡田三郎助を連想させせないでもない。帰朝後には京都に遊び、調緒を締める「舞子」を発表していたし、しかも東京勧業博覧会に向けて、高橋夫人千代子が鼓を打つ姿を描きつつあった。(7) もっとも、道也先生の感想は冷やかで、「只気品のない画を掛けたものだと思つた許りである」との一言が添えられている。

この『野分』の発表直後、漱石は大きな転機を迎える。一切の教職を辞し、東京朝日新聞に入社したのである。決断したのは明治四十年三月、東京勧業博覧会が始まる頃だった。

教師という仕事には、かねて嫌気がさしていたらしい。東京帝国大学文科大学で講師をしていた三十九年二月にも、英語学試験嘱託という役目を断ったことがあった。その際、取りなす側に回ったのは文科大学教授だった姉崎嘲風だった。立ち話で翻意を促したようだが、漱石は帰宅後、引き受けない理由を書き連ねて、嘲風に送り付けた。二通目の書簡では、学長がどう思っても困りはしない、「少しは世の中の人間はこんな妙な奴が居つて講師でもそんなに意の如くにはならないといふ事を承知させるがいゝのだよ」と言い放っている。漱石は自ら変人をもって任じていた。大学人としての栄達を棒に振り、新聞社に入ったことはそれ自体、まさに変人のふるまいにほかならなかった。東京朝日紙上の「入社の辞」において、漱石は「変り物の余を変り物に適する様な境遇に置いてくれた朝日新聞の為めに、変り物として出来得る限りを尽す」と宣言した。

ちなみに、転身を決めた四十年春には京都旅行の快事もあった。三月二十八日に発って四月十二日に帰ってくるまで、一種のモラトリアムと言うべき二週間余りを過ごした。社寺をめぐり、名所に遊んだが、四月三日には新古美術品展覧会に立ち寄った。幾つか手控えた美術品の中には、「光琳　百鹿百鶴　盛上げ菊扇面」が見える。次いで漱石は京都帝室博物館に行った。明治三十年の開館から十年、博物館は名品を集めていた。漱石が目をとめたのは、饕餮文の火鉢、三十三間堂の二十八部衆立像、岡本豊彦の屛風、そして光琳の「燕子花図屛風」である。西本願寺に伝来したこの光琳の名品を見て、漱石は「杜若の紫花累々たり。緑葉抻々たり。金色のうちに埋まる」との印象を書き記している。光琳に対して、かなり興味を持ったように見える。(8)

そして京都から帰った漱石は、入社第一作に取りかかった。四十年六月から十月にかけて連載された『虞美人草』である。東京勧業博覧会その他、新聞連載にふさわしく世態風俗を取り込んだ小説であり、元禄ブームについても同様に、「元禄の昔に百年の寿を保つたものは、明治の代に三日住んだものよりも短命である」「二十世紀の詩趣と元禄の風流とは別物である」といった警句を読むことができる。さらには三越呉服店が一作の評判を当て込み、「虞美人草浴衣地」なるものを売り出したことも、漱石の愛読者ならばご存じかもしれない。ところが結末に至り、漱石は容赦ない形で虞美人草のモチーフを登場させる。そのあたりを改めてたどり直してみよう。

漱石自筆の「小説予告」が載ったのは、五月二十八日付の紙面だった。そこで「虞美人草」の題が明かされている。ただし、当人は書き始めてもいなかった。五月二十九日付、滝田樗陰宛ての書簡にいわく、「虞美人草は広告丈で一向要領を得ない　人がくる用事が出来る。どんな虞美人草が出来る事やら思へばのんき至極のものなり」。執筆に入ったのは六月四日のことである。

六月七日には「読売新聞」に大きな広告が載った。大阪朝日新聞販売課の出稿で、「現時我邦文壇の一明星として名聲嘖々たる夏目漱石子の我社入社後の一大新作　小説虞美人草　近日の紙上より掲ぐ」と購読を呼びかけている。漱石の入社を認めた村山龍平社長肝いりの広告だったのか、細長い短冊風のスペースながら、八段の紙面のうち七段分を占める。これには漱石も気をよくしたらしく、東京朝日の渋川玄耳に「あれでぐつと恐縮してしまひました。三越呉服店にも譲らざる大広告ですよ」と書き送っている。なぜ三越の広告に触れたのか、むろん東都の話題となっていたからだが、手紙の相手の玄耳はこの頃、藪野椋十の筆名で『東京見物』を連載し、例の「東京に来りて博覧会を見ざる人ありや　博覧会を見て三越を訪わざる人ありや」のポスターを面白おかしく取り上げていた。六月末に刊行されたその単行本に、漱石は序文を与えている。

ただ、これは下世話な勘繰りではあるけれど、漱石はより直接に、三越側と関わり合いを持っていたかもしれない。七月四日付の「読売新聞」にこんなゴシップ記事が載っている。

> 夏目漱石氏の「虞美人草」は幽芳、霞亭等の小説に飽いて居た關西地方にては大變な評判なさうだ、三越呉服店はこれを的《あて》込んで虞美人摸様の眞向浴衣を染めて關西へ賣出し　紀念の爲めとて漱石氏に一反贈つて來たさうだ、然るに朝日社からも亦一反送つて來て都合二反になり、その中《うち》一反は鈴木三重吉氏がお裾分にあづかつた。

虞美人草の浴衣地が二反、漱石に届けられたというのである。一反は三重吉に譲ったなどと、妙に具体的でもある。記事を信頼するなら、一種のタイアップとして浴衣地が作られたことを漱石も承知していたことになるが、これがそのまま事実という保証はむろんない。読売新聞は自社の勧誘に乗らず、東京朝日新聞に入ってしまった漱石を面白くないと思っていた。この年十一月には白雲子こと藤井繁一による人格攻撃を掲げ、漱石をあきれさせることになる。

しかし、仮にためにする記事だったとしても、この記事の頃までに浴衣地は出来上がり、小説とも注目されていたことは確かだろう。七月初旬というのは、六月二十三日の連載開始からすれば、わずか十日ほどである。商才なき身からすると、小説の評判を見極めてから作りそうなものだが、三越呉服店は執筆が伝えられたあたりから、不見転《みずてん》で動き出していた可能性が高い。虞美人草の響きに釣られて誰か知恵者が発案したのか、何とも早手回しなことではあった。

その『虞美人草』について、ここで筋を細かく説明することは控えるけれど、大枠としては、虚栄を求める新文明を道義、そして厳然たる生死によって裁断する物語と言えるだろう。新文明を体現するのは、ヒロインの藤尾である。いったんは小野君をなびかせるものの、小野君が旧世界の道義に立ち返ると同時に、藤尾は死を遂げる。「虚栄の毒を仰いで斃れた」と書かれる通りだが、浴衣地まで売り出された虞美人草のモチーフはこの終章に及んで、ようやく小説に登場する。虞美人草は死せる藤尾の枕元、こともあろうに逆さ屛風の絵柄に使われている。

逆《さか》に立てたのは二枚折の銀屛である。一面に冴へ返る月の色の方六尺のなかに、会釈もなく緑青を使つて、柔婉《なよやか》なる茎を乱るる許に描《かい》た。不規則にぎざ〳〵を畳む鋸葉を描いた。緑青の尽きる茎の頭には、薄い瓣《はなびら》を掌程の大さに描た。茎を弾けば、ひら〳〵と落つる許に軽く描た。吉野紙を縮まして幾重の襞を、絞りに畳み込んだ様に描いた。色は赤に描いた。紫に描いた。凡てが銀《しろかね》の中から生へる。銀の中に咲く。落つるも銀の中と思はせる程に描いた。——花は虞美人草である。落款は抱一である。

日本間さえ少ない今日では実感を伴わないことだが、逆さ屛風の葬送儀礼は特別なことではなかった。明治四十年の小説から例を挙げれば、二葉亭四迷の『平凡』に、子供の頃に死別した祖母が小屛風を逆さにした影に横たわっていたという回想があり、中村星湖『少年行』にも、逆さ屛風の内に香を焚き、一族集まって通夜をしたという場面が出てくる。この『虞美人草』の場面については、似たような屛風の探索に研究者の関心が向けられてきたけれど、作中においてはさしあたり、逆さ屛風であることが意味を持つ。虞美人草は古来、散りやすい花の代表格であり、漱石はこの艶にしてはかない花を逆さにして、死出の枕元を飾ったのだろう。

藤尾に掛けられた着物はその屛風と混然となった絵柄を作り出す。「薄く掛けた友禅の小夜着には片輪車を、浮世らしからぬ恰好に、染め抜いた。上には半分程色づいた蔦が一面に這ひかゝる。淋しき模様である」。ここで「片輪車」を「浮世らしからぬ」と見なすのは無常の観念と結びついているからだが、同時に王朝風の意匠とも言えるだろう。漱石はさらに蔦を絡ませる。こちらは伊勢物語のわびしい東下りの連想を誘い出すかもしれない。それら典雅とも閑寂とも見える柄を選び、死者にまとわせ、まさに死のイメージへ直結しているのである。その意図は、甲野さんが記す言葉に明かされている。「粟か米か、是は喜劇である。工か商か、是も喜劇である。あの女かこの女か、是も喜劇である。綴織か繻絲か、是も喜劇である」――生死の問題を前にすれば、すべては喜劇というのだが、その喜劇の側にわざわざ「綴織か繻絲か」を交えている。指弾されているのは高価な着物に思い煩う世相であり、端的に名指すなら、三越呉服店的なるものにほかならない。

一編は虚栄の女たる藤尾を死なせることが最初から決まっていた。虚栄の女であるからには華麗に彩らなければならないが、なおかつ死の空しさを演出すべきところでもある。その双方の要請を満たすように選ばれたのが虞美人草の逆さ屛風であり、「片輪車」に蔦模様の友禅だったのだろう。このうち後者は、かつて三井呉服店が採用していた意匠でもある。明治三十二年の「初衣」が宇治橋模様や蔦の細道意匠の繻珍の帯地を掲げていた通りである。さらに虞美人草の屛風が、仮に抱一でなく光琳であったなら、ますますもって三越的ということになるところだが、しかし、金地に「紫花累々たり。緑葉抻々たり」といった調子ではゴージャスに過ぎ、そもそも光琳では市井の逆さ屛風には似合わない。寂寥感を漂わせるには、やはり抱一の銀屛風がぴたりと来る。そして抱一こそは光琳を追慕し、顕彰した人だった。これらがすべて計算ずくだったとは思わないが、どうあれ奢侈を求める世の風潮に生死の問題を対置し、抱一落款の虞美人草屛風や、三越呉服店の着物と共通するような意匠を死のイメージに転化して、漱石は「虞美人草」を終えたのである。

虞美人草の浴衣地まで売り出した三越呉服店にしてみれば、これほど不吉な小説もない。本当に浴衣地を贈っていたとすれば、なおさら呆然としたに違いない。思い出されるのは、嘲風に宛てた書簡の一節「少しは世の中の人間はこんな妙な奴が居つて講師でもそんなに意の如くにはならないといふ事を承知させるがいゝのだよ」である。文化人にも意の如くにはならない、コマーシャリズムに乗らない人間がいるのだと思い知らせた一作でもあったかもしれない。

明治四十一～四十二年　ポスターの乾蝴蝶

明治四十一年一月、岡田三郎助の石版画「ゆびわ」が「時事新報」の附録に。三月、時事新報社の美人コンテストの結果発表。九月～十二月、漱石、「三四郎」連載。

明治四十二年春、高橋千代子の肖像を原画に、三越呉服店がポスター作成。

多士済々の元禄模様クロニクルも、切り上げ時となってきた。本章を締めくくるのは漱石の『三四郎』なのだが、その前に一つ、当時の女性イメージに関わる話題を拾っておこう。

それというのは、時事新報社の美人写真コンテストである。これはシカゴ・トリビューン紙が持ちかけた国際的な美人コンテストに連動し、多数の地方紙も巻き込んだ派手な催しだった。募集は明治四十年九月に始まった。ただし、芸妓の写真は受け付けなかった。そのためうまく写真が集まらず、苦労もしたようだが、素人女性に限定したことに新味があったと言ってよい。第一次の地方審査の一等商品は「十八金ルビー真珠入指輪」、その入賞者を集めた全国審査の一等商品は「十八金ダイヤモンド入指輪」だった。さらに協賛企業の副賞品が相次いで発表されたが、真っ先に着物地や和装小物の提供を決めたのは三越呉服店だった。

四十年十二月十五日には審査員が公表された。顔ぶれはなかなか面白く、まず高橋義雄が加わっている。時事新報は福沢門下の新聞社であり、高橋には古巣にあたる。肩書は「美術鑑識家」となっている。美術家としては岡田三郎助と島崎柳塢、さらに彫刻界から高村光雲や新海竹太郎が加わっていた。岡田は洋画壇、柳塢は日本画壇の美人画家といった役どころと言ってよいが、実のところ、はるかに深く美人コンテストに関わっていたのは、ここでもやはり岡田の方だった。

翌四十一年の元日付の「時事新報」は新年の附録として、岡田三郎助の美人石版画「ゆびわ」を配布した。ダイヤモンドの指輪で頬杖をついた乙女の絵である。この石版画には油彩の原画が現存し、さらにルビーの少女を同様の構図で描いた絵も残っている。ダイヤモンドの指輪は全国一等、ルビーの指輪は地方一等の賞品だった。コンテストへの関心を盛り上げたい時事新報社の依頼に応え、岡田は絵筆を揮ったのである。素人女性の高橋千代子を元禄尽くしで描いてみせたのに続き、素人限定の美人コンテストが求める理想の美少女を、巧みに具現化してみせたと言ってもよい。

コンテストの結果は三月に発表され、小倉市長令嬢の末弘ヒロ子が全国一等に輝いた。ところが一騒動が持ち上がり、在籍していた女子学習院中等部を退学せざるを得なくなったことは、ある方面ではよく知られたエピソードとなっていよう。玄人ならざる女性が美人として人前に立つ機会が作られつつあったが、それが顰蹙を買ったりもする過渡的な時代だったのである。

また、この頃の岡田三郎助の仕事としては、三越呉服店の依頼による「桜狩（観桜の図）」「紅葉狩（観楓の図）」の大作二点も挙げられる。駅頭に掲げる絵看板にほかならない。実際に「桜狩」は四十一年八月、大阪梅田駅の貴賓待合室に飾られたという。

さて、続いて『三四郎』の話である。明治四十一年九月から十二月にかけて、東京と大阪の朝日新聞に連載されたこの名作は、三越呉服店のポスターや元禄模様の着物を小道具に使い、それのみならず、漱石の作品では最も明確に元禄ブームを背景とし、その終焉を象徴するような小説とさえ思えるのだが、同時に、そんな風には読まれにくい小説でもあるだろう。

なぜならほとんど全編、三四郎の眼を通して書かれており、その三四郎が着物の柄の分からない人物として設定されているからである。「世間に疎い青年の視点から書くことで小説中に死角を作る手法を含めて、『三四郎』は隙間だらけ、穴だらけの小説だと言うことができる」と指摘するのは石原千秋の『漱石と三人の読者』だが、その「死角」にあるのが着物の柄なのである。

ヒロイン美禰子の登場する場面に、そう書いてある。美禰子は団扇を翳し、帝国大学の池畔に現れる。三四郎は「着物の色、帯の色」を目にとめ、色鮮やかな眺めだと思う。「けれども田舎者だから、此色彩がどういふ風に奇麗なのだか、口にも云へず、筆にも書けない」。かろうじて美禰子の去り際に「白い薄を染め抜いた帯」を認めるのみである。野々宮の妹よし子の見舞いに行き、再会した時も縞模様を眺めるばかりで、「着物の色は何と云ふ名か分らない」。広田先生の引っ越しをともに手伝う場面に至っては、「地が何だかぶつ〳〵している。夫《それ》に縞だか模様だかある。その模様が如何にも出鱈目である」などと、それこそでたらめなことを言っている。

美禰子はしばしば画中の女のごとくに現れる。例えば「透明な空気の画布《カンヴス》の中に暗く描かれた女の影」というように、絵画的なフレームさえ伴っている。ところが絵画についても、三四郎はいかにも鈍い鑑賞者でしかなかった。美禰子と連れ立って、「丹青会」なる団体の展覧会を見に行く場面が出てくる。この展覧会が四十一年五月に開幕した第六回太平洋画会展に相当することはつとに柴田宵曲『漱石覚え書』が指摘しているところだが、そこに出品された吉田博・ふじをの滞欧作にあたる作品について、別々の画家の筆だと気づかず、美禰子から「随分ね」と言われてしまう。

三四郎は都市風俗に馴致されていない、うぶな眼の持ち主なのである。対する美禰子の方は官能に訴え、「見られるものの方が是非媚びたくなる程に残酷な眼付」をしている。三四郎はそのまなざしに魅入られる。非対称的なまなざしの力学が二人の関係を規定しているのである。ちなみに光線の圧力を測定しようとする野々宮さんの実験は、そのアナロジーとも読まれ得るだろう。

物語が先に進んでいくにつれて、この視線の力学は揺らぎ始める。三四郎は東京の風俗に接し、次第に見る力を獲得する。美禰子の目は力を行使し得なくなる。直接の理由は縁談であったはずだが、興味をそそるのはこの小説の展開にからんで、明治四十年に話題になった二つの女性像、つまり三越呉服店のポスターと元禄模様の肖像画が出てくることである。

三四郎が朝湯に行くと、そこには「三越呉服店の看板」が掛かっている。


閑人の少ない世の中だから、午前は頗る空いてゐる。三四郎は板の間に懸けてある三越呉服店の看板を見た。奇麗な女が画いてある。其女の顔が何所《どこ》か美彌子に似てゐる。


看板とあるけれど、石版刷りのポスターなのだろう。新橋芸者の清香に元禄模様を着せ、「博覧会を見て三越を訪わざる人ありや」の文句を刷り込んだものだったのかどうか、ともあれ三越呉服店のポスターは、九州からやってきた三四郎が眺めるのに恰好の東京風俗の一つだった。ただ、美彌子に似ていると思いながら、三四郎は「能く見ると眼付が違ってゐる。歯並が分らない」と考え直す。幾らか分析的な見方をし始めていると言えるかもしれない。

さらに続く運動会の場面を経て、美彌子の眼はにわかに力を失う。「火の消えた洋燈《ランプ》」のようだと三四郎は思うのだが、そこで「原口さんといふ画工《ゑかき》」が話題に上る。美彌子をモデルに、「森の女」なる美人画を描く洋画家である。完成後、その絵は丹青会の展覧会に並べられるから、さしあたり太平洋画会の画家のようだが、パリに留学したことがあり、帰国後は鼓を打ってみたいなどと考えている点で、まさしく一九〇〇年の洋行者を思わせる人物でもある。

その原口の画室には、元禄模様の小袖が掛けられている。

向ふ側の隅にぱつと眼を射るものがある。紫の裾模様の小袖に金糸の刺繡《ぬひ》が見える。袖から袖へ幔幕の綱を通して、虫干の時の様に釣るした。袖は丸くて短かい。是が元禄かと三四郎も気が付いた。

着物の柄の分からない三四郎も、ここに至って元禄模様と分かったらしい。原口は団扇を持たせたポーズで描いているのだが、ただし、「あなたが単衣《ひとへもの》を着て呉れないものだから、着物が描き悪《にく》くって困る」と嘆いている。美彌子が着ようとしない着物とは、画室の描写からすると、「虫干の時の様に釣るした」元禄模様としか思われない。原口としては、それと美彌子を見比べながら、元禄模様をまとった美彌子を描いているのだろう。なおかつ美彌子自身、それが最初に池畔に立った時と同じ服装、ポーズなのだと三四郎に明かしている。いつからモデルをしていたのかと尋ねる三四郎に、「あの服装《なり》で分るでせう」、すなわち初めて会った時と、描かれつつある画中の姿とは同じなのだと言っている。ということは、そもそも最初から美彌子は元禄模様の女だったのである。三越呉服店のポスターを見て、三四郎が似ていると思ったのも当然のことだろう。

元禄模様の画家と言えば、縷々綴ってきたように、誰よりふさわしいのはやはり岡田三郎助その人である。丹青会＝太平洋画会の原口と、白馬会の岡田とは一致しないけれど、複合的に画家像が造形されているとすれば、かなりの程度、岡田の属性が投影されているのではあるまいか。

むろん美彌子は素人女性だから、モデルになるのはまだまだ一般的なことではなかった。「あなたの肖像を描くとか云つてゐました。本当ですか」と三四郎が確かめ、「えゝ、高等モデルなの」と美彌子が答えるのはそれゆえのことである。だが、モデルになるということは、一方的に見られることである。それが美彌子の視線を決定的に失墜させる。原口はしかも、画家とは外見を描くものだと考えている。日本人としては大きな美彌子の眼を称賛しながらも、「心を写す積《つもり》で描いてゐるんぢやない。たゞ眼として描いてゐる」と言い切る。これでは美彌子の眼は力を持ち得ない。

その原口のかたわらで、三四郎は見る力を行使する。ポーズを止め、椅子に休む美彌子を「身繕に心なき放擲《なげやり》の姿である。明らさまに襦袢の襟から咽喉頸が出てゐる」と凝視する。再び美彌子がポーズを取っている最中、今度は原口が三四郎に対して、美彌子の目を見てごらんと促す。すると美彌子はとっさに横を向き、窓へ視線を投げる。この瞬間、まなざしをめぐる二人の力関係は、決定的に逆転を遂げるのである。画室を出ると、美彌子は青ざめ、「其眼には暈が被つてゐる様に思はれた」。そこに婚約者とおぼしき紳士が迎えにやってくる――。視線の力学を執拗なまでに跡付け、本筋にからませる手際は『三四郎』の読みどころと言ってよい。

終章、丹青会(9)に出品された「森の女」は観衆注視の作品となるだろう。当然、元禄模様の美人画だったはずである。そこに夫に連れられ、美彌子がやってくる。画中の美彌子と、現実の美彌子とが向き合い、双方の分離が確定する。かくて現実の側に取り残され、行き惑う三四郎や美彌子の姿を浮き彫りにして、『三四郎』という小説は幕を下ろす。

思い返せば『虞美人草』は、ヒロイン藤尾の死をもって終わる小説だった。漱石は「綴織か繻珍か」といった虚栄の帰結点に厳然たる死を据え、抱一の逆さ屛風と典雅な柄に彩られた画中の美人のごとくに藤尾を死なせた。ついに自らは享受することのない装飾の中に、藤尾は封じられたと言えるかもしれない。『三四郎』の美彌子は元禄模様の美人として登場する。「見られるものの方が是非媚びたくなる」眼を持ちながらも、自らを装飾し、人に見られる女性となる。藤尾のごとく殺されることはなかったが、見られる者としての美彌子は元禄模様の美人画に封じられ、現実の美彌子はおそらくありふれた奥様としての人生を生きることになる。これ以降、漱石の小説には現実を生きざるを得ない人々の運命がいっそう生々しくせり上がることになるが、この一作が書かれたのは実のところ、流行現象が勝利を収めた後、新奇なそれとしては終息していく頃のことでもあった。

そこで言い添えておくべきは、高橋千代子のことである。年が改まって明治四十二年春、岡田が描いた肖像画は三越呉服店のポスターに採用された。元禄尽くしの趣向で描かれた画中の千代子はファッションモデルのような役割を担わされて、街頭へ送り出された。

ところが現実の千代子は、ほどなく病没してしまう。四十二年十二月二十二日、享年三十九。

その二日後、二十四日付の「読売新聞」は人物像を改めて紹介し、「能樂、茶の湯、生花、琴、三味線、胡弓、小鼓」といった多芸さを強調している。分けても小鼓は「大倉流の大倉利三郎に學び其歿後幸流の山崎一道に就き昨年同人の歿するや少時中絶し　去九月更に三須平司に入門せるも幾回も稽古せずして終れり」。そこまで熱心だったのは、あるいは内助の功ということがあったのかもしれない。夫の高橋義雄は早くから能に入れ込んでいた。趣味を共有し、稽古を助けるつもりがあったのだとすれば、その多芸さは夫思いのゆえだったことになるけれど、どうあれ実人生とは別に、元禄姿の肖像は流行現象のアイコンとして、広く流布していった。元禄模様の肖像画に描かれたところまでは『三四郎』の美彌子と相似るだろう。ただし、千代子の場合、その肖像画がポスターになり、当人は世を去ったのである。イメージと現実の懸隔は例えようもなく大きい。

「我が國中の津々浦々に夫人の姿を見ざる事なし」と、この記事は伝えている。

第十一章　蕩児の浮世絵

歌川国周（右から）「祭り佐七　尾上菊五郎」「芸者小糸　沢村田之助」「半時九郎兵衛　坂東彦三郎」（明治４年　早稲田大学演劇博物館蔵）

浮世絵は芸術かと聞かれたとして、芸術ではないと答える人は今では多くないだろう。何をおっしゃるやら、といぶかしむ向きもあるかもしれない。もっとも、昔から芸術だったのかと言えば、どうやら否と言うしかない。坪内逍遥『小説神髄』の一節はそうした認識を伝えている。「我国の小説稗史は之を泰西の小説と比ぶる時には恰も歌川家の畫工がものせし浮世錦繪といふものをば狩野家の繪畫に比ぶるごとし」。旧来の小説を芸術の域に高めたいと願う逍遥は、芸術以前の代物の例として歌川派の浮世絵を挙げ、「錦繪かならずしも拙きにあらねど所謂高雅の質に乏しく」「纔《わづか》に童幼婦女子にのみもてあそばるゝを務《つとめ》とせり」と述べている。これは逍遥一人の偏見では決してなく、明治の半ばまでの一般的な浮世絵観だったと言ってよい。少なくとも浮世絵版画は、庶民婦幼のお楽しみ、あるいは江戸土産として廉価に売られ、高尚な「書画」の範疇に入るものとは思われていなかった。それが今日では誰もが認める、むしろ日本が世界に誇るべき芸術となったのである。

ならば、その変わり目はいつの頃だったのか。そして、いかなる心情が浮世絵を芸術に押し上げたのか——。この章では、明治四十三年＝一九一〇年に注目し、文学者たちの浮世絵愛好に探りを入れてみようと思う。いずれ四十二年、四十四年という風に両側へ膨らむことになるはずだが、明治四十三年と言ってみるのは、二つの回想を尊重してのことである。

わたくしが浮世絵を見て始て藝術的感動に打たれたのは亜米利加諸市の美術館を見巡つてゐた時である。さればわたくしの江戸趣味は米国好事家の後塵を追ふもので、自分の発見ではない。明治四十一年に帰朝した当時浮世絵を鑑賞する人は猶稀であつた。小島烏水氏はたしか米国に居られたので、日本では宮武外骨氏を以て斯の道の先知者となすべきであらう。東京市中の古本屋が聯合して即売会を開催したのも、たしか、明治四十二三年の頃からであらう。（永井荷風『正宗谷崎両氏の批評に答ふ』、昭和七年三月三十日稿）

千九百十年は我々の最も得意の時代であつた。「パンの會」は毎週開かれた。我々はRodinの銅像の首の唇に寄せた皺の粘《ねばこ》さが何《ど》う云ふ情《なさけ》を藏《か》くしてゐるかが分るほどになつた。また亞剌比亞《アラビヤ》物語や、近松、三馬などに出て來る青年の心に同情を寄するほどの苦勞も覺えた頃である。（中略）油繪で複寫した江戸錦繪のやうな、Pierre Loti の Chrysanthème のやうな、さう云ふ不純な氣分を愛する予は、寄席のかへり、芝居のかへり、また常盤木倶樂部、植木店のかへりみちに、この種の異香の酒を嘗めて、かの卑しい、然し涙に滿ちた、江戸平民藝術の聯想に耽ることを樂みにした。（木下杢太郎『食後の唄』自序、大正七年九月四日稿）

『江戸芸術論』その他で知られる永井荷風の浮世絵開眼は、外遊中のことだった。明治三十六年に渡米し、美術館を見て歩く中で、芸術的な感動に打たれたのだという。ところがフランスを経て帰国した四十一年頃、浮世絵愛好者はまだ少なかったとして、「宮武外骨氏」を挙げている。確かに外骨こそは斯道の先駆と呼ぶにふさわしい人で、本邦初の浮世絵専門誌「此花」を創刊したのは明治四十三年一月のことだった。小島烏水の渡米時期についてはどうも記憶違いがあるようだが、四十二、三年の頃には「古本屋が聯合して即売会を開催した」と述べているのも、実際に浅倉屋、松山堂といった有力書肆の古書展が始まり、盛況だったと伝えられる。(1)

杢太郎が言う一九一〇年はもとより明治四十三年のことで、「我々の最も得意の時代」というのは石井柏亭たちと作った「パンの会」の最盛期を意味している。「パン」が牧羊神をさすごとく、芸術と酒に酔う青年たちの集まりだったわけだが、そこには「油繪で複寫した江戸錦繪」に憧れる気分が流れていた。別の一文『パンの会の回想』でも「畢竟パンの會は、江戸情調的異國情調的憧憬の産物であつた」と回想し、当時の雰囲気を伝えるため、この年十一月、神田の貸席青柳亭で開かれた珍書絵画の即売展をのぞいたことを追記している。「北齋繪本東遊、六圓五十銭」などが並び、客の一人が言うには「あの似顔なざあ、子供のおもちやになつてたのでさあね(2)」。

浮世絵はにわかに世間の注視を集めつつあった。さらに言い添えると、ここに名前を挙げた面々にはかなりの年齢差がある。宮武外骨は慶応三年、荷風は明治十二年、そして杢太郎は明治十八年の生まれである。世代も違えば、物の考え方も隔たっていただろう人々がこの頃、等しく浮世絵愛好の圏内へ入り込んでいる。彼らにどういった感情が働いていたのか、明治四十三年という年で輪切りにして、小説その他、彼らの書き物から素描しようというわけである。

おいおいに荷風や杢太郎、さらに何人かの文学者の話をしていくつもりだが、まずは年頭発表の名品、泉鏡花の『国貞えがく』から読み直してみるとしよう。

母の形見の歌川派　泉鏡花

『国貞えがく』は、明治四十三年元旦発行の「太陽」に掲載された。結びが鮮やかで、「後に大立廻りの一手もあるべき趣向を、年末の稼ぎに切《せま》りて、半ばにして、完とせり。いま思へば、却って、可ならむ」（『泉鏡花篇』小解）と自ら評した短編だが、この少し前に鏡花は草双紙を買い集めたこともあったようで、浮世絵趣味の顕著な一作でもある。(3)

時は五月中旬、金沢とおぼしき町に帰省した主人公の立田織次は大切な用事を思い出す。亡き父の職人仲間、小北平吉が預かったままの錦絵を取り返すことに決めたのである。

錦絵は国貞の二百余枚、早くに亡くした母の形見だった。「蟲干の時、雛祭、秋の長夜のをりをりごとに、馴染の姉様三千で、下谷の達手者《だてしゃ》深川の婀娜者が澤山《たんと》居る」という思い出深い錦絵だったのだが、幼い織次はどうしても新撰物理書という教科書が欲しくなった。ねだられた父はやむなく錦絵を手放すことにした。祖母が売りに行く。古本屋は七十五銭しか付けない。黒表紙の物理書は四冊組で八十銭。結局、物理書は古本しか買えなかった。

そこに登場するのが小北平吉である。事情を聞いていきり立ち、一円を立て替えて錦絵を買い戻した。ところが善意の助け舟のようで、平吉は錦絵の値打ちを分かっていたらしい。そのまま自分で預かってしまった。生前の父も話を持ち出し、後には東京から織次も手紙を書いてみたが、一向に埒は明かない。そこで帰省を機に、直談判に及んだのである。

「此家《こちら》に何だね、僕ン許《とこ》のを買って貰った、錦繪があつたつけね」と織次は切り出す。平吉はとぼけて「はあ、あの江戸繪かね」「あつたけかな」。酒を出し、話を逸らそうとする。果てにはよその蔵に「貸したやうに預けたやうに」なっているなどと言い出す。

平吉の本音は「織さん、近頃ぢや價《ね》が出ましたつさ。錦繪は……唯《たつ》た一枚が、雜とあの當時の二百枚だつてね、大事のものです。貴下にも大事のもので、又此方も大事のものでさ」。

また酒を勧め、鰯を焼けと女房に言いつける平吉に、織次は激しい口調で言う。「平吉、金子《かね》でつく話はつけやう。鰯は待て」。切れ味鋭い一言で幕となる。


織次の故郷は金沢らしき町であり、父は職人、母は早くに亡くなっている。こうした設定は鏡花自身に重なるところが多い。亡き母と錦絵の記憶が結びついていたこともまたしかりである。

鏡花の母、鈴は加賀藩御抱えの能楽太鼓方の娘だった。生まれは江戸だったが、幕末の動乱を避けて、一家で金沢に移り住んだ。その昔語りを題材にしたとおぼしき小説『笈摺草紙』の中で、鏡花は太鼓方の一家が携えてきた品々を挙げている。そこには「田舎源氏、大倭《やまと》文庫、白縫物語、と其から小倉百人一首、大形の古代繪で、一枚毎に吉野紙で間《あひ》をした歌がるた」。実際に、鈴は江戸から『白縫物語』その他の草双紙を持ち帰り、大切にしていた。

幼い鏡花はその中から表紙が美しいものを並べて、眺めるようになった。回想談「いろ扱ひ」によれば、「薄葉を買つて貰つて、口繪だの、插繪だのを寫し始めたんです」。

昭和三年の「『泉鏡花集』序詞」で、鏡花は亡き母の小遣い帳を書き写す。「三錢五りん　やきどうふ」「三錢　柿」などとある中に、「九りん　うすやう」。この薄葉こそは幼い鏡花のためのもの。「節用集、袖鑑などの武者繪を、すきうつしするとて、子どもがねだりしお小づかひ。きれいな姉様をすきうつしはしなかつたかと。答へて曰く、八歳ごろ」。

これはしかし、さほど特別な体験とは言えない。むしろ草双紙に親しまなかった子供の方が少なかったくらいだろう。鏡花の挿絵を多く描いた鏑木清方は『こしかたの記』の中で、祖母の姉から草双紙を見せてもらい、絵をせがんで描かせた幼い頃を振り返り、「明治の文学者には、母の遺愛の草雙紙が文字に親しむ始めだとか、土蔵の中で草雙紙に読み耽ったとかいう話が尠くない」「ひらがなが読めてくればさしあたり草雙紙の拾い読みをするより手はなかった」と述べている。ただし、当時の男子が修めるべきは漢文素読であって、草双紙などを与えられるのは、例えて言えば飴玉をもらうようなものだったかもしれない。島崎藤村の『春』には主人公岸本の回想として、少年時代に草双紙を万引きし、挙げ句には置き場所に困ってドブに捨てた話が出てくるけれど、そういう草双紙であればこそ、ひそやかな母の記憶に結びつくのだろう(4)。

分けても鏡花の場合、母と過ごした月日はひどく短かった。鈴は鏡花が十歳の時、産褥で亡くなった。鏡花にとって草双紙がいかに大切なものだったか、想像するにあまりある。

その草双紙において活躍し、ほとんど独占的に描いていたのは歌川派の絵師だった。例えば『笈摺草紙』に言う「田舎源氏、大倭文庫、白縫物語」のうち、『偐紫田舎源氏』は国貞の挿絵によって名高く、『釈迦八相倭文庫』や『白縫物語』も歌川派の絵師が主力だった。なおかつ彼らは知られる通り、あざとい猟奇趣味や嗜虐的なエロティシズムを得意とした。そんな幕末から明治初年に及んだ歌川派的なイメージもまた『国貞えがく』には妖しく流れ込んでいる。

郷里の町を歩くうちに、織次は幼い頃、蜘蛛男の見世物に震え上がったことを思い出す。「人間ではあるまい、鳥か、獣か、其とも矢張土蜘蛛の類か」――土蜘蛛と言えば、まずは源頼光の土蜘蛛退治である。国芳あたりも描いた主題だが、さらに『白縫物語』には土蜘蛛から妖術を授けられた若菜姫が登場する。「淋しい時は枕許に置きますとね。若菜姫なんざ、アノ畫の通りの姿で蜘蛛の術をつかふのが幻に見えますよ」とあるのは鏡花の談話「いろ扱ひ」だが、幕末の錦絵・草双紙に跳梁していた不気味な土蜘蛛の姿が、少年織次の脳裏にも描かれていたのだろう。

街角には、かつて蜘蛛男と同じ見世物の侏儒の女たちが入った銭湯もある。今でこそさっぱりした暖簾に変わったけれど、その時分には「兩眼眞黄色な繪具の光る、巨大な蜈蚣《むかで》が、赤黒い雲の如く渦を巻いた眞中に、俵藤太が、弓矢を挾んで身構へた暖簾」が掛かっていたという。そこへ差し掛かった織次の耳にはどこからか、ドブンドブンという音が聞こえてくる。夜更けてやってきた侏儒の女たちは、風呂の縁に手をかけ、両脚で横ざまにドブンと入ったのだった。

はたまた「……姫松どのはエ」という祭文語りの塩辛声も耳によみがえる。「大宅太郎光國の戀女房が、瀧夜叉姫の山寨に捕へられて、小賊どもの手に松葉燻《まつばいぶし》となる處――樹の枝へ釣上げられ、後手の肱を空に、反返る髪を倒《さかさ》に落してヒイ〳〵と咽んで泣く」。

山東京伝の『善知鳥安方《うとうやすかた》忠義伝』が語り物となっていたのか、杲由美《ひので》という方の論考の指摘するところでは、京伝の読本では責めさいなまれるのは光国の妻ではないようだが、松葉いぶしの情景は話が進むにつれて、買い去られた錦絵の姉様が責められるイメージへ転化する。そこに鰯の脂が焦げる臭いが重なり合う。さすがに織次はたまらなくなり、「鰯は待て」と口走るわけだが、付言しておけば、この『善知鳥安方忠義伝』に取材したのが国芳の妖怪画「相馬の古内裏」であり、織次の生家は、その回想の中では「相馬内裏の古御所めく」と例えられてもいる。そんな風に『国貞えがく』とは幕末の歌川派的なイメージに塗り込められた物語なのである。

一方では母恋い、他方では歌川派的な猟奇性と結びつき、薄明の記憶に浮かび上がる国貞の二百余枚は、しかしながら、今となっては金銭ずくの話にまみれている。返せと言われた平吉は「織さん、近頃ぢや價が出ましたつさ。錦繪は……」と開き直り、当の織次までも「平吉、金子でつく話はつけやう」と言わざるを得ない。「国貞えがく」とは世知辛い明治の世の物語でもある。

織次の回想の中に、すでに兆しは現れている。幼い頃、錦絵を買い叩いた古本屋は、祖母が引き返すと、売れてしまったとごまかそうとする。いわく、三度笠に脚絆の大男が「通りすがりに、じろりと見て、いきなり價《ね》をつけて、づぱりと買つて、濡らしちやならぬと腰づけに、きりゝと上帯に結び添えて、雨の中をすた〳〵と行衞知れずよ」。もとよりこれはその場しのぎの嘘であり、錦絵は平吉が取り戻すことになるのだが、現実に地方をめぐって、浮世絵を買い付ける人々がいたらしい。明治四十年二月五日付「読売新聞」に「奇妙な職業」として「古繪買」の記事が見える。

> 古い浮世繪や錦繪が高價で歐米へ賣れ行くより日を逐ふて騰貴し　歌麿とか祐信とか春章とかの上物になると木板ものの錦繪でさへ一組が百圓以上にも賣れ　猶ほ漆繪と稱する珍物になると一枚三百圓から五百圓までもするなり　是れを買出さんと地方まで探し廻る仲買とも云ふべき者あり　上等の繪を甘く探し出せば隨分多額の利益を得られるので眼を皿にして駈歩く由なるが　彼等が地方にて掘出しもの多き季節は桃の節句前後にて　雛祭の道具など取出すとき古錦繪も雛と共に飾りあるを探り出して金轡で買占め問屋に賣るが例なるより　舊三月が書入なりと云ふ

東京市中の浮世絵は早々に払底し、地方をあさり歩くようになったのである。

明治四十三年一月一日発行、すなわち『国貞えがく』と同時に世に出た宮武外骨の「此花」創刊号にも、浮世絵売買の一端が見て取れる。巻頭言「此花の咲きし理由」から引用する。

先年予が東京の酒井好古堂といふ古本屋へ行つて、望みの書籍を探して居ると、其店頭《みせさき》へ他から一人の男が來て同店の主人に「何か珍物はありませんか」と云ふと主人は「伜が昨夜信州から買入れて持歸つた品が少々あります」と云ひつゝ、古い江戸繪の類を二三十枚出して見せた、其中の細田榮之の描いた美人の風俗畫三枚について、主人は二百圓より一錢も負けないと云ふに、彼の男が「百八十五圓ならば戴きませう」と云つて居る

高価な売買に、外骨はびっくりした。聞けば横浜の商館行きだという。外国人が浮世絵を買い始めたのは明治二十年頃だが、以来、値段は高まるばかり。連中とて馬鹿者ぞろいではあるまい、ならば浮世絵の真価を研究してみずばなるまい——こうして外骨は「此花」の創刊を思い立ったというのだが、この巻頭言は酒井好古堂が信州から浮世絵を仕入れていたことを伝えている。

酒井好古堂初代の酒井藤兵衛は信州から出て、錦絵屋の三兵衛に数えられた人だった。最初は横浜、やがては淡路町に大店を構えた。九鬼隆一あたりもその肉筆画の顧客だったというが、初代が明治四十四年に没した後、大正四年には淡路町の店内の浮世絵社を発行元として、雑誌「浮世絵」が創刊されることになる。外骨の「此花」に続く専門誌として名高いが、もっとも、その巻末には好古堂の買い取り広告が載っている。「何處の御宅でも年に一度の土用干はなさいます　するとこう云ふ際には

得て、長持の底、葛籠《つゞら》の中さては文庫やら、何やらの内から、錦繪や繪本の類ひが出て來るもの」、それが紙魚でぼろぼろになっては宝の持ち腐れ、そうならぬうちに酒井好古堂へ電話なり葉書なり、またはご持参下さい、といった調子である。

　のどかな地方から、長持の底から、浮世絵を総ざらえする時代。欲目につけこみ、贋物も出回るようになる。「此花」第十三枝の雑報は「浜松新聞」の記事として、横浜の商館に持って行けば千二百円になるとささやかれた人が「奥村政信筆の江戸繪十二枚を五百圓で買取ったが　一枚十錢位の新版物に古色を附けたもの」だったと伝える。「浮世絵」の編集同人になった小島烏水も、創刊と同じ大正四年の一文『浮世絵蒐集おぼえ帳』でこの手の話を紹介している。「或地方の人が、自宅にある浮世繪を、一括して東京へ持つて來たら、夢のやうな高價に賣れた」。そこで田畑まで売り払った金でさらに買い集めてみたが、今度は相手にされない。それもそのはず、「みんな模造品を握《つか》まされてゐたので、悔恨と落膽とで、發狂した」というから笑えない。

　こうなってくれば、家伝の浮世絵がどうなっているのか、にわかに気になり出すのが人情というものだろう。鏡花と同じ金沢出身で、ともに尾崎紅葉に師事した徳田秋声の小説『黴』にも、そんな心理のよぎる場面がある。明治四十四年八月から十一月まで「東京朝日新聞」に連載された小説だが、主人公の笹村は帰省中、家にあった浮世絵を探してみる気になる。

「好い畫が家にあつたが、あれも賣つてしまつたんだらうな。」

　笹村は少年時代に、ふと暗い物置のなかの、黴くさい長持の抽斗の底から見つけたことのある古い畫本のことを思出して、母親に訊ねるともなしに言出した。その畫が擬ひもない歌麿の筆であつたことは、其後見た同じ描者《かきて》の手に成つた畫の輭《しな》やかな線や、落着きの好い色彩から推すことができた。

笹村は姉の家の二階に預けてある、その古長持のなかにある軸物や、刀のやうなものを引くら返して見た時、その畫本を捜して見たが、何處にも見つからなかつたので、ふと母親に確かめてみる氣になつた。

母親は怪訝さうに、嫣然《につこり》ともしないで、我子の顔を眺めた。

「嫁さんは素人でないとか云ふ話しやが、さうかいね。」


これは妻が第二子を身ごもった頃の帰省に基づく場面といい、野口冨士男著『徳田秋声伝』に照らすなら、明治三十八年春にあたる。笹村の心証では確かに歌麿の絵本なのだが、その話を持ち出されて、母親が「嫁さんは素人でないとか云ふ話しやが」と切り返す呼吸がちょっと面白い。

想像するに、長持の底にあった「古い畫本」というのは、春本かそれに近いもの、少なくとも旧世代の母親が眉をひそめるようなものだったのではあるまいか。なぜなら、長持に「刀のやうなもの」があったというからである。秋声は加賀藩陪臣の家の生まれ、多少の武具が伝わっていて不思議はないけれど、そうした武具をしまう際には春画を添える古習があったことが知られる。

例えば明治三十三年三月、「ホトトギス」の課題文章「画」の中に、「春畫を鎧櫃へ入れて置くと火災除になるさうだ」との一文がある。四十二年七月発表、森鷗外の『ヰタ・セクスアリス』もまた傍証になるかもしれない。哲学者の金井湛は六歳の時、近所の後家さんと見知らぬ娘から春本を見せられる。そして十歳になり、同種のものを家で見つける。その場面にいわく、「僕は何の氣なしに鎧櫃の蓋を開けた。さうすると鎧の上に本が一冊載つてゐる。開けて見ると、綺麗に彩色のしてある繪である。そしてその繪にかいてある男と女とが異様な姿勢をしてゐる」。

この鎧櫃と春画の結びつきを踏まえれば、刀のようなものと一緒に古長持に収められた『黴』の絵本も、艶めいたものだった可能性がある。であればこそ母親は怪訝な顔になり、妻の素性を問いただしたのではなかったか。そう読み込んでみれば、会話の妙が際立つようである。

むろん小説全体としては重苦しく、さらには紅葉の死の描写によって鏡花を激怒させ、同郷同門の二人が長く絶縁することになった因縁の一作でもあるのだが、ただ、浮世絵をめぐる感情の動きを取り出してみるなら、意外なことに、『国貞えがく』と『黴』はよく似てもいる。

『国貞えがく』の織次も『黴』の笹村も、帰省してみて浮世絵のことを思い出す。取り戻そうとするのだが、首尾はかんばしくない。織次は狡猾な平吉に手こずり、笹村は母の怪訝顔にはね返されてしまう。彼らには歯がゆいことには違いないが、仮に見方を変えて、平吉の側に立ってみれば、何を今さらという思いがあって不思議はない。笹村の母の方は、息子がいかがわしい都会の風に染まったのではないかと疑っている。要するに、織次と笹村は郷里を去って久しい者たちなのである。時を隔てて、懐かしい郷里との溝は埋まらない。これら二作における浮世絵とは、故郷喪失にまつわるモチーフの一つであって、言うなれば「追憶の中の浮世絵」なのである。

容易に取り戻せないからこそ、「追憶の中の浮世絵」はかえって思慕をかき立てる。それをストレートに「失つた戀人」と呼んだ人もいる。正宗白鳥の弟で、洋画家の正宗得三郎である。

正宗兄弟の曾祖父はなかなかの趣味人だったといい、岡山の生家には相当の書画があった。そこには浮世絵も含まれていた。弟の著書『ふるさと』によれば、「江戸時代に曾祖父が江戸から日光の方を遊歴して來た時買つて來た錦繪等が張られてゐた」屛風があった。兄の掌編『古書画』の父親が言うには、「まだ錦繪が澤山あつたんぢやが、お前が少い時分に玩具にして、矢鱈に墨を塗ったりしたから、完全なのは少い」。それらは次第に散逸していった。四十五年二月十一日付「読売新聞」に載る得三郎の談話「錦絵」はその消息を伝える。隣村の古道具屋が借り出し、北斎や広重を抜いて返さないということがあり、四十四年夏に帰省してみると、一枚四、五十銭で大阪の骨董屋に売られていた。その年の十一月、神田の南明倶楽部で古代錦絵展覧会が開かれた。出かけてみると、幼い頃に見たような花魁や東海道の絵が並べられていた。もはや自分が買えるような値段ではない。「幼い時失つた戀人を見せられた様な感じがしました」(5)。

高嶺の花ならぬ高値の花となって、もはや手が届かない。「失つた戀人」とは少々素朴な物言いではあるけれど、やはり『国貞えがく』と同じく、浮世絵は追憶の彼方にある。もとより浮世絵の側が得三郎を棄てたはずもなく、郷里を去り、浮世絵を忘れていたのは得三郎の方なのだが、それゆえに浮世絵はいっそう美しい幻影として立ち現われるのである。

この世の外なら　異邦と過去　上田敏

むろん以上に眺めた「追憶の中の浮世絵」とは別種の愛好の形もあった。正面切って「芸術としての浮世絵」を称揚する態度である。これは多分に欧米の評価を反映した浮世絵観だった。当時の新帰朝者を代表する一人、上田敏の小説『渦巻』はそのあたりを明確に伝えている。

「帝国文学」の批評家にして、訳詩集『海潮音』の文学者が外遊に出たのは、明治四十年十一月のことだった。向かった先はアメリカだったが、島田謹二の論考に「偶々浮世繪の販路を海外に求めた書商小林某と同行して歐米に渡る機會を得た」とあり、浮世絵商の小林文七に随行する形だったと言われている。(6) さらにフランスなどを遍歴中に文部省留学生になり、四十一年十月に帰国した後は京都帝国大学文科大学講師に、さらに四十二年五月には教授となった。

そんな敏が四十三年元旦から三月二日まで、「国民新聞」に連載したのが『渦巻』である。一編はいかにも上流社会らしい鴨狩の場面から始まる。寂しい冬の狩場で、牧春雄はアーティチョークの一片を「前齒で扱《こ》いて味ふ如く」来し方を追懐する。この書き出しが象徴するごとく、享楽主義、ディレッタンティズムの徒の生活と思想とが冗舌に語られていく。

主人公の春雄はまずもって「東京の人である、而も幕臣の裔である」。祖父は「維新前、西人の所謂大君使節の一員として歐洲に派遣され、第二帝政の榮華に接し、獨逸を過ぎて、露國冬宮の豪奢をも觀て來た人」だという。これは敏の場合とほぼ等しい。敏は明治七年、築地の生まれで、祖父の友輔は文久遣欧使節に加わり、開港延期を掛け合うべく、フランス、ドイツ、ロシアなどをめぐった人だった。この友輔の養子が乙骨亘で、上田家に入って絅二と名乗ったが、これまた元治元年の遣仏使節に随行したことがあった。そして絅二の長男が敏である。祖父、父ともに洋行経験を持つ特殊な家庭に育ったわけで、すなわち敏の分身が『渦巻』の春雄と言ってよい。

かくして幼い時分から、春雄は西洋の文物に囲まれて育った。いろはかるたとともに、ローマ字の書かれた板で遊び、日本舞踊の扇を弄んで叱られると、オルゴールのからくりをのぞいた。当然ながら「さう澤山は芝居も觀ず、音曲も聞かず、草双紙も讀まなかつた」。長じてからは「重に外國の雜書を渉獵するのを唯一の道樂」とするようになった。

もっとも、そこには都会人としての自意識が強く作用していた。春雄は「生れの都會を解し且つ愛する事が出來た」。その生家は「徳川の文明と絶縁しない家庭」であって、叔父が遊ぶトランプの札は「平素《ふだん》大好な芳年の日本武將鑑と相並んでいかにも心を搖《そゝ》る面白い物だと考へた」。駄々をこねると「田之助の家の前へ連れて行く」と脅かされたりもした。脱疽で手足を切断した非運の女形、沢村田之助のことだが、しかし、春雄は「阿國歌舞伎以來漸々發達し來った徳川劇の最後は、田之助の運命を象徵として終に滅亡したのである」と諦観している。田舎者が乱した明治の世に、過去の文明はすでに滅んだ。その残光を確かに見送った者としては、「時代の推移と共に美しい物の滅んで行くのを、敢て引留めようとはしない。愛惜の眼を以て靜に此を目送するばかりだ」——都会を郷土とする者であればこそ、ことさらノスタルジーに耽ることがなかったのだという。

こんな生まれも作用して、春雄は「異邦と過去とを愛慕する熱情」の持ち主となった。そのペダンティックな思索はおのずと異邦の芸術に向かう。例えば十八世紀の画家ヴァトーの柔婉の美。歓楽の果てへ人々が滑っていくような「歡樂の島へ向ふ船出」、あるいは浮世に逆らうでも従うでもなく、ただ夢を見ている様子の道化。ルーヴル所蔵の「シテール島の巡礼」と「ジル」を指すようだが、春雄はそれらヴァトーと同様の面白さを、浮世絵に見いだしている。

春雄は是等の名畫に現はれた柔婉の美に對すると、心も溶けるやうに懷しく思ふが、わが徳川の浮世繪にも同じやうな面白味を見出すのである。丹繪漆繪紅繪等の質樸で趣味の深いのを始とし、明和二年の頃、春信が行《や》り始めた江戸錦繪には、自分等の祖先が遊んだ夢の世界が覗れるやうで、無憂放念の郷に何となく衰頽の風が冷《ひや》ついて來るのが味はれる。春雄が演劇と言はず、美術と言はず、凡て徳川の人情風俗に一種の同情を持ったのは、單に遺傳境遇の所爲ばかりでは無い、十八世紀の藝術を始めて眞に解する事を得た歐洲の現代人と、自から軌を一にしたのであらう。

ヨーロッパの同時代人が十八世紀のロココ趣味を解するというのは、ボードレールを知っていた敏のこと、おそらく『悪の華』のヴァトー讃を指すのだろう。春雄はそれと同じ心の軌跡をたどって、「祖先が遊んだ夢の世界」を浮世絵に味わい見るようになっていた。なるほど時代的な並行関係はないでもなく、丹絵、紅絵、漆絵といった初期浮世絵が現れたのはヴァトーの在世期に重なり合う。春信による錦絵の登場は少し後になるけれど、やはり十八世紀中葉のことである。

別の物思いの中には天明期、十八世紀終盤を代表する清長が出てくる。

ロダンの接吻の像や、ピュギス・ド・シァヴァンヌの「聖林」の壁畫を仰ぐと共に、「婆藪仙人」の像や、雪村や、宗達が顧みられる。線の美を表すことにかけては、アングルと相並んで、近代の名人と稱せられる、佛蘭西近代の妙手ドゥガスは、あの清長の「風呂場」の版繪、廣い天下に今二枚しか無い、其一を珍藏してゐると聞いたが、春雄も亦、若し自分が美術家だつたならば、同じやうな趣味を有つだらうと思つた。

当時としては西洋の現代美術だったロダン、シャヴァンヌ、ドガを挙げる一方で、三十三間堂の鎌倉彫刻を指すのだろう婆藪仙人像、さらに雪村、宗達、清長と並べ立てている。こうなると時代も流派もまちまちで、気まぐれな羅列とも見えるのだが、論理的には整合してもいる。なぜなら春雄は「異邦と過去とを愛慕する熱情」の持ち主だからである。異邦の芸術であってみれば、ヴァトーとロダンは等しく慕わしい。日本美術も過去のものであるならば、鎌倉彫刻であれ浮世絵であれ、同様に愛し得る。「異邦と過去」への愛慕は一貫している。

この心情をさらに一段透かしてみれば、明治の日本には愛するに足るものがないとの諦念が見えてくる。「異邦と過去」の範疇に入らないのは「我邦」の「現在」である。西洋の思潮が流入し、時として「保守、反動、復古の空虚な流行」を閲してきた明治の日本。大多数の唱えるのは折衷的な改良主義だが、春雄としては賛成できない。さりとて東西文明の選択、新旧思潮の取捨をどうすべきかと考え出すと、結論は出ない。新しく珍しい光に憧れ、古く懐かしい美に後ろ髪を引かれながら、「懸《さげ》錘《ふり》の如く往來して、充分に兩極の味を盡さう」と覚悟を決めている。

ここまでたどってきたのは『渦巻』の主人公たる春雄の心情だが、ならば、敏自身はどう考えていたのか。それについても、好個の発言が残っている。明治四十三年十月から四十四年二月にかけて、敏は京都帝国大学で連続講演会を行った。その筆記録に校訂を加えた『現代の芸術』が没後に公刊されたのだが、その一章「現代の絵画」の中に、浮世絵への言及が見える。

帰国から二年を経たこの講演で、敏は江戸期の文化を高く評価している。これは西洋と日本を比較した上での意見だった。「西洋の方は國民の間に自然に發達した畫が多い」。それに対して日本の芸術は貴族なり武家なり、大半が一階級のものに過ぎなかった。しかも、法隆寺の仏像は帰化人の手になり、以降は宋元の美術の影響下にある。ゆえに「日本の繪畫は嚴密な意味に於て國民の藝術と言ふことはできない」といった認識を披瀝するのだが、さりながら、国民全体の芸術、平民的な芸術を持たなかったというわけではなく、それが江戸期の文化だというのである。

しきりに西洋との類比を連発しつつ、敏は説明を続ける。「元祿時代の風俗は丁度エリザベス時代のロンドンに似て居る」、はたまた「日本のルネサンスとも言ふべき時期」と言い、西鶴の浮世草紙はボッカチオの『デカメロン』と同じようなものだと述べて、浮世絵に触れている。

即ち浮世草紙に對して浮世繪が出た。これが私の考へでは日本の美術の尊ぶべきものの一つである。よく世間にはこれを貶す人もあるが、決して貶したものでない。あれが惡ければ日本の國民が惡いのである。中には色々面白くない分子も交つてゐるが、あの色彩、あの圖取り、又あれに滿ちて居る通俗の思想は決して侮ることができないものであります。

「色々面白くない分子」とは一つに遊里との関係を指すようで、それで正々堂々たる芸術にならなかったというのだが、ともあれ日本の絵画は、かつての浮世絵がそうであったように、「日本社會の一部に限らぬ、社會全體の要求から發足した藝術でなければならぬ」と揚言している。目指すところは国民的な芸術の確立であり、『渦巻』の春雄よりも踏み込んで、帝大教授として時代の課題に向き合っているのだが、そこを差し引いてみれば、春雄と敏の語り口はほとんど変わらない。

『渦巻』の春雄は、ヴァトーを語って初期浮世絵や春信に及び、ロダンやドガと清長とを等しく享受する。講演「現代の絵画」の敏は、西鶴の浮世草紙を『デカメロン』に擬え、浮世絵を同列に位置づける。後段ではフランス絵画史を説き、ル・ナン兄弟やJ＝B・サンテールが「中流民《ブルジオア》の爲めに畫を描いた」ことをもって清長や広重になぞらえてもいて、以上のどの場合も、浮世絵は異邦の芸術とセットにして語られている。これは西洋かぶれという以上に、論理の道筋から必然的に生じた物言いなのだろう。敏は西洋の側に国民的な芸術が育った経緯を踏まえ、江戸文化の平民的な性格に注目している。西洋にひかれながら、なおかつ西洋人ではない自身を意識する時、今日でもしばしば採られる発想の型と言ってもよいが、西洋の物差しを受け入れ、それによって評価し得る相同物を日本文化に求めているのである。春雄と同様に、敏もまた「異邦と過去とを愛慕する熱情」の持ち主だったのに相違なく、さらに言えば、その過去とは異邦の新しい光に照らし返された過去にほかならない。そこに浮上するのが「芸術としての浮世絵」なのである。

さらに「芸術としての浮世絵」の具体的な内容も注意されてよい。『渦巻』に見えるのは、初期浮世絵から春信、下って清長であり、講演「現代の絵画」では清長と広重である。これは一口に浮世絵愛好と言っても、鏡花のそれとは大きく異なっている。『国貞えがく』を妖しく彩るのは、幕末・明治初期の暗がりを想起させる錦絵や草双紙だった。ところが敏が称揚するのは、歌川派が隆盛を極める以前が大半であり、歌川派はわずかに名所絵の広重にとどまる。

こうした両者の趣味は「追憶の中の浮世絵」と「芸術としての浮世絵」の本質的な違いを教えているだろう。『国貞えがく』の織次はノスタルジーを募らせ、浮世絵を取り戻そうとする。それに対して『渦巻』の春雄はノスタルジーを持たない。生粋の都会人として江戸文化の残光を見送った自負を持ち、「時代の推移と共に美しい物の滅んで行くのを、敢て引留めようとはしない。愛惜の眼を以て静に此を目送するばかりだ」と考えている。浮世絵も取り戻すべき対象でなく、むしろ美しい過去である方が好ましい。その範疇によくあてはまるのは幕末の国貞ではなく、明確に過去に属し、なおかつ西洋の芸術の相同物たり得る十八世紀の清長だったのである。

敏に続いて、荷風の話に移ろう。荷風は明治四十一年四月、パリで初めて敏に会った。敏への尊敬の念は深く、実は国民的な芸術を求める考え方を共有してもいた。それぞれに帰国した後の四十二年九月、荷風は京都に敏を訪ねている。九月十九日、西村恵次郎宛ての書簡によると、「上田氏と半日ワットーの画、ダヌンチオ、春水なぞ、つまり人種個有の特徴から出た特種の文藝と云ふやうな事」を語り合ったのだという。ただし、荷風の浮世絵愛好にはもう少し微妙な綾目がある。

荷風の明治四十三年と言えば、鷗外や敏の推薦によって慶應大学教授に就き、「三田文学」を創刊した年なのだが、こと浮世絵趣味に関しては特筆すべき年とは言いにくい。すでに江戸趣味に傾斜していたことは確かであり、四十二年十二月発表の『すみだ川』は、隅田両岸の景に幼い恋の物語を重ねて、消えゆく過去の詩趣を追った一編だった。他方で、名高い『花火』での回想によるなら、戯作者や浮世絵師のようなものに身をやつそうと考えたのは四十四年のことで、大逆事件の囚人馬車を見たのが決定的な契機だった。明治四十三年はその中間にあたり、ちょっと半端な時期のようだが、荷風を浮世絵に近づけた力学については明瞭にうかがわれないでもない。

まずは「中央公論」四十三年一月一日号発表、『見果てぬ夢』を見てみよう。主人公は懐手をして、雑草さえ立ち枯れた屋敷の庭を眺めている。父は某藩の儒者で、維新後は学者・官吏として名をなした。ところが息子の方は、花柳界に入り浸った。結婚には失敗し、勤めてみた銀行も辞めた。挙げ句に屋敷を売り渡し、いよいよ都落ちというところである。

そんな風にドロップアウトしたのは、明治の世があまりに粗雑だったからだという。彼は「二十世紀的文明の激しい呪咀者」だった。幾何学的なルイ王朝の庭園術、わざわざ枝を捩じ曲げる石州流の生花、中国の纏足と西洋のコルセット、はたまた男性も化粧をした藤原時代や月代を剃り上げた徳川時代――それらが「真実文明の極致」だと信じていた。

いかに彼は江戸の浮世絵に現れた懶《ものう》き衣服の曲線と、Préraphaélisme の疲れたる人物の姿態とを愛したであらう。清朝の軟弱繊細なる香奩《かうれん》体の詩と、仏蘭西の幻覚的なる Symbolisme の詩とを愛したであらう。

浮世絵とラファエル前派というあたりは高踏的な調子を含めて、敏の態度と変わらない。さらにフランス象徴詩と香奩体、すなわち艶麗な清詩を並置するのだが、ここに漢詩が出てくることは注意を要する点だろう。そうした詩文の素養を、荷風は確かに持ち合わせていた。『渦巻』の言葉を借りれば、やはり「異邦と過去」を愛慕するのには違いないのだが、その過去が滅びゆく江戸の文明にとどまらず、中国的な文人趣味でもあり得たところに荷風の独特さがある。

同様の構図は前年の暮れ、四十二年十二月から四十三年二月まで、「東京朝日新聞」に連載した長編小説『冷笑』にも見て取れる。同時期に「国民新聞」に登場した敏の『渦巻』と一緒に論じられもしたように、文明批判と芸術論とが綿々と語られていくのだが、物語の骨格を取り出してみるなら、対のごとくに江戸趣味と文人趣味とが組み込まれている。『冷笑』とはそのどちらにも安寧を見出すことのできない、さびしき人々の物語と言ってよい。

銀行家の小山清は世の中に飽きている。頭取なのだが、父の事業を継いだまでのことで、「床の間の置物同様、殆ど名義ばかりの頭取」でしかない。そこで「閑談笑語の友」が欲しくなる。幾人かが物語に呼び出される。その一人は荷風自身を思わせる帰朝作家、吉野紅雨である。

彼らの話には浮世絵も出てくる。小山は芸者が嫌いで、「歌麿や北斎の浮世絵と同様に」徳川時代の遺物に過ぎないと考えている。歓楽こそがわがテーマと自負する紅雨は、どんな画家にもそれぞれの題目がある、だから「橋本雅邦に美人画を描いて貰はうとは決して思はない。よし北斎に山水の墨画があらうとも私は其れを見やうとは思はない」などと長広舌をふるう。

もっとも、そうしたペダントリーとは別に、江戸趣味を体現するのは紅雨の友人で、狂言作者の中谷丁蔵である。物語が進むにつれて、紅雨もまた江戸趣味へ傾斜していくのだが、その中谷が引手茶屋の娘を娶った成り行きを語る紅雨の回想は、きわどい描写を交えている。

とある二月の深夜、紅雨と中谷とその娘は、座敷の置炬燵で暁を待っていた。紅雨は肱枕の下に絵草紙を敷き、まどろむ。これはお客のなぐさみにと備えてあった絵草紙だというから、要は春本だったのだろう。紅雨は「たしか其れは皆な夢であらう」と思いつつ、絵草紙の言葉を聞いた。閉じた目には「絵草紙の絵姿がますます活動して映じた」……。荷風は春画に親しみ、アメリカにいた時分にも西村恵次郎のような友人から送ってもらっていた。明治三十八年四月一日、西村宛ての書簡で「春画は何よりの好物、アリガタウ〳〵！」と感謝している。そこではもっともらしく、風俗と境遇が異なるアメリカで見ると、「日本の春画は可笑しいばかりで、少しも実感を起させない」などと韜晦する風だが、置炬燵の場面にも春本愛好者の顔はまぎれもない。初出にあったこの一節、そんなわけで初版では伏せ字になっている。

そんな江戸趣味の一方で、紅雨のかたわらには文人趣味が配されている。

紅雨の父は藩儒の家から出て、官界で活躍したという設定である。今では代々の古書と骨董とに囲まれて隠居生活を送っている。その老父が旧知の南宗画家、桑島庚嶺の子息を紹介してやろうと言い出す。懸腕直筆で手紙を書く父の部屋を見回してみれば、まずは「佩文韻府、淵鑑類函、漢魏叢書、全唐詩、四朝詩」等の張札のある本の箱がある。二曲屏風には草行交じりの大字が書かれ、「乾隆何年とした年号位より外明かには読み得なかった」。ほかに玉の香炉、支那美人の団扇の張交、石摺の掛物と、どれも子供の頃から見慣れたものだが、新帰朝者としての紅雨は、もはや別種の世界に生きている。自身、小学校にも上がらないうちから「大学」の素読を教えられた身だから、一言の下に否定し去ることもできないけれど、しかし、父の部屋を眺めながら、自分と父とがすでに隔絶した世界に生きているのだと紅雨は確かめている。

その父が紹介してくれた庚嶺の子、桑島青華の客間もまた文人趣味に染め抜かれている。床の間には、古びた墨画の山水に梅の盆栽が二鉢。大きな紫檀の書棚には表装の立派な画帖らしい折本や筆筒に立てた画筆や刷毛の類があり、青銅の置物も二つ三つ。「鋳物の水盤には支那水仙の花が何も彼も古びた色ばかりの中に、独り鮮《あざやか》な花瓣と黄い蘂《きいろ》と緑の葉の光沢《つや》を目立たせてゐた」。

この青華は父を継いだ南宗画家で、実はパリ万博に行ったこともあった。「楊柳燕子の二枚折」を出品したのだという。これは庚嶺の親心であり、それを箔付けにして美術学校の先生か帝室技芸員にしようという考えだったのだが、当の庚嶺が急逝したことから、青華は滞仏二か月で引き上げた。そもそも展覧会と言えば、「四五年前義理でつまらんものを出したつきり」。青華は風流韻事の真意は自娯にありとして、清詩や唐宋の詩を口にする。紅雨と同じく外遊した身でありながら、青華は文人趣味へ退隠したのである。紅雨にしてみれば、自分自身はその道を選ばなかったという意味で、あり得たかもしれないもう一人の自分ということになるだろう。

終章に至って、銀行家の小山清は「閑談笑語の友」を会合に招待する。紅雨はともに来賓を待ったのだが、桑島青華は理由をつけて欠席し、代わりに賓頭盧《びんずる》尊者の木像を送って寄こした。狂言作者の中谷丁蔵も来なかった。集った面々はその代理として、道化師の人形を据える。本来は安本亀八あたりの傾城の生人形がいいのだがと言いながら、一同はシャンパンで乾杯する。結局は「床の間の置物同様」の頭取でしかない小山たちが、木像や人形を相手に語り続けるオチになるのだが、改めて登場人物の布置を整理しておけば、桑島青華は文人趣味、中谷丁蔵は江戸趣味に生きることを選び取り、後景へ退いていく。彼らのごとく過去の幻影に生きることさえできない小山や紅雨たちは結局、索漠たる空語の中に取り残されるのである。

対のごとくに配される江戸趣味と中国趣味――この二つのファクターは、おそらくは荷風の生まれ育ちに由来し、さらにはその独特の浮世絵趣味を規定してもいる。

荷風はむろん東京の生まれであり、当時の例に洩れず、錦絵や草双紙に親しんで育った。明治四十年代には蕪雑な世相に倦んだと繰り返しながら、慰藉を求めて幼少時代へ遡行する小品を幾つか発表したが、そこには荷風にとっての「追憶の中の浮世絵」が顔をのぞかせている。

四十二年一月の『狐』に「私は母と乳母とを相手に、暖い炬燵にあたりながら絵草紙錦絵を繰りひろげて遊ぶ」という一節が見え、同じく四十二年三月の『監獄署の裏』にも「母が買集めた彦三や田之助の錦絵を繰り広げ、過ぎ去つた時代の藝術談を聞いた」とある。もっとも、『狐』に戻るなら、引用した場面に続けて「父は出入りの下役、淀井の老人を相手に奥の広間、引廻す六枚屏風の陰でパチリ〳〵碁を打つ」と書かれている。婦幼と父の世界は画然と切り離されている。

荷風にとって重かったのは、何よりこの父の存在だった。禾原永井久一郎は尾張藩儒の鷲津毅堂の門人で、後に女婿となったが、米国留学を経て官途に就いた。文部省時代の明治八年には東京書籍館の開館に立ち会い、大臣秘書官などもつとめた。退官したのは三十年のことで、以降は日本郵船の重役をしながら、中国の文人と交わり、詩作に生きた。そんな父の姿を投影したのが『見果てぬ夢』の父や、『冷笑』における紅雨の父と思って差し支えない。

その父から、荷風は漢詩を学び、岩渓裳川から三体詩の講義を受けた。正統的な詩文を仕込まれたと言ってよい。ただし、漢詩の中でも香奩体に惹かれ、そのうちに広津柳浪の門を叩くことにもなるのだが、文名を荷風と定める際には、柳浪の号との平仄を踏まえたほどだった。

ところが帰朝後の作品では、文人趣味からの離隔感が際立つ。『冷笑』の紅雨はほとんど屏風の書が読めなかったというが、似たような挿話を荷風は繰り返している。「東坡書随大小真行皆斌媚可喜処老蝯書と書いた私には読めない掛物」と『監獄署の裏』にあり、また、『新帰朝者日記』においても「維新前の教育を受けた父の書体、趙子昂の書体を味つた草行の名筆は、全文の意味を推測する以外に、自分には殆ど読み得ない」と書きつけている。これは第九章で見た「父／骨董」への葛藤と相似るが、佐藤春夫の『小説永井荷風伝』は、エディプス・コンプレックスによって荷風の文学と生涯の一切を読み解けるとの見方を示し、それは「どの作品にどう現われているというような生やさしいものではなく」と強調している。実際、美術の趣味にもよく当てはまる。

荷風は『冷笑』において、いわば両翼のように江戸趣味と文人趣味を扱いながら、そのどちらにも行けなかった人物として吉野紅雨を描き出したけれど、荷風その人が身を寄せることができたとすれば、どう見ても、文人趣味ではあり得なかった。言い換えれば、文人趣味の側に働く斥力こそが、やがて荷風を江戸趣味に耽溺させたのではなかったかと思うのである。

そうした斥力にもおそらく動かされながら、結局、確信犯的に江戸趣味に深入りしたのは、後年の随筆『花火』によれば、大逆事件が契機だったことになる。幸徳秋水らが処刑されたのは明治四十四年一月のことだが、慶應義塾に通勤する途中で、「囚人馬車が五六台も引続いて日比谷の裁判所の方へ走つて行くのを見た。わたしはこれまで見聞した世上の事件の中で、この折程云ふに云はれない厭な心持のした事はなかつた」。荷風は「思想問題」と受け止め、ドレフュス事件におけるゾラを想起し、にもかかわらず他の文学者とともに沈黙したことを恥じた。「その頃からわたしは煙草入をさげ浮世絵を集め三味線をひきはじめた」。浦賀へ黒船が来ようが、桜田御門で大老が暗殺されようが、とやかく申すのはかえって畏れ多い事だと、澄まして春本春画を手がけた江戸末期の戯作者や浮世絵師を尊敬しようと思い立ったというのである。ただ、これは幾らか整頓済みの回想かもしれない。実際は、ただちに反応したわけではなかったように見える。

この年四月のことだが、浮世絵の鑑賞史に特筆されるべき展覧会が開かれている。東京帝室博物館の特別展「徳川時代婦人風俗ニ関スル絵画及服飾器具」である。伊達家その他に伝来した小袖や帯、服飾小物、それらに加えて浮世絵が出品された。その筋の収集家として名高く、前年二月に没した高嶺秀夫の遺品が中心だったと伝えられ、むしろ浮世絵に大きな注目が集まった感もある。六月一日発行の「中央公論」に載る木下杢太郎の評論『画界近事』は、展覧会十件の筆頭にこの特別展を挙げ、「博物館の徳川時代浮世繪展覽」と記している。(7)

荷風もまた見に行った。のみならず浮世絵賛歌を書き、六月の「三田文学」に発表している。初出の題は『浮世絵の夢（小品）』で計六編。冒頭の「歌麿の女」は「何といふ疲れた心地よさ。何といふ夢幻の物思ひ。女といふ肉体の感じ得らるゝ限りの快感に、悩んで、痺れて、正に斃《たふ》れやうとしてゐる歌麿の女よ。OUTAMARO《ウタマロ》の女よ」と書き出される。続く「お花見」は「あゝ、初代豊国の絵が奏で出《いづ》る、心地よき曲線と古びし色彩のシンフォニヤ。滅びし時代の歓楽の夢」といった具合。これらを含む前半三編については、「明治四十四年四月中帝室博物館内に陳列されたる名画を見て書いたものである」との注記がある。博物館の名画に感心しきり、依然として「芸術としての浮世絵」の礼讃者だったのである。

他方で、展覧会に関係しない三編のうち「似顔」の題材は、文中の描写からすると、明治四年、中村座上演の「本調糸音色《ほんちょうしいとのねじめ》」に取材した豊原国周の三枚続と思われる。こちらは家蔵の錦絵だったかもしれない。荷風の家には明治初年の草双紙や錦絵が残っていた。「三田文学」四十四年九月号の随筆『蟲干』によれば、この年夏の虫干しの際、「一番自分の眼を驚かし喜ばしたものは、明治の初年頃に出版された草双紙や錦絵や又は漢文体の雑書であつた」。それを眺めながら自身が生まれた頃を追懐し、維新後に江戸の芸術が返り咲いた例として、「国貞、国周、芳幾、芳年の如き浮世絵師」を挙げている。これらは荷風における「追憶の中の浮世絵」に相当するだろう。

ただし、この『蟲干』では明治初年の頃を回顧しながら、「四十四年後に於ける今日の時勢に比較すると、吾々は殊にミリタリズムの暴圧の下に委縮しつゝある思想界の現状に鑑みて、転た夢の如き感があると云つてもいゝ位である」とも書きつけている。すなわち大逆事件を指したものと思ってよいだろう。さりとて警世家的憤慨を漏らすつもりもなく、「時勢がわるければ黙つて退いて、象牙の塔に身を隠し、自分一個の空想と憧憬とが導いて行く好き勝手な夢の国に、自分の心を逍遥させるまでの事である」――荷風は『花火』で回顧した境地へ退きつつあった。

四十五年二月発表の『妾宅』では、「珍々先生」に浮世絵師への共感を語らせている。薄暗い床の間には極彩色の豊国の女姿と石州流の生花。二枚折の屏風には役者や改名披露等の摺物に、田之助、半四郎の死絵も貼り交ぜてある。そんな座敷の置炬燵で、珍々先生は肱枕のまま考える。「歌麿の絵筆持つ指先もかゝる寒さの為めに凍ったのであらう。馬琴や北斎もこの置炬燵の火の消えかゝった果《は》敢《か》なさを知つてゐたであらう」。彼らはこんな寒さと薄暗さを、そしてお上の御成敗を甘受していたのである。そう思うと、形ばかり西洋を模倣し、天下の政事を云々したところで何になろうという気分になる。さらには便所と女を巧みに配合することによって、「下町風な女姿が一層の嬌態を添へ得る事は、何も豊国や国定《(貞)》の画図中のみに限らない」と低徊趣味にふけってみせる。

ここに至って、「芸術としての浮世絵」とも「追憶の中の浮世絵」とも違った、荷風独特の浮世絵愛好がついに明確な像を結んでいる。抵抗としての低徊、政治的な批判を込めた文人的な態度を含意して言うなら、「隠遁としての浮世絵愛好」と呼び得るだろう。荷風が文人趣味を解しつつ、そこからの斥力によって江戸趣味に傾斜したことは記した通りだが、それゆえに荷風の場合、結局のところは「隠遁としての浮世絵愛好」に行き着いたように見える。

浮世絵の女（reprinted）　漱石とその周辺

荷風の話がいささか長引いたが、ここで念のために断っておけば、荷風を含めて、これまで取り上げてきた何人かの文学者たちは、決して浮世絵再評価のパイオニアではない。すでに浮世絵商が主導する形で展覧会が続き、四十四年四月には、東京帝室博物館の特別展に多数の浮世絵が出品されるに至っていた。好事家の愛玩物を越えて、みるみる評価を高めていたのである。

さらには展覧会ばかりでなく、浮世絵の絵はがきなども流通していた。それら印刷メディアの方面については、夏目漱石とその周辺から幾つかの話題を拾うことができる。

例えば、満州旅行中のエピソードもその一つと言える。学生時代からの友人で、満鉄総裁となっていた中村是公に誘われ、四十二年九月二日、漱石は満州へ出発した。その折の紀行文『満韓ところどころ』によれば、大連で是公の舞踏会へ招待されたのだが、胃痛のために欠席した。漱石はホテルで横になったまま、その招待状を眺めてみた。「絵端書位の大きさの厚紙の一面には、歌麿の美人が好い色に印刷されてゐる。一面には中村是公同夫人連名で、夏目金之助を招待してゐる」。漱石はよくこんなものをこしらえる時間があったなと感心した。是公としては、西洋人も少なくなかった大連にあって、日本らしい意匠として歌麿を使ってみたのだろう。

続いて病床にあった頃のことである。当時の漱石は「東京朝日新聞」の連載小説を差配する立場にあった。鏡花の『白鷺』、荷風の『冷笑』に続き、四十三年三月からは自ら『門』を書き継いだ。ところが六月に連載を終える頃には胃病が悪化した。一か月半ほど胃腸病院に入院し、次いで出かけた静養先の修善寺で八月中旬、大量に吐血した。第九章でも触れた、修善寺の大患である。

そんな病床の漱石へ、歌麿の絵はがきを送りつけた若者がいた。弟子の小宮豊隆である。四十三年十月三日、漱石の日記にいわく、「小宮が毎日の様に絵葉書をよこす。歌麿の浮世絵にこんな人になりたいとか、こんな人を演ずる芝居が見たいとか書いてある。たわいもない事である」。歌麿の絵でも、睦み合う男女か何かの絵柄だったのだろうか。ともあれ、小宮のことは『思い出す事など』にも書かれている。それによると、漱石は南画に見るような自然を慈しむ心境にあった。そばにいた人に「斯んなやにつこい色男は大嫌だ、おれは暖かな秋の色と其色の中から出る自然の香が好きだ」と小宮に答えてくれと頼んだ。すると小宮は、自ら枕元に馳せ参じた。しかもあろうことか、「自然も好いが人間の背景にある自然でなくつちやとか何とか病人に向つて古臭い説を吐き掛けるので、余は小宮君を捕《つらま》へて御前は青二才だと罵つた」。

もっとも、小宮は漱石も気に入ると思って、歌麿で元気づけようとしたのだろう。一喝された後も、漱石は歌麿贔屓と信じて疑わなかった。評伝『夏目漱石』にそう書いている。

漱石は歌麿のかいた女の顔が好きだった。既に『一夜』の中でも、髯のある男に「わしは歌麻呂のかいた美人を認識したが、なんと画を活かす工夫はなかろか」と言わせ、更に「夢にすれば、すぐに活きる」と言わせている。理想の美人として漱石が憧がれていた女の顔は、歌麿のかいた女の顔だった——というよりも、漱石が初めて恋をした相手というのが、細面の美人だったというから、そのひとの顔が歌麿のかいた女のような顔だったのかも知れない。

これは『それから』の三千代に関する小宮の推理である。「一寸見ると何所となく淋《さみ》しい感じの起る所が、古版の浮世絵に似てゐる」と書かれる三千代だが、連載が始まる少し前、漱石は近所の鰹節屋の奥さんを歌麿風の顔と眺めて、明治四十二年三月十四日の日記に「歌麿のかいた女はくすんだ色をして居る方が感じが好い」と書いている。それを小宮は引用し、漱石の理想の女は歌麿風であり、そのあこがれの顔を鰹節屋の奥さんから思い出し、『それから』の三千代に投影したのではないか、と想像をたくましくしている。確かに漱石の文章には何度か歌麿が出てくるし、そう思い込むだけの理由はなくもないのだが、しかし、小宮は肝心なところを読み落としている。ただ単に歌麿が好きという以上に、漱石は「古版の浮世絵」と書き、「くすんだ色をして居る方が感じが好い」と明言している。すなわち古色に反応しているのである。

漱石は慶応三年生まれ、まだ芸術でも何でもなかった頃の浮世絵を知る世代に属していた。自伝的な側面の多い『道草』にも、幼い健三が養父に手を引かれ、ほしがるままに「武者絵、錦絵、二枚つゞき三枚つゞきの絵」を買ってもらった回想が記されている。この健三にも似た記憶を、漱石は持ち合わせていたのだろう。例えば『野分』の慈善音楽会の場面では、休憩時間になって動き出す聴衆を指し、「女は小供の時見た、豊国の田舎源氏を一枚々々はぐつて行く時の心持である。男は芳年の書いた討ち入り当夜の義士が動いてる様だ」と書いているけれど、こんな言い方が出てくるのは、三代豊国すなわち国貞や芳年が身近だった時代を知っていればこそである。

逆に、漱石には「芸術としての浮世絵」を称揚した文章を見かけない。敏が西洋の国民芸術になぞらえたのとは違い、異邦の芸術と江戸の文化とは別物だと思っていたふしもある。明治四十年の『作物の批評』などもその一例だろう。文学の内容は千差万別であって、一緒くたに論じるのは、「歌麿の風俗画には美人があるが、ギド、レニのマグダレンは女になつて居らんと主張する様なものである」という言う方をしている。それゆえに特別な熱情というのでもなく、しみじみとした心持ちで浮世絵の古びた調子を慈しんでいたのではなかったか。実のところ、修善寺の病床に小宮が絵はがきを送りつけてきた際も、最初は「其色合の長い間に自《おのづ》と寂びたくすみ方に見惚れて、眼を放さずそれを眺めてゐた」。ところが裏を返すと、錦絵の色男になりたいなどと書いてあったので、憮然としたのだった。無邪気な浮世絵賛美が疎ましく思えたのだろう。明治十七年の生まれで、一回り以上も若かった小宮との世代の差がにじむエピソードでもある。

このほかに病床の漱石を訪ねた一人に石井柏亭がいる。明治四十三年の浮世絵ということでは柏亭もまた逸すべからざる人物と言ってよい。浮世絵再興の試みとしては、大正期の橋口五葉たちに大きく先行する形で、版画連作「東京十二景」を手がけたのが柏亭なのである。

柏亭については前章で名前を出しておいたけれど、日本画団体无声会に加わる一方で、浅井忠に師事し、明治三十五年には太平洋画会の会員になっていた。さらに「明星」などで評論活動を展開し、四十年五月には、山本鼎、森田恒友とともに、創作版画誌「方寸」を創刊していた。和洋両様の絵筆に創作版画、さらには文筆までふるって意気軒昂だったわけだが、やがて柏亭は何とか洋行できないかと切望するようになった。渡航費を稼ぐために作品頒布会を思いつき、その図録『新日本画譜』を出版することにして、漱石に序文を求めたのである。

胃腸病院に入っていた頃、四十三年七月二十四日の漱石の日記にいわく、「石井柏亭がきて画集の序をかけといふ」。これは唐突な依頼だったわけではなく、二人の間にはそれなりの縁がなくもなかった。四十一年一月に高浜虚子が『鶏頭』を刊行した際に、漱石は序文を書き、柏亭は装丁と挿画を担当した。この『鶏頭』を取り上げて、岩野泡鳴が「読売新聞」で虚子や漱石をくさしたのだが、その鉾先が美術界に及んだこともあって、柏亭は反論を寄稿し、敢然と写生文派を擁護した。それもあって、漱石は好感を持っていたのだろう。三日後、たちまち序文を執筆した。(8)

もっとも、漱石との間で話題に出す場面があったかどうか、同じ頃、柏亭が世に出そうとしていたのが、まさに浮世絵風の連作版画「東京十二景」だった。どんな版画だったのか、ざっと説明しておくと、玄人女性をモデルに、方形の小窓に東都の風景をあしらった連作だった。彫版は伊上凡骨に頼み、八月頃に高村光太郎後見の琅玕洞から一枚目の「よし町」を版行した。「方寸」八月号の広告に記される文言によれば、「日本木版をして其本領に歸らしむる運動の一つ」であり、「五渡亭國貞等の用ひた樣式」に倣ったというのだが、それにしても何を思って、柏亭は浮世絵再興に走ったのか。むろん大筋としては、創作版画運動の中から出てきた試みには違いなかったが、かねてから「方寸」周辺の若い美術家たちは浮世絵に興味を持っていたらしい。

明治四十年五月の「方寸」創刊号に、渓斎英泉に関する断章が載っている。

> 浮世繪派を點検すれば、其處に一つのシンボリック主義の作者あることを發見致すべく候、一百年前東洋の一隅に在て、廿世紀西歐の志想界に共通したる頭腦を有するものは、我英泉に御座候、彼れは凄艶なる美人を描いて、憂愁なる人生の反面を表象せんと勉め候　寸紙の版畫にして、甚深に我等が心理を突くものは彼の作品と存候

筆者は「駄頭生」、三彩社版の復刻は「小杉未醒？」と目録に記載するが、象徴主義の相同物に英泉を位置づけている。これは西洋の光に照らし返された過去の再発見の例であって、「芸術としての浮世絵」の範疇には違いないだろう。ただし、象徴主義を解した敏が十八世紀のヴァトーを媒介として、清長へ遡行したのとは違って、柏亭が国貞に倣い、駄頭生が英泉を持ち上げたように、彼らは幕末の浮世絵にひかれていた。幕末的な爛熟を西洋の前衛的な傾向に重ねて評価したのである。逆に同

時代の浮世絵的なるものは、柏亭からすると、まるで話にならなかった。

まずもって、浮世絵の裔にあたる明治の日本画家たちは現代性を失った存在でしかなかった。柏亭は四十一年二月九日付「読売新聞」に寄せた挿画論の中で、少年雑誌に載る「年方年英月耕永洗桂舟等の一門」の挿絵を、「之等浮世繪派の描くものは卑陋で繊細で浮華である」と斬り捨てている。さりながら、若い洋画家が浮世絵風の趣向を使ったりするのも安直に思えて、気に入らなかった。同じく四十一年五月三十一日付「読売新聞」に寄せた第六回太平洋画会展の批評では、小杉未醒の出品作「江戸絵」に関連して、「錦繪を脊部《うしろ》に張つたり女に人形を添へたりすることに、何か一種の型のやうなものが見えるのは面白いことでない」と指摘している。柏亭としては大まじめに、われこそはの意気込みで浮世絵復興を企てたのだった。(9)

もっとも、確かに先駆的な試みではあったにせよ、柏亭の「東京十二景」は、やはり創作版画の範疇だったかもしれない。遅れて大正四年頃から、浮世絵版画の新制作に乗り出した橋口五葉の場合と比べて言うのだが、五葉は浮世絵商の渡辺庄三郎らと組み、酒井好古堂後援の「浮世絵」誌の執筆陣に加わってもいた。そうした浮世絵再評価の本流に、柏亭の連作は乗ってはいない。

その唐突さもあってか、一月から「此花」を出していた宮武外骨は強い拒否反応を示した。その第十枝によれば、版行を報じる新聞記事を読み、「其成功不成功、即ち多く賣れるか否かは知らないが、我輩は此記事を見て甚だ不快の感が起つた」。洋画家ごときがこんな挙に出たのは、幾分かは現今の浮世絵派の絵師の責任であり、主には「淺薄輕佻なる石版の粗製物などを愛する人々の罪である」と当たり散らしている。実のところ、外骨自身も「明治の浮世繪を出版せん」（第八枝）との計画を温めていたから、若造に先を越されたことでカチンと来たのだろう。

そして外骨とは同じ年、慶応三年の生まれだったのが漱石である。「東京十二景」の見本刷ができ、版行される頃には病状が重くなったこともあり、特に発言は見当たらない。ただし後年、親しかった五葉が浮世絵研究に深入りしたことについては、「橋口の浮世絵研究は近頃です」（大正四年八月二十四日付、山本笑月宛て書簡）と、何やら突き放したような言い方をしている。柏亭の試みを仮に見たとしても、おそらく共感などしなかったのではないだろうか。

エキゾチック・ジャパン　木下杢太郎とパンの会

なべて趣味には世代が関わり合うもののようだが、さらに若い世代、明治十年代の末頃に生まれた面々へと話を進めていくとしよう。その一人は木下杢太郎である。「パンの会」の中心人物で、すでに「千九百十年は我々の最も得意の時代であつた」との回想を引用しておいた杢太郎は、仮に短い一時期だったにせよ、当時の新世代の感覚を体現した青年ではあった。

杢太郎は明治十八年、伊東の旧家に生まれた。呉服や雑貨を商っていた家で、蔵には草双紙なども残っていたらしい。上京し、第一高等学校に学んでいた三十七年春、杢太郎は帰省の折に蔵の本箱をあさった。四月六日の日記にいわく、「古き繪の、燃え殘りの昔の艸草紙をとり出して見るうちに春水が北雪美談とかいふ美しき一巻あり、各册其表紙及び表紙うらの一寸したる繪など、または其つゝみ紙の模様など垢ぬけ的に發達したるものなり」。為永春水作、国貞画の『北雪美談時代鏡』を見つけたわけだが、「垢ぬけ的に發達」と何やら高調子でもある。この頃、すでに杢太郎は三宅克己に憧れ、画家を夢見たりもする芸術青年となっていた。

三十九年、杢太郎は東京帝国大学医学部に進学したが、相変わらず芸術熱に浮かされていた。与謝野鉄幹の新詩社で北原白秋、吉井勇らと出会い、四十年には彼らの九州旅行に加わった。新詩社としては「明星」の普及活動を兼ねていたようだが、杢太郎には詩的開眼の旅となった。七月末からほぼ一か月、唐津、平戸、長崎、天草、島原、柳川などをめぐる中で、「一種古風の異國趣味《えきぞちずむ》に多大の詩的感激を得ると同時に、容易《たやす》く詩作する秘傳をもわが同行から偸《ぬす》んだのである」（『食後の唄』自序）。キリシタン文化の遺風に感動し、他方では、魚屋のタコでさえ詩にしてしまう仲間の姿に、杢太郎は「詩はこんなに樂々と作れる」と考えた。キリシタン文化に魅了されたのは白秋も同様だった。やがて二人は相次いで成果を発表することになる。四十二年、杢太郎は戯曲『南蛮寺門前』を発表し、白秋は一連の詩を『邪宗門』にまとめる。わずか二号で潰えるものの、十月には「明星」の仲間だった長田秀雄を交えて、新雑誌「屋上庭園」を旗揚げするだろう。

もっとも、キリシタン文化ばかりでなく、若い彼らは浮世絵にも興味を持っていた。新詩社の九州紀行は『五足の靴』と題して「東京二六新聞」に連載された。各章の筆者は定かではないが、京都まで帰り着いたところで「広重」が出てくる。シュトルムの詩を高唱しながら古都の夜をそぞろ歩き、翌朝、夜明けを迎える場面である。「山々には夜来の雲がまだ目を覚さずに寝ている。雲の上に額を出した山はどれも広重の絵によくある群青色だ」。

あるいは白秋の『邪宗門』。四十一年八月の日付のある「蜜の室」の第二連を引用する。

『豐國』のぼやけし似顔生《にがほ》ぬるく、
曇硝子の窻のそと外光なやむ。
ものの本、あるはちらぼふ日のなげき、

暮れもなやめる靈《たましひ》の金字のにほひ。

「接吻《くちつけ》の長き甘さに倦きぬらむ」と続くから、艶冶な連想をつむいでいる様子である。

このほかに明治四十三年九月刊、吉井勇の第一歌集『酒ほがひ』にも、「櫻よりうまれしひとに抱かれぬかの歌麿が浮世繪のごと」の名高い一首があり、さらに集中、「PAN」の一連は伊上凡骨に師事していたドイツ人青年フリッツ・ルンプに捧げられ、「いまも汝《な》は廣重の繪をながめつつ隅田川をば戀しとおもふや」の一首で締めくくられている。

杢太郎はと言えば、日本橋や深川あたりの隅田河岸をうろつき、江戸情緒の残滓に浸るのを好んでいた。そんな河岸趣味を共有する「方寸」の面々が、明治四十年十月、特集号「河岸の巻」を出した際、杢太郎はその巻頭に『東京の河岸』を寄稿した。河岸の与える美感には「徳川時代、乃至は電車のまだ出來なかつた——即ち吾人が少年時代の——江戸或は東京の聯想」が含まれているとして、浮世絵に言い及ぶ。「是等は心理的にいへば、一立齋、北齋、或は豐國等の江戸繪、錦繪又は舊劇——是等で嘗つて味つた印象を再び回想するの快感かも知れぬ」。

それはただし、単なるノスタルジーではなかった。「屋上庭園」創刊号の通信欄によれば、杢太郎は四十一年夏、白壁の河岸倉が並ぶ日本橋緑河岸近くに一軒の西洋料理屋を見かけた。その新旧混淆の風景は、マネによるゾラの肖像画、すなわち「丁度Manetのかいた日本の錦繪を懸けた書齋に座つてゐるZolaの肖像のやうな對照の面白さ」を感じさせた。杢太郎は翌四十二年七月某日、一年前に見つけたその店に入ってみた。「俺は今食卓に座して麥酒を飲んでゐる」というのだが、杢太郎を酔わせていたのは、後年いわくの「油繪で複寫した江戸錦繪」の気分でもあっただろう。

この「油繪で複寫した江戸錦繪」の気分、あるいは「江戸情調的異國情調的憧憬」を言い換えれば、エキゾティズムと混淆したノスタルジーとなるだろう。むろん前者は異邦への、後者は過去への憧憬なのだから、上田敏の言う「異邦と過去とを愛慕する熱情」の内と言えなくもないが、例えばヴァトーと浮世絵とを並列するように、異邦と過去とを別々に愛する行き方ではなかった。杢太郎の場合、異邦と過去は重畳し、現在において混淆する。その甘美さを教えたのは九州旅行で出会い、白秋とともに熱中したキリシタン文化だったのに違いない。南蛮文化の遺風に耽溺し、エキゾティズムとノスタルジーが一致する詩境を開拓したのに続いて、杢太郎は同種の妙味を、白壁の倉と西洋料理屋が混在する隅田河岸に見出したのである。さらに余談として言い添えるなら、彼らの発見は思いがけない人物にまで余波を広げている。大正五年発表、折口信夫の『異郷意識の進展』にいわく、「屋上庭園」の詩人はキリシタン文化を懐かしみ、不可思議な世界を追った。他方で、荷風たちは江戸の記憶を夢見ている。しかし、「見ぬ世のあこがれと過去の追想との相違はあっても、畢竟は等しく」「共に異国情調あるいは異郷趣味と命《なづ》けらるべきものであった」と折口は鮮やかに総括する。続いて日本人の異郷意識へ論を進めるのだが、そこでも「多くの場合において、**のすたるぢい**（懐郷）と**えきぞちずむ**（異国趣味）とは兄弟の関係にある」と強調している。この洞察はどこかで「まれびと」論につながっていくものと思われ、そこにささやかであれ、示唆を与えたのだとすれば、杢太郎の感性も大変なものだったと言えるかもしれない。

もっとも、長身黒衣の風貌で知られた杢太郎は、浄身の童貞でもあった。立場は帝国大学の医学生に過ぎず、愛してやまない河岸にはね返されることもあったらしい。四十一年秋執筆の短編『荒布橋』の主人公はあれこれ煩悶するうちに、見知らぬ労働者に酒を奢ろうと思いつき、制服のまま縄のれんへ誘う。醬油樽に陣取るうちに娘義太夫の話になる。浪花節が始まる。そこで自分は「唄ふ可き歌」を持っていないと寂寥感を抱き、果てには泥酔して荒布橋のたもとに倒れ込み、浪花節の老爺から「もう之から眞似目に學問をしろよ」とたしなめられる。

爺さんの言う通りだと合いの手を入れたいくらいだが、その寂寥感を癒すとなれば、荷風の『冷笑』よろしく、「閑談笑語の友」を求めて芸術談義を交わしてみるのも一手ではあるだろう。杢太郎と「方寸」の面々は四十一年の暮れ、「パンの会」を結成することになる。

「パンの会」の始まりについては、杢太郎が言い出したのか、柏亭ら「方寸」側の発想だったのか、どうもはっきりしないのだが、いずれにせよ、岩村透や上田敏のような洋行知識人たちが伝えたパリのカフェ文化に憧れ、文学者と美術家が語り合う場所を求めた会合だった。

むろん会場探しには苦労したらしい。隅田川をセーヌに見立てるとしても、日本には小粋なカフェなど存在していなかった。杢太郎は東京中を探し、まずは両国橋近くの料理屋、第一やまとで手を打った。第一回の例会は四十一年十二月十二日に開かれた。「方寸」の柏亭や山本鼎らに、杢太郎、白秋、勇が参加した。折しも「明星」は百号で終刊し、鷗外と敏を後見役とする「スバル」の創刊準備が進んでいた。勇はその編集に加わり、杢太郎や白秋も主要な書き手となるから、初期のメンバーは「方寸」と「スバル」の若者が中心だったと言ってもよい。その後は大伝馬町の三州屋、永代橋のたもとの永代亭といった西洋料理屋を使い、次第に盛り上がっていった。

四十二年四月十日、永代亭で開かれた大会には、京都から上京していた上田敏が顔を出した。杢太郎たちが尊敬してやまない存在であり、パンをうたった創作詩『牧羊神』を発表してもいた敏の登場に、一同は大いに盛り上がった。敏は請われてフランス語で一曲歌った。杢太郎は『南蛮寺門前』の評を聞かされて感激し、柏亭は『海潮音』の一編を朗吟した。すっかり酩酊した山本鼎と倉田白羊は永代橋のアーチによじ登り、立ち小便をした。[10]

この狂騒の最中だったかと思われるのだが、もう一つ、とんでもない話があった。吉井勇の『東京・京都・大阪』によると、「スバル」の編集をしていた勇は鷗外から呼ばれ、夕方、観潮楼に出向いた。渡されたのは、かの『ヰタ・セクスアリス』だった。ところが大部な原稿でもあり、勇は内容を確かめなかった。内心では「パンの会」の方が気になっていた。そのまま永代亭に駆け付けると、宴もたけなわだった。追いつこうとしてがんがん飲み、前後不覚になった。翌朝、まるで見覚えのないところで目が覚めてみると、「昨夜千駄木のお宅で受取つて来た鷗外先生の原稿が、いくら探しても見当らない」。預けたのか、置き忘れたのか、記憶がない――ひどい話というしかないが、幸いに「その日の夕方になつて、永代亭の酒棚の隅のところに、置き忘れてあつたのが発見されたのである」。かくして『ヰタ・セクスアリス』は紛失を免れ、「スバル」の七月号に掲載されたのだった。

まさに鷗外もそっちのけ、「パンの会」はそれほど強い求心力を持ち得たわけだが、改めて強調しておけば、杢太郎らが河岸の料理屋を選んだのは「油繪で複寫した江戸錦繪」の気分を求めたからだった。その雰囲気を母胎として、四十三年夏、柏亭の「東京十二景」も生まれたのだろう。浮世絵再興を図ったこの創作版画が売り出されてほどなく、熱狂は最高潮を迎える。すなわち十一月二十日の大会には、当時の新雑誌である「三田文学」と「白樺」、そして第二次「新思潮」の面々がそろって顔を出し、文壇史に燦然たる一夜となったのである。

ロダンに貢ぎ物　「白樺」の若者たち

明治四十三年十一月二十日の大会は、日本橋大伝馬町の三州屋で催された。洋行の目算が立った柏亭が十二月にヨーロッパへ旅立つのと、二号で廃刊になっていた「屋上庭園」の同人長田秀雄と洋画家柳敬助の入営を送るための会だった。翌二十一日付「読売新聞」の雑報によれば、四十人余りの参会者を前に、杢太郎が挨拶に立ち、「本會を日本橋の中央に開きたるは宴會を藝術的ならしめむとせる也」と語ったと伝えられる。宴会の芸術化というわけで、幅広く芸術青年たちに声をかけたようだが、誘われた中には、例えば「白樺」の同人たちも含まれていた。

「白樺」それ自体については、贅言を要しないだろう。創刊は四十三年四月のことで、それから半年後、この時のパン大会には、正親町公和と里見弴が出かけた。弴の『青春回顧』によれば、正親町は好奇心を押し殺しながら、「一人も行かないってのも、なんだか、あんまりすねてるようでへんだし」などと言い、一緒に行かないかと弴を誘った(11)。

育ちのいい「白樺」同人らしい律儀さで、二人は早めに着いた。旧知の蒲原有明にくっつき、参集する人々へ紹介してもらった。同じく文壇の新参者だった第二次「新思潮」組は、元気いっぱいだった。谷崎潤一郎は弴に向かって、「あれ、感心しました」と、日下諗こと正親町の弟実慶の小説をほめた。弴は嫉妬を感じた。やがてビンごと燗をした日本酒やビールが出され、「破れ返るような騒ぎ」になった。坂本紅蓮洞や伊上凡骨は「ウオー、ウオー」と無意味に吠えていた。小宮豊隆は芳町の雛《おし》妓《やく》を膝に乗せて、一人でニコニコしていた。歌麿の色男になりたいと絵はがきを送りつけ、漱石を憮然とさせたのはこの秋のことである。堅くなっていた「白樺」の二人は手持無沙汰になり、帰ろうとすると、悪酔いした主賓の柳敬助が階段の途中でうずくまって苦しんでいた。

もっとも、「白樺」からの参加は二人のみだった。考えてみれば、「白樺」の青年はより純粋に西洋美術を信奉していたから、それを日本に折り返して、「江戸情調的異國情調的憧憬」に酔っていた杢太郎たちとは少々感覚が違っていたかもしれない。それもさることながら、当時の彼らには「パンの会」どころではなく、真に熱狂に値する話が進んでいた。崇拝していたロダンとの文通である。ところが面白いことに、まさにそのために彼らは浮世絵に関わることになる。

事の起こりは明治四十三年十一月のロダンの特集号だった。この月がロダン七十歳の賀にあたることから、有島生馬が九月一日付でロダンに手紙を書き、正確な誕生日を照会するとともに、肖像写真が欲しいと頼んでみた。実際にはマックス・クリンガーやハインリヒ・フォーゲラーにも「白樺」の手紙作戦は及んでいたようだが、何と十月十二日、ロダンからは返事が届き、追って写真も送られてきた。驚嘆と感激のうちに、ロダン号が刊行された。多方面に寄稿を頼み、荷風や杢太郎の文章も載せた。同人たちはこの特集号をロダンへ贈った。さらに感謝の念を伝えるべく、「そのうちに浮世絵を送る」とも書き添えた。特に返事もなかったようだが、いったん贈ると言った手前、彼らは五円ずつ出し合い、ロダンに見せても恥ずかしくない浮世絵を集めたのである。

結局、購入できたのは二十数点で、志賀直哉が愛蔵していたものを加えて、翌四十四年七月、計三十点の浮世絵を贈った。その返礼として、ロダンから小さなブロンズ像が三点届き、四十五年二月、「白樺」主催の展覧会で公開されることになるのだが、彼らが贈った浮世絵三十点の多くはパリのロダン美術館に現存している。特に優品と目されるのは、大判錦絵「当時全盛美人揃　玉屋内小紫　こてふ　はる次」など歌麿の二点である。良家の子弟が多かった「白樺」とはいえ、明治四十四年、すでに騰貴していた浮世絵を三十点、それなりの水準で集めるのは決して楽ではなかっただろう。もっとも、端的に言えば、浮世絵三十点をロダンに貢いだ格好ではあった。

武者小路実篤の自伝的小説『或る男』によれば、彼らとしても、集めた浮世絵をいざロダンに贈るとなると、「手放すのが惜しいやうな氣がした」。さすがに「白樺」同人も、無価値な代物と思っていたわけではなかったらしい。特に志賀直哉には浮世絵にのめった時期があった。

後年の回想『書き始めた頃』によれば、初めて買ったのは学習院中等科六年の時だった。「哥麿の菊慈童を買ひたく、買ふ迄は落ちつけなかつた。三圓だつた」。志賀は明治三十六年に高等科に進むが、日記を閲すると、翌三十七年夏、にわかに浮世絵に憑かれている。八月四日、何気なく見た合巻『童謡妙々車』が二代柳亭種彦作、二代国貞画と気づいた志賀はほかにもないかと探し、門番熊吉の家から豊国画のものを譲り受けた。六日には志賀家が仕えた相馬家に行き、「国貞の似顔絵帖」や草双紙を借り出し、さらにはどんどん買い始める。例えば二十二日には『俳優楽屋通』を三円で手に入れ、満足そうに「口絵哥麿、似顔初代豊国、及び国政、三馬輯といふ中々こりたるもの」と書きつけた上に、「国貞の雪月花」も五十銭で購入している。「来月の小使までをもらひ今は残り少し」と散財し、そう記した翌二十七日も「哥麿の傾城（二円）」を買う始末。志賀はこの頃、歌舞伎や娘義太夫に通っていた。演芸方面の関心に発した面があったのだろう。

それから七年後、明治四十四年にロダンへ浮世絵を贈る際には、志賀は学生時代の戦利品から目ぼしいものを供出したという。浮世絵の選定を主導したのも、あるいは志賀その人だったのかもしれない。ちなみに後年の代表作『暗夜行路』を見ると、主人公の時任謙作に対して、渡仏を控えた友人の竜岡が浮世絵を手土産に持っていきたいのだが、と相談する場面が出てくる。

「別に大した支度もないからネ。――それはそうと、浮世絵を少し買って行きたいと思うんだが、何時《いつ》か一緒に見に行って貰えないかな。どうせそう高い物は買えないが、彼方《むこう》で世話になる人の贈物にしようと思うんだ」
「此方《こっち》もよくは解らないが、何時でもいい。行こう。然しこの頃は随分高くなったらしいよ。前の相場を知っていると買う気がしないそうだ。若しかすると巴里で買う方が安い物があるかも知れないよ」

浮世絵に関して、時任謙作は一目置かれている。確かに相当の数を持ってもいた。「広重の五十三次の或ものとか、式亭三馬の編纂した初代豊国と国政の似顔絵本とか、歌麿、湖竜斎、春潮あたりの長絵とか、その他つまらぬ物まで一緒にすると一ト抱え程あった」。このうち三馬編の似顔絵本は三十七年に志賀自身が買った『俳優楽屋通』と一致している。この一抱えもある浮世絵を、一度は吉原行きの金策で売ろうとしたものの、結局は餞別として竜岡に進呈する。

これはむろん創作中のエピソードではあるけれど、やはりロダンに贈った「白樺」の浮世絵と同様に、時任謙作のコレクションもフランスに渡ったものらしい。

趣味の奈落へ　谷崎潤一郎

閑話休題、再び四十三年十一月二十日、三州屋の「パンの会」へ戻ってみよう。「白樺」とともに、この名高い一夜に誘われていたのが第二次「新思潮」の面々である。創刊は二か月前の四十三年九月のことで、自由劇場の小山内薫を担ぎ出して「新思潮」の看板を掲げた。主な同人は和辻哲郎、後藤末雄、木村荘太、大貫晶川、そして谷崎潤一郎である。生意気盛りだった彼らの中で、特に谷崎、後藤、木村の三人は江戸趣味濃厚な日本橋近辺に生まれ、通を気取ってもいた。

谷崎の『青春物語』によれば、彼らは「パンの会」を新雑誌のデモンストレーションの場と考えて、揃いの帽子で乗り込んだ。銀座で見かけて注文した「柔かい、へら〳〵した天鵞絨で、而も色が紫と来てゐるんだから、西洋の道化役者だつて被りさうもない」奇妙な帽子だった。むろん文壇の新参者だったのは「白樺」と選ぶところはなく、ほとんど初対面の人ばかりだった。その中で谷崎たちを興奮させたのは「三田文学」を主宰する洋行作家、永井荷風の登場だった。

長身痩軀、黒っぽい背広姿がメフィストフェレスを連想させる紳士が戸口に現れた。誰かが「永井さんだ」と谷崎に言った。知人にほほえみ、丁寧にお辞儀をする優雅な身のこなしを見て、谷崎たちは「いゝね！」と語り合った。やがて谷崎も泥酔し、誰彼となくつかまえて気炎を上げた。それでも尊敬する荷風のことは忘れていなかった。見えない陰から遣り手婆風に「永井さんえ！　永井さんえ！」と呼ばわって悪童ぶりを発揮した後、思い切って荷風の前へ出ていき、「先生！　僕は實に先生が好きなんです！　僕は先生を崇拝してをります！　先生のお書きになるものはみな讀んでをります！」と言って、お辞儀をした。荷風はしらふだったようで、椅子に座ったまま、うるさそうに「有難うございます、有難うございます」と繰り返したのみだった。

反自然主義的な『あめりか物語』に鼓舞され、谷崎は荷風作品を耽読していた。荷風の方は若い谷崎のことなどまったく知らなかったようだが、それでも谷崎はあきらめず、自由劇場の試演会場だった有楽座に荷風が来ると聞きつけ、『刺青』の載った「新思潮」を自ら手渡したこともあった。そのうちに荷風も谷崎の初期作品を読んだ。それどころか、完全に魅了された。翌四十四年には強力に推輓するに至るのだが、しかし、どこかちぐはぐな「パンの会」の初対面が示唆するように、彼らの間には微妙な違いがあったと見えないでもない。例によって浮世絵趣味について言うのみだが、ほかでもない『刺青』を読み直すと、その齟齬は見えてくるだろう。

明治四十三年十一月、第二次「新思潮」に発表された名作『刺青』については、改めて紹介するのも気がさすが、その冒頭、刺青師たる清吉の人物設定は注目に値する。

> 清吉と云ふ若い刺青師《はりものし》の腕きゝがあつた。淺草のちやり文、松島町の奴平《やつへい》、こんこん次郎などにも劣らぬ名手であると持て囃されて、何十人の人の肌は、彼の繪筆の下に絖地となつて擴げられた。刺青會で好評を博す刺青の多くは彼の手になつたものであつた。達磨金はぼかし刺が得意と云はれ、唐草權太は朱刺の名手と讃へられ、清吉は又奇警な構圖と妖艶な線とで名を知られた。もと豊國國貞の風を慕つて、浮世繪師の渡世をして居たゞけに、刺青師に墮落してからの清吉にもさすが畫《ゑ》工《かき》らしい良心と、鋭感とが殘つて居た。彼の心を惹きつける程の皮膚と骨組みとを持つ人でなければ、彼の刺青を購ふ譯には行かなかつた。

奇警な構図と妖艶な線とは確かに豊国や国貞、つまりは歌川派の風だが、何より決定的なのは、刺青師に堕落したという設定だろう。つまり、浮世絵師にさえなれなかった男を主人公に据えているのである。明治四十三年とは見てきた通り、一段低く見られてきた浮世絵の評価が上昇していた時期だった。ところが谷崎はそのベクトルとは正反対に、いっそう堕落した刺青師の物語を書いた。言うなれば、当時共有されていた浮世絵趣味の底を踏み抜いた小説なのである。

やがて清吉は、これと見込んだ娘の背中へ女郎蜘蛛を彫り込む。「どうか私を歸しておくれ」と青ざめていた娘は剣のような瞳を輝かせて、「お前さんは眞先に私の肥料《こやし》になつたんだねえ」などと言うようになり、ついには朝日を受けて女の背中が燦爛と輝く。これは世紀末的なファム・ファタールの物語には違いない。谷崎は一方で、そうした芸術傾向に興味を持っていた。

初出の第二次「新思潮」は、戯曲風の楽屋話「REAL CONVERSATION」を載せ、同人たちのおしゃべりを採録しているのだが、そこで谷崎は「ワイルド君」と呼ばれている。若い世代はワイルドを読んでいたし、「白樺」などもビアズリーによる『『サロメ』の挿図のための素描集」を紹介していた。ワイルド君こと谷崎は、「ロダンの彫刻を見ると實に自由だ、神話も材料にすれば現代人の肖像もやる、そしていろんな形式で實に自由に表はすだけの事を表はしてゐる、僕は文學で以てあれがやりたいんだ」とも語っており、西洋の新潮流への関心をのぞかせている。

他方で、この「REAL CONVERSATION」では、木村荘太が「谷崎が徳川時代の形式を借りて書かうとするやうなデカダンな心持」という言い方をしている。確かに『刺青』は西洋の頽廃美学を意識しつつ、それを幕末的な猟奇趣味へ折り返している。すでに岩佐壮四郎という方の指摘したことだが、女と蜘蛛の組み合わせは、土蜘蛛から妖術を授けられた若菜姫、つまり『白縫物語』を一つの源泉とする可能性が高い。谷崎はその舞台を見たこともあった。『幼少物語』によれば、明治三十一年の春、谷崎少年は中洲の真砂座で「しらぬひ譚《ものがたり》」を観劇した。この時、併せて上演された演目で家橘時代の十五世市村羽左衛門、訥升時代の七世沢村宗十郎の艶めかしさに魅せられたのだが、そんな時分に、人力車に乗ろうとする家橘と行き合い、「透き徹るように色白な、すっきりした脛《はぎ》がチラりと見えたのに、何という綺麗な脚だろうと、私はびっくりした」。まさに『刺青』の清吉が女の足を見かけて、惚れ込んだのを髣髴させるエピソードではある。ほかに着想源として、西澤正彦の論考は月岡芳年を挙げている。こちらも明治四十一年、谷崎が第一高等学校を卒業しようかという頃がその十七回忌にあたり、遺作展が開かれるなど再び注目が集まってもいた。

加えて『刺青』の書き出しには、「當時の芝居でも草雙紙でも、すべて美しい者は強者であり、醜い者は弱者であった」の名文句がある。谷崎の草双紙好きはまぎれもない。四十四年六月の「スバル」に載せた『少年』の中にも「半四郎や菊之丞の似顔絵のたとうに一杯詰まっている草双紙」に見入る場面が出てくる。その大方は凄惨極まる殺人の情景で、「黒装束に覆面の曲者がお局の中へ忍び込んで、ぐっすり寝ている椎茸髱《しいたけたぼ》の女の喉元へ布団の上から刀を突き通している」といった代物である。むろん幕末・明治初年の浮世絵に注目したのは谷崎一人ではなく、先行例には象徴主義の美学を英泉に発見した「方寸」創刊号の記事などがあるけれど、ずばり嗜虐性に反応した例となると、若い世代には見当たらない。むしろ類似するのは、女が松葉燻にさいなまれ、「ヒイ〳〵と咽んで泣く」語り物が耳によみがえる小説、泉鏡花の『国貞えがく』だっただろう。

そんな鏡花を谷崎は意識していた。谷崎の作品に鏡花に相通じる何かを嗅ぎ取る向きもあったようだが、その見方を断固として退けたのは、やがて谷崎の才能を認めた荷風なのだった。

『眠られぬ夜の対話』として「三田文学」四十四年八月号に掲載され、『短夜（対話）』と改題して『新橋夜話』に収録された短編は、荷風が谷崎作品に魅入られ、圧倒される気分さえ抱いたことを伝えている。「恋人よ、この間のやうな話を聞かしてくれ。眠られない夜の寝物語に、またこの間のような、残酷な、恐ろしい、また美しい、京伝の草双紙のやうな話を聞かしてくれ」と始まるのだが、なぜ草双紙のような話を求めるのかと言えば、「つかれきつた私自身の空想だけでは、もう私はとても、あの若い新進作家の書いた『少年』のやうな、強い力の籠つた製作を仕上る事ができないのだ」。その「新進作家」とはむろん谷崎のことである。

さらに荷風は「三田文学」十一月号に、『谷崎潤一郎氏の作品』を発表した。のっけから賛辞を連ねている。「今日まで誰一人手を下す事の出来なかつた、或は手を下さうともしなかつた藝術の一方面を開拓した成功者」「現代の群作家が誰一人持つてゐない特種の素質と技能とを完全に具備してゐる作家」……。これは谷崎について初めて書かれた作家論でもあったが、付言しておくと、荷風は上田敏を援用してもいる。「上田先生は琢磨されたる氏の藝術に接して覚えず感泣せんと欲した」と書きつけていて、何やら敏の賛辞に意を強くした風でもある。(12)

谷崎の作品を「全く都会的」かつ「郷土的」と論じたところでは、かなりの量で『渦巻』を引用してもいる。「徳川の文明と絶縁しない家庭」に生まれた春雄は「生れの都會を解し且つ愛する事が出來た」等、都市を郷土とする者の精神を語った例のくだりである。それを踏まえて荷風は、谷崎こそは同様の都会人なのだと強調し、返す刀で鏡花と谷崎を切り離してみせた。「自分は或批評家が氏の作『少年』を以て、泉鏡花氏の後を追ふものゝ如く論ずるのを聞いた事がある」として、しかし、谷崎の都会性と「鏡花氏の江戸的たるとは自ら別種の傾向を取つて居るものであつて、決して同一の種類に入れて論ずべきものではないと思ふ」と断じたのである。

鏡花氏の作品から窺はれる江戸的情調は全然ロマンチックの脚色構想から生じたもので、作者の意識や憧憬が時としては強ひて読者を此の情調中に引入れやうと勉めてゐる点がある。然るに谷崎氏に取つては都会的は直ちに氏の内的生命であつて、其れは知らず〳〵氏の藝術の根柢をなしてゐるのである。氏の都会的はロマンチズムでもなく、憧憬でもなく正《まさ》に如何ともする事の出来ない『現実』であるのだ。されば両氏の作品中に時として其の取材の方面から起る類似があつたにしても、その作品全体は全く別種のものとして、同一に論評する事は出来ない。各自の価値は各自について別々に吟味せねばならない。

浮世絵趣味に照らしても、さすがに鋭利な批評と言うべきだろう。「其の取材の方面から起る類似」とあるように、草双紙を愛好し、奇怪なイメージを導入したにせよ、鏡花の場合はやはり「追憶の中の浮世絵」であって、母の記憶と結びつき、確かに浮世絵憧憬の色彩を帯びていた。出自からして、その母親は江戸の生まれであるにせよ、鏡花自身は金沢の生まれ育ちである。江戸的情調は現実ではなく、憧憬だというのは、かなり意地の悪い物言いではある。

むろん都会生まれの人々が江戸を追慕し、浮世絵憧憬を持つことがなかったかと言えば、疑問の余地がないではない。彼らの郷土である東京もまた変貌著しく、それゆえに故郷喪失の念を抱くこともあったことは確かだろう。実際に荷風自身も追懐的な小品を書き、「追憶の中の浮世絵」を語っていた通りだが、ここでは敏や自身と同様に、「生れの都會を解し且つ愛する事が出來た」都会人として谷崎を位置づけている。鏡花の江戸趣味を、いわば都会を郷土としない者の憧憬と斥け、谷崎という才能を、都会を郷土とする同好サークルへ引き入れようとする風でもある。

しかしながら、追憶の中の浮世絵であれ、郷土的な芸術としての浮世絵であれ、そもそも谷崎は当時の浮世絵趣味を逸脱していた。何しろ浮世絵師になれなかった刺青師の物語を書いた上に、到底高尚とは言えない悪趣味な代物を持ち出しているのである。谷崎はなぜ特異な志向に至ったのか。その理由を求めるとすれば、実のところ、やはり『谷崎潤一郎氏の作品』に如くはない。谷崎の都会性とは、「ロマンチズムでもなく、憧憬でもなく正に如何ともする事の出来ない『現実』であるのだ」との荷風の指摘はまさに至言と呼ぶに値する。

谷崎は明治十九年、日本橋蠣殻町の商家に生まれた。日清戦争の際、相場の変動で没落したが、杢太郎などが憧れた日本橋のど真ん中である。「当時下町で器量よしといわれる娘たちは、一枚刷りの錦絵にされたものだが、私の母は美人絵双紙の大関にされていたという」とは『幼少時代』の一節だが、こんな話をさらりと書けるような世界で谷崎は生まれ育った。

それに比べれば、荷風や敏の育った土壌は、実は江戸趣味や浮世絵から遠かった。少なくとも、そこに首までつかって育った人々ではなかった。確かに東京生まれには違いなく、彼らにも婦幼の側に属し、浮世絵に親しんだ記憶がありはしたのだが、敏は遣欧使節に加わった祖父と父を持ち、ハイカラな家庭で育った。荷風は藩儒から官界へ入った父によって、正統的な漢詩を仕込まれた。長じた二人は国民的な芸術として浮世絵を称揚し、荷風は隠者然として江戸趣味に低徊したりしたが、それらは彼らの側の事情に即して、再び見いだされた対象だったと言ってよい。

谷崎にしても、生まれた界隈を懐かしむことはあった。『青春物語』によれば、人形町、浜町、両国、柳橋あたりは、自身にとっての『たけくらべ』の舞台だった。実際に幼少期を過ごした記憶を喚起する場所には違いなかったが、いざ西洋の頽廃美学に傾斜し、それを書こうとした時、江戸趣味は要するに現実的に過ぎたのである。浮世絵趣味もまたしかりだろう。

その意味で、荷風の『谷崎潤一郎氏の作品』は本質を射抜いていたし、何しろ「パンの会」で会った際、「先生のお書きになるものはみな讀んでをります！」と叫ぶほどに尊敬していた人の評なのだから、谷崎はいたく感激した。近所の本屋へ駆けつけ、歩きながら読みふけり、雑誌を持つ両の手首はふるえた。「俄かに自分が九天の高さに登つた氣がした」と谷崎は振り返っている。

ただし、後年の『「つゆのあとさき」を読む』での回顧によれば、熱中していたはずの荷風作品の中にも、違和感を抱いたものがあったという。帰朝後の荷風が自然主義とはほど遠い「耽美的、享樂的の作品を續々と世に問はれ」「時世に對する不平と反抗に燃えてゐた一時期」を経て、江戸趣味へ傾斜した作品、つまり明治四十二年暮れの『すみだ川』である。(13)

私はあれを讀んだ時、「荷風氏も變つたな」と思つて、多少さびしく感じたことを覺えてゐる。と云ふのは、あれには從來の荷風氏の熱がなく、新鮮な感覺がなく、却つて「たけくらべ」などの境地に似た江戸趣味の世界へ退かれたやうに思へたからである。

江戸趣味とは谷崎にとって、新鮮なものではあり得なかった。はたまた荷風がそうしたように、そこへ退いてみせるようなものでもなく、「現実」そのものだった。それゆえにこそ、荷風たちが共有していた浮世絵愛好の底を踏み抜く仕儀となったのである。

第十二章　食らうべき美術

和田三造「煒燻」（現存せず　明治 41 年　第 2 回文展図録より）

計十一章を経て幕を下ろそうとしている本書だが、ここで振り返ると、序盤は裸蝴蝶論争や『風流仏』の出版、すなわち明治二十二年のトピックを取り上げている。なぜ明治二十二年だったのかと言うと、筆者の念頭には、東京美術学校の開校、帝国博物館の設置といった出来事があり、一つには今に続く美術制度の大枠が形成された年ということがあった。そこに収まるべき内実がまだ定かには見えないうちに、明治政府はまず器＝制度から作り始めたと言ってよいのだが、それらの器の公的な性格と文学者たちの反応は、本書全体を貫く関心事の一つでもあった。そこで最後の章は、明治四十年代に動き出した新たな美術制度、文展をもって締めくくることにしたい。

文部省美術展覧会、略して文展は明治四十年、本邦初の官展として始まった。五回を重ねた内国勧業博覧会や、この年に開かれた東京勧業博覧会なども晴れの場ではあったけれど、文展は勧業＝産業振興でなく、美術自体の振興を目指した点がまず新しかった。また、白馬会や太平洋画会その他も展覧会を開いていたが、それら私設の団体展の枠を超え、国家の権威の下に優れた美術家を糾合しようという試みでもあった。西洋美術のアカデミズムを支えた官展＝サロンの日本版であり、いずれは日本の美術が西洋に比肩することを期してもいた。具体的には日本画、西洋画、彫刻の三科を置き、日本画、洋画の別を固定化したこと、そして大正八年には帝国美術院展覧会に改組され、以降も似たような展覧会が綿々と続いてきたことも言い添えておこう。

もっとも、文展はいざ始まってみると、ほどなく若い世代から不要論を突きつけられた制度でもあった。そこから先の話を思ってみれば、器としての制度は維持され、更新されてきたものの、真摯な美術を目指そうとする営みはむしろ器には収まらず、その外側で始まり、終わることがしばしばだった感がある。今となっては国家的な制度の幾つかは、いかようにも多様な美術観があり得る時代にあって、そこにだけは美術がないと思わしめるほどの形骸化を呈しているのではあるまいか。そうした美術制度の惨状を思ってみても、文展を回顧してみる意味はあるだろう。

むろん開設当初の注目度は高かったから、初期文展の会場にたたずんでいたなら、何人もの文学者を見かけたに違いない。若い木下杢太郎は仲間と連れ立って闊歩していたはずである。さらに永井荷風や徳田秋声らの姿があり、西洋画部門の審査員には森鷗外が加わってもいたが、ここでは彼らに比べて、ほとんど目立たなかっただろう一人の青年、石川啄木に注目してみたい。

なぜ啄木なのか。思うように文名はあがらず、生活苦にあえいでいた啄木は、少なくとも第二回と第三回の文展に出かけたことが知られる。四十一年の第二回展では、文展の寵児と言うべき洋画家和田三造に遭遇し、労働者の群像を描いた「煒燻」に感激した。それのみならず、生涯唯一の美術批評と言われる一文『日曜通信』を書いた。翌四十二年の第三回展にも立ち寄り、荻原碌山の彫刻「労働者」の絵はがきを何枚も買った。これらは周知の伝記的事実であり、和田と碌山の二作に反応した理由もある程度は察しがつく。いずれも主題は労働であって、「はたらけど働けど猶《なほ》——」と歌わざるを得ない彼自身の現実に即して文展を見たと思ってよい。

それもさることながら、ここで注目する理由は端的に言って、啄木が居場所のない青年だったからである。本章を通じて、おいおいに語っていくべきことだが、啄木が生きたのはひどく息苦しい時代だった。日本を覆って、単一的な時空間の意識がせりあがった時代であり、その芸術の世界における現れが、全国の美術家を集め、序列化しようとする文展だったと言ってよい。そして同時に留意すべきことは、文展の開設が自然主義の高揚期に重なっていたことである。実のところ、この思潮は現実から超越したり、逃避したりすることを認めず、それゆえに息苦しさの感覚を強めたように見えるのだが、自分たちが現実のただ中で生きるとして、ならばいかなる場所から現実を観察し、描写すればよいのかという風に、文学者たちに芸術と現実の位相関係を考えさせもした。こうした時代を生き、芸術の世界に、また実生活の中に居場所を探して、苦しい遍歴を続けたのが啄木にほかならない。自然主義へ接近し、文展に立ち寄り、一度はついに身の置き所がなくなったと茫然としながら、やがて啄木なりに芸術と現実の紐帯を結び直すことになる。

言うなれば初期文展と自然主義を横切るようにして、また違った方向へ歩み去ったのが啄木なのであり、その背中を眺めながら、文展の時代を再考してみたいのである。

美術家の憲法発布

さて、文展とはどういう風に思い描かれて始まったのか。そこを知る上では、明治三十九年の暮れ、黒田清輝が「中央新聞」に寄せた談話『官立美術展覧会開設の急務』が分かりやすい。画壇の大立者であり、文展の審査員に就くことになる黒田の主張を、小見出しの順に見てみよう。

最初の小見出しは**「豪傑割據の時代」**である。これは各種の団体展が分立する美術界の事情を指している。黒田はしかし、それでは仮に認められたところで一展覧会の賞牌にとどまり、世間一般が認めるには至らないと指摘する。言い換えれば、国家単位の展覧会を確立し、そこでの美術家の優勝劣敗が社会の評価と合致するのが望ましいという意味になるだろう。さらに国際的な日本美術の地位に言及し、こんな群雄割拠の状態では海外とは渡り合えないし、現に世界各地の博覧会では評価が下りつつあると憂えてみせた上で、こう強調する。「今回の官設展覧會は是等の豪傑連を集め　夫々《それぞれ》階級を定め　一團の軍隊を組織して歐米の強敵に當らすと云ふ趣旨に外ならない」。国際競争を勝ち抜くべく、オールジャパンで行こうというのである。

その対抗しようという海外には官展が存在し、権威を有している。黒田は第二点として、**「佛國サルンの價値」**を紹介する。彼の地ではサロンに出したかどうかが重要であり、出したとなれば大家として遇される。さらにサロンならぬ一九〇〇年のパリ万国博覧会へ話題を移し、「智・感・情」で銀賞＝二等賞を得た際には、「自分の師事して居つた人は、是は自分の弟子で此度博覧會で二等賞を得た日本の黒田であると得意氣に各大家に紹介して呉れた」と回顧している。

実を言うと、文展の構想が胚胎したのは同じく一九〇〇年頃、ヨーロッパでのことだった。美術事情の視察で渡欧した文部官僚の正木直彦たちに、オーストリア公使をしていた牧野伸顕は、フランスのサロンのような展覧会を文部省が主催すべきだと説いた。それから六年ほどした三十九年三月、牧野が第一次西園寺内閣で文部大臣に就いたことから、構想は実現に向かい、十二月には官展開催が初めて予算化された。黒田は西園寺と親しく、牧野とは同じ薩摩閥だったが、官展予算化の直後、すかさずその意義を世間に説いたのがこの談話ということになる。

しかしながら、一九〇〇年の時点で官展とは、まったく周回遅れの発想でしかなかった。規範としたパリのサロンは、一八八一年にフランス芸術家協会の運営、すなわち民営の公募展に変わっていたし、九〇年には国民美術協会が別種の展覧会を開設したことで、美術界を一元的に代表する展覧会でさえなくなっていた。こうしたサロンの変質を黒田とて知らなかったはずはない。何しろ留学時代には、フランス芸術家協会と国民美術協会双方の展覧会に出品しているのである。そもそも近代美術の展開を思ってみればよい。文展が始まった明治四十年＝一九〇七年とは、印象派の時代さえすでに遠く、ピカソが「アヴィニョンの娘たち」を描いた年にほかならない。周回遅れの美術政策は日本にはありがちなことだが、西洋ではもはやアカデミズムどころではない時代に、国家としてアカデミズムを確立しようというのだから、何とも無理のある話ではあった。

それでいて明治三十九年、官展の必要性を説いた黒田の談話は、ひたすら「サルン」の権威を強調するばかりである。これは知らしむべからずというよりも、日本の実情を踏まえた漸進主義的な態度だったのだろう。黒田は物事の階梯を重んじる現実主義者だった。西洋絵画を学習するプロセスについては、人体研究を基礎に据え、堅固な構成と明確な思想を備えた構想画を重視した。画家としては「智・感・情」などに取り組んだ明治三十年あたりを最後に、本格的な構想画からは遠ざかってしまうが、画壇の指導者としては、印象派その他には飛び付かず、アカデミズムの移入を図ろうとしたのである。それと同様の観点から、いかにパリのサロンが様変わりしていようとも、まずはアカデミズムの基盤となる官展を日本に確立すべきだと考えていたに違いない。

ともあれ黒田の考えでは、群雄割拠の前近代的な状態だった日本の美術界に、西洋の近代国家並みの統一的な秩序を与える制度が官展だった。それゆえに今日では唐突に聞こえる比喩が飛び出すことにもなる。すなわち官展開設を、黒田は「**美術家の憲法發布**」と呼んでいる。

官設美術展覽會の美術家を利する範圍は極めて廣いもので、其奨勵進歩の大機關となるは必定で要するに我國に官設美術展覽會を開設するのは美術家の價値を定め　一方には美術家夫れ自身は如何にして國家に盡すべきかの途を開くもので、謂はゞ美術家の憲法發布の様なものなのである。

美術家の価値を定め、国家に尽くす道を開くのが官展と見なし、それゆえに臣民の権利と義務を定めた大日本帝国憲法になぞらえたものらしい。この大仰な物言いは、西欧に伍して立憲国家たらんとした明治二十二年の憲法発布から十八年、官展への並々ならぬ期待を物語る。むろん日露戦争後の一等国意識の中で、美術においても一等国たらんとする気分も働いていたことだろう。

ただ、現実主義者だった黒田は、前途多難であることを予期していた。最後の小見出しは**「完成は三十年後」**である。「憲法は發布されても之を適用する完全な人を得るのは容易ならぬ事」であり、「審査員を選定するの一事さへ容易ならぬ困難な仕事」なのだから、十年二十年は試験期間と思って、多少の失敗も覚悟しなければならないと言い添えている。

この懸念はたちまち的中することになる。文展開設前夜、東京勧業博覧会における「霞事件」をきっかけに審査の公正性が問われ、美術界は大揺れとなったのである。

砕かれた彫像　文展開設へ

この年三月から上野で開催されていた東京勧業博覧会は、過去の内国勧業博覧会に匹敵する大々的なイベントとして、連日大観衆を集めていた。美術館も人気を博し、話題作を幾つか挙げれば、中村不折「建国剏業」や岡田三郎助「紫調べ（婦人像）」、青木繁「わだつみのいろこの宮」などが出品されていた。ところが、その審査結果の発表が近づいた六月十一日の朝、彫刻家の北村四海が会場に侵入し、自ら出品した大理石の彫像「霞」を打ち砕いたのである。

北村四海は明治四年、長野に生まれた人で、生家は代々の宮彫り師だった。言うなれば飛驒の匠の裔であり、四海自身もその修業を積んだのだが、上京を機に西洋彫刻志望に転じた。さらに安田善次郎の支援も得て、明治三十三年に渡仏を果たす。パリ万国博覧会でにぎわう一九〇〇年の洋行者となったのである。パンテオン会にも加わっていて、怪談話をしたのと、病から幽鬼のようになったのとで、「人魄《ひとだま》」のあだ名で呼ばれた。帰国したのは明治三十五年のことだった。

それから五年、東京勧業博覧会に出品したのが「霞」である。「一年に一個づヽ自分の主義を現はした彫像を造つて見たいと思つて先づ第一に造つた」作品で、実費は七百円余り。会場では同じく留学組だった新海竹太郎の「決心」とともに注目されたが、事件二日後の「東京朝日新聞」に載る談話によると、渾身の作が不公平な審査にさらされるのが許せなかったのだという。出品鑑査の内情を聞けば、「實に不公平極まるもの」、褒賞についても、審査官は「毫も公平を期せずして自派の功名を期する有様」。このため四海は「そんな審査員の手に罹るのは厭ですから」「破損といふ事にして取下げる心算《つもり》で」、大理石の彫像に槌を振り下ろした。頭部は落ち、右腕なども砕け散った。実際に蓋をあけてみると、彫塑部門では審査官たちが一等賞を独占していたのだが、作品本位とはかけ離れた審査の内情が事前に漏れ、四海の耳に入っていたらしい。

四海の一撃はたちまち他に波及した。不公平さは彫塑部門に限らず、すでに出品鑑査の段階から取りざたされていたからである。七月六日、褒賞授与式が行われ、東洋画や西洋画の部門でも審査官の受賞が多数を占めた。太平洋画会は翌七日、「裏面の情實の爲めに全く審査の意義を没却したるを確めたり」「斯の如きは實に藝術の神聖を汚がし（ママ）今後に厭ふべき惡例を遺すものと認む」と宣して褒賞返却を決議した。自派の中村不折らの力作と、岡田三郎助「紫調べ」のような白馬会の小品が同列に一等賞となったことを問題視した行動だった。平櫛田中らのいた彫刻団体成美会も褒賞を返却した。さらに十七日には、西洋画の審査官だった川村清雄が辞表を出した。「審査の威信を擁護せんが爲に先づ其責《せめ》のあるところを明かにせん」と欲したためだという（七月二十八日付「東京朝日新聞」）。

この騒動は文展の開設準備をも揺さぶった。六月中旬には審査委員を発表するはずが、延期になった。方針変更を迫られたようで、牧野文相は美術界の有力者から意見聴取を行った。実作者だけでなく、学識者を加えることになったが、これについても異論が出た。例えば「読売新聞」の連載「審査員問題に関する諸家の意見」の中で、三宅克己は「實地の技巧の方には殆んど無鑑識と稱して可い方々が多い」と難じている。ようやく正式に発表されたのは八月十三日のことで、二か月ほど遅延した形である。第二部西洋画の審査委員を見ると、米国留学の経験を持つ理学博士の松井直吉が主任に就いた。ただし、松井は第一部日本画の審査委員を兼任していた。西洋画の専任は計十一人で、学識者として岩村透と鷗外、実作者からは白馬会から黒田清輝、久米桂一郎、和田英作、岡田三郎助の四人、太平洋画会系から小山正太郎、浅井忠、松岡寿、中村不折、満谷国四郎の五人が選ばれた。このうち岩村透は黒田の盟友だから、双方同数と言えなくもない。党派性への批判を回避する現実的な対応として、出身団体の均衡を図ったようにも見える。

それにしても、なぜ審査問題はここまで紛糾したのか。実のところ、審査員のお手盛り受賞や我田引水など、内国勧業博覧会ではよくあることだった。第三回の時には第一部工業、第二部美術の審査官を兼任していた小川一真が双方で一等賞をさらって写真師仲間の顰蹙を買ったし、第四回では黒田清輝の友人門下が上位入賞を果たした。ところが東京勧業博覧会に至って、ことさらに芸術の神聖が語られ、前近代的な縁故や党派性は排斥すべしとの声が噴出したのである。これを理屈に言い直すなら、芸術の平面とはフラットでなければならず、そこに公正な形でヒエラルキーが形成されるべきという考え方が力を得ていたことになる。その意味ではむしろ、文展の目指すところに合致した動向だったとも言えるだろう。諸派分立の状態を単一な平面に解消し、帰属する美術家の位階を定めるのが文展だったのだから。幾らか準備を滞らせたことも事実だが、「霞事件」は文展の前提を打ち砕いたわけではない。フラットな平面や公正なヒエラルキーを実現できるかどうか、文展の内実を問い直したのであり、同時代的に起こるべくして起こった出来事でもあった。

それとともにちょっと注目すべきは、この騒動のさなかに、そもそも審査など本質的なことではなく、芸術家は自己の内なる標準に従えばよいといった意見が語られていたことである。

同情的に見られた北村四海の行為に、あえて疑義を呈した一人に、『近世絵画史』で知られ、ほどなく世を去る藤岡作太郎がいる。「帝国文学」七月号の『壮挙か軽挙か』で、「自己の爲にかの像を造りしか、また審査會の爲に造りしか」と問い、「己の心に満足せずんば千百の作も破壊すべし、區々たる外圍の事情の爲に、一年の苦心を無にするは、果して自信ある美術家の爲すべきことなるか。余は北村氏が自重の念なきを惜まざるを得ず」と述べている。

明治美術会に属しながら太平洋画会には入らず、川村清雄たちのトモヱ会に加わっていた石川欽一郎も騒動を批判した。七月二十八日付「読売新聞」に『受賞と美術家』を寄せ、世間体を気にして不平を鳴らし、受賞した側を誹謗するとは、あまりに大人げないと苦言を呈した。「美術は流行品にあらず、玩弄品にあらず」として、「區々たる駄評に貸す耳も無ければボロ博覧會の審査を論難する餘暇も無し」「我《わが》作品には我こそ好《よ》き審査官なれ」と言い切っている。

石川はやがて台湾の美術教育に尽力することになるが、自己に標準を求めるこの種の考え方が強まっていくのは、考えてみれば、時代の必然だったかもしれない。理屈からして、芸術の平面が真に単一かつフラットであるとしたら、すべての美術家はそこに属するのだから、ヒエラルキーを築く側には立ち得ない。芸術家同士の評価は内側での相互評価にとどまり、客観性を失う。むろん外部の視点を要請することはできるが、それは同時に芸術の外側からの、言い換えれば、非芸術的な評価にしかならない。文展の場合、審査委員に学識者を起用し、実作者ではない側の判断を導入した。しかし、その方針が明らかになるや、実作者からは不満の声が出た。この反応は外部の視点が非芸術的と見なされたことを意味していよう。要するに芸術の平面が普遍的なものと意識されるほどに、内部の相互評価は党派的なものに凋落し、外部からの評価は非芸術的なものと見なされるのであって、それならば、もはや自分自身を頼りにでもするしかないだろう。

自己に重きを置く考え方はいずれ顕著になっていくが、背景には普遍的な芸術の平面のせり上がりがあったはずで、その相互作用は文展前夜に動き始めていたと言えるかもしれない。(1)

日本一の代用教員　世界のタクボク

このあたりで、本章の主人公である石川啄木に目を転じるとしよう。文展開設前夜、啄木は郷里の岩手県渋民村にいた。文学を志して新詩社に加わり、第一詩集『あこがれ』を刊行した後、明治三十九年四月、渋民尋常高等小学校の代用教員になっていた。

文学熱はなおも冷めていなかった。六月の農繁休暇の間に上京した啄木は、近刊の小説を読んでみた。夏目漱石は驚くべき文才を持ちながら「偉大」がない、島崎藤村の『破戒』は群を抜くが、天才ではない――そう判定した啄木は「自分も愈々《いよいよ》小説を書くのだ」と奮い立って帰郷した。七月にはほとんど夜も眠らず、教職体験に即した小説『雲は天才である』を書き始めた。この小説第一作の書き出しは、しかし、彼がどんな場所にいたのかをまざまざと物語っている。

六月三十日、S――村尋常高等小学校の職員室では、今しも壁の掛時計が平常《いつも》の如く極めて活気のない懶《もの》うげな悲鳴をあげて、――恐らく此時計までが学校教師の単調なる生活に感化されたのであらう、――午後の第三時を報じた。大方今は既《はや》四時近いのであらうか。といふのは、田舎の小学校にはよく有勝《ありがち》な奴で、自分が此学校に勤める様になつて既に三ケ月にもなるが、未だ嘗て此時計がK停車場の大時計と正確に合つて居た例《ためし》がない、といふ事である。少なくとも三十分、或時の如きは一時間と二十三分も遅れて居ましたと、土曜日毎に該停車場から程遠くもあらぬ郷里へ帰省する女教師が云つた。

伝記に即して言えば、K停車場は好摩の停車場、S――村尋常高等小学校は渋民尋常高等小学校のことである。そこに月給八円で奉職する身でありながら、主人公は「日本一の代用教員」を自任している。英語と世界史の課外授業を通じて「五十幾人のジヤコビン党」の胸に火箭を放ち、「千九百〇六年……此年〇月〇日、S――村尋常高等小学校内の一教場に暴動起る」と後世の世界史が記さぬまでも――というのだが、もとより世界史に登録されるはずもない。世界はおろか、東京からも遠く隔てられ、のろのろと時間の流れる小天地の話でしかないのだから。

この自己認識のかたわらに、名高い『一握の砂』の巻頭歌「東海の小島の磯の白砂に――」を置いてみれば、啄木を生涯高揚させ、また苦しめた当のものが見えてくるだろう。東海＝世界の中の日本から高らかに歌い出された一首は、その日本の片隅で小さな蟹と戯れる私へ収斂する。自身が帰属する地域や職場以上に、世界や日本といった時空の広がりが意識を占め、そこに直接自身が埋め込まれていると啄木は感じていたのである。その感覚は有意味的に世界に関わりたいとの欲求を昂じさせたはずだが、世界を強く意識するほどに、自身の周縁性をも自覚せざるを得ず、世界史への貢献など荒唐無稽な不可能事に近づいてしまう。この負のスパイラルを全力で生きたのが啄木だったように見える。むろん世界と自己の短絡は青春期にはありがちなことでもあるけれど、みるみるうちに認識上の地図が拡張し続けたのが明治の世であって、世界や日本といった大きな時空間を意識せざるを得ないような時代だったことも確かではあるだろう。

そして『雲は天才である』は、停車場の時計という小道具を通じて、まさに単一的な時空間のせり上がりから語り出されている。啄木の詩歌には鉄道に関する語彙がよく出てくるが、折しも三十九年三月には鉄道国有法が成立し、官民が敷設した鉄道の一元化が進行していた。鉄道は日本各地に連続し、標準化された時間の下に運行される。都市であれ地方であれ、すべての駅が同一のタイムテーブルに載せられる。K停車場＝好摩の停車場の正確な時計は、鉄道が押し広げた均質な時空間を象徴していると言ってよい。ところがS――村＝渋民尋常高等小学校の時間の流れはひどく遅れている。仮に停車場がなかったとしたら、いかに鄙びたところにあったにせよ、尋常高等小学校はそれなりに自足した場であり得ただろう。単一的な時空間を意識させる鉄道こそが、こぼれ落ちた地域の周縁性を際立たせるのである。そこで主人公は「日本一の代用教員」と胸を張り、世界史への登録さえ夢見るのだが、彼が生きている場所はあまりにも日本や世界の中心からは遠い。

そして同じ頃、美術の世界でも似たような再編のプログラムが進行していた。文展は種々の団体が分立する状態を国家として統一し、世界に伍していくための展覧会だった。言うなれば各団体を超えたところに日本中の美術家が帰属し、優勝劣敗を決し得る芸術の平面を想定し、なおかつ現実の制度として確立するプログラムであって、その先には、世界へ広がっていく普遍的な芸術の地平が思い描かれてもいた。しかしながら、この単一的な芸術の平面のせり上がりは、まさに鉄道が周縁性を決定づけるのと同様に、片隅や外側に逼塞する者たちの存在を際立たせずにはいない。実際に文展開設の頃に書かれた小説の中に、周縁的な美術家の姿を見いだすこともできる。

美術と現実の一隅で　図画教師たち

明治四十年一月の「中学世界」に載った国木田独歩の掌編『肱の侮辱』は、そんな小説の一つと言えるだろう。発表誌の読者層を意識して書いたのか、中学校の講演会で矢島という文学士が熱弁を振るう話だが、その内容は冴えない美術教師に対する弁護となっている。

舞台の某中学校は「東京市より汽車で何哩」ほどのところにある。生徒たちは通学割引を使い、近郷近在から汽車で集まってくる。その中学校の日曜講演会に招かれた矢島は、四か月ほど前、川釣りで当地に来た際に、たまたま旧知の洋画家木谷に会ったと話し始める。

木谷の姿は「餘り立派でない和服を着て顏は例の如く髯ぼう〳〵」、しかも、「口をもごもごさして眼をパチクリ〳〵さして、次の言葉を出さうとして居ますが直ぐは出て來ない」。それが癖だという木谷は「私は其處に在る中學校に出て居ます」と矢島に明かした。

川釣りを終えた矢島は、この洋画先生と一緒に、汽車で東京へ帰ることにした。先生も東京に家があり、三日に一度は戻っているのだという。約束の時間になり、釣果はさっぱりだったらしい矢島が停車場に引き返すと、すでに先生は待っていた。やはりみすぼらしい身なりだった。古い洋服に垢じみたカラーとカフス、ぼろぼろのネクタイはひん曲がり、カラーから外れている。矢島によれば「此仁《ひと》の衣裝《いでたち》は此時ばかりでなく、何時《いつ》見ても先づ斯《こん》な風を爲《し》て居る」のだった。

さらに汽車には中学校の生徒も乗り合わせていた。『肱の侮辱』というタイトルのゆえんだが、洋画先生に気づいた一人が隣の生徒を肱でつつき、それがまた隣をつつき、三四人が振り返り、顔を見合わせて「一種異樣な笑ひ方」をした。ヒヒヒといった調子だろうか。

笑われた先生は「恥しい樣な悲《かなし》いやうな顏容《かほつき》」になった。矢島は憤慨した。「未だ曾て此樣《こんな》氣の毒らしい情ない顏付を見た事が有りません」。できることなら、これらの生徒一人ひとりを窓から摘み出してやりたいとさえ思った——そんな話をした上で、矢島は力説する。

諸君《みなさん》！ 諸君は如何《どう》思ひます、成程洋畫先生の風采は上りません、成程世辭も愛嬌もない男ですけれども、此人の心の全部が純白で透明で邪氣の無い事を知りながら、是れに侮蔑を加へる事は善良なる學生の行爲でしようか。（中略）私から申ますと彼の洋畫家の風采の上らない事や其の行爲の何となく間抜けて居る事や、其顏付の爺々《ぢゝ》むさい事や、總てがむしろ長所であつても短所ではないと思ひます。彼のお粗末な外形は其の人の極めて單純な善良な心を示して居ると思ひます。

挙動が間抜けているだの、顔つきがじじむさいだのと、まあ言いたい放題である。この逸脱気味の熱弁が一編の大半を占め、矢島文学士の直情径行さには独歩の面影が重なるようだが、矢島が言わんとしたのは、「性格」＝人格の美を認めよということである。

最後にエピローグとして、演説を終えた矢島を見送るため、木谷が停車場にやってきたことが付記される。「汽車が出掛けると木谷は口をモグ〳〵さして何か言はうとしたが言ふ事が出來ない。見ると眼に涙を充満《いっぱい》ふくませて居た」——むろん感謝の涙ではあるはずだが、見ようによってはさびしい幕切れではある。洋画先生は物も言われず、地方の駅で涙ぐんでいる。

独歩もまた美術には興味を持っていた。明治三十五年の短編『画の悲しみ』は少年時代、絵の腕前を競いあった才能ある友人を惜しむ物語。美術家との交際も意外に広く、明治三十八年春頃にはどのくらい実現性があったのか、青木繁の「海の幸」を買う話もあったらしい(2)。

むろんはるかに親身に付き合ったのは、近事画報社や独歩社のグラフ雑誌でともに働いた面々の方である。黒岩比佐子著『編集者　国木田独歩の時代』に触れられているが、彼らは小山正太郎門下の洋画家たちだった。大まかには太平洋画会の画家たちと呼ぶこともできなくはない。小杉未醒や満谷国四郎、石川寅治のような人々は太平洋画会展などで名を残している。

しかしながら、画壇的にはさほど振るわず、美術教師になった者たちもいた。田内千秋という画家は第二回太平洋画会展に出品しているけれど、四十年六月、千葉の佐倉中学校に赴任し、その後も群馬や高知で教え続けた。横井俊造は日露従軍をはさむ形で青森や秋田の中学校に勤め、さらに田内の後任として佐倉中学校へ移っている。彼らの異動について詳細に教えてくれる金子一夫の労作『近代日本美術教育の研究（明治時代）』によれば、明治三十年前後には中学校の数が大幅に増え、多くの図画教員が求められるようになっていた。

彼ら美術教師組の中で、『肱の侮辱』に関して目をひくのは、木村想平という人である。日露戦争の際は小杉未醒らとともに従軍し、独歩の「戦時画報」に絵を載せた後、三十九年五月、立川高校の前身である東京府立第二中学の図画教師へ赴任している。『肱の侮辱』の舞台は「東京市より汽車で何哩ほど」、川釣りに適した土地と読まれるが、新宿から立川駅までは十六マイルほどで、府立二中は多摩川に近い。そして、洋画先生の名前は木谷だから、木村想平と相通じる。実際に木村が「爺々むさい」容貌だったかどうかはさておき、画家仲間との交際からヒントを得て『肱の侮辱』が書かれたとすれば、木村想平の府立二中赴任が契機となった可能性がある。

しかしながら、モデルの詮索以上に、作中の洋画先生の向こうに透かし見るべきは、あちこちの地方にいた現実の図画教師の姿だろう。木村想平の場合は、四十一年八月、小学校教師に向けた『写生画新教授法』を刊行しているから、彼なりに使命感を抱いていたはずだが、生活のためにやむなく教職に就く場合もあっただろう。中央の展覧会で華々しく活躍することは、どうしても容易ではなくなる。だとするなら、彼らは現実的に東京から遠ざけられている上に、教職という労働に従事するがゆえに、芸術の地平においても周縁化されていたと言えるかもしれない。

しばらく『肱の侮辱』の話が続いたけれど、もう一人、明治三十九年四月発表の小説に出てくる地方の美術教師を紹介しておこう。漱石の名作『坊っちゃん』の野だいこである。

野だいこは松山の中学校で画学を担当している。「べら〳〵した透綾《すきや》の羽織を着て、扇子をぱちつかせて、御国はどちらでげす、え？ 東京？ 夫《そ》りや嬉しい、御仲間が出来て……私もこれで江戸っ子です」と芸人風に現れて、「こんなのが江戸っ子なら江戸には生れたくないもんだ」と坊っちゃんをうんざりさせる。他方では、ターナーだ、ラファエロだと口走っていて、泰西名画に明るいようだから、洋画を学んだ人だったかもしれない。坊っちゃんに卵を投げつけられて、「顔中黄色になつた」というのも、色感からすると油彩画家に似つかわしい顚末ではある。

一暴れした後、坊っちゃんは帰京し、月給二十五円の街鉄の技手になる。鉄道を介して現実が浮上する幕切れだが、そこから読み返してみれば、調子よく世を渡るかのような野だいこの見え方も少々変わってくる。地方で通人ぶるのは、江戸っ子というアイデンティティへの空しい執着と言えなくもない。「どうです、ラフハエルのマドンナを置いちや」などと軽口を叩く野だいこに、それなら自分で「油絵にでもかいて展覧会へ出したらよからう」と坊っちゃんは白けるのだが、そもそも彼にそんな腕前があったかどうか。少なくともほどなく開設される文展で脚光を浴びるといったことは、この地方教師には起こりそうにもない。坊っちゃんが去った松山の地で、相も変わらず扇子をぱちつかせていただろう野だいこの姿を想像すると、さびしい影がしのび寄る。

そして三十九年六月、農繁休暇で上京し、漱石の小説を読んだのが啄木である。それが直前に発表された『坊っちゃん』だった可能性はつとに指摘されるところで、だとすれば、読後に同じく学校物の『雲は天才である』を書き始めたことになるわけだが、やがて作中の坊っちゃんよろしく、啄木は渋民尋常高等小学校を去ってしまう。一年限りで辞めようと考え出し、翌四十年四月には生徒を煽って校長排斥運動を引き起こし、免職である。東京生まれの坊っちゃんにとって帰京は帰郷だったが、啄木は故郷を追われる形で、五月初旬に北海道へ旅立っていく。

焼け落ちた新天地

「風寒し。予は新運命を北海の岸に開拓せんとす。これ予が予《かね》てよりの願なり」――明治四十年五月二日の日記に、啄木は決意を書き付けた。故郷の小天地を去って、北海道という新天地を目指したのである。もともと啄木には新天地願望があり、幼い時分にはアメリカ行きを夢見たこともあったらしい。野口米次郎の詩集『東海より』を読んだ三年前には、感激のあまりに渡米の志を抑えられなくなり、ほかでもない野口本人に宛てて、「私は是非この望みを果たさなくってはならぬ」「如何にして己が渡航の機会――否費用を見附たらよいであらうか」といきなり金策の悩みを書き送ったほどだった。それを思えば、アメリカにも似た自由の国土として北海道に夢を託したはずだったのだが、にわかに「新運命」が開けるはずもなかった。

啄木はひとまず函館に落ち着いた。同人誌「紅苜蓿《べにまごやし》」の人々に迎えられ、その編集を手伝うかたわら、函館区立弥生尋常小学校の代用教員になった。月給は十二円。辞令をもらったのは六月十一日のことで、これは北村四海が自作を打ち砕いた日でもあった。むろん「霞事件」は新聞や雑誌で報じられた出来事だったから、啄木も耳にしていた可能性はある。例えば「明星」八月号では、厨川白村が一文を草し、「北村氏の塑像破壊は藝術の神聖と尊威とを保つために立派な行爲である」「あゝわれに若しブラウニングの詩才あらしめば、また詩文以外の姉妹藝術の道に精しきことブラウニングの如くならばこの悲壮な『砕かれたる塑像』を詩に作って、藝術の尊威を示したい」と熱烈な讃辞を捧げている。それと同じ号に啄木は短歌十五首を寄せているのだが、ただし、函館に「明星」が届き、啄木が落ち着いて読むことがあったかどうか、よく分からない。

尋常小学校に勤めてほどなく、啄木は何かの不満から勝手にさぼり続けるようになる。さらには辞表も出さずに、「函館日日新聞」の記者を始めるのだが、その放縦としか見えない生活は八月二十五日夜に崩れ去る。函館は大火に襲われ、学校も新聞社も焼け落ちてしまった。

九月中旬には札幌に移り、校正係として「北門新報」に勤めた後、十日ほどで「小樽日報」へ転出していく。ただ、啄木と文展という意味では、啄木が札幌に長く腰を落ち着けなかったことはちょっと惜しまれもする。というのは、札幌の洋画家が文展に出品していたからである。

第一回文展は十月二十五日から十一月三十日まで開催された。出品者のリストを見ると、東京在住の美術家が多数を占めている。あとは関西の中心である京都のほか神奈川が何人か、また、茨城県五浦に拠点を移した岡倉天心一派の日本画家が目をひく程度だが、全部門を通じてただ一人、北海道から出品鑑査を通過した人物がいる。図画教師だった洋画家の林竹治郎である。明治四年、宮城県に生まれた林は東京美術学校を出て教職に就き、明治三十一年、札幌に赴任した。なおかつクリスチャンでもあった林は、家庭での礼拝を描いた「朝の祈り」で文展に入選を果たした。

地方の教師でありながら文展の晴れ舞台に立った林と啄木が出会ったなら、興味深い会話も交わされたはずだが、残念ながら、啄木の書き物に第一回文展に関する言及は見当たらない。

明治四十年も暮れゆく十二月二十八日夜、啄木は正宗白鳥の短編集『紅塵』を読んだ。「感慨深し、我が心泣かむとす」。とりわけ収録作の一つ『塵埃』は切実だったに違いない。この白鳥の出世作は、勤めていた読売新聞での見聞に基づき、世間の塵が澱む新聞社の校正係を舞台とする。主人公は入社して三か月、「明年を思ひ明後年を考へれば、想像の絲は己れを中心に、幾百の豊かなる繪畫や小説を織り出す」。ところが周囲の同僚たちは、「碌々として老いる」ことにも辛さがあるのだとこぼしながら、日々の労働に埋もれていこうとしている。それと相似て、北辺の新聞社に勤めていたのが啄木である。『紅塵』の感想は悲痛さを帯びる。「予は何の日に到らば心静かに筆を執るを得む。天抑々《そもそも》予を殺さむとするか。然らば何故に予に筆を与へたる乎」。

明けて四十一年一月七日の日記にいわく、「夜、例の如く東京病が起つた」。雑誌の新年号を読み、さほどの作はないと思ったが、そう思うほどに居ても立ってもいられなくなった。「東京に行きたい、無暗に東京に行きたい。怎せ貧乏するにも北海道まで来て貧乏してるよりは東京で貧乏した方がよい。東京だ、東京だ、東京に限ると滅茶苦茶に考へる」。

北海道に託した新天地願望は一年ともたずに砕け散っていた。そこで今度は小説なるものが「自由の国土」に映り始めたのである。作家として芸術の平面に立つべく、啄木は釧路を経て、四月に上京するだろう。そして第二回文展で、和田三造という洋画家と遭遇することになる。

芸術は神聖か　自然主義の季節

ここで初期文展を代表する洋画家、和田三造のことを紹介しておくとしよう。

和田は明治十六年生まれ、東京美術学校西洋画科選科を三十七年に卒業した。美校同期には青木繁や熊谷守一、児島虎次郎らがいた。翌三十八年には、白馬会の創立十年紀念展で白馬会賞をさらい、第一回文展では、伊豆大島に取材し、海の男たちを描いた「南風」によって、最高賞にあたる二等賞を射止めた。弱冠二十四歳での栄冠だった。

その「南風」は、和田と言えば必ず取り上げられる生涯の代表作となっているが、主題を広くとらえて漁労と見なすなら、三十七年の第九回白馬会展へ青木が出した「海の幸」が先んじていたかもしれない。ただし、青木が神話的な感情を託し、仕上げに粗放さを残していたのに対して、「南風」は日に焼けた肉体をストレートに押し出し、力強い群像に組み上げていた。青木の方は東京勧業博覧会へ出した自信作「わだつみのいろこの宮」が三等賞にとどまり、失意のうちに郷里の久留米へ帰っていた。第一回文展の際は友人の岩野泡鳴たちに依頼し、旧作を出そうとしたものの、あえなく落選に終わった。この頃、天才画家と呼ばれていたのは青木ではなく、和田三造なのだった。

和田は翌四十一年一月、九州へ旅立った。秋の第二回展に向けた制作準備のためである。九州北部と言えば、炭坑や鉄鋼業等の一大工業地帯にほかならない。果たしてこの年の秋、第二回文展に出品されたのは「煒燻」、鉄工場で働く半裸の群像を描いた大作だった。

この作品については「早稲田文学」四十一年八月号に和田の創作談が載る。「新作『鐵工場』に就いて」というもので、和田は訪問記者に昼飯を勧め、くつろいだ調子で説明している。

境は熔鑛爐の一室ですから、まッ暗です。この暗中に二三十人の工夫が爐を取巻いて居る所です。今将《ま》さに、眞赤にどろどろに熔けた鐵を床上の鑄型へ流し込むと云ふ瞬間の光景です。杠桿で器物をひッくり返してる者や、棒でかき廻してる者や、背を屈めて鑄型へ流れ込む様子を見届けてる者や、樣々の主客、乃至は點景の人物の額とか、肩先とか、胸とか、手とか云ふ所に反映する熔熱の光、その明るい色が矢張中心になる。そしてそのぶちまけられた熔鐵からは一道の紫烟が濛々と立ち昇つて居る。天井の明り取りからは青い色が僅に射して居る——まづ斯う云つた鹽梅の物です。

この着想を得たのは前年十一月頃だったという。第一回文展の最中だったことになるが、和田は九州旅行にとどまらず、あちこちの鉄工場を見て歩いた。芝浦や霊岸島の製鉄所にも行ったが、すっかり機械化されていたので絵にならなかったと語っている。「矢張我々に最もインテレストを感じさせるのは人間です、人間の勞作の光景です」。なるほど主題は人間の労働には違いない。「南風」の漁師に続き、今度は工場労働者を題材にしたのである。他方で、この談話では「圖中の人物は無論裸體を描いて見たいが願ひ」との意図も明かしている。実際は光の表現に苦労し、新たに描き直したバージョンを文展に出品したようだが、人体研究を基礎に、構成的な作画手法を見せる点で、師の黒田清輝が移入を図ったアカデミズムの理念に即した絵画だったと思ってよい。

ところで、労働の主題と関連して、この談話には興味深い発言が見える。風景画は描かないのかと問われた和田は、「風景畫の方が寧ろパンにはなりさうです」と一笑に付し、確かに自分の絵は売れないけれど、「物質的の報酬などを目當にして畫を作る事は出來ない」と語り出す。

今の文壇の新興文學に從事の方々には藝術なんて事は左程尊いものではないと云ふやうな御意見を持つて居らつしやる方もあるとか聞きますが、それは私なぞでも藝術絶對と云ふやうな考は無論持つてませんけれど、自分で申すはをかしいが、一面この藝術に對して非常に謙遜の態度を取つて居る積です。ですから出來得るならば、煙草を巻いてなりと、土を掘つてなりとパンは其方で得る事にして畫かきを職業としたくないのです。無論空想でせう、戀愛は神聖だ、など云つた頃の、つまり一時代前の遺物ですね、こんな考は　けれども實際私はそんな風に考へてる事を僞ることは出來ないのです。

和田は「畫かきを職業としたくない」と言い切る。食うに困るなら、内職なり土木作業で稼ぐことにして芸術の神聖を守りたいと考えている。ところが、この考え方は「空想」であり、「一時代前の遺物」だと言い添えるのである。何やら奥歯に物が挟まったような物言いで、文展の最高賞に輝いた画壇のホープには似合わない。なぜ和田は胸を張って、芸術の神聖を語ることができなかったのか。その理由はおそらく「今の文壇の新興文學に從事の方々には」という一言が伝える時代の雰囲気と関わっていたはずである。(3) この談話が載った明治四十一年八月とは、自然主義の高揚期であり、その方面では名高い「実行と芸術」論争が始まっていたのである。

アポリア　内属と観察

「現実暴露、無解決、平面描写、劃一線の態度等」とは後に『時代閉塞の現状』で啄木が列挙したタームの一部だが、自然主義文学陣営ではこの頃、幾つもの主張が飛び交っていた。「煒燻」がどう評価されたのか、そして啄木がこの絵にどう向き合ったのかを理解するには避けて通れないポイントであり、それゆえに多少立ち入らざるを得ないのだが、ただし、明治四十年から四十一年頃の議論を遠巻きに眺めると、ほとんど一つの問いをめぐって展開しているようにも見える。断っておけば通説などでなく、そう考えてみると、腑に落ちるところがあるというまでの話だが、それというのは、現実に内属しながら、現実を観察し、描写できるのかという問いである。
自然主義は「遺伝と環境」に着目したゾライズムのように、基本的には人間を自然に内属する者としてとらえる。そこは日本の文学者にも自明のことだった。具体例として「明星」四十年十月号の『蒲団』合評から、太田正雄名で参加した杢太郎の評の一節を引用してみよう。

近頃の科學的研究によつて、地球が天球の中心ではないことが分つたと同時に人間も亦大なる自然の一部であつて、それ以上ではないと考へることになつた。即ち自然研究より歸納し得たあらゆる法則は亦人間の上にも當箝まらなければならぬ。（中略）人間の心的活動は其肉體に依從するもので、人間の全有機體は外圍の自然に依從する。故に人生の一顰一笑、皆之れ自然の法則に照し、外圍の自然を檢することによつて其原因歸趣を知ることが出來る。斯くの如き態度で公平に人間を客觀し、その結果に藝術的衣裳を着せたものが、之れ作者の（自然主義者の）態度ではあるまいか。

まことに明快な説明ではある。しかし、すでにアポリアは姿を見せている。なるほど「外圍の自然」を客観的に観察することはできるだろう。しかるに人間はその「自然」の一部である。自然に内属するのに、どうして客観視できるというのか。現実に生きる私に引き寄せてみれば、難問たるゆえんはさらに見えやすい。現実に内属する私が、果たして自身を含めた現実を客観視できるのか。もとより杢太郎が説くように、自然を観察し、そこから抽出した法則を人間に当てはめるやり方もあったのだが、その手の実験的態度があまり好まれなかったためか、日本の自然主義文学者たちは相当程度に深く、内属と観察をめぐるこの認識論的なアポリアにとらわれていたように見える。

それが分かりやすい形で現れているのは、「触れる」という当時の文壇用語である。投稿誌「文章世界」の選者だった花袋は四十年九月、「触れるといふこと」を説いている。「實際」に触れるとはどういうことか。誰でもすぐに触れ得ると思うだろう。「吾々は既にかうして實際に存在して居る一員である、觸れるも觸れぬも無いぢやないか」という人もいる。しかし、触れるということには複雑な意味があるのだ——と花袋は力説している。

即ち存在して居るばかりでなく、はた又其實際の一員として實際に觸れて居るばかりでなく、更に實際といふもの、存在といふ意味、實際の一員と言ふ意味に觸れることを言ふのだ。詳しく言へば、吾々が客觀的の體度を以て、實際を見て、これはかう、あれはあゝと批判的の立場に此身を置くのを言ふのだ。實際の巴渦《うづまき》の中から離れてそして綿密に其の巴渦を見るといふ態度である。諸君の文章を書く態度はまだ實際の巴渦の中に居て、そして其巴渦をこね廻して居るやうなところがある。巴渦の中に居て巴渦のことを深く細かく知らうと言ふのは困難なことである。

花袋は「實際」、いわば現実の一員であることを前提としつつも、現実の渦の中から現実の渦を客観視することは難しいのだから、渦の外側に我が身を置けと求めている。もとより矛盾は明白だが、これは内属と観察という二つの命題が本来的に持つ矛盾と言ってよい。そこに何とか折り合いを付ける意味では、外側へ遊離せず、内側に入り込むのでもない「触れる」、すなわち接触するという言い方は落としどころではあったと言える。「触れる」は文壇の流行語になった。

それのみならず、自然主義の論客たちは芸術と現実の関係を通じて、同じ問題を議論していたように見える。長谷川天渓は芸術と現実を切り分けた。四十一年五月、「太陽」に発表した『無解決と解決』で、何ら理想的判断を下さず、解決を与えることもなく、ありのままに現実の世界を眺めるのが自然主義であり、「此處が藝術の範圍である」と論じた。この主張は一つに、不道徳な行為を助長するといった自然主義批判に抗するためだったが、それと同時に、現実を観察し、描写するからには、現実の平面とは別に、観察者が拠って立つ芸術の平面を措定せざるを得ない、という理路だったのではなかったか。島村抱月もまた「早稲田文学」四十一年九月号に『芸術と実生活の界に横たはる一線』を発表し、両者を切り分ける側に立った。彼ら天渓、抱月に対して、芸術と人生の分離を断固認めなかったのは岩野泡鳴である。「一体、僕等の新自然主義は人生觀でもあり、同時にまた藝術觀でもあり、人生と藝術とに何等の區別を置かない程切實であるべき筈だが、花袋氏を初め、天渓氏も抱月氏もただ區別された藝術の範圍で之を考へてゐるらしい」(四十一年四月二十六日付「読売新聞」)。現実に内属しつつ、現実を観察するという両立困難なアポリアはこうして現実と芸術の位相の問い直しへと展開していったのだった。

言い添えておくなら、四十一年六月には国木田独歩の死ということもあった。結核で死の床に就きながら、生来の率直さを失わなかった姿は自然主義文学者、なかんずく花袋を感動させた。「此自家客觀の態度こそ僕等が云ふ純然たる人生の傍觀者——眞の藝術家的の態度である」(『国木田独歩論』)。花袋は独歩の死を通じて、客観描写への信念を深めたように見える。さらに「早稲田文学」九月号において、連載小説『生』では客観描写に徹したと表明することになる。

單に作者の主觀を加へないのみならず、客觀の事象に對しても少しもその内部に立ち入らず、又人物の内部精神にも立ち入らず、たゞ見たまゝ聽いたまゝ觸れたまゝの現象をさながらに描く。云はゞ平面的描寫、それが主眼なのです。

平面描写論を語った名高い一節だが、ここで思い出されるのは第六章で扱った事柄である。死に瀕した独歩の「自家客觀」を通じて、花袋が自身の描写論に確信を深めたとすれば、病床で自己の死を客観視してみせた正岡子規と門下の関係を反復するかのごとくである。さらに言えば、子規が思い至った自己の二重化は、内属と観察のアポリアにも示唆を与え得たはずだが、花袋はあくまで自己を純粋な観察者の位置に据えようとしている。ここで言う「平面」とはほとんど子規庵のガラス障子に等しい。そうなると、小説を能動的に構成する作法も抑制せざるを得ない。そこを的確に指摘してみせたのは「ホトトギス」の実践に伴走した文学者、すなわち漱石だった。

『三四郎』に関する風聞を花袋が書いたことに発して、四十一年十一月、漱石は『田山花袋君に答ふ』を書いた。泡鳴ら自然主義文学者から攻撃されていたこともあってか、漱石は彼らが嫌っていた当の言葉を投げ返した。独歩の作の大半は「拵《こしら》へもの」、花袋の『蒲団』も「拵へもの」だと断じたのである。これにはかなり感情的な挑発が含まれていたはずだが、同時に制作論への自覚を促す助言でもあった。「拵へものを苦にせらるゝよりも、活きて居るとしか思へぬ人間や、自然としか思へぬ脚色を拵へる方を苦心したら、どうだらう」。もっとも、対話は成り立たなかった。独歩を慕っていた坂本紅蓮洞は「宜《い》い加減なことをいふな」と激怒した。その反論『独歩は拵えない』にいわく、「人は人格以外に走れぬものである。拵へごとの好きなものには拵へものゝ作がある。獨歩の様な拵

へごとの嫌ひな　うそをいはないものゝ作は決して拵へものでない、拵へようと思つても出來ないのである」（四十一年十一月十五日付「読売新聞」）。言うなれば現実の独歩に「触れる」ところのない中傷として、党派的な反感を煽っただけだった。

こんな風に自然主義が文壇を席捲し、芸術と現実の関係が問われていた最中に、和田三造は「煒燻」を描いていたのである。和田はむろん芸術の神聖を信じていた。黒田清輝に師事し、第一回文展では最高賞を射止めたのだから、芸術の平面の中心に立っていたとさえ言える。ところが「早稲田文学」に対しては、「藝術絶對と云ふやうな考は無論持つてませんけれど」「一時代前の遺物ですね、こんな考は」などと留保を重ねている。文展の寵児でさえ意識せざるを得ないほどに、自然主義の思潮は高まっていた。もともと「煒燻」の題材に工場労働者を選んだのも、幾らか時流に感化された結果だったのではなかったか。(4) ともあれ第一回文展で最高賞に輝いた新進洋画家の出品作として注視を浴びながら、「煒燻」は第二回文展に登場することになる。

触れるや触れざるや　第二回文展と自然主義

第二回文展は明治四十一年秋に開催された。会期は十月十五日から十一月二十三日まで、会場は日本美術協会の列品館と竹ノ台陳列館だった。日本画部門では党派的抗争が続き、会場への不満も出たけれど、西洋画部門については、初回よりも十点多い百一点が出品された。

白馬会の画家から挙げておくと、黒田清輝は裸体画「樹かげ」などを出した。岡田三郎助は美人画「萩」や小池正直の肖像画など。小池は陸軍軍医総監を務めた人で、鷗外との昇進争いで知られるが、六月十五日付の鷗外の書簡に「(小池) 閣下肖像立派ニ出來上リ候」とある。何かの形で制作に関わったのかもしれない。和田三造は「煒燻」に加え、美人画「合歓花」を出品した。

太平洋画会では、鹿子木孟郎が大作「ノルマンデーの浜辺」などの第二次滞欧作を発表した。三十三年から三年半ほど欧米を巡歴した鹿子木は三十九年に再渡仏し、この年一月に帰国していた。風景画家では吉田博が「雨後の夕」で大景を俯瞰し、三宅克己は「初冬」などを出品していた。さらに注目すべき傾向として、労働主題の絵があった。満谷国四郎の「車夫の家族」である。胸をはだけて赤子を抱く妻、足裏の汚れた子供や座敷に横たわる車夫を描いていた。満谷はグラフ雑誌を通じて独歩と交際が深かった。石井柏亭の『日本絵画三代志』は「或は國木田の自然主義の影響を受けて斯う云ふ題材を取扱つたのかも知れない」と指摘している。

ちなみに出品しようとして、はねられたのは熊谷守一だった。和田とは美校同期卒業の熊谷は、鉄道の踏切で五年前、女性の飛び込み自殺を見た体験をもとに「轢死」を描いた。同じ頃の文学を見ても、独歩の『窮死』、漱石の『三四郎』などに轢死の話は散見される。この関心の高まりはそれ自体として一考に値するはずだが、さすがに文展という晴れ舞台には陰惨に過ぎた。(5)

そんな熊谷とは違って、和田はアカデミックだった。第二回文展が開かれているさなかに黒田清輝は「読売新聞」に談話を寄せ、「日本人は人物を充分研究しなければならぬ」「人物を研究するには裸体が第一である」と強調している。そんな黒田の眼に、半裸の群像を描いた「煒燻」は研究心の見える作品と映ったことだろう。

しかしながら、一般的には必ずしも絶賛されたわけではなかった。注目度が高すぎたせいでもあるのだろうが、当時の自然主義の高揚が大きく評価に響いたように見える。

例を挙げれば、四十一年十一月の「早稲田文学」の合評は、意図の分かりにくい曖昧な絵と見なしている。出席者は紀淑雄、正宗得三郎、徳田秋声、相馬御風、中村星湖の五人。自然主義色の濃厚な顔触れと言ってよい。彼らは「凡ての人間が居るが情の束がないから感じに對する姿勢が整って居ない。たゞモデルを一々位地を定めて書いたゞけだ」といった批判を浴びせた。裸体やモデルを描いた域を出ていないと感じたようで、「裸體を書かうとねらつたゞけのだらう」「それもよく書けて居ないぢやないか」「デコレーションだ」と突き放している。

さらに彼らが口にしてもよかった急所を突いたのは、意外に聞こえるかもしれないが、彫刻家の碌山荻原守衛だった。文展閉幕後、少し遅れた時期になるけれど、四十二年六月の「新小説」掲載の談話「迷へる青年美術家」に見える感想は自然主義文学者のごとくである。

私は此の繪が勞働者の眞生活を寫し得て居るやうに感ぜられなかつた。私には、和田氏自からが勞働者に對して深い同情と趣味とを以て描いたとは何しても思へなかつた。着眼も面白ければ表面の描寫も仲々上手に出來て居て、作者の苦心努力の跡も著しく現はれては居たけれども、要するに表面的な空虚な、即ち實人生に觸れた度の少ない間隙のある繪である。

この後に続けて、出品作の中では第一に認められてよい絵画ではあるだろうと言い添えてもいるのだが、芸術と実人生の関係に着目し、「触れていない」と断言している。

明治十二年、長野県東穂高村の農家に生まれた碌山は、画家を志し、三十四年には欧米遊学へ出発した。米国ではアート・スチューデント・リーグからニューヨーク・スクール・オブ・アート（チェイス・スクール）へ移り、ロバート・ヘンライに学んだ。同じ頃の学生にはエドワード・ホッパーがいたが、千田敬一の指摘によると、ヘンライは学生たちにロダンを見るように勧めたという。日本ではさしたる美術教育を受けていなかった碌山だけに、感化のほどは大きかっただろう。

碌山はパリに渡り、ロダンに対する感激から彫刻志望に転じた。この巨匠との直接の対面を経て、帰国したのは四十一年三月のことである。しかも素朴な憧れにとどまらず、ロダンのいわゆる断片様式や、習作的な仕上げの近代性をかなり理解していたようである。パリで制作したトルソ状の「女の胴」を持ち帰り、ロダンを紹介した文章に「彼は亦美術家に取りて咀ふべきは仕上げであつて、作物の生命は仕上げに滅却せられると斷言して居る」と明記している。その後、生活面では中村屋を経営する同郷の相馬愛蔵と妻黒光の支援を受けながら、第二回文展においては「文覚」の出品を果たし、三等賞を与えられていた。

ともあれロダニストたる碌山は、「自然を師とせよ」とのロダンの言葉を奉じ、その意味での自然主義者を自認していたのだが、「實人生に觸れた」云々の言い方が示唆するように、自然主義系統の文学者ともつきあいがあった。事実、新宿角筈のアトリエを舞台にした中村星湖の短編『木像の批評』などはその一証左となるだろう。四十二年七月に帰朝した高村光太郎が訪れた際、そこに星湖自身が居合わせて、見たまま聞いたままを書いた作のようである。

それとは別に、これは第二回文展の西洋画全般に投げかけられた意見でもあったが、石井柏亭は西洋の摸倣ではないかと批判した。十一月一日付の「読売新聞」に寄せた展覧会評の中で、当時は油彩を描いていた川端龍子の「とこしへにさらば」、河岸情趣を追ったらしい宮崎与平の「金さんと赤」、そして和田の「煒燻」について、「稍《やや》大なる組立畫」と一括し、彼ら三人は「品は違へど其作は皆非日本的である。西洋から來る三色版の影響が最も著しい」と指摘している。

舶来の色刷り風のトーンへの反感は、柏亭がその主唱者だったローカル・カラー論、つまり日本の画家はよろしく日本の色彩を研究すべしという考え方に即している。そして実のところ、このローカル・カラー論それ自体が自然主義の枠組みに収まる主張だったと見ることもできる。

ロジックは分かりやすい。日本人は日本の自然に内属する。物の見方は日本の自然によって育まれ、規定されているのだから、日本の芸術家はそれに従えばよい。自然主義文学の方面で、こうした考えを表明していた人に長谷川天渓がいる。いわく、「日本帝國に生れた吾れ等は、支那人でもない、歐米人でもない。微小なる細胞までが、此の氣候と、此の歴史とに依りて構成されてあるから、其の現實に立脚して、出來得るだけを實行すれば、外に考慮することを要せぬ」(『無解決と解決』)。ほかに第二回文展と同時期、十一月一日発行の「文章世界」にも、同じ論法による一文が見える。「地方的殊色《ローカル、カラー》と云ふ事は世界を標準にして言ふ時は、國民性的とも云へやう。即ち自然と人間との關係が地球上に分布されてゐる各方面の地勢に由つて、人に對して其結果する所が非常に異つて來るのを云ふ」。当然ながら、自然の見方も大きく違ってくる——。このようにローカルな規定性をむやみに強調する態度には排外的な気分が潜むわけだが、観察者が観察対象に内属し、規定されていることを認める点では、内属と観察のアポリアへの一回答でもあっただろう。ローカル・カラー論が自然主義的な発想に収まると述べるゆえんである。

その意味では、柏亭も自然主義の時代を生きていたことになる。しかも「煒燻」については、色調への批判にとどまらず、ずばり非自然主義的な作品だと断じてもいる。「南風」以来、自然主義との関連を言う人もいるが、「南風」を含めて、決して自然派的な作品ではないときっぱり否定し、「斯様な畫は今少し自然派的に實際の場合が研究して貰ひたい。又左もなくばブラングヰンのやるやうな装飾的方面に出立して貰ひたいと思ふ」。英国の画家フランク・ブラングィンは近代的な労働者をよく描いたが、なおかつ壁画などの応用美術にも熱心だった。そちらを念頭に置き、現実離れした装飾でもやればいいいじゃないかと皮肉ったのである(6)。

それからもう一人、木下杢太郎の批評も紹介しておこう。美術評論の方面で頭角を現しつつあった杢太郎は、開幕十日後の「読売新聞」に『洋画素人評』を書いた。それにとどまらず、腰を据え直して、柏亭たちの雑誌「方寸」にも寄稿した。後者の『公設展覧会の西洋画』は最も卓抜な第二回文展評の一つと言ってよいが、自然主義的な発想は杢太郎にも及んでいる。

初見の評である『洋画素人評』は十月二十五日の紙面に載った。「煒燻」については、まず題がモダンではないと指摘している。「此題は六つケ敷《むつかし》つて非近世《うんもおでるん》的だ。寧ろ『鐵工場』の適《ふさ》はしいのに如かない」。なおかつ絵としても散漫に見えた。「唯一回の熟視では解し難い點が多い」と断りつつも、「此畫は何を以て中心的興味とす可《べ》きだらう」「近世人の頭は複雑だから、動機《もちーぶ》となる契點は一つ二つと限られぬとは云はれるだろうが自《おのづか》ら主副が有る筈だ」。画面の諸要素が不統一で、特に光源が紛然としているとして、当惑している。

続いて十一月二十日発行の「方寸」に書いた『公設展覧会の西洋画』では、実作者風の技巧論を回避し、出品作のモチーフを「自然から來た感興」「作者の頭に湧いた、乃至は力めて湧かせた審美的情緒、思想等」に大別する。その上でベックリンやマックス・クリンガーらの名を挙げながら、自問する。「畫家は生活難を感じないだらうか。死の恐怖、人生の疑問に觸れないだらうか。觸れてもそれを繪畫に現はしては惡いだらうか。又自然の風景以外に、物質的の進歩が果して些も畫家を刺戟しないだらうか。繪畫に問題を避くるといふことは絶對の審美的斷案だらうか」。

ここに「触れる」という言葉が見える通りで、自然主義文学者と同様に、やはり実生活や現実との関係に目配りしているのである。ただし鋭敏にも、杢太郎はそれらが時代に応じて変化していることを指摘し、現代生活に対応した絵画が描かれてしかるべきだと踏み込んでいく。「人間の官能は常に新鮮だ。電車が出來たり社會主義が起つたりする世だから、新しい社會の現象、人間の思潮乃至新しい自然觀が畫に近づかないつて筈は無い筈だ。時代錯誤の不可思議なる對照すら僕は畫になるだらうと思ふてゐる」。つまり、社会主義や日露戦争後のアナクロニスムの世相さえモチーフになり得るというのである。このモダニティーへの着眼は杢太郎の評の読みどころと言ってよい。

この観点から「煒燻」を改めて論じるのだが、評価はやはり高くない。杢太郎はアドルフ・メンツェルの「鉄圧延機（現代のキュクロプス）」と比較し、次のように書きつける。

より大くの熱、汗、運動、光乃至汚塊、塵埃がメンツェルの繪には充滿してゐる。社會黨の運動は下手にすると此畫から飛び出しさうだ。併し和田氏の繪には温和なる外光が笑つてゐる。鐵工場の中に於けるミネルヴの如き男性的活動は慥かに和田氏の創作心を鼓舞したらう。同時に、美しき「色彩」のヴィナスは後からやさしく呼び掛けたらう。ドガス、ルノアール等を動かした色彩派的《コロリスチッシエ、》元素《エレメンテ》がまた氏を動かしたらしい。

色彩美に傾いた「煒燻」からは社会主義は飛び出しそうにはないとの判定である。確かに労働者をモチーフにしたものの、作者である和田自身には、芸術と現実を近づけるつもりはさしてなかっただろうから、杢太郎の見方は勘どころを外してはいない。

そして同じ「煒燻」の前に立った一人が啄木だった。ところが、以上の面々と啄木の反応はまったく違っていた。会場で和田その人を目撃したこともあり、大いに感激したのである。

パンとパン　和田三造

北海道生活を切り上げ、啄木が上京したのは四十一年春のことだった。もっぱら文学的野心に動かされての行動であり、四月二十七日に横浜港へ入るや否や、横浜正金銀行にいた小島烏水に連絡を取り、面会の約束を取り付けた。以前に初めて雑誌に発表できた小説『葬列』に、烏水は好意的な感想を寄せてくれたことがあった。二人は翌二十八日に会食し、「詩が散文に圧倒されてゆく傾向と自然主義の問題」をめぐって語り合った。啄木は前年暮れには正宗白鳥の短編集『紅塵』を読み、遠く北海道の地から自然主義に興味をつのらせていたのである。

東京に着くと、新詩社の与謝野寛・晶子を訪ねた。寛が島崎藤村を侮っていたことには失望したものの、その寛とともに、鷗外の観潮楼歌会に出席した。五月四日には同郷の金田一京助を頼り、その本郷の下宿に潜り込んだ。六月二十四日には独歩の死を知り、「明治の創作家中の真の作家」を失ったと嘆いている。啄木も独歩を敬慕していた一人なのだった。

展覧会にも出かけている。六月七日には金田一と第六回太平洋画会展を見に行った。外遊した吉田博の水彩画を気に入り、その後、金があったら吉田の絵を買いたいものだなどと夢想している。もちろん生活苦は相変わらずで、絵を買うどころではなかった。七月二十七日には、鉄道に飛び込もうかとさえ考えた。啄木は鉄道自殺の衝動に駆られることがままあった。十月七日の起稿とされる小説断片「青地君」には無残な轢死体の描写が含まれている。ちなみに「青地君」を書き始めたこの日、吉井勇から杢太郎を紹介された。啄木は好意と対抗心を抱くようになる。

そして十月十九日のこと、啄木は開幕三日後の第二回文展へ出かけた。北海道にいて初回は見られなかった文展に、勇んで乗り込んだのである。日記によれば、日本画はそこそこにして、洋画をじっくり見た。「まだまだ日本の画会も幼稚なもの」と見下したような感想を記しつつ、出品作に寸評を加えている。三宅克己は「千遍《ママ》一律で平板だ」。鹿子木孟郎の大作「ノルマンデーの浜辺」は海岸のさびしさがよく描けていると思った。満谷の「車夫の家族」については構図や色彩、光の具合まで申し分ないとしながら、「何故か予などは些《ちつ》ともアトラクトされない」と記している。

啄木は評判の和田三造「煒燻」へ向かった。「何といはうかこの猛烈な色、見てゐると、何か知ら崇厳な生活の圧迫が頭を圧する……」。立ち去りかねていると、年は二十歳過ぎ、大柄な女性が啄木の背後に立った。「マガレットに幅広の白いリボンを結んで、衣服は何とやらいふお召の羽織に黒い縫紋」という出で立ちで、女中を一人連れている。そこへあまり風采の上がらない、鼠色の中折れ帽の男が現れて、マガレットの女性に挨拶した。

「随分思切つた色をおつかひで厶《ござ》ンしたねえ！」と女性。

すると、その男は強い調子で「駄目です」。思い切って描いたつもりだったが、会場で見ると駄目だと感じたという。「自分の画の前に立ってゐると、何だか変ですね」。

男が軽く笑ったところで啄木は気づいた。「誰あらう、これがこの天才和田氏でなくて？」。

女性は鹿子木の「ノルマンデーの浜辺」を展示目録で指し、「鹿子木さんも大分大きいものをお出しでムんしたねえ」と話題を転じた。和田はパリで学んだ鹿子木の力を認めていたようで、「パンを食って書いたのは違ひます」と言った。まだ洋行を果たさず、率直に鹿子木をほめた和田の姿に、啄木は「妙に憧がれる様な気持」を抱いた。やがて和田の姿は見えなくなった。

このほかに彫刻部門で碌山の「文覚」に注目し、「この豪壮な筋肉の中には、文覚以上の力と血が充満してゐさうだ」と感じたのだが、和田と遭遇した興奮は冷めやらなかった。日記に感想を書きとめただけでは気が済まず、郷里の「岩手日報」に展覧会評を書き送った。

その記事『日曜通信』は十月三十日から十一月一日まで、三日連続で載った。大半は文展評となっている。「第一回展覧会の際には吾人不幸にして北海に客たり」。とはいえ洋画壇の進歩は疑われないようだと評価し、その先はもっぱら和田の「煒燻」を論じている。

「煒燻の題は古典的《クラシカル》なれども画面の光景は全く近代的《モーデルン》なり」「作意に於て、色彩に於て、其大胆を極めたる企図は先づ観客をして瞠目せしむ」と賛辞を重ねる。さらに啄木は、「画らしき画」を描く技巧画家と、「形体以外、色彩以外、別に或る思想的動向によりて作意を設くる」思想画家という区別を提示する。大まかに言えば、後者は構想画に取り組む画家と言えそうだが、その思想画家の中でも傑出するのが和田だと持ち上げる。

思想画家は鮮《すくな》し、鮮きが中にも、和田氏の如く大胆に、和田氏の如く精気の充溢したるは更に鮮し。されば此画の如きも、之を技巧画家の眼より観る時は、光線の不統一なる画面契点の明確ならざる、溶鉄の赤光の余りに生々しき等の欠点なきに非ず。然れども一度虚心坦懐にして此画の前に立てば、言ふべからざる強烈の感興ありて吾人の心を圧す。強ひて言へば、此感興は乃ち、悲痛なる、厳粛なる、充足したる、一点の弛怠なき、吾人の現実生活の荘重なる圧迫なり。圧迫は圧迫なりと雖ども、その対境は実際にあらずして、絵画なるが故に一種複雑なる審美的感情を誘促す。

一読してお気づきの方もあるかもしれない。啄木は杢太郎の評を意識している。日記によれば、初回を書いたのは十月二十五日のこと。その日の「読売新聞」に載ったのが杢太郎の『洋画素人評』なのである。題が「非近世的《うんもおでるん》」という意見については「画面の光景は全く近代的《モーデルン》」と切り返し、動機となる「契點」が分からず、光源の統一を欠くことさえも技術的な小瑕と見なす。その上で「或る思想的動向によりて作意を設くる」絵画として向き合うべきと主張したのである。

この評論はまた「現実生活」と「絵画」の関係に言及する点で、啄木もまた自然主義方面の論争を意識していたことを伝えている。確かに強烈な感興は「悲痛なる、厳粛なる、充足したる、一点の弛怠なき、吾人の現実生活の荘重なる圧迫」に由来するはずだが、それが絵画として描かれているがゆえに、「一種複雑なる審美的感情を誘促す」と啄木は述べている。この意見は例えば島村抱月のそれに近い。この年九月発表の『芸術と実生活の界に横たはる一線』の中で、抱月は「實生活に埋頭してゐる内は、生の味は分からない」、深い人生の味は「獨り之れを藝術に見るべきである」と説いていた。すなわち啄木は抱月たちの側、芸術と現実とを切り分ける考え方に立っていたことになる。アカデミックな構想画に等しい「或る思想的動向によりて作意を設くる」絵画を重視している点でも、この頃は比較的穏健な芸術観にとどまっていたと言ってよい。

もっとも、突出した形で「煒燻」に肩入れしたのは、会場で画家その人の姿を見かけたことも大きかったのだろう。日記と同じ目撃談を『日曜通信』にも書きつけ、鹿子木の絵に対する「パンを食って書いたのは違ひます」という和田の一言を強調している。すでに二度洋行した鹿子木に対して、「我が天才和田氏は未だ一度も欧米に遊ばざるの人なり。此事情を知りて此語を聞けば、此簡単なる一語の中に頗る複雑なる意義と感情の籠れるを発見すべく候」。天才でありながら、まだ日本にとどまっている芸術家――そんな和田の姿を、啄木としては現実的な制約に苦しみながら、小説家として立たんとする自分自身に引き寄せて、心を打たれたようなのである。

むろんこれは率直に言って、まったく一方的な思い入れでしかなかった。「パンを食つて書いたのは違ひます」と語る和田は、言うなれば西洋の象徴としてのパンを思い描いている。他方では「早稲田文学」に「煙草を巻いてなりと、土を掘つてなりとパンは其方で得る事にして畫かきを職業としたくない」と吐露していたように、生活の糧としてのパンと芸術とは別物だと考えていた。芸術の平面においてパンを求める和田と、現実の平面でパンに窮していた啄木とでは立場が違っていた。そもそも第二回文展の場で遭遇したとはいえ、会話一つ交わしたわけではない。啄木が聞き耳を立てたに過ぎず、和田の側には啄木の片影さえ映っていなかったかもしれない。

第二回文展の審査結果が明らかになってみると、「煒燻」は二等賞を与えられ、二回連続の最高賞となった。まさに前途は洋々、和田は男爵大久保春野の三女を娶り、四十二年四月、文部省美術留学生としてヨーロッパへ旅立っていくだろう。石井柏亭の回顧によれば、「畫家として文部省留學にならたのは後にも先にも和田三造一人であつた」。ほかは美術学校職員としての留学だったから、別格の扱いだったという(『日本絵画三代志』)。柏亭自身は作品頒布会で渡航費を稼ぎ、「パンの会」の仲間に送られて、翌四十三年暮れ、私費で洋行に出ることになる。

二人の洋画家 小説『鳥影』

ところで啄木は十月十九日に続き、十一月三日にも文展へ出かけた。すでに『日曜通信』も掲載された後であり、何用あってのことかと言えば、芸術鑑賞のためばかりではなかったらしい。

実を言うと、啄木には連載小説のチャンスが舞い込んでいた。「東京毎日新聞」が連載してくれそうだと聞かされたのは十月十一日のこと。急な話でもあり、啄木は中断していた小説を改稿することにして、二日後の十三日には執筆に入った。その小説『鳥影』は十一月一日に連載が始まり、十二月三十日まで続くことになるのだが、そこには若い洋画家が登場する。二度にわたって文展に出かけたのは、画家とはどういうものなのか、小説の参考にするためでもあったのだろう。

一口に要約してしまえば、『鳥影』は恋愛小説ということになる。岩手の名家である小川家の跡取りで、英文学を学んでいる信吾が好摩の停車場へ帰ってくる。妹の静子は婚約者の中尉を日露戦争で失い、その後、東京の某美術学校に通ったこともあった。そんな小川家の兄妹のもとへ、美術学校を出て二年ほどらしい洋画家の吉野がやってくる。静子は吉野に好意を持つ。信吾のほうは地元の小学校教師、日向智恵子が気になっている。ところが吉野と智恵子が恋仲になってしまう。兄妹はそれぞれに心をかき乱されて――とまあ、そんな小説である。

地方の名家へスマートな青年が現れ、恋愛話になるストーリーは実のところ、小杉天外の『はやり唄』を思い出させる。似たところはまだあって、『はやり唄』のヒロインは激昂して昏倒したり、酪酊の末によろめいたりするが、啄木もまた女性の身体性を物語に絡めている。もっとも『鳥影』の場合は、赤痢にかかった智恵子があろうことか、吉野との逢瀬の最中に便意を催すというムードぶち壊しの話なのだが、こうした天外との類似は偶然のことではない。心ならずも、と言い添えておくべきだが、啄木はこの時、まさに天外のように書こうとしたのである。

もともと啄木は天外を軽蔑していた。長らく不遇だった独歩を「明治の創作家中の真の作家」とたたえたのとは対照的に、天外については通俗的で、それゆえに読まれるだけの流行作家だと思っていた。この年九月二十三日の日記では、新聞連載『長者星』に触れ、「天外の真は皮相だ。故に社会から喜ばれる」と記している。ところが、直後に舞い込んだのは、天外こそが第一人者だった新聞連載の話だった。『鳥影』の連載が決まると、啄木は新聞小説を読みあさった。貸本屋から徳田秋声『凋落』、小栗風葉『天才』、そして自ら皮相と断じた天外の『コブシ』を借りた。それを読み終えた十月二十六日の日記にいわく、「天外はうまい。何がうまいかと云ふに新聞物がうまい。人生を書くのでなく芝居をかく事がうまい。そして之は遂に新聞小説である！」。まさに自分が書かねばならないのはその新聞小説にほかならない。「仕方がない！」。

要するに新聞小説で成功を収めようとして、天外流のお芝居で行こうと決めたのである。その結果はと言えば、読み通すのにも少々骨が折れるありさまで、少なくとも物語を組み立てる技巧においては、天外に遠く及ばなかったと言わざるを得ない。しかし、自分を裏切ろうとして失敗作を書いてしまったことは、啄木の嘘のつけなさを物語るようでもある。開き直って書いたようでも、作中の洋画家をめぐるエピソードには苦しい心情が見え隠れする。

洋画家の吉野が好摩に来るというので、小川家の兄妹はその人となりについて会話を交わす。吉野は道楽で詩を書き、雑誌に発表したりもする人物であるらしい。

『展覧会なんかにお出しなすつて?』

『一度出した。アレは美術学校を卒業した年よ。然うだ、一昨年の秋の展覧会——ソーラ、お前も行つて見たぢやないか? 三尺許りの幅の、「嵐の前」といふ画があつたらう?』

『然うでしたらうか?』

『アレだ。夕方の暗くなりかゝつた室の中で、青白い顔をした女が可厭《いやあ》な眼付をして、真白な猫を抱いてゐたらう? 卓子《ていぶる》の上には披《ひろ》げた手紙があつて、女の頭へ蔽被《おつかぶ》さる様に鉢植の匂ひあらせいとうが咲いてゐた。そして窓の外を不愉快な色をした雲が、変な形で飛んでゐた。』

どんな絵か見当がつかないが、兄の信吾は当時の人にも絵の意味が分からなかったとして、「日本のモロウよ、仲々偉い男だ」と持ち上げている(7)。

果たして登場する吉野の姿は陳腐の感を免れない。「洋服姿の倔上の男は、麦藁帽の頭を俯《うつむ》向けて、膝の上の写真帖《スケッチブック》に何やら書いてゐる」。さっそうと登場し、小学校の女性教師と恋仲となるあたりは、明治三十年代に続出したエピキュリアン的な洋画家像に近い。

ただし『鳥影』にはこの吉野とは別に、もう一人の洋画家のエピソードが出てくる。作中には姿を見せず、吉野が信吾に語って聞かせるのみだが、吉野には渡辺金之助という友人がいて、清新な才能を持っていたのに、盛岡の中学校の図画教師になってしまったのだという。

「だからね」と吉野はその渡辺を惜しみ、信吾に語って聞かせる。

『僕は中学の画の教師なんかやるのが抑《そもそ》も愚だと言つて遣つたんだ。奴だつて学校にゐた時分は夢を見たものよ。尤も僕なんかより遥《ずつ》と常識的な男でね。静物の写生なんかに凝つたものだ。だが奴が級友《なかま》の間でも色彩《いろ》の使ひ方が上手でね、活きた色彩を出すんだ。何色彩《なにいろ》を使つても習慣《コンベンシヨン》を破つてるから新しいんだよ。何時かの展覧会に出した風景と静物なんか、黒人仲間《くろうと》ぢや評判が好かつたんだよ。其奴《そいつ》が君、遊びに来た中学生に三宅の水彩画の手本を推薦してるんだからね。……僕は悲しかつたよ。否《いや》悲しいといふよりは癪に障つたよ。何といふのかな、那麼《あんな》具合で到頭埋もれて了ふのを。平凡の悲劇とでも言ふのかな……。』

三宅というのは、三宅克己のこと。第二回文展を見た啄木はその出品作について、千篇一律で平板だと軽んじていた。そんな三宅の水彩画教本を、渡辺は生徒に薦めている。

渡辺の話を聞かされた信吾は、誰にだって家庭の事情はあるだろうし、中学の教師を一年や二年やったところで、すっかり才能が磨滅するわけでもないだろうと肩を持つ。ところが吉野の方はなおも譲らず、「生活問題は誰にしろ有るさ。然し芸術上の才能は然《さ》うは行かない」と反論する。渡辺に対して、吉野は意見したのだという。「戦つても見ないで初めッから生活に降参するなンて、意気地が無いやね。……とマア言つて見たんさ、我身に引較べてね」。

これは本筋とは関係しない会話であり、それゆえに啄木自身の葛藤がにじみ出す感がある。才能がありながら中学教師になった渡辺と同様に、やむなく実生活の問題に屈せざるを得ない者がいることを、啄木は痛いほどに分かっていただろう。自分自身、渋民村や北海道で代用教員となり、はたまた新聞社で働き、何とか食いつないできたのである。

ところが、戦わずして屈することなかれ、と吉野は主張する。『鳥影』にこの画家を登場させたことには、第二回文展における和田との遭遇が関係すると言われるが、確かに啄木は「現実生活の荘重なる圧迫」と向き合い、絵画化した人物として和田をとらえていた。中学の図画教師になった渡辺に「初めッから生活に降参するなンて、意気地が無いやね」と言ってのける吉野は、現実に屈しない強さにおいて、啄木が思い描いた和田に近い。この言葉を書きつけることで、啄木は現実を乗り越えようと天外風の小説に腐心する自分自身を鼓舞してもいたのではなかったか。この細部に現れた葛藤こそは中途半端な出来に終わった一編の読みどころかもしれない。

いちおう『鳥影』の結末を記しておくと、吉野は病身の智恵子とともに村を去っていき、まさに鳥が慌ただしく飛び立つようにして、一編は終わる。最終回にあたり、啄木は「他日若し幸ひにして機会あらば、作者は稿を改めて更に智恵子吉野を主人公としたる本篇の続篇を書かむと欲す」と付記したのだが、新聞小説を書くチャンスは二度とやってこなかった。

ここが底だ!

明けて四十二年、啄木は東京朝日新聞の校正係に就職した。月給は二十五円、夜勤一回につき一円ずつ加算ということで、三月一日に初出勤した。日記にいわく、「校正は予を合せて五人、四人は四人ともモウ相応の年をした爺さんで、一人は耳が少し遠い」。かつて小樽の地で読み、身につまされた白鳥『紅塵』の一編『塵埃』にまぎれ込んだような塩梅だったかもしれない。

他方では年頭創刊の「スバル」の編集に加わっていた。雑用の多さにたちまち苛立ち、「一雑誌スバルの為に左程脳を費すべきではない。予は作家だ！」と日記で叫んだりしている。なけなしのプライドを支えていたのは『鳥影』を連載したことだったはずだが、しかし、単行本の出版はうまく行かなかった。三月三十日、版元で二時間待たされ、新聞社の出勤時間を過ぎた頃になって、原稿を返された。「面当《つらあて》に死んでくれようか！　そんな自暴《やけ》な考を起して出ると、すぐ前で電車線に人だかりがしてゐる。犬が轢かれて生々しい血！　血まぶれの頭！　あゝ助かった！　と予は思つてイヤーな気になつた」。この日はそのまま新聞社を休んでしまった。言い添えておくと、和田三造がヨーロッパへ旅立ったのは、この直後の四月三日のことである。

啄木は四月七日、「ローマ字日記」を書き始めた。娼婦を買ったことも、夜すがら春本を書写した愚行も書きつけた。十一日には前夜、永代亭での「パンの会」の話を聞かされた。同じく「スバル」を編集していた吉井勇の原稿紛失騒動があったと思われる疾風怒濤の一夜だが、啄木自身は徒党を組んで騒ぐことはなかった。二十日夜には天外の『長者星』を読み、大きく評価を変えている。「第二義の小説……が、この作家は建築家のような、事件を組み立てる上での恐るべき技量を持っている。空想の貧弱な作家の及ぶところでない」。その空想の貧弱な作家とはほかでもない、啄木自身のことでもあっただろう。北海道行に続き、小説に「自由の国土」を求めたけれど、またもや挫折は明白となりつつあった。二十六日には凌雲閣下の私娼窟に遊んだが、啄木は「何ということもなく我が身の置き所が世界中になくなったような気持に襲われていた」。

二十九日には、『底』と題する小説を書き始めた。五月六日、啄木は現状を見つめる。「今月の月給は前借してある。どこからも金の入りようがない。そして来月は家族が来る…………予は今、底にいる——底！　ここで死ぬかここから上がって行くか。二つに一つだ」。徹底した自己暴露を試みた末に、六月に入って「ローマ字日記」は終わる。

確かに啄木は「底」にいたように見える。それでも座して死を待つか、這い上がっていくかと言えば答えは一つ、這い上がるしかない。母や妻子も上京し、六月十六日、本郷弓町の床屋の二階に移った。生活再建の意欲を持ち直し、啄木は自然主義の乗り越えを図ることになる。

文壇ではなおも「実行と芸術」論争が続いていた。大まかな形勢としては、現実と芸術を区分する主張は不利になっていた感がある。一致を唱える泡鳴の攻撃が続く中で、抱月は「人生観上の自然主義」を語り始める。さらに近松秋江も論戦に加わった。芸術上での人生の反省や理想化等は実生活におけるそれらと同様の現実的性格を備えるとして、芸術を「観念的実行」と見なした。その秋江が師事し、交際もあった米国仕込みのプラグマティスト、田中王堂も自ら提唱する「具体理想主義」の立場から、自然主義に論及するようになる。もっとも、議論だけが錯綜し、傍目からすると、停滞としか見えなかったかもしれない。すでに「煒燻」評を引用した荻原碌山の「迷へる青年美術家」は明治四十二年六月、ちょうどこの頃の談話だが、碌山は開口一番、「如何です？　近頃の文壇は、自然主義も大分下火になつたやうですね」と語り出している。

すでに啄木自身も「積極的自然主義＝新理想主義の標榜」（三月二十六日の日記）などと考え始めていた。さらに、確かな手がかりを得たのは夏の盛りだったようである。七月二十五日から八月五日にかけて、「函館日日新聞」に寄せた評論『汗に濡れつゝ』がその消息を伝えている。

啄木は暑さに倦み、汗を流しながら、二階の窓から弓町の通りを眺めやる。向かいの氷屋とその隣のミルクホールは、朝から「ゴス〳〵」と氷を磨っている。啄木は考える。氷は冬の物である。それを人間は夏に食べる。「所詮自然界の一生物に過ぎぬ我等人類は、矢張おとなしく其天地の大規に服従すべきであるのに、何の事ぞ、氷を用ひて其暑熱を避けようとする。我等が氷を噛んでゐる時は、即ち我等が自然に対して反逆してゐる時である」。さらに考えを進めれば、これは氷だけの話ではない。「人類文化の歴史は要するに人類が自然に対して試みてゐる反逆の歴史である」。その最たるものは避妊だろう。種の保存という自然の大目的に反逆しているのだから――。炎暑に倦んだ放言のようで、明らかに啄木は自然主義のそれとは違った人間観を表明している。なるほど人間は自然に内属しているだろう。しかし、自然に服従するばかりでなく、人間は反抗しさえする。それがむしろ文化ではなかったか？　この自然を現実と読み換えれば、現実に内属する状態をただ承服するのでなく、現実に抗い、現実それ自体を変えていく可能性が開かれることになる。

ならば芸術は、詩はどうあるべきか？　啄木は函館時代の六月のある日、大森浜に友人と遊び、食べ残した夏蜜柑を砂に埋めたことを思い出す。「夏蜜柑は屹度《きっと》南国の山の暖かさを夢に見るかも知れない」などと言いながら。「その頃の予は、然《さ》うだ、矢張《やはり》若かつたのだ」と啄木は嘆息し、不意に自問する。「詩――詩とは何ぞ？　囈言《たはごと》ではないか――」。自分の詩とは、夏蜜柑が夢を見るといった囈言に等しかったのではなかったか。果たして別の友人が掘り出してみると、夏蜜柑は腐っていた。「然《しか》り、夏蜜柑は腐る物である」。夢見るはずが腐ってしまった夏蜜柑とは、自身の似姿でもあっただろう。啄木は何としても囈言ではない詩を構想しなければならなかった。

啄木は十月に入ると、郷里の「岩手日報」に時事評論『百回通信』を書き始めた。

実際の生活は困窮し、混迷を深めていた。十月二日、妻の節子が嫁姑の同居に苦しみ、娘を連れて家出してしまったのである。啄木は「かかあに逃げられあんした」と金田一京助にすがり、説得の手紙を頼んだりしたのだが、それでも『百回通信』では現実変革の意志を失っていない。

文学方面の記事で言うなら、永井荷風『新帰朝者日記』への激しい批判もそこに発していたと言ってよい。パリに遊んで日本の自然や人事を軽蔑するなど、「田舎の小都会の金持の放蕩息子が、一二年東京に出て新橋柳橋の芸者にチヤホヤされ、帰り来りて土地の女の土臭きを逢ふ人毎に罵倒する」厭味さと何ら変わらないとこき下ろし、作者の荷風その人についても、「名うての富豪の長男にして、朝から晩まで何の用もなき閑人たる也」と嫌悪感をあらわにしている。

むろん自分も日本の現状には満足などしてはいない。だとしても、「我等は遂に日本人なり、何処に行きたりとて日本人なり」。日本を愛することができないなら、批判などするよりさっさと日本を去るべきであり、去ることができないのなら「よろしく先づ其国を改善すべし」と啄木は現実変革を求める。さらに国家の改善は個人の生活に始まるとも説いている。

一国国民生活の改善は、実に自己自身の生活の改善に初まらざるべからず。自由批評といふ言葉は好し。然れども、批評は其結論の実行を予想するに於て初めて価値あり。然り、空論畢竟何かせん。吾人は唯真面目に自己の生活に従事すべし。若し日本人に愛すべからざる性癖習慣ありとすれば、先づ吾人自身よりその性癖習慣を除却する事に努力すべきのみ。

女房に逃げられたりしながら生活の改善を語っていたわけだが、しかし、啄木の立脚点は確かなものとなっている。例えば「我等は遂に日本人なり、何処に行きたりとて日本人なり」という断言は、日本への帰属意識を如実に物語って、天渓いわくの「日本帝國に生れた吾れ等は、支那人でもない、歐米人でもない。微小なる細胞までが、此の氣候と、此の歴史とに依りて構成されてある」といった言葉を思い出させもする。ただし、天渓が「其の現實に立脚して、出來得るだけを實行すれば、外に考慮することを要せぬ」と述べるにとどまったたのに対し、啄木はより明確に、日本の現実に満足できないなら、現実を変えるべきだと踏み込んだ。現実への内属を是認しつつ、その現実を時間軸の上に据え直し、来たるべき未来への自己投企を主張していると言ってよい。

荷風への厳しい批判も、高等遊民への嫉妬ばかりにとどまらず、この姿勢こそが分岐点だったはずである。前の章で見たように、現代日本への嫌悪から、上田敏や荷風は「異邦と過去」に耽溺しようとした。しかし、啄木は帰るべき家郷から追われ、ここではないどこかに楽園があるかのような夢想も挫かれていた。実のところ、『百回通信』の初回には「人間の故郷は実に人間現在の住所」という言葉が見える。まさに現在に立脚し、「明日」を目指そうとしたのである。

ところで、この頃の啄木が興味を寄せた小説の一つに漱石の『それから』がある。勤め先の「東京朝日新聞」で六月二十七日に始まり、啄木はその校正を担当してもいた。主人公は高等遊民の代助であり、そのたどるべき運命が書かれていた。この年十月稿という原稿断片は、他の漱石作品以上に啄木が熱心に読み、物語の行方を注視していたことを伝えている。

『それから』を毎日社にゐて校正しながら、同じ人の他の作を読んだ時よりも、もっと熱心にあの作に取扱はれてある事柄の成行に注意するやうな経験を持つてゐた。（中略）やがて結末に近づいた。私は色々の理由から『それから』の完結を惜む情があつた。一つは、

残念ながら「一つは、」というところで、ふっつり原稿は途切れている。その先は想像するしかないが、完結を惜しんだ理由の一つは、生活の衝迫、労働の重圧といったものだったのだろう。代助は家の庇護を失い、高等遊民でいられなくなる。その脳裏には「職業の二字」が大きな楷書で焼き付けられ、「僕は一寸職業を探して来る」と日盛りの街に飛び出すことになる。

それに関する作中の挿話を拾っておくと、八月十八日掲載の回で、漱石はフランク・ブラングィンの話題を挿入している。「平生から此装飾画家に多大の趣味を有つてゐた」という代助は、その絵を画帖で眺めている。どんな絵だったかというと、「何処かの港の図であつた。背景に船と檣《ほばしら》と帆を大きく描《か》いて、其余つた所に、際立つて花やかな空の雲と、蒼黒い水の色をあらはした前に、裸体の労働者が四五人ゐた。代助は是等の男性の、山の如くに怒らした筋肉の張り具合や、彼等の肩から脊へかけて、肉塊と肉塊が落ち合つて、其間に渦の様な谷を作つてゐる模様を見て、其所《そこ》にしばらく肉の力の快感を認めた」とある。いかにも漱石らしい手法だが、労働者を描いたブラングィンの図版は労働主題のせり上がりを予告する。イメージとしての労働が現実化し、代助をほとんど狂気の淵へ追い詰めると言ってもよいだろう。

『それから』の完結は十月十四日のことだった。そして翌十五日、上野の竹ノ台陳列館で第三回文展が幕を開ける。漱石でさえ労働に着目した頃であり、労働主題の作品も幾つか並んでいた。その一つが荻原碌山の彫刻で、啄木が気に入った「労働者」なのだった。

日本の水と魚たち　第三回文展と光太郎

第三回文展は、文展という制度の、そして日本近代美術史の曲がり角だったように見える。労働主題の作品があったことや、西洋美術の摸倣を気にかける批評が書かれたことは第二回展と変わらないが、後者の前提であるローカル・カラー論への反感に発して、高村光太郎が『緑色の太陽』を発表することになるだろう。芸術家の人格に絶対的な権威を認める光太郎の考え方は、公的な権威たるべき文展とは相容れるはずもなかったが、光太郎と軌を一にして、碌山もまた文展批判を語り出す。当初の党派的なもめ事に続き、今度は若い世代の離反が始まるのである。

ひとまず第二回展と同様に、西洋画部門の出品作を紹介しておこう。

黒田清輝は「鉄砲百合」で好評を博した。岡田三郎助は琳派風の背景によって大隈重信夫人を、和田英作は法曹界や政界で活躍し、東京の市区改正に取り組む角田真平を描いた。後者は俳人竹冷その人の肖像だが、「スバル」十一月号の合評で、永井荷風は「あゝ云ふ顔は油繪に書く顔でないと思ふ。何だか山本勘助が戰の地圖でも見て居るやうだ」とくさした。若手では中沢弘光「おもひで」や熊谷守一「蠟燭」などが注目された。和田三造は留学中とあって、出品していない。

労働主題の作品には、例えば石切り場の群像を描いた跡見泰「砥石切」があった。跡見は明治十七年生まれ、東京美術学校では和田の一年上にあたる。なかなかの力作だったようだが、「煒燻」と同様に、人体研究に即した構成的な作品に見える。やはり「スバル」十一月号の合評で、木下杢太郎は再びアドルフ・メンツェルを引き合いに出しつつ、「つくられもの」と一蹴した。「勞働といふ人間活動の興味を扱つた繪（たとへばメンツェル等の一頃やつたやうな）としては實感が少しもない」。そこで

「ああ僕等は寫實的藝術に飢ゑてゐるんだ」と杢太郎が慨嘆すると、石井柏亭はあっさり一言、「兎に角人間が皆んな死んでるな」。

あるいは寺沢孝太郎の「かぼちゃ」。跡見と同年生まれ、秋田の角館の人である寺沢は、南瓜を担いだ男を中央に据え、背景に荷揚げの労働者を配したのだが、この絵は酷評の的になった。柏亭ら「方寸」の同人たちは、杢太郎や北原白秋と会場で放談し、合評として十二月号に載せた。それによると、寺沢の絵を見た彼らは一斉にブラングィン！ ブラングィン！ とはやし立てた。さらに「よくこんな眞似をして居られるな」「こんな男がさも重さうに南瓜を擔いで行くなんて實に滑稽だね」と嘲笑した。同じ号に談話を寄せたバーナード・リーチも「寺澤といふ人の畫には困りました。あれはひどい、ブラングヰンそつくりですね」とあきれた口ぶりである。

寺沢という人には気の毒と言うしかないが、メンツェルやブラングィンを持ち出した側にも幾らか気の毒な事情はあったかもしれない。彼ら若い世代の知識は、多くの場合、舶来の印刷物に由来していたはずである。しかし、いかに知識が増えたとしても、しょせん借り物でしかなかった。柏亭の場合、第二回文展で「西洋から來る三色版の影響」を非難したように、日本の画家として日本の自然を研究し、ローカル・カラーに忠実であろうと考えていた。西欧の新たな情報に首までつかりながら、逐一否定し、日本的な絵画を目指さなければならない隘路に陥っていたのである。そこに現れたのが寺沢の「かぼちゃ」だった。ブラングィン風のスタイルを、事もあろうに切実であるべき主題、杢太郎いわくの「勞働といふ人間活動の興味を扱つた繪」に適用していた。そのためにヒステリックなまでの反発を引き起こしたように見える。

同様にスタイルの借用が問題視されたのは、山脇信徳の「停車場の朝」だった。これはその作品評価をめぐり、光太郎に『緑色の太陽』を書かせた一作にほかならない。光太郎の主張は初期文展の時代に白熱した自然主義方面の議論を受け継ぎながら、なし崩しに無効にしたと言ってよく、啄木が目指した方向と対比するためにも、そのロジックを確かめておかねばならない。

今日から図版で見る限り、山脇の出品作はモネの影響の濃い絵だった。描法や停車場という主題に加えて、田中淳著『太陽と「仁丹」』も指摘するように、山脇はこの頃、同一視点の都市景観を午前中と夕方とで描き分けた作品を残している。つまり連作の手法に至るまで、モネに倣っていたようなのである。実際に斎藤与里やリーチ、荷風はモネ風と見なした。そして当然ながら、柏亭は「乙に西洋臭くしたな」と反感を持った。借り物性を嗅ぎ取ったのである。

こんな風に西洋の影響を気にする姿勢に、しかし、光太郎は違和感を抱いた。翌四十三年二月、第三回文展の西洋画評を総括した『AB HOC ET AB HAC』で、おそらくは認められて然るべきだった山脇とモネの類似をあえて否定し、山脇の制作姿勢を買ってみせた。

> MONET の畫と此の畫とは、鹹水の魚と淡水の魚と位《くらい》、相異つた所があるのである。MONET は自然の中に踏み込んでゐる。此の畫は、或る距離を保つて、別に變つた事の無い眼を以てこつこつと自然を寫して出來たものである。僕が此の繪を好いたのは、印象派だの、近代的だの、といふ考へから好いたのではないのである。僕は此の畫が BULL DOG の様に、喰ひついたら離さぬ様な執拗の努力を以つて自然に獅嚙《しが》みついて、どうやらかうやら、自然から見得た作家の或る感じを出し得た所に惚れ込んだのである。

こう言うと意外に聞こえるかもしれないが、議論の枠組みは実のところ、柏亭たちの考え方とさして変わらない。光太郎は「鹹水の魚と淡水の魚」は相異なると考えている。育った水、内属するところの自然が物の見方を規定することを認めているのである。柏亭が拠っていたローカル・カラー論の前提を共有していることは明らかだろう。また、画家と対象の関係についても、自然主義文学者たちの認識論的な枠組みを受け継いでいる。光太郎は自然の中にモネは踏み込み、対する山脇は距離を維持しながらも、何とか自然にしがみつくようにして描いていると見なす。観察者と観察対象である自然との位相関係に注目し、一義的には自然の内側へ入り込むべきであり、入り込めないまでも山脇が密着していることを評価したのである。そこまでは同時代的な発想に収まる批評だったのだが、光太郎は後者の論点、つまり距離の感覚さえなくすほどに自然へ没入した時にはいかなる心理状態となるのかに着目し、『緑色の太陽』を書くことになる。

「スバル」四十三年四月号に掲載された『緑色の太陽』は、「僕は藝術界の絶對の自由《フライハイト》を求めてゐる」「藝術家の PERSOENLICHKEIT に無限の権威を認めようとするのである」といった主張によって知られるが、光太郎の発明はむしろ次の一節に見るべきだろう。

> 僕は生れて日本人である。魚が水を出て生活の出來ない如く、自分では黙つて居ても、僕の居る所には日本人が居る事になるのである。と同時に、魚が水に濡れてゐるのを意識してゐない如く、僕は日本人だといふ事を自分で意識してゐない時がある。時があるどころではない。意識しない時の方が多い位である。人事との交渉の時によく僕は日本人だと思ふ。自然に向つた時には、僕

はあまり其の考が出て來ない。つまり、然う思ふ時は僕の繩張りを思ふ時である。自我を對稱のものの中に投入してゐる時には此んな考の起って來よう筈がない。

これはもっぱら芸術制作の場合を指してのことだが、観察し、描写する者が、自身が内属し、かつ観察対象でもある自然に没入したなら、内属していることを意識しないと言うのである。確かに魚が水に濡れているように、現実には内属する自然に規定されている。魚に水の香りがするのと同様に、その規定性からは逃れられず、作品に反映されることにもなるだろう。しかし、それはあらかじめ計算に入れるべきことではないと光太郎は主張する。つまり、「鑑賞家の勝手に味はふべき事で、作家の頭を労すべきものではない。出來た後で評定する事で、出來《でか》すのに考へる筈のものではない」。具体的な規定としては、何より日本に生まれた日本人ということがある。その拘束の外に出ることはできないが、少なくとも芸術制作に没入し、自然の中に入り込んでいる間は、後から見て日本的な作品になろうがなるまいが、「自分の思ふまま見たまま、感じたままを構はずに行《や》るばかりである」。かくして光太郎は「藝術界の絶對の自由」を揚言するのである。

自然への内属を認めながらも、現実的な規定性は意識の外に追い出し、自由にやればいいと開き直った点において、確かに『緑色の太陽』は新しかった。延々と続いてきた芸術と現実の位相関係に関する議論をなし崩しに踏み越え、「藝術家の PERSOENLICHKEIT」、すなわち人格に無限の権威が与えられるユートピア的な芸術の平面を開いてみせたと言ってもよいだろう。そこでは柏亭のごとく「西洋から來る三色版」の色調を忌避する必要などない。何しろ緑色の太陽でさえ、描いて構わないのだから――。これは無責任と言えば無責任な態度には違いなく、「藝術界の絶對の自由」とは言うもののの、現実的な規定性を克服したわけでは決してない。ただ単に意識しないというだけの話であって、端的に言えば、芸術への没入による規定性の忘却でしかなかった。

むろん多少の同情を寄せるなら、光太郎の場合、忘れたいほどに生まれ育ちの条件に圧迫されてもいたのだろう。光太郎は明治十六年、高村光雲の長男に生まれた。東京美術学校で彫刻などを学ぶかたわら、新詩社に加わり、光雲に岩村透が説く形で海外留学の道が開かれた。三十九年にニューヨークへ向かい、ロンドンでブラングィンが教えていた美術学校に学び、パリに遊んだ。この間に碌山とも何度か会い、互いに信頼を置くようになっていた。ともあれ留学は三年余に及んだが、しかし、西洋文化には圧倒されるばかりだった。後年の詩『雨にうたるるカテドラル』で聳え立つ石壁に頬を寄せるのは、内部に入り込めない者に許された精一杯の身ぶりだったと思うべきだろう。さりとて海彼の広がりを知った身には、日本は矮小な『根付の国』であって、そこに住むのは「麦魚《めだか》の様な、鬼瓦の様な、茶碗のかけらの様な日本人」なのだった。

ようやく帰国したのは明治四十二年七月、第三回文展を前にした頃である。その文展で、初回から彫刻部門の審査委員を務めていたのはほかでもない父の光雲である。文展など時代遅れだ、しょせん根付の国のアカデミズムじゃないかと思ってみたところで、彫刻界の重鎮である光雲の息子という出自からは逃れようがない。そんな葛藤を抱える光太郎にとって、日本的であれと説くローカル・カラー論は、今さらながら現実的な規定への忠誠さを求める点で、平たく言えば、親孝行はするものだといった説教に等しかったはずである。『緑色の太陽』の名高い結語「どんな氣儘をしても、僕等が死ねば、跡に日本人でなければ出來ぬ作品しか殘りは爲ないのである」とは、説教はもうたくさんだ、といった捨て台詞でもあっただろう。

だが、こうした光太郎の態度は文展の形骸化につながるものでもあった。文展が確立しようとした公的な権威と、芸術家個人の人格に与えられるべき権威は両立し得るはずもなかったし、そもそも光太郎の思い描いた芸術の平面は、現実的な規定性を意識から除外したところでしか成り立たないのだから、制度として芸術の平面を規定する文展などあってはならないものだった。

実際に光太郎は第三回文展の際、「此の種類の展覧會は今世紀にあるべからざるものゝ様に思はれ、厭なものだと一言にて申したきものにて候ひき」（「早稲田文学」）、「僕はこんな御祭禮の様な展覧會はもう時代遅れだと思つてゐる」（「スバル」）と主張し始める。その信念に即して、翌四十三年四月には神田淡路町に琅玕洞を開廊し、個展形式の展覧会を開始するだろう。すでに文展開設前の東京勧業博覧会の頃から、芸術作品の審査など「區々たる外圍の事情」（藤岡作太郎）に過ぎず、「我作品には我こそ好き審査官なれ」（石川欽一郎）といった意見が出始めていたが、かくして確信犯的に「藝術家のPERSOENLICHKEIT」の権威を護持する光太郎のような若者たちが現れるに至っては、いずれ文展の権威は損なわれていくしかなかった。

「スタデー」で行こう　碌山の習作論

そんな光太郎と相携えるようにして、文展への違和感を表明したのは荻原碌山だった。ともに欧米に学んだ同士であり、二人は気脈の通じるところが多かった。深くロダンに傾倒していた分、芸術観はむしろ碌山の方が明確だったようで、帰国直後から「藝術は人格なり」と強調し、断片様式や習作性といったモダニズムに逢着する考え方を実践してもいた。それゆえに第三回文展では光太郎以上にきっぱりと、文展流のアカデミズムを否定したのである。[8]

「早稲田文学」十一月号の「文部省美術展覧会合評」で、「洋画十選」を求められた碌山はのっけから不機嫌そうに、「そんなにありやしませんよ」と語り出す。十選どころか、具体的な作品は一つも挙げずに、作者の熱心さや勤勉努力には敬服するけれど、「アートは單に努力ではない、單に勉強ではない、勿論アートは展覧會の爲めのアートではない」と断言し、文展に鉾先を向ける。

見るべき作品が少ないのは、審査員と作者が殊更に文展を意識したためではないか、というのである。「公設とか官営とか云ふと兎角《とかく》裃《かみしも》的に成りやすい」。「所謂」真面目な作、「所謂」忠実な作という風に「所謂」の二字が邪魔をしてしまい、「私設に於て見る感興や趣味が公設では全然影を隠す、藝術以外のある目的の為めに其神聖を汚すのである、如斯《かくのごとく》して吾人が受け得る印象は甚だ不快のものである事は云ふ迄もない」。分不相応な大作には冷や汗が出るとも述べている。

それとは逆に、小品には「氣分、心持ちの出たのがある」とした上で、碌山は注目すべき作品観を表明している。折々の感興や趣味を宿した「スタデー」の意義を説くのである。

> 何故に、スタデーとピクチーアの間に一線を畫するか　スタデー其まゝでいゝじゃないか、スタデーの接續、印象の連續でいゝじゃないか、畫を作るなどゝは尤も不忠實と云はねばならぬ。

「スタデー」＝習作を重視し、その延長線上に「ピクチーア」＝絵画を位置づけている。なおかつ「畫を作る」ことを不忠実とも斥けている。米国ではロバート・ヘンライに学び、パリではロダンに面会した碌山なのだから、いわば自明のものとして、構成的な作画手法や入念な仕上げを捨て去ったモダニズムの作品観を理解していたのだろう。言い換えれば、これはまさに東京美術学校や文展を通じて、黒田清輝が移入を図ってきたアカデミズムの否定にほかならなかった。

そして彫刻家たる碌山にとって、この主張は空論ではなかった。碌山は第二回文展に続き、第三回展にも出品していたのだが、少なくとも晴れ舞台とは思っていなかったらしい。

第三回文展に出した作品は「北條虎吉氏肖像」「労働者」の二点である。ともに好評で、「北條虎吉氏肖像」は前回の「文覚」に続き、三等賞を獲得した。「労働者」の方も「早稲田文学」に彫刻評を寄せた五人のうち、北村四海、河野桐谷、光太郎が選に加えている。(9)

ところが「労働者」について、碌山は出品後に意外な行動に出ている。今日では膝下や左腕を欠いた形で知られる彫像だが、実は文展当時は全身具備した姿だった。碌山はつまり、納得のできない部分を壊してしまったのである。これこそ自ら語った「スタデー其まゝでいゝじやないか」の実践と思うべきだろう。想定した通りに組み立てるのではなく、「スタデーの接續、印象の連續」こそが碌山にとっての作品制作だった。いつか訪れるだろう不確定な未来の完成へ向けて、作品にはいつ手を加えても構わず、絶えず真摯によりよいものへ高めればいいと考えていたのである。そのプロセスにおいて、文展はちょっとした小休止ほどの意味しか持たなかった。

ここで思い出されるのは、文展開設前夜に起きた「霞事件」のことである。東京勧業博覧会における審査の不公平さを察知し、北村四海は自作の「霞」を破壊した。それから二年半ほどして、碌山は第三回文展に出品した「労働者」の膝下などを欠き取った。しかし、見かけはよく似た両者の行為はあまりに遠く隔たっている。四海は公正な芸術の平面を思い描き、その理想とはかけ離れた実態に憤った。そのような芸術の平面を実現しようとした制度が文展だったわけだが、しかし、その文展にさほどの意味を認めなかったからこそ、碌山は自作の改変に踏み切ったのである。碌山が拠って立つ芸術の平面があったとすれば、やはり芸術家の人格が無上の権威を有するような、光太郎いわくのそれだったに違いない。等しく打ち砕かれた二体の彫像は、いわば両側から初期文展を挟み込み、文展の目指したものとその破綻を象徴するかのようなのである。

まとまりがあってはならぬ　断片の詩学

そこで本章の主人公の話に戻ると、第三回文展を啄木が訪ねたのは、明治四十二年十月二十六日のことだった。これは実のところ、啄木にとっては喜ばしい日でもあった。十月二日に突然郷里へ帰ってしまい、「かかあに逃げられあんした」と茫然自失させた妻の節子がこの日の朝、上野に帰ってきたのである。手紙で取りなしたりもした金田一京助の『啄木余響』によると、啄木は迎えに出て、二人で上野の公園を散策し、開幕から十日ほどの文展に立ち寄ったらしい。

そんな事情だったからか、特別な書き物は残っていない。反応を見せた作品はただ一つ、ほかでもない碌山の彫刻「労働者」だった。何枚も絵はがきを買ったことが知られている。何より和田三造の「煒燻」に感動した啄木だったが、同時に彫刻部門では碌山の「文覚」の力強さに注目していた。その作者ということもあって目をとめ、気に入ったのだろう。

二十六日のうちに、啄木は絵はがきの一枚を使い、金田一に「今暁帰ってまゐりました。御安心被下度候」と節子の到着を知らせた。十一月八日、十二月十五日にも同じ絵はがきを送り、前者には「いくら見ても飽きぬは此男のツラに候。田中氏の具象理想論に感服したる小生はかういふツラを見て一方に英気を養はねばならず候」と書き添えている。田中氏とは文壇方面にも参入していた田中王堂のことで、これは啄木が王堂を評価していたことを伝える資料でもある。

王道の主張を紹介しておくと、例えば人間が当座の必要に応じて、過去の経験を変更しながら生きることを承認し、一切の人間活動も、文学なるものも「皆な人間が新しき境遇と刺激とを支配して生活の持續と満足の獲得とを實にしやうとする幾多の假設《説》に過ぎない」と説いていた（四十二年五月、『文芸に於ける具体理想主義』）。すでに啄木もまた現実に規定されるにせよ、その現実は変えられると考えていた。直前に執筆した『百回通信』の荷風批判も同じ確信に立脚し、「我等は遂に日本人なり、何処に行きたりとて日本人なり」と現実の規定性を踏まえながら、日本にとどまる限りは荷風のように冷笑するのでなく、「よろしく先づ其国を改善すべし」と断じていた。これは「僕は生れて日本人である」と言いつつ、芸術への没入によって現実の規定性を意識から追い出す光太郎の態度とは、まったく違った方向へ進んでいたことを意味している。

むろん啄木が当面していたのは何とか戻ってくれた妻を迎え、生活を立て直すことだった。その意欲を維持するのに、一方では田中王堂の論説を読み、他方では碌山「労働者」の絵はがきを何度も眺めていたことになる。啄木は「此男のツラ」「かういふツラ」と強調してもいる。碌山が造形した意志的な表情に励まされていたとさしあたり言ってよさそうだが、ただし、必ずしもそればかりではなかったかもしれない。ほどなく啄木が発表する名高い詩論を読み直すなら、碌山との間には思いがけない芸術観の交錯が生じていたように見えなくもない。

それというのは、十一月三十日から計七回、「東京毎日新聞」に連載した『弓町より（食《くら》ふべき詩）』のことである。啄木がようやくたどり着いた詩論の開示にほかならない。

表題に言う「弓町」はむろん本郷弓町、「人間の故郷は実に人間現在の住所」と『百回通信』に記した啄木の立脚地を意味している。家族と暮らしていた弓町の床屋の二階から遠望するように、啄木は苦しかった精神遍歴を静かに振り返る。「詩といふものに就いて、私は随分、長い間迷うて来た」。夢見がちな叙情詩人だった若い頃に始まり、にわかに家族を養う責任を背負わされ、それでも一か所にとどまることを嫌い、北海道を流れ歩いたこと、その遥かな北辺から自然主義の勃興を見つめ、「散文の自由の国土」を目指して東京に戻ったものの、あらゆる努力は空しく潰え、心の底から「遂にドン底に落ちた」と言わねばならなくなったこと――。それら一切を経て、「此現在の心持は、新らしい詩の真《まこと》の精神を、初めて私に味はせた」と啄木は書きつける。

その詩の精神というのが、副題の「食ふべき詩」ということになる。

謂ふ心は、両足を地面《ぢべた》に喰つ付けてゐて歌ふ詩といふ事である。実人生と何等の間隔なき心持を以て歌ふ詩といふ事である。珍味乃至は御馳走ではなく、我々の日常の食事の香の物の如く、然《しか》く我々に「必要」な詩といふ事である。――斯ういふ事は詩を既定の或る地位から引下す事であるかも知れないが、私から言へば我々の生活に有つても無くても何の増減のなかつた詩を、必要な物の一つにする所以である。

断っておくと、このあたりはさほど独創的な意見とは言いにくい。啄木自身、これは詩壇の新しい運動に携わった人々が「二三年前に感じた事を、私は今初めて切実に感じたのだといふ事を承認するものである」と言い添えているけれど、現実に立脚し、実人生に密着せよと説くのは、自然主義的な態度の受け入れにとどまっていよう。副題は電車の車内広告でよく見た文句「食ふべきビール」から思いついたというのだが、実は「日常の食事の香の物」という言い方についても、その方面に本歌があった可能性がある。一年前の暮れに「文章世界」が特集した文壇回顧の中に、近松秋江の一文『香の物と批評』が見える。さらに「必要」という考え方についても、三か月前の八月二十二日付「読売新聞」に、長谷川天渓が『必要の文芸』を書いていた。文芸遊戯論に抗して、「眞面目に人生を研究し、或は改善せむとする人に取つては、之れが最も必要なるものである」と主張しているのだが、啄木はそれと同様の芸術観に至りつつあった。生活を立て直し、自身の生きる現実を改善するのに必要なものとして、今まさに詩を語ろうとしているのである。

『弓町より（食ふべき詩）』の読みどころはむしろ、自然主義方面の主張を詩に適用し、ジャンルに固有のスタイルを思い描いてみせたところにある。論点は詩語としての現代語の可能性、はたまた詩人の心構えなどに及ぶのだが、要所は次の名言に尽きていよう。

> 詩は所謂詩であつては可《い》けない。人間の感情生活（もつと適当な言葉もあらうと思ふが）の変化の厳密なる報告、正直なる日記でなければならぬ。従つて断片的でなければならぬ。――まとまりがあつてはならぬ。（まとまりのある詩即ち文芸上の哲学は、演繹的には小説となり、帰納的には戯曲となる。詩とそれらとの関係は、日々の帳尻と月末若くは年末決算との関係である。）さうして詩人は、決して牧師が説教の材料を集め、淫売婦が或種の男を探すが如くに、何等かの成心を有《も》つてゐては可けない。

「断片的でなければならぬ。――まとまりがあつてはならぬ」と、啄木は強い調子で断片の詩学を語ってみせる。そこへ至る道筋をたどるなら、まずは啄木が思い描く詩人像が前提にある。来たるべき真の詩人は、いかにも詩人然とした詩人ではなく、自己の改善や生活の統一を図るべく、「自己の心に起り来る時々刻々の変化を、飾らず偽らず、極めて平気に正直に記載し報告する」者でなければならない。逆に言えば、期末決算に相当する小説や戯曲とは違い、詩こそは時々刻々、日々の合わない帳尻をそのまま記述し得るジャンルだというのである。一定の完結性を備えるべき小説や戯曲に対して、いわば日々の習作として、詩を思い描いたと言ってもよい。統一を欠いた自己とその生活を映して、詩は統一性を欠くことになるはずだが、通常は回避すべきそのありようを、啄木は肯定してみせる。むしろ逆に「成心」＝下心や先入観を持ってはならず、「まとまり」＝構成的な完結性を目指すことも否定し、敢然と断片性を要求している。

明治四十二年夏、現実の底に落ち込んだ自覚に立ち、啄木はその規定性に抗し、未来へ向けて現実を改変する意志をつかみ直していた。不確定な未来へ続く時間軸上に不完全な現実を据え、その状態を記述し、反省と自己改善のための芸術としての詩を思い描いた。さらにこの着想をスプリングボードにして、スタイルとしては断片性の肯定へ踏み出したのである。

そこにこそ『弓町より（食ふべき詩）』の大胆さがあったと言えるはずだが、これは必ずしも孤独な跳躍ではなかったかもしれない。ちょうど同じ頃、芸術の習作性を語り、一度は完成したかのような彫像を断片的な姿に改変したのが碌山なのである。啄木の主張のかたわらに、第三回文展評における碌山の「スタデー」の説を並べてみると、何と相似ていることだろう。

「詩は所謂詩であつては可けない」と啄木は語り出す。碌山は「所謂」の二字が感興や趣味を遠ざけるとして、「スタデーの接續、印象の連續でいゝじやないか」と習作性を肯定していた。啄木もまた「自己の心に起り来る時々刻々の変化を、飾らず偽らず、極めて平気に正直に記載し報告する」、すなわち習作としての詩を提唱した。それゆえに「成心」を抱き、「まとまり」をつけることを戒めるのだが、碌山の「畫を作るなどゝは尤も不忠實と云はねばならぬ」という断言は、まさに「成心」をもって作品を構成する態度の否定と言ってよいだろう。二人の発言はかなりの程度、正確に対応している。おそらく期せずして、接点が生じていたのである。

啄木は『弓町より（食ふべき詩）』に続き、同じ「東京毎日新聞」紙上に「心の姿の研究」と銘打つ連作詩を掲げた。詩論の実践と言うべき四編には、「あ、大工の家では洋燈《らんぷ》が落ち、／大工の妻が跳び上る」といった詩句が唐突に現れる（『事ありげな春の夕暮』）。同じ頃の「スバル」に載せた断章集『きれぎれに心に浮んだ感じと回想』のタイトルを借りるなら、「きれぎれに心に浮んだ」イメージをそのまま投げ出したかのような詩と化しているのだが、この「心の姿の研究」という「研究」の一語についても、碌山の「スタデー」と響き合うようである。

こうしてみると、啄木が碌山の「労働者」に反応したことは興味深いエピソードなのだが、しかしながら、彼らが互いの芸術観を承知していたとは考えにくい。啄木が文展に行ったのは会期中の十月二十六日だから、そこで見たのは改変前の状態だったはずである。事実、絵はがきの彫像は全身具備した姿であり、その後、碌山が手を加えようとは思いもしなかっただろう。

さらに決定的な違いとして、碌山が習作性を肯定したのは、あくまでも芸術制作の上でのことだった。それに対して、啄木が日々の習作として詩をとらえ直したのは、自己の改善や生活の統一に資するためだった。「労働者」の絵はがきを飽かず見つめていたのも、その面貌表現が生活改善の意志を励ましたからであり、確かに啄木自身の生活に必要な芸術であったとしても、習作的な仕上げが持つ芸術的な価値については、それほど興味もなかったかもしれない。

少なくとも第三回文展に並んだ絵画や彫刻の大方は、もはや啄木には必要のない、『弓町より（食ふべき詩）』で言うところの「我々の生活に有つても無くても何の増減もなかつた」代物だったのではないだろうか。その点で示唆的な寸言が『きれぎれに心に浮んだ感じと回想』に見いだされる。啄木は田山花袋と小杉天外を建築師になぞらえる。花袋は「田山氏自身の家」を建てていると認めるのだが、それに対して、天外の建てる家は「上野の博物館のやうなものである」と突き放している。立派ではあるけれど、切実味がないということか。そして一連の断章からなるこの文章を啄木が書き終えたのは十一月二十五日の朝であり、まさに上野の竹ノ台陳列館において、前日の二十四日まで開かれていたのが第三回文展なのだった。光太郎や碌山とは違った立場から、啄木もまた文展が作り出そうとした芸術の平面を見限っていたように見える。

美術のわかれ　その後の啄木

それから半年ほど先の話である。世の変わり目というのか、不思議に物事が重なって起こる時期があるものだが、明治四十三年四月には美術史に特筆される出来事が相次いだ。

「スバル」四月号には、光太郎の『緑色の太陽』が掲載された。光太郎はこの月、自ら説いた個展形式の展覧会を実現する場として、神田淡路町に琅玕洞を開く。第一回の個展は五月の正宗得三郎展だった。ちなみに翌四十四年春、琅玕洞における山脇信徳展をきっかけに、李太郎の批評に山脇と武者小路実篤が攻撃を加える形で「絵画の約束」論争が始まることになるけれど、その舞台となった雑誌「白樺」が創刊されたのも、やはり四十三年四月のことだった。
そして四月二十二日、荻原碌山が急死した。享年三十。前年暮れから制作していた「女」が遺作となった。五月七日、新宿の教会で追悼会が行われ、碌山のアトリエと、その設計を碌山が監修した柳敬助のアトリエで、彫刻と絵画が公開された。この日の体験を書いたらしい短編『新緑』が徳田秋声にあり、「中には斷片的のものや未成の作品もあつたが、荒い手法の塑像や無造作に繪具を塗《なす》つたやうな繪畫には、總て故人の異常な才が閃いてゐた」との感想が見える。

啄木については、この四十三年四月の日記が知られているのだが、しかし、以上のすべてについて記事がない。「スバル」に載ったのだから『緑色の太陽』を知らなかったはずはないし、碌山の死は新聞にも報じられた出来事だったのだが、感想を知る手だてはない[10]。

書かれているのは、もっぱら日々の生活である。勤務先の東京朝日新聞では給料を前借りし、二葉亭四迷全集の仕事を同僚から引き継いでいる。文業としては一幕二場の喜劇を構想し、「文学的迷信を罵る論文」や書簡体の小説『故郷に入る』を少し書いてみたほか、自身の歌集『仕事の後』を編纂したのだが、「歌集はとう〱売れなかつた」と記されている。

次いでこの年五月末から六月にかけて、啄木は生前には発表されることがなかった小説『我等の一団と彼』を執筆した。そこには一人の画家が出てくる。

舞台である新聞社の画工、松永のことである。「人柄の穏《おとな》しい、小心な、そして蒲柳の質」の人物であり、新聞社の禄を食むに至ったのにも曲折があった。「十三四の頃から画伯B——の門に学んで、美術学校の日本画科に入つてゐる頃は秀才の名を得てゐたが、私《ひそか》に油絵に心を寄せて、其の製作を匿名で或私設の展覧会に出した」。これが露見したことから師に破門され、同時に美術学校も中退し、糊口をしのぐために新聞社に入ったのだという。

以前の『鳥影』で言えば、さっそうたる青年洋画家の吉野ではなく、むしろその吉野の噂話に出てくる友人で、生活上の必要から中学の図画教師になった渡辺に近い人物と言ってよい。しかも松永は不幸にして、肺を患ってしまう。それでも郷里に帰ることを渋り、「房州か、鎌倉、茅ケ崎辺《あたり》へ行つて一年も保養したいやうな事ばかり言つてゐた」。房州その他は陽光の降り注ぐ、当時の洋画家たちが好んだ土地である。なおも芸術に未練を残していたらしい。

そんな松永の世話を焼くのは、特異な人生観を持った同僚の高橋だった。「極めて利己的な怠け者」を自認し、ニヒリスティックに「誰よりも平凡に暮らして、誰よりも平凡に死んでやらう」と言ってのける男だが、高橋自身の説明によれば、その処世は日本国民の生活が進展していくとしても、個人の幸不幸とは無縁であり、自分が次代の犠牲となるのは御免だという考え方によるものだった。

あえて人生を無為にやり過ごそうとする高橋にしてみれば、有為の画家たらんとして敗れ去った松永は、同情の対象ではあり得なかった。画家の道を断たれた松永は、批評家になるという第二の夢を見たものの、「いくら考へても自分には、将来の日本画といふものは何《ど》んなもんだか、まるで見当が付かん」と泣きながら訴えていたよ――と高橋は淡々と報告する。結局のところ松永は退社し、帰郷することになる。同僚たちは「もう再びと逢はれまじき友人と其の母とを新橋の停車場《ステーション》に送った」が、その際、松永の母が長々と礼を言っている最中に、高橋はあくびをした。語り手の「私」は高橋への反感を確かめる。「医学者が或る病毒の経過を兎のやうな穏しい動物によつて試験するやうに、松永も亦高橋の為に或る試験に供されてゐたのではあるまいか」と。

松永を見送る停車場は、現実の平面から一歩引き、冷ややかな観察者であろうとする高橋と、その態度に違和感を持つ「私」との訣別の場ともなっている。そして終章に至り、ささやかな啓示を「私」にもたらしたのも意外なことに、同じ鉄道にほかならなかった。

季節も秋になった頃、「私」は新聞社から帰る電車で、旧友から不意に声をかけられた。「先月でしたか、静岡の製紙工場を視察にいらしたやうでしたね？」と言われた。新聞に書いた記事を読んでいたのである。酷薄な現実の平面は、そこに生きる者同士が思いがけず遭遇する場としてとらえ直されている。帰宅した「私」はその夜、「新橋で別れて以来初めての手紙を、病友松永の為に書いた」。互いに現実の平面に生きる者であればこそ、手紙を書いたのである。

この一編の執筆とまさに同じ頃、大量検挙が始まったのが大逆事件だった。啄木はその衝撃を最も真摯に受け止めた一人だった。八月に書いた『時代閉塞の現状』において「自然主義を捨て、盲目的反抗と元禄の回顧とを罷《や》めて全精神を明日の考察――我々自身の時代に対する組織的考察に傾注しなければならぬ」と説き、翌四十四年五月には大逆事件を世に伝えるべく、「A LETTER FROM PRISON ‘V’ NAROD’ SERIES」を執筆するだろう。

来たるべき明日のために現実の平面で生きることを選んだ啄木が結核を患い、わずか二十六年の生涯を終えたのは四十五年四月、明治も終わろうとする頃のことだった。

あとがき

本書の基礎となる近代文学全集の抜き書きを始めたのは、さて、いつの頃だっただろうか。おそらく十年ほど前だったと思うのだが、この単調な作業がそれなりに面白いのではないかとのヒントを得たのは、平成十七年の夏、きっかけは「カレー」なのだった。

職場での雑談の折に、文芸担当だった先輩記者のIさんが「最近、カレーが出てくる小説が幾つかあるんだよね」と言った。作品名としては、鹿島田真希『六〇〇〇度の愛』、伊藤たかみ『無花果カレーライス』など。その頃は美術記事を書く傍ら、週に一度、出版傾向をまとめる夕刊の読書欄を担当していた私は、それ、書いてくださいよとIさんに頼んでみたが、結局はアイデアのみを頂戴し、自分で書くことにした。「夏こそカレー小説」なる企画をでっち上げ、手近な範囲でカレーの出てくる小説を二十作ほど集めてみたのである。すると、予期しなかったこととして、その多くが家族関係の揺らぎや確かめ直しといった場面にカレーを登場させ、小道具に使っているのだった。個々の作品の中ではちょっとしたエピソードでしかないにせよ、集めてみれば、微妙なニュアンスを含めて、カレーなるものの広く共有されたイメージが見えてくるようにも思われた。この「カレー」を「美術」に置き換えたのが、この本だと言うこともできなくはない。

振り返ってみて、日曜大工のような本だという感慨もある。一つには単純に、抜き書きから執筆に至る作業を、新聞記者としての活動とは別に、もっぱら休日に行ったからである。むしろ休日に自宅でやれる作業として、文学全集の抜き書きを選んだところもある。

大きな声で言うべきことでもないが、文学が好きで、日々読み継いできたわけではない。作業を続けるうちに、取り上げた文学者には敬愛の念を深くしたけれど、何より資料体へのアクセスという点で、日本近代文学は入口が開かれている分野と感じられた。図書館や文学館に行けば、一次資料に相当する雑誌や書籍を閲覧できる。主要なものには影印版もある。そして優れたダイジェストにあたるのが、抜き書きを行った近代文学全集ということになるだろう。これが日本近代美術となると、はるかにアクセスのハードルが高くなる。まずもって作品に対面するところから一苦労だし、先学の尽力はありつつも、文献資料の翻刻は十分とは言いにくい。誰かの紹介でもなければ、原資料は閲覧困難だったりもする。そして今回は誰かの紹介を得たくなかったのである。

むろん先行の著作や論考には大いに助けられたけれど、本書のために誰か専門家の話を聞き、参考にした部分は皆無に近い。つまらない意地をはるようだが、新聞記者と言えば、人の話を受け売りにするだけと思われるふしもあるらしいので、今回はあえて日曜大工的な書き物に徹しようと思ったのである。こうして書き終えたからには、文献探索の遺漏、考察の至らなかったことなどにつき、伏してご教示、ご叱正をお願い申し上げる次第である。

さりながら、序文にも記したように、新聞記者としての経験が本書に投影されていることは疑われない。取材活動を通じて、刺激を与えていただいた方々に感謝の念を捧げたい。

美術方面の記事を書き始めたのは平成五年のことだが、その頃に取材した展覧会の一つは、神奈川と兵庫の県立近代美術館で開かれた「描かれた歴史」展だった。近代美術史を再検証し、美術の概念それ自体の形成史を問い直す研究動向に即した展覧会であって、それを面白いと思った経験が時を経て、本書の形を取ったことは確かである。その後も両美術館の担当者だった山梨俊夫さん、木下直之さんには様々な形で触発されてきた。また、琳派に関する近代の言説史を通じて、琳派概念の形成へ遡行した玉蟲敏子さんのお名前も挙げておきたい。三越百貨店と元禄模様を取り上げた第十章は言ってみれば、出来の悪い返歌のようなものである。

記者活動とは違った形だが、平成十三年、東京・新宿で活動を開始したphotographers' galleryの北島敬三さんと若い写真家たちとの出会いも大きかった。夜を徹しての写真談義ということもあったし、彼らが主催したシンポジウムで司会等を務めたこともあった。特に二度にわたるマイケル・フリードに関するシンポジウムで、批評的な明敏さと人間的魅力を持ち合わせた林道郎さんたちと同席できたことは得難い体験だった。それ抜きには、例えば山田美妙『蝴蝶』の挿絵における対面性に着目した第一章は、少なくとも読まれるような形にはならなかっただろう。そして何よりも、自分たちの拠点を自ら築き、活動を成り立たせてきた彼ら写真家たちのスピリットに、私としては心ひそかに励まされてきたことを打ち明けておきたい。

むろん有形無形の感化を与えられてきた職場の先輩や同僚、そして新聞社に入る前、大学で美術史をかじった頃の先生方や諸先輩にも謝辞を申し上げる。たちまち就職してしまった身としては少々はばかりながら、二人だけお名前を挙げさせていただくとするなら、恩師と呼べるのは戸田禎祐先生のほかにはいない。絵画を見ることの楽しみを、身をもって教えていただいたと思っている。また、名著『日本近代美術史論』の高階秀爾先生には、いつか本書を読んでいただければと念じてきた。さらに私が美術に関心を持ったゆえんにさかのぼって、平成八年に没した母、また、休日に書き続けることで、長らく忍耐を強いてきた私自身の家族にも深く感謝しなければならない。

そして最後に、本書の編集者である和気元さん——思い返しても不思議な書物だった平出隆さんの『左手日記例言』の編集者としてお目にかかったのは平成五年のことだった。その後、折に触れて何か書くように、また、本書の作業に入ってからは、「枚数は気にせず、一つ大きな本を作りましょう」とまで言っていただいた。その言葉をあえて真に受け、何とか書き上げてみたわけだが、思いがけないことに、装幀はまさに『左手日記例言』の菊地信義さんにお引き受けいただいたとのこと。破格のご厚情に、多少なりともお応えできていればと願うばかりである。

なお本書での引用は、主要な文学者はそれぞれ定評のある全集に依拠し、その他は初出・初版など当時のテキストを優先した。作者名や作品の表題は新字新かなを使用し、本文については、漢字JISコードで入力困難なものを除き、引用ソースの正字旧かなをなるべく尊重した。また、多様な日本語表記が併存した時代であることを考慮しつつも、明らかな誤植は修正したほか、読みやすさの観点から、ルビについては、適宜省略ないし追加を行う、句読点を付さないものなどには文意に即して一字アキを挿入し、濁点を補う、白ゴマ点は読点に——といった変更を加えている。

平成二十六年四月

著者

注

第一章　温泉のボッティチェルリ

（1）塩田著が注で触れた書簡について、山本正秀は昭和四十六年に資料紹介を行い、併せて「奥羽日日新聞」明治二十二年一月四日付の当該記事を引用している。それによると、蘇峰の書簡は朱筆であり、「国民之友」編集校正中に書かれたと推定されるという。このほかにも論議は広がっていたようで、京都の地方紙「中外電報」も明治二十二年一月九日付で批判している。小見出しは「國民の友」。当該個所は次の通り。「本紙の附録には美妙齋、春の屋朧、森田思軒抔の文妖が奇幻の筆を振廻して短篇讀切の小説を著したり　是ぞ白餡上等の牡丹餅に太白砂糖を振り掛けたるものと評せん歟　併し篇中の挿畫に裸體の美人を描き出せしは如何に、西洋流と云はゞ別に小言を申すべき所なしと雖も東洋流の習慣ではチト醜き次第柄と申さゞるを得ず」。

（2）東京と地方の新聞流通については、行き来の向きは逆だが、明治二十三年二月十三日付「読売新聞」附録二面に載る幸田露伴『客舎雑筆　其六』に次の記述がある。「函を載て屈竟の若者我劣らじと走るを何事ぞと見れば　指金堂信文堂新聞配達會社など各々細長き提灯に名をあらはし北方に向ッて駈ること飛ぶがごとし。ア、昔時《むかし》はあるまじ開化の聖代《みよ》の商賣、是でこそ成程百里先きの仙台で今日の東京の新聞今日見らるゝなれと嬉しかりし」。

（3）魯庵回想の不審点については、明治文学全集24『内田魯庵集』の解題（稲垣達郎）や『内田魯庵全集　第一巻』の解説（野村喬）も言及している。ただ、片岡哲らが指摘する通り、疑念を決定づけるのは、紅葉の『社幹美妙齋著夏木立の評判（つゞき）』である。いわく、「本郷不知庵といへる小説界の主護神より社幹思案へ宛たる書状到着せり　内には「山田美妙大人に寄す」と題して愉快に夏木立を批判したまへり　縦横にまはしたる文章の面白さ　紙背にぬける慧眼の恐ろしさ　當號へ掲載いたし度けれど餘白なければ次號にはかならず賢覧に入るべきもの也　附白　右書状の末に《多病なる才子美妙大人の健康を祈り　併せて小説界の新駒に蕪言を呈せし罪を江湖の貴婦人令嬢に謝す》とあり　美妙讀で此に到り隣席の紅葉を流眄して曰く《コリヤいよ〱精養軒だ》」。書状末尾の引用は「女学雑誌」掲載の批評文とほぼ同一である。

（4）明治二十一年九月の「以良都女」十五号に「人工の片輪（西洋婦人の腹）」なる雑報記事があり、ミロのヴィーナスらしき「希臘の女神ヴィーナスの像」と、コルセットで締め上げた「佛國巴黎人の新様」の胴部を対照させた図版が掲げられる。こうしたイメージを踏まえて、「希臘女神の白大理石の立像かと思へば其蜂腰ならぬも道理なり」と言ったものと思われる。

（5）「K. N 生」は前年九月、古美術保存の動きを指して、「美術取調は恐らくは無効ならん」を投じている。それに対して、逐一反論した「未笑子」なる匿名子がいるが、宗像和重著『投書家時代の森鷗外』は、帰国直後の鷗外その人ではなかったかと推測している。

（6）立ち聞き、のぞき見の趣向については『前田愛著作集第二巻　近代読者の成立』所収の『ノベルへの模索―明治二十年前後をめぐって―』、前田愛著『近代日本の文学空間　歴史・ことば・状況』収載の『明治の表現思想と文体』を参照した。引用した『増補　文学テクスト入門』は晩年に語り下ろしたテープや前田自身によるその改稿を編集した遺著であり、裸蝴蝶論争への言及としては、昭和五十三年初出の『ノベルへの模索』が先行する。その際、前田は「蝴蝶の裸体をその情人二郎春風が注視する図柄が、読者の〈覗き〉の視点を露骨に表わしていたことも見のがせない」と見なし、「〈覗き〉の趣向を『美術』の名のもとに肯定しようとした美妙のやや偽善的な姿勢が、読者の心を苛立たせることになった」と論じている。実際には『文学テクスト入門』での発言もこの解釈に沿ったものと思われる。しかし、美妙自身が窃視の趣向を採用したとする見方には賛同できない。「奥羽日日新聞」以下の資料に即して考えるなら、当時の読者は逆に、公然たる差し向かいの構図に苛立ち、彼らの側がのぞきの趣向に引き寄せて解釈しようとしたに過ぎない。

（7）「The Art Journal」に関して、中島国彦著『近代文学にみる感受性』は一八八七年版に見える George

Frederic Watts "Fata Morgana" の図版に注目し、「裸体像と、それに見入る男という配置は、『蝴蝶』の挿絵と、見事に一致する」と述べる。ただ、男女差し向かいの図ではない。

（8）美妙が「ダンネツケル」を持ち出した理由はおおむね推測がつく。明治十年、博物局（現在の東京国立博物館）にライプツィヒ民族学博物館から白磁彫像群が寄贈された。ウィーン万博を機に交流が生じたようだが、彫像群にはダンネッカー作品を原型とする裸体像「ヒョウに乗ったアリアドネ」が含まれている。また、明らかに対をなす裸体像「ウナとライオン」も現存するが、「奥羽日日新聞」への反論『国民之友三拾七号附録の挿画に就て』で、美妙は「雪のやうに潔白な白玉の肌膚のキューピッド、獅子を愛した神女の肖像でも見れば」と言っている。美妙はダンネッカー原型のアリアドネ像（ないしはウナ像と両方）を見たことがあり、ライプツィヒ由来であることも念頭に、独逸学協会学校に学んだ君なら、知らぬではないだろうと言ったものと思われる。

（9）徳富蘇峰著『人間界と自然界』によると、蘇峰もまた魯庵の批評眼に注目し、明治二十三年二月創刊の「国民新聞」に迎え入れた。ところが地方出身者が多く、政治や宗教に熱心な社風には合わなかったとして、次のエピソードを挙げる。「君は何れかと云へば、元禄時代の文學―西鶴等を耽讀し、編輯局に、淡島寒月君より西鶴の『一代男』の原本等を借り來つて、世之介が遠眼鏡にて女性の行水するのを二階から眺むる圖などを示し、それを得意としたるに、吾等の仲間は『斯る奇怪千萬の書物を編輯局などに振廻すとは何事ぞ』と、口には出さぬが心では思うた程であつた」。事実、二十四年一月七日付の紙面に『西鶴五人女』なる小文が見えるが、筆者のK.U.生は魯庵その人である。すなわち西鶴宗に転じ、のぞきの場面を周囲に見せていたのである。

第二章　美術国霊験記

（1）淡島寒月著『梵雲庵雑話』所収、『趣味雑話』によると、鵜飼玉川の古物趣味について、寒月は木村蒹葭堂に導かれたものとしている。玉川の生まれる前に蒹葭堂は没しており、直接の薫陶はあり得ない。若い頃に大阪を訪ねたというから私淑に類することか。とはいえ玉川が蒹葭堂の話をした可能性は高く、十八世紀の博物趣味を汲んでいたことを示唆する一事ではある。

(2) 明治二十三年三月二日付、「読売新聞」附録二面、露伴『客舎雑筆』其十五。露伴は「小説は虚の實なり、旅行記は眞の妄なり」と言い切っている。いわく、小説は元来作り話だが、作者という燈火に発したものだから、「其全体の事實は實際にあらざるも一個々々《ひとつ〳〵》の由來を尋ぬれば正しく實際より來る」ものであり、旅行日記は実在の山川草木等を表すものだが、よく考えてみれば「日記々者の六根に吸收せられたる山川草木等、即ち日記々者の腦中印影を現はし出したるもの」に過ぎない。ゆえに極言すれば不完全な小説のようなもので、「實在と密着せる妄想の記録とも云ふべし」「小説を讀みて虚を認むるもの素より野暮ならば　旅行記を讀みて真と認むるものも亦野暮の骨頂なるべし」ということになる。明晰な認識というべきだろう。

(3) 明治二十二年十一月十四日付「読売新聞」附録二面に、木崎好尚が「西鶴の墓」なる一文を寄せている。好尚は大阪の人、後に金石文研究で名をなしたが、誓願寺の墓を訪ねたところ、「碑面にくゝり附たる塔婆あり　之を觀れば東京なる露伴、紅葉二君の手跡とおぼしく　そが來遊のみぎり立ち寄りて追弔せられしなり」。さらに卒塔婆の手跡を引用する。一つは「元祿の奇才子を弔ふて　九天の霞をもれてつるの聲　露伴幸田成行　明治二十二年一月二十七日樹レ之」。もう一つは「爲松壽軒井原西鶴先生追善　明治二十二年八月二十六日　尾崎紅葉建之」。好尚の筆写によれば、露伴の墓参は二十七日だったことになる。ところが『酔興記』には二十五日とある。存疑の件として書き添えておく。また、紅葉の墓参は露伴の七か月後であり、露伴の卒塔婆を見たらしい。明治二十三年五月八日付「国民新聞」附録二面、紅葉山人「元禄狂」に、墓参の一句として「でゞむしの石に縋りて涙かな」とある。「でゞむし」とは蝸牛露伴のことだろう。

(4) 江見水蔭は『自己中心　明治文壇史』の中で、大阪から徒歩旅行に出たのを憲法発布翌日、つまり二十二年二月十二日として、関西一円を巡った後、再び京都から大阪に出る停車場で露伴と会ったかのように記している。これは露伴の旅程とは合致せず、徒歩旅行前の一月中に露伴とすれ違った可能性が高い。横浜を発して、特に寄り道をしなかったとすれば一月二十日、ただし、水蔭は出発前、名古屋本願寺の南条文雄に宛てた杉浦重剛の紹介状をもらっている。名古屋などで数日ずつ逗留したのなら、二十五日ということもあり得る。今のところ、どちらとも定めがたい。

（5）明治二十二年一月六日付「大阪朝日新聞」に、雑報「若冲筆三十幅」が載る。伊藤若冲が描き、釈迦三尊像とともに京都・相国寺に寄進した「動植綵絵」三十幅について、「過日九鬼寶物取調委員長が社寺の什寶點檢ありし際に此畫幅は新宮城の御饗宴所に用ふるには必適のものならんとて大に感賞ありし」。そこで住職は末寺や信徒総代と協議し、帝室献上を願い出たという。何かの事情で東京移送は遅延したようだが、実際に三十幅は御物となっている。この記事によれば、近畿宝物調査こそがきっかけを作ったことになるが、この頃、関西の地方紙がしかるべき筋の情報から調査の進展を詳報していたことを踏まえると、参照に値する記事と思われる。

（6）鵜飼玉川は壬申検査に参加し、正倉院開封に立ち会ったとされる。実際に米崎清実著『蜷川式胤「奈良の筋道」』を見ると、明治五年八月二十八日の条に「早朝より私と柏木と玉セン三人法起寺へ参ル」とあり、奈良にいたことは確実である。ただし、町田久成や内田正雄、あるいは柏木政矩や横山松三郎らが調査を行う様子が記されるものの、玉川の話はほとんど出てこない。

（7）遊郭には実際に人形細工が設けられることがあった。明治二十一年六月六日付「読売新聞」二面に「吉原の人形」という記事が載る。「安本龜八の人形細工は昨日より飾付けに着手せり　中に白丁を着たる仕丁が菖蒲に手を掛けながら角海老の二階を眺め　娼妓に見とれて居る顔付は馬鹿氣て面白く出來たり　此外芝の上に書生と職人が歩《ある》行いて居る圖、竹細工の大鷲が梅の枝に止まりたる處などにて両三日中には殘らず出來上る由　人出は毎夜可成なり」。こうした見世物を誇張して『風流魔自序』を書いたものと思われる。

（8）『チャールズ・ホームの日本旅行記』によると、「ステュディオ」誌の創刊者として知られるこの英国人は、明治二十二年六月一日、佐野常民の招きで芝・紅葉館の宴席に出席した際、「ピュグマリオンとガラテアのような内容の小品が上演された」と記している。日本版のガラテアは大きな木箱の中に収まっていたというから、「京人形」の舞踊と思ってよい。また、ヴィクトル・I・ストイキツァ著『ピュグマリオン効果』には日本語版用の後記があり、そこにも「京人形」の人気を示す二例が記される。一つは河鍋暁斎筆「左甚五郎と京美人図」（千葉市美術館蔵）、もう一つはエドウィン・アーノルドの日本旅行記で、明治二十三年の晩餐会でやはり「京人形」の踊りが演じられたと伝えている。

（9）着想源として、鈴木貞美『幸田露伴の「美術」観―『風流仏』再考』は、ホフマンの『スキュデリー嬢』を挙げている。鷗外と三木竹二が『玉を懐《いだい》て罪あり』の題で翻訳し、明治二十二年三月から七月にかけて「読売新聞」に連載したことから「時期の上で最も近接したもの」とする。確かに「身を石垣の像へ寄せると――愕然《びっくり》致しました――この石像が生きたか動きます」という場面がある。もっとも、この石像は回転式の隠し扉になっていたと判明する。これを転用したと思われる作品としては、泉鏡花の初期作『探偵小説活人形』（明治二十六年、春陽堂）がむしろ想起される。鏡花の場合は、生人形の陰に隠し扉という設定になっている。

第三章　博覧会の絵

（1）後述するように、博覧会出品後、皇室に買い上げられたと伝えられる。この時の買い上げ作品計四点のうち、佐久間文吾「和気清麿奏神教図」、印藤真楯「古代応募兵図」は宮内庁三の丸尚蔵館に現存するが、「美人弾琴図」は出品歴がない。ただし、ヴァリアントと思われる絵が東京・歌舞伎座に所蔵される。また、笑月の回想は実寸とはずれがある。明治二十三年四月二十日付「郵便報知新聞」一面、「第三回内国勧業博覧会私評」によると、縦四尺二寸、横五尺。また、東京・護国寺に伝わる「騎龍観音」は縦二メートル七十二、横一メートル八十三である。

（2）展覧会図録『森鷗外と美術』は、徳富蘇峰宛て原田書簡の影印・翻刻を収載し、そこに展覧会評執筆と関連する一通が含まれる。明治二十三年三月二十二日付で、原田は「御申越之批評之義ニ付てハ鷗外先生之御説も伺ヒ乍不及相試度《およばずながらあいこころみたく》存仕候」と書き送っている。博覧会開幕直前に蘇峰から原田に依頼を行い、原田が応諾したことが分かる。降板の事情は判然としないが、明治二十三年五月三日発行「少年園」三十七号に

「博覧會。」という記事が見える。いわく、「本園は啻《ただ》に其景況の一斑を報道するに止めず、幷て陳列品の細評をも試みる積りなりしが、過日本園主幹山縣悌三郎も、其筋の命に依り、同會審査官の一人に加へられしを以て、聊か憚る所あれば、陳列品の批評は已むを得ず掲載を見合《みあはせ》たり」。すなわち山縣悌三郎は審査官登用を理由に、列品評の掲載を見送っており、原田の場合においても、一つには同様の判断が働いたと思うべきだろう。

（3）原田は西洋趣味を交える日本画に疑問を呈し、「東錦繪は江都古來の名物なりしが今、之に代りて現はれし石版錦畫は果して何の趣味かある」と当時の石版画に批判を加えている。

（4）千葉俊二『露伴と鷗外』は、明治二十三年十月二十五日発行「しがらみ草紙」十三号に載る賽婆須蜜『うたかたの記を読みて』が露伴の筆であることを明らかにした上で、『うたかたの記』と『風流仏』について、「今さらながら思わせるほどに両作の趣向結構はよく似ている」と指摘する。また、主人公の名前「巨勢」に関して、大塚美保著『鷗外を読み拓く』は、明治時代にも存在した巨勢派に注目している。もっとも、他方では『古今著聞集』に由来する、画馬が抜けた巨勢金岡の挿話が想起される。『うたかたの記』は留学画家巨勢の描いた「ロオレライ」が超越的な力を行使する一種の霊異譚とも読まれ得るからである。

（5）外山の演説は「国民新聞」「東京朝日新聞」「東京新報」などに載ったが、本文には異同がある。「空像」にあたる語は二十三年五月一日付「東京朝日新聞」ではまさに「空想」となっている。

第四章　月と風船

（1）「尤も愉快に感ぜし者」は「一、動物園の猿。二、十六七計の小美人の弟を携へしと共に凌雲閣に登りし事。三、花やしきに蓄音機にて俳優の聲色音樂を聞きし事」。また、「尤も不快に感ぜし者」は次の通り。「一、小川一眞の番頭の奴等の横柄。二、營業馬車の御者が殘刻にも痩せ馬を亂打する其鞭音すごくして耳を劈く思ひありし事。三、上野公園を漫歩せる際胸痛せし事。四、淺草公園内を汚面怪體の男多く徘徊し、變な女處々に停立顧眄する事」。

(2) 加藤秀俊、前田愛著『明治メディア考』所収、前田愛『塔の思想』は、浅草富士やパノラマ館や凌雲閣などを「改良の見世物」「高尚の見世物」と呼び、従来の「實に下等なる」見世物は公園外へ駆逐されるだろうと報じた明治二十三年十月三十日付「読売新聞」の記事を引用し、「へだたりとひろがり」、言い換えれば、距離と一望視性を備えた視覚を提供したがゆえに高尚だったと指摘する。また、西洋と日本、衛生と非衛生の二分法がそこに重なっていたとも述べる。他方では諸書に引用される通り、前田は凌雲閣を「世俗の塔」と位置づけている。ここでは世俗性に関する指摘を踏襲し、その上で、距離による非内属的な視覚は、世俗的な娯楽に耽る罪悪感を薄め、既存の見世物と比べた場合の「高尚さ」はむしろ口実として機能したと見なしている。

(3) 凌雲閣の「百美人」は本邦初のミス・コンテストとも呼ばれるが、すでに前年、明治二十三年四月十五日付「東京朝日新聞」が「美婦人品評會」なる企画を報じている。東京と近県の一府八県を対象に、四月三十日までに写真の送付を求め、写真審査を通過した二十人には、上京費と手当を支給する。その上で五月十、十一日に上野広小路で慈善市を開き、参観者に女性の品評を仰ぎ、審査員が三名を選ぶというもの。七十円、五十円、三十円の褒賞金も用意されていたという。

(4) 独歩の言う「特色の眼光」は実のところ、子規と仲間たちの写生文を可能にしたそれとも近い。本書では第六章で取り上げるように、この現実に内属する経験を、精神的な距離を保って記述する試みとして写生文を捉えている。ちなみに、その最初期の一文を高浜虚子が書いたのは奇遇にもと言うべきか、同じ浅草の盛り場だった。

(5) 若桑みどり著『皇后の肖像』は西洋美術の図像との関係を検討した上で、「眼下に日本の国土を見おろしているために、この仏像に似た女性は日本の護り女神に見え、また晴朗な大地は天女に護られる特権化された国土に見える」と述べる。謡曲「羽衣」とも符合する指摘ではある。

(6) 本多と子規を結ぶ人物も指摘できる。画家の下村為山である。やや話は入り組むが、子規が明治二十一年秋から二十四年十二月まで下宿していたのは常盤会寄宿舎と言い、旧松山藩の子弟を住まわせていた。『子

規全集　十巻』の参考資料、柳原極堂『子規の「下宿がへ」に就て』によると、初代舎監が辞任したのが明治二十二年四月で、後任は内藤鳴雪だった。為山はその親戚にあたり、時折、鳴雪を訪ねていた。やがて為山は子規とも画俳双方で付き合うようになるのだが、第三回内国勧業博覧会の際、為山は本名の二神純孝で油彩画二点を出品し、「慈悲者之殺生図」で褒状を得ている。そして為山が最初に師事した画家とはほかでもない、本多錦吉郎なのである。鳴雪の舎監就任から一年を経た第三回内国勧業博覧会の時点で為山の存在を知らなかったとは考えにくく、その師だった本多に興味を寄せた可能性もないとは言えない。

（7）子規と鷗外の関係につき、気づかれた一事を付記する。明治二十七年二月十一日付「小日本」創刊号五面に『破反古』なる一文が載る。筆名は「鍾礼舎」。知られるように、鷗外の筆名の一つであり、内容は『月草』所収の『「パノラマ」の事に就きて某に与ふる書』と一致する。『鷗外全集　二十二巻』はその注で初出未詳としているが、これが初出かと思われる。ちなみに、明治三十年四月発行の「めさまし草」に、子規が寄せた一句は「ぱのらまを見て玉乗を見て日の永き」。ささやかな挨拶と読まれないでもない。

第五章　日本の写生

（1）『正岡子規集』（新日本古典文学大系　明治編27）は「この展覧会については未詳」と注記する。他方で、和田克司編『子規の一生』は、古美術再評価の拠点となった龍池会の後身、日本美術協会の第二回美術展覧会としている。その会期は明治二十二年四月一日から五月十五日まで、会場は上野の日本美術協会列品館だった。出品目録を見ると、確かに子規が挙げた画家の大半を見出すことができるが、ただし、肝心の「僧日觀の筆なる葡萄の墨畫」は見当たらない。日観の墨葡萄と称する絵は少なからず存在し、龍池会の観古美術会や日本美術協会の展覧会には何度か出品されている。この時もあるいは出品されながら、膨大な書画が集まる中で目録から漏れたということだろうか。ちなみに、『筆まかせ』第一編の目録は「應擧の失敗」の表題で掲げるが、「応挙にあらず探幽なりといふ説あり　慥に記憶せず」との注記とともに改められている。

（2）今日御物として知られる北斎の西瓜図は、今橋理子の論考により、近年では七夕祭事の見立てと解されるようになった。その画題とも関わって、古くから宮中に伝来したと思われがちだが、小林忠著『江戸の浮世絵』は箱の蓋裏に「雪衣珎玩」の墨書と花押があり、雪衣号の旧蔵者は皇室に連なる人とは思われないと注記している。第三回美術展覧会で子規が見た西瓜図については、目録では御物ではなく、浜田篤三郎の出品と記載される。篠田正作著『日本新豪傑伝　実業立志』によると、浜田は明治初年に古美術商になった人で、クリストファー・ドレッサーの来日を研鑽の好機と考え、自費で視察に同行したと伝えられる。その浜田が後に皇室に献上したのだとすれば、子規が見たのは御物の西瓜図ということになり、そうでなければ、また別の絵ということになる。実際、御物ではない別の西瓜図も知られるが、絵柄自体は御物から思い描いて大きく外れることはないだろう。

（3）岡麓の新居を訪ねた際の一首。探幽筆という三日月の幅が床の間にあり、麓は古人の書を多く所持していた。さらに子規は麓の弟で、浅井忠に学んだ岡四郎の油彩画を幾つも見た。ただし、この歌については、関連を想定すべき記事が明治三十二年三月発行「ホトトギス」に見える。「文学美術評論」欄の丁木子『河村清雄氏絵画展覧会』である。川村清雄の画風を評して「日本畫の意匠筆力を奪ひ之に西洋畫の寫生の旨味を附加へたるもの」だが、ゆえに日本画の弊を有するに至り、「遠近」や「空氣」を重視していないと指摘している。こうした美的判断を子規の歌も共有していよう。つまり油絵なら何でもよいわけではなく、川村清雄のように日本的な要素を加味する行き方を斥ける意味も込めて、「油畫の空氣ある繪を我は喜ぶ」と詠んだものと思われる。

（4）名所旧跡以外の風景の価値を、明治の油彩画家は早くから認識していた。中村不折らを育てた小山正太郎『画談一班』（明治十三年）は「山水」の三区分として、名所絵的な「ヒストリカール　スタイル」、都市景観図「ビュー」、田園風景「ルーラールスタイル」を挙げる。不折も明治二十七年八月十四日付「日本」掲載、「不忍十景」の初回で、写生と画境発見の相携えるべきことを説き、「東京俗地の中猶ほ此畫境あるを知らしめんと欲する」と記す。『俳諧大要』の「普通尋常の景色に無數の美を含み居る事」という認識も、不折に触発された面があったのだろう。なお、すでに明治二十二年の『水戸紀行』に「東京へ來りし後はあるくといへば王子、鴻の臺、小金井位を極度として」との一節があり、不折と出会う以前から近郊散策に出かけていたことを伝えているが、しかしながら、旅の内には数えておらず、積極的な意味は認めていない。

（5） William Anderson "The Pictorial Arts of Japan" は一八八六年刊。この来日英国人の著書は早くから日本でも話題になっていたようで、三年後の明治二十二年七月六日発行「女学雑誌」百六十九号に「アンダーソン、ゴンス等の諸氏が其自説を演説し出版せしは好奇癖にてもあるまじく儲け仕事とも思はれず又其説は曲庇せしものとも考へられず」という言及が見える。邦訳したのは末松謙澄で、二分冊のうち、二十九年七月に発行された前半が『日本美術全書　沿革門』である。北斎については「和蘭人の爲め夥しく輸出畫を描き後ちに政府の禁ずる所となりしと云ふ」「偶々歐羅巴畫則の半熟的原素の其畫本に侵入するものなきに非ざるも是れ極めて僅々にして氏が固有の畫風を攪亂するに至らず」とする一方で、「外國の書籍及び繪畫を目撃せしこと疑ひなし」と記している。子規の言及は『松蘿玉液』二十九年八月十三日の項。本書の価値は「甚しき誤謬無き所」と「日本の美術史が小規模ながらも完備し居る所とに在り」と評している。

（6）「東海道續繪」は『仰臥漫録』に題箋等の書写があり、「此繪本ハ人物ヲ主トシテ書ケル故不用ノ人物多ク浮世繪ノ俗分子多シ」「草津ニ青花摘トイフ画アリ　露草ニ似タリ」と書かれている。人物を主とすることや「青花摘」という草津の絵柄、加えて「村市」の文字もあり、村田屋市五郎版のいわゆる「人物東海道」かと思われる。ただし、子規の筆写には「錦橋堂藏板」とも記される。「五十三駅の一枚畫」は原及び袋井の絵柄が保永堂版「東海道五十三次」と一致する。

（7）大谷是空『浪花雜記』第二編「五十　正岡常規氏」は子規が示した自伝を書写するが、旧士族の生活苦を明かした中に、「甚だしきは人の画を習ひに行く迄うらやましかりき」とある。『吾幼時の美感』の一節「造化は富める者に私せず」はその生い立ちを背景としていよう。

（8）荷風が自身の低徊趣味に即して『画《え》本《ほん》蟲撰《むしえらみ》』を持ち上げているのは明らかだが、浮世絵も草虫図もひとしなみに卑俗と言えるかどうか、疑問の余地なしとはしない。浮世絵の側が一つの趣向として文人趣味を取り入れることもあれば、例えば酒井抱一のように、低徊趣味から浮世絵に接近する人もいた。『画本蟲撰』はいわば日本流の文人趣味の色濃い狂歌絵本であり、一種の低徊としての草虫図であった可能性が高い。むしろ荷風本来の教養に合致するものだったはずであり、あまり気の利いたほめようとも思われないのだが、好意的にとらえるなら、自然に対する繊細さという一片の真実に反応したと言えるかもしれない。

第六章 イノセント・アイズ

(1) 子規の「連想」概念については、明治二十五年に聴講した元良勇次郎の精神物理学講義に由来すると鈴木章弘が指摘し、それを受けて、青木亮人は井上円了の心理学書にも触れていた可能性に注目する。「ホトトギス」課題文章の募集告知に見える「連想」の語もこの文脈から考えられてよいだろう。ただし、寺田寅彦の『夏目漱石先生の追憶』によれば、明治三十一年夏、俳句とはどんなものかと尋ねた寅彦に、漱石は「扇のかなめのような集注点を指摘し描写して、それから放散する聯想の世界を暗示するものである」などと答えたという。後年の回想ではあるが、俳論への応用は少なくとも「ホトトギス」周辺では、早い時期に共有されていたようである。

(2) 実際に蓑田長正は黒田清輝と長く交際があったようで、黒田の日記を見ると、大正七年十二月一日、「午後四時蓑田長正ノ告別式へ馳セ着ケ出棺ヲ送リ」と書かれている。

(3) 亀井秀雄著『明治文学史』の見解とも重なるが、小森陽一著『出来事としての読むこと』は漱石の小説評論を主な材料としながら、場面内の「いま・ここ」に身を置く表現主体による身体的な知覚・感覚表現を、写生文の重要な特質と見なしている。その上で、小森はその知覚・感覚的な身体から意識が離脱し、言語的に対象化する契機へ論を進めている。

(4) 日記募集に関して、気になる文学者に小杉天外がいる。第七章で触れるように、明治二十七年以降の数年間、天外は子規と近しかった。後藤宙外著『明治文壇回顧録』によれば、三十三年の夏頃に子規庵を訪ねた際、天外は隣に住んでいたという。その年七月、天外は写生文『楊弓場の一時間』を発表している。十月には「ホトトギス」が日記の掲載を開始するが、天外の描写の精細さはそれらを凌駕する。何らかの相互関係を想定すべきかもしれない。他方で「ホトトギス」の日記募集は広範な普及を意図していた。その点では、当時の作文教育との並行関係が興味を惹く。小森陽一ほか著『メディア・表象・イデオロギー―明治三十年代の文化研究』所収、高橋修の論考『作文教育のディスクール―〈日常〉の発見と写生文』は、三十三年の小学校令とその施行規則の改正後、作文の題材として「日記」が目立つようになることに注目する。その上で高橋は、子規の『小園の記』にみられる写生文の自在さと、生徒の身体・精神を規格化する「訓育」として機能した作文教育とを対比しているが、基本的には「ホトトギス」の日記募集と作文教育は、見聞そのままの記述を可能と見なす前提として、装置的な知覚観を共有していたのではなかったか。

（5）『影法師』は、トンネル内の船歌を「アールーアーアールー。フースールースールー。アールールーアー。これが地獄の船唄とでもいふものであらうか」と記している。これについては虚子自身、明治三十三年四月発行号の課題文章「海」で似たような音の記述を試みたことがあった。虚子は幻想小説のあらすじめいたことを書き、「ヒーフラヒー、フー、スー」といった擬音を繰り返している。これもまた課題文章の時期への遡行を示唆する表現ではある。

（6）明治四十年代以降、ないしは一九一〇年代における回想的作品の流行は、つとに研究者の興味を惹いてきた。そこには国木田独歩に遡る少年の純粋性の称揚、永井荷風に代表される同時代の現実の忌避といった複数の動機があったはずだが、本章と同様に、寺田寅彦に注目した論考が藤井淑禎著『小説の考古学へ』に収められている。藤井は『団栗』などでの「連想による記憶の再生に基づく回想的表現」に注目し、連想や記憶に関する心理学的知見の移入をたどった上で、寅彦と相前後して回想的作品が台頭した背後には「心理学という援軍の加勢があったのではないか」と見なす。ただし、本章では寅彦自身の発言も踏まえて、回想の書法は『団栗』以前の「車」などの課題文章に胚胎していたと捉え、当時の寅彦が学び始めた物理学が光学や視覚論をカバーし、錯視を通じて神経生理学的な知見を取り込んでいたことと関連づけた。

（1）「写実小説」の呼称は、明治三十三年十月刊の『女夫星』の自序に「近來書肆が寫實小説と云ふ廣告の下に出版する自分の作」とあり、巻頭の「小杉天外著書目録」六冊中の『はつ姿』『女夫星』にこの角書きが付される。天外のゾラ受容は英訳本に基づくが、一八八〇年代にゾラ作品を英訳し、摘発されたことで名高いヘンリー・ヴィゼテリ版をはじめ、ゾラ作品の英訳本には『Nana; a Realistic Novel』といった題が見受けられる。この副題を念頭に『写実小説　はつ姿』等と称した可能性が考えられる。他方で『はやり唄』巻末の出版広告では、『はつ姿』について「これ作者が多年思索の結果、新に得たる理想に據て構成したる寫眞小説の第一製作なり」という風に、「写真小説」の呼称も見受けられる。同じ副題の訳し方の違いのように思われる。なお、「写真小説」の呼称自体は、少なくとも明治二十年代にさかのぼる。例えば二十六年三月十九日付「国民新聞」附録一面、「欧米文学界現状の一斑」に「寫眞派小説」「寫眞派――また寫實派と云ひ實際派と呼び自然派と稱する此一派の文學的運動」といった文言が見える。

（2）明治三十年代前半の自序や創作談に共通する主張の一つは、作者の空想が読者の空想裡に映じることである。天外の写実主義は一面で、この正確な投影を目指していた。そのためには何よりも自身が空想した世界の描写に専念しなければならない。三十四年十一月二十五日付「読売新聞」三面、「読売文壇」欄の「問答録」は島村抱月との対話だが、天外は「我れの寫實といふは、たゞ實らしく寫せといふのみ」「美術家が作に臨むの瞬間は、忠實に之れを寫さんとすといふの外、一切無心にして可なりと」と述べている。その描写が広範な読者に受け止められるには、雅文的な要素はむしろ好ましくない。「我は、美酒の好惡兩者の口舌に適することの、反つて彼の香なく味なき一椀の淡水にしかざるを思ふ、我はわが詩の寧ろ淡水たるに安んず」（『初すがた』自序）。さらに、空想が読者に共有される基礎的条件として、「官能／感応」＝感覚の共有可能性に期待してもいた。創作談「理想の読者」（三十四年一月、「新小説」）の中で、ほとんどすべての読者を満足させるには「あらゆる小理屈、あらゆる小閲歴」に撞着しない、「智を加へない所の感應に依て築上げられた空想」が必要であり、それは「まじり氣のない純粋なる、赤い物は赤く見、甘い物は甘く味ふことの出來る婦女子、夫等が持つて居る處のものである」と語っている。

（3）明治三十一年八月二十五日付「万朝報」。事実誤認が混在するようだが、照子夫人は花柳界にいたとされる。明治三十年夏には箱根に行き、名作「湖畔」のモデルとなったことは名高いが、それを指して「脱俗の山水に俗氣の化物じみたる權妻風の女を配合しては」と評するのは、三十年十一月六、七日付「日本」掲載、銀杏先生「白馬会一見」である。七日付の後半では「智・感・情」を論じた後、「秋草」と「湖畔」に言及し、駿台隠士なる知人の談として「黒田には暫らく藝妓の寫生をやめさして少し高尚な本でも讀ますべし手先が上手になつても頭が腐つては所詮駄目ダ」とも付言する。大正六年に養父清綱が没した後、黒田は襲爵するとともに入籍した。

（4）小杉天外、湯地孝記『写実小説時代―ゾライズムを訊く―』の中で、天外は「丁度私が根岸の子規の家の近くに住んでゐたのでよく會つてゐました」と語っている。森英一著『明治三十年代文学の研究』によれば、根岸に住んだのは二十八年十月から二十九年五月までである。だが二十七年六月、天外は「小日本」に『どろ〳〵姫』を書いている。すでに子規との関係が生じていたと思うべきだろう。また、後述するように、天外も編集同人だった「新著月刊」は子規に募集俳句の選者を依頼しており、さらに三十三年夏頃、天外は子規庵の隣に住んでいたと後藤宙外は回顧している（第六章、注4参照）。余談ながら、明治四十一年二月十六日付「読売新聞」日曜附録に「黒雲会」の句会稿が見え、「草秀」の十余句が含まれる。天外その人と思われるので付記しておく。

（5）九鬼書簡は明治二十八年四月二十七日付。五月二日付「東京朝日新聞」五面の「裸体美人画」が要旨を載せる。小倉警視から「世間の物議囂々たるに付　縷々細々御忠告」を書き送り、それに九鬼が応えた返信である。この警視は警視庁第一部長、小倉信近のことと思われる。だが、彼らのはるか上にいた人々と、黒田は直接の関係を持っていた。「朝妝」がフランスで描かれた際、黒田を支援したのは駐仏全権公使の子爵野村靖だった。二十八年四月十四日付「日本」五面、曲線子の投稿『裸体婦人の図』を引用する。「京都なる内國勸業博覽會の美術館に在るてふ裸婦人の油畫は誰か筆にや、黒田某といふ人ならば此の人は佛蘭西にても修業せし油畫かきなり、其ごろ巴里よりの通信に、此人は同地の一婦人をモーデルに雇ひ、丹精を凝らして裸體の眞相を寫せしとき、時の公使野村子爵も其の塲に臨まれて曲線配合の美を實地に見そなはせ給ひしと傳へけり、今回の裸婦人圖も或は其の時のモーデルによりて畫かれしに非るか」。また、田中淳著『画家がいる「場所」』は作品の帰属に関する書簡を紹介する。「朝妝」は西園寺公望の周旋で、明治二十八年八月頃までに西園寺の実弟にあたる十五代住友吉左衛門が購入したが、二十八年七月四日、野村から黒田に宛てて「裸体之画ヲ他人え御譲りの条件ハ若し御売却ナラハ異存ナシ　然れ共無代価ニテ御譲りに候はゝ　寧ロ小生え御返却アリタシ」と書き送っているという。無償譲渡であれば自分が所有して然るべき絵だと野村は主張しているのである。そして第四回内国博覧会当時、野村は第二次伊藤内閣の内務大臣だった。警視庁はその管轄下にある。また、西園寺は文部大臣の地位にあった。

(6)　明治二十八年十二月の「日本」連載の『棒三昧』二十七日付の回で、子規は黒田一派を「紫派」と呼ぶ一方で、壮大、勁抜、沈静なところは求められず、新旧両派にそれぞれ長所があるとの見方を示している。やがて虚子、碧梧桐を「新調」と称揚し始めた子規は、同じく「日本」掲載の三十一年一月三日付『明治三十年の俳句界（上）』では碧梧桐の句を列挙し、「此新體と從來の俳句とを比するは猶油畫の新派（紫派）と油畫の舊派とを比するが如し」と位置づけている。ただし、一長一短は免れがたく、「兩者並立して相互の短を補ふは文學を大成し美術を大成する所以には非ざるか」との立場は変えていない。

(7)　小西正太郎と天外との出会いについて、森英一は「駒込千駄木町時代に郷里から彼を頼って二人の男が上京して来、共同の自炊生活を始めるようになる。そのうちの一人が小山（筆者注、小山正太郎との混同による誤記＝以下同）であった。小山は上野美術学校に二十八年進学するが、そのために上京して来たのである」と記す。天外宛て紅葉書簡を閲すると、千駄木転居は二十八年七月末か八月初頭とみられ、当時の美術学校は秋入学だから、小西の上京は転居直後にあたる。天外は十月には根岸に移り、十一月には肺病で入院しているから、共同生活は短かったはずだが、ただし、森著には小西が三十五年に卒業するまで「天外やあるいは同郷の後藤宙外たちと交際を続けていたことは残された書簡からも知りうる」とも記される。その後の小西は美術学校を卒業した年に肺を病み、湘南での療養生活を経て、三十七年には帰郷した。四十四年には県会議員に当選している。また、もう一人の共同生活者について、藤井達次の小文『小杉天外』は、筆者自身の父にあたる六郷出身の医学生、藤井新八郎だったとしている。昭和戦前期に六郷町長を務めた人物だが、出京当時は天外の作品を新聞社や作家に持ち込んだのだという。その一つは『どろ〳〵姫』で、「父がそれを尾崎紅葉のところへ持ち込んだら、筋をかいつまんで話してみろといわれて得意になって弁じたものだった、というのが、父の夕食後の常の自慢話であった」。天外宛ての紅葉書簡は二十八年二月以降に集中している。藤井が小西より先に上京していたとすれば、あり得る話ではある。

（8）　芸術と道徳に関わる時文欄の記事は無署名。一部を発行人の柴田資郎が書いた可能性もないではないが、すべてを柴田が執筆したとは考えにくい。そもそも毎号の誌面を、編集同人は読んでいたはずである。にもかかわらず、なぜ宙外が「丁酉文社々員の知つた事ではなく」としたのか、理由は判然としない。以下は若干の推測である。意図的に関与を否定したとすれば、体面の悪さから裸体画掲載による公訴の責任を柴田に帰そうとした可能性が想像される。宙外は大正八年から二期八年、六郷町長を務めており、大正十五年の回想当時は在職中だった。裸体画掲載の時期を『明治文壇回顧録』で訂正した際、町務に忙殺され、何ら調査をしなかったと言い添えている。他方で、宙外自身は消極的だったが、一部に裸体画推進派の同人がいた可能性もあり得る。少なくとも島村抱月は、後にも芸術と道徳を対立的に捉えていた。例えば明治三十三年十月二十二日付「読売新聞」掲載の「文壇雑俎」でも「道徳心が意識の最要部を占めて居らぬ時、意識の表面に道徳心が影を隠した時、其の時に於て人間の美術心は最も活動を逞しうする」と述べている。その抱月は大正七年に没し、宙外の回想当時は世になかった。逍遥門の俊英だった二人は後に立場を異にしたが、仮に宙外が回顧に際して抱月の関与を口にすれば、故人に責を負わせる発言と取られたかもしれない。ともあれ回想当時の宙外は「新著月刊」自体を所持しておらず、恥じてさえいたようである。なお、『内藤湖南全集第6巻』には明治三十三年十二月の稿として、「柴田資郎ヲ弔フ」の一文が見える。

（9）　三十四年秋の第六回白馬会展において、黒田はパリ万博の頃の滞仏作を出品した。その一つが「裸体婦人像」だった。併せてコランによるパリ・オデオン座天井画下絵も掲げられたが、そこにも裸体が描かれていた。これらが警察の介入を招き、裸体画の下半身が布で覆われた。いわゆる「腰巻事件」である。もっとも、これは展示の部分的な制限でしかなかったとも言える。「読売新聞」は訪問談話「裸体画問題」八回を連載したが、十一月八日付の第五回には「警視庁第二部員」が登場し、「云ふ迄も無く當廳では裸体畫を全然禁止するとか裸体美術に反對するとかいふのではない」として、社会一般の風紀上から見て有害と認められる場合には、職責からして取り締まるのだと、腰が引けたような物言いをしている。連載では逆に「智・感・情」がパリ万博で銀賞をもらったことがしばしば引き合いに出されている。この「腰巻事件」は天外の『はやり唄』刊行直前にあたるが、ただし、紅野敏郎著『貫く棒の如きもの』によると、天外の日記中、明治三十四年八月九日の項に、『はやり唄』は二百八十一枚まで完成したとあるという。翌三十五年一月の刊行時期からしても、筋立てに「腰巻事件」を反映させた可能性は乏しく、かねてから黒田の動静を注視し、作中に生かしたと考えるべきだろう。

(10) 家庭小説は光明小説、理想小説などとも呼ばれたが、そちらの側と天外を対比的に捉えた例に、三十四年十月三、四、五、六日付「読売新聞」掲載、中島孤島『理想小説とは何ぞや』がある。中村春雨の『無花果』と『恋と恋』を比較し、「要するに、吾人の見る所によれば、理想小説と寫實小説との區別は、深淺の別である、高下の相違である。寧ろ寫實の極致は遂に理想に入るべきものであらうと思ふ」と述べ、そこに至る写実の原野を闊歩する天外に対して、春雨は「将に其の入口に臨んで未だ其の堂に入るを得ない」と断じている。もっとも、新聞小説については、読者迎合的な方向に傾くことを、天外自身も認めていた。四十一年三月一日付「読売新聞」掲載、野水「天外氏訪問記」の中で、次のように語っている。「新聞小説を書く段になるとね、新聞の讀者に對してと云ふ考へが頭の中に始終あるから、勢ひ讀者の面白いと思ふ樣な小説を書く樣になつて了ふ、其れに自分の小説の出た爲めに一部でも多く新聞が賣れる樣にと新聞社の方へ對してだつて思ふからね、新聞小説では眞實《ほんたう》の價値は判りませんよ」。

（1）ほかに三十二年八月三十一日の項に「午後大東昌可の子某來り訪ふ。京都郡豊津の人なり。嘗て東京美術學校にありて吾講筵に列す」とある。結論から言えば、これは画家の大東昌可その人のように思われる。展覧会図録『結成100年記念　白馬会』の作家解説によると、大東は明治十一年に小倉に生まれ、三十五年に東京美術学校西洋画科を卒業したという。同名の父がいたのでなければ、鷗外の講義に出ていたのは「大東昌可の子」でなく、大東本人である可能性が高い。

（2）「石黒男と鷗外漁史」の署名は「湖山」。三十三年二月八日以降（推定）の森峰子宛て書簡に「石黒翁の話とて中央新聞に出でしは紅葉門人堀紫山といふものが書きしものにて、同人よりわざ〳〵一枚おくり來り候」とある。ドイツから帰国する際には同船だった石黒と鷗外だったが、二十三年四月の第一回日本医学会にあたり、鷗外は批判を交えた見解を表明した。この日本医学会の中心は石黒だった。二十六年の第二回日本医学会では論争を再燃させ、医学界の「老策士」たちを攻撃したが、その一人はやはり石黒だったとされる。小倉赴任後の三十二年十一月二十日付、賀古鶴所宛て書簡に「谷齋ノ後盾ノミノ力ニテ」云々とあり、封筒裏面の賀古の注記にいわく、「書中谷齋トハ相撲場ニテ赤衣ヲ着シ以テ人ノ目ヲ引キ鈴等ヲ鳴ラシサハグ奴也　其所業カ世間師タル石黒ニ似タリ　由テ彼ガアダ名ニ用フ」。谷斎は赤羽織の幇間として鳴らした尾崎紅葉の父を指す。また、前年三十二年十二月十九日付、森潤三郎宛て書簡には「石黒先生あたりの小生の上に就いての褒めるやうな風でけなした評は随分これまで度々聞かされ珍らしからず候」と記される。三十三年二月の談話も、同様の気分で読んだかもしれない。

（3）井上幸一編『日露戦史名誉列伝』に大庭景一の小伝が収められる。漢籍は村上仏山、書は長三洲に学んだとある。仏山は原古処ら、三洲は咸宜園に学んだ九州の文人だが、彼らの薫陶で書に自信を付けたのかもしれない。ただ、大庭柯公著『世を拗ねて』によると、長兄次兄ともに道楽盛りの時分があったという。特に次兄は山県有朋の書生となったが、ある時、客に吸い物を出すから鶴を買って来いと言われ、その金で遊興し、山県を激昂させた。父の死後には二人して古書画や古渡りの骨董、志士の遺墨などを散逸させ、金目の書画は「赤阪あたりへ運んだ」とも伝える。

（4）「衛生療病志」は「衛生新誌」「医事新論」を統合し、明治二十三年九月から二十七年十月まで刊行された雑誌で、鷗外の医事評論の主舞台だった。松原純一『森鷗外「傍観機関」論』によると、同誌発表の医事評論は関係した全紙誌を通じて最多の七十編に上る。また、仮に（注2）で触れた日本医学会をめぐる石黒との確執とこの漢詩を関連づけるとすれば、茶碗を割った故事二題に託して、医学会批判は諫言と主張したものと読まれなくもない。ちなみにこの種の故事は他にも知られ、秀吉所持の名碗「筒井筒」を小姓が割った際、細川幽斎は「筒井筒いつつに割れし井戸茶碗とがをば我がおひにけらしな」と詠んだと伝える。その息子が三斎で、『興津弥五右衛門の遺書』において、数寄道具の入手を命じる主君ということになる。

（5）福沢諭吉は詩を残し、書を揮毫したが、収集欲は皆無に近かった。『福翁自伝』によれば、明治十四五年の頃、日本橋の知人を訪ねると、名古屋から来たという書画骨董が並べてあった。聞けばアメリカに輸出するという。それを惜しんで二千二百円か三百円で何百品かを買ったが、「夫れから私が其品を見て樂むではなし　品柄も能く知らず數も覺えず　唯邪魔になるばかり」。九人の子供に籤引きで分けてしまったという。これには師風の感化も幾らかあったかもしれない。大分県教育会『大分県偉人伝』の白石照山の項より引いておく。「五岳上人、帆足杏雨等と親み善し。然れども其の人を友として必ずしも其の書畫を愛翫せしにあらず。一日人あり、杏雨の畫の厨壁に貼付しあるを所望して止まざれば、破顔一笑、直に甘諾して毫も惜む色なかりしと云ふ」。

（6）合山林太郎『青少年期の森鷗外と近世日本漢文学』によれば、鷗外文庫所蔵の『攝西六家詩鈔』巻二の淡窓詩に明治十六年の書き入れがあり、向学心の衰えた大学卒業後の自身への悔悟の念を述べている。また、『淡窓小品』の言葉を引用し、菅茶山の詩集に書き入れているという。

（7）高橋義雄著『箒のあと』に、貝島太助の回想が載る。直方の貝島邸は「和洋折衷二階建の奇異なる大伽藍」で、そこで貝島から聞いた懐旧談によれば、明治三十一二年頃の炭坑不況で困窮していた折、たまたま来遊していた井上馨夫妻が奇妙な邸宅に目をとめ、立ち寄った。身上話をしたところ、「伯は毛利家に關係ある下関第百十銀行、若くは三井銀行等に懇談して、相當資金融通の道を開かれた」。鷗外の貝島家訪問は直後のことであり、伊藤博文、井上馨、杉孫七郎と長州藩閥の扁額が掛けられていたのは故なきことではなかっただろう。

（8）鷗外は明治三十四年七月十八日、豊後中津の医師戸早養沢の来訪を受けた。中津には写真師簗又七なるものがいて、その祖父は高山彦九郎と親しい剣客だったこと、また、耶馬渓の隧道、いわゆる青の洞門を掘削した僧禅海の因果話などを戸早は語った。さらに十日後の二十八日には骨董商浜野亀太郎に託して、詩を寄越した。これが一つの縁となって、鷗外は浜野を知ったようである。

（9）しげの写真に関して、『波瀾』に次のエピソードがある。新婚の夫は小倉に戻る汽車で、打ち解けない様子だった。実は最初に写真を見た時、留学時代の旧友ゴオチエエの妻を想起したが、結婚直前に「細君が姦通したので離婚した」と手紙が届いた。それで嫌な気分になっていたというのである。実際に『小倉日記』三十四年十一月二十五日付の項を見ると、ドレスデン時代の知己で、横浜に入港した医師エエルスから来簡があったことが知られる。往時は「妻姿色あり、一子を擧げたりき」、ところが手紙には「吾児は死せり。吾妻は僕を棄てゝ去れり」とあった。この符合からすると、実体験を翻案した挿話と思われる。

第九章　時にはぐれて　骨董の不安

（1）徐前著『漱石と子規の漢詩―対比の視点から―』は、「同じく幼い頃から漢詩文に親しんだ文学者であると言っても、江戸の町家出身の漱石と地方士族の子弟としての子規とは、その漢詩文の由来がかなり違っていた」と述べ、子規の場合は国分青厓、森槐南、そして本田種竹の三詩人と交渉があったことも指摘する。

（2）書画のうち「竹山」は、明治四十一年の『花袋集』、大正三年刊『小春傘』でいずれも「竹山」だが、昭和五年刊の岩波文庫『蒲団・一兵卒』では「竹田」に改められている。

（3）玉蟲敏子『「虞美人草」と「門」の抱一屏風――明治後半の抱一受容の一断面』は、其一の俳賛と記される「野路や空月の中なる女郎花」が実は抱一の句であることを指摘し、それも論拠の一つに、『門』の書かれたこの時期に市井に流通していた抱一や其一の一門のイメージを綯い交ぜにした、総体的な作風のものであったと見るべきだろう」と述べる。実在の屏風との関連を探るよりも、説得的な見解と思われる。ただし、なぜ抱一の句をあえて其一の賛としたのか、そこは少々気にかかる。句自体は当時、例えば明治四十一年発行の『西鶴抱一句集』にも「野路や空月の中なるをみなべし」の形で入集する。九州時代にも「抱一は発句も読んで梅の花」の句を残す漱石だけに、うっかり取り違えたとは考えにくい。其一の賛とした理由は判然としないが、どうあれ抱一の句を其一が着賛した抱一の屏風が実在したとしても、「真贋上はあまり期待できそうな出来映えのものではない」と玉蟲論文が指摘する通りだろう。その上で言い添えておくと、『門』に「抱一と行書で書いた落款」とあり、同様に抱一屏風が登場する『虞美人草』においても「落款は抱一である」としているように、漱石は抱一筆とは言わず、落款は抱一と記すのみである。『門』の中で大家の坂井に「華山の偽物」云々と言わせているように、漱石は真贋に敏感な人でもあった。

（4）佐藤春夫著『わが龍之介像』所収、『芥川龍之介を憶ふ』によると、谷崎は会合に出た記憶がないと語っていたというのだが、佐藤の方は、字を書く芥川の後ろからのぞき込んでいた谷崎の姿を覚えており、「若しそれが羅生門の會でないとすれば何か別の會合であつたかも知れないが、自分にはどうもその會としか思はれない」としている。

第十章　元禄模様太平記

（1）条和沙「ジェームズ・ロード・ボウズ―日英の架け橋として―」によると、James Lord Bowes は一八三四年生まれ。羊毛取引で財をなし、六七年のパリ万博で日本の美術工芸に開眼した。八八年、明治政府によってリバプールの初代名誉領事に任じられ、九〇年には日本美術館を開設した（九九年の死没直後に閉館）。高橋義雄は八八年にボウズを初訪問した。八九年春にはボウズに伴われて、フレデリック・レイトンやアルマ＝タデマに面会した後、パリへ移動する。日本美術館が正式に開館する前だが、高橋著『英国風俗鏡』によると、すでにその居館は「舘内に入りて一歩すれば日本の古陶器古漆器等順席を揃へて陳列するあり」という風だった。

（2） 明治三十四年十二月二日付「読売新聞」掲載、紅葉宛ての巌谷小波書簡「ベルリンより（十月十日發、十一月二十日着）（其壹）」から白人会の出席者を挙げれば、以下の通りである（かっこ内は小波が記す俳号と肩書）。常連に水野幸吉（酔香、書記官）、盧百寿（百樹、書記生）、村山恒太郎（半石、医学士）、宮本叔（鼠禅、医学士）、芳賀矢一（龍江、文学士）、藤代禎輔（素人、文学士）、美濃部達吉（古泉、法学士）、奥村英夫（秋蔓、法学士）、窪田重弌（空々、主計少監）、中川孝太郎（霞峯、法学士）、加藤正治（犀水、法学士）、また、先に帰朝した人に清水澄（晴月、法学士）、倉知鉄吉（喜仙、書記官）、杉山四五郎（越嶺、法学士）がいた。このうち芳賀、奥村、美濃部、加藤はパンテオン会の会員でもあった。芳賀と藤代は留学途上、漱石と同船だったことで知られる。人名は『パリ1900年・日本人留学生の交遊』及び泉健「藤代禎輔（素人）の生涯」を参照。本書簡の続きは十二月九日付、二十三日付に載るが、このうち九日付の回に巴会参加の事情が記されている。「小生滞留中杢助（淺井忠）紫桐（和田英作）世音（久保田米齋）不折（中村不折）なんどの諸氏打寄り。小生及天樹子の爲に一席を右の巴亭に催され申候。今後ベルリンの白人會とも氣脈を通じ。益《ますま》す研究致す事に相成申候」。また、会合場所の日本料理店「巴亭」は、友江という女将の名と巴里の「巴」を掛けた屋号だと伝えている。

（3） 和田英作の「欧州日記」（展覧会図録「和田英作展」所収、翻刻・泰井良）によると、パリ時代の明治三十六年一月四日、林忠正コレクションの展覧会図録を見た和田は「浮世絵はドウしてかく迄、発達したものだらう。其線の優美なる、布置の装飾的なる、他国の古今を通じて見る能ハざるものだ」と感嘆し、日本人として「殊更に他国の入り難きものを學ぶのは得策であらうか。世界に向つて日本画の得色を発揮する事が、他人は知らず、僕には天職の様に思ハれる」と書き記している。一月十三日には図案改良の熱意を吐露し、「僕は博物館が神代から今日迄の衣服調度を一通りズット揃えてくれるのが本当だと思ふ。若し博物館がいくぢ無しでそれが出来ぬとあらば僕の一生を懸けて此模形だけでも造り上げてやりたいと思ふ」。さらに一月二十五日の項には、「終日籠居　扇の絹地に揮毫　図は元禄美人吹笛」とある。また、岡本綺堂『久保田米斎君の思い出』によれば、米斎が初めて舞台装置を手がけたのは三十七年四月、鷗外の『日蓮聖人辻説法』だろうという。四十四年以降は明治座、大正二年からは松竹の新作を軒並み依頼された。大正五年頃には三越の仕事からも退き、「何だか画家というよりも、舞台装置専門家のような形でした」と綺堂は回顧している。晩年の米斎は荏原中延の自宅に故実研究所を構え、風俗研究に打ち込んだ。昭和十二年二月十四日死去。享年六十四。なお、島崎柳塢が没したのもこの年一月二十一日のことだった。

（4） 一連の漱石の書簡を受け取った子規と虚子は、『倫敦消息』として「ホトトギス」に転載した。トンネル、ストローを訊かれた話は、明治三十四年四月二十日付書簡（六月三十日発行号「倫敦消息　其二」）に出てくるが、その冒頭に「又ホトトギスが届いたから出直して一席伺はう」とある。さて、ロンドンに送付された「ホトトギス」はどの号だったか。『漱石全集　第二十二巻』によれば、この書簡の末尾には「竹村は気の毒な事だ」等とある。河東碧梧桐の兄で、子規の五友でもあった竹村鍛（黄塔）が肺患で没したのは二月一日のこと。「ホトトギス」誌上での告知は二月二十八日発行号だった。遺稿「吾寒園」を掲げ、子規は「吾寒園の首に書す」を口述した。漱石はそれを読んだものと思われる。なお、この号には子規の『死後』も載っていた。

（5） 紅葉宛ての小波書簡は、明治三十四年五月十九日から二十二日にかけて「読売新聞」に分載された。題は「伯林より（四月十二日發）」。このうち二十一日付の回では「姉崎文學士獨逸語をもて花祭の縁起を説き」云々と伝えている。子規が『墨汁一滴』で言及したのは、直後の二十三日のこと。事の起こりは、『洋行土産』上巻によれば、一九〇一年＝明治三十四年のイースターが四月七日であり、翌八日が釈迦生誕の日にあたることから、本願寺から海外視察に出ていた近角常観と薗田宗恵、姉崎嘲風らが「一面日本の風俗を示めし、一面外人の眼識を廣めさせてやらう」と発案した。三人は文科大学哲学科の同窓だった。小波は「文學的に」賛同し、ベルリン滞在の日本人に協力を求めた。陸軍大佐長岡外史や芳賀矢一、美濃部達吉ら十八人が発起人となり、「ブルウメンフエスト（花祭）」の名称で、五百人分の招待状を手分けして配布した。当日八日は井上勝之助公使から金屏風を、東洋骨董店ワグナー商会から古銅の誕生仏を借り、一流ホテルに花とともに飾った。開会の辞は長岡が述べ、嘲風は灌仏会の由来を演説し、小波はお伽話『花祭』をドイツ語で書き、余興に朗読したという。『洋行土産』下巻、中川霞城宛て書簡「続伯林片信」によれば、翌三十五年にも第二回花祭を挙行した。初回と違って日本人のみ約六十人の会合だったが、露伴の妹で、留学中だった幸田（安藤）幸のバイオリン演奏などが行われた。

（6）晶子の歌の引用は原典等を参照し、表記を改めた。鷗外の悪戯は確かに晶子の歌の一面を突いていたかもしれないが、ただ、晶子自身は婦道を重んじ、着物を愛好することには葛藤を抱いてもいたようである。幾つか三越に言及した例を挙げておく。明治四十三年刊、『おとぎばなし少年少女』所収の童話『衣裳もちの鈴子さん』は父親の金で、乳母から無際限に着物を買い与えられる少女の物語。何を着ていこうか迷い続け、学校にも行けなくなって反省するのだが、そこに「乳母《ばあや》はそれから、大よろこびで鈴子さんの着物を買ひ初めました。三越とか、白木屋とか、大丸とか、松屋とかからは毎日のやうに鈴子さんの着物が出來上つて來るやうになりました」とある。翌四十四年の『一隅より』所収の随筆『産褥の記』には「婦人雑誌や三越タイムスの寫眞版の所ばかりを観るのを樂みにして居る」という記述が見え、また、「早稲田文学」四十四年十二月号掲載の詩「臙脂」（後に一連を「空しき日」と改題）に、「女、三越の賣りだしに行きて／寄切《よせぎれ》の前にのみひと日ありき」の詩句が見出せる。さらに率直なのは大正七年の詩集『若き友へ』の一編「女は掠奪者」だろう。「呉服屋の賣出しは、ああ、／どの女の心をも誘惑《そそ》る、／戀よりも何よりも誘惑る。」「私は三越や白木屋の中の／華やかな氣分を好く。」等。また、晶子は明治四十五年、鉄幹を追う形でパリに渡航するが、三越呉服店が渡航費を援助し、その旅行鞄には「三越で新調した友禅縮緬の振袖の、紫地に四季の花卉を總模様にした十七八のやうなの」が入っていたという（四十五年五月五日付「読売新聞」）。ちなみに、鷗外の引用三首のうち「髪に挿せば」の「こがねひぐるま」について、鷗外は「ひぐるま」とは向日葵だが、それを髪に挿す女の顔は巨大になるだろう、それとも別に「ひぐるま」という黄金色の花があるのかと首をかしげている。翻って晶子存命中の大正八年刊、『晶子短歌全集』第一巻を見ると、「手にとればかくやくと射る夏の日の王者の花のこがねひぐるま」の形で収載される。鷗外は手紙に「平野なぞにも極秘ですよ」と注記しており、そのまま伝わったとは思われないが、後に鷗外その人か、ほかの誰かが同様の指摘をしたのかもしれない。

（7）明治三十六年の第八回白馬会展は寺田寅彦の日記によって、漱石も見に行ったことが確実だが、岡田は「舞子」など京都旅行に基づく絵を出していた。「元禄の面影」半身バージョンを出品した三十七年の第九回白馬会展も、安永実氏の指摘によって漱石が見たことが判明した（初報は平成十年十一月十日付「読売新聞」夕刊）。『漱石全集　第二十二巻』所収の九月三十日付、橋口貢宛て書簡に「漁師がふごをかつぐ画は御説の如く面白く候」とあるが、これは翻刻の誤りで、正しくは「ふかをかつぐ画」、ほかならぬ青木繁の名作「海の幸」を指していようとの指摘である。第九回白馬会展の開幕は九月二十二日のこと。まず橋口貢がほめ、三十日までに漱石は実見し、「御説の如く面白く候」と書き送ったことになる。さらに「元禄の面影」の全身像エチュードが登場した三十八年の第十回白馬会展も、九月二十三日の開幕直後、二十五日付の皆川正禧宛て書簡に「白馬会の出品は大概前年の旧作です　これと申感服したものはありません」とある。確かに十回記念のため再出品が多く、そこには岡田の「舞子」も含まれていた。要するに「舞子」は二度見たことになる。鼓を打つ和装女性を描いた当時の絵には藤島武二「音楽六題」の一図などもあるが、こうした日本調の女性像を手がけた一人に岡田三郎助を挙げることは不当ではあるまい。

（8）新古美術品展覧会は明治四十年四月一日、京都岡崎町の博覧会館で開幕し、現存作家の作品に加え、参考品として古美術が出品された。四月七日付「読売新聞」掲載、藍水生「京都新古美術品展覧会」から、主な琳派作品を引くと、宗達筆「保元平治物語扇面散屛風」、光琳筆「四季草花画巻」「中寿老人左右百鹿百鶴図」、抱一筆「四季草花図」二幅対、「中富岳左右吉野龍田」三幅対、光悦の赤楽茶碗二件など。博物館の十周年記念展も、同様に藍水生が「読売新聞」に逐次報告している。漱石の京都旅行に近い四月十四日付の記事から主だったものを拾うと、薬師寺蔵「吉祥天像」、金戒光明寺蔵「山越阿弥陀図」、「伴大納言絵巻」、「信貴山縁起絵巻」、如拙筆「瓢鮎図」、抱一筆「四季花鳥図」二巻、宗達筆「風神雷神図屛風」、光琳筆「燕子花図屛風」、さらに伝徽宗「秋景冬景山水図」及び伝胡直夫「夏景山水図」三幅などの中国絵画も出品されていた。これらの名品群から光琳に目を留めたことは、関心の向きを示唆していよう。

（9）平成二十五年、東京藝術大学大学美術館などで開かれた展覧会「夏目漱石の美術世界」は原口画伯のモデルを黒田清輝と見なす。確かにフランス式の髭、肥り肉といった風貌や描法は黒田を思わせる。ところが原口は白馬会でなく丹青会、つまり吉田博・ふじをの出品した太平洋画会をモデルとする団体の展覧会に出品している。黒田一人がモデルだったとは言えず、複合的に形成された作中人物と考えるべきだろう。また、「美術世界」展は、「森の女」の「推定試作」を掲げた。原口＝黒田の解釈から「湖畔」の印象を交えたようで、淡い青色の着物をまとわせていたが、本文に記したように、元禄模様を着ていた可能性が高い。

第十一章　蕩児の浮世絵

（1）小島烏水は大正四年に横浜正金銀行ロサンゼルス分店長へ赴任し、サンフランシスコ支店長を経て昭和二年に帰国する。明治四十三年頃はまだ洋行していない。浮世絵商の交換会は早くから存在したが、荷風が回想するのはこの頃、横浜で始まった連合古書展を指すものと思われる。『東京古書組合五十年史』によれば、横浜貿易新報社長富田源太郎ら横浜の愛書家が、東京まで出かけるのは大変だからと古書店に相談し、明治四十二年十一月二十日、二十一日、浜港館で催された。出品書肆は浅倉屋、琳琅閣、文行堂、伊藤書房、元禄堂、松山堂。翌四十三年二月十二日、十三日に第二回が開催されたが、次いで東京でも、となった。『五十年史』は初回の日時は不詳とするが、「読売新聞」を閲すると、四十二年六月十一日、日本橋の常盤木倶楽部で開催されたことが判明する。まず六月九日に「古書陳列大會」の広告が見える。「珍書交換會壹百回紀念」の名目で、その日時場所が告知される。催主は「東京書林聯合會」。六月十二日付「はなしだね」は、佐佐木信綱、大野洒竹らの来訪を記す。さらに四十三年十一月二十二日付「古書画の行方（上）」は、横浜に発した連合古書展に続き、「多少の道樂氣のある輩ばかりの事とて東京でもやつて見やうではないか」と常盤木倶楽部での開催に至った経緯に触れている（開催日を「昨年六月十一日」とするが、「昨年」は誤記と思われる）。売上は七百余円、仲間内の取引が三百余円。さらに十一月十六、十七日、両国美術倶楽部で開かれた「古書展覧秋季大會」の様子について、浅倉屋、松山堂、琳琅閣、文屋、伊藤書店、村口書店、磯辺屋など二十二軒が五千余点を出陳し、「古書珍本階上の大廣間にずらりと並べて定價幾何《いくら》出品書店何の某としたのは何の事はない大家の蟲干し見たいだ」。売上は千五百余円、仲間内の取引が三百余円。売上の一割は会費に納め、仲間売りは一割引だったという。

(2)『食後の唄』序の引用では省略したが、「異香の酒」とは、日本橋小網町の「メエゾン・コオノス」こと鴻の巣の主人からキュラソーやジンを教えられ、様々な洋酒の杯を示された思い出を踏まえている。ちなみに第二次「新思潮」にこの酒場の広告が見える。「鴻の巣の酒場《バールーム》にはゴルキーの愛飲したウオッカやヴヱルレヱヌが一日もはなさなかつたアップサントや其他珍酒五十餘種　殊に主人が自特のカクテルやポンチ酒が出來るので　今や好飲家は咽喉を鳴らし少壮文士藝術家連に大受け」(四十四年二月号)。『パンの会の回想』では、熱狂が最高潮に達した明治四十三年十一月の大会の話に続けて、「その時代の空氣を示す爲めに一寸追記する。十一月廿六日、神田青柳にて古書即賣會。北齋繪本東遊、六圓五十錢。吉原青樓年中行吏、四十五圓。駿河舞、五圓、西鶴好色一代男、三册、百圓。元禄十六年板(?)松の葉、帙入美本、十四圓。哥麿七變人、三枚百圓、豊廣浮繪、五圓」と列挙している。杢太郎の日記にも簡略な記述が見えるが、十一月二十五日付「読売新聞」に広告「珍書絵画大展覧会」が載っている。「華客の御勧めに依り今回和漢珍本中の驚く可き珍本及び美術古繪畫類を輯集し一大陳列會を當日限り開催仕候に付　此機を逸せず御來觀あらん事を伏て乞ふ」。主催は「會主松山堂　補助淺倉屋、元錄堂、村田幸吉」とある。

(3) 明治三十四年一月の談話「いろ扱ひ」で、鏡花は幼い頃の読書を語っている。「母が貴下、東京から持つて参りましたんで、雛の箱でさせたといふ本箱の中に『白縫物語』だの『大和文庫』『時代かゞみ』大部なものは其位ですが、十册五册八册といろいろな草雙紙の小口が揃つてあるのです。母はそれを大切にして綺麗に持つて居るのを、透を見ちやあ引張り出して——但し讀むのではない。三歳四歳では唯だ表紙の美しい繪を土用干のやうに列べて、此武士は立派だの、此娘は可愛いなんて……」。この回想にも懐旧の念は濃いが、三十八年八月刊の『続風流線』の頃から組んだ鰭崎英朋と草双紙を漁り歩いたことがあったという

（「昔の浮世絵と今の美人画」）。もっとも、四十一年六月の談話「そのころ」に「今はもう集めることはすっかり止めました」とあり、三十八年から四十一年まで逗子に住む中で、収集熱も収まったものか。四十二年八月には『白鷺』を携えて夏目漱石を訪問し、「東京朝日新聞」に売り込んだ。満州に発つ直前だった漱石は手紙で渋川玄耳に紹介し、十月十五日から十二月十二日に連載された。そして、この年の暮れに執筆したのが『国貞えがく』だが、つとに漱石は三十八年五月、鏡花の『銀短冊』を「草双紙時代の思想と、明治時代の思想を綴ぎ剝ぎしたやうだ」と評してもいる（『近作短評』）。

（4）　鏑木清方著『こしかたの記』は『修紫田舎源氏』『白縫物語』『釈迦八相倭文庫』『北雪美談時代鏡』などを何遍も見せられたと回顧する。鏡花は『笈摺草紙』で「田舎源氏、大倭文庫、白縫物語」、談話「いろ扱ひ」で『白縫物語』『大和文庫』『時代かゞみ』を挙げており、同じような草双紙に親しんだことになる。なお、京都生まれの上村松園にも似た回顧談がある。『上村松園全随筆集　青眉抄・青眉抄その後』にいわく、「私は母にねだって江戸絵や押絵に使う白描を買ってもらい、江戸絵を真似てかいたり、白描に色をつけては悦んでいました」。

（5）　神田・南明倶楽部の浮世絵展は、明治四十四年十一月二十三日付「読売新聞」の「よみうり抄」に「古代錦繪展覽會　來る二十五、六の兩日神田南南（ママ）倶樂部にて開催の筈なり」とある。これが初回だったようで、翌四十五年二月二十五日付「読売新聞」の記事「錦繪と繪本　△浮世繪展覽會を覗く」は、同じく南明倶楽部の展覧会の様子を記した上で、「聞く所によると去年の十一月に開いた第一回には二千五六百圓賣れたさうなが　今回はもつと賣れるであらうといふ憧憬の眼を光らせながら古色の中を飽かず逍《さま》よふ人が朝から晩まで斷えないのは漸く日本から外國へ流れ去らうとする浮世繪を本國へ滯めておく現象として喜ばずにはゐられない」としている。

（6）　小林文七については、岩波文庫版の飯島虚心著『葛飾北斎伝』に付される鈴木重三の解説に一項がある。浮世絵趣味を鼓吹するため、小林は何度かコレクションを披露した。摘記すると、いずれも上野だが、明治二十五年十一月に松源楼、三十年一月から二月まで日本美術協会列品館、三十一年四月には伊香保温泉楼と続く。伊香保温泉楼の際はフェノロサが『浮世絵展覧会目録』を編纂した。その際のフェノロサの様子は、小島烏水『浮世絵蒐集おぼえ帳』に記される。四十三年四月には小林自身が企画し、古代浮世絵展覧会を開いている。四月十日付「読売新聞」は「小林文七氏の發企で九、十兩日木挽町萬安に開いた古代浮世繪展覧會は原六郎氏の珍藏と稱する勝以筆伊勢物語の一幅より立齋廣重に至る約二百五六十年間の時代名畫を陳列した」等と伝える。大正十二年三月没。直後の関東大震災でコレクションは灰燼に帰した。

（7）　特別展「徳川時代婦人風俗ニ関スル絵画及服飾器具」の会期は明治四十四年四月三日から三十日まで。近年、東京国立博物館に伝わる服飾品の原寸模写がこの時の作成と判明した。佐々木佳美の論考『明治四十四年東京帝室博物館特別展覧会における模写』を参照。この論文は服飾方面にくわしいが、他の展示物についても、ある程度は当時の文章から窺うことができる。まず三月十七日付「読売新聞」に「徳川時代婦人風俗の展覧会」の記事があり、美術部、歴史部、美術工芸部が協力し、収集を行ったと記される。また、宮武外骨は三月一日発行「此花」第十四枝で、浮世絵の主なものは「浮世繪の蒐集家を以て有名なりし故高嶺秀夫氏の遺品にして、點數頗る夥しく、肉筆にても二百五十點に達し、版物に至りては數百點に及べる由にて、之れに同館の所藏と諸家の秘藏とを加ふる筈なり」との記事を引き、「記者も觀覧のため東上する豫定なり」と意欲を見せた。高嶺秀夫は嘉永七年生まれ、米国留学を経て、東京美術学校長も務めた教育者だったが、浮世絵収集家でもあった。四十三年二月二十四日付「読売新聞」の追悼談に「所藏に拘る浮世繪類は日本に於る凡ての逸品を網羅せりと言ふも不可でない」「西洋人等の好事家が研究の栞には必ず高嶺氏を訪て一瞥を請ひし程」と記される。ただし、大阪にいた外骨は『筆禍史』の出版に追われ、上京できなかった。展覧会評としては、藤懸静也『博物館陳列の浮世絵』が四月二十六、二十七、二十八日付「読売新聞」に載る。末尾では「歌川派の錦繪」を蔑視している。「多くの家にある錦繪は、重にこの歌川派のものに屬する　即ち浮世繪の最終期で、この派のもの丶みを以て、浮世繪とはこんなものかと推斷しては、大なる誤となる」「國貞改め豊國（三代）になつては、いやな典型に陥つて澁滯して居る、況んやそれ以後のものに於てをやである、構圖色彩共に甚だ下劣になつた」。また、木下杢太郎は「絵画の約束」論争の契機ともなった『画界近事』において、ユリウス・クルトやゴンクールらを引き合いに、日本には「科學的研究の態度」が見えないと惜しんでいる。

（8）『柏亭自伝』は「多分朝日の文芸欄関係で森田草平を介して」序文を乞い、修善寺の大患後の入院中に生田長江と訪問して依頼した――と回顧している。これは漱石の日記に照らして、記憶違いと判明する。また、『鶏頭』をめぐる経緯は以下の通り。漱石の序文は四十年十二月二十三日付「東京朝日新聞」に掲げられ、次いで翌四十一年の年頭に『鶏頭』が刊行された。すると、「読売新聞」紙上で岩野泡鳴の批判が始まった。二月九日付「文界私議」では、小説を「餘裕ある小説」「餘裕ない小説」に分けた漱石に反論し、写生文派は「わが國の未熟な洋畫界に於て一時盛んであつた寫生派」と同程度と揶揄したが、同じ紙面に評論『挿画に就て』を寄せていたのが柏亭だった。十六日付の紙面に『泡鳴氏の「文界私議」に就て』を書き、「粗大なる露骨なる思想を見るも、深き隠れたる思想を知らぬ」と文学者の絵画理解の浅さを突き、作者の感興が備わっていれば、静物画や風景画、そして写生文派の作品もまた人生に触れていると言い切った。四十二年十二月刊の虚子著『凡人』はこの応酬を含めて諸家の『鶏頭』評を巻末に抄録するが、漱石もまた柏亭を認知していたはずであり、それが『新日本画譜』に序文を与えた伏線だったと思われる。

（9）柏亭の『挿画に就て』に列挙される日本画家は順に水野年方、右田年英、尾形月耕、富岡永洗、武内桂舟。このうち年方、年英、桂舟は月岡芳年門。また、年方門に鏑木清方、年英門に鰭崎英朋がいる。清方や英朋は明治三十四年、研究団体烏合会を結成した。四十一年春の第十七回烏合会は「江戸時代風俗」をテーマに掲げ、併せて芳年の十七回忌が近かったことから遺作を並べたという。また、四十三年春には、東京美術学校西洋画科の卒業生がコスモス会を作り、赤坂で展覧会を開いたが、柏亭は「方寸」五月号前掲、山本鼎宛ての書簡「春の手紙」の中で、「女の坐つた背後《うしろ》の壁に錦繪を張つた安直の江戸趣味にも困つたもんだな。『深川の女』と云ふので隅田河畔の物干臺に花火を見る女を畫いたものもあつたが、煮え切らない浮世繪趣味でね、これは又デッサンが滅茶々々なのだ」と批判している。この展覧会については、四月二十四日付「読売新聞」掲載、杢太郎の『整復の音の感味』も注目に値する。「現今の趣味の内に注意す可きものは蓋し、文藝に現はれた歐人の情調の輸入と、江戸趣味の復興とであらう」として、幾らか敏に似た、しかし、より明晰な見取り図を提示する。すなわち浮世絵は「徳川時代の市井藝術」の「繪畫的エキスプレッション」であり、「此平民主義、市井趣味が歐洲近代の趣味と一致したのである。而してその歐人への反射を、更に歐洲藝術の輸入に孜々たる現代が取り入れたのである」。それゆえに現代の江戸趣味は「複雑な、近世的の者である」と強調している。その先では「岡本氏の諸作」に失望しているのだが、これは四十三年に東京美術学校を出た一人、岡本一平のこと。

(10) 上田敏の創作詩『牧羊神』は明治四十年元日付「読売新聞」掲載。これは丁未、羊の年でもあった。『柏亭自伝』によれば、朗吟したのは「火宅」だが、「その吟じ方が気に入らなかったかして、その時上田はあまりいい顔をしなかったように記憶する」。ただ、ヴェルハーレンならぬボードレールの「火宅」と書いており、当日もそう口走ったとしたら、敏もいい顔はできなかっただろう。また、放尿の件については「吊橋の吊りの上に彼等が登りかけたということをあとで聞いたが、私は自身それを目撃したわけではない」と留保を付けている。

(11) 里見弴『青春回顧』によれば、弴でも一緒に行くのなら「俺はまア、義理にもちょっと顔出しぐらいしとかなけりゃア悪いと思ってるんだけれど」とも正親町は語ったという。彼らが義理を感じていたとすれば、おそらく杢太郎だろう。明治四十三年十一月の「白樺」ロダン号に、杢太郎は「写真版の Rodin と其連想」を寄稿している。それに先立ち寄稿依頼が行われ、連絡を取り合ったはずである。同じ号の「編輯記事」によれば、石井柏亭、森田恒友にも寄稿を求めたが、柏亭は「生憎種々の事共蝟集し」、森田は「未だ病後頭惡く机に向ふ能はざる爲め」寄稿を見合わせた。『柏亭自伝』によれば、七月、上野で南薫造と有島生馬の滞欧記念絵画展が開かれた際、柏亭は精養軒の披露会に招かれ、主催の「白樺」同人にも挨拶したが、八月の「方寸」に展覧会評「四人」を書き、特に有島には酷評を浴びせた。それもあって「白樺」と「方寸」の間には溝が生じていたものと思われる。なお、十一月二十日の杢太郎の日記は「Musianokôji」を参会者に加えている。「白樺」の二人のどちらかを武者小路実篤と勘違いしたものか。その武者小路と杢太郎もまた

「絵画の約束」論争で罵り合うことになるが、武者小路は『或る男』の中でロダン号を回想し、「あとで論争はしたが、木下杢太郎氏の原稿が來た時隨分よろこんだ」と記している。

（12）『谷崎潤一郎氏の作品』は末注に「九月三十日」とある。文中、荷風は「上田先生の評語を借りて云へば作家の感激の背面には過去の『文明』が横つてゐるのである」とも記す。何らか敏の作品評が書かれていたように読まれるのだが、永栄啓伸、山口政幸著『谷崎潤一郎書誌研究文献目録』には該当しそうな文章が見当たらない。他方で、明治四十四年十月の「三田文学」秋季号の消息欄によれば、九月十六日、「メイゾン・コオノスのサタアデー・ナイト」には荷風ら三田文学会有志が集まり、上京中の敏も出席したという。鴻の巣で敏が語った谷崎評を、荷風が評論に取り込んだ可能性も考えるべきかもしれない。

（13）『すみだ川』は谷崎に限らず、若い世代には不評だったらしい。四十三年二月発行、「屋上庭園」二号の通信欄で、杢太郎は「永井荷風氏の『深川の唄』や『監獄署の裏』などが、そのまだ日本慣れない目で（幾分か異國人風になつた目で）昔からの“Yamato-Land”を見たといふ點に於て、彼の餘程日本なれのした『すみだ川』や『冷笑』などより面白い」と評した。武者小路実篤の『或る男』の中にも「スバル」や第二次「新思潮」の若者を指して、「荷風は一時、彼等にすかれてゐたが、江戸趣味に入りこみすぎてから、彼等ははなれ出した」とある。ちなみに昭和六年、谷崎がこの『「つゆのあとさき」を読む』を書き、さらに正宗白鳥が『永井荷風論』を発表するに及び、荷風が書いたのが冒頭に掲げた『正宗谷崎両氏の批評に答ふ』である。

第十二章　食らうべき美術

（1）こうした考え方を後に語った人に夏目漱石がいる。大正元年秋の評論『文展と芸術』は「芸術は自己の表現に始つて、自己の表現に終るものである」と書き出される。第六回文展の会場に入るや、この一句が脳裏に閃いたのだという。さらに「文展の審査とか及落とかいふ言葉」に重大な意味を持たせるのは本末転倒の勘違いだとして、「ヒューザン会の如き健気な会が、文展と併行して続々崛起《くつき》せん事を希望する」と記している。確かに自己表出に重きを置く岸田劉生や高村光太郎らが結成したのがフュウザン会であり、それと文展とを対比させているのだが、これを自分では読まずにかみついたのは、「読売新聞」に文展評『西洋画所見』を連載していた光太郎だった。大正元年十一月十三日掲載の第八回で、「藝術は經驗によつて見ると自己の表現に始つてはゐない。藝術が始まると自己が表現されるのだと考へる」と主張した。光太郎は本文で後述するように、明治四十三年の『緑色の太陽』の段階で、芸術制作への没入によって、現実的な規定性を意識から除外する立場に至っていた。それと同様に、あらかじめ自己表現を目的とすることを、芸術への没入に反する不純な態度として斥けたに過ぎない。しかも没入的な制作を通じて、結果的には「其處に立派な作者の自己が見えるのである」と強調している。少なくとも対話的な論争とは言いにくい。

(2) 青木繁全文集『假象の創造　増補版』所収、明治三十八年三月十七日付、蒲原有明宛て書簡に「拙作『海の幸』の儀、歸來愚姉ともはかり候處許容致呉れ候間、500, にて賣渡可致候。就ては御手數ながら國木田氏へ至急貴兄より御交渉被下間敷哉」とある。また、五百円では話がまとまらなかったらしく、四月二十日付の続信では「先日の國木田氏は二百圓位の餘裕はむづかしかるべくや」と訊ねている。とはいえ「海の幸」は幅百八十センチの大作であり、独歩には似合わない印象も残る。想像を逞しくするなら、裕福な第三者に代わって交渉した可能性も考慮されてよいかもしれない。独歩には不思議な人脈があり、例えば西園寺公望とも気軽に語り合える立場にあった。高橋正著『西園寺公望と明治の文人たち』によれば、独歩は明治三十三年、報知新聞記者として西園寺の知遇を得て、一時は西園寺邸に寄宿していた。取り持ったのは竹腰三叉だった。寄宿当時は西園寺と声高に議論し、護衛の巡査を心配させたという。また、本章に関連する出来事としては、西園寺の文士招待の一件がある。四十年六月十七日から十九日までの三夜、宰相西園寺は文学者を駿河台の私邸に招き、歓談した。招待作家は小杉天外、小栗風葉、塚原渋柿園、坪内逍遥、森鷗外、幸田露伴、内田不知庵、広津柳浪、巌谷小波、夏目漱石、大町桂月、後藤宙外、泉鏡花、柳川春葉、徳田秋声、島崎藤村、独歩、田山花袋、川上眉山、二葉亭四迷。このうち逍遥と四迷、漱石は欠席した。これは私的な会合ながら、第一次西園寺内閣の文化政策の一環と見なすこともできよう。そして西園寺の回想によれば、招宴を進言したのは独歩だったという。実務的には「読売新聞」の主筆をしていた三叉が人選を任され、部下の近松秋江に名簿を作らせた。

（3）　和田自身、商業美術に手を染めなかったわけではない。姫路市立美術館『和田三造展』の図録に、明治四十一年に描き、翌四十二年元旦の「時事新報」の附録に使われた美人画「はれ着」が載る。年譜の明治四十一年の項には「この頃森永製菓に入社し、ポスター制作などをてがける」とあるが、展覧会図録『美人のつくりかた』に、額縁付きで配布されたポスター「森永の西洋菓子」が見える。パンのためには描きたくないと語ったのと隔たらない頃の仕事だが、ただし、それが芸術の神聖を率直に語れなかった直接の理由ではなかっただろう。

（4）　こうした議論と並行して、いわば労働者としての芸術家を扱った小説も書かれつつあった。四十一年四月から八月まで「東京朝日新聞」に連載された島崎藤村の『春』には、主人公の岸本が陶器工場で働こうとする場面がある。西洋の美術雑誌で絵付けの場面を描いた絵の複製版を見たことからあらぬ空想を抱くが、現実には手本通りに塗るだけの単純作業だった。職人たちの雰囲気にもなじめず、一日で嫌になる。内容は明治二十年代後半の話だが、執筆当時の芸術観を映すものでもあるだろう。第七章では明治三十年代後半のエピキュリアン的な洋画家像を紹介したが、その中で、生活の重圧を踏まえていたのはやはり藤村の『老嬢』だった。主人公と語らう洋画家三上は、肖像画を描いて糊口をしのぐ苦労をぼやき、「吾儕《われ〳〵》は美しい夢を見乍ら、其實、卑しい生涯を送る人間なんでせう」などと語っていた。その「卑しい生涯」に力点が移るようになったとも言える。

（5）　独歩の『窮死』は四十年六月の「文芸倶楽部」掲載。浮浪少年として育った日雇いの文公は「ア、寧《いっ》そ死んで了《しま》ひたいなア」と咳き込み、現場で知り合った辧公の家へ転がり込む。「文公は永くないよ」と言う辧公に、辧公の親父は「だから猶ほ助けるのだ」と言い切る。ほとんど社会主義に踵を接するような呼吸だが、辧公の親父は車夫と喧嘩し、溝へ突き飛ばされて落命する。その葬式の翌日、新宿—赤羽間の線路で轢死者が見つかる。立ち会った巡査に人夫が言う。雨に降られたのでやりきれなくなって線路に転落し、ぶっ倒れたのだろう——むろん文公のことである。「實に人夫が言つた通り文公は如何にも斯うにもやりきれなくつて倒れたのである」と一編は終わる。少しさかのぼると、三十九年二月二十五日付「読売新聞」掲載、白柳秀湖の掌編『雪の山の手線』にも生々しい記述がある。鉄道に対する秀湖の関心は、翌年暮れの注目作『駅夫日記』につながっていく。ちなみに熊谷は四十三年の白馬会展で出品を果たす。その際、黒田清輝は開催中の六月一日発行の「美術新報」で言及し、「あんな畫は、何處の國でも、又た何時の時代でも、公設の展覽會では屹度《きつと》はねることになつて居る」との判断を示している。他方では、突飛な画題の作品でさえ展示できる私設展の意義を強調するのだが、白馬会展はこの第十三回展をもって幕を下ろす。

（6）ブラングィンは一八六七年生まれ。日本では松方幸次郎の西洋美術コレクションの相談役だったことで知られ、その縁から平成二十二年、国立西洋美術館で回顧展が開催されたが、すでに明治三十六年秋の第八回白馬会展に油彩二点が展示された記録がある。石井柏亭は『柏亭自伝』の中で、そのうち一点を見たとした上で、当時の画家には「ストゥディオ」の複製を通じて感化される者があったと回想している。後述するような漱石『それから』や雑誌「方寸」での言及も併せ考えるなら、早くから海外の印刷物などで画家イメージが共有されていたと思うべきだろう。その意味では、一八九二年の作品「海賊バカニーア」と和田三造の「南風」がともに海景という以上に似通うことも一考に値するかもしれない。

（7）この『鳥影』の会話については、「モロウ」を「コロウ」とするテキストもある。本章では筑摩書房版『石川啄木全集』に依拠し、「モロウ」を採用した。ギュスターヴ・モローは神話画で知られるが、この陰鬱な雰囲気はコローには求めにくい。モローについては、リヒャルト・ムーテルの著書を通じて、小川未明も意識していた。明治四十五年、「読売新聞」に連載した『魯鈍な猫』は現実の重圧を扱った小説。語り手の画家は「労働者の妻」なる絵画を構想するが、夜間労働の続く建物を電車から眺めて圧倒され、挫折したりする。その作中に「最近、私を慰めてくれた唯一の友であり、室の色彩であつたものは、ムーテルの近世繪畫史であつた」「私は中でも、第三巻を最も愛した。その一冊には私の大好きなペックリンやギュスターヴ・モローのことが書いてあつた。私は、常に、この第三巻を讀み耽つた」と記される。なお、啄木はどのくらい美術にくわしかったのか。現在知られる文章に知識を披瀝したものは少ないが、盛岡中学の一級下で、後に画家になった上野広一の追懐談が吉田孤羊著『啄木片影』に見え、フランス美術に関する啄木の説明は画家の略歴や画壇的位置など詳細にわたり、上野は心中ひそかに舌を巻いたと語っている。

(8) 碌山の発言「藝術は人格なり」は、明治四十一年六月の「早稲田文学」掲載の談話『ロダンと埃及彫刻』より。ほかに「對象の形ではない内部生命を寫し取る」との主張も見えるが、それに続けて、碌山は藤村の『春』を高く評価し、「私などはあの頃のあの作に現はれてくる事實を知つて居るので、藝術以外の實際興味とか云ふ物が手傳ふ加減もありませうが」と語っている。藤村の小説は明治二十年代後半、自身や北村透谷といった「文学界」周辺の青年群像を描く。彼らは巌本善治の明治女学校や「女学雑誌」に関わった人々だったが、「文学界」の終刊翌年、三十二年二月に上京した碌山は、巌本を訪問し、秋からは明治女学校内に仮寓していた。確かに「あの頃のあの作に現はれてくる事實」を知り得る立場にあったのである。ということは「内部生命」を語る時、脳裏には、透谷いわくのそれが響いていたのではなかったか。碌山は三十四年三月に欧米留学へ旅出つが、透谷流の生命観を踏まえて欧米の芸術思潮に接し、帰国後、積極的に「生命」を語ったのだとすれば、明治二十年代の生命観と四十年代の生命観を架橋した人と見なせなくもない。

(9) 実際には寺沢がブラングィン風だと嘲笑され、山脇の絵がモネ風かどうか物議を醸したのと似た風評が、碌山の「労働者」にもあった。ベルギー出身の彫刻家で、近代的な労働者像で知られたコンスタンタン・ムニエ風だとささやかれていたのである。確かに碌山自身、ムニエを意識していた可能性は高い。四十二年の春、フランス留学中の安井曾太郎、津田青楓、藤川勇造は一足先に帰国した碌山へ、ムニエの絵はがきを送っている。図柄はリュクサンブール美術館に展示された鍛冶屋の彫刻である。安井いわく「実にヨイよ。ロダンなぞ足許にも及ばない。病気なをつたか。快くなつて日本にもコー云ふやつを一つ作つて呉れ玉へ」。相馬黒光も、晩年の談話筆記「碌山のことなど」で、ロダンのほかにはよく「ムニエ、ムニエ」と言っていたと回想している。ただし、ここでも影響関係を否定したのは光太郎だった。四十三年一月の『第三回文部省展覧会の最後の一瞥』で、「此の作はMEUNIERをねらつて作つたものだといふ噂」を聞いたとして、

「何處が似てゐるのだか僕には解らぬ。この作は立派に獨立した作家の氣稟を示してゐるではないか」と擁護した。碌山の弁は伝わらないが、すぐに西洋美術と比較する議論はやはり好まなかったようである。第二回文展の「文覚」について、四十二年一月の「方寸」で「何もロダンから來て居る譯ぢやないのに、直ぐロダン〳〵と曰はれるので困る」とぼやいている。

(10) 徳田秋声の『新緑』は四十三年六月二十六日付「読売新聞」掲載。絶作「女」は碌山没後に鋳造されたブロンズ像が十月十四日開会の第四回文展に出品され、三等賞を獲得した。ただ、啄木が見たかどうかは分からない。十一月一日付の宮崎郁雨宛て書簡に「文部省展覧会は並木君も丸谷君も見たさうだが、僕はまだ見ない」とある。啄木は直前の十月二十八日、生後まもない長男真一を亡くした。二十九日に葬儀が営まれ、並木武雄と丸谷喜市はその会葬者だった。そこで文展の話も出たようだが、少なくともすぐに見に行くような心境ではなかったかもしれない。

参考文献

まえがき

＊引用元は次の通り。本文・注に記したものは除く（以下同）。幸田露伴著『風流仏』、吉岡書籍店「新著百種」5号（『風流仏　名著復刻全集』、昭和四十三年、日本近代文学館）▽『定本　国木田独歩全集』（増補版＝昭和五十三年／増補版＝平成七年、十二年、学研）▽『鏡花全集』（昭和四十八年―五十一年、岩波書店）▽柳田国男著『秋風帖』（昭和七年、梓書房）▽『荷風全集』（平成四年―七年、岩波書店）

第一章　温泉のボッティチェルリ

山田美妙『明治文学の揺籃時代』（明治三十九年、「中学世界」9巻15号）
丸岡九華『硯友社の文学運動』（大正十四―十五年、「早稲田文学」232、233、243号／復刻＝昭和五十二年、春陽堂書店）
塩田良平著『山田美妙研究』（昭和十三年、人文書院／復刻＝近代作家研究叢書72、平成元年、日本図書センター）
山本正秀著『近代文体発生の史的研究』（昭和四十年、岩波書店）
山本正秀『徳富蘇峰の美妙あて裸蝴蝶書簡（資料解説）』（昭和四十六年、「専修国文」10号）
『前田愛著作集第二巻　近代読者の成立』（平成元年、筑摩書房）所収、『ノベルへの模索―明治二十年前後をめぐって―』（昭和五十三年、「国文学　解釈と教材の研究」23巻16号）
土佐亨著『紅葉文学の水脈』（平成十七年、和泉書院）所収、『山田美妙「蝴蝶」典拠考』（昭和五十四年、日本

文学協会編「日本文学」28巻10号）
片岡懋、片岡哲著『内田魯庵と井伏鱒二』（平成七年、新典社）所収、片岡哲『内田魯庵の初期文学意識』（昭和五十五年、全国大学国語国文学会編「文学・語学」87号）
前田愛著『近代日本の文学空間　歴史・ことば・状況』（平成十六年、平凡社ライブラリー）所収、『明治の表現思想と文体』（昭和五十五年、「国文学　解釈と教材の研究」25巻10号）
中村義一著『日本近代美術論争史』（昭和五十六年、求龍堂）
前田愛著『増補　文学テクスト入門』（平成五年、ちくま学芸文庫）
中島国彦著『近代文学にみる感受性』（平成六年、筑摩書房）
桑原三郎監修『巌谷小波日記　翻刻と研究』（白百合児童文化研究センター叢書、平成十年、慶應義塾大学出版会）
展覧会図録『菊池容斎と明治の美術』（平成十一年、練馬区立美術館）
山田有策著『幻想の近代』（平成十三年、おうふう）
澁澤龍彦著『魔法のランプ』（平成十四年、学研M文庫）
宗像和重著『投書家時代の森鷗外』（平成十六年、岩波書店）
山田有策ほか校注『硯友社文学集』（新日本古典文学大系　明治編21、平成十七年、岩波書店）
Michael Fried『Why Photography Matters as Art as Never Before』(Yale University Press, 2008)
宮下規久朗著『刺青とヌードの美術史』（平成二十年、ＮＨＫブックス）
斎藤一郎編訳『ゴンクールの日記（下）』（平成二十二年、岩波文庫）
展覧会図録『草創期のメディアに生きて―山田美妙　没後一〇〇年―』（平成二十二年、日本近代文学館）
山田俊治『美術小説の定位と裸蝴蝶論争』（平成二十三年、岩波書店「文学」12巻6号）
山田美妙作、十川信介校訂『いちご姫・蝴蝶　他二篇』（平成二十三年、岩波文庫）
大貫俊彦『文芸評論家、内田不知庵の「出発」』（平成二十五年、全国大学国語国文学会編「文学・語学」205号）

＊引用元は次の通り。内田魯庵著、柳田泉編『明治の作家』（昭和十六年、筑摩書房）▽坪内逍遥、柳田泉記『「此處やかしこ」そのほか』（昭和九年八月、「国語と国文学」11巻8号）▽山田美妙著『夏木立』（『特選名著復刻全集　近代文学館』、昭和四十六年、日本近代文学館）▽『内田魯庵』（明治の文学11、平成十三年、筑摩書房）所収『予が文学者となりし径路』▽坪内雄蔵（逍遥）著『小説神髄』（明治十八年、松月堂）▽淡島寒月著、紅野敏郎解説『梵雲庵雑話』（東洋文庫658、平成十一年、平凡社）▽田山花袋著『東京の三十年』（大正六年、博文館）▽高浜虚子著『俳句の五十年』（昭和十七年初版、昭和二十二年改訂版、中央公論社）▽東宏治・松田浩則編訳『ヴァレリー・セレクション（下）』（平成十七年、平凡社ライブラリー）▽『川上眉山・巌谷小波集』（明治文学全集20、昭和四十三年、筑摩書房）▽『尾崎紅葉集』（新日本古典文学大系　明治編19、平成十五年、岩波書店）▽電影窟主人（北村透谷）投『漫罵』（明治二十六年、「文学界」10号）▽『斎藤緑雨全集　巻三』（平成三年、筑摩書房）▽『漱石全集』（平成五年―十一年、補遺＝平成十六年、岩波書店）▽『有島武郎集』（現代日本文学全集21、昭和二十九年、筑摩書房）▽三島由紀夫著『潮騒』（平成十七年改版、新潮文庫）

第二章　美術国霊験記

江見水蔭著『自己中心　明治文壇史』（昭和二年、博文館／復刻＝明治大正文学史集成付録2、昭和五十七年、日本図書センター）
高木卓著『人間露伴』（昭和二十三年、丹頂書房）
『山口剛著作集』六巻（昭和四十七年、中央公論社）所収、『須原の花漬』（大正十五年、「早稲田文学」243号）
登尾豊著『幸田露伴論考』（平成十八年、学術出版会）所収、『「風流仏」論』（昭和四十八年、日本文学協会編「日本文学」22巻6号）
倉田喜弘著『明治大正の民衆娯楽』（昭和五十五年、岩波新書）
小島憲之著『ことばの重み　鷗外の謎を解く漢語』（昭和五十九年、新潮選書）

高田知波編『近代文学の起源』（日本文学研究論文集成24、平成十一年、若草書房）所収、関谷博『「風流仏」論―近代の〈奇異譚《ロマンス》〉―』（平成三年、東京大学国語国文学会編「国語と国文学」68巻3号）
木下直之著『美術という見世物』（平成五年、平凡社）
高村光雲著『幕末維新懐古談』（平成七年、岩波文庫）。
山口昌男著『敗者の精神史』（平成七年、岩波書店）
山口昌男著『内田魯庵山脈』（平成十三年、晶文社）
鈴木廣之著『好古家たちの19世紀』（シリーズ近代美術のゆくえ　平成十五年、吉川弘文館）
展覧会図録『生人形と松本喜三郎』（平成十六年、熊本市現代美術館）
米崎清実著『蜷川式胤「奈良の筋道」』（平成十七年、中央公論美術出版）
ヴィクトル・I・ストイキツァ著『ピュグマリオン効果』（松原知生訳、平成十八年、ありな書房）
展覧会図録『生人形と江戸の欲望』（平成十八年、熊本市現代美術館）
佐々木利和、岡塚章子ほか『特集　写真と文化財』（平成十八年、文化庁文化財部監修「月刊文化財」517号）
展覧会図録『岡倉天心―芸術教育の歩み―』（平成十九年、東京藝術大学大学美術館）
鈴木貞美著『「日本文学」の成立』（平成二十一年、作品社）所収、『幸田露伴の「美術」観―『風流仏』再考』
奥健夫著『清凉寺釈迦如来像』（日本の美術513、平成二十一年、至文堂）
チャールズ・ホーム著、トニ・ヒューバマン、ソニア・アシュモア、菅靖子編『チャールズ・ホームの日本旅行記』（菅靖子、門田園子訳、平成二十三年、彩流社）
＊引用元は次の通り。幸田成行（露伴）著『枕頭山水』（明治二十六年、博文館）▽学海日録研究会編『学海日録』七巻―八巻（平成二―三年、岩波書店）▽淡島寒月著、紅野敏郎解説『梵雲庵雑話』（前掲）▽内田魯庵著、柳田泉編『明治の作家』（前掲）▽幸田露伴著『風流仏』（前掲）▽『子規全集』（昭和五十年―五十三年、講談社）▽高村光雲『奈良の彫刻物を観て』（明治二十二年、「国華」2号）▽近松半二著、守随憲治校訂『本朝廿四孝』（昭和十四年、岩波文庫）▽渥美清太郎編、校訂『舞踊劇集』（日本戯曲全集21、昭和

三年、春陽堂）所収、『京人形左彫』▽『幸田露伴集』（新日本古典文学大系　明治編22、平成十四年、岩波書店）▽『露伴全集』（昭和五十三年―五十五年、岩波書店）

第三章　博覧会の絵

『第三回内国勧業博覧会事務報告』（明治二十四年、第三回内国勧業博覧会事務局）
森林太郎（鷗外）著『月草』（明治二十九年、春陽堂）
織田一磨『本邦石版術の発達（下）』（大正十四年、「新旧時代」1年2冊）
江見水蔭著『自己中心　明治文壇史』（前掲）
岡保生『「柵草紙」時代の鷗外と紅葉』（昭和三十二年、「明治大正文学研究」22号）
吉田漱『近代日本版画史稿　1　―亀井至一―』（昭和五十四年、「岡山大学教育学部研究集録」51号）
中村義一著『日本近代美術論争史』（前掲）
千葉俊二『露伴と鷗外』（昭和五十九年、「国文学　解釈と鑑賞」49巻2号）
重松泰雄編『原景と写像』（昭和六十一年、原景と写像刊行会）所収、土佐亨『紅葉作「むき玉子」ノート』
南明日香『裸体が「美術」になる時―尾崎紅葉「むき玉子」をめぐって』（平成六年、早稲田大学比較文学研究室「比較文学年誌」30号）
展覧会図録『玄々堂とその一派展　幕末維新の銅版画』（平成十年、神奈川県立近代美術館）
馬場美佳『「小説家」登場―尾崎紅葉の明治二〇年代』（平成二十三年、笠間書院）所収、『〈裸体画〉小説の自立―尾崎紅葉「むき玉子」論―』（平成十三年、筑波大学日本文学会近代部会「稿本近代文学」26巻）
竹盛天雄『鷗外　その出発　95〜122』、平成十四年―十八年、「国文学　解釈と鑑賞」67巻11号―71巻5号）
大塚美保著『鷗外を読み拓く』（平成十四年、朝文社）
展覧会図録『もうひとつの明治美術』（平成十五年―十六年、静岡県立美術館ほか）
國雄行著『博覧会の時代―明治政府の博覧会政策―』（平成十七年、岩田書院）

神林恒道著『近代日本「美学」の誕生』（平成十八年、講談社学術文庫）
苦木虎雄著『鷗外研究年表』（平成十八年、鷗出版）
展覧会図録『森鷗外と美術』（平成十八年、島根県立石見美術館ほか）
新関公子著『森鷗外と原田直次郎』（平成二十年、東京藝術大学出版会）
＊引用元は次の通り。山本笑月著『明治世相百話』（昭和十一年、第一書房／復刊＝昭和四十六年、有峰書店）▽『紅葉全集』（平成五年―七年、岩波書店）▽『鷗外全集』（昭和四十六年―五十年、岩波書店）▽一浪士（斎藤緑雨）『大いに笑ふ（続）』（明治二十四年一月三十一日付「読売新聞」）▽田山花袋著『東京の三十年』（前掲）▽徳富健次郎（蘆花）著『思出の記』（明治三十四年、民友社）

第四章　月と風船

青木茂編『明治洋画史料　記録篇』（昭和六十一年、中央公論美術出版）所収、大倉喜八郎談「パノラマ叢話」（明治二十九年、「太陽」2巻8号）
村居銕次郎編『洋画先覚　本多錦吉郎』（昭和九年、本多錦吉郎翁建碑会）
嶋田青峰著『子規・紅葉・緑雨』（昭和十年、言海書房）
笹淵友一著『浪漫主義文学の誕生』（昭和三十三年、明治書院）
吉田精一著『浪漫主義の研究』（昭和四十五年、東京堂出版）
平林一、山田博光編著『民友社文学の研究』（昭和六十年、三一書房）
岡崎正『子規と謡曲』（平成三年、「駒沢短大国文」21号）
木下直之著『美術という見世物』（前掲）
展覧会図録『描かれた歴史』（平成五年、兵庫県立近代美術館、神奈川県立近代美術館）
鴻池楽斎編著『画集　下村為山』（平成六年、思文閣出版）
野山嘉正編『詩う作家たち』（平成九年、至文堂）所収、藤澤秀幸『硯友社の俳人たち』

細馬宏通『塔の眺め　7』（平成十一年、「ユリイカ」31巻10号）
若桑みどり著『皇后の肖像』（平成十三年、筑摩書房）
和田克司編『子規の一生』（子規選集14、平成十五年、増進会出版社）
橋爪紳也著『増補　明治の迷宮都市』（平成二十年、ちくま学芸文庫）
加藤秀俊、前田愛著『明治メディア考』（新装復刊版、平成二十年、河出書房新社）
井口悦男、生田誠著『東京今昔歩く地図帖』（平成二十二年、学研ビジュアル新書）
展覧会図録『横山松三郎』（平成二十三年、江戸東京博物館）
＊引用元は次の通り。江戸川乱歩『押絵と旅する男』（昭和四年、「新青年」10巻7号）▽『定本　国木田独歩全集』（前掲）▽『岸田吟香日記　明治二十四年一・二月』（近代日本学芸資料叢書第7輯、昭和五十七年、湖北社）▽田山花袋『国木田独歩論』（明治四十一年、「早稲田文学」33号）▽花柳寿太郎、小島二朔編『鶯亭金升日記』（昭和三十六年、演劇出版社）▽『河竹默阿彌集』（明治文学全集9、昭和四十一年、筑摩書房）▽『二葉亭四迷・嵯峨の屋おむろ集』（明治文学全集17、昭和四十六年、筑摩書房）▽『子規全集』（前掲）▽内田魯庵著、柳田泉編『明治の作家』（前掲）▽国木田哲夫（独歩）著『武蔵野』（明治三十四年、民友社）▽子規句「ぱのらまを見て―」（明治三十年、「めさまし草」16号）

第五章　日本の写生

篠田正作著『日本新豪傑伝　実業立志』（明治二十五年、偉業館）
アンデルソン著、末松謙澄訳輔『日本美術全書　沿革門』（明治二十九年、八尾書店）
秋山加代著『山々の雨　歌人・岡麓』（平成四年、文藝春秋）
展覧会図録『描かれた歴史』（前掲）
金子一夫『資料紹介　小山正太郎資料　2』（平成八年、茨城大学五浦美術文化研究所紀要「五浦論叢」3号）
飯島虚心著、鈴木重三校注『葛飾北斎伝』（平成十一年、岩波文庫）

今橋理子著『江戸絵画と文学』（平成十一年、東京大学出版会）
和田克司編著『大谷是空「浪花雑記」―正岡子規との友情の結晶―』（平成十一年、和泉書院）
青木茂監修、東京文化財研究所編『日本美術協会　第1巻　明治21年～22年』、同『同　第2巻　明治22年～24年』（近代日本アート・カタログ・コレクション16、17、平成十三年、ゆまに書房）
松井貴子著『写生の変容』（平成十四年、明治書院）
高浜虚子著『回想　子規・漱石』（平成十四年、岩波文庫）
山田直子『小山正太郎における自然写生について　日本近代風景画誕生に関する一試論』（平成十四年、女子美術大学研究紀要32号）
岡戸敏幸『正岡子規の画譜鑑賞』（平成十四年度版「鹿島美術財団年報」）
金井景子ほか校注『正岡子規集』（新日本古典文学大系　明治編27、平成十五年、岩波書店）
井上章一著『名古屋と金シャチ』（平成十七年、NTT出版）
坪内稔典著『柿喰ふ子規の俳句作法』（平成十七年、岩波書店）
小林忠著『江戸の浮世絵』（平成二十一年、藝華書院）
山上次郎著『子規の書画』（新訂増補、平成二十二年、二玄社）
展覧会図録『正岡子規と美術』（平成二十四年、横須賀美術館）
＊引用元は次の通り。『子規全集』（前掲）▽『漱石全集』（前掲）▽島崎藤村著『春を待ちつつ』（大正十四年、アルス）▽『荷風全集』（前掲）

第六章　イノセント・アイズ

石井研堂著『明治事物起源』（明治四十一年、橋南堂）
後藤宙外著『明治文壇回顧録』（昭和二十九年、河出文庫）
前田愛著『近代読者の成立』（同時代ライブラリー、平成五年、岩波書店）

小森陽一著『出来事としての読むこと』（平成八年、東京大学出版会）
小森陽一ほか編『メディア・表象・イデオロギー　明治三十年代の文化研究』（平成九年、小沢書店）所収、高橋修『作文教育のディスクール　〈日常〉の発見と写生文』
ジョナサン・クレーリー著『観察者の系譜』（遠藤知巳訳、平成九年、十月社）
鈴木章弘『正岡子規「小園の記」の思想圏―「写生」という問題―』（平成十年、「成城国文学」14号）
柄谷行人著『ヒューモアとしての唯物論』（平成十一年、講談社学術文庫）
亀井秀雄著『明治文学史』（平成十二年、岩波書店）
藤井淑禎著『小説の考古学へ』（平成十三年、名古屋大学出版会）
荻久保泰幸著『文学の内景―漱石とその前後―』（平成十三年、双文社出版）
高浜虚子著『回想　子規・漱石』（前掲）
西村和子著『虚子の京都』（平成十六年、角川書店）
青木亮人『「天然ノ秩序」の「連想」』（平成十九年、「連歌俳諧研究」112号）
高浜虚子著『柿二つ』（平成十九年、講談社文芸文庫）
加藤有希子著『新印象派のプラグマティズム』（平成二十四年、三元社）
＊引用元は次の通り。寺田寅彦著『柿の種』（平成八年、岩波文庫）▽『寺田寅彦随筆集　一巻―五巻』（昭和三十八年―三十九年改版、岩波文庫）▽『寺田寅彦全集』（平成八年―十一年、岩波書店）▽田丸卓郎編『物理学教科書』（新世紀教科叢書、明治三十五年、開成館）▽『子規全集』（前掲）▽『漱石全集』（前掲）▽寒川鼠骨著『写生文　作法及其文例』（明治三十六年、内外出版協会）▽『定本高浜虚子全集』（昭和四十八年―五十年、毎日新聞社）▽高浜虚子著『俳諧師・続俳諧師』（昭和二十七年、岩波文庫）

第七章　白馬に乗って

後藤宙外『『新著月刊』発行と其の環境』（大正十五年、「早稲田文学」240号／復刻＝昭和五十二年、春陽堂書店）

鏑木清方、吉田精一記『挿繪・口繪の變遷』（昭和九年、「国語と国文学」11巻8号）
後藤宙外著『明治文壇回顧録』（前掲）
吉田精一著『自然主義の研究』（上巻＝昭和三十年、下巻＝昭和三十三年、東京堂）
奈良環之助『小西正太郎』（秋田画人伝9、昭和三十九年、秋田県広報協会「あきた」22号）
藤井達次『小杉天外』（昭和四十一年、秋田県広報協会「あきた」47号）
石井柏亭著『柏亭自伝』（昭和四十六年、中央公論美術出版）
森英一『小杉天外とゾラ』（昭和四十八年、日本近代文学会編「日本近代文学」18号）
所蔵資料紹介『小杉天外宛書簡（一）』（昭和四十九年五月十五日発行「日本近代文学館」）
和田謹吾著『描写の時代』（昭和五十年、北海道大学図書刊行会）
畑實著『自然主義文学断章』（昭和五十四年、公論社）
中村義一著『日本近代美術論争史』（前掲）
『小西正太郎画集』（昭和六十年、小西禮三郎発行）
『陰里鉄郎著作集1』（平成十九年、一艸堂）所収、「白馬会のこと」（昭和六十二年、久米美術館の展覧会図録
「久米桂一郎と白馬会の友たち」）
森英一著『明治三十年代文学の研究』（昭和六十三年、桜楓社）
高階秀爾著『日本近代美術史論』（平成二年、講談社学術文庫）
紅野敏郎著『貫く棒の如きもの』（平成五年、朝日書林）
『紅葉全集』（前掲）
展覧会図録『結成100年記念　白馬会　明治洋画の新風』（平成八―九年、ブリヂストン美術館ほか）
『内藤湖南全集　第6巻』（平成九年、筑摩書房）
展覧会図録『近代日本洋画の巨匠　黒田清輝展』（平成十三年、宮城県美術館）
田中淳著『画家がいる「場所」』（平成十七年、ブリュッケ）

荒屋鋪透著『グレー＝シュル・ロワンに架かる橋』（平成十七年、ポーラ文化研究所）
千葉眞郎著『石橋忍月研究』（平成十八年、八木書店）
展覧会図録『岡倉天心―芸術教育の歩み―』（前掲）
植田彩芳子『黒田清輝筆《智・感・情》の主題の背景』（平成十九年、美術史学会編「美術史」163冊）
吉田直子・井上康彦翻刻『『森鷗外氏講義　美學』―本保義太郎筆記ノート（於東京美術学校）―』（平成十九年、「カリスタ」14号）
田辺徹著『美術批評の先駆者　岩村透』（平成二十年、藤原書店）
伊藤由紀『雑誌『新著月刊』の裸体図版　資料と解題』（平成二十二年、東大比較文学会編「比較文學研究」95号）
十川信介『明治文学青年の苦闘』（平成二十三年七月十五日発行「日本近代文学館」）
展覧会図録『ぬぐ絵画』（平成二十三―二十四年、東京国立近代美術館）
＊引用元は次の通り。小杉天外著『はやり唄』（明治三十五年、春陽堂）▽徳冨蘆花著『思出の記』（前掲）▽芝峯『天外のはやり唄』（明治三十五年、「帝国文学」8巻2号）▽梅沢和軒『天外氏の『はやり唄』』（明治三十五年、「明星」二月号）▽滕六『東台の秋色』（明治三十一年十月二十二、二十五、二十七日付「万朝報」）▽小杉天外、湯地孝記『写実小説時代―ゾライズムを訊く―』（昭和九年、「国語と国文学」11巻8号）▽『鏡花全集』（前掲）▽東京文化財研究所企画情報部編『黒田清輝著述集』（平成十九年、中央公論美術出版）▽鳥瞰生（石井柏亭）『当代画家論（二十四）黒田清輝氏（上）』（明治四十一年十二月十二日付「読売新聞」）▽『鷗外全集』（前掲）▽小杉天外『蝶ちゃん』（明治二十八年九月一―三日、五―六日、十一―十三日付「読売新聞」）▽尾崎徳太郎（紅葉）編『五調子』（明治二十八年、春陽堂）▽『斎藤緑雨全集』（平成二―十二年、筑摩書房）▽『子規全集』（前掲）▽『小杉天外・小栗風葉・後藤宙外集』（明治文学全集65、昭和四十三年、筑摩書房）▽小杉天外著『恋と恋』（明治三十四年、春陽堂）▽島崎春樹（藤村）著『春』（明治四十一年、上田屋）▽『明治家庭小説集』（明治文学全集93、昭和四十四年、筑摩書房）▽島崎春樹（藤村）

著『緑葉集』（明治四十年、春陽堂）▽『荷風全集』（前掲）▽小杉為蔵（天外）著『魔風恋風』（前・中・後編、明治三十六年―三十七年、春陽堂）

第八章　古き世へ　骨董の西

井上幸一（秋剣、剣花坊）編『日露戦史名誉列伝』（明治三十九年、駿々堂）
大分県教育会編『大分県偉人伝』（明治四十年、三省堂書店）
宮崎八百吉（湖処子）著『半生の懺悔　故郷篇』（明治四十一年、如山堂）
高橋義雄著『箒のあと』（上下、昭和八年、秋豊園）
森潤三郎著『鷗外森林太郎』（昭和十七年、丸井書店）
松原純一「森鷗外「傍観機関」論」（昭和三十七年、「相模女子大学紀要」12号）
磯貝英夫『第一回日本医学会論争』（昭和三十八年、広島大学教育学部光葉会「国語教育研究」8号）
森於菟著『父親としての森鷗外』（昭和四十四年、筑摩叢書）
日本経済新聞社編・発行『高島北海画集』（昭和五十一年）
大島田人、八角真『森鷗外―人と文学のふるさと―（三）』（昭和五十三年、「明治大学教養論集」118号）
平林一、山田博光編著『民友社文学の研究』（前掲）
八角真『〝一誠以奉公〟の人―三崎驎之助略伝―』（昭和六十三年、「明治大学教養論集」213号）
藤川正數著『森鷗外と漢詩』（平成三年、有精堂出版）
前田愛著『近代読者の成立』（前掲）
展覧会図録『結成100年記念　白馬会　明治洋画の新風』（前掲）
展覧会図録『静嘉堂蔵　煎茶具名品展』（平成十年、静嘉堂文庫美術館）
佐藤道信著『明治国家と近代美術』（平成十一年、吉川弘文館）
小金井喜美子著『鷗外の思い出』（平成十一年、岩波文庫）

二宮俊博『逍遥遺稿』札記―落合東郭のこと―」（平成十二年、「椙山女学園大学研究論集　人文科学篇」31号）
前田愛著『近代日本の文学空間　歴史・ことば・状況』（前掲）
藤井淑禎、新保邦寛校注『国木田独歩　宮崎湖処子集』（新日本古典文学大系　明治編28、平成十八年、岩波書店）
加藤国安著『漢詩人子規』（平成十八年、研文出版）
成田山書道美術館編『近代文人のいとなみ』（平成十八年、淡交社）
合山林太郎『青少年期の森鷗外と近世日本漢文学』（平成十九年、岩波書店「文学」8巻2号）
山下政三著『鷗外森林太郎と脚気紛争』（平成二十年、日本評論社）
出口智之『幸田露伴「椀久物語」論』（平成二十年、「東京大学国文学論集」3号）
牧野和夫『集古会会員と中世典籍類の蒐集・継承について　在九州会員江藤正澄をめぐる覚書』（平成二十二年、「実践国文学」78号）
首藤卓茂『古本屋大陸　福岡古本屋濫觴江藤正澄』（平成二十三年、「日本古書通信」76巻10号）
＊引用元は次の通り。宮崎八百吉（湖処子）著『帰省』（明治二十三年、民友社）▽徳冨蘆花著『思出の記』（前掲）▽『鷗外全集』（前掲）▽鳥谷部銑太郎（春汀）著『明治人物小観』（明治三十五年、博文館）▽大庭景秋（柯公）著『世を拗ねて』（大正八年、止善堂書店）▽石黒忠悳『好求録』（明治十六年、英蘭堂）▽『露伴全集』（前掲）▽福沢諭吉述『福翁自伝』（明治三十二年、時事新報社）▽石黒忠悳『懐旧九十年』（昭和五十八年、岩波文庫）▽『明治女流文学集　第一』（明治文学全集81、昭和四十一年、筑摩書房）

第九章　時にはぐれて　骨董の不安

竹の家主人編『西鶴抱一句集』（明治四十一年、文芸之日本社、三友堂書店）
佐藤春夫著『わが龍之介像』（昭和三十四年、有信堂）
後藤明生著『小説―いかに読み、いかに書くか―』（昭和五十八年、講談社現代新書）

石原千秋著『漱石の記号学』（平成十一年、講談社選書メチエ）
原武哲著『喪章を着けた千円札の漱石―伝記と考証―』（平成十五年、笠間書院）
玉蟲敏子『「虞美人草」と「門」の抱一屛風―明治後半の抱一受容の一断面―』（平成十六年、翰林書房「漱石研究」17号）
徐前著『漱石と子規の漢詩―対比の視点から―』（平成十七年、明治書院）
＊引用元は次の通り。『漱石全集』（前掲）▽『鷗外全集』（前掲）▽田山花袋著『花袋集』（明治四十一年、易風社）▽『志賀直哉全集　第三巻』（平成十一年、岩波書店）▽『久米正雄全集　第十三巻』（昭和六年、平凡社）▽『芥川龍之介全集』（平成七年―十年、岩波書店）▽芥川龍之介「動物園」（大正九年、「サンエス」2巻1号）

第十章　元禄模様太平記

金井確資編『日本美術画家列伝』（明治三十四年、八木恒三発行）
綱島梁川著『梁川文集』（明治三十八年、日高有倫堂）
渋川柳次郎〈玄耳〉著『東京見物』（明治四十年、金尾文淵堂）
白井権八著『美人大学いろ手帳』（大正三年、美人大学社）
高橋義雄『実業懺悔』（大正四年、箒文社）
杉浦善三著『帝劇十年史』（大正九年、玄文社）
島崎柳塢『三井呉服店の画看版』（大正十五年、「藝術」4巻16号）
巌谷小波『紅葉と衣食住』（昭和四年、「三越」19巻11号、岩波書店『紅葉全集』月報11再録）
豊泉益三編『日比翁の憶ひ出』（昭和七年、三越営業部）
高橋義雄著『箒のあと』（前掲）
添田達嶺『日本美術協会の二元老逝く』（昭和十二年、「塔影」13巻2号）

竹田敬方『島崎柳塢氏』、木島柳鷗『先生の面影』（昭和十二年、「美之国」13巻3号）
渋沢栄一述、小貫修一郎筆記『渋沢栄一自叙伝』（昭和十二年、渋沢翁頌徳会）
石井柏亭著『日本絵画三代志』（昭和十七年、創元社）
結城素明『島崎柳塢君の思ひ出』、石井柏亭『柳塢君追憶』、飯塚米雨『島崎柳塢翁を偲びて』（昭和十八年、「日本美術」2巻6号）
浜田四郎著『百貨店一夕話』（昭和二十三年、日本電報通信社）
石井柏亭著『柏亭自伝』（前掲）
小宮豊隆著『夏目漱石』（上・中・下、昭和六十一年―六十二年、岩波文庫）
三輪英夫責任編集『日本の近代美術3　明治の洋画家たち』（平成五年、大月書店）
展覧会図録『明治・大正・昭和近代美人画名作展　福富太郎コレクション』（平成六年、郡山市立美術館）
星新一著『明治の人物誌』（平成十年、新潮文庫）
飯田祐子著『彼らの物語』（平成十年、名古屋大学出版会）
展覧会図録『和田英作展』（平成十年、静岡県立美術館ほか）
初田亨著『百貨店の誕生』（平成十一年、ちくま学芸文庫）
磯前順一、深沢英隆編著『近代日本における知識人と宗教―姉崎正治の軌跡―』（平成十四年、東京堂出版）
青木茂監修、東京文化財研究所編纂『近代日本アート・カタログ・コレクション26　无声会　第1巻　明治33年～34年』『同27　无声会　第2巻　明治35年～大正2年』（ともに平成十四年、ゆまに書房）
玉蟲敏子著『生きつづける光琳』（シリーズ近代美術のゆくえ　平成十六年、吉川弘文館）
『パンテオン会雑誌』研究会編、高階秀爾監修『パリ１９００年・日本人留学生の交遊』（平成十六年、ブリュッケ）
石原千秋著『漱石と三人の読者』（平成十六年、講談社現代新書）
子母沢寛著『味覚極楽』（平成十六年改版、中公文庫）

山口昌男著『「敗者」の精神史』（上下、平成十七年、岩波現代文庫）
展覧会図録『黒田清輝、岸田劉生の時代』（平成十七年、ポーラ美術館）
向後恵里子『三井呉服店における高橋義雄と意匠係』（平成十七年、「早稲田大学大学院文学研究科紀要」51号）
展覧会図録『美人のつくりかた―石版から始まる広告ポスター―』（平成十九年、印刷博物館ほか）
千葉俊二編『岡本綺堂随筆集』（平成十九年、岩波文庫）
瀬崎圭二著『流行と虚栄の生成　消費文化を映す日本近代文学』（平成二十年、世界思想社）
黒岩比佐子著『明治のお嬢さま』（平成二十年、角川選書）
粂和沙『「ジェームズ・ロード・ボウズ―日英の架け橋として―』（平成二十一年、「日本女子大学大学院人間社会研究科紀要」15号）
ポーラ文化研究所編『幕末明治美人帖』（平成二十一年、新人物文庫）
柴田宵曲著、小出昌洋編『漱石覚え書』（平成二十一年、中公文庫）
泉健『藤代禎輔（素人）の生涯』（平成二十二年、「和歌山大学教育学部紀要　人文科学」60巻）
松本誠一著『岡田三郎助』（佐賀偉人伝3、平成二十三年、佐賀県立佐賀城本丸歴史館）
展覧会図録『藤島武二・岡田三郎助展』（平成二十三年、そごう美術館ほか）
木股知史著『石川啄木・一九〇九年』（増補新訂版、平成二十三年、沖積舎）
展覧会図録『夏目漱石の美術世界』（平成二十五年、東京藝術大学大学美術館ほか）
＊引用元は次の通り。『芥川龍之介全集』（前掲）▽『漱石全集』（前掲）▽島崎柳塢『逝ける文豪の追憶』（大正六年、「絵画清談」五巻三号）▽石井柏亭『画談』（明治三十五年、「明星」十二月号）▽高橋義雄著『英国風俗鏡』（明治二十三年、大倉保五郎発行）▽非淵、不由、罔古『芸品（光琳）』（明治三十一年、「美術評論」11号）▽福井江亭『美術と工芸の一致』（大正元年、「建築工芸叢誌」1期11冊）▽石井柏亭著『画人東西』（昭和十八年、大雅堂）▽『子規全集』（前掲）▽巌谷季雄（小波）著『小波洋行土産』（明治三十六年、博文館）▽『紅葉全集』（前掲）▽『鷗外全集』（前掲）▽逸見久美著『恋衣全釈』（平成二十年、風間書房）

▽与謝野晶子著『おとぎばなし少年少女』（明治四十三年、博文館）▽与謝野晶子著『一隅より』（明治四十四年、金尾文淵堂）▽与謝野晶子著『若き友へ』（大正七年、白水社）▽小山内八千代著『門の草』（明治三十九年、如山堂書店）

第十一章　蕩児の浮世絵

島田謹二『夏目漱石と上田敏（比較文学研究1）』（昭和二十二年、河出書房「文芸」4巻2号）
野口冨士男著『徳田秋声伝』（昭和四十年、筑摩書房）
石井柏亭著『柏亭自伝』（前掲）
後藤純郎『東京書籍館の創立　人事とその特色』（昭和四十七年、日本大学教育学会紀要「教育学雑誌」6号）
『東京古書組合五十年史』（昭和四十九年、東京都古書籍商業協同組合）
八木光昭『「すみだ川」から『柳さくら』へ―荷風の浮世絵受容について―』（昭和五十三年、東京大学国語国文学会編「国語と国文学」55巻7号）
紅野敏郎編著『論考　谷崎潤一郎』（昭和五十五年、桜楓社）所収、西澤正彦『「刺青」論―清吉の堕落劇―』
岩佐壮四郎『「刺青」―「宿命の女《ファム・ファタル》」の誕生―』（昭和六十年、「関東学院大学文学部紀要」43号）
小宮豊隆著『夏目漱石』（前掲）
反町茂雄著『紙魚の昔がたり　明治大正篇』（平成二年、八木書店）
大久保純一著『豊国と歌川派』（日本の美術366、平成八年、至文堂）
村山鎮雄著『史料　画家正宗得三郎の生涯』（平成八年、三好企画）
杲由美『泉鏡花「国貞ゑがく」論―〈姫松〉の形象が意味するもの―』（平成十年、大阪大学国語国文学会「語文」70号）
飯島虚心著、鈴木重三校注『葛飾北斎伝』（前掲）
展覧会図録『ロダンと日本』（平成十三年、静岡県立美術館ほか）

山口直孝『志賀直哉『大津順吉』論』(平成十三年、「二松学舎大学論集」44号)
鍵岡正謹著『山脇信徳　日本のモネと呼ばれた男』(平成十四年、高知新聞社)
永栄啓伸、山口政幸著『谷崎潤一郎書誌研究文献目録』(平成十六年、勉誠出版)
板坂則子『草双紙の読者─表象としての読書する女性─』(平成十八年、東京大学国語国文学会「国語と国文学」83巻5号)
展覧会図録『小島烏水　版画コレクション』(平成十九年、横浜美術館)
展覧会図録『白樺とロダン』(平成十九年、調布市武者小路実篤記念館)
鏑木清方著『こしかたの記』(平成二十年改版、中公文庫)
佐藤春夫著『小説永井荷風伝』(平成二十一年、岩波文庫)
展覧会図録『よみがえる浮世絵』(平成二十一年、江戸東京博物館)
『上村松園全随筆集　青眉抄・青眉抄その後』(平成二十二年、求龍堂)
展覧会図録『生誕130年　橋口五葉展』(平成二十三年、千葉市美術館など)
佐々木佳美『明治四十四年東京帝室博物館特別展覧会における摸写』(平成二十四年二月、東京国立博物館研究誌「MUSEUM」636号)

＊引用元は次の通り。坪内逍遥著『小説神髄』(前掲)▽『荷風全集』(前掲)▽『小山内薫・木下杢太郎・吉井勇集』(現代日本文学全集17、昭和三十一年、筑摩書房)▽『木下杢太郎全集』(昭和五十六年─五十八年、岩波書店)▽『鏡花全集』(前掲)▽『宮武外骨著作集　第七巻』(平成二年、河出書房新社)▽島崎藤村著『春』(前掲)▽『小島烏水全集』(昭和五十四年─六十二年、大修館書店)▽徳田秋声著『黴』(明治四十五年、新潮社)▽『鷗外全集』(前掲)▽正宗得三郎著『ふるさと』(昭和十八年、人文書院)▽正宗白鳥『古書画』(明治四十三年六月十二日付「読売新聞」)▽『上田敏集』(明治文学全集31、昭和四十一年、筑摩書房)▽『定本　上田敏全集』(昭和五十三年─五十六年、教育出版センター)▽『漱石全集』(前掲)▽『木下杢太郎日記』(昭和五十四年─五十五年、岩波書店)▽五人づれ著『五足の靴』(平成十九年、岩波文庫)

▽北原白秋著『邪宗門』（明治四十二年、易風社）▽吉井勇著『酒ほがひ』（明治四十三年、昴発行所）▽千葉俊二、坪内祐三編『日本近代文学評論選　明治・大正篇』（平成十五年、岩波文庫）▽吉井勇著『東京・京都・大阪　よき日古き日』（平成十八年、平凡社ライブラリー）▽『里見弴随筆集』（平成六年、岩波文庫）▽武者小路実篤著『或る男』（大正十二年、新潮社）▽『志賀直哉全集』（平成十年―十四年、岩波書店）▽志賀直哉著『暗夜行路』（平成二年改版、新潮文庫）▽『谷崎潤一郎全集』（昭和五十六年―五十八年、中央公論社）▽『谷崎潤一郎集』（現代日本文学全集18、昭和二十九年、筑摩書房）

第十二章　食らうべき美術

西濃聯合教育会著『西濃人物誌』（修身資料第1輯、明治四十三年、西濃印刷）
石井柏亭著『日本絵画三代志』（前掲）
吉田精一著『自然主義の研究』（前掲）
石井柏亭著『柏亭自伝』（前掲）
吉田孤羊著『啄木片影』（昭和四十八年、洋々社）
碓田のぼる著『石川啄木』（近代作家研究叢書、昭和四十八年、東邦出版社）
三好行雄、竹盛天雄編『近代文学3　文学的近代の成立』（昭和五十二年、有斐閣）
加藤悌三著『石川啄木論』（昭和六十一年、新樹社）
展覧会図録『生誕120年記念　黒田清輝』（昭和六十一年、三重県立美術館ほか）
展覧会図録『文展の名作　1907―1918』（平成二年、東京国立近代美術館）
高階秀爾著『日本近代美術史論』（平成二年、講談社学術文庫）
金子一夫著『近代日本美術教育の研究（明治時代）』（平成四年、中央公論美術出版）
加藤典洋著『日本という身体　「大・新・高の精神史」』（平成六年、講談社選書メチエ）
松山巖著『群衆　機械のなかの難民』（20世紀の日本12、平成八年、読売新聞社）

若林敦『石川啄木における田中王堂の理論と受容』（平成八年、「長岡技術科学大学言語・人文科学論集」10巻）
展覧会図録『美の使徒―林竹治郎とその教え子たち―』（平成十年、北海道立三岸好太郎美術館）
三浦篤『19世紀フランスの美術アカデミーと美術行政』ほか特集「美術アカデミー」（平成十一年、「西洋美術研究」2号）
北澤憲昭著『境界の美術史　「美術」形成史ノート』（平成十二年、ブリュッケ）
千田敬一『日本の近代彫刻とロダン』（平成十三年、前掲の展覧会図録『ロダンと日本』収録）
展覧会図録『近代日本洋画の巨匠　黒田清輝』（前掲）
高橋正著『西園寺公望と明治の文人たち』（平成十四年、不二出版）
日比嘉高著『〈自己表象〉の文学史』（私小説研究文献目録増補版、二版＝平成二十年、翰林書房）
『青木繁全文集　假象の創造』（増補版、平成十五年、中央公論美術出版）
遊座昭吾著『啄木と賢治』（平成十六年、おうふう）
田口道昭『啄木と近松秋江―「実行と芸術」批判の位相―』（平成十六年、「神戸山手短期大学紀要」47号）
秋田県立近代美術館編・発行『秋田県立近代美術館所蔵作品図録』（平成十七年）
國雄行著『博覧会の時代―明治政府の博覧会政策―』（前掲）
若林敦『『我等の一団と彼』の「私」』（平成十八年、「立命館文学」592号）
展覧会図録『美人のつくりかた』（前掲）
迫内祐司『東京勧業博覧会と文展創設―北村四海による「霞事件」を中心に―』（平成十九年、明治美術学会編「近代画説」16号）
迫内祐司『評伝・北村四海』（平成十九年、「文星芸術大学大学院研究科論集」2号）
黒岩比佐子著『編集者　国木田独歩の時代』（平成十九年、角川学芸出版）
門屋光昭著『啄木への目線』（平成十九年、洋々社）
五十殿利治著『観衆の成立　美術展・美術雑誌・美術史』（平成二十年、東京大学出版会）

展覧会図録『和田三造展』（平成二十一年、姫路市立美術館）
展覧会図録『フランク・ブラングィン』（平成二十二年、国立西洋美術館）
展覧会図録『明治の彫塑　ラグーザと荻原碌山』（平成二十二年、東京藝術大学大学美術館）
展覧会図録『没後100年　荻原守衛展』（平成二十三年、長野県信濃美術館）
木股知史著『石川啄木・一九〇九年』（前掲）
ロバート・ヘンライ著『アート・スピリット』（野中邦子訳、平成二十三年、国書刊行会）
展覧会図録『ぬぐ絵画』（前掲）
田中淳著『太陽と「仁丹」』（平成二十四年、ブリュッケ）
＊引用元は次の通り。『石川啄木全集』（昭和五十三年―五十五年、筑摩書房）▽東京文化財研究所企画情報部編『黒田清輝著述集』（前掲）▽「太平洋画会の授賞返却」（明治四十年七月九日付「読売新聞」）▽『国木田独歩集』（現代日本文学全集57、昭和三十一年、筑摩書房）▽『漱石全集』（前掲）▽正宗白鳥著『紅塵』（明治四十年、西本波太発行）▽『田山花袋「蒲団」作品論集成　第一巻』（平成十年、大空社）▽『島村抱月　長谷川天渓　片上伸　相馬御風集』（日本現代文学全集27、昭和四十三年、講談社）▽田山花袋『国木田独歩論』（前掲）▽『荻原守衛全文集　彫刻真髄』（新装版、昭和五十三年、中央公論美術出版）▽『木下杢太郎全集』（前掲）▽高村光太郎『AB HOC ET AB HAC』（明治四十三年、「スバル」2巻2号）▽高村光太郎著『道程』（大正四年、抒情詩社）▽『金田一京助全集　第十三巻』（平成五年、三省堂）▽田中王堂『文芸に於ける具体理想主義』（明治四十二年、「趣味」4巻5号）▽▽島崎藤村著『緑葉集』（前掲）▽『田村俊子・武林無想庵・小川未明・坪田譲治集』（現代日本文学全集70、昭和三十二年、筑摩書房）▽相馬黒光著『碌山のことなど』（平成二十年、碌山美術館）

人名索引

《さ行》

〈さ〉

〈し〉

作品索引

《や行》

《ら行》

事項索引

著者略歴

一九六四年山口県生まれ。
一九八七年東京大学文学部美術史学科卒業後、読売新聞社入社。
現在読売新聞東京本社文化部次長。
著書に『やさしく読み解く日本絵画―雪舟から広重まで―』（新潮社、二〇〇三年）。

絵のように　明治文学と美術

二〇一四年八月一五日　印刷
二〇一四年九月　五日　発行

著　者 ©　前《まえ》田《だ》恭《きょう》二《じ》
発行者　及川直志
印刷所　株式会社 三秀舎
発行所　株式会社 白水社

東京都千代田区神田小川町三の二四
電話 営業部〇三(三二九一)七八一一
　　 編集部〇三(三二九一)七八二一
振替　〇〇一九〇―五―三三二二八
　　　郵便番号一〇一―〇〇五二
http://www.hakusuisha.co.jp

乱丁・落丁本は、送料小社負担にてお取り替えいたします。

株式会社 松岳社

ISBN978-4-560-08384-0
Printed in Japan